dtv

Ein Sturm fegt über China. Europa zittert. Aus den asiatischen Steppen stürmen unaufhaltsam die mongolischen Reiterheere vor, um ein Weltreich zu erobern, wie es die Geschichte nie gesehen hat. Kein Land und keine Stadt bleiben verschont. Vom chinesischen Meer bis weit ins Abendland wächst ein Reich, das ein einziger Mann unter seine Faust zwingt: Dschingis Khan, der »Herrscher des Himmels«. Um 1215 wird von dessen mörderischen Reitertruppen Li Shan, ein hochkultivierter Beamter des chinesischen Kaisers, weit ins mongolische Hinterland verschleppt. Er wird Lehrer der Söhne des großen Khans. Aber auch dessen Lieblingsfrau weiß Li Shans Künste zu schätzen ... Schlachten, Eroberungen, schöne Frauen und politische Verschwörungen – ein atemberaubend spannender historischer Roman.

Malcolm Bosse, geboren 1933 in Detroit, studierte Literaturwissenschaft an der Yale University und lehrte lange Jahre als Professor für Literatur in China und Indien. Seine großen historischen Romane und seine Jugendromane wurden in alle Weltsprachen übersetzt. Malcolm Bosse lebt in Seattle.

Malcolm Bosse

Der Khan

Roman

Deutsch von Elfie Deffner

Deutscher Taschenbuch Verlag

Heimkehrer von der Grenze erzählten,
es gäbe keine Barbaren mehr.

Was wird nun aus uns ohne sie?
In gewisser Hinsicht waren sie eine Lösung.

CAVAFY

Ungekürzte Ausgabe
September 1997
Deutscher Taschenbuch Verlag GmbH & Co. KG,
München
© 1995 Malcolm Bosse
Titel des amerikanischen Originals:
›I Served the Great Khan‹
© 1995 der deutschsprachigen Ausgabe:
Scherz Verlag, Bern, München, Wien
ISBN 3-502-10057-8
Einzig berechtigte Übersetzung aus dem Englischen
von Elfie Deffner
Umschlagkonzept: Balk & Brumshagen
Umschlagbild: Dschingis Khan auf der Falkenjagd / Chines. Seidenmalerei
(© AKG, Berlin)
Gesetzt aus der Bembo 10/12
Satz: Fotosatzstudio »Die Letter«, Hausen/Wied
Druck und Bindung: C.H. Beck'sche Buchdruckerei,
Nördlingen
Gedruckt auf säurefreiem, chlorfrei gebleichtem Papier
Printed in Germany · ISBN 3-423-20008-1

ERSTER TEIL

I

Ich hatte nichts davon gemerkt, daß brutale Barbaren unsere Stadt umzingelten und sich nun anschickten, sie zu stürmen, da ich mich in einer parfümierten Kammer mit einem rundlichen Mädchen vergnügte. Sie war trotz der Bemühungen ihrer Mutter, ihr die Kunst der Liebe beizubringen, noch ein Grünschnabel. Sie kam aus einer Familie ehrgeiziger und weitsichtiger Bauern. Da sie hübsch war, hatte man ihr schon früh die Füße eingebunden, als wäre sie die verwöhnte Tochter von Edelleuten, die es sich leisten konnten, ihren festen Gang einem Trippeln voll zurückhaltender Anmut zu opfern. Dadurch verlor die Familie zwar eine Hilfe auf dem Feld, spekulierte aber darauf, das Mädchen eines Tages, wenn sie alt genug wäre, zu einem guten Preis verkaufen zu können. Den zahlte ich ihnen dann auch, nachdem ich ihre bezaubernden, verführerischen »Lilienfüße« gesehen hatte. Unter meiner Anleitung lernte sie nun, diese mit atemberaubender Artistik zu gebrauchen.

Außer dem Mädchen hatte ich auch noch einen Knaben bei mir. Beide kamen äußerst gut miteinander aus. In ihrer Weichherzigkeit, Jugend und Neugier waren sie mir angenehme Gesellschafter, und ich genoß es, mit ihnen zusammenzusein.

Da das Mädchen noch so neu war, daß es meine ganze Aufmerksamkeit beanspruchte, hörte der Knabe, der müßig dabeisaß, die Geräusche zuerst. Er rief mich mehrere Male beim Namen, bis ich mich umwandte und auch lauschte.

Zunächst war es nur ein unterdrückter Lärm, dann ein einziger Aufschrei. Eine Serie dumpfer Schläge wie Wellen, die sich an Felsen brachen. Dann gellende Schreie, immer mehr und immer schriller. Mir standen die Haare zu Berge.

Das Mädchen krümmte sich und wimmerte. Schaudernd griff sich der Knabe an die Kehle.

Der Lärm kam von allen Seiten, so daß an ein Entkommen nicht mehr zu denken war. Ich war kein Dummkopf, der bei den ersten Schwierigkeiten gleich die Nerven verliert. Wer immer da draußen war, er sollte mich nicht auf den Knien kriechen oder blind und kopflos fliehen sehen.

Was auch geschah, wir drei mußten ordentlich aussehen. Schließlich war ich ein angesehener Mann. Ich hätte auch noch Räucherstäbchen angezündet, um dem Raum neuen Wohlgeruch zu verleihen, wenn ich Zeit dazu gehabt hätte. Ich befahl den beiden, sich anzuziehen. Da sie aus dem Dienstbotenquartier zu mir gekommen waren, hatten sie beide Leinenhemden getragen. Diese warfen sie sich nun gehorsam über. Ich selbst hüllte mich in ein Gewand von offiziellem Blau, wühlte herum, bis ich meinen Flügelhut gefunden hatte, und setzte ihn mir im richtigen Winkel auf, als wollte ich an einer Zeremonie teilnehmen. In den wenigen Augenblicken, die uns noch verblieben, bis uns der Tumult erreichte, versuchte ich mir über dessen Ursache klarzuwerden, um angemessen reagieren zu können. Es konnte sich um einen Überfall von Banditen aus der Gegend handeln, wenn auch in letzter Zeit keine gesichtet worden waren, oder aber um eine Plünderung durch einen jener verdammten Grenzstämme, die irgendwie durch die Große Mauer oder um sie herum kamen und nach Süden zogen, um sich ein paar schöne Wochen mit Rauben und Stehlen zu machen.

Meinen jungen Freunden sagte ich, sie sollten sich zusammennehmen. Danach entriegelte ich die Tür und schenkte fatalistisch aus einer Karaffe Reiswein in drei kleine Tassen. Doch bevor wir auf unsere Zuneigung und unser gegenseitiges Vertrauen trinken konnten, wurde die Tür aufgerissen.

Es war wirklich so: Ich roch schon, wer hereinkam, bevor ich es sah – eine Schar Männer in Leder und Pelz. Als sie hereinplatzten, war es, als rollten sie einen riesigen Misthaufen voller Verdorbenem, Urin und Exkrementen vor sich her. Der Gestank war fast so entsetzlich wie die Kälte in ihren zusammengekniffenen Augen. Sie drängten sich um uns herum wie eine Hundemeute, in den Händen Äxte und Lanzen. Und dieser ekelerregende Geruch – sogar jetzt beim Schreiben kehrt er mir ins Gedächtnis zurück.

Ich überragte sie alle um Haupteslänge, doch ich hatte nicht das Gefühl, daß mir dies zum Vorteil gereichte. Mir war sofort klar, daß sie erbarmungslos wie Wölfe sein würden. Und doch flehte der Knabe schon um Gnade. Wenn es mir möglich gewesen wäre, hätte ich ihn gewarnt, daß ein derartiges Gewimmer alles nur noch schlimmer machte. Ich roch sie und hörte ihren schweren Atem, als sie uns umkreisten. Ein paar Augenblicke schienen sie zu zögern, als wüßten sie nicht recht, was sie mit uns machen sollten. Sie grunzten miteinander. Ich hatte natürlich keinerlei Erfahrung mit solchen Kreaturen, sonst hätte ich gewußt, daß Zögern bei ihnen unvorstellbar war.

In Wirklichkeit stimmten sie sich in ihrer kehligen Sprache über ihr weiteres Vorgehen ab. Sie besprachen, wie sie am besten das Schlimmste tun konnten. Damals war mir noch nicht klar, wie praktisch sie waren.

Einer von ihnen warf die Lanze so akkurat nach mir, daß die Klinge mein Gewand streifte, ohne es aber zu durchdringen. Der finstere Blick seiner Augen reichte, um mich an die Wand zurückweichen zu lassen. Von dort aus erlebte ich wie gelähmt alles Weitere mit.

Ein anderer ging ganz nahe an meinen armen, winselnden Knaben heran (sie waren ungefähr gleich groß), musterte ihn kritisch von oben bis unten und rammte ihm dann sein Schwert auf halbe Länge in den Bauch, so daß die blutige Spitze hinten aus dem Leinenhemd wieder herauskam. Ich schrie entsetzt auf, doch niemand nahm Notiz von mir, da sie offenbar über mich bereits eine Entscheidung gefällt hatten und ich für eine Weile nicht mehr existierte.

Dann kam alles andere im Raum an die Reihe. Mit Messern schlitzten sie die Seidenkissen auf, sie schnappten sich Figurinen aus geschnitztem Elfenbein, rissen die Schriftrollen von den Wänden und durchstöberten Kleiderregale. Einer von ihnen setzte die Weinkaraffe an den Mund und trank sie mit ein paar herzhaften Schlucken aus. Meine Schreibutensilien – Schleifsteine, Pinsel, Tuschestifte und Papier aus Maulbeerbaumrinde – wurden seltsam respektvoll behandelt. Einer der Plünderer verstaute sie mit seinen rauhen Händen sorgsam in einem Ledersack.

Währenddessen fielen ein paar der Eindringlinge über das Mädchen her: schnell, brutal, sachlich, einer nach dem andern. Es war so bestialisch, daß ich nicht hinsehen konnte, und so wandte ich mich den anderen zu, die Teakholztische und Seidenbetten durch die Gegend schleuderten, Papierlaternen zerfetzten und Blumen aus Glas zerschmetterten; selbst die Räucherstäbchen entgingen ihrer gnadenlosen Aufmerksamkeit nicht.

Dann erschien ihr Führer, dessen Autorität man an seiner schroffen Arroganz und seinem grausamen Starren erkannte; er schien noch schlimmer als die anderen zu sein. Eine einzige dicke, schwarze Haarsträhne kam unter seiner schweren Pelzmütze hervor und hing ihm zwischen den breiten Augenbrauen bis zur platten Nase. Er musterte mich kurz und nahm mir den Hut vom Kopf, um ihn zu inspizieren, wobei er ihn langsam durch die Finger gleiten ließ und das gewebte, goldsilberne Emblem in Form einer Ente besonders genau ansah. Danach streckte er einen knotigen Finger aus und berührte das Abzeichen der Mandarine auf meiner Brust. Einen Augenblick lang sah ich einen nachdenklichen Mann und nicht ein wildes Tier vor mir. Dann reichte er meinen Flügelhut einem der Männer und verließ den Raum.

Seine Männer fuhren mit der Vergewaltigung des Mädchens fort, ohne daß es ihnen Vergnügen zu bereiten schien. Es sah eher nach Pflichterfüllung aus. Ich schluchzte unkontrolliert auf. Daraufhin wandten sich ein paar der Männer mir zu und sahen mich mit ihren Fuchsaugen erstaunt an. Vielleicht wunderten sie sich, daß ein erwachsener Mann solche peinlichen Geräusche von sich geben konnte.

Ich weiß nicht mehr, wie lange der Überfall dauerte. Am Ende zog einer der Männer ein Messer aus der Tasche und schnitt dem Mädchen die Kehle durch. Ihr Tod machte auf die Männer keinen Eindruck. Einer von ihnen zog noch, bevor er ging, die ausgebeulte schwarze Hose herunter und urinierte auf die letzte brennende Kerze.

Ein Rätsel blieb. Warum hatten sie sich meiner nicht entledigt? Doch ich war wie betäubt, und so fehlte es mir an Neugier, auch nur darüber nachzudenken. Ich ging einfach da hin, wohin sie mich brachten. Die Bilder jener Nacht verlaufen ineinander; ich kann mich nur noch an Feuer, Lärm und Durcheinander erinnern. Irgendwie bekamen sie mich auf ein Pferd. Einer hielt die Zügel, und so galoppierten sie mit mir aus der Stadt. Ich sah Leichen am Boden liegen, Flammen, die aus offenen Türen züngelten, rennende und fallende Menschen. Und ich hörte Schmerzensschreie, die mir bis heute Alpträume verursachen.

Auf einer Bergkuppe vor der Stadt hielt unser Trupp an. Vor dem Nachthimmel, der von einem flackernden, roten Feuerschein erhellt war, konnte man klar sehen, daß die Stadt, die wir gerade verlassen hatten, völlig zerstört war. Da ich keinen Mantel dabeihatte und es in der Herbstluft sehr kalt war, fing ich zu zittern an. Zu meinem Erstaunen ritt einer der Plünderer an meine Seite und warf mir einen langen Mantel zu. Ich fror so sehr, daß ich ihn annahm, obwohl er zum Himmel stank. Er schien aus Ziegen-, vielleicht aber auch aus Hundefell zu sein, doch er wärmte mich so gut, daß ich fast vergaß, wie sehr er nach abgestandenem Schweiß, Staub, Blut und anderem stank, was seinem Träger über die Zeit angehaftet hatte.

Wir warteten dort eine Weile, ohne abzusteigen, bis mir auffiel, daß sich unten in der Stadt etwas verändert hatte. Ich hörte zwar noch das Knacken des Holzes und das Zischen der mächtigen Flammen, doch die Schreckensschreie hatten aufgehört.

Kein einziger menschlicher Laut drang zu uns herauf.

In einer Schlangenlinie tauchten jetzt die anderen berittenen Plünderer auf dem Hügelrücken auf, alle recht unförmig von der vielen Beute, die sie mit sich schleppten. Sie sahen sehr zufrieden aus, und um ihre Lippen unter den langen, dünnen Bögen ihrer Schnurrbärte spielte ein triumphierendes Lächeln.

Doch etwas stimmte nicht. Ich versuchte mit meinem verwirrten Verstand herauszufinden, was es war. Schließlich wurde mir klar, daß es außer mir keine Gefangenen gab.

Ein Reiter kam auf mich zu und beugte sich zu mir herüber, als wolle er etwas Tröstliches sagen. In gebrochenem Chinesisch fragte er mich nach meinem Rang. Zuerst glaubte ich, nicht richtig gehört zu haben. Da ich mich aber nicht traute, ihn um eine Wiederholung seiner Frage zu bitten, erwiderte ich einfach, daß ich in der öffentlichen Verwaltung den Dienstgrad sechs hätte, genaugenommen der Bezirkszensor in der Aufsichtsbehörde der Provinz wäre. Ich sagte das mit einer kleinen Verbeugung, von der ich hoffte, daß sie verbindlich genug wäre.

Er gab diese Information – oder eine Version davon – an seine Begleiter weiter. Ihr Führer kam kurz zu mir, betrachtete mich noch einmal und lächelte dann. Jedenfalls verzog er seinen großen Mund zu etwas, das wie ein Lächeln aussah.

Die Stadt brannte noch, als wir uns in der kalten Nacht auf den Weg machten. Sie brannte unter dem Vollmond leise vor sich hin. Die Plünderer hatten mir die Zügel meines Pferdes gegeben. Das bedeutete kein Nachlassen ihrer Wachsamkeit. Sie wußten, daß mir klar war, daß ich Pfeile im Rücken haben würde, wenn ich nur einen Schritt vom Wege abwich.

Wir ritten in einer langen Schlange; der Atem der Pferde dampfte.

Diese Männer hatten eine Stadt mit einer solchen Leichtigkeit zerstört, als hätten sie Äpfel in einem Obstgarten gepflückt.

Wir ritten weiter und weiter. Gegen Morgen war ich wohl eingenickt und wäre beinahe vom Roß gefallen, jedenfalls erhielt ich einen kräftigen Peitschenhieb über den Rücken. Wieder aufrecht im hohen Sattel, ritt ich inmitten der Kolonne nach Norden.

Wurden diese Leute denn niemals müde?

Der Mond schien auf sie herab, auf hundert schweigende Männer, die erst vor kurzem tausend Menschen niedergemetzelt hatten. Sie hatten alle umgebracht, die ich in der Stadt, in der ich zwei Jahre im Dienste der Chin-Regierung stand, gekannt hatte.

Und sie hatten nur einen einzigen Gefangenen gemacht. Mich.

Falls ich vielleicht etwas dumm wirke, möchte ich eines klarstellen. Ich hatte den Rang eines Offiziellen Gelehrten und meinen Chin-Shih-Grad aus der Hand des Kaisers erhalten. Da ich bei der kaiserlichen Prüfung unter den Besten gewesen war, hatte ich es zu Privilegien und Wohlstand gebracht. Und doch verging fast diese ganze schicksalhafte Nacht, bis ich mir einen Reim darauf machen konnte, was geschehen war.

Ich fragte mich, warum diese Männer aus dem Nichts aufgetaucht waren. Wenn meine Antwort auch seltsam erschien, machte sie doch Sinn. Sie waren mit dem Ziel in unsere Stadt gekommen, jemanden zu entführen. Deshalb hatten sie die Insignien auf meiner Kleidung inspiziert, die Utensilien meines Amtes eingepackt und sich vergewissert, daß ich ein Beamter war.

Sie hatten jemanden wie mich gesucht. Nachdem sie in der Stadt einen Beamten herausgepickt hatten, töteten sie einfach alle anderen Einwohner, einschließlich der beiden Lieben, die mich beglückt hatten.

Ich spürte, wie mir Tränen in die Augen stiegen. Doch das ging nicht an. Wenn diese Kerle auch eine ganze Stadt zerstört hatten, um mich zu kriegen, so konnten sie es sich doch anders überlegen, wenn sie bei mir Anzeichen von Schwäche bemerkten. Sie kamen dann vielleicht zu dem Schluß, daß ich es nicht wert war, mitgenommen zu werden.

Daher sagte ich mir, Li Shan, sei vorsichtig, damit du am Leben bleibst.

Ich bemühte mich verzweifelt, alles Entsetzliche aus meinem Gedächtnis zu verbannen. Schließlich gelang es mir, die Gedanken an meine Lieben, die so grausam ermordet worden waren, beiseite zu schieben und meine Aufmerksamkeit den schweigenden Reitern zuzuwenden. Warum wollten sie mich? Im Mondlicht sahen ihre Gesichter unter den nach oben spitz zulaufenden Pelzmützen wie grob behauener Stein aus. Und selbst in der frischen Luft umgab mich noch ihr Geruch wie der Gestank eines Sumpfes. Nicht einmal der große Konfuzius hätte mir erklären können, warum solche Dämonen die Erde bevölkerten.

2

Es geschah viel nach meiner Gefangennahme, doch besonders
mein Affe ist mir aus dieser schrecklichen Zeit noch in Erinnerung. Ich glaube, daß ich ohne ihn, zumindest in der ersten
Zeit, nicht überlebt hätte. Aus irgendeinem Grund – vielleicht
zu ihrer Belustigung – taten sie uns zusammen.

In meiner Kindheit in Soochow, einer Stadt voller Gärten
und Haustiere, war schon früh meine Liebe zu Tieren erweckt
worden, ja ich hatte sogar einmal einen Affen besessen, der
diesem hier recht ähnlich sah. Auch er war graubraun gewesen
und hatte schwielige, rote Hinterbacken, einen Stummel-
schwanz, Hamsterbacken und verschmitzte Augen gehabt. Ich
nannte meinen Begleiter Sun Wu-k'ung nach dem Großen
Himmelsweisen, dem berühmten Affenkönig, der einst einen
buddhistischen Priester auf einer siebzehnjährigen Reise nach
Indien begleitet hatte. Jenes erstaunliche Wesen hatte zweiund-
siebzig Arten der Magie und neuntausend Verkleidungen gekannt und mit geschlossenen Augen vom einen Ende des Uni-
versums zum anderen sehen können. Mein eigener Sun
Wu-k'ung saß all diese merkwürdigen Tage auf meiner Schulter, und in der Nacht kuschelten wir uns eng zusammen, er
wärme-, ich trostbedürftig. Wenn er mich auch oft mit seinen
dummen Launen quälte, so hatte ich doch wenigstens als Er-
satz für meinen lieben Knaben und mein gutes Mädchen ein
Herz, das an meinem schlug.

Die herbstliche Landschaft, durch die unser Weg führte,
wird zu Recht in vielen chinesischen Gedichten gepriesen, die
ich großenteils, weil das so meine Art ist, auswendig kannte.

Die Hagebutten waren wirklich so, wie sie dort beschrieben werden – von der Größe kleiner Holzäpfel –, und ich wünschte mir, ich könnte sie in geschmolzenen Zucker tauchen, wie in einem Gedicht angeregt wird. Wir kamen an einem Wald mit wilden Birnbäumen und einer Ansammlung von Kiefern vorbei, die weiße Rinden und trübgrüne Nadeln hatten. In der Dichtkunst bedeutete eine alte Kiefer Mut und Tugend.

Allmählich ließ die Trockenheit in meinem Mund nach, hörten meine Hände zu zittern auf, und ich ritt zuversichtlicher weiter. Das hatte ich dem Anblick der Landschaft zu verdanken. Den König der Affen auf meiner Schulter, seinen pelzigen Arm um meinen Hals geschlungen, sah ich auf beiden Seiten der Straße riesige Weiden mit kugelförmigen Baumkronen, edle Lärchen und hier und da eine einsame Linde mit herzförmigen Blättern. Kein Wunder, daß diese Landschaft zu großer Dichtkunst inspiriert hatte.

Meine Entführer jedoch unterhielten sich in ihrer unverständlichen Sprache und schienen alles um sich herum zu ignorieren. Sie hatten keinen Blick für die Bauernhöfe, an denen wir vorbeikamen, während ich voller Freude die an den Mauern stehenden Töpfe mit blühenden Chrysanthemen sah. Die Bauernhöfe verrieten Wohlstand, ihre offenen Schuppen quollen über von Zwiebeln, Weizen, Gerste und Bohnen. Da die Plünderer keinen Hunger hatten und an den Pferdesätteln Lebensmittelbeutel hingen, kam es zu keinen Zwischenfällen, als wir vorbeiritten. Immer wieder vergaß ich mein schweres Los und genoß geradezu die ruhige Landschaft. Das tat ich auch, als drei Händler mit ihren Wagen die Straße entlangkamen. Sie wichen respektvoll in den Straßengraben aus, um uns vorbeizulassen. Ich bemerkte, daß sie Wein in mit Ölpapier abgedichteten Weidenkörben transportierten.

Als ungefähr ein Drittel unserer Kolonne vorbei war, scherte plötzlich einer der Plünderer aus und hielt mit seinem tänzelnden Pferd auf die Händler zu. In schlechtem Chinesisch fragte er sie, was sie in ihren Wagen hätten. Ich glaube nicht, daß sie ihn verstanden, jedenfalls sahen sie ihn nur wortlos an. Er rief etwas, und sogleich griff ein halbes Dutzend seiner Kameraden nach Pfeil und Bogen. Ich dachte, er würde seine Frage wiederholen, doch statt dessen gab er ein Kommando. Die Pfeile schwirrten durch die Luft und trafen die drei Händler mitten ins Herz. Das ging so schnell, daß ich erst, als wir schon fast außer Sichtweite waren, begriff, was geschehen war.

Am Abend wurden die Wagen, die die Plünderer mitgenommen hatten, entladen und der Wein getrunken – bis auf den letzten Tropfen. Noch nie zuvor hatte ich ein so wüstes Trinkgelage erlebt, doch ich sollte mich noch daran gewöhnen. Ich hatte angenommen, die Plünderer würden nach einer solchen Sauferei am nächsten Morgen später aufstehen, doch diese zähen Dämonen waren so früh auf wie immer.

Wir ritten weiter. Ab und zu löste sich eine Gruppe von vielleicht zehn Männern aus der Kolonne, um einen vielversprechenden Überfall auszuführen. Sie kehrte dann mit kleinen Kostbarkeiten aus den Häusern der Edelleute zurück.

Im Westen gab es vereinzelt abgeerntete Weizenfelder. Die knöchelhohen Ährenstümpfe leuchteten gelb in der Sonne und schienen selbst die Luft in goldenes Licht zu tauchen. Wie hübsch das doch war! Entenscharen schwammen träge in ruhigen Teichen, jedenfalls bis die Männer sie mit einem Schwarm unfehlbarer Pfeile erlegten, ins Wasser hineinwateten und ihre tropfenden Kadaver herausholten. Ich glaube, es war am fünften Tag, als ein paar Dutzend Gänse auf der Suche nach einem Wasserloch über unseren Weg watschelten. Sie erreichten die andere Seite nicht, und am Abend roch es überall nach gebratener Gans. Ich bekam jedoch nichts davon ab, statt dessen gaben mir diese Dämonen wie üblich gekochte kalte Hirse zu essen. Als ich sah, wie sie sich die Bäuche vollschlugen, dachte ich, daß solche Aasgeier sich wohl immer dem Augenblick hingeben, das Essen herunterschlingen und das

Vergnügen an Ort und Stelle genießen mußten, da sie nicht wußten, ob es ein Morgen überhaupt geben würde. Wie sehr ich doch hoffte, daß es für sie keines geben würde!

Ihr unbekümmertes Zweckdenken zeigte sich ganz deutlich, als wir durch ein kleines Dorf ritten. Bei einem Metzger baumelte Wild von den Dachsparren, und an der Wand hingen Hasen an ihren langen Ohren. Ein paar Plünderer stiegen vom Pferd, sammelten das Fleisch ein und befestigten es seitlich am Sattel. Paprikaschoten, Rüben und Persimonen wurden von den Ständen genommen und in Säcke geworfen. Keiner der Dorfbewohner protestierte. Die meisten hatten sich klugerweise sowieso in den umliegenden Hügeln zerstreut. Ein hübsches Mädchen – ich kann nur annehmen, daß sie ein bißchen beschränkt war – war dageblieben, um mit Bohnenpaste gefüllte heiße Brötchen zu verkaufen. Sie hielt sie unserer Kolonne mit einem fröhlichen Lächeln hin. Als wir das Dorf verließen, schallten ihre Schreie aus einem Schuppen, wohin sie von ein paar Plünderern gezerrt worden war, denen das, was sie in meiner Stadt vollführt hatten, noch nicht reichte.

Wohin führte unser Weg? Die wenigen Plünderer, die etwas Chinesisch sprachen, erteilten mir nur Befehle. Ich wagte nicht, sie nach unserem Ziel zu fragen, weil ich befürchtete, sie könnten beschließen, daß es für mich keines gab. Mir fiel jedoch auf, daß sie die Dörfer jetzt systematisch plünderten. Ihre Militärpferde wurden schwer mit Säcken voller Fleisch und Gemüse beladen; weit mehr, als sie essen konnten, solange es noch frisch war. Vielleicht hatten sie vor, bei der Großen Mauer über die Grenze zu gehen, wie es Nomaden schon seit Generationen taten. Als wir eines Morgens tatsächlich von einem Hügel aus unten im Dunst eine lange Mauer sahen, die sich in vielen Windungen über den Horizont erstreckte, war ich daher nicht überrascht.

Am Nachmittag erreichten wir dann die hohe Mauer aus festgestampfter Erde, die eindrucksvoll mit Steinen verkleidet war. Meine Entführer hatten die beladenen Pferde in der Kolonne nach vorn geschickt, damit die Turmwachen deutlich sehen konnten, was ihnen angeboten wurde. Schon bald öffneten sich die gewaltigen Bogentore, die Wachbeamten und Plünderer wechselten ein paar Worte, und kurz darauf erreichten wir durch einen dunklen Tunnel die andere Seite. Dort wurde etwa ein Drittel der Beute abgeladen, und ein Wachtrupp machte sich an den Abtransport des Fleisches und Gemüses. Zur Bestechungsware gehörte auch Gold und Silber aus den ausgeraubten Dörfern, und ich erkannte eine Figur aus Elfenbein wieder, die in jener schicksalhaften Nacht aus meiner Kammer entwendet worden war. Nun wurde sie einem grinsenden Beamten in die ausgestreckte Hand gedrückt. Es war, als befänden wir uns auf einem öffentlichen Markt, so einfach, reibungslos und gewohnheitsmäßig lief das Geschäft ab. Man konnte daraus schließen, daß es hier schon unzählige Male stattgefunden hatte. Ich mochte die Grenzsoldaten an der Großen Mauer allerdings nicht dafür tadeln, daß sie Profit aus ihrer Lage schlugen. Der Dienst an einem so erbärmlichen Ort mußte auch ein paar Vorteile mit sich bringen, wenn die Monotonie und Einsamkeit nicht unerträglich werden sollten.

Wir hatten das Reich der Mitte, das Land meiner Vorfahren, meine Geburtsstätte und Heimat, verlassen. Hinter der häßlichen Mauer lag alles Unerwünschte, Nicht-Chinesische. Es gelang mir, ein paar Worte mit einer Wache zu wechseln, so daß ich erfuhr, daß dieses Tor in der Nähe der alten Grenzstadt Tatung lag. Das bedeutete, daß wir nicht weit von den Yungang Höhlentempeln entfernt waren, wo fünfzig Buddhas, einige von ihnen von zehnfacher Mannesgröße, vor langer, langer Zeit aus Stein gemeißelt worden waren. Ich hatte gehofft, diese berühmten Skulpturen eines Tages sehen zu können. Bei einer Tasse Reiswein hatten Freunde zu mir gesagt: »Li Shan, du mußt dir unbedingt einmal die Yungang Höhlentempel ansehen.« Eines war mir jedenfalls klar, als wir die Große Mauer

hinter uns ließen und uns auf eine graubraune Ebene zube-
wegten: Mit der heiteren Ruhe großer Steinbuddhas hatten
meine Entführer nichts im Sinn.

Ich habe mich nie für einen tapferen Mann gehalten, lediglich
für einen geduldigen und lebenslustigen, den sein ausgezeichnetes Gedächtnis in die Lage versetzt hatte, seine Prüfungen
zu bestehen, und dessen recht gute Menschenkenntnis – ich
muß das sagen, auch wenn es vielleicht unbescheiden klingt –
ihm dazu verholfen hatte, die Gunst von Regierungskreisen
zu erlangen. Doch jetzt, als wir die Grenze hinter uns ließen
und eine ganz neue Gegend betraten, fragte ich mich, ob ich
mich wohl als verachtenswerter Feigling erweisen würde. Ich
hatte wirklich furchtbare Angst vor dem »Sandmeer«, wie wir
diese schreckliche Einöde, die jetzt vor uns lag, nennen. Aus
der Tatsache, daß meine Entführer häufig das Wort »Gobi« ge-
brauchten, schloß ich, daß dies ihr Name für diese Wüste war.
Auf jeden Fall hausten in dieser trostlosen Gegend, über die
der Wind fegte, böse Geister, spukten hier die Kwei in Gestalt
von Sandfontänen und schwarzen Adlern. Das hatte man mir
als Kind erzählt. Ein Kindermädchen hatte mir immer mit diesem Sandmeer gedroht. Sie sagte, die Kwei würden mich holen, wenn ich nicht artig wäre.

In der ersten Nacht hinter der Mauer hielt ich Sun Wu-
k'ung so fest im Arm, daß er sich mir entwand und mich in die
Nase zwickte.

Als sich unser Treck am nächsten Morgen in Bewegung
setzte, kamen wir zunächst in ein welliges, steiniges und wi-
derlich graues Gebiet. Die Pferdehufe knirschten auf den Kieseln dieser Ebene, die sich gleichförmig vor uns ausstreckte
wie ein weites Meer. Da ich in meinem ganzen Leben immer
Bäume und Büsche um mich herum gehabt hatte, mußte ich
jetzt gegen eine aufsteigende Panik ankämpfen.

Ich lauschte nach den gespenstischen Rufen der Kwei. Soviel ich wußte, waren es wehklagende, um Hilfe flehende Stimmen. Wenn man ihnen aus Mitleid folgte, sah man in der Ferne Seen und Städte schimmern. Doch diese waren nicht wirklich da. So konnte es einem von dämonischen Stimmen und falschen Visionen verwirrten Reisenden, hatten mich Freunde gewarnt, leicht passieren, daß er im Sommer verdurstete oder im Winter erfror – ein Opfer seines eigenen Unwissens. Das würde ich nicht tun. Ich nahm meinen ganzen Stolz zusammen. Wenn ich hier sterben würde, dann nur, weil mich meine Entführer töteten, nicht aber, weil mich ein tollkühner Impuls mitten in die Wüste trieb. Ich würde keinen Versuch unternehmen, meinen Entführern zu entkommen, nur um zugrunde zu gehen. Das sagte ich zu Sun Wu-k'ung. Ich sprach in dieser Zeit, während uns die Pferde weitertrugen, ununterbrochen mit ihm.

Ich sprach nur mit ihm, weil niemand mit mir sprach. Aber auch meine Entführer unterhielten sich nur selten. Bevor wir in dieses Sandmeer gekommen waren, hatten sie noch miteinander gelacht und gescherzt. Jetzt murmelten sie nur noch kurz angebunden, als fürchteten sie, die ruhenden Gewalten der Wüste aufzuwecken.

Was meine Entführer anging, so fühlte ich mich inzwischen fast sicher. Nach dieser langen Zeit war es unwahrscheinlich, daß sie mich in einem Wutanfall oder nur, um etwas zu tun, niederschlagen würden. Sie duldeten mich wie einen streunenden Hund. Sie gaben mir Essen, als fiele es ihnen gerade noch rechtzeitig ein. Manchmal vergaß ich, daß diese übelriechenden, zerlumpten Männer eine ganze Stadt zerstört und meine beiden Geliebten vor meinen Augen getötet hatten. Es kam mir vor, als wären sie Gestalten eines Traums, die mit meinem eigentlichen Leben nichts zu tun hatten, die ich nicht berührte und die mich nicht berührten. Wir waren einfach da in der brütendheißen Landschaft und trotteten weiter, jeder für sich, Tag für Tag.

Nirgends gab es Schatten. Das grelle Sonnenlicht blendete uns, und der Durst kroch von unseren aufgesprungenen Lippen hinab bis tief in die Eingeweide, bis wir uns innen genauso ausgetrocknet fühlten wie außen. Ich konnte an dem verschmachtenden Blick meiner Entführer, an ihren glanzlosen, starren Augen erkennen, daß sie nicht weniger litten als ich.

Doch im Gegensatz zu mir wußten sie, wie man sich an einem so höllischen Ort verhielt. Wenn wir in der Mittagssonne eine Ruhepause einlegten, stießen sie ihre Schwerter in den Sand, drapierten ihre Mäntel über diese behelfsmäßigen Maste und krochen darunter wie in winzige Zelte. Vor Hitze fast vergehend, sah ich zu, bis einer von ihnen mit einem verächtlichen Lächeln neben meinen Füßen ein Schwert in den Boden rammte und mir erlaubte, meinen Mantel darüberzubreiten und so auch ein Zelt zu bauen. Später durfte ich das Schwert für diesen Zweck behalten. Vielleicht spürten sie, daß mir der Mut fehlte, es zu benützen. Mir wäre der Gedanke, die Hand gegen einen von ihnen zu erheben, auch nicht gekommen. Noch nie zuvor hatte ich Männer gesehen, die andere so in Angst und Schrecken versetzten. Ob es wohl an ihrem Geruch, ihren langen, schwarzen Schnurrbärten oder ihrer gedrungenen Gestalt lag? Nein, ich glaube, an nichts von alledem. Ich glaube, es war etwas in ihren Augen: Rücksichts- und Mitleidlosigkeit.

Bald nachdem wir die Grenze überschritten hatten, wurden aus dem Plünderungskommando zwei Gruppen gebildet. Ich sollte noch lernen, daß diese Leute gewohnt waren, sich auf langen Reisen zu teilen und am Ziel wieder zusammenzutreffen. Meine Gruppe bestand jetzt einschließlich mir aus fünfzig Männern. Die andere nahm fast die ganze Beute mit. Es gab darüber kein Hin und Her, wie man es von Banditen erwartet hätte. Die Wüste durchquerten wir dann in Zehnergruppen, wobei jede von einem Mann geführt wurde, der seine Befehle durch bloßes Zunicken oder Blicke erteilte. Später erfuhr ich, daß die Zahlen zehn, hundert und tausend für sie große, ja vielleicht sogar mystische Bedeutung hatten. Trotz ihres Aussehens und Geruchs waren sie nicht nur räuberische Wilde.

Wenn das so war, dann bestätigte das meine Annahme, daß ich für etwas Besonderes ausersehen war. Wenn mich der Gedanke auch verwirrte, so gab er mir doch Sicherheit. Ihnen war befohlen worden, mich irgendwohin zu bringen. Doch in dem Maße, wie sich meine Angst vor ihnen verringerte, verschlimmerte sich meine Angst vor der Wüste.

In der Nacht wurde es jetzt so kalt, daß wir in pelzgefütterten Mänteln schliefen. Beim Morgengrauen konnte man am steinig-sandigen Boden erkennen, daß in der Nacht unzählige Tiere in unserer Mitte gewesen waren – Sandmäuse, Insekten und Eidechsen, deren Wege man an Schlangenlinien und angedeuteten Strichen ablesen konnte. Man hätte meinen können, ein Kalligraph wäre mit dem Pinsel über die Fläche gefegt, um die Raserei seiner chaotischen Gedanken festzuhalten. Die Idee gefiel mir. Wenn ich am Leben bleiben und die Zeit dazu finden würde, wollte ich dieses Bild in einem Gedicht verwenden, denn ich beabsichtigte, um die Wahrheit zu sagen, eines Tages Gedichte zu schreiben.

Die Kwei sprachen nie zu mir, aber der stürmische Wind tat es mit Nachdruck, wenn er von den zerklüfteten Felsen und Hügeln herunterfegte. »Hör dir das an«, sagte ich zu Sun Wu-k'ung, der sich an meinen Hals klammerte. »Hast du schon einmal einen solchen Lärm gehört? Als würden sich ein Mann und eine Frau zanken. Wenn wir zwei, du und ich, sterben, werden wir sicher an einen Ort kommen, wo es immer so weitergeht. Wir sind nicht für den Himmel bestimmt.«

Und doch begann ich widerstrebend, etwas an diesem Land zu bewundern. Das waren die Felsen. Es gab rosa-, pfirsich- und fliederfarbene Felsen mit weißen und schwarzen Kieseln, die der Wind auf Hochglanz poliert hatte. Die Erinnerung an die

Gärten meiner Jugend stieg in mir auf, wo es in der Umgebung von Teichen und auf Höfen zwischen Bäumen ähnlich schöne Steine gegeben hatte, wenn sie auch nicht durch die Natur, sondern mit Kunstverstand dort aufgestellt worden waren.

Während ich versuchte, mich an die Gegebenheiten anzupassen, wurde der arme Sun Wu-k'ung immer unruhiger und empfindlicher, je weiter wir in die Wüste Gobi eindrangen. Ich konnte verstehen, daß er Angst hatte, wenn wir an Wasserlöchern erst die wilden Hunde fortjagen mußten. Das war nicht ganz einfach, weil diese Tiere hartnäckig und unglaublich zäh waren. Sie schlichen um uns herum und knurrten, während wir das brackige Wasser tranken. Dann klammerte sich Sun Wu-k'ung entweder verzweifelt an mich oder aber rannte auf der Suche nach einem Versteck mit wilden Kopfbewegungen im Kreis herum. Er hatte solche Angst, daß ich ihn zum Trinken überreden mußte. Das Wasser schmeckte aber auch nicht gut. Es war immer sauer und von schimmernden Schlieren bedeckt, außerdem roch es übel und widerwärtig. Vom Trinken wurde man nur noch durstiger, und gleichzeitig hätte man es wegen seiner Bitterkeit am liebsten wieder ausgespuckt. Trotzdem versuchte ich zur Belustigung unserer Entführer, die selbst nur daran nippten, den Affen zum Mittrinken zu bewegen, um ihn bei Kräften zu halten. Ich behandelte ihn wie ein Kind und wußte das auch, doch irgendwie machte mein übertriebenes Getue uns beiden Mut.

Auch ich brauchte Mut, wenn ich am Morgen aufwachte und Skorpione um uns herumrannten, ihre Schwänze gebogen wie Krummschwerter, ihre Körper fast so durchsichtig wie feinstes Porzellan und ihre Scheren steif und drohend.

Wir erreichten einen breiten Dünengürtel mit borstigen Tamariskensträuchern. Dann durchquerten wir ein Treibsandgebiet. Im Osten gab es steile Abhänge, im Westen war die Landschaft hügelig. Feine Sandkörner wirbelten durch die Luft und quälten uns wie Moskitos. Ich trug Sun Wu-k'ung jetzt wie ein Baby im Arm. Meine Entführer lachten auch darüber, doch das kümmerte mich nicht. Ich war schon froh, wenn sie uns am Leben ließen.

Die Wüste veränderte sich jetzt. Sobald die Sonne unterging, wurde die Luft in Bodennähe kühl und dann kalt. Während ich noch die Wärme des Südens einatmete, kroch an meinen Füßen und Beinen die Kälte wie eine Schlange herauf. Als Schutz gegen den Wind und die Kälte schliefen wir nun in einem leichten Zelt, das Maikhan hieß (ich fing an, ein paar Wörter ihrer Sprache zu lernen). Das Maikhan bestand aus zwei senkrechten Pfosten, einer Firststange, zwei breiten Stoffbahnen auf den Seiten und vier schmalen vorne und hinten. Die Vorderseite unterschied sich von der Rückseite nur dadurch, daß die Bahnen in der Mitte geteilt waren. Das Zelt war gerade groß genug, um zehn sich zusammendrängende Männer zu fassen. In unserem Falle zehn Männer und einen Affen.

Als wir einmal an einem Wasserloch lagerten und ich, soweit ich mich erinnere, gerade versuchte, mir das eine oder andere Gedicht ins Gedächtnis zu rufen, hörte ich plötzlich von Westen her ein dumpfes Grollen. Ich drehte mich in diese Richtung und sah eine rostfarbene Sandhose auf uns zuwirbeln. Die ganze Erde schien in tosendem Aufruhr zu sein, und eine schwarze Wolke verdunkelte das Licht des Nachmittags. Es gab nur noch bebende Sandwogen, die alles verschleierten. Dem Beispiel meiner Entführer folgend, tauchte ich im Zelt unter und hielt mich wie sie mit geschlossenen Augen am Filzboden fest. Sun Wu-k'ung klammerte sich mit Eisenklauen an meine Oberschenkel. So harrten wir aus, bis der Sandsturm vorüber war.

Was dann geschah, deutete auf einen Wandel bei meinen Entführern hin. Einer von ihnen sagte in schlechtem Chinesisch zu mir: »Das habt Ihr gut gemacht.« Dann nannte er mir die unterschiedlichen Namen für Sandstürme. Es gab mindestens ein halbes Dutzend.

Von diesem Zeitpunkt an erklärten mir fast alle Plünderer, wie die verschiedenen Dinge in ihrer Sprache hießen, und zwar, das muß ich schon sagen, mit bewundernswerter Geduld. Da sie mich jetzt offenbar ein wenig anerkannten, gestanden sie mir auch mehr Nahrung für Sun Wu-k'ung zu, der trotz seiner ständigen Angst immer hungrig war. Manchmal bereiteten sie für ihn sogar einen schwarzen Tee, in den sie geröstete Hirse rührten, so daß es ein ordentlicher Brei wurde. Sun Wu-k'ung fraß ihn mit Genuß und schmatzte dabei ganz komisch. Er brachte mich damit zum Lachen, und ich mochte ihn noch mehr.

Eines Tages – wir hielten gerade an, um unser Nachtlager aufzuschlagen – warfen große Flügel einen Schatten auf die Steine, und nach einem heftigen Angriff wurde mein Affe, der in einem verzweifelten Versuch, sich zu verstecken, weggelaufen war, gepackt und davongetragen. Das letzte, was ich von Sun Wu-k'ung sah, war ein sich windender Pelz in den Klauen eines mächtigen Vogels, der zu einem fernen Berg flog. Ich brach in Tränen aus. Nicht einmal der Tod meines lieben Knaben und Mädchens hatte mich mehr mitgenommen. Auch ein paar meiner Entführer sahen blinzelnd dem schnell entschwindenden Punkt am ansonsten leeren Himmel nach. Vielleicht fragten sie sich, ob sie den Affen, wenn er einem Adler so gut schmeckte, daß er auf ihn niederstieß, nicht selbst hätten essen können. Doch wer konnte schon sagen, was diese Wesen dachten?

Noch nie zuvor hatte ich mich so einsam und verlassen gefühlt.

In der Nacht ging es mir dann sogar noch schlechter. Sun Wu-k'ung war nicht da, um sein schlagendes Herz an meines zu legen. Zum erstenmal in meinem Leben war ich wirklich allein.

3

Seit einigen Tagen fiel mir auf, daß sich die Landschaft allmählich veränderte. Wir verließen die steinige Wüste ohne Wege und kamen in Gegenden mit kargem Pflanzenwuchs und schließlich in Grasebenen. Doch der Wind heulte nach wie vor ohne Unterlaß, als würde er von unermüdlichen Dämonen geblasen. In der Steppe wuchsen keine Bäume, doch auf den dahinter ansteigenden Bergen schien es welche zu geben. Jedenfalls sah ich auf einem fernen Hang grüne Flecken, die ich nicht mehr aus den Augen ließ. Ich nahm an, daß wir den Fuß jenes Berges bis zum Abend erreichen würden, doch als sich der Tag neigte, schienen die grünen Flecken kaum nähergerückt zu sein. Am nächsten Abend konnte ich dann ein paar einzelne Bäume erahnen, doch erst am dritten waren wir so nahe, daß ich wirklich jeden Baum einzeln sah. Da die weite Ebene keinerlei Blickfang bot, hatte ich sie mir viel kleiner vorgestellt, als sie in Wirklichkeit war. Vielleicht waren meine Entführer, die ich die Ranzigen nannte, ja so merkwürdig, weil sie in diesem seltsamen Land lebten. Oft hatte ich Sun Wuk'ung, wenn sich der Wind drehte, ins Ohr geflüstert: »Da ist er wieder – der Geruch der Ranzigen.« Um sich gegen den Wind zu schützen, schmierten sie sich Hammelfett auf die breiten Backen. Weil ich nicht so stinken wollte, nahm ich ihr Angebot, es ihnen gleichzutun, nicht an, sondern ließ mir lieber die Haut vom Wind röten.

Da ich meinen Kameraden verloren hatte, zeigte ich nun mehr Interesse an meinen Entführern. Am auffälligsten, abgesehen von ihren kurzen, krummen Beinen, die das Schicksal den Rücken ihrer Pferde angepaßt zu haben schien, war ihr Haar. Ähnlich den Blumenmädchen in den Bordellen von Kaifeng, schenkten sie diesem große Aufmerksamkeit. Sie schoren ihre Köpfe kahl bis auf einen etwa drei Finger breiten Pony vorne und zwei Zöpfe hinten, die so lang waren, daß sie hinter beiden Ohren zusammengeknotet werden konnten. Eine dikke, schäbig aussehende Stirnlocke reichte ihnen bis zu den Augenbrauen.

Als wir die Wüste Gobi verließen, kleidete ich mich mittlerweile wie sie. Sie hatten mir einen von oben bis unten offenen Mantel gegeben, dessen linkes Vorderteil über das rechte gezogen und dort unter der Achsel mit einem Band befestigt wurde. Ihrem Beispiel folgend, stopfte ich meine Hose in weiche Stiefel, die Filzsohlen, aber keine Absätze hatten. Die Plünderer ergötzten sich an meinem Anblick. Da ich größer und schlanker als sie war, sah ich vermutlich wie ein Storch in einem Bärenfell aus.

Schließlich kamen wir an einen reißenden Fluß mit sehr kaltem Wasser. Die schlanken, grünen Pappeln an seinem Ufer erweckten in mir Erinnerungen an zu Hause. Mein sehnsuchtsvoller Blick auf diese Bäume belustigte meine Entführer. Doch sie konnten sicher nicht ahnen, daß ich an meine Heimat dachte. In dieser rauhen, windgepeitschten Gegend zehrte ich von der Erinnerung an Spaziergänge zwischen blauen Primeln und Orangenbäumen. Sollten die Ranzigen doch lachen. Vielleicht mußte ich mich ja meines Aussehens schämen, nicht aber meiner Vergangenheit.

Ansonsten sollte ich vielleicht noch erwähnen, daß ich niemals müßig war. In Ermangelung anderer Möglichkeiten, meinen Verstand zu beschäftigen, konzentrierte ich mich darauf, etwas über meine Entführer zu erfahren, die sich, das muß ja nun wohl mal gesagt werden, Mongolen nannten. Es war nicht leicht, von ihnen etwas zu lernen. Da ihr Chinesisch sehr schwach und mein Mongolisch recht kümmerlich war, bedurfte es vieler Zeichen und Grimassen, bis ich begriff, daß Schafe auf einem zu feuchten Weideland nicht gediehen und für Pferde ein kalter Boden am besten geeignet war. Dennoch brachten sie mir die Feinheiten der Viehzucht in einer unfruchtbaren Steppe bei. Um die Sache zu erleichtern, überließ ich ihnen die Themenwahl. Sie kamen nie auf Regierungsgeschäfte, Kunst, Poesie oder Musik zu sprechen. Das irritierte mich anfangs, bis ich herausfand, daß sie weder eine Schriftsprache noch Bücher hatten und auch nur wenig Kunst, abgesehen von den geschnitzten Figuren, die sie mit sich herumtrugen, und daß sich ihre Musik im großen und ganzen aufs Trommeln beschränkte.

Ein paar Wochen, nachdem wir die Wüste Gobi hinter uns gelassen hatten, erreichten wir ein Mongolenlager – sie nannten es einen »Pfeil« –, dessen vierzig oder fünfzig Zelte an einem Flußufer aufgereiht waren, alle mit Blickrichtung Süden. Kurz nach unserer Ankunft hinkte ein kleinwüchsiger Mann auf mich zu und sagte: »Sie haben mich Euch gegeben.«

Wegen meines fehlerhaften Mongolisch nahm ich an, daß er in Wirklichkeit meinte, daß sie mich ihm gegeben hätten. »Sie haben mich Euch gegeben?« wiederholte ich.

»Sie haben mich Euch gegeben.«

Ich deutete erst auf meine Brust, dann auf seine. »Sie haben mich Euch gegeben.«

»Nein, nein, sie haben mich Euch gegeben.« Sein finsterer Blick ließ es mich jetzt verstehen.

Ich wußte nun noch nicht, wer »sie« waren, doch als ich danach fragte, drehte er sich nur um und deutete ganz allgemein auf das Lager.

Nun gut, er war mir also von jemandem gegeben worden. Aber wofür? Er führte mich zu seinem Zelt, das wie die anderen oben eine Wölbung hatte und dessen runde Außenwand kreuz und quer mit Seilen aus Pferdehaar umwickelt war. Es war viel größer und stabiler als die Maikhans, die wir in der Wüste verwendet hatten. Am Eingang sagte er »Jurte« und klopfte heftig auf die weiße Filzwand. Er trat erst ein, als ich das Wort wiederholt hatte. Drinnen fand ich Fellteppiche vor, in der Mitte eine Öffnung als Rauchabzug, ein brennendes, von Steinen umgebenes Feuer, einen Haufen Felldecken und eine Reihe zusammengekauerter Menschen. Ich zählte sie nicht. Er stellte mir seine grimmige Frau vor, die älter zu sein schien als er, und seine vier aufmerksamen Kinder, die auch älter aussahen, als sie waren – das jüngste war ein Jahr, das älteste zwölf Jahre alt. Ich mußte die Wörter für »Frau« und »Kind«, für »Knabe« und »Mädchen«, für »ältestes« und »jüngstes« sowie die Anzahl ihrer Lebensjahre wiederholen.

Plötzlich war mir alles klar: Tokhu war mir als Lehrer zugewiesen worden. Vielleicht war er von einem Rat ernannt worden, oder aber es hatte ihn das Los getroffen. Jedenfalls war ich Tokhus Schüler, und er war dafür verantwortlich, daß ich die Sprache lernte. Als es mir nach vielen vergeblichen Versuchen endlich gelang, ihn danach zu fragen, gab er es zu. Mir gefiel der Gedanke. Wenn ich Mongolisch nicht lernte, bekam er die Schuld. Zum erstenmal seit der Entsetzensschreie während der Plünderungen hatte ich das Gefühl, mein Schicksal wieder ein wenig lenken zu können. Wenn er mich nicht gut behandelte, würde ich so tun, als lernte ich nichts. Ha! Es war dumm von dem Mann gewesen, mich erkennen zu lassen, wie schwach seine Position war. Sein Fehler machte mir Hoffnung. Und sie wurde noch dadurch verstärkt, daß diese Leute den Wunsch hatten, mir ihre Sprache beizubringen. Die Mongolen schienen zivilisierter zu sein, als ich gedacht hatte. Dann geschah jedoch etwas, was mich warnte und mir zeigte, daß ich ein Narr gewesen war, so zu denken.

Eines Abends betrank sich ein Mann so sehr, daß er sich vergaß und, statt ins Freie zu gehen, in eine Jurte pinkelte. Am nächsten Morgen kniete er ohne Widerworte vor dem gesamten Pfeil einschließlich Kindern nieder und ließ sich – ausgerechnet von seinem eigenen Bruder – den Kopf abhacken. So lernte ich, daß das Urinieren in einer Jurte unter Todesstrafe stand. Dieses Ereignis rief auch wieder die Erinnerung an jenen Abend zurück, an dem ich verschleppt worden war. Einer der Plünderer hatte eben dieses Schwerstverbrechen in meiner Kammer begangen. Nur daß es in diesem Fall kein Schwerstverbrechen gewesen war, sondern der Ausdruck abgrundtiefer Verachtung uns Überfallenen gegenüber. Diese Erkenntnis brachte meine Vorsicht zurück.

Eines Morgens wurde unsere Jurte abgebaut: Die Filzwände wurden zusammengefaltet und mit den Weidenstäben und Lederriemen auf einen Karren geladen. Die Kleidung und der Hausrat wurden in kleinen Ledertruhen verstaut oder in Decken gewickelt und dann auf Ochsen geladen. Es dauerte nicht lange, und unser Pfeil brach auf. Ich war erstaunt, wie schnell die Mongolen zusammenpacken und losziehen konnten. Am hinderlichsten beim Herumreisen war das Vieh, das vor ihnen hergetrieben wurde.

Wohin sich ein Pfeil wandte, hing von drei Dingen ab: Schutz vor dem Wind, Weideland und Wasser. Wenn mir Tokhu so etwas erzählte, ließ er es mich immer genau wiederholen. Je nach Laune, das heißt, je nachdem ob ich ihn quälen wollte oder nicht, gab ich eine richtige oder falsche Antwort. Der Gedanke war tröstlich, daß diese Barbaren keine Ahnung hatten, was es bedeutete, sich Tausende von Schriftzeichen in ihrer genauen Anordnung zu merken, um sie Wort für Wort wiederholen zu können.

Die andere Hälfte der Plünderer stieß zu uns, als wir uns an einem Fluß westlich des großen Kerulen niedergelassen hatten. Die Beute wurde – offenbar zur allseitigen Zufriedenheit – aufgeteilt, und an diesem Abend fand dann ein großes Freß- und Saufgelage statt. Frierend saß ich am lodernden Lagerfeuer, während die Männer vor den Frauen herumstolzierten und sich gegenseitig mit Heldengeschichten zu übertrumpfen suchten. Gegen Morgen gelang es mir dann, in meine Jurte zu kriechen und warm zu werden. Drinnen ließ sich unmißverständliches Stöhnen vernehmen, doch die Kinder kümmerten sich entweder nicht darum, oder aber sie schliefen weiter. Bei mir hatte es eine andere Wirkung. Ich versuchte an Mongolinnen zu denken, doch diese gaben, in Pelz gewickelt, nicht viel preis, woran man denken konnte, außer roten Wangen und seltsam grünen Augen. Im Gegensatz zu den Männern verwandten sie fast keine Zeit auf ihre Haare. Sie schnitten sie vorne einfach kurz und steckten sie hinten unter eine weiße Haube. Ihre Brüste umwickelten sie mit himmelblauen Schärpen, und sie konnten so ebenso gut reiten wie die Männer. Doch selbst wenn sie die geschmeidige Schönheit der Mädchen aus Soochow gehabt hätten, wäre ich ihnen ferngeblieben. Das Problem war die Sauberkeit. Sie wuschen niemals ihre Kleider, weil das den Himmelsgott beleidigt hätte, und sich selbst wuschen sie nur, indem sie Wasser in den Mund füllten und es auf die Hände spuckten. Die Mädchen von Soochow hingegen waren elegant und fein und konnten einem mit einem einzigen Blick das Herz brechen. Ich dachte jetzt an sie. Und während ich so dalag, fielen mir selbst die Kohlköpfe aus Shantung, die Schnecken aus Foochow und die berühmten Tees meiner Kindheit ein. Ich war sehr verzweifelt, doch wollte ich am Leben bleiben, um eines Tages all das Schöne wiederzuhaben.

Es fing an zu schneien, doch wegen der trockenen Steppenluft nicht so heftig, wie ich erwartet hatte. Andererseits hatte ich nicht damit gerechnet, daß es so grimmig kalt werden würde. Tokhu kannte mehr als ein Dutzend Wörter, um das Frostwetter in allen Nuancen zu beschreiben, doch sie kamen alle auf eins heraus: auf ein Gefühl von Eiseskälte, das einen nicht mehr verließ, das man selbst dann noch bis in die Knochen spürte, wenn man in der Jurte war. Wenn die Feuer abends mit Kohlestaub abgedeckt wurden, bedeutete das unweigerlich, daß am nächsten Morgen das Wasser in den Schüsseln gefroren war.

Doch den Mongolen schien die Kälte nichts auszumachen, vielleicht weil sie ihnen so vertraut war. Sie zogen sich zwei zusätzliche Mäntel aus Fuchs- oder Wolfsfell an, wobei sie den einen mit dem Fell zum Körper und den anderen mit dem Fell zu Wind und Schnee trugen. Die Kälte, das Weiß und die täglichen Verrichtungen änderten sich kaum, und so sehnte ich mich verzweifelt nach Lautenspiel, einem geistreichen Gespräch über Poesie und einem Hof mit Blumentöpfen und Porzellanstühlen. Daher nahm ich Tokhus Einladung zur Jagd aus lauter Langeweile an. Ich rieb mir sogar Hammelfett ins Gesicht, um Frostbeulen vorzubeugen.

Noch nie hatte ich eine solche Kälte erlebt wie jetzt in der nördlichen Taiga. Dennoch ist mir dieser Ausflug merkwürdigerweise in angenehmer Erinnerung geblieben, jedenfalls gewisse Momente davon: der Luchs mit den großen Ohren, der eine Pfote aus einer Schneewehe hob; der Braunbär, der einen Baum angriff und dessen Borke zerfetzte, als wäre es feines Pergament, bloß weil dieser ihm im Weg stand; der Flug einer Rieseneule, die uns hin- und herfliegend auf unserem Weg begleitete, wie ein gespenstischer Beobachter aus einem immer wiederkehrenden Traum. Doch vor allem habe ich die Stille in Erinnerung, die unendliche, überwältigende Stille zwischen den einzelnen Windstößen: Sie glich den Pausen zwischen den Gongschlägen bei der Tempelmusik. Während der ganzen Zeit in der Taiga hatte mich kein einziger Atemzug gewärmt, und doch empfand ich, als wir zu unserem Lager westlich des Kerulen zurückkehrten, eine tiefe Traurigkeit, so als hätte ich gerade einen See im Süden mit seiner balsamischen Luft gegen eine Stadt im Norden mit ihrem Lärm und Schmutz eingetauscht.

Als wir ins Lager zurückkamen, fanden wir Besucher von einem anderen Pfeil vor. Das bedeutete ein Fest, und dazu gab es glücklicherweise kein Fleisch vom Schaf, sondern von der Antilope. Wenn diese Leute ein Schaf schlachteten, vergeudeten sie nicht einen Bissen davon, nicht einmal die Lunge oder andere Innereien. Und besonders gern aßen sie das Fett – feste graue Stücke davon. Mein Volk hatte es lieber, wenn das Fleisch in vernünftige Bissen geschnitten war, doch diese Barbaren servierten einen großen Hammelschwanz als dampfendes, ganzes Stück. Zu meinem Erstaunen hörte ich nun auf diesem Fest, wie einer der Besucher in perfektem Hochchinesisch zu einem anderen sagte: »Wenigstens ist Antilope nicht so fett wie Hammel.«

Daraufhin sah ich mir die beiden etwas näher an. Ich stellte fest, daß ihre Gesichtszüge mehr chinesisch als mongolisch waren. Ich sagte während des Festes nichts, wechselte jedoch Blicke mit dem Mann, der sich über das Essen geäußert hatte. Später gelang es uns dann, etwa gleichzeitig hinauszugehen, so als wollten wir draußen pinkeln, um uns nicht eines Schwerstverbrechens schuldig zu machen.

»Wer seid Ihr?« fragte ich auf Chinesisch, als wir uns ein paar Schritte von der Jurte entfernt gegenüberstanden. Nachdem ich mir monatelang hatte anhören müssen, wie die Barbaren die Sprache meiner Vorfahren verunstalteten, war seine Antwort Musik in meinen Ohren. Er war als Militäringenieur in der Nähe von Tatung stationiert gewesen.

»Eines Abends wurde unser Lager von Plünderern überfallen. Wir waren eine Gruppe von Belagerungsfachleuten. Bis auf ein Dutzend metzelten sie alle nieder. Dann wollten sie wissen, was wir in der Chin-Armee taten. Diejenigen, die mit Katapulten arbeiteten, ließen sie am Leben, die anderen wurden hingerichtet.«

»Katapulte? Um Felsbrocken über eine Mauer zu werfen?«

»Ja, sie waren an Katapulten interessiert.«

»Wieso? Sie reiten in die Städte, plündern sie, reiten wieder hinaus und kehren in diese elende Steppe zurück. Das ist alles, was sie können.«

»Trotzdem sind sie an Katapulten interessiert.« Er runzelte mißbilligend die Stirn. »Ihr müßt noch viel über die Mongolen lernen.«

»Ich habe es satt, etwas über sie zu lernen.«

»Dann seid Ihr vielleicht kein wißbegieriger Mann.«

Der Stachel saß. Um ihm zu zeigen, daß dies nicht stimmte, erzählte ich ihm, daß ich Bezirkszensor mit dem Dienstgrad sechs gewesen war.

Er schürzte nachdenklich die Lippen. »Das erklärt Eure Anwesenheit. Sie brauchen Euch für irgend etwas.«

»Das glaube ich auch. Aber wofür?«

»Nun, Ihr seid ein gebildeter Mann. Vielleicht können sie etwas von Eurem Wissen brauchen.«

Wir kicherten wie Verschwörer.

»So machen sie es nämlich«, sagte der Ingenieur. »Sie stehlen Menschen, wie sie Pferde stehlen. Mich überrascht nur, wie sie uns behandeln.«

»Ich verstehe nicht ganz.«

»Wir werden nicht wie Sklaven behandelt.«

»Aber auch nicht gerade wie geehrte Gäste.«

»Vielleicht wie Gelehrte«, schlug er vor. »Natürlich kommt es Euch besonders gelegen, daß sie über diese so wenig wissen. Ich glaube, daß sie uns ihrer Meinung nach sehr gut behandeln.«

Mein angestauter Kummer ließ mich jetzt herausplatzen: »Mit ihnen zu leben, ist schlimmer als der Tod.«

»Ach?« Grimmig grinsend blickte er mich an. »Ich kann mir nicht vorstellen, daß es für Euch besser wäre, tot zu sein. Zwar seid Ihr der gebildete Mann, aber ich möchte doch einen Philosophen zitieren: ›In den Bergen im Osten fressen die Tiger Menschen. In den Bergen im Westen tun sie es auch.‹«

»Das bedeutet?« fragte ich vorsichtig.

»Ihr wißt es bestimmt. Es bedeutet, daß ein Ort so gut wie der andere ist.«

»Ihr meint, daß diese Steppe so gut wie unser Zuhause ist?«

Es war offensichtlich, daß der Ingenieur, der irgendwie Frieden mit den Mongolen geschlossen zu haben schien, unseres Gesprächs überdrüssig wurde. Er beendete es jedenfalls, indem er sagte: »Laßt uns wieder hineingehen, sonst denken sie noch, daß wir ein Komplott schmieden. Letztes Jahr im Sommer glaubten sie das mal von einem von uns. Ihr macht Euch keinen Begriff, was sie mit ihm getan haben.«

4

»Ich brauche ein neues Pony«, meinte Tokhu, nachdem er das neben der Jurte angebundene betrachtet hatte.

»Was ist denn mit diesem nicht in Ordnung?«

»Es ist müde und braucht eine Ruhepause.«

Tokhus Sorge um sein Pferd überraschte mich, vor allem, weil ich noch nicht gehört hatte, daß sich ein Mongole um irgendein Lebewesen Sorgen machte. In meinem Land brachte ein Bauer seine Pferde in den Stall und versorgte sie mit Heu, ganz gleich, ob er sie verwendete oder nicht. Doch nun erfuhr ich, daß ein Mongole sein Pferd, wenn er es nicht brauchte, losband und in die Freiheit entließ.

Als mich Tokhu einlud, ihn bei einem Zusammentreiben von Pferden zu begleiten, nahm ich an. Er freute sich darüber; vielleicht meinte er, daß das jetzt mein erster Schritt sei, ein Mongole zu werden.

Als wir mit einem Dutzend anderer Männer in die Steppe ritten, fragte mich Tokhu plötzlich: »Findet Ihr das Pony der Mongolen schön?«

Ich suchte nach einer ausweichenden Antwort. Die Ponys der Mongolen waren weder schön noch besonders eindrucksvoll. Sie waren klein und stämmig, hatten große Köpfe und ein häßliches Winterfell, und ihre von Natur aus langen, zotteligen Mähnen mußten kurzgeschnitten werden, um zu verhindern, daß dem Reiter das borstige Haar ins Gesicht flog. Das war alles, was ich von ihnen wußte. Als Antwort gestand ich, daß ich von Pferden keine Ahnung hätte.

»Nur ein Mongole kennt ein mongolisches Pony wirklich«,

prahlte Tokhu. Dennoch fühlte er sich verpflichtet, mich, einen Fremden, von dessen Tugenden zu überzeugen: Es konnte grasen, während es in hoher Geschwindigkeit große Entfernungen zurücklegte, im Sommer fraß es Blätter, und im Winter wühlte es im Schnee herum, bis es die Grasnarbe fand. Es überlebte selbst in einer Gegend, die Menschen für gänzlich unfruchtbar hielten. Auf einem mongolischen Pferd konnte man schlafen wie in einer Sänfte, und man konnte von ihm seine Pfeile abschießen. »Doch es kämpft selbst gegen seinen mongolischen Herrn«, warnte Tokhu. »Das werdet Ihr noch sehen.«

Als wir ein paar Wildpferde ausgemacht hatten, die im Schutz einer Bergkette grasten, befestigten die Männer ein langes Seil zwischen zwei in die Erde gerammten Pfählen. Tokhu und die anderen Reiter trugen eine »Urga«, eine dünne Rute mit einer Lederschlinge am Ende. Tokhu suchte sich den Hengst aus, den er haben wollte, und galoppierte auf ihn zu. Sein Pferd nahm es mit allen Ausweichmanövern des fliehenden Tieres auf, und mehrmals sah es so aus, als würde Tokhu abgeworfen. Schließlich gelang es ihm, dem Hengst die Schlinge über den Kopf zu werfen und diese fest gegen die Kinnbakke zu ziehen. Das brachte das Tier zum Stehen, als wäre es gegen eine Mauer gelaufen. Dann führte Tokhu es zu dem Seil und band es daran fest. An diesem Nachmittag wurden zehn mit der Urga eingefangene, bockende und ausschlagende Ponys eingeritten, bis sie ruhig genug waren, um gesattelt werden zu können.

»Manchmal«, sagte Tokhu, »braucht man einen ganzen Tag, um ein Pferd einzureiten, selbst wenn es bei ihm schon vier- oder fünfmal gemacht worden ist. Das liegt daran, daß es immer ein Steppentier bleibt.«

Ein Reiter wurde von einem dieser wilden Ponys abgeworfen. Die anderen verhöhnten und verspotteten ihn, bis er wieder aufsaß.

»Es gibt keinen größeren Kämpfer als ein mongolisches

Pony«, fuhr Tokhu fort, »doch wenn es einem schließlich gehört, kann man sein Blut trinken.«

Vielleicht hatte ich nicht ganz richtig verstanden, was Tokhu sagte, doch da ich spürte, daß er, was Pferde anging, nicht lügen würde, sagte ich: »Ich glaube Euch.«

Doch damit gab sich Tokhu nicht zufrieden. Er kam ganz nah an mich heran und schaute aus zusammengekniffenen Augen zu mir auf, um zu sehen, ob ich auch wirklich genau zuhörte. »Wenn man Durst hat«, erklärte er dann, »und es nirgends Wasser gibt, läßt es ein mongolisches Pony zu, daß man an seinem Hals eine Ader aufschneidet und das heraussprizzende Blut trinkt. Es verläßt sich darauf, daß man die Wunde danach mit einem Stück Filz zustopft und bleibt so lange still und geduldig stehen, bis man wieder aufgestiegen ist. Erst wenn man die Zügel locker läßt, erst dann und keinen Augenblick früher, läuft es weiter. Ich bin schon viermal«, behauptete Tokhu, »so durstig gewesen.«

»Das glaube ich Euch.«

Er schnaubte verächtlich. »Ihr glaubt mir, habt aber im Grunde keine Ahnung. Nur ein Mongole kennt ein mongolisches Pony wirklich. Aber das laßt Euch gesagt sein: Eines Tages wird die ganze Welt von ihm hören!«

Es war das erstemal, daß ich eine solche Prahlerei hörte. Ich erschrak damals und sollte auch künftig immer wieder erschrecken, bis ich eines Tages einsehen würde, daß das Eintreffen dieser Vorhersage unvermeidlich und schicksalhaft war.

Wir entließen zehn Ponys in die Freiheit, so daß sie sich ihren wilden Brüdern zugesellen konnten, und kehrten mit zehn frisch eingerittenen zum Lager zurück.

Ich hatte Milch noch nie gemocht, aber erst bei den Mongolen erfuhr ich, wie schrecklich sie doch tatsächlich schmeckte.

In meinem Land wurde Milch als ein Ausscheidungsprodukt ähnlich dem Urin angesehen. Es war nicht viel besser,

das eine als das andere zu trinken. Doch die Mongolen schlürf-
ten die Milch von Schafen, Kühen und anderen Tieren, als
wäre es Wein. Am allerliebsten aber tranken sie frische Jak-
milch, weil diese sehr fettreich war. Wenn man sie über Nacht
stehenließ, sammelte sich die Sahne an der Oberfläche und
wurde beinahe fest. Mir wurde schon beim bloßen Anblick
übel. Diese Cremeschicht wurde abgehoben und auf Gebäck
gestrichen; ich habe es nie probiert. Kein Wunder, daß die
Männer und Frauen bei dem vielen Fett, das sie aßen, ständig
furzten, so daß es im Zelt so schrecklich stank, als hätten sie
alle darin gepinkelt.

Ich sah zu, wie die Frauen aus Ziegenmilch Käse herstellten. Sie kochten die geronnene Milch, formten aus der Masse
Quader, die sie auf den Jurtedächern trocknen ließen und
schließlich in Schafsmägen packten. Bei Festen griff man dann
mit schmutzigen Händen in diese scharfriechenden Taschen
und holte Brocken von dem Zeug heraus. Manchmal zwangen
mich betrunkene Feiernde, ein übelriechendes Stück zu essen.
Die Angst, es abzulehnen, war stärker als der Ekel, so würgte
ich es dann unter dem brüllenden Gelächter der Mongolen
hinunter.

Etwas Schlechtes kann großes Unglück herbeiführen – hat
einmal ein Philosoph festgestellt. Das galt ganz bestimmt für
Milch. Die Bestätigung meiner Meinung bekam ich am Ende
des Winters.

Eines Morgens begann der Schnee zu schmelzen. Flecken
mit frischem, weichem Gras tauchten wie Oasen auf. Als dann
die ganze Steppe grün war, wurden die Stuten trächtig. Da im
Winter nur wenige gestorben waren, sagte Tokhu voraus, daß
bald viele Fohlen auf wackeligen, langen Beinen auf den Weiden herumlaufen würden. Er nannte das einen milden Winter!

Ich hatte mir noch nie Gedanken über fohlende Stuten gemacht. Auch hätte ich mir früher nicht vorstellen können, daß
für jemanden, der mit Pferden zu tun hatte, die Geburt eines

Fohlens weniger wichtig war als die Stutenmilch, die dieses ernähren sollte. Aber ich hatte ja früher fast überhaupt keine Vorstellung von Leuten wie den Mongolen gehabt.

Wenn Stuten fohlten, hatten sie die süßeste Milch (wurde mir erklärt), und zwar in unendlichen Mengen. Die Mongolen waren darauf aus wie Bären auf Honig. Sie schütteten diese frische Milch eimerweise in große Taschen aus Pferdeleder, wo sie schnell sauer wurde. Dann rührten sie mit Stöcken darin herum, bis sie Blasen warf und sprudelte und zu einem Getränk vergor, das im Laufe der Zeit immer stärker wurde. Sie nannten es Kumys. Je länger dieser Kumys reifte, um so schärfer wurde er. Ich muß allerdings einräumen, daß er einen überraschend angenehmen, leicht mandelartigen Nachgeschmack hatte.

Ich gebe zu, daß ich den Kumys ganz erträglich fand, die Mongolen jedoch schienen mit einer unbändigen Leidenschaft für ihn geboren zu sein. Im Lager kam nahezu alles zum Erliegen, wenn im Frühjahr der erste Kumys Einzug hielt. Überall fanden Trinkgelage statt. Dabei wurde so wenig gegessen, daß ich manchmal überlegte, ob sie sich zu Tode trinken oder hungern würden. Männer, Frauen und halbflügge Kinder kippten Kumys in sich hinein, bis sie nur noch vor sich hin taumelten. Doch nicht in jeder Hinsicht waren sie außer Gefecht gesetzt. Das Stöhnen in den Nächten nahm sogar noch zu. Immer wieder krochen Leute durch die niedrige Tür, als wäre es heller Tag. Bei dem ständigen Kommen und Gehen fragte ich mich gelegentlich am nächsten Morgen, ob ich in die falsche Jurte gestolpert war.

All dieses Lieben brachte mir die Erinnerung an alte Romanzen im Süden zurück, wo sich die Sinnlichkeit zu einer Kunstform entwickelt hat. Für mich war die Liebe mit Männern und Frauen immer gleichrangig gewesen. Das war die Ursache für eine Meinungsverschiedenheit mit meinem Vater, die sich nicht aus der Welt schaffen ließ. Ich war einmal nahe daran gewesen zu heiraten, doch die Frage der Mitgift konnte nicht zur allseitigen Zufriedenheit gelöst werden. Ganz nebenbei erwähnte ich meinem Vater gegenüber, daß es mir, wenn ich heiraten und ein Kind bekommen würde, unwichtig wäre, ob es ein Knabe oder ein Mädchen wäre. Er wurde furchtbar wütend. Wie konnte ich nur unsere Ahnen so beleidigen? Wie konnte ich bloß so dumm sein, einen Knaben und ein Mädchen als gleichwertig anzusehen? Ich versuchte nicht, ihm das zu erklären, da er es niemals eingesehen hätte. Doch ich war der Meinung, daß Männer und Frauen, wenn sie gleich gute Liebhaber waren, auch in anderer Hinsicht gleich sein mußten.

Eines Tages kam dann ein eiskalter Wind aus dem Norden, der innerhalb einer einzigen Nacht den Sommer in der Steppe wieder zum Winter werden ließ. Das beendete zwar nicht die Trinkerei, doch mußten jetzt abends die Pelze hervorgeholt werden. Auch das Gestöhne hörte nicht auf. Ich lag da, auf unklare Weise unglücklich. Es muß wohl zur Stunde des Keilers oder der Ratte gewesen sein, als jemand in der Dunkelheit zu meiner Decke kam und mein Gesicht berührte. Das Streicheln der rauhen Finger machte mich schlagartig hellwach. Ein Rascheln, dann schlug jemand meine Decke zurück und zog mir ungeschickt die Hose aus. Ich spürte warme Haut an meinen Oberschenkeln und merkte, daß es ein weiblicher Körper war. Also schön, eine Frau. Sie packte mich grob und brachte mich heftig streichelnd zum Höhepunkt, bei dem sie auf mir saß und mich ohne viel Aufhebens in sich aufnahm. Nach der langen Zeit der Enthaltung gab ich mir schon einige Mühe, obgleich ich, als ich meine leidenschaftliche Angreiferin liebkosen wollte, wegen ihrer Pelzjacke das Gefühl hatte, ein überschwengliches Bärenjunges zu umarmen. Aus den Geräuschen zu schließen, erreichten wir jedoch gemeinsam den Höhepunkt. Kaum hatte sich ihr Atem beruhigt, verließ sie mich ohne große Abschiedsgeste wieder.

Am nächsten Morgen versuchte ich herauszufinden, wer es gewesen war. Drei Frauen kamen in Frage, eine verheiratete und zwei unverheiratete, alle ungefähr zwanzig Jahre alt. Es war schwer zu entscheiden, denn jede sah mich verstohlen und verschämt lachend an. Ich schloß aus ihrem Verhalten, daß meine unbekannte Gefährtin mit ihren Freundinnen über die letzte Nacht gesprochen hatte. Nichts nach meiner Entführung gab mir mehr Selbstvertrauen als die Tatsache, daß ich offenbar den kichernden Beifall von allen dreien erlangt hatte.

Das unkontrollierte Trinken vergorener Stutenmilch endete jedoch mit einem Unglück, das meiner Furcht, inmitten dieser Leute zu leben, neue Nahrung gab.

Es begann mit dem Besuch eines halben Dutzends Mongolen von einem anderen Pfeil. Diese ritten offenbar von einem Lager zum andern und probierten überall den Kumys, um ihn mit dem eigenen zu vergleichen. Tokhu und seine Kameraden waren wegen dieser Herausforderung sehr aufgeregt, als sie die Besucher zu einem Umtrunk vor der versammelten Familie in unsere Jurte einluden.

Wegen des formellen Charakters dieser Herausforderung saßen unsere Frauen links von der Tür, unsere Männer rechts und die Gäste hinter der Feuerstelle. Ich hielt mich unauffällig an der Wand bei den Kindern auf.

Die Kumysbeutel wurden von ihrem angestammten Platz an der Westwand heruntergeholt. Tokhus Vater, der älteste der Familie, griff nach einem und ließ geschickt einen Strahl der blassen Flüssigkeit durch den langen Hals in eine Porzellantasse laufen (eine chinesische, zweifellos von einer Plünderung). Als er diese den Gästen hinstreckte, nahm sie einer entgegen – die rechte Hand ausgestreckt, die linke Hand unter dem rechten Ellbogen. Das war die korrekte Art, etwas vom Gastgeber Angebotenes anzunehmen. Der Gast, der einen dünnen Spitzbart trug und schon beschwipst zu sein schien, trank die Tasse in einem Zug aus und drehte sie dann um, um zu zeigen, daß sie leer war.

Dann geschah etwas Schreckliches, das war sogar mir klar.

Nachdem sich dieser Mann mit dem Spitzbart kritisch die Lippen geleckt hatte, streckte er die Tasse Tokhus Vater abrupt hin. Er hätte sie ihm eigentlich genauso zurückgeben müssen, wie er sie entgegengenommen hatte: die rechte Hand ausgestreckt, die linke unter dem Ellbogen.

Tokhus Vater war nicht bereit, die ihm so zurückgereichte Tasse anzunehmen, doch bevor er förmlich protestieren konnte, sprang sein Sohn zu ihm hin und schlug dem Gast die Tasse aus der Hand.

»Das war kein guter Kumys.« Lächelnd zupfte der Gast an seinem Spitzbart.

Tokhu hob die am Boden liegende Tasse auf und zerbrach sie in der Hand wie eine Eierschale. »Aus dieser wird niemand mehr trinken.« Dann deutete er auf den Gast. »Wegen dieser Beleidigung fordere ich Euch.«

»Wann?«

»Morgen früh bei Sonnenaufgang.«

Später dann, als die Besucher wieder zu ihren eigenen Zelten vor unserer Ansiedlung zurückgekehrt waren, saß ich in unserer Jurte neben Tokhu, der den Daumenring zum Abschießen von Pfeilen polierte. Er lächelte mich an. »Ein guter Daumenring macht einen guten Bogenschützen. Seht, ich werde wegen der größeren Durchschlagskraft eine breite Pfeilspitze verwenden.« Er hielt einen neu befiederten Pfeil hoch. »Es kommen nur Adlerfedern in Frage. Dieser Mann kommt aus einem Clan von Kriegern. Ich möchte ihn nicht mit Federn von einem anderen Vogel beleidigen.«

Ich betrachtete seinen Bogen. Ohne Sehne sah er wie die Fühler eines gedrungenen Insekts aus. Die Holzstücke, Sehnen und Knochen, aus denen er bestand, waren auf komplizierte Art zusammengesetzt und mit Fischleim verklebt.

»Muß es sein?« fragte ich zögernd.

»Habt Ihr gesehen, wie er meinem Vater die Tasse zurück-
gegeben hat?«

Ich sagte nichts mehr, obwohl ich mein Leben lang zu Kom-
promiß- und Verhandlungsbereitschaft erzogen worden war.
Ich sah zu, wie Tokhu die Sehne befestigte, wobei er den Bogen so sehr krümmte, daß er wie eine Hangchow-Lyra aussah.
Um ihn auszuprobieren, zog er die Sehne an die Wange, so
daß ich die immense Kraft, die in diesem Bogen steckte, förmlich zu hören meinte. Ich merkte in diesem Augenblick, daß
ich Tokhu richtig gern hatte und bewunderte – so sehr, daß ich
noch einmal vorsichtig versuchte, den Kampf zu verhindern:
»Ihr habt ein schwarzes Fuchsfell an der Wand hängen. Wie
wär's denn mit einem hübschen Geschenk?«

Er sah mich so scharf an, daß ich erschrak.

»Wenn Ihr schon ein Angsthase seid, dann zeigt es wenigstens nicht«, knurrte er und wandte sich wieder seinem Bogen
zu.

Und so stand wegen eines berauschenden Getränks aus Milch
im Morgengrauen des nächsten Tages der ganze Pfeil in der
Ebene vor dem Lager. Die beiden Gegner hatten ihre Ober-
körper entblößt und trugen Köcher auf dem Rücken. Tokhus
Vetter, neben dem ich stand, meinte: »Vier Pfeile müssen reichen.«

»Wenn jeder vier abgeschossen hat und keiner von beiden
tot ist, dann ist es vorbei?«

Sein düsteres Nicken bedeutete ja. Es bedeutete aber auch,
daß ein solches Ende nicht ehrenhaft war. Ich ließ nicht verlauten, was ich selbst für die einzig vernünftige Lösung dieses
verrückten Problems hielt: Beide schossen ihre Pfeile in die
Luft. Doch ich forschte weiter, in der Hoffnung, daß noch ein
anderes als ein tödliches Ende möglich war: »Was ist, wenn einer von ihnen verwundet ist? Reicht das aus? Hören sie dann
auf?«

Er sah mich überrascht an. »Natürlich nicht. Warum kämpft man dann? Solange noch ein Pfeil da ist, wird er benützt.«

Ich zögerte einen Augenblick, bevor ich die nächste Frage stellte, in der Hoffnung, sie würde nicht zu dumm klingen. »Was ist, wenn ein Pferd erschossen wird?«

Der Vetter zeigte mir drei Männer auf Pferden, die nicht nur mit Bögen, sondern auch mit Lanzen ausgerüstet waren. »Sie stellen fest, wer es war, und töten ihn.«

Seine Antwort legte die nächste Frage nahe: »Was ist mit ihnen?« Ich deutete auf die versammelten Zuschauer, unter denen auch Kinder waren. »Was ist, wenn sich ein Pfeil in die Menge verirrt und einen von ihnen trifft?«

Der Vetter sah flüchtig zu der Gruppe, als verdiene diese Frage keine besondere Aufmerksamkeit. »Das ist schon vorgekommen«, meinte er.

Ich vermutete, daß schon mehr Zuschauer als Pferde erschossen worden waren.

Abschätzig meinte der Vetter, indem er der Menge den Rücken zukehrte: »Wenn es geschieht, dann ist es Schicksal.«

Bevor das Duell begann, tranken beide Männer noch eine Tasse von dem sprudelnden und berauschenden Getränk, das die eigentliche Ursache des ganzen Problems war. Dann ritten sie in entgegengesetzter Richtung davon, bis sie nur noch als Punkte am Horizont zu erkennen waren. Ein Mann begann eine große Trommel rhythmisch mit Holzstöcken zu schlagen. Die beiden Punkte in der Ebene wurden größer. Ich hatte gedacht, die Gegner würden herangaloppieren, doch sie kamen mit fast tänzelnden Pferden näher und begannen sich in großem Abstand zu umkreisen. Es sah aus, als zögerten sie. Doch ich wußte, daß beide keine Furcht kannten. Plötzlich ließ Tokhu, der seinen Pfeil und Bogen in der rechten Hand getragen hatte, die Zügel fallen, legte blitzschnell an und schoß einen Pfeil aus ziemlich großer Entfernung ab. Er verfehlte sein Ziel nur knapp, ebenso wie der Pfeil, der als Antwort von dem Besucher mit dem Spitzbart kam. Das peitschende Geräusch ihrer Bögen schallte über die Ebene. Nun ritten sie in hohem Tempo auseinander, kehrten zurück, um sich wieder zu umkreisen, griffen scheinbar an und umkreisten sich erneut. Man hätte sie für Höflinge halten können, die den Damen ihre Reitkunst vorführten, wie ich es schon einmal in Hangchow gesehen hatte. Die beiden Gegner schossen noch zweimal daneben, wenn auch nur knapp. Das heißt, ein Pfeil von Tokhu flog über die Menge. Die Leute duckten sich, doch drängten danach gleich wieder nach vorn, um das Schicksal erneut herauszufordern.

Schließlich ritt der Besucher in hohem Tempo auf Tokhu zu, Tokhu erwiderte den Ansturm, doch als sie fast zusammenstießen, verließ den Gast offenbar der Mut, und er wich aus. Tokhu folgte ihm dicht auf den Fersen, ließ in vollem Galopp die Zügel fallen und hob den Bogen. Was dann geschah, verblüffte und entsetzte mich zugleich.

Der Besucher, der im Galopp geflohen war, drehte sich plötzlich im Sattel um, erhob sich leicht im Steigbügel, riß den Bogen hoch und schoß über die Schulter. Tokhu war nur drei Pferdelängen hinter ihm. Der Pfeil durchdrang seine Kehle und ließ an der Eintrittsstelle nur Federn zurück.

Ich stöhnte auf und legte die Hände über die Augen. Jemand krallte sich an meinem Arm fest. Es war der Vetter. »Es sah aus, als würde er fliehen«, grinste er, »doch das war nur ein guter Trick.« Dann runzelte er die Stirn. »Tokhu hätte das merken müssen.«

Ich blickte ihn an. Der Mann, der dort mit einem Pfeil im Hals am Boden lag, war sein Freund und Verwandter. Doch schon kurze Zeit später führte der Vetter eine Abordnung an, die dem Sieger als Anerkennung für seinen guten Trick einen Schluck Kumys anbot. Tokhus Frau schaffte inzwischen mit ein paar anderen Frauen den Leichnam weg. Da Tokhu ehrenhaft in einem Einzelkampf gestorben war, stand ihm eine Beerdigung statt der Aussetzung auf der Ebene zu, was sonst, wie ich noch erfahren sollte, das übliche Verfahren mit Toten war. Nach ausgiebigen Totenklagen wurde Tokhu begraben. Dann führte man sein Pferd zu dem frisch aufgehäuften Hügel, an dessen Fuß ein Pfahl aus der Erde ragte. Es wurde so weit über diesen Pfahl manövriert, daß sich sein Leib ungefähr eine Handbreit über der Spitze befand. Neben jedem Bein des Pferdes stand ein Mann mit einem großen Holzhammer. Auf ein Zeichen hin schlugen sie auf das Pferd ein, so daß sein Körper auf den Pfahl fiel. Noch nie zuvor in meinem Leben hatte ich von einem Lebewesen ein so herzzerreißendes Geheul gehört. Das aufgespießte Pferd wand sich noch lange, ehe es starb.

»Warum haben sie das gemacht?« fragte ich einen von Tokhus Brüdern entsetzt.

Nachdem dieser mich eine Weile angesehen hatte – vielleicht, um sich darüber klarzuwerden, ob meine Frage eine unverzeihliche Beleidigung war –, erklärte er mir, daß Tokhu ein treues Roß für die Reise bräuchte.

Noch immer kühn, fragte ich, um was für eine Reise es sich denn handle.

Diese Frage schien ihn zu verwirren. Dann deutete er vage zum Himmel und sagte: »Seine Reise nach da oben.«

Später dann, als ich allein im dunkelsten Winkel der Jurte saß, sagte ich zu mir: Li Shan aus Soochow, der du vom Kaiser den ehrenvollen Posten eines Bezirkszensors mit dem Dienstgrad sechs erhalten hast, mach dir nichts vor, glaube nicht, daß du diese Leute je verstehen wirst. Sie mampfen Fett in großen Klumpen und furzen wie die Pferde. Die Handhabung einer Tasse ist ihnen eine Sache auf Leben und Tod. Sie waschen sich, indem sie in die Hände spucken. Sie plündern, stehlen, notzüchtigen, töten Unschuldige und schmieren sich übelriechendes Fett ins Gesicht. Sie vergöttern den gräßlichen Geschmack von Milch. Li Shan, du mußt hier weg.

Ich stellte mir vor, wie ich tagelang über die windige Ebene ritt und schließlich halbtot war. Und ich malte mir aus, wie ich durch die sandige Luft hindurch in der Ferne die Wellenlinie der Großen Mauer sah, die bedeutete, daß ich zu Hause war.

Würde ich den Mut haben zu fliehen?

Das Schicksal sorgte dafür, daß ich diese Frage niemals beantworten mußte.

5

Eines Tages im Sommer kamen drei Mongolen ins Lager geritten. Nachdem sie beim Oberhaupt unseres Pfeils vorgesprochen hatten, wurde ich zu der Jurte zitiert, in der man die Gäste untergebracht hatte. Ein Kumysbeutel lag so selbstverständlich neben ihnen, daß ich mich fragte, ob sie vielleicht schon betrunken waren.

Ein düsterer, dunkelhäutiger Kerl musterte mich und erklärte dann: »Wir haben gehört, daß Ihr Mongolisch sprecht. Das möchten wir hören. Sagt, wer Ihr seid.«

Ich erzählte ihm, daß ich ein chinesischer Beamter wäre, der früher in seinem eigenen Land gelebt hätte.

Er senkte die Augen und schien über etwas nachzudenken. Dann fragte er: »Wie stellt man Filz her?«

Ich erwiderte, daß Filz aus geschorener Wolle hergestellt werde, auf die man mit Stöcken einschlage, um sie aufzuplustern.

»Was ist der Unterschied zwischen dem Weiden von Schafen und Pferden?«

Es war mir jetzt natürlich klar, daß ich geprüft wurde. Ich erklärte so genau wie möglich, daß Schafe, ebenso wie Ziegen, eine Wiese ganz abfressen. Sie können daher weiden, wo Vieh und Pferde schon gewesen sind, diese jedoch können nichts mit einer Wiese anfangen, auf der schon Schafe und Ziegen gegrast haben.

Der Mann runzelte die Stirn. »Ihr habt noch nie ein Tier geweidet!«

»Nein, aber ich habe es von Euren Leuten gelernt.«

Diese Antwort schien ihm zu gefallen, denn sein Stirnrunzeln machte einem kleinen Lächeln Platz, bevor er die nächste Frage stellte: »Wer reitet mit einem weißen Pferd zum Himmel und spricht mit den Geistern? Wer sitzt nackt im Schnee und schmilzt ihn mit der Wärme seines Körpers? Wer kann in die Zukunft sehen?«

Mir war klar, daß er wirklich eine Antwort wollte, doch ich konnte nur sagen: »Ich weiß es nicht.«

Die drei Männer lachten. Derjenige, der diese merkwürdige Befragung durchführte, meinte »Gokchu« und schwieg dann.

War Gokchu ein Gott, ein Dämon, ein menschliches Wesen oder ein Scherz? Sie sagten es mir nicht.

»Wie heißt Temudschin Khans Clan?«

Ich schüttelte hilflos den Kopf: »Verzeiht mir.«

»Borjigin«, erwiderte er und nahm einen Schluck Kumys. »Ihr müßt noch viel lernen.« Dann beriet er sich flüsternd mit seinen Begleitern. Ich hätte sagen können, ich wüßte nichts über diesen Temudschin Khan, weil die Leute in meinem Pfeil immer nur von ihrem eigenen Oberhaupt sprächen, ganz im Gegensatz zu den Angehörigen meines Volkes, die ständig über Kaiser sprachen – besonders über ihre Rolle als Liebhaber und Philosophen. Vielleicht verbannten die Mongolen ja alle Führer aus ihrem Denken, für die sie nicht kämpften.

Nach dem Geflüster wandte sich der Sprecher der Gruppe mit einem entschiedenen Lächeln wieder zu mir: »Seid Ihr reisefertig?«

Das war eine beunruhigende Frage. Ich hatte keine Ahnung, wohin es gehen sollte.

Doch da ich nur die Wahl hatte, sie zu begleiten oder zu fliehen, sagte ich: »Ja, das bin ich.« Ich wußte, daß es nicht ratsam war, selbst Fragen zu stellen. Wenn man bei den Mongolen am Leben bleiben wollte, tat man gut daran, ihnen stillschweigend zu folgen und sich seine Fragen für später aufzuheben.

Auf unserer Reise erlebten wir eines jener Wunder plötzlich einsetzenden schönen Wetters, das die unfruchtbare Steppe in eine sanftgrüne, mit Wildblumen gesprenkelte Wiese verwandelte. Wie ich den Gesprächen meiner Begleiter entnahm, waren wir auf dem Weg zu Temudschin Khans Lager, der sein königliches Banner offenbar zur Zeit im Norden am Onon gehißt hatte. Wenn ich es richtig verstand, sollte ich dort befragt werden, doch war mir nicht klar, worüber und von wem.

Nach vier Tagen erreichten wir den Onon, dessen Südufer mit Hunderten weißer Jurten bedeckt war. Als wir näherkamen, konnte ich meine Frage nicht länger zurückhalten: »Will der Khan mich sehen?«

Einer meiner Begleiter sah mich mißbilligend an.

Dennoch konnte ich es nicht lassen weiterzuforschen: »Ist der Khan hier? Will er mich sehen?«

Ich erntete ein Kopfschütteln: »Nein.«

Trotz dieser Enttäuschung fuhr ich fort: »Er lebt aber hier? Das ist das Lager unter dem Banner des Khans?«

Statt einer Antwort deutete er geradeaus. Wir waren jetzt so nah herangeritten, daß man Einzelheiten des Lagers erkennen konnte. Eine nach Süden gelegene Jurte war viel größer als die anderen. Auf der einen Seite des Eingangs stand ein Mast, an dem weiße Jakschwänze hingen, neun an der Zahl. An einem zweiten gegenüber waren die riesigen Hörner eines Bergschafs und vier schwarze Pferdeschwänze befestigt. Bestimmt gehörte diese so auffällig gekennzeichnete Jurte dem Khan. Vor ihr stand nichts, was den Blick versperren konnte, während auf beiden Seiten und auch dahinter noch unzählige kleinere Jurten und Zelte standen.

Daß die Hauptjurte Richtung Süden stand, fand meine Billigung. In meinem Land studierten wir »Feng Shui«, jene Kräfte, die eine Verbindung zwischen der Erde und der Macht des Kosmos herstellen. Ein sich nach Süden öffnendes Haus erreicht das höchste Kraftpotential. Daß die Mongolen der Anordnung von Dingen so viel Aufmerksamkeit schenkten, ließ sie mir fast zivilisiert erscheinen.

Dieser Gedanke verbesserte meine Laune, so daß ich mich dabei ertappte, wie ich meine ernsten Begleiter anlächelte. Fast hätte ich ihnen Komplimente über die Schönheit ihrer Hauptstadt gemacht, aber im Grunde war es ja nur ein Haufen Filzzelte.

Sie wiesen mir eine Jurte für »Unagan-bogols« – Kriegsgefangene – an. Wir waren die Erniedrigten, die den Mongolen zu Diensten stehen mußten. Die meisten der Männer in meiner Jurte kamen von Nachbarstämmen, den Kerey und Jajaran. Es waren Pfeilhersteller, Zimmerleute und Flickschuster – alles Handwerker. Wenn sie reichlich in die Jurte geschmuggelten Kumys getrunken hatten, erzählten sie gern in allen Einzelheiten von den Schrecknissen alter Stammesfehden, von Überfällen aus dem Hinterhalt, Gefechten und großen Schlachten. Bei einem Verrat interessierte sie nur, ob er Erfolg gehabt hatte. Ich hörte ihren Geschichten über Schliche und Gewalttätigkeiten so lange zu, bis ich merkte, daß der tiefere Sinn all dessen, was sie beschrieben, ganz einfach in dem Ziel lag, sich die besten Weiden für das Vieh anzueignen.

Ich war schon ein paar Tage bei ihnen, mit Nichtstun und Mongolischlernen beschäftigt, als ich von Wachen abgeholt wurde. Sie führten mich zu einer Jurte, die so groß war, daß sie Pfeiler zum Stützen brauchte. Die Filzbespannung war ein Stück hochgerollt worden, um den Wind zum Kühlen hereinblasen zu lassen. Auf dem Boden lagen Teppiche aus Pferdehaar, und auf der Nordseite befand sich ein hölzernes Podest, wo schon bald ein halbes Dutzend mongolische Älteste in einem Halbkreis Platz nahmen und mich schweigend ansahen. Meine Prüfung sollte also beginnen. Wie immer sie auch ausgehen mochte: Ich war freudig erregt bei der Aussicht, endlich meine Sache in die Hand nehmen zu können.

Mir wurde eine Schale mit Kumys angeboten, und ich nahm einen Schluck des belebenden Getränks, spürte seine säuerliche Schärfe und genoß seinen Mandelgeschmack. Ich war bereit, versuchte aber, meinen Eifer hinter einem verschlossenen, grimmigen Gesicht zu verbergen.

Die Ältesten stellten mir nacheinander in einer Mischung aus Chinesisch und Mongolisch Fragen.

Im Grunde wollten sie wissen, wer ich war.

Ich hatte nun die Wahl, ihnen das in allen Einzelheiten zu erzählen oder aber zu vereinfachen, wie ich es für ein Kind getan hätte. Letzteres wäre vielleicht sinnvoller gewesen, doch ersteres würde mich eindrucksvoller erscheinen lassen. Da ich annahm, daß die Mongolen ihre Erzählungen gern ausschmückten, entschied ich mich für die genaue Schilderung. Zunächst einmal stellte ich mich würdevoll als Bezirkszensor mit dem Dienstgrad sechs vor, den der Kaiser von China selbst auf diese ehrenvolle Stelle gesetzt hatte.

Einer von ihnen stellte die vernünftige Frage, was ein Zensor tat.

Ich erklärte ihm, daß der Zensor das öffentliche Gewissen darstelle. Die Regierung hätte das System der Zensur als Eigenkontrolle eingeführt, um Inkompetenz und Mißwirtschaft zu eliminieren.

Das hatte sie zum Schweigen gebracht, so daß ich fortfuhr: Zensoren übten ihre Tätigkeit anonym aus und erfreuten sich eines hohen Ansehens, ja sie hätten sogar direkten Zugang zum Thron, so daß die Leute ihnen ihre Beschwerden über die örtlichen Verhältnisse zur Weitergabe anvertrauten. Zensoren stünden im Ruf, furchtlose Verteidiger des ungeschriebenen Gesetzes zu sein, auf dem das ganze chinesische Leben beruhe.

Ich war bemüht, mich so formell wie möglich auszudrükken. Höchstwahrscheinlich würde ich diese Prüfung, ganz gleich, worum es ging, sowieso nicht bestehen. Aber sie war

vielleicht meine letzte Chance, die ethische Tiefe meiner Vorfahren zu beschreiben.

Ich ging aber nicht so weit, den Mongolen zu erzählen, daß
die Zensoren einen relativ niedrigen Status hatten und wie ich
meist jung waren. Ich erklärte ihnen auch nicht, daß statt älterer
Staatsmänner lieber junge Gelehrte eingesetzt wurden, weil diese bei der Erfüllung ihrer Aufgaben mehr Idealismus zeigten.

Als ich mit meiner grandiosen Selbstdarstellung fertig war,
herrschte längere Zeit Schweigen, während dessen ich mir
mögliche Fehler vor Augen führte: Ich war zu arrogant, zu
begriffsstutzig und zu langatmig gewesen. Doch die Mongolen hielten mit ihrer Meinung zurück, nur einer von ihnen
zeigte eine gesunde Neugier. Er wollte wissen, wie ich Zensor
geworden war.

Ich erzählte ihm, daß dies ein langer Prozeß gewesen wäre,
an dessen Ende eine Prüfung gestanden hätte.

Er wollte Näheres über diese Prüfung wissen.

Indem ich mich weiter an meinen Plan hielt, lieber zuviel
als zuwenig zu sagen, erzählte ich ihm folgendes: Es handelte
sich genaugenommen nicht um eine, sondern um vier Prüfungen. Den langen Weg trat ich schon im Alter von sechs Jahren an, als ich mit der Fibel der Eintausend Schriftzeichen lernte. Dann mußte ich die Standardtexte einschließlich der Vier
Bücher und Fünf Klassiker lernen und außerdem jeden Tag
Kalligraphieübungen machen. Ich hob die Hand, um zu de-
monstrieren, wie der Tuschepinsel senkrecht über das Papier
geführt werden mußte, um es mit schnellen, sicheren Strichen
in fünf verschiedenen Stilen und ohne zu klecksen zu füllen.
Ein Kandidat mußte Essays schreiben, die bestimmten Regeln
im Hinblick auf die Argumentation und die Anzahl der verwendeten Wörter unterlagen. All dies, was sich über Jahre hinzog, war lediglich die Vorbereitung auf die erste Prüfung, die
in allen Bezirken über einen Zeitraum von vier Tagen abgehal-
ten wurde. Wer die Prüfung bestand, unterzog sich dann der

ebenso umfangreichen Prüfung auf Provinzebene, dann einer weiteren in der Hauptstadt und schließlich der Prüfung vor dem Kaiser selbst. Bei dieser letzten Prüfung hatte ich den achten Platz belegt und somit meinen akademischen Grad im Saal der höchsten Harmonie aus der Hand des Kaisers des Reiches der Mitte erhalten.

Ich hatte keine Ahnung, wieviel davon sie verstanden, doch ich glaubte, es meinem Volk schuldig zu sein, alles möglichst genau zu erzählen. Der Ausdruck ihrer mongolischen Gesichter machte mir wenig Hoffnung. Vielleicht hatte ich soeben meine Schlußbemerkungen auf Erden gemacht.

Nach langem Schweigen stellte einer die Frage, wie viele Studenten an der ersten Prüfung teilgenommen hätten.

Achselzuckend meinte ich: »Auf Bezirksebene? In ganz China vielleicht zwanzigtausend.«

»Und Ihr wart der achte von zwanzigtausend?«

Als ich nickte, sahen sich die Ratsmitglieder überrascht und erfreut an. Ich hätte wissen müssen, daß sich die praktischen Mongolen von Zahlen beeindrucken ließen.

Am nächsten Tag erfuhr ich dann, warum ich in diese windgepeitschte Steppe verschleppt worden war und warum mir meine Entführer fast ein Jahr lang gewissenhaft ihre Sprache und Sitten beigebracht hatten.

Ich sollte mongolische Kinder in der chinesischen Sprache und über chinesische Sitten unterrichten. Dafür mußte ich auch etwas über das Leben der Mongolen wissen.

Wie einfach doch im Grunde genommen alles war. Der Führer der Barbaren war vernünftig genug zu erkennen, daß sein Volk von der größten Zivilisation der Welt etwas lernen konnte. Bis dahin hatte ich mir kein Bild von diesem Mann gemacht, doch nun stellte ich ihn mir als ziemlich klein und zart gebaut vor, eine freundliche Erscheinung, eine Art ungeschulter Philosoph und potentiell weiser Mann.

Hinter der Hauptjurte standen nach Rang geordnet die Zelte der Familienangehörigen des Khan und seines Gefolges. Seine Jurte war hinten durch einen Gang mit einer weiteren, sehr kleinen verbunden, wo das Oberhaupt der Schamanen wohnte. Ich erfuhr nun, daß er Gokchu, »Vertrauter des Himmels«, hieß und den Khan gerade auf einem Feldzug begleitete. Also hatte es sich weder um einen Gott noch um einen Dämon noch um einen Scherz gehandelt.

Man führte mich an diesen Zelten vorbei zum Flußufer, wo Hunderte von Kindern jeden Alters spielten. Die ganz kleinen lernten, wie man sich in der Rückenwolle eines Schafes festkrallte, um nicht herunterzufallen. Vier- oder Fünfjährige waren an Ponysätteln festgebunden und mußten reiten. Andere Kinder, sowohl Mädchen als auch Knaben, schossen im Galopp mit Pfeil und Bogen auf Zielscheiben. Wieder andere angelten, spielten mit Fußbällen oder stellten Fallen zum Fangen von Kleinwild her. Als ich dieses chaotische Treiben sah, erschrak ich bei der Aussicht, so viele Kinder unterrichten zu müssen.

Doch der Älteste wählte, indem er ein paar Knaben heftig zuwinkte, ein halbes Dutzend von ihnen aus. Zwei davon ließ er vortreten und erklärte, daß sie »Oghule«, also Prinzen von Geburt, seien. Die anderen Knaben durften mit ihnen zusammen unterrichtet werden, weil sie auch von Temudschin Khan abstammen.

Meine Befragung war also gut verlaufen. Ich hatte die Erben des Khans als Schüler bekommen.

Die beiden Knaben mit Prinzenstatus waren elf und dreizehn Jahre alt. Die anderen vier, die zwischen sechs und elf waren und vermutlich irgendeiner Liebelei entstammten, durften zwar am Unterricht teilnehmen, doch ihr Fortschritt, wurde mir versichert, spiele keine allzu große Rolle. Das bedeutete aber natürlich, daß der Fortschritt der Oghule es sehr wohl tat.

So folgte ich also mit dem halben Dutzend Knaben im Schlepptau meinem Begleiter zu einer Jurte, die für den Unterricht etwas abseits lag. Der Älteste ging ohne einen Abschiedsgruß einfach weg, und da stand ich nun mit den sechs Knaben, die verschlossen und ernst vor mir saßen.

Wenn ich auch selbst ausgiebig unterrichtet worden war, so hatte ich doch noch nie jemandem irgend etwas beigebracht. Außerdem mußte ich davon ausgehen, daß mein Leben davon abhing, ob mein Unterricht bei zweien dieser Knaben etwas fruchtete. Um meinen Kopf nicht allzusehr zu belasten, fragte ich nur diese beiden nach ihren Geburtstagen. Der ältere, der Ögödei hieß, war im Jahr der Ratte geboren, was bedeutete, daß er wahrscheinlich zäh und argwöhnisch, aber auch gerecht und sogar sentimental war. Der jüngere, Tuli, war ein Tiger, so daß zu erwarten stand, daß er furchtlos, aber auch sprunghaft war, liebenswürdig, jedoch ohne Respekt für Regeln. Glücklicherweise war keiner von beiden ein Drache oder Affe, da ich als Hund mit diesen Zeichen immer Probleme hatte.

An diesem ersten Tag ließ ich meine Schützlinge früh gehen, sagte ihnen aber, sie sollten am nächsten Tag zur gleichen Zeit wiederkommen. Ich machte die älteren Knaben für das Erscheinen der jüngeren verantwortlich, was ich sehr geschickt von mir fand.

Es gelang mir, über die Ältesten an Materialien für den Unterricht heranzukommen. Das Durchstöbern ihrer Lagerjurten – eine Untertreibung für Zelte, die von der Beute geplünderter chinesischer Städte überquollen – brachte ein paar Dutzend Tuschestifte, einige Pinsel aus Fuchshaar, fünf rechteckige Tuschesteine (einen zerbrochenen und einen mit einem Sprung) sowie vier Rollen Papier aus Maulbeerbaumrinde zutage.

Meine Unternehmungen hatten meine Stimmung steigen lassen, und so wartete ich eifrig auf den nächsten Tag. Doch als ich die Unterrichtsjurte betrat, stellte ich zu meiner Überraschung fest, daß niemand da war. Also ging ich zum Flußufer hinunter, hielt nach den sechs Knaben Ausschau und versuchte sie heranzuwinken. Sie sahen einen Augenblick auf, setzten dann aber ihre Beschäftigungen – Fußballspielen, Ponyreiten und Bogenschießen – fort. Ich ging zu ihnen hinüber, zog sie einzeln heraus und trieb sie wie eine Viehherde vor mir her. Als ich sie endlich in der Unterrichtsjurte hatte, atmete ich erleichtert auf und verteilte die Schreibutensilien. Ich wollte mit dem Schriftzeichen für »Mann« beginnen. Ich nahm einen Pinsel in die Hand und zeigte ihnen genau, wie man ihn über das Papier halten mußte. Das nahm meine Aufmerksamkeit so in Anspruch, daß ich es nicht gleich merkte, als die Hälfte meiner Schüler einfach aufstand und weggehen wollte. Sie waren schon fast an der Tür, als ich sie zurückrief. Zögernd und verdrossen kehrten sie an ihre Plätze zurück, doch nicht einer von ihnen nahm einen Pinsel in die Hand, nicht einmal, als ich sie anbrüllte. Sie taten einfach so, als könnten sie mein Mongolisch nicht verstehen.

Ich ließ sie wieder gehen, doch diesmal ohne ihnen zu sagen, daß sie am nächsten Tage wiederkommen sollten. Ich wollte nicht, daß mir gleich zweimal hintereinander so dreist der Gehorsam verweigert wurde. Ögödei sah mich finster an, Tuli jedoch lachte triumphierend. Als sie abgezogen waren, wunderte ich mich über die Launenhaftigkeit des Kosmos, mein Schicksal in die Hände rebellischer Mongolenknaben zu legen.

Ich brauchte dringend Hilfe, doch wo sollte ich sie finden? Die anderen Kriegsgefangenen in meiner Jurte waren gute Handwerker, jedoch völlig ungebildet. Und wenn ich mich bei einem der Ältesten beklagte, sah dieser das vielleicht als ein Zeichen frühen und völligen Versagens an. Wer könnte wohl enträtseln, was in den Köpfen so wilder, junger Wesen vor sich ging? Die ganze Nacht wälzte ich mich, fieberhaft nach einer Lösung suchend, auf meinem Lager herum. Am nächsten Morgen brachte mich mein Hunger plötzlich auf eine Idee.

Ganz in der Nähe gab es eine Küchenjurte, wo junge Mädchen unter dem strengen Blick einer alten Frau arbeiteten. Mit aus Panik erwachter Kühnheit und mit dem Gedanken, daß jemand, der für Knaben kochte, auch ihre geheimsten Gefühle kennen mußte, ging ich dorthin. Ich hatte nichts, was ich der alten Köchin geben konnte, nicht einmal einen Beutel Kumys. Alles, was ich ihr bieten konnte, war chinesische Höflichkeit. Ich hatte wenig Hoffnung auf ein Gelingen, da sie schon eine recht ramponierte Alte war, die sicher schon seit langem kein Mitgefühl mehr empfand. Ich wollte nun versuchen, es wiederzubeleben. Zu diesem Zweck trat ich zu dem knisternden Feuer, wo sie über einem Kohlebecken schuftete, und warf mich ihr zu Füßen. Auf chinesisch rief ich: »Erlauchte!«, und dann erklärte ich ihr auf mongolisch, daß dies bedeute, sie sei eine ganz besondere Frau. Ein Blick aus den Augenwinkeln machte mir Hoffnung, denn ich sah in ihrem runzligen Gesicht Überraschung und nicht Abscheu oder Argwohn. Ich blieb, wo ich war, legte die Hände aneinander und bat sie um Hilfe. Ich erklärte, ich wüßte als dummer Fremder nicht, wie ich meine Arbeit richtig erledigen solle. Auf der Suche nach jemandem, der so klug und weitherzig war, daß er mein Berater sein könne, hätte ich an sie gedacht. »An Euch, Erlauchteste«, erklärte ich.

»Steht auf!« sagte sie.

Mit gesenktem Kopf stand ich auf. Aus dem Ton der betagten Köchin schloß ich, daß sie ein ärgerliches Gesicht machte, doch als ich sie ansah, stellte ich zu meiner Erleichterung fest, daß sie strahlte.

»Ihr habt recht«, sagte sie, »ich bin weiser als die meisten. Ihr könnt Euch nicht vorstellen, was ich nicht alles schon über einem Ziegeneintopf gesehen und gehört habe. Ihr mögt zwar

58

ein dummer Fremder sein, doch seid Ihr klug genug zu wissen, wer etwas weiß.«

Nachdem sich die alte Frau geräuspert hatte, fuhr sie fort: »Also, was wollt Ihr?« als wäre es ihre eigentliche Aufgabe im Leben, Ratschläge zu erteilen.

»Erlauchte, wie komme ich mit den Kindern des Khans zurecht? Ich bin ihr Lehrer, doch sie sind ungebärdig und wollen nicht gehorchen.«

Lange Zeit schwieg sie, so lange, daß ich schon befürchtete, sie sei um eine Antwort verlegen. Doch dann antwortete sie: »Sie sehen in Euch nur einen dummen Fremden. Wie könnt Ihr ihnen das verübeln?« Sie kräuselte die Lippen, so daß sie wie zwei häßliche Würmer aussahen. Dann meinte sie: »Erklärt ihnen einfach: Ich sage es eurem Vater.«

»Ja?« Ich dachte, sie würde fortfahren. »Und was sonst noch?«

»Sonst nichts. Könnt ihr Chinesen euch denn nicht vorstellen, wie mächtig ein Vater ist?«

Die Antwort auf diese Frage erübrigte sich, da der kindliche Gehorsam schließlich ein Grundpfeiler des chinesischen Denkens ist. Jedes Schulkind kannte die Geschichte von dem Mann, dessen Kind und Vater beide sehr krank waren. Da seine Medizin nur ausreichte, um einen von ihnen zu retten, fiel seine Wahl auf den Vater, weil ein Mann nur einen Vater hat, aber immer noch ein Kind haben kann. Als er das Grab für sein Kind aushob, stieß er auf Gold und wurde so für seine Pietät belohnt. Doch wie komplex das chinesische Denken ist, zeigt sich daran, daß es noch eine andere Geschichte gibt: Als Konfuzius von einem seiner Anhänger gefragt wurde, ob er seinem Vater unter allen Umständen folgen sollte, wurde dieser sehr wütend und rief: »Wie könnt Ihr nur so etwas fragen! Wenn ein Vater ungerecht ist, muß sich ihm sein Sohn widersetzen, genauso wie sich dann selbst ein Minister seinem König widersetzen muß. Wie könnt Ihr nur glauben, daß der Respekt eines Kindes seinen Eltern gegenüber nur eine Frage des Gehorsams ist?«

Da wir nicht die Zeit hatten, uns über die ethischen Prinzipien des Gehorsams zu unterhalten, sagte ich zu der alten Köchin: »Erlauchte, was ist, wenn ich ihnen erkläre, daß ich es ihrem Vater sagen werde, und sie hören trotzdem nicht auf mich?«

Sie sah mich nur eisig an.

»Also gut, nehmen wir einmal an, sie hören nicht auf mich. Wird ihr Vater sie, wenn er es erfährt, verprügeln?«

Sie schwieg noch immer.

»Der Khan wird sie doch nicht schwer verletzen, nicht wahr?«

»Nein. Er wird nur kommen und sie ansehen«, erwiderte sie, und ohne eine weitere Erklärung, als habe sie selbst für einen dummen Fremden genug gesagt, wandte sie sich von mir ab und watschelte zum Kohlebecken zurück.

So sammelte ich die Knaben wieder ein und brachte sie zur Unterrichtsjurte. Als ich den Schreibpinsel in die Hand nahm, wurden sie auch diesmal unruhig. Sie fingen zu schwatzen an, und drei von ihnen, einschließlich Tuli, machten Anstalten aufzustehen.

Wenn ich dem Rat der alten Frau auch nicht allzusehr traute, so brüllte ich nun doch: »Schluß jetzt! Setzt euch hin und seid still! Wenn ihr nicht hört, sage ich es eurem Vater! Dann sage ich es eurem Vater!«

Sie gehorchten sofort, als hätte ich mit der Todesstrafe gedroht, und danach hatte ich keine Schwierigkeiten mehr mit ihnen.

Ich fragte mich, was für ein Mann wohl dieser Temudschin war, daß man ihm einen solchen Respekt zollte und der, was noch mehr zählte, einen solchen Terror verbreitete. Durch bloßes Anschauen. Mein Vater wäre bestimmt sehr beeindruckt gewesen, denn obwohl mein älterer Bruder und ich viele Stunden in Konfuzius' Ethik unterrichtet worden waren, hatten wir dennoch Pfirsiche geklaut, obwohl dies nach unserem Vater Schande über all unsere Vorfahren bis zum Anbeginn der Zeit gebracht hatte.

Nun, da ich die Jungen durch die indirekte Androhung des Blicks ihres Vaters in Schrecken versetzt hatte, begann ich nicht mit dem Schriftzeichen für »Mann«, sondern mit dem für »Vater«.

6

So war also der Gelehrte zum Lehrer von Knaben geworden, deren Erziehung sich bis zu seiner Ankunft aufs Reiten, Jagen und Ringen konzentriert hatte. Günstig für meine Bemühungen waren ihr einschüchternder Vater, unsere unbegrenzte Zeit zusammen sowie ihr ausgezeichnetes Gedächtnis, das zugegebenermaßen an meines heranreichte. Schon bald standen sie einander gegenüber und übten auf chinesisch das formelle Vorstellen, wie ich es auch einmal gelernt hatte.

»Euer Name, Erhabener?« fragte Ögödei zögernd.

»Mein Name, Exzellenz, ist Tuli. Euer Begehren gereicht mir zu hoher Ehre.«

»Die Ehre ist ganz auf meiner Seite«, mußte ich ihm hier vorsagen. »Die Anwesenheit einer so erhabenen Person erfreut mein bescheidenes Herz. Meine Ahnherren und ich danken Euch für Euren Besuch.«

Ihre Fortschritte beim Schreiben waren nicht so gut, vielleicht weil ihre rauhen Finger, die daran gewöhnt waren, die Zügel zu halten und den Bogen zu spannen, zu ungeschickt für das Halten eines Pinsels waren.

»Es gibt da einen alten Spruch«, sagte ich zu ihnen. »Wenn man gelernt hat, einen Schreibpinsel zu halten, braucht man nie mehr die Hand aufzuhalten.« Bei genauerem Nachdenken mußte ich allerdings zugeben, daß dieser Spruch nicht besonders gut paßte. Zum einen hatte ich noch nie einen Mongolen betteln sehen, zum andern hatte ich noch nie beobachtet, daß ein Mongole schrieb, es sei denn für mich.

Ich versuchte, sie mit Geschichten über bedeutende Männer der chinesischen Literatur zu unterhalten. Einem Gelehrten der Tang-Dynastie war von einem mißgünstigen Kaiser befohlen worden, einen Essay zu schreiben und dabei jedes von eintausend kunterbunt gemischten Schriftzeichen zu verwenden. Er entwirrte sie zwar an einem einzigen Tag und schrieb den Aufsatz in der gewünschten Art, doch waren seine Haare durch die ungeheure Anstrengung weiß geworden. Daher wurde diese Art Essay aus tausend Schriftzeichen »Pai-t'ou-wen«, weißhaariger Essay, genannt.

Keiner der Knaben zeigte eine Reaktion. Wenn jemand hereingekommen wäre, hätte er glauben können, sie wären aus Stein gehauen.

Ich erzählte ihnen aus dem Stegreif vom Leben in China, besonders jedoch, zum Nutzen der beiden jungen Prinzen, vom Leben am Hof. Einmal behauptete ich, daß die Kaiserlichen Katzen goldene Ohrringe trugen. Im Palast des Kaisers würde jeder, der eine Katze ärgerte oder mit den Füßen trat, ohne Ausnahme – und das gelte auch für den Kaiser selbst! – enthauptet. Mein kleiner Scherz rief nicht einmal ein Lächeln hervor.

Ich hielt nach etwas anderem Ausschau, was die Moral meiner Schüler heben konnte. Mir kam der Gedanke, daß ich vielleicht ihr Interesse an der Liebhaberei meiner eigenen Kindheit erwecken konnte. Ich erzählte ihnen, wie ich durch einen winzigen Kratzer auf einer Laute in der Lage war, einen hohen, reinen Ton hervorzurufen, der so zart war, als läute in der Ferne eine Glocke im kühlen Morgennebel.

Da machte Tuli einen Vorschlag: Wie wär's, wenn sie mir einmal zeigen würden, was die Lieblingsbeschäftigung der Mongolenknaben war? Um sie bei Laune zu halten, stimmte ich zu, und so zogen wir zum Fluß, wo ältere Knaben mit Raubvögeln Enten und Raben jagten. Ich muß schon sagen, daß es ein atemberaubendes Schauspiel war. Dem Falken wurde beim Auftauchen eines Opfers die Kappe abgenommen, und er stieg dann hoch in die Lüfte, bis er nur noch als Punkt am Himmel zu sehen war. Dann nahm er Maß, setzte von hoch oben in Windrichtung zum Sturzflug an und schlug mit seinen kräftigen Krallen zu. Der getroffene Vogel taumelte wie ein Papierknäuel durch die Luft. Beide erreichten etwa gleichzeitig den Boden, und der Falke stürzte sich mit glitzernden, kalten Augen auf sein halbtotes Opfer. In China nennt man diesen Sport »Ying«, weil das Schriftzeichen dafür ein Vogel ist, der auf einen anderen niederstößt. Die leidenschaftslose Grausamkeit des Ying hatte es mir früher nie angetan, doch um diese jungen Mongolen für mich zu gewinnen, versuchte ich Interesse zu zeigen, indem ich Fragen stellte. Und einige Knaben lächelten auch wirklich.

Doch nicht immer zeigte ich mich so zugänglich. Sie sollten nicht glauben, daß ein chinesischer Gelehrter nicht nach dem Höchsten strebte. Wenn sie nicht arbeiteten, schimpfte ich, obwohl sie sich über meinen Ärger meistens nur lustig machten. »Alles für die Katz!« war mein Lieblingsausruf. Doch der Zorn eines Chinesen bedeutete wenig, es sei denn, ich führte ihren Vater an.

Wenn die Leistungen meiner Schützlinge gut waren, belohnte ich sie, indem ich die »Erlauchte« um Naschereien ersuchte. Die alte Köchin brachte uns dann heiße, vom langen Rösten aufgeplatzte Gerstenkörner in die Jurte. Manchmal bekamen wir von ihr auch »Bordzig«, knusprige Gebäckstücke, die fast schon eine Delikatesse waren.

Eines Tages erzählte ich gerade meinen Schülern von Li Yu, dem letzten Kaiser der südlichen Tang-Dynastie, einem guten Dichter. Er wurde vom Herrscher der Song gefangengenommen und schließlich mit einem Glas vergifteten Wein umgebracht. Da hörte ich vor der Jurte ein Rascheln, ging zum Eingang und steckte den Kopf hinaus. Das Ohr an die Filzwand gelegt, saßen dort vier etwa zehn bis zwölf Jahre alte Mädchen. Sie wollten bei meinem Erscheinen weglaufen, doch ich sagte ihnen, sie sollten bleiben.

»Habt ihr gelauscht?« fragte ich.

Sie nickten alle gleichzeitig.

»Möchtet ihr reinkommen und zuhören?«

Sie sahen mich nur an.

»Kommt doch!« sagte ich und winkte sie herein.

Später erfuhr ich, daß eines der Mädchen, die zu meiner Klasse gestoßen waren, eine Tochter des Khans war.

Wenn ich nicht unterrichtete, lief ich entweder im Lager herum, wo die Frauen Tierhäute mit Salz einrieben oder aus Pferdehaar Seile flochten, oder aber ich verbrachte meine Zeit mit einem Kriegsgefangenen vom Stamme der Kerey in der Jurte. Dieser kräftige Mann mittleren Alters sah nicht anders aus als die Mongolen – vielleicht, weil alle umliegenden Stämme schon seit Jahrhunderten durch dasselbe Gebiet zogen und sich vermutlich öfter miteinander vermischt hatten. Trotzdem gehörte er zu den durch eine Niederlage Gedemütigten, und er verdankte es lediglich seinen Fähigkeiten als Zimmermann, daß man ihm Essen und eine Unterkunft gewährte. Er wurde für den Bau von Jurten eingesetzt.

»Den Mongolen liegt das Bauen nicht«, flüsterte er mir in einer dunklen Ecke der Jurte zu. »Es ist unter der Würde eines mongolischen Reiters, über irgend etwas Bescheid zu wissen, das nichts mit Pferden zu tun hat.« Er kicherte über seine Bemerkung.

Über die »Erlauchte« gelang es mir, einen Beutel Kumys für ihn zu bekommen, womit ich ihn gleich zum Freund gewann. »Laßt Euch etwas über Temudschin Khan erzählen«, sagte er, als wolle er mich damit für das Getränk zahlen. Er hatte ein gutes Gedächtnis, und dank diesem erweckte er die Geschichte eines Ausgestoßenen, der König geworden war, zum Leben. Er berichtete folgendes:

Bei Temudschins Geburt wurde ein klumpiges, schwarzes Blutgerinnsel in seiner rechten Faust entdeckt. Das war ein

Zeichen des Himmels, daß der Neugeborene Gewalt in der Welt aussäen werde.

Temudschins Vater war der Führer eines Mongolenclans und hätte vermutlich mehrere zu einem mächtigen Stamm vereinen können, wenn er nicht einen schwerwiegenden Fehler begangen hätte. Die Tataren, von jeher Feinde der Mongolen, hatten ihn freundschaftlich zu einem Glas Wein gebeten, und Yesugei war so dumm gewesen, die Einladung anzunehmen. Drei Tage später brachte ihn dann das langsam wirkende Gift zur Strecke. Temudschin war der rechtmäßige Erbe und stellte als solcher eine Bedrohung für die Rivalen dar, die darum stritten, wer den führerlosen Clan übernehmen sollte. Um den Knaben vor der Ermordung zu bewahren, floh die Familie in die Bergwälder, wo sie sich von Beeren und Fisch ernährte. Die Härte dieses Lebens stählte Temudschin und seine Brüder. Als Bekter, ein Halbbruder, aus einer von Temudschins Fallen einen Fasan stahl, überfiel und ermordete dieser ihn aus dem Hinterhalt. Der Kerey lachte. »Selbst Temudschins Mutter war wütend. Sie sagte, er habe sein eigenes Blut verraten und solle Mord für jene außerhalb der Familie aufsparen. Wenn er weiter solche Dummheiten mache, würde er bald nur noch seinen Schatten zum Kameraden haben. Doch in Wirklichkeit hat Temudschin immer eine magische Wirkung auf Menschen ausgeübt. Sie werfen hin, was sie gerade tun, und folgen ihm.«

Wer immer er auch heute war: Der junge Temudschin war jedenfalls kein gewöhnlicher Knabe, und mit zunehmendem Alter zeigte sich das immer mehr. Ein mongolisches Oberhaupt, das vernommen hatte, daß Temudschin den Unbilden des Lebens im Wald widerstand und womöglich eines Tages zurückkehren würde, um das Weideland seiner Vorfahren einzufordern, machte sich auf den Weg und nahm ihn gefangen. Doch anstatt Temudschin sofort hinzurichten, ergötzte sich der Führer daran, den jungen Gefangenen in einen großen

Holzkragen einzuspannen, seine Hände daran anzuketten und ihn von einem Lager zum andern zu schleppen. Eines Nachts entkam der Knabe bei einem Fest, indem er der Wache mit dem schweren Joch den Schädel einschlug. Er versteckte sich in einem Sumpf, wo er von dem Holzkragen über dem eisigen Wasser gehalten wurde, entwischte seinen Verfolgern und erreichte später die Hütte eines Freundes, der ihn von dem Gestell und den Ketten befreite.

Dann war da noch die Geschichte von den neun Pferden. Sie stellten den ganzen Besitz von Yesugeis Familie dar und wurden gestohlen. Durch List, Hartnäckigkeit und Treffsicherheit beim Bogenschießen gelang es Temudschin, die Diebe aufzuspüren, zu töten und acht Pferde zurückzuerobern.

Es gab, wenn ich den Worten des Zimmermanns Glauben schenken konnte, viele solche Geschichten über diesen kühnen und gerissenen Knaben. »Doch er ist nicht unbesiegbar. Der Herrscher meines Volkes hat ihm aus der schwersten Notlage seines Lebens herausgeholfen. Ohne die Kerey wäre er gescheitert. Doch wie wird ihnen ihr Mitgefühl und ihre Großzügigkeit gedankt? Mit Elend und Schande. Seht mich an!« Er zupfte an seinem zerrissenen, schmutzigen Mantel. »Ich bin ein Sklave ohne Hoffnung und ohne Brüder, die mich retten könnten. Sie sind alle im Kampf gegen Temudschin gestorben.«

»Erzählt mir davon!« drängte ich.

Doch der Kumysbeutel war leer. Der Kerey gähnte und schützte Schläfrigkeit vor, womit er mir zu verstehen gab, daß ich erst mehr erfahren würde, wenn der Beutel wieder voll war.

»Borte Khatun wünscht Euch zu sprechen«, sagte eine Frau am Eingang meiner Jurte. Das Zelt der Königin lag hinter dem »Ulugh Yurt«, dem Großen Haus des Khan, und war nicht viel weniger eindrucksvoll als das seine.

Borte. Ich wußte, das hieß »Wolf«, und als ich ihr gegenüberstand, stellte ich fest, daß sie wirklich wie einer aussah.
Für eine Mongolin war ihr Gesicht lang und schmal und ihre
Nase ungewöhnlich scharf geschnitten. Ihre Augen hatten den
konzentrierten Ausdruck eines Tiers, das im Unterholz lauert.
Sie wurde jedoch viel anziehender, wenn sie den Mund auf-
machte und mit angenehm warmer Stimme sprach.

Borte Khatun trug ein blaues Seidenkleid und darüber eine
ärmellose Weste aus rotem Brokat. Da sie auf einer Couch saß,
konnte ich auch ihre schwarzen Samtstiefel sehen. Auf dem
Kopf trug sie einen schweren Silberreif mit eingelegten roten
Korallen. Daran befestigt waren Korallenkettchen, die bis zu
den gerupften und mit einem Kohlestift als große Bögen neu
gezeichneten Augenbrauen reichten. Dies war eindeutig chinesisch. Außerdem trug sie bis zur Schulter herunterhängende Perlenohrringe. Auch das war chinesisch. Irgend jemand
hatte sie im Stil einer chinesischen Hofdame gekleidet.

Ich verbeugte mich so devot wie möglich.

Sie bot mir eine Tasse Tee an, die ich aus der Hand einer
hübschen, kleinen Dienerin entgegennahm.

Dann jedoch überraschte mich Borte Khatuns Direktheit.
»Warum«, fragte sie, »laßt Ihr die Mädchen herein?«

Diese plötzliche Frage brachte mich so durcheinander, daß
ich erwiderte: »Warum nicht?« Da diese Gegenfrage viel zu
unhöflich war, fügte ich schnell hinzu: »Sie kamen von allein
und zeigen nicht weniger Interesse als die Knaben. Vielleicht
sogar mehr.«

Sie tat meine Erklärung mit einer Handbewegung ab. »Mögt
Ihr sie so jung?«

Nicht ganz so jung, dachte ich, sagte aber: »Meint Ihr ...
aber nein!«

»Aber warum laßt Ihr sie dann herein?«

»Schadet es denn, wenn die Mädchen Chinesisch lernen?«
fragte ich recht kühn.

Sie bedachte diese Frage mit einem Stirnrunzeln. »Möchtet Ihr ein älteres Mädchen?«

»Ihr meint ... für mich? Nun ... ja, doch!« antwortete ich offen.

»Ich werde mich darum kümmern.« Sie schien ein wenig nachzudenken und sagte dann: »Erzählt mir von meinen Söhnen!«

Ich hatte mich bereits vorsichtshalber auf diese Frage vorbereitet und mir ein paar harmlose Ausflüchte und einige glatte Lügen zurechtgelegt. Doch als ich dieses Wolfsgesicht sah, kam ich zu dem riskanten Entschluß: Ich würde die Wahrheit sagen.

»Tuli begreift schnell«, begann ich, »verliert jedoch ebenso schnell das Interesse an einer Sache. Und wenn ihm seine Gedanken erst einmal davongaloppiert sind, weigert er sich, sie wieder einzufangen. Vermutlich aus einem Gefühl der Rebellion heraus.« Ich wartete.

Die Khatun blieb gelassen. »Sprecht weiter!«

»Ögödei hingegen ist viel langsamer, geht aber unbeirrt auf sein Ziel los. Er neigt zum Grübeln, doch gelingt es ihm stets, sich zusammenzureißen und zu tun, was von ihm erwartet wird. Das macht ihn sympathisch, jedoch nicht beneidenswert.«

Die Khatun lächelte. »Ihr habt ganz recht. Mein jüngerer Sohn ist sehr schnell ...« – sie klopfte sich mit den Fingern auf den Kopf –, »und er wird den Mädchen gefallen. Doch am Ende wird sein Vater sein Vertrauen dem älteren schenken.«

Ich würde noch Gelegenheit haben, mich an ihre Prophezeiung zu erinnern.

»Danke«, sagte sie mit für Mongolen erstaunlicher Höflichkeit. »Was Ihr tut, ist gut für meine Söhne. Fahrt fort damit!«

Zu meiner Überraschung bat mich die Königin schon am nächsten Tag wieder zu sich.

»Ist unser Tee gut?« fragte sie, als ich einen Schluck davon getrunken hatte.

»Ja, sehr gut.«

»Ich werde von einer chinesischen Dienerin gekleidet.« Sie zögerte, als brächte sie die Frage, die sie nun stellen wollte, in Verlegenheit.

Einer Eingebung folgend, eilte ich ihr zu Hilfe, indem ich sagte: »Sie kennt den Hofstil sehr gut. Ihr könnt Euch auf ihren Geschmack verlassen.«

Die Königin lächelte, als ich ihr so bestätigte, daß ihre Erscheinung korrekt war. Ohne sich dessen bewußt zu sein, berührte sie einen Ohrring. In diesem Augenblick erkannte ich, daß ich ihr Vertrauen gewonnen hatte.

»Was wißt Ihr über uns?« fragte sie in ihrer raschen Art.

»Nun, ich lebe jetzt schon über ein Jahr bei euch.«

»Nein, nein, das meine ich nicht. Ich meine, über *uns* – besonders den Khan. Was wißt Ihr über ihn?«

»Nur, daß er ein großer Mann ist.«

Die Königin lächelte. »Er ist nicht schon immer ein großer Mann gewesen. Er war auch einmal so ein Knabe wie die, welche Ihr unterrichtet.« Sie sah mir nachdenklich über die Schultern, als blicke sie in die Vergangenheit. Dann entließ sie mich plötzlich, doch später am Nachmittag wurde ich wieder zu ihr gebracht. Dieses Mal fing sie ohne höfliches Geplauder zu sprechen an, fast so, als wäre ich gar nicht da.

»Ich habe Temudschin zum erstenmal getroffen, als er zehn und ich neun war. Sein Vater, der meinem Vater einen Besuch abstattete, hatte ihn mitgebracht. Ich lernte damals gerade, wie man Gäste bedient. Ich erinnere mich noch, daß ich einen Knochen aus dem Topf nahm und zum Eingang trug, wo ich ihn zum Himmel emporhob und betete. Bei diesem Ritual spürte ich den Blick des Knaben auf mir ruhen. Als ich dann wieder ins Dunkel zurückging und mich hinsetzte, sah ich seine grünen Augen an mir hängen, wie es nur seine können.

Wißt Ihr, was der Knabe dann tat? Er wandte sich an meinen Vater, einen Prinzen, und ohne den Kopf zu senken oder sich dafür zu entschuldigen, daß er überhaupt etwas sagte, rückte er einfach damit heraus. Er sagte, er wolle mich heiraten.« Sie strahlte bei der Erinnerung übers ganze Gesicht und schüttelte den Kopf, als könne sie es noch immer nicht fassen. »Ja, das sagte er. Ganz unumwunden, gerade zehn Jahre alt, als wäre er ein zehn oder fünfzehn Jahre älterer, berühmter Krieger. Als hätte ihm mein Vater die Erlaubnis erteilt, dort mitten unter den Ältesten zu sprechen. Mein Vater sah den Knaben an, sein eigener Vater auch – doch Temudschin? Er hatte nur Augen für mich. Mein Vater war so verblüfft über diese Kühnheit, daß er mich dem Knaben auf der Stelle versprach. Nicht einmal da schaute Temudschin meinen Vater an, sondern nur mich. Er erklärte, er würde mich holen, wenn die Zeit gekommen wäre.« Sie lachte. »Genauso sagte er es. Wenn die Zeit gekommen ist.« Die Erinnerung an das Glück jenes Augenblicks brachte sie zum Lachen. »Zehn Jahre später kam er wieder. Ich hatte natürlich gewußt, daß er kommen würde, und mich daher für ihn aufbewahrt, obwohl sich meine Familie darüber lustig gemacht hatte, daß ich andere junge Männer abwies. Alle hatten sie gemeint, der Knabe wäre bei den vielen Feinden, die er hatte, schon längst tot. Ich werde nie vergessen, wie er in seinem Hochzeitsumhang aus schwarzem Fuchs ins Lager ritt. Und er kam nicht allein. In seinem Gefolge befanden sich hundert stolze junge Krieger in voller Ausrüstung. Ich weiß nicht mehr, wie viele Ziegen für die Hochzeitsfeier geschlachtet wurden, um den Appetit dieser Männer zu stillen. Dann wurde getanzt und getrunken, und die Frauen machten mich zurecht. Sie flochten mir Silbermünzen ins Haar, setzten mir eine Hochzeitshaube aus mit Seide bezogener Birkenrinde auf und hängten blaue Seidenbänder an mein weißes Wollkleid. Sie hoben mich auf ein Pferd, und ich ritt davon, und meine Brüder und Schwestern taten so, als kämpften sie mit Temudschin, um ihn davon abzuhalten, mir zu folgen. Als ob ein ganzes Lager es vermocht hätte, ihn davon abzuhalten! Als er mich eingeholt hatte und meinem Pferd in die Zügel griff, reichte ich ihm als Mitgift einen Zobelmantel. Er warf ihn sich über den Sattel und ritt mit mir davon. Versteht Ihr? So war Temudschin.«

Abrupt wurde ich wieder entlassen. Diesmal jedoch mit einem Lächeln, als wäre sie mir dankbar.

Warum hatte mir die Königin so leicht und vollständig ihr Vertrauen geschenkt? Ich glaubte die Antwort zu kennen. Als Fremden und Gefangenen, einen der Unterworfenen, nahmen mich die Mongolen kaum wahr. Die Königin hätte ihre tiefsten Gefühle ebensogut einer Wand anvertrauen können. Andererseits glaube ich, daß sie eine tiefe Sehnsucht nach einer anderen Welt empfand, einer beständigen, in der schöne Dinge einen Wert hatten.

7

Da die Kumys-Zeit zu Ende ging, wandten sich die Mongolen nun dem Airhi zu, einem feurigen, aus saurer Milch destillierten Getränk. Ich stellte fest, daß ich es ab und zu trinken konnte, wenn ich nicht an seinen ekelhaften Ursprung dachte. Der Beutel jedoch, den ich mir von der »Erlauchten« besorgte, war für den Erbauer der Jurten bestimmt; ich wollte damit seine Zunge lösen.

Diesmal traf ich ihn am Flußufer an, wo er seine Hände einweichte, die vom Hantieren mit all den Latten und Sparren ganz rauh geworden waren. Als er den Beutel sah, folgte er mir wortlos in die Jurte, wo wir uns in eine Ecke zurückzogen. Ich erzählte ihm, daß ich wieder zu Borte Khatun zitiert worden war.

Nachdem er einen Schluck getrunken hatte, sagte er achselzuckend: »Sie ist nicht jung, aber mächtig. Habt Ihr was mit ihr?«

»Natürlich nicht.«

»Nun, der Khan ist nicht da. Da kommt so etwas schon vor.«

»Wirklich? Sie scheint ihm treu ergeben zu sein.«

»Kurz nach der Hochzeit ist sie entführt worden und lebte im Zelt eines anderen. Das gehört zu dem, was ich Euch erzählen wollte. Ah, der Airhi ist gut.«

Der Kerey lehnte sich zurück, rülpste leicht und bezahlte mit seiner Geschichte für das Getränk. Er erzählte folgendes: Die frisch getraute Borte war bei einem Überfall der Merkit, die aus dem Land der Kälte kamen, entführt worden. Da es Temudschin nicht gelang, eine ausreichend große Truppe zusammenzustellen, um ihnen in den Norden zu folgen und sie zu retten, eilte er zu den Kerey und sprach bei Toghril Khan,

73

ihrem Anführer, vor. Vor vielen Jahren, in den dunklen Wäldern am Ufer des Tula hatten einst das Oberhaupt der Kerey und Temudschins Vater mit ihrem Blut besiegelt, daß sie sich gegenseitig helfen wollten. Das verpflichtete Toghril, dem Sohn seines Blutsbruders zu helfen. Um seiner Bitte Nachdruck zu verleihen, schenkte ihm Temudschin als Zeichen seiner Unterwerfung Bortes Mitgift, den Zobelmantel.

Das überraschte mich. Ich hatte den Khan für einen Mann gehalten, dem gewisse moralische Gesetze wesentlich waren. Ein solcher Mann aber würde die Mitgift seiner Frau nicht weggeben. Ich schloß daraus, daß bei Temudschin der Erfolg die Mittel heiligte. Trotz meiner konfuzianischen Erziehung, in der die Ehre eine so große Rolle spielte, beeindruckte mich seine Entschlossenheit.

Da sich Toghril zweifellos von dem Geschenk geschmeichelt und der Freundschaft der Väter verpflichtet fühlte, machte er die Mongolensache zu der seines Stammes. Der Zimmermann sah mich finster an. »Die Mongolen sahen auf uns herab, weil wir mehr Schafs- als Pferdezucht betrieben. Dabei gab es unter den Kerey Männer, die Bücher lesen konnten und weit reisten, ohne etwas zu stehlen. Außerdem war unsere Armee zweimal so groß wie die der Mongolen.«

Nachdem er wieder dem Airhi zugesprochen hatte, erzählte er weiter.

Da Toghril Khan zu alt war, selbst einen Feldzug durchzuführen, benachrichtigte er die verbündeten Jajaran. Der junge Jajaran, der Temudschin zu Hilfe eilte, war ein kühner Krieger namens Jamuka, dem der Ruf vorausging, daß er siebzig Gefangene bei lebendigem Leibe verbrannt habe. Er und Temudschin führten ein gemeinsames Heer zu den Merkit. Borte wurde zwar zurückerobert, doch sie hatte sich während der Gefangenschaft stark verändert. Der Jurtenmacher blinzelte. »Bald nach ihrer Rückkehr präsentierte sie Temudschin ein Kind. Und was meint Ihr wohl, was er getan hat? Etwas, was sonst kein Mann, den ich kenne, tun würde. Er hieß den Knaben willkommen, indem er ihm den Namen Jochi, der Gast, gab und ihn als seinen eigenen Sohn anerkannte.«

Ich sprach es nicht aus, aber ich hätte es wahrscheinlich genauso gemacht, besonders wenn die Mutter so treu ergeben wie Borte gewesen wäre.

Gestärkt von einem weiteren Schluck, fuhr der Zimmermann mit seiner schwungvollen Erzählung fort. Nachdem sie die Merkit geschlagen hatten, lebten die beiden jungen Führer zusammen in einem Lager, doch ihr Bündnis wurde von Intrigen erschüttert. »Temudschin war ein Anhänger des Althergebrachten. Er war der blaublütige Sohn eines Khans, während Jamuka von Schafzüchtern abstammte. Es heißt, daß es Temudschins willensstarke Mutter war, die ihn vor einem Hinterhalt warnte und überzeugte, eigene Wege zu gehen. Als die beiden auseinandergingen, ergriffen die Steppenvölker Partei. Wir Kerey schlugen uns auf Temudschins Seite.«

Der Kerey zählte ein Dutzend Völker des gegnerischen Lagers auf. Doch bevor diese hatten mobil machen können, hatte Temudschin sie einzeln angegriffen und vernichtet oder versklavt, darunter die Solang, Taidjut und Khorola.

»Ich habe an diesen Kämpfen teilgenommen. Sie fanden so schnell hintereinander statt, daß sie mir in der Erinnerung wie ein einziger langer Krieg vorkommen. Ohne uns hätte Temudschin niemals siegen können. Doch es zeigte sich bald, daß er das ganze Land einnehmen wollte, auch unser bestes Weideland. Daher beschloß Toghril, den Aufsteiger zu bestrafen. Laßt mich Euch das erzählen.« Er nahm wieder einen Schluck von dem alkoholischen Getränk. »Ha! Das muß man den Mongolen lassen: Sie machen einen guten Airhi.« Ich fragte mich, ob er noch nüchtern genug war, um weiterreden zu können. Doch wieder einmal hatte ich die Trinkfestigkeit eines Nomaden unterschätzt.

»Ich war dabei«, sagte er, »als Toghril Khan beschloß, den

ehrgeizigen jungen Mongolen loszuwerden. Temudschin hatte sein Lager in einem Tal aufgeschlagen, das er besonders liebte. Doch als wir ihn überraschend angriffen, war er weg. Sicher hatten ihn Hirten gewarnt. Er floh mit einer kleinen Truppe und erreichte einen Ort, der Brennender Wüstensand heißt. Dort kam es zu einer erbitterten Schlacht, der schlimmsten, die ich je erlebt habe. Toghril Khans Sohn ging mit einem Pfeil im Gesicht zu Boden, und sein bester General wurde getötet. Das ließ uns innehalten, als die Sonne unterging. Noch nie zuvor in meinem Leben war ich so müde gewesen. Wir dachten, wir hätten die Mongolen in die Enge getrieben und gönnten uns deshalb die Unterbrechung. Niemand hätte für möglich gehalten, daß Temudschin mit seiner erschöpften Truppe einen Gewaltritt durch die kalte Nacht unternehmen würde. Aber genau das tat er, und so gelang es ihm, sich an die Quellflüsse des Orchon zurückzuziehen.«

»Er verstand es davonzulaufen«, meinte ich.

»Und Finten zu schlagen. Toghril wurde von Temudschins Bruder ein Separatfrieden angeboten. Da es natürlich gut war, die Mongolen zu teilen, erklärte sich Toghril zu einem Treffen bereit. Wir wußten nicht, daß Temudschin auf diese Art Zeit gewinnen wollte, um ein größeres Heer aufzustellen. Er brachte es heimlich zu einem Ort nicht weit von unserem Lager entfernt. In der Nacht vor dem angekündigten Besuch seines Bruders schickte Temudschin ein paar seiner besten Reiter auf einen Hügel, von dem aus sie uns beobachten konnten. Als der Morgen graute, waren sie bereit.« Der Zimmermann trank wieder und sprudelte dann heraus. »Habt Ihr noch einen Beutel? Ha! Es war so schrecklich! Wir konnten uns vor ihrem Angriff nicht mehr formieren. Temudschin attackierte uns mit dem Hauptteil seiner Kavallerie. Es war so schrecklich, so schrecklich. Wir waren eingekreist und hielten drei Tage durch, doch am Ende wurden wir fast alle getötet. Nur ein paar wie ich wurden gefangengenommen. Sie sind tot, alle sind sie

tot ...« Er schleuderte den Beutel in die Ecke. »Nun hattet Ihr
also Eure Geschichte. Mein Volk ist zu Staub geworden, den
der Wind davongeblasen hat. Seht mich an! Ich bin das, was
übriggeblieben ist. Könnt Ihr Euch vorstellen, was ich sage?
Ich bin das, was vom Volk der Kerey übriggeblieben ist.« Er
schien jetzt plötzlich sehr betrunken zu sein. Er wandte sich
ab und starrte düster vor sich hin. Sicher grübelte er über das
Schicksal seiner Stammesgenossen nach.

Als äußeres Zeichen meines Status als Lehrer der Prinzen bekam ich eine eigene kleine Jurte. Mein Freund von den Kerey
wurde mit dem Bau beauftragt. Außerdem schickte mir Borte
Khatun, wie versprochen, eine Dienerin aus ihrem Gefolge.
Das Mädchen war sehr nett und willig. Sie hatte eine weiche
olivenfarbene Haut und blaue Augen. Ich glaube nicht, daß sie
mir je das Bersten ihrer Wolke vortäuschte, nicht weil sie dazu
zu ehrlich gewesen wäre, sondern weil das nicht nötig war. Sie
behandelte mich gut, bot mir aber, abgesehen von ihrem Körper, nur wenig. Immerhin war es ein Abkommen, das keinem
von uns schadete und uns beiden etwas Abwechslung be-
scherte.

Ich dankte der Khatun für ihre Großzügigkeit – die Gelegenheit fand sich bald, weil ich oft zu ihr eingeladen wurde.
Ich erhielt sogar, ohne selbst etwas unternommen zu haben,
Zugang zu ihrem engsten Kreis: ein paar Verwandten ihres
Onggirat-Clans, drei Schamanen, einer Taidjut-Prinzessin, die
ein paar Jahre zuvor bei einem Überfall mitgenommen worden war, und zwei früheren Gespielinnen des Khans, an denen
er das Interesse verloren hatte.

Die Taidjut-Prinzessin, die schrecklich niedergeschlagen
war, hielt sich für sich, und die fettleibigen ehemaligen Geliebten verbrachten ihre Zeit damit, der Königin zu schmeicheln, wenn sie nicht gerade alles aßen, was ihnen unter die
Finger kam. Vielleicht behielt sie die Königin in ihrer Nähe,

um immer das traurige Schicksal der Favoritinnen ihres Mannes vor Augen zu haben. Ich mied die Schamanen, weil diese mir mit Mißtrauen begegneten. Dafür freundete ich mich mit einer älteren Cousine der Königin an, einer Witwe, die einmal eine Reise hinter die Große Mauer unternommen hatte und sich deshalb für gebildeter als die anderen hielt. Ich ermutigte sie in ihrer dummen Affektiertheit und gewann so eine mögliche Fürsprecherin, falls ich einmal die Gunst der Königin verlieren sollte.

Ich selbst war zufrieden, daß ich unterrichten durfte, und freute mich über jede noch so kleine Zerstreuung, die es an diesem primitiven Hof gab. Ich versuchte mich an den alten Spruch zu halten, der besagt, daß man nichts Dümmeres tun kann, als ändern zu wollen, was nicht zu ändern ist.

Doch ich sehnte mich nach Abwechslung, und so hatte ich nach dem ersten großen Ereignis während meiner Gefangenschaft wenigstens etwas, worüber ich nachdenken konnte, wenn ich nicht gerade Schriftzeichen niederschrieb oder schlechten Tee trank.

Doch zunächst einmal muß ich den »Orlok« beschreiben. Er wurde von neun der besten Generäle des Khans gebildet, keinem mehr und keinem weniger. Sein Symbol waren die neun Jakschwänze, die am Eingang der Jurte des Khans hingen. Diese neun Krieger waren der innere Rat des Khans. Die Zahl Neun stand in ihrer Bedeutung der Zehn nur wenig nach, doch darüber erzähle ich später mehr.

An einem sonnigen Nachmittag in der Jahreszeit, in der alles welkt und die Landschaft die Farbe dunklen Goldes annimmt – sie nannten sie »Altan namar« –, langweilte ich mich beim Gemeinschaftstee in der Jurte der Khatun. Da kündigte eine Unruhe draußen die Ankunft einer wichtigen Person an, und eine atemlose Dienerin meldete, daß Mukuli Noyan eingetroffen sei.

An einem chinesischen Hof hätten das alle zum Anlaß genommen, den Raum zu verlassen, und die Königin hätte ihn allein empfangen. Hier jedoch blieb jedermann da. In meiner Heimat war Publikum öffentlichen Ereignissen vorbehalten, doch ich sollte schon bald erfahren, daß die Mongolen die beunruhigende Tendenz zeigten, über die privatesten Angelegenheiten in Hörweite zufällig Anwesender zu sprechen.

Ein gedrungener, kräftiger Mann in Rüstung platzte in die Jurte, schritt rasch zur Königin und machte eine knappe Verbeugung. Sie bedeutete einem Diener, ihm einen Stuhl zu bringen.

Das war Mukuli Noyan, einer der ältesten Anhänger des Khans und ein Militärführer ersten Ranges – sogar der Kerey konnte nicht umhin, das zuzugeben.

Borte Khatun fragte ihn höflich nach der Gesundheit des Khans (gut), seiner eigenen (gut), der aller anderen im Orlok (allen ging es gut). Erstaunlich gewandt für eine Mongolin, erkundigte sie sich dann, wann die Helden heimkehren und das Lager mit ihrer Anwesenheit beehren würden.

»Wir sind ein paar Tagesmärsche von hier entfernt«, erwiderte er und schwieg dann wieder.

»Der Khan kommt nicht direkt zurück? Ist es ein sehr schwerer Feldzug gewesen?«

»Nein, nur ein paar Plänkeleien. Wir mußten ein Tatarenlager niederbrennen. Sie sind rebellisch gewesen.«

Die Königin lächelte. »Tataren sind oft rebellisch. Mukuli Noyan, seid Ihr als Botschafter gekommen?«

»Nun ja, das stimmt«, gestand er. Ich wunderte mich, daß er, der erst so hereingestürzt war, sich nun so wand.

»Und wie lautet Eure Nachricht?«

Der General nahm eine Tasse Airhi an und schluckte das starke Zeug hinunter, als wäre es Wasser. Dann erklärte er, daß sie auf ihrer Expedition Dayir Usun vom Ghoha-Clan der Merkit getroffen hätten. Dieser hätte dem Khan seine Verbundenheit unter Beweis stellen und seiner Mißbilligung über die fragliche Loyalität anderer Merkit-Clans Ausdruck verleihen wollen.

Ich beobachtete die Königin. Sie war von den Merkit verschleppt und sicher mindestens von einem von ihnen vergewaltigt worden. Doch sie zeigte keinerlei Gemütsbewegung, ihr Gesicht behielt seinen wachsamen, wölfischen Ausdruck.

Um seine guten Absichten zu zeigen, fuhr der General fort, hätte Dayir Usun dem Khan ein Zelt voll Leopardenfelle geschenkt. Nach einer Pause fügte Mukuli hinzu: »Und seine Tochter.«

»Fahrt fort!« sagte die Königin, als bedeutete das noch gar nichts.

»Der Khan hat sich über die Leopardenfelle gefreut, aber noch mehr über das Mädchen. Er hat sich nicht an den Brauch gehalten, sie als Konkubine zu nehmen.« Wieder hielt der General inne. »Er hat Kulan vor dem Orlok und ihrem Vater geheiratet. Er nahm sie als seine Frau ins Bett.«

Jeder in der Jurte starrte jetzt Borte Khatun an. Erwarteten sie einen Gefühlsausbruch?

»Und was gab der Khan ihrem Vater als Gegenleistung?« fragte sie nach langem Schweigen.

»Das Recht, sich im Taikhalgebiet zwischen dem Selenga und Orchon niederzulassen.«

»Erstklassiges Weideland«, erklärte die Königin und ließ dem General nachschenken. »Unser Khan hat Euch gesandt, mir das zu erzählen. Ich sehe sehr wohl, was es bedeutet. Er versichert sich der Treue eines Merkit-Clans. Nur er kann über seine Bündnisse entscheiden. Dieses hier muß ein gutes sein.« Sie lächelte schwach. »In Sumpf gibt es viele Gänse. Nur Temudschin Khan weiß, wie viele Pfeile er verschießen kann, bevor sein Daumen müde wird. Trinkt, Mukuli Noyan.«

Hatte ich richtig gehört?

Während die Königin zusah, wie Mukuli die nächste Tasse Airhi hinunterschüttete, fuhr sie fort: »Ich nehme an, der Khan wünscht, daß ich die Vorbereitungen für den Empfang seiner neuen Gemahlin treffe. Ich werde mich darum kümmern.«

Der General schien erleichtert zu sein, daß sie die Nachricht so gelassen hinnahm. Er hatte ohne Zweifel eine schwierige Aufgabe übertragen bekommen. Es war nicht leicht, einer Frau zu sagen, daß ihr Mann soeben eine andere geheiratet hatte. Das war bei uns nicht anders gewesen. Mein Vater nahm sich eine zweite, dann eine dritte Frau, doch meine Mutter gewöhnte sich nie daran.

Mukuli schlug sich mit der Faust auf seine ledergepanzerte Brust. »So hat sich der Khan auf die Brust geschlagen und mir aufgetragen, Euch zu sagen, daß nur Abkömmlinge von Euch seine Erben sein werden. Er hat wörtlich gesagt: ›Nur die Kinder von der Frau und Mutter, die ich von meinem Vater zum Weib bekommen habe, sind die meines Herzens.‹ Das hat er gesagt.«

Borte Khatun nickte, aber als sie jetzt antwortete, zitterten ihre Lippen doch: »Wenn der Khan das gesagt hat, dann soll es so sein.«

Ich kannte schon zwei »Kinder seines Herzens« und sollte noch ein drittes treffen, bevor ich den Khan selbst kennenlernte.

Die heimkehrende Armee fegte nicht als Ganzes ins Lager, sondern kam in kleinen Trupps, als wären sie auf der Jagd gewesen. Ich sollte noch lernen, daß eine mongolische Armee sich nach dem Kampf immer in viele Gruppen aufteilte, die zu verschiedenen Lagern überall in der Steppe eilten.

Tschaghatei, ein kräftiger Knabe von achtzehn Jahren, traf mit der ersten Gruppe ein. Nachdem ich ihm von seiner Mutter vorgestellt worden war, lud ich ihn ein, zusammen mit seinen jüngeren Brüdern am Unterricht teilzunehmen.

Er blickte finster drein. »Wozu soll das gut sein?«

»Ihr könnt Chinesisch lernen.«

»Wozu?«

»Es wird von vielen Leuten gesprochen.«

»Nicht von meinen.« Diese Tatsache genügte Tschaghatai, seinen Fuß nicht über die Schwelle der Unterrichtsjurte zu setzen. Im Jahr der Ziege geboren, konnte er leicht überlistet werden, auch wenn er sich genau an die Regeln hielt. Wahrscheinlich kümmerte er sich gut um seinen Besitz, hatte aber wenig Freude am Leben. Ich war erleichtert, daß Tschaghatai nicht daran interessiert war, meine Sprache zu lernen.

Doch zu meinem Erstaunen war es jemand anderes.

Mukuli Noyan ließ mich zu seiner Jurte kommen und verlangte, daß ich ihm Chinesisch beibrächte. Ich bedankte mich mit einer tiefen Verbeugung für diesen Auftrag und setzte zu einer kleinen Rede an, um meiner Dankbarkeit für diese Ehre Ausdruck zu verleihen, doch als ich wieder aufschaute, sah ich, daß er sich einem Diener zugewandt hatte. Er hatte mich schon wieder vergessen. Dieser Schüler würde keine Zeit haben, sich Geschichten über Dichter anzuhören.

Wohl aber meine jungen Schüler, besonders nachdem sie die chinesische Aussprache geübt und täglich zehn Schriftzeichen aufgeschrieben hatten, um sie sich einzuprägen. Ich erzählte ihnen von Tu Fu, dem größten Dichter aller Zeiten, der vor fünfhundert Jahren gelebt hatte. Seine fünfzehnhundert Gedichte überwältigten den Leser durch ihre Detailgenauigkeit und tiefen Gefühle, sein eigenes Leben jedoch war traurig und schwierig gewesen. Er erlebte Kriege, Mißerfolge und Vernachlässigungen. Er sah seine eigene Familie hungern. Er war es, der geschrieben hatte: »Das kleine Mädchen war so hungrig, daß es mich biß.« Ich übersetzte das ins Mongolische. Er schrieb auch: »In diesen schwierigen Zeiten bin ich hierhin und dorthin getrieben worden. Es ist mehr ein Zufall, daß ich lebend nach Hause gekommen bin.«

In diesem Augenblick trat ein halbes Dutzend Männer in Rüstung mit gebeugtem Kopf ein und stellte sich mit Blick auf mich an der hinteren Wand auf.

Während ich weitersprach – ich erklärte, daß Tu Fu zweimal durch die Kaiserliche Prüfung gefallen war –, musterte ich die

Besucher. Einer von ihnen stach von den anderen ab, schon weil er größer war als sie, bestimmt so groß wie ich selbst. Er trug bauschige weiße Hosen, schwere, braune Stiefel sowie ein ärmelloses, rotes Gewand über einer Lederrüstung mit polierten Schulterstücken. An einem schwarzen Gürtel hing ein kunstvoll geschnitzter Köcher, umwickelt mit dem Schwanz irgendeines Tieres – vielleicht um zurückgewonnene Pfeile zu reinigen. Er trug keinen Helm, sondern hatte sich ein schmales Stoffband um den Kopf geschlungen. Somit war sein Haar sichtbar, das rostrot war und das erste Grau eines Mannes um die Fünfzig zeigte. Ich hatte schon ein paarmal Mongolen mit rotem Haar gesehen, doch noch nie zuvor solche Augen. Selbst auf diese Entfernung, von der einen Wand der Jurte zur anderen, fiel ihre erstaunliche, hellgrüne Farbe auf.

Unter ihrem prüfenden Blick suchte ich einen Augenblick lang nach den richtigen Worten, doch dann hatte ich mich wieder gefangen und zitierte Gedichtzeilen von Tu Fu, die mir passend erschienen:

»Willst du einen Bogen spannen, nimm einen starken,
Willst du einen Pfeil abschießen, verwende einen langen,
Willst du einen Mann erschießen, erschieße zuerst sein Pferd,
Willst du einen Feind ergreifen, ergreife zuerst seinen Führer.«

Ich brauche wohl nicht zu erwähnen, daß ich die nächste, sarkastische Zeile nicht zitierte:

»Doch das Töten von Menschen hat seine Grenzen, meinst du nicht auch?«

Und auch nicht die verächtliche Zeile später im Gedicht:

»Versuchen, so viele wie möglich abzuschlachten – welch Narretei!«

Verständlicherweise saßen meine Schüler seit dem Eintreten der Besucher aufrecht und aufmerksam da. Keiner drehte sich nach dem großen, strengen Mann mit dem roten Haar und Gewand um, doch bestimmt spürten sie seinen durchdringenden Blick im Rücken. Konnte meine Stimme die Furcht verbergen, die in mir wie eine Woge aufgestiegen war?

Da hob Tuli die Hand. Dankbar für die Unterbrechung, nickte ich ihm zu.

»Ihr habt gesagt, Tu Fu scheiterte in allem, außer seinen Gedichten. Warum hatte er, wenn er ein so großer Mann war, nicht auch in anderen Bereichen Erfolg?«

»Es gibt nur wenige Menschen, die auf mehreren Gebieten groß sind. Die meisten von uns sind es auf keinem. Wir müssen froh sein, wenn wir eine Sache besonders gut können.« Mein winziger Vortrag über das Schicksal schien Tuli nicht zufriedenzustellen. Beim Anblick seines ernsten Vaters fiel mir ein, was einmal ein alter Lehrer zu mir gesagt hatte: »Berge bleiben, nicht aber Straßen.« Ich zitierte ihn und gab Tuli auch gleich die Interpretation meines Lehrers: »Wir sind wie Straßen, weswegen man ja auch sagt, daß das Leben eine Reise ist. Wir wenden uns hierhin und dorthin, immer auf der Suche. Ein Berg jedoch bleibt, wo er ist.«

»Wenn wir wie Straßen sind«, erwiderte Tuli, »was ist dann wie ein Berg?«

Ich blickte zu dem großen Mann hinüber, der kein Lächeln zeigte. »Was wie ein Berg ist? Der göttliche Kern, das Tao«, erklärte ich dem jungen Prinzen, so wie es mir einmal mein alter Lehrer erklärt hatte. Dann dachte ich glücklicherweise daran, noch etwas Eigenes hinzuzufügen. Da ich wußte, daß die Mongolen zum Himmelsgott Tengri beteten, sagte ich: »Der Berg bleibt unbeirrt an Ort und Stelle wie Tengri. Er ist immer da wie Tengri. Er gibt uns Stärke wie Tengri.«

Nun lächelte der rothaarige Mann, und die Männer in seinem Gefolge folgten seinem Beispiel. Dann strömten sie geräuschlos wieder hinaus, und die Jurte schien ohne den einschüchternden Temudschin Khan leer zu sein.

8

Nach der Rückkehr des Khans gab es jeden Tag Feste, Trinkgelage, dumpfes Trommelschlagen und ostentatives Beten zum Himmelsgott. Auf Einladung der Borte Khatun nahm ich manchmal an diesen Festivitäten teil. Wie hatte ich mir nur Temudschin Khan als kleinen, zierlichen, einsamen und nachdenklichen Mann vorstellen können? Dieser große und kräftige Mongole liebte ein stürmisches, geselliges Leben, in dem er nur während anderer Aktivitäten zum Nachdenken kam. Aus der Art zu schließen, wie er seine neue junge Frau ansah, war seine Hauptbeschäftigung zweifellos, sie zu beschlafen und noch einmal zu beschlafen, immerzu. Gemäß seinem Versprechen, erwies er Borte zwar die meiste Ehre, indem er sie auf einem mit Jakhörnern geschmückten Thron direkt neben seinem sitzen ließ, doch zeigte er schamlos, wie sehr ihn die schöne junge Merkit erregte. Kulan stand mit den anderen Hofdamen und den Schwestern des Khans auf einer Seite, nicht weit von seiner alten Mutter Hoghelun entfernt, die gebeugt auf einem großen Stuhl saß und den Eindruck eines aufmerksamen, aber quengeligen Kindes machte. Da der Khan es nicht erwarten konnte, Kulan zu spüren, rief er sie oft zu sich, um ihr dann vor aller Augen die nackten Arme zu streicheln und mit unverhohlener Lust auf ihren wohlgeformten Körper zu blicken. In meinem Land hätte man ein solches Verhalten, selbst bei unseren lasterhaftesten Herrschern, als barbarisch empfunden, doch ich muß zugeben, daß Temudschin Khan dabei eine gewisse primitive Grazie entfaltete. Schließlich war er ein Mongole von hoher Geburt.

Während der Rituale Gokchus, des grimmigen alten Schamanen, der alles außer Essen und Trinken beherrschte, machte der Khan jedoch einen richtig wohlerzogenen Eindruck. Er schien von Gokchus endlosen Liedern und Gebeten aufrichtig angetan zu sein, und der Schamane achtete stets darauf, ihn mit »Auserwählter des ewigen Himmels« anzureden.

Der ewige Himmel. Der Himmel hoch oben. Das ewige Blau. Auf diese Himmelsbesessenheit ging die eintönige Vorliebe der Mongolen für alles Blaue und Weiße zurück. Wo ich auch hinschaute, sah ich blaue Kleider, blaue Hosen, blaue Satteldecken und Frauengesichter, die mit Kreide gespenstisch weiß angemalt waren. Es war das Blau, das ich auch sah, wenn ich zum weiten Himmel über der Steppe aufsah, der höchstens mit ein paar weißen Wölkchen betupft war.

Bei diesen lauten und vulgären Festivitäten im Großen Haus hielt auch oft der Khan, wenn er etwas angetrunken war, kleine Ansprachen, meist, um seine treuen Offiziere zu loben und großzügig von ihren Heldentaten zu berichten. Als ich ihn zum erstenmal sprechen hörte, war ich über seine hohe, fast feminine Stimme überrascht. Seine Reden hatten jedoch etwas Kraftvolles, Poetisches, und er hielt sie fehlerfrei. Wenn er auch, wie ich wußte, kein Wort lesen konnte, so war er doch nie um eins verlegen.

Doch am meisten faszinierten mich immer wieder seine Augen. Ihre grüne Farbe war nicht einzigartig unter den Mongolen, wohl aber ihr Ausdruck. Sie hatten etwas Undurchsichtiges. Der Khan starrte häufig, ohne mit der Wimper zu zucken, vor sich hin wie ein Falke. Es waren die Augen eines Raubvogels, frei von Traurigkeit und Freude, die sahen, was sie sahen. Der Khan blickte in die Welt, als wäre er nicht ein Teil davon, sondern ein Außenstehender. Mein Kindermädchen hatte immer gesagt, daß ich, wenn ich einmal einem Drachen begegnen würde, zwar in meiner Angst den Wunsch hätte wegzulaufen, es aber nicht könnte, sondern weiter hinschauen würde. So fühlte ich mich jetzt in Gegenwart des Mongolenherrschers.

Ein Chinese bewundert nichts so sehr wie einen Mann, der das Wohlergehen seiner Familie im Auge hat. Was das angeht, so bin ich nie einem bewundernswerteren Mann als dem Khan begegnet. Seine Mutter Hoghelun wurde nie, obwohl sie kaum noch gehen konnte, von Beratungen und Festen ausgeschlossen, ebensowenig wie seine Brüder und Vettern, die alle mit ihm jene verzweifelten Jahre in den eisigen Wäldern verbracht hatten.

Er kam auch häufig in die Unterrichtsjurte, um sich ein Urteil über meine Lektionen zu bilden. Er blieb jedoch nicht lang und richtete nie das Wort an mich. In dieser Hinsicht unterschied er sich nicht von anderen Mongolen, die zwar den Unterricht respektierten, nicht aber den Lehrer. Doch ich erfuhr bald, daß mir diese Geringschätzung auch zum Vorteil gereichen konnte. Die Mongolen besprachen Dinge mit mir, die sie mit ihresgleichen nicht besprechen konnten, und erwähnten in meiner Gegenwart Privates, als wäre ich gar nicht vorhanden. Ich bewegte mich mit dem Einverständnis der Khatun frei im Lager, und als der Khan nach einer Weile vom Nutzen meines Unterrichts für seine Kinder überzeugt war, gehörte ich oft zu seinem engsten Kreis. So war ich dabei, als er den Prinzen, einschließlich Tschaghatei, geduldig die Feinheiten der Jagd, des Reitens und der Wetterbeobachtung beibrachte. Seine väterlichen Qualitäten führte ich auf sein Geburtsjahr, das des Ochsen, zurück. Solche Menschen sind gute Berater und drücken sich niemals vor ihren Pflichten. Doch manchmal verliert ein Ochse auch die Kontrolle über sich und glaubt wegen einer ihm von Gott verliehenen Mission auf Erden unsterblich zu sein. Ich konnte nur hoffen, daß der Khan nicht so dumm sein würde oder daß ich, falls doch, nicht in der Nähe sein und die Folgen tragen müßte.

Einmal standen meine Schüler zu Beginn des Unterrichts um einen der kleineren Knaben herum. Er hielt seinen linken

Daumen, der vom Nagel bis zur Handfläche purpurrot von getrocknetem Blut war, hoch in die Luft gestreckt. Ich erfuhr, daß sein Vater, der Khan, ihn auf die Jagd mitgenommen und er seinen ersten Hasen geschossen hatte. Der Khan selbst hatte den Daumen des Knaben, mit dem dieser den Pfeil abgeschossen hatte, in die offene Wunde des Tieres getaucht und ihn damit zum Mann gemacht. Wenn auch nur Bortes Kinder legitim waren, so wurde doch allen seinen Abkömmlingen seine Aufmerksamkeit und Liebe zuteil.

Nicht aber Hunden. Ich erinnere mich, daß ich mich eines Tages darüber wunderte, daß ich keine Hunde mehr im Lager sah. Es war nicht schwer, die Erklärung hierfür zu bekommen, denn jeder beantwortete die Fragen eines dummen, harmlosen Fremden nur allzu gern.

Ich erfuhr also, daß Temudschin als kleiner Knabe Angst vor Hunden gehabt hatte – sie waren vielleicht die einzigen Lebewesen, die er je gefürchtet hat. Aus Respekt davor hielten die Mongolen ihre Hunde dem Lager fern und sperrten sie in einen entlegenen Korral, wo sie bis zum nächsten Feldzug des Khans blieben.

Sie würden also dem Lager nicht allzu lange fern sein. Der Khan blieb nie über längere Zeit an einem Ort, sondern zog immer wieder aus, um eine neue Rebellion niederzuschlagen oder mit einem Stamm zu kämpfen, der noch so mächtig war, daß er es mit ihm aufzunehmen versuchte.

Von dem als nächstes geplanten Unternehmen erfuhr ich, weil ich bei einem Gespräch zwischen Mukuli Noyan und einem anderen Mitglied des Orlok anwesend war. Jebe Noyan, als »der Pfeil« bekannt, nahm inzwischen auch meine Dienste als Lehrer in Anspruch, und so unterrichtete ich sie oft zusammen. Jebe, ein nicht sehr einnehmender, kleiner Mann von schlanker Statur und einem jungen Gesicht, strafte seine Erscheinung durch die fast wahnwitzige Tapferkeit Lügen, für die er bekannt war. Vor Jahren hatte er einem feindlichen

Stamm angehört und sich in einer Schlacht plötzlich ohne Pferd von mongolischen Kriegern umringt gesehen. Er brüstete sich lauthals, daß er es, wenn er nur ein Pferd bekäme, mit allen aufnehmen würde. Sein unverschämtes Selbstvertrauen beeindruckte Temudschin dermaßen, daß er nicht nur seinen Wunsch erfüllte, sondern ihm sogar ein seltenes Pferd mit weißen Nüstern gab. Auf diesem kämpfte sich Jebe durch das Reiterheer des Khans und entkam. Später kehrte er zum Mongolenlager zurück und bot dem Mann, der ihm auf einem solchen Pferd eine solche Chance gegeben hatte, seine Dienste an. Nach vielen Missionen, bei denen er sich nicht nur als tapfer, sondern auch als loyal erwiesen hatte, war Jebe in den Orlok aufgestiegen.

Nach einer dieser Unterrichtsstunden hörte ich also, wie sich die beiden Generäle über einen bevorstehenden Feldzug unterhielten. Wäre ich ein Nomade wie sie gewesen, hätten sie nichts gesagt oder nur geflüstert. Als fremder Sklave war ich so harmlos wie ein Kind an der Mutterbrust, so daß sie sich in meiner Anwesenheit frei unterhielten.

Auf diese Weise erfuhr ich, daß Temudschin Khan in der schönsten Zeit des Jahres, den goldenen Tagen des Altan namar, den wichtigsten Kampf seines Lebens beginnen wollte.

Schon bald sollte ich feststellen, daß mein eigenes Schicksal vom Ergebnis dieses Abenteuers abhing.

Zu jener Zeit lernte ich den letzten der vier Oghulc kennen: Jochi, den Gast zweifelhafter Herkunft, der jetzt ein Mann Ende Zwanzig war. Er war fast so groß wie der Khan, sehr angeberisch und kampfbereit. Im Jahr des Hahns geboren, war er möglicherweise ein freimütiger Träumer, beliebt, aber starrsinnig, außerdem ausgesprochen stolz. Es konnte auch sein, daß er ein wahrhaft talentierter Krieger war. Jedenfalls fiel seine Ankunft mit der Einberufung eines Kriegsrats zusammen.

Darüber erfuhr ich folgendes: Man war an den Stamm der Onggut herangetreten, sich einem Bündnis gegen die Mongolen anzuschließen. Hinter dem Plan, die Mongolen zu vernichten, steckte Jamuka, jener Rivale, der Temudschin schon früher einmal bei seinem Aufstieg Steine in den Weg geworfen hatte. Die Onggut hatten sich zum Schein dem Bündnis angeschlossen, in Wirklichkeit aber einen Boten zum Khan geschickt und diesen über die Verschwörung informiert. Aus Dankbarkeit hatte Temudschin Khan dem Führer der Onggut fünfhundert Pferde und tausend Schafe geschickt. Ich erzählte dies dem Kerey und fragte ihn, was er von dem Ganzen hielt.

Dieser erzählte mir erst einmal etwas über die Onggut, die an der Südgrenze der Wüste Gobi nahe der Großen Mauer lebten. Sie haßten die Mongolen, die ihre Lager plünderten, Frauen vergewaltigten und Pferde stahlen. Doch sie haßten auch die Chinesen, die den Mongolen in nichts nachstanden.

»Die Onggut tun gut daran, sich auf die Seite der Mongolen zu schlagen«, behauptete der Zimmermann. »Schließlich haben diese schon fast allen Stämmen übel mitgespielt.«

»Doch die Naiman haben sich auch gegen den Khan verbündet.«

»Die Naiman?« Das schien ihn zu überraschen. »Seid Ihr sicher?«

»Jamuka hat sie auf seine Seite gezogen. Das habe ich gehört.«

Da lächelte der Kerey strahlend. »Wenn Jamuka das getan hat, dann können die Mongolen kaum siegen. Die Naiman sind noch immer das mächtigste Volk in der Steppe. Dann ist es aus mit Temudschin.« Er lachte, als hätte ich gerade einen Witz erzählt, an den er sich noch lange erinnern würde.

In meiner Eigenschaft als Sprachlehrer für Prinzen und Generäle mußte ich diesen folgen, wo immer sie auch hingingen. Ich wäre viel lieber in der Wüste verschwunden und eines glücklichen Tages an einem der Tore der Großen Mauer wieder aufgetaucht, besonders nach der Vorhersage des Kerey. Doch zu diesem Zeitpunkt zappelte ich schon im Netz der täglichen Pflichten. Jeden Morgen eilte ich zwischen der Unterrichtsjurte und den Jurten des Orloks hin und her. Es kam öfters vor, daß ich dort durch den engen Eingang kam und einen hohen General eng verschlungen mit einem oder mehreren jungen Mädchen vorfand. Ich mußte dann geduldig mit dem Unterrichtsbeginn warten, bis er fertig war.

Die Generäle hatten große Mühe mit meiner herrlichen, aber komplizierten Sprache, und ich fragte mich manchmal, warum sich so vielbeschäftigte und amouröse Männer überhaupt damit abgaben. Mukuli, der eifrigste, war auch der am meisten an allem Chinesischen Interessierte. Es kam mir so vor, als wollte er mein Land besuchen – eine Vorahnung, an die ich mich noch erinnern sollte.

Was die Söhne des Khans anging, so waren diese, ganz gleich, ob sie seine Bastarde oder rechtmäßigen Erben waren, keine guten Schüler. Tuli hätte vielleicht einer sein können, wenn er nicht so ruhelos gewesen wäre. Ögödei kämpfte sich mit einigermaßen passablem Erfolg durch, wenn auch langsam sein Interesse an Mädchen erwachte. Von den Mädchen, die an meinem Unterricht teilnahmen, waren zwei recht vielversprechend, vor allem die scheue Tochter des Khans. Doch diese aufmerksamen Mädchen würden zurückbleiben, wenn wir Richtung Westen zögen, um dort zu tun, was Krieger eben so taten. Mir gefiel der Gedanke, als Sprachlehrer auf einen Feldzug zu gehen, überhaupt nicht. Auch meine alten Tutoren hätten diese Vorstellung verächtlich von sich gewiesen.

Ich hatte erwartet, daß die Kriegsvorbereitungen Lärm und Durcheinander mit sich bringen würden, doch alles verlief ruhig und in geordneten Bahnen. An Stelle von Bataillonen galoppierender Reiter, die sich vor dem Ulugh Yurt aufstellten, sah man häufig einzelne Boten ins Lager reiten und dieses wieder verlassen. Die Mongolen rotteten sich nicht zusammen, wie ich es bei chinesischen Truppen gesehen hatte, sondern blieben in ihren Jurten und packten, jeder für sich, als wollten sie getrennt fernen Städten einen Besuch abstatten.

Ich sah einige von ihnen und ihre Frauen Schafsmägen mit Quadern von getrocknetem Weißkäse, Korn und gepökeltem Fleisch füllen, das, wie ich erfuhr, zarter wurde, wenn man es beim Reiten einen Tag lang unter den Sattel legte.

Mir fiel ein, wie sich einmal ein paar betrunkene Mongolen damit gebrüstet hatten, daß sie sich von Ratten, Läusen und der Nachgeburt fohlender Stuten ernähren könnten. Ich konnte nur hoffen, daß es auf dieser Expedition nicht zu einer Überprüfung des Wahrheitsgehalts dieser Prahlereien kommen würde.

Jeder der Soldaten des Khans nahm einen langen und einen kurzen Bogen sowie drei Köcher mit jeweils dreißig Pfeilen mit. An einem der Köcher war ein Schleifstein zum Schärfen der Pfeilspitzen befestigt. Einige Männer trugen stabile Lanzen, die am Ende einen Haken hatten, mit dem man den Feind vom Sattel ziehen konnte. Viele schnallten einen Streitkolben oder eine leichte Axt an den Sattel, außerdem ein Schild aus Weidengeflecht und einen Krummsäbel. In großen Ledertaschen verstauten sie Knäuel stabiler Stricke, Ahle, Nadel und Faden sowie jeweils einen kleinen Kochtopf und zwei Flaschen aus Pferdeleder, von denen eine mit Airhi gefüllt war.

Viele von ihnen trugen als Rüstung Ledermäntel, die ihnen bis über die Knie reichten. Für diese wurden die Häute erst durch Kochen weich gemacht, dann mit einer Schicht Pech bestrichen, um sie wetterfest zu machen, und schließlich mit Lederriemen zusammengefügt. Im ganzen Lager konnte man hören, wie die Männer ihre Rüstung auf Hochglanz polierten. Auch die Metallhelme wurden blank gerieben und von den Frauen oben an der Spitze mit dem Schwanz irgendeines Tieres geschmückt.

Weder die Männer noch die Frauen schienen Angst zu haben oder sich Sorgen zu machen. Sie trafen die Vorbereitungen schnell und überlegt, was darauf schließen ließ, daß sie es schon viele Male getan hatten. Doch es konnte durchaus auch ein letzter Abschied sein, und viele Paare gingen damit auf ganz unmittelbare Art um. Am hellichten Tage ließen sie plötzlich alles stehen und liegen und umarmten sich stürmisch in einer Ecke der Jurte, wobei sie sich, wenn nötig, neugierigen Blicken entzogen, indem sie sich mit irgendeinem Tuch zudeckten, das gerade zur Hand war.

Als sie ausgerüstet waren, verließen die Krieger in kleinen Gruppen das Lager. Ich bemerkte, daß die Zahl der Männer einer jeden Gruppe ein Vielfaches von zehn war – zehn, zwanzig, dreißig und so weiter, bis hundert. Da jeder Reiter noch drei oder vier Extrapferde mitnahm, sahen die in den Krieg ziehenden Trupps viel größer aus, als sie eigentlich waren.

Als das Trommeln begann, wußte ich, daß auch wir bald aufbrechen würden. Die Nakkare-Trommeln, die in aus Seilen geflochtenen, mit blauen Quasten geschmückten Halterungen lagen, wurden die ganze Nacht und den ganzen nächsten Tag im immer gleichen Rhythmus geschlagen.

Nun schickten Gokchu und die anderen Schamanen ihre Gebete zur Flagge, der Tuk, die vor dem Großen Haus in den Boden gerammt war. Man hatte mir gesagt, daß die Tuk für die Seelen aller mongolischen Krieger stehe. Im Ulugh Yurt fand eine wichtige Besprechung statt: Der Khan und seine Generäle trafen ihre Entscheidungen über die Routen und überlegten, wo sie die Pferde am besten weiden ließen und wie wohl das Wetter in der nächsten Zeit werden würde.

All das erfuhr ich von meinem »Nokor«, einem Leibwächter, den man mir für die Expedition zugewiesen hatte. Er erzählte mir auch von den Wachen, die jetzt die Jurte des Khans Tag und Nacht umringten. Die siebzig Tagwachen, die »Tunghaut«, und die achtzig Nachtwachen, die »Kabtaut«, waren gemeinsam für die Sicherheit des Khans verantwortlich. Wieder einmal hatte ich ihn falsch eingeschätzt. Ich hatte mir vorgestellt, daß Temudschin Khan an der Spitze seiner Truppen reiten und sie mit Leib und Seele kämpfend rücksichtslos ins Schlachtgetümmel führen würde. Doch jetzt stellte sich heraus, daß er schon sorgfältig beschützt wurde, bevor wir auch nur das Lager verließen.

Ich mochte meinen Nokor. Er war ein breitschultriger, recht gutaussehender, junger Offizier, der als Kind mit Jochi befreundet gewesen war. Vermutlich hatten sie ihn wegen seiner Gelassenheit ausgewählt. Sicher hätten sich die meisten Offiziere seines Alters beklagt, wenn sie sich um einen Fremden hätten kümmern müssen, der nichts konnte außer reden. Er war auch ein aufrichtiger Mensch. Als ich ihn fragte, ob er meinte, daß Jochi gerne Chinesisch lernen würde wie seine jüngeren Brüder und die Männer vom Orlok, lachte er. »Für so etwas hat Jochi keine Zeit. Man kann ihn erst von seinem Pferd trennen, wenn beide tot sind.«

An dem Feldzug nahmen alle Oghule außer Tuli teil, der noch zu jung war. Jochi hatte nach vielen Schlachten Kommandogewalt erworben, und Tschaghatei zog als Adjutant eines Generals in den Krieg. Ögödei, der als Kavallerist mitdurfte, erzählte das im Chinesischunterricht und konnte sich dann prompt nicht mehr an die neuen Schriftzeichen erinnern. Wäre ich ein Mongole und Soldat gewesen, hätte ich ihm versichert, daß alle (auch ich selbst) Angst vor einer Schlacht hatten – wenigstens beim erstenmal. Jedenfalls konnte ich an seinem angespannten Gesichtsausdruck erkennen, daß er anfing, sich zu fürchten. Das fiel noch jemand anderem auf – seinem Vater, der sich in der Nähe seiner Jurte mit Offizieren beriet. Er ließ sie stehen und kam zu dem bedrückten Ögödei herüber. Langsam gingen sie nebeneinander zu dem leeren Platz vor dem Großen Haus, und ich sah den Khan eindringlich auf seinen Sohn einreden. Sie blieben lange für sich. Die Offiziere

wandten sich ab und setzten ihre Unterhaltung alleine fort –
ein einzigartiges Beispiel mongolischer Feinfühligkeit. Als die
beiden zurückkamen, sah der Khan wie immer aus, doch der
Gesichtsausdruck seines Sohnes hatte sich verändert. Ögödei
blickte nicht mehr besorgt, und ich habe ihn auch nie wieder
so gesehen. Was der Khan wohl gesagt haben mochte, um ihm
Kraft zu geben? Kraft, die ein Leben lang anhalten sollte? Noch
heute ist mir das ein Rätsel.

Zwei Nakkare-Trommeln wurden mit einem dicken Seil zusammengebunden und einem Ochsen über den Rücken ge-
hängt. Der Trommler saß auf und schlug mit filzbezogenen
Schlegeln auf die Bespannung, bis sein Stakkato zu einem lauten Donnergrollen anschwoll.

Das war das Signal für das ganze Lager, vor dem Ulugh Yurt
anzutreten. Hunderte von Männern stürzten aus ihren Jurten
und bestiegen ihre Pferde, um auf dem Feld Stellung zu beziehen. Je zehn Reiter bildeten eine Kavallerieuntergruppe, zehn
dieser Untergruppen formierten sich dann zu einem »Jagun«,
und zwanzig Jaguns bildeten schließlich die Armee, die persönliche Armee des Khans. Diese Aufstellung vollzog sich in
einem unheimlichen Schweigen, das nur vom Schnauben der
Pferde, dem Klappern von gegen die Sättel schlagenden Me-
tallgegenständen und dem Scharren von Hufen unterbrochen
wurde.

Die Frauen eilten herbei und stellten sich auf beiden Seiten
des Großen Hauses auf. Gokchu, der einen Umhang aus Mur-
meltierpelz trug, schwenkte laut singend eine brennende Fak-
kel und spuckte auf die neun Jakschwänze der Tuk. Als sich
dann der Trommelrhythmus änderte und zu einem pulsieren-
den Wirbel anstieg, fingen die Frauen zu schreien an. Sie hoben die Arme und kreischten so schrill, daß ich zunächst erschrak, bis ich erkannte, daß sie damit ihrer Freude und ihrem
Stolz Ausdruck verleihen wollten. Alle waren sie da: die schö-

ne Kulan, Borte mit dem wachen Blick, die alte, sich auf einen Stock stützende Mutter des Khans, ein Schwarm Konkubinen, die Frauen der Offiziere und Soldaten mit ihren Kindern, die sie hochhielten, damit diese besser sehen konnten, und meine eigene Bettgefährtin, die mich anlächelte, wie sie es noch nie zuvor getan hatte. Sie alle kreischten vor Freude, als würde etwas Wundervolles geschehen.

Selbst ich, dem Selbstbeherrschung anerzogen worden ist, reagierte mit kindlicher Begeisterung auf den ekstatischen Tumult. Ein Schauer lief mir über den Rücken, und ich brüllte ebenso laut wie die Mongolen.

Noch lange, nachdem wir das Lager verlassen hatten, hörten wir das vielstimmige Heulen. Als wir dann die stille Steppe erreichten, fragte ich mich, ob der Jubel, wenn wir siegen sollten, an diese Abschiedsekstase herankommen würde. In den Krieg zu ziehen, war eine wunderbare Sache für einen Mongolen.

9

Jeden Morgen mischte mein Nokor in zwei Lederbeuteln je eine Handvoll Trockenmilch mit etwas Wasser. Einen behielt er für sich, den anderen gab er mir. Ich befestigte meinen Beutel am Sattel, und durch das Rütteln und Schütteln wurde bis zum Nachmittag eine wäßrige Paste daraus. Wie barbarisch ich schon geworden war, konnte man daran erkennen, daß ich es lernte, diese Scheußlichkeit zu essen, ohne das Gesicht zu verziehen.

Die Armee verteilte sich in kleinen Einheiten über die weite Grasebene, so daß man sie für Viehherden hätte halten können, und Spähtrupps erkundeten im Gänsemarsch die vor uns liegenden Hänge. In der Ferne konnte man Berge erkennen, auf denen jetzt im Herbst grüne Pflanzen wuchsen und deren Gipfel schon mit Schnee bedeckt waren. Wir überquerten viele eilig dahinfließende Bäche mit flachen, steinigen Betten und schlängelten uns über Weiden, die bereits braun wurden. Ich mußte an Li Pos Gedichte über die Wildnis von Sichuan denken.

Je weiter wir nach Westen kamen, desto höher wurden die Berge und enger die Täler. Mein Nokor erklärte mir, daß dies das Land der Wildschafe, Gazellen und Wölfe wäre. Von den Wölfen hatte ich schon bald genug, denn jede Nacht, wenn wir in unser leichtes Zehnmann-Maikhan krochen, fingen sie an zu heulen und hörten erst in den frühen Morgenstunden wieder auf.

Wir kamen an einen Fluß, der so breit war, daß wir nicht hindurchreiten konnten. Jeder Krieger war mit einer Tasche aus weichem Leder ausgerüstet, in die er nun alles stopfte, was trocken bleiben sollte. Er band sie mit einem Lederriemen fest zu und befestigte sie am Sattel, der wiederum an den Schwanz des Pferdes gebunden wurde. Dann schwamm das Pony mit seinem Reiter, der sich am Sattel festhielt, zum anderen Ufer. Erst da wurde mir so richtig klar, wie stark doch diese kleinen Pferde waren.

Der Khan trieb uns nicht an, sondern ließ uns genügend Zeit zum Weiden der Ersatzpferde auf den herbstlich trockenen Wiesen. Als sich eines Morgens, während die Sonne aufging, ein Schwarm Raben in einem Baum niederließ, blieben wir den ganzen Tag im Lager. Der Nokor sagte, daß es uns Unglück brächte, wenn wir ein so böses Omen wie einen Baum voller Raben bei Sonnenaufgang nicht beachten würden. »Wir haben einen Führer, der die Dinge nimmt, wie sie sind«, erklärte er mir.

Einmal beobachtete ich, wie sich eine Tasche vom Sattelknopf eines Pferdes löste und herunterfiel, ohne daß es der Reiter bemerkte. Sofort stieg der Mann hinter ihm ab, hob die Tasche auf und gab sie dem Eigentümer zurück.

Der Nokor ritt an meine Seite und erklärte: »Wenn etwas herunterfällt, muß der Mann dahinter es aufheben und zurückgeben.«

»Und wenn er es nicht tut?«

»Dann muß er ihm etwas von seinen Sachen abgeben.«

Diese Krieger, die bestimmt während der Schlacht fest an der Kandare gehalten wurden, waren jetzt auf dem Weg selten ernst. Die meiste Zeit unterhielten sie sich. Häufig machten sie sich dabei über ihre eigenen Leistungen im Bett lustig, um ihre Kameraden zum Lachen zu bringen, und freuten sich dann darüber, wenn sie dümmer wirkten, als sie in Wirklichkeit waren. Waren sie dann vielleicht auch klüger, als ich meinte? Auf jeden Fall waren sie für Leute, die weder lesen noch schreiben konnten, in ihrer Selbstironie ungewöhnlich beredt. Ihre Scherze beschränkten sich auch immer aufs Verbale. Wahrscheinlich würde ein Mongole sein Leben aufs Spiel set-

98

zen, wenn er, wie in meinem Land üblich, einen Freund zum Spaß anrempelte oder ihm ein Bein stellte.

Bei mir zu Hause reisen Gelehrte oft herum, um die Landschaft zu genießen. Manchmal vergaß ich in diesen Tagen, daß es hier bei uns anders war. Doch dann erinnerten mich die Rauchzeichen in der Ferne wieder an den eigentlichen Zweck unserer Unternehmung. Zahllose Kuriere kamen uns im Galopp entgegen. Sie wurden von der Wachtruppe zum Khan durchgelassen, der mit seinen Generälen in der Nähe der neunschwänzigen Tuk ritt.

In der Nacht wurden die Nachrichten mit Hilfe von Laternen, am Tage durch Fahnen und Rauch übermittelt. Dieses weite Land ohne Straßen und Wege hatte die Mongolen offenbar zu Meistern im Signalisieren gemacht. Sie kannten alle Möglichkeiten, in der Steppe, im welligen Hügelland und in den Bergen miteinander in Verbindung zu bleiben.

Wie weit sich die Späher wohl vorwagten? Einen Tag, manchmal zwei, erfuhr ich von meinem Nokor. »Man kann einen Mongolen nicht überraschen. Überrascht zu werden, bedeutet den Tod.«

Während unseres Anmarsches wurde ich öfters zu der bewachten Mitte gebracht, wo der Orlok zusammen ritt. Die mongolischen Generäle wollten wissen, wie die verschiedenen Militäraktionen auf chinesisch hießen. Auf diese Weise lernte ich von den besten Kommandeuren der Mongolen einiges über Taktik, da sie nicht merkten, daß sie mir, wenn sie mir Fragen stellten, auch gleichzeitig Wissen übermittelten.

Ich unterrichtete Ögödei noch jeden Tag, obwohl das Erlernen der chinesischen Sprache sicher das letzte war, wonach ihm jetzt, als junger Kavallerist einer mongolischen Armee, der Sinn stand. Trotzdem meldete er sich am Ende eines jeden Marschtages bei mir. Eines Nachmittags lagerten wir an einem lieblich dahinplätschernden Fluß. Als Ögödei zu seiner Un-

terrichtsstunde kam, ging mir gerade der Dichter Li Po durch
den Kopf. Wie passend: Li Po war ein hoffnungsloser Trunkenbold gewesen, der Wein und Vergnügen in vielen seiner
Gedichte verherrlichte. Und der Knabe war betrunken.

Ich ließ die Stunde ausfallen und ging mit Ögödei zum
Flußufer, wo ich ihn mit dem Vorschlag erschreckte, sich das
Gesicht mit kaltem Wasser abzuwaschen.

»Wer hat Euch so viel zu trinken gegeben?« fragte ich ihn.

»Jemand in meinem Arban.« Ein Arban war die militärische
Grundeinheit von zehn Männern.

»Ihr seid zu jung für so viel Alkohol.«

»Alle in meiner Gruppe trinken.«

»Glaubt Ihr, daß Euch das zum Mann macht?« Das hätten
die Worte meines Vaters sein können.

»Alle in unserem Arban *sind* schon Männer.«

Ich sah an Ögödeis zusammengekniffenen Augen, daß er
nicht auf mich hören würde. Schließlich war er im launischen
Zeichen der Ratte geboren.

Trotzdem kam er nicht wieder betrunken zu mir, wenn auch
sein Atem nie mehr ganz frei von dem üblen Airhigeruch war.

Zehn Arbans bildeten eine Kompanie oder einen Jagun, und
mein Jagun hatte seinen Platz direkt hinter dem Verband mit
den persönlichen Wachen des Khans. Daher hatte ich oft Gelegenheit, ihn zu beobachten. Er war nie allein, nicht einmal für
einen Augenblick; stets war jemand neben ihm, der ihm zuhörte oder etwas zu ihm sagte. Ich hatte noch nie gesehen, daß
jemand so ununterbrochen mit anderen Menschen zusammen
war. Temudschin Khan, der einen Großteil seiner Kindheit einsam im Walde verbracht hatte, war nun als Erwachsener die
ganze Zeit dem Blick der Öffentlichkeit ausgesetzt. Selbst in
der Nacht war ein ständiges Kommen und Gehen in seinem
Zelt. Ich hatte auch gehört, daß zehn Nokors bei ihm blieben,
wenn er schlief. Er hatte überhaupt kein Privatleben.

Doch irgendwie gelang es ihm anscheinend immer wieder, seine Gedanken zu ordnen, während wir weiterritten. Seine Entscheidungen mußten so profund sein, wie man es eigentlich nur von in der Einsamkeit gereiften Entschlüssen erwarten konnte, denn sonst hätte man ihn nicht dermaßen geachtet und ihm so bedingungslos gehorcht. Je weiter wir vorrückten, um so komplexer wurde unsere Formation. Sie wurde jeden Tag geändert, wahrscheinlich um feindliche Späher über unser eigentliches Ziel und unsere Absichten im unklaren zu lassen. Im weiteren Verlauf zeichnete sich dann die Aufteilung in drei Heere ab. Weil die Mongolen ihre Zelte immer Richtung Süden aufschlugen, wurden diese linke oder östliche Armee, rechte oder westliche Armee und mittlere oder südliche Armee genannt.

Eines Tages stellte ich meinem Nokor eine Frage, die mir recht naheliegend erschien, da wir immer näher an das Gebiet der Naiman herankamen: »Wie stark ist der Feind?«

»Vielleicht sechs oder sieben Tumen«, schätzte er achselzuckend.

»Wie groß ist ein Tumen?«

»Zehntausend Mann.«

Ich sah mich entsetzt um. »Aber wir haben alles in allem nicht mehr als sieben- oder achttausend!«

»Es kommen noch mehr«, versicherte er mir lächelnd. »Das ist so unsere Art: getrennter Anmarsch, gemeinsame Attacke. Wartet nur ab!« Und wirklich tauchten jeden Tag weitere Einheiten auf und wurden auf die drei Armeen verteilt, so daß diese auf fast drei Tumen anschwollen. Doch der Feind würde auch jetzt noch mehr als doppelt so stark sein.

Der Nokor lachte über meine Ängstlichkeit. »Die Mongolen sind zahlenmäßig immer unterlegen. Das ist kein Grund zur Sorge.«

War er ein Einfaltspinsel? Ich sollte noch lernen, daß es das übliche stolze Verhalten eines Mongolen war.

Am nächsten Tag stellte ich fest, daß die Abstände zwischen den Armeen weiter vergrößert worden waren, so daß sie sich jetzt über ein so ausgedehntes Gebiet verteilten, daß sie sich manchmal gar nicht mehr sehen konnten. »Das bedeutet«, sagte mein Nokor, »daß unsere Späher den Feind gesichtet haben. Wir wollen nicht zulassen, daß er uns einkreist. Wenn nötig, verteilen wir uns von hier bis zum Himmel.«

Als ich einmal mit Mitgliedern des Orlok und anderen Generälen beisammensaß, kam ein Kundschafter ins Lager und berichtete, daß der Führer der Naiman, der den Titel eines Tayang trug, und seine Verbündeten ihre vereinigten Streitmächte in den Ausläufern des Altai zusammengezogen hätten. Der Tayang habe vorgehabt, sich nach und nach in die Berge zurückzuziehen, um die Mongolen in enge Hohlwege zu locken, wo sie auseinandergerissen würden. Doch seine Berater hätten ihm dringend davon abgeraten und den Standpunkt vertreten, daß sie, als die besser ausgestattete und weitaus größere Armee, angreifen sollten. Einer von ihnen habe zum Tayang gesagt: »Euer Vater hätte dem Feind nie die Hinterbacken seines Pferdes gezeigt.«

»Sie lassen ihm so lange keine Ruhe, bis er zum Angriff übergeht«, behauptete der Kundschafter.

Der Khan wandte sich an einen seiner Adjutanten: »Dieser Mann soll doppelt soviel Beute bekommen, wie ihm als Soldat zusteht.«

Das klang siegesgewiß. Wie konnte er so sicher sein, da doch seine Armee so viel kleiner war?

Aber diese Frage konnte ich meinem Nokor nicht stellen.

Bis dahin hatte ich den Khan entspannt erlebt, aber nun entfaltete er von einem Augenblick zum andern eine hektische Aktivität unter der Tuk mit den Jakschwänzen. Er erteilte mit seiner hohen Stimme Befehle, gestikulierte, lief auf und ab, bis alles um ihn herum unter dem Blick seiner grünen Augen in Bewegung geriet, als gingen Wellen von einem Stein aus, der in einen stillen Teich geworfen worden war.

Flaggen wurden geschwenkt, Rauch stieg auf, Kuriere wurden losgeschickt. Fast augenblicklich, wie erwachende Raubtiere, setzten sich die drei Armeen noch etwas taumelig in Bewegung. Die Arbans innerhalb der Jaguns, diese innerhalb der tausendköpfigen Minghans, und diese wiederum innerhalb der drei Tumen, begannen in immer schneller werdendem Rhythmus über die Ebene zu preschen.

Nach einem Gewaltmarsch erreichten wir das Tula-Tal und zogen weiter bis zum Land der Naiman am Orchon. Späher hatten in einer Steppe namens Saari Keer gutes Weideland für uns gefunden. Am Nachmittag unseres Eintreffens wies Temudschin Khan seine Kommandeure an, folgende Befehle zu erteilen:

Jeder Mann soll fünf Lagerfeuer errichten.

Jeder Mann soll aus Unterholz Attrappen herstellen, mit seiner eigenen Kleidung und Teilen seiner Rüstung bedecken und um die Lager herum verteilen.

Selbst ich erkannte, wie listig das war. Auf die Entfernung – und diese würde sehr beträchtlich sein, weil sich unsere schwerbewaffneten Patrouillen in der Nachbarschaft herumtrieben – würden die Späher der Naiman glauben, unser Heer sei viel größer, als es tatsächlich war, und nicht sofort angreifen. Das würde unseren verspäteten Einheiten Zeit zum Eintreffen geben und die Möglichkeit, ihre Stellungen zu beziehen.

Wir waren drei Tage da, als der Khan ein dürres Pferd vorschickte. Unsere anderen Pferde waren alle geschmeidig, weil sie gut geweidet wurden, doch dieses arme Tier war absichtlich ausgehungert worden. Ein Soldat saß auf und galoppierte so lange auf und ab, bis es erschöpft war. Da ich in der Nähe war, konnte ich sehen, wie der Khan die Hand ausstreckte und den Reiter an der Schulter berührte – eine seltene öffentliche Ehrung. Dann ritt der Krieger davon.

Ich wußte nicht, was ich davon halten sollte, doch am Abend, als ich mit dem Nokor, umgeben von einem Arban Unterholz-Mongolen, um ein Lagerfeuer saß, erfuhr ich dann, daß dieser Mann eine besondere Mission hatte. Er würde in die Ausläufer des Altai reiten und sich von einer Naiman-Patrouille gefangennehmen lassen. Nach langer und gräßlicher Folter würde er dann gestehen.

»Was gestehen?« fragte ich.

»Daß unsere Truppenbewegung zu schnell erfolgt sei. Daß wir unsere Pferde zu sehr angetrieben und nicht ausreichend geweidet hätten. Die Naiman werden dann denken, daß wir erschöpft sind und die Zeit reif zum Angriff ist.« Der Nokor freute sich über mein ungläubiges Gesicht.

Kurz darauf traf die Nachricht ein, daß der Tayang ins Tamir-Tal zog. Das bedeutete, daß die angebliche Erschöpfung unserer Pferde die Naiman zum Vorstoß ermutigt hatte. Sie brachten ihre Streitkräfte zu einem Ort namens Khachir Usun am Fuße des Nakhu.

Dann verhielt sich der Tayang genauso, wie es der Khan von dem unschlüssigen Führer erwartet hatte. Im Vertrauen, daß sie, wenn es soweit war, eine schwächere Armee zum Gegner haben würden, ließen sich die Naiman nieder, um abzuwarten, was die Mongolen als nächstes tun würden.

Als Temudschin Khan hörte, daß die Naiman ihre Pferde weiden ließen, auf Murmeltiere schossen und im Fluß angelten, ließ er einen seltsamen, eulenähnlichen Ruf vernehmen – ein Ausruf des Triumphes. Jene Nacht schliefen wir nicht, sondern fegten im Mondlicht dreißig Meilen über die Ebene zum Fuße des Nakhu.

Die Vorhut bestand aus kleinen, schnellen Angriffseinheiten, die von den »vier Jagdhunden« angeführt wurden: von Jelmi, Kubilai, Jebe und Subetai. Im Morgengrauen stießen sie auf den Feind. In vollem Galopp preschten sie auf ihn zu, wobei sie einen abgelegenen Spähtrupp abdrängten, der sich sofort zurück ins Lager flüchtete.

Der Hauptteil unserer Armee hatte sich für die Schlacht in fünf Reihen formiert, und zwischen diesen Jaguns aus jeweils hundert Männern waren weite Abstände. Danach kam die Wachtruppe, der Orlok und ein verängstigter chinesischer Lehrer, der zum Schein ein Schwert trug.

Der Angriff der ersten Reihe wurde von einem entsetzlich schrillen Triumphgeschrei begleitet, das kaum menschlich klang. Mir standen die Haare zu Berge.

Der Feind war so überrascht, daß er keine Gelegenheit hatte, zum Gegenangriff überzugehen. Die meisten von ihnen waren noch beim Satteln ihrer Pferde, als sie unsere zweite Kavalleriereihe erreichte. So stelle ich mir eine Flutwelle vor, dachte ich hinten an meinem Platz. Nach diesem Sturmangriff machten die Naiman kehrt und flohen zu Fuß oder zu Pferde den Berg hinauf. Die mongolischen Bogenschützen zügelten ihre Pferde, stellten sich in einer Reihe auf und schickten den Männern einen Pfeilhagel hinterher.

Später erfuhr ich, daß Jamuka, als er die Aussichtslosigkeit seiner Lage erkannt hatte, den Kampfplatz verließ und mit einer kleinen Streitmacht zu einem anderen Berg floh. Von dort sandte er einen Boten zu Temudschin und bat um Gnade. Er behauptete, er habe den Mut des Tayang unterminiert, um den Mongolen, seinen alten Freunden, zu helfen. Als Antwort ließ der Khan den Kurier auf der Stelle töten.

Den ganzen Tag über ließ Khasar, der Bruder des Khans, die Mongolen von der Mitte aus angreifen. Seine Soldaten mußten vom Pferd steigen – etwas, was Mongolen hassen – und dem Feind die bewaldeten Hänge hinauf folgen. Der Khan, der den einen Flügel führte, verhinderte eine Flucht größeren Ausmaßes der in die Enge getriebenen Naiman.

Als die Nacht hereinbrach, gelang es zwar einigen zu fliehen, doch auf dem Berghang blieb der schwerverwundete Tayang mit seinem engsten Stab und seinen Leibwächtern zurück. Der Khan ließ alle seine Streitkräfte in Stellung bleiben, und das Leuchten der Signallaternen, die man aus der Ferne für Glühwürmchen hätte halten können, erhellte die ganze Nacht den Himmel. Im Morgengrauen kamen die Getreuen des Tayang den Berg herunter und griffen lauthals schreiend an, obwohl Temudschin ihnen hatte mitteilen lassen, daß er sie wegen ihrer Tapferkeit verschonen wollte. Sie wurden bis auf den letzten Mann getötet. Dem sterbenden Tayang schnitt einer seiner Leibwächter die Kehle durch.

Dieses mein erstes Schlachterlebnis war für mich so überwältigend, daß ich mich nicht an alle Einzelheiten erinnern kann. Überall am Himmel schwirrende Pfeile, das Brüllen der Krieger, ihre Schmerzensschreie, wiehernde und vorbeipreschende Pferde, das Ächzen von Männern, die in den Matsch einer vom Herbstregen aufgeweichten Erde fielen, so viele Ereignisse, so viel Bewegung, so viel Lärm, und immer wieder diese Pfeile, die an uns vorbeipfiffen, über uns hinwegflogen, in den Baumstämmen von Zedern steckenblieben und Menschen trafen, und dann der donnernde Lärm ...

Ich erinnere mich noch, daß ich, als alles vorüber war, ganz benommen auf die abgeschlagenen Häupter und verspritzten Eingeweide blickte. Und dann geschah etwas Seltsames: Ich blickte zwar auf die blutigen Überbleibsel von Menschen, sah aber statt dessen die Mosaiken in den Höfen der lieblichen Gärten von Soochow. Ich fand das feige und versuchte daher, diese Erinnerungen beiseite zu schieben, um klar zu erkennen, was ich sah, doch es gelang mir nicht, nicht bei diesem ersten Mal. Ich versteckte mich hinter alten Bildern.

Wir schlugen unser Lager in einiger Entfernung vom Schlachtfeld auf. Zitternd stieg ich vom Pferd und führte es zwischen den Maikhans hindurch, deren Firststangen aufgestellt wurden. Als ich meinen Nokor fand, winkte mir dieser zu. »Ihr seht schlecht aus.«

Anstatt darauf einzugehen, bot ich an, den Begräbnistrupp am nächsten Morgen zu begleiten.

Der Nokor sah verwirrt aus. »Es wird keinen Begräbnistrupp geben.«

»Aber die Leichen – es sind Tausende, ihre und unsere.«

»Für keinen von ihnen wird es ein Begräbnis geben.«

»Nicht einmal für die Mongolen?«

»Nein.«

»Warum nicht?«

»Wir holen uns die Rüstung und die Waffen und überlassen den Rest den Vögeln und Wölfen. Auf diese Art sind diese wohlgenährt, wenn wir wiederkommen, um für den Winter zu jagen.«

Ich nickte so ruhig wie möglich. »Aha. Und was wird den Familien der Toten mitgebracht?«

Er dachte einen Augenblick darüber nach. »Vielleicht ein Dolch, eine Pfeilspitze oder ein Stiefel. Gewöhnlich nimmt ein Freund irgend etwas mit zurück.«

»Irgend etwas reicht aus?«

Lächelnd erwiderte der Nokor: »Ja, das ist richtig.« Er machte in diesem Augenblick einen so unschuldigen Eindruck, daß mein Sarkasmus unangebracht schien.

In meinem Land hatte einmal ein erfahrener Kriegsbeobachter geschrieben, daß derjenige der größte Krieger sei, der seinen Feind ohne Kampf besiegt, Städte ohne Belagerung einnimmt und eine schlechte Regierung ohne Blutvergießen absetzt. Ich wünschte, die Mongolen würden sich danach richten, doch sie hatten natürlich noch nie etwas von dem alten chinesischen Schriftsteller namens Sun Tzu gehört.

10

Ich war der Überzeugung gewesen, daß es nach dem Sieg des Khan über den Stamm der Naiman, seinen letzten Rivalen im Kampf um die Macht in der Steppe, genug sein und die Armee an die Ufer des Onons zurückkehren würde. Doch wir Chinesen haben einen alten Spruch: »Genug ist immer etwas mehr, als die meisten Menschen besitzen.«

Temudschin Khan schickte seine halbe Armee nach Hause – nachdem er sie ermuntert hatte, die Lager der Naiman, die am Wege lagen, zu plündern – und führte die andere Hälfte nach Osten, in ein Gebiet, in dem sich die letzten der Tataren aufhielten. Alle drei Prinzen, einschließlich des jungen Ögödei, begleiteten ihn und daher – leider – auch ich. Es war eine schwierige Reise, da es fast jeden Tag Schneegestöber gab und unsere Gesichter von den kleinen Eiskristallen wie von Nadeln gestochen wurden. Die Wölfe heulten, und manchmal mußten sich unsere Pferde durch Verwehungen kämpfen, die ihnen bis zu den Sprunggelenken reichten. Vermutlich um mir den Sinn unserer Unternehmung zu erklären, wandte sich mein Nokor einmal – wir ritten gerade gegen schneidenden Wind an – mit den Worten an mich: »Der Vater des Khan ist von Tataren vergiftet worden.«

»Ja. Vor vielen Jahren.«

Der Nokor schüttelte grimmig den Kopf. »Wenn jemand dem Khan Unrecht angetan hat, dann ist das so, als wäre es gestern geschehen.«

Trotz der bitteren Kälte und des Schnees verfolgten der Khan und seine Krieger die noch vorhandenen Tatarenrebellen, jeden einzelnen verstreuten Haufen von ihnen, und brachten alle um, die sie finden konnten. Methodisch durchstreiften sie ihre Lager, exekutierten alle Männer, die eine Waffe halten konnten, und nahmen die jungen Frauen als Konkubinen mit. Dann ließ der Khan plötzlich vor einem Tatarenlager, das gerade geplündert worden war, sein Zelt aufschlagen, ging hinein und ließ sich volle zwei Tage nicht mehr blicken. Als er wieder herauskam, befahl er seinen Truppen, alle Tataren – auch die Frauen und Kinder – zu töten.

Seitdem hatte ich immer davor Angst, daß der Khan allein sein könnte. Losgelöst von der Welt mit ihren menschlichen Gesichtern und Stimmen, war er offensichtlich völlig seinen gewalttätigen Gedanken ausgeliefert. Von da an hoffte ich, er würde sich immer inmitten von Menschen aufhalten.

Die langjährige, bittere Fehde zwischen den Tataren und den Mongolen endete damit, daß das Volk der Tataren vom Erdboden verschwand, bis auf einige Überlebende, die sich in die Wälder geflüchtet hatten. Die erschöpften Mongolen machten sich auf den Heimweg.

Die Mongolen herrschten nun uneingeschränkt über alle, die zwischen dem Altai-Gebirge im Westen und den Khingana-Bergen im Osten in Filzzelten lebten. Temudschin Khan hatte seinen Ruf als großer Krieger, Nachfahr der früheren Mongolenherrscher und Auserwählter des Himmels gefestigt. Nach seiner Rückkehr feierte er jeden Tag, ließ schöne Mädchen tanzen und Musiker mit Gongs und Flöten aufspielen.

Die mongolische Armee wurde großzügig belohnt. Tote Offiziere ehrte der Khan, indem er ihren Familien Schaf- und Viehherden schenkte. Die lebenden Helden stellte er in feierlichen Ritualen als Verkörperung mongolischen Mutes hin und verlieh ihnen den Titel »Bagatur«, der ein besonderes Privileg beinhaltete: Einem Bagatur wurden neun Schwerverbrechen verziehen. Temudschins eigene Familie erhielt Parzellen von Stammesweideland und den Anspruch auf die Dienste aller, die ihre Tiere darauf grasen ließen. Seine gemeinen Soldaten bekamen nach dem alten Nomadenbrauch, daß ein Jäger behalten darf, was er erjagt hat, den größten Teil der Beute, die sie bei den Naiman und Tataren gemacht hatten. Und schließlich verlieh Temudschin Khan allen seinen Kriegern in Anerkennung ihrer Leistungen gemeinsam den Namen »die wilden Horden«.

Der Khan war jedoch kein Mann des Volkes, sondern in erster Linie ein Militärführer. Er sprach nur mit seinen Oberbefehlshabern, diese sprachen mit ihren Untergebenen und diese wiederum mit ihren. Auf diese Weise fanden seine Worte, wie schon auf dem Schlachtfeld, den Weg nach unten; sie stiegen vom Orlok zum einfachsten Soldaten hinab.

Die Eintönigkeit jenes langen Winters wurde von einigen wenigen Ereignissen unterbrochen. Jamuka war gefangengenommen worden und wurde auf die traditionelle mongolische Art ins Lager gebracht: den Hals in einer dicken Astgabel, die mit einem Lederriemen straff im Genick zugebunden war, die Hände auf den Rücken gefesselt. In Anwesenheit des gesamten Lagers fragte ihn Temudschin Khan, welchen Tod er erwartete.

Jamuka, ein Mann von kräftiger Statur, der etwas älter als der Khan war, erwiderte ohne zu zögern: »Denselben, den ich Euch geben würde. Den langsamen.«

Dieser war auch in meinem Land beliebt. Wir nannten ihn den Tod der tausend Schnitte: Es wurde zunächst ein Glied des kleinen Fingers abgeschnitten und dann jeden Tag ein weiteres. Nach vielen Tagen kam der Tod.

Der Khan sah in diesem Vorschlag offenbar einen Versuch Jamukas, sich durch einen schrecklichen Tod Sympathien zu verschaffen. Daher zog er es vor, sich an ein altes mongolisches Gesetz zu halten, das Blutvergießen bei einem gefangengenommenen Herrscher verbot. Jamuka wurde abgeführt und unter schweren Tüchern erstickt. Es war die gleiche Art, auf die sich in meinem Land die Bauern eines neugeborenen Mädchens entledigten, wenn es im Haushalt schon zu viele gab.

Subetai war es gewesen, der Jamuka aufgespürt und gefangengenommen hatte. Er war der jüngere Bruder Jelmi Noyans. Sie hatten zusammen ihren kleinen Stamm verlassen und ihre Dienste Temudschin angeboten, als dessen Aufstieg gerade erst begann. Vielen Mongolen war noch die Rede im Gedächtnis, die Subetai vor dem jungen Khan gehalten hatte:

»Wie eine Ratte will ich holen, was Ihr hier braucht. Wie ein Kranich will ich holen, was Ihr von einem anderen Ort braucht. Wie eine Filzdecke will ich Euch beschützen. Es gibt nichts, was ich nicht für Euch tun würde.«

Subetai war ein ernster, ja sogar mißmutig dreinblickender Mann, der auffällig dünn für einen Mongolen war, einen gebeugten Rücken und mißtrauische Augen hatte und Chinesisch recht mühelos lernte, wenn auch nicht so eifrig wie Mukuli. Nachdem er Jamuka gefangengenommen hatte, war er auf seiner Rückreise dem Gerücht nachgegangen, daß Dayir Usun, der Vater der schönen Kulan, mit seinen Merkit mongolische Lager überfiel. Als er es bestätigt fand, schickte er einen Boten zum Khan, der mit dem Befehl zurückkehrte, Dayir Usun zu suchen, ihm den Kopf abzuschlagen und den ganzen Ghoha-Clan der Merkit zu vernichten. Was Subetai auch tat. Er kam mit dem Kopf zurück. Daraufhin fehlte die schöne Kulan eine Zeitlang auf Festen, auf denen dafür die Königin und erste Frau des Khans, Börte Khatun, um so glücklicher zu sein schien.

Ein weiteres Ereignis in diesem langen Winter war eine Hochzeit. Mit großem Zeremoniell und in Anwesenheit seiner beiden anderen Frauen heiratete Temudschin Khan wieder, diesmal eine Tatarenfrau namens Yesui, die er zur Witwe gemacht hatte. Später würde er seiner Sammlung noch eine weitere Tatarenfrau hinzufügen. Vielleicht nahm er Yesui als Sühne dafür zur Frau, daß er die meisten Angehörigen ihres Volkes getötet hatte, obwohl es eigentlich gar nicht zu ihm paßte, Schuldgefühle zu haben, weil er einen Feind bestraft hatte. Auch den Kommandeuren gab Temudschin für ihre Tapferkeit auf dem Schlachtfeld Frauen, darunter sogar ein paar seiner Lieblingskonkubinen.

Meine eigene Bettgenossin hatte sich kurz vor meiner Rückkehr mit einem mongolischen Krieger auf den Weg zu einem anderen Pfeil im Süden gemacht. Ich machte mir nicht die Mühe, zu Borte Khatun zu gehen und noch einmal um eine Dienerin zu bitten, obwohl sie mir diesen Gefallen bestimmt getan hätte. Ich suchte mir selbst eine Frau, was einfach war, da ich sie mit meinem Anteil an der Kriegsbeute kaufen konnte. Ich hatte dann noch so viel übrig, daß ich mir auch einen hübschen Knaben hätte kaufen können, doch hatte ich die Erfahrung gemacht, daß die Mongolen für dieses Vergnügen noch nicht aufgeschlossen genug waren. Das bestätigte wieder einmal meine Theorie, daß man einen Barbaren leicht an seiner Engstirnigkeit erkennt.

Den Winter über wurde hauptsächlich gefeiert und getrunken, es sei denn, unser Lager mußte verlegt werden, weil wir neues Weideland oder einen besseren Schutz vor dem Wind brauchten. Ich unterrichtete weiterhin die Prinzen und Generäle. Ögödei, der auf dem Feldzug Stunden gehabt hatte, war den anderen, wenigstens im Augenblick, etwas voraus. Tuli hätte leicht aufholen können, doch er schmollte. Seinem Mißmut darüber, daß er wegen seines jugendlichen Alters noch nicht ins Feld ziehen durfte, machte er dadurch Luft, daß er sehr wenig lernte. Die scheue Tochter des Khans war noch immer die beste von allen, doch in einem Jahr würde sie wahrscheinlich ihren Beitrag zu einem Bündnis leisten müssen. Um anderen Völkern seinen guten Willen zu zeigen, hatte der Khan schon vier ihrer Schwestern weggeschickt, um ferne Herrscher zu ehelichen, die auf die Macht der Mongolen aufmerksam geworden waren.

Die sonnigen Tage des Frühlings, die den Schnee schmelzen ließen, brachten Schönheit in die Steppe. Zwischen dem Klee sproß kräftiges Gras, und überall hörte man Vogelgezwitscher, Eselsgeschrei und auf die Weide preschende Schafe.

Diese Zeit wählte Temudschin Khan für ein Kuriltai aus. Er ließ das königliche Banner zum Fuß des Burkhan Kaldun, des Berges der Macht, bringen, wo er nach dem Tod seines Vaters einen Großteil seiner Kindheit verbracht hatte, sich vor den rivalisierenden Clans versteckte, seine Familie beschützte und die Kunst des Überlebens erlernte. Ein großes, weißes Zelt wurde errichtet, dessen Eingang zum Berg hin lag. Innen wurde es mit türkischen Brokaten von den Naiman bespannt. Die hölzernen Pfeiler, die das Dach trugen, waren mit Gold überzogen, und links vom Eingang stand die Tuk, die Seele der Armee – das weiße Banner.

Fremde und einfache Soldaten durften am Kuriltai nicht teilnehmen, doch Tuli schilderte mir den Verlauf dieser Ratsversammlung sehr anschaulich.

Zunächst einmal erklärte Gokchu, der Vertraute des Himmels, er habe vom Herrn im ewigblauen Himmel den Auftrag erhalten, Temudschin zum Herrscher aller Völker zu ernennen.

Die Männer hoher Abstammung nahmen ihre Hüte ab und legten sich ihre Gürtel als Zeichen der Unterwerfung über die Schultern. Dann breiteten sie eine schwarze Filzdecke auf dem Boden aus, setzten Temudschin trotz seiner formellen Einwände darauf, hoben die Decke an den vier Enden hoch und trugen ihn herum, so daß ihn alle sehen konnten. Daraufhin setzten sie ihn auf den Thron.

Der Schamane verneigte sich sehr tief vor ihm und redete ihn mit »Dschingis Khan« an.

Temudschin sagte dann zu den versammelten Adligen: »Wenn ich euer Herrscher werde, müßt ihr kommen, wenn ich euch rufe.«

Sie stimmten lautstark zu.

»Ihr müßt dahin gehen, wo ich euch hinschicke.«

Sie brüllten wieder.

»Und töten, wenn ich euch den Befehl dazu gebe.«

Sie brüllten ein drittes Mal.

Tuli hatte gut zugehört. Er behauptete, sein Vater habe wörtlich gesagt: »Von diesem Augenblick an ist mein Wort mein Schwert, und alles, was ich sehe, und alles, was ihr seht, gehört mir, damit ich es für den Herrn im ewigblauen Himmel aufbewahren kann.«

Sie fielen auf die Knie und riefen »Dschingis Khan«. Und so war es denn, wie Tuli meinte, vollbracht.

»Was bedeutet ›Dschingis‹?« fragte ich.

»Gokchu sagt, es sei ein neues Wort. Ein Wort, das zuvor noch nie verwendet worden sei, das der Himmel geschickt habe. Es bedeutet so etwas wie ›unbesiegbar‹.«

In meinem Land gehörten solche extravaganten öffentlichen Zeremonien am Hof zum Alltag. Diese Spektakel sollten den Kaisern, die alles hatten, die Langeweile lindern. Und so sah ich in diesem Kuriltai ein Mittel, einen kriegsmüden Herrscher zu erfreuen und seine Gefolgschaft zu unterhalten.

Doch da irrte ich mich wieder einmal.

Das merkte ich aber erst später, weil noch etwas anderes geschah, was mein Wohl bedrohte.

Es fing damit an, daß ich aufgefordert wurde, zu Borte Khatun zu kommen. Als ich ihre Jurte betrat, waren wir ungewöhnlicherweise allein.

Die Königin sah wölfischer aus denn je: die Augen starr, die Nase weit spitzer als bei den meisten Mongolen, die Kieferpartie hart. Sie wollte wissen, warum ihr Sohn Tschaghatei nicht zusammen mit seinen Brüdern studierte.

»Ich habe ihn dazu eingeladen, doch er hat sich geweigert.«

»Warum hat er sich geweigert?«

»Er sagt, sein Volk würde ja nicht Chinesisch sprechen.«

Sie lächelte und nickte müde. »Ja, das klingt nach ihm. Was haltet Ihr von dem Beki?«

Sie meinte Gokchu, den Schamanen. »Was ich von ihm halte?« wiederholte ich vorsichtig. »Nun, er ist mächtig.« Als ich ihren ungeduldigen Blick sah, fuhr ich schnell fort. »Er reitet auf einem weißen Pferd zum Herrn des ewigblauen Himmels und spricht mit ihm. Dann kehrt er mit Botschaften von ihm zurück, und eine davon war, daß er den Khan zum Führer aller Völker machen sollte.«

Da ich sah, daß sie noch ungeduldiger wurde, fügte ich wahrheitsgemäß hinzu: »Ich fürchte ihn.«

Jetzt lächelte sie schwach: »Und warum?«

»Weil ...« Ich suchte mühsam nach Worten. »Er ist sehr mächtig.«

»Glaubt Ihr, er strebt nach noch mehr Macht?«

»Ja, vielleicht.«

»Er hat mir erzählt, daß Ihr Jochi den anderen Prinzen gegenüber vorzieht, Euch über Tschaghatai lustig macht, Ögödei zu trinken gebt und Tuli zum Weinen bringt.«

Bei dieser erstaunlichen Aufzählung von Lügen richtete ich mich auf. »Zunächst einmal, Borte Khatun, habe ich mich nur selten mit dem Prinzen Jochi unterhalten und ihn, soviel ich weiß, seinen Brüdern gegenüber gar nicht erwähnt. Dann habe ich nie etwas, sei es scherzhaft oder ernsthaft, über den Prinzen Tschaghatai gesagt. Dem Prinzen Ögödei habe ich nicht ein einziges Mal etwas zu trinken gegeben, ja ich habe sogar versucht, ihn davon abzubringen. Und was den Prinzen Tuli angeht: Ich habe ihn niemals zum Weinen gebracht. Ich bezweifle auch, daß irgend jemand außer seinem Vater dazu in der Lage wäre.«

Nach einer langen Pause sagte die Königin: »Das hatte ich mir schon gedacht. Der Beki kommt heute nachmittag hierher. Ich möchte, daß Ihr anwesend seid, um Rede und Antwort zu stehen.«

So war ich also da, als der alte Schamane mit einem mit Adlerfedern geschmückten Stab in der Hand in die Jurte der Königin schlurfte. Er warf mir einen feindlichen Blick zu, doch das war alles. Er fragte nicht einmal, warum ich anwesend wäre. Ich war vergessen, als der Beki und die Königin sich über die Prinzen stritten. Der Beki behauptete, der Älteste würde den Zweitältesten ungerecht behandeln.

»Und weshalb?« fragte die Königin kühl.

»Ich habe keine Ahnung. Vielleicht aus Angst?«

»Aus Angst?« fragte die Königin verächtlich. »Jochi ist ein Heerführer, Tschaghatai nur ein unerprobter junger Kavallerist.«

»Ich meine nicht Angst in diesem Sinne. Ich meine eine andere. Die Angst, weniger wert zu sein. Jochi schimpfte den Knaben bei jeder Gelegenheit aus.« Der Beki fügte noch hinzu: »Obwohl er dazu nicht berechtigt ist.«

»Doch, das ist er.«

»Ich spreche jetzt nicht von der Befehlsgewalt auf dem Schlachtfeld.«

»Er hat sie auch als ältester Sohn.«

Der Beki schürzte boshaft die Lippen. »Vorausgesetzt, daß Jochi das überhaupt ist.«

Mir war jetzt klar, worauf das hinauslief. Es war offensichtlich, daß der Schamane in Tschaghatai den rechtmäßigen Erben des mongolischen Thrones sah.

Borte kniff die Augen zusammen. Doch während sie mich damit in Angst und Schrecken versetzte, erwiderte der Beki ihren Blick mit einem Grinsen, vielleicht weil ihn das Gefühl seiner neuen Macht blind machte. Die Tatsache, daß er es gewesen war, der den Khan zum Höchsten Wesen ernannt hatte, hatte seinen Status beträchtlich verbessert.

Die Königin drehte den Kopf abrupt zur Seite. Als sie sich dem Schamanen wieder zuwandte, klang ihre Stimme versöhnlich. Sie verlieh ihrer Dankbarkeit Ausdruck, daß er zu ihr gekommen sei. Ich war entsetzt über ihre plötzliche Schwäche. Doch als er gegangen war, hatte sie wieder ihren Wolfsblick und befahl mir, Tschaghatei zu meinem Unterricht zu holen.

»Und wenn er sich weigert?«

»Dann überzeuge ihn. Ich glaube, daß Ihr das könnt.«

»Ja«, sagte ich freudig. »Ich werde sagen: ›Tschaghatei, wenn Ihr nicht zum Unterricht kommt, gehe ich zu Eurem Vater.‹«

Also fing Tschaghatei an, Chinesisch zu lernen. Und als Gokchu am nächsten Tag seine Jurte verließ, wurde er von vier kräftigen Soldaten auf den Boden geworfen, und zwei weitere, ebenso kräftige, sprangen auf ihm herum, bis sein Rückgrat gebrochen war. Es gab kein Blutvergießen: Als Schamane hatte Gokchu das Recht, wie ein in Gefangenschaft geratener Mann aus einem Königshaus zu sterben. Borte Khatun hatte ihr Gesicht und den Anspruch ihres ältesten Sohnes auf den Thron gewahrt. Ich fragte mich, was sie wohl zu ihrem Mann gesagt hatte, um die Hinrichtung Gokchus zu erreichen. Vermutlich hatte sie durchblicken lassen, daß sie den Eindruck hätte, der Beki entfalte einen merkwürdigen Ehrgeiz und wolle vielleicht selbst Khan werden.

Es zeigte sich schon bald, daß ich die Bedeutung des Kuriltai weit unterschätzt hatte. Seine Auswirkungen ließen nicht lange auf sich warten.

Zum einen trafen aus Dutzenden von Nomadenstämmen, die geschlagen worden waren oder beschlossen hatten, sich den siegreichen Mongolen zu verpflichten, Gesandte ein. Als Unterpfand ihrer Loyalität schickten sie Truppen, die den Mongolen unterstellt wurden. Auf diese Art und Weise gliederten sich Krieger anderer Stämme in die Armee des Khans ein.

Die Größe unseres Lager stieg ins Unermeßliche. Die jungen Adligen anderer Völker wurden mit ihrem Gefolge der Reichsgarde zugeordnet. Der alte Keshik von hundertfünfzig Mann wurde eine Streitmacht von Tausenden. Fast täglich – so

kam es mir gesetztem Chinesen jedenfalls vor – änderte die
königliche Ansiedlung ihre Größe und Gestalt. Sie wurde ein
riesiges Militärlager, das sich über die Ebene ausbreitete. Der
freie Platz vor dem Ulugh Yurt wurde für Manöver der Leib-
garde des Khans benutzt, die jetzt ein Mingham stark war und
nur unter seinem Kommando zur Schlacht antreten durfte. Es
gab neue Regeln und Vorschriften, neue offizielle Titel und
Pflichten.

Jeder Tag schien Änderungen zu bringen, an jedem Tag
wurde der Khan auf rätselhafte Art ein wenig mächtiger. Ganz
klar wurde mir das erst eines Nachmittags, als ich Mukuli
Noyan unterrichtete.

»Erzählt mir, indem Ihr so viel Chinesisch wie möglich
verwendet«, sagte ich, »vom größten Ereignis in Eurem Leben.«

Ohne zu zögern erzählte mir der General, teils in Mongolisch und teils in Chinesisch, von einem Ereignis im Jahr des
Schweins. Der Khan versteckte sich vor einer Suchmannschaft
der Merkit. Mit achtzehn Mann im Gefolge, »ich unter ihnen«,
sagte Mukuli, kam er zum sumpfigen Ufer des Baljuna-Sees.
»Wir kamen von verschiedenen Stämmen, doch wir alle folgten ihm. Am Ufer beugte er sich hinab, füllte seinen Helm mit
dem schlammigen Wasser und trank es. Dann reichte er ihn
einem jeden einzelnen von uns. Und wir alle tranken und
schworen einander und ihm Treue. Wir alle weinten. Sogar
er weinte. Wir alle weinten am Ufer des schmutzigen Sees
und schworen, ihm zu folgen, wo immer er auch hingehen
würde.«

Ich blickte in Mukulis düster-entschlossenes Gesicht, hörte
einigermaßen verständliches Chinesisch aus seinem Mund
kommen und verstand endlich, was ich so lange nicht hatte
wahrhaben wollen. Der Stolz hatte mich leichtgläubig gemacht. Es hatte mir geschmeichelt, daß diese rauhen Krieger
an der Eleganz und Feinheit der chinesischen Sprache teilha-
ben wollten. Doch nichts wollten sie weniger.

Dieser Mann lernte Chinesisch, um mein Volk zu erobern.

In diesem Augenblick erkannte ich, daß ich nicht nur an der Geburt einer mächtigen Nation teilnahm, sondern auch an der Entstehung eines Traums von Eroberungen, die meine Vorstellungskraft überstiegen, auch die des mongolischen Volkes und vielleicht sogar die dieses brillanten Generals, die jedermanns Vorstellungskraft überstiegen, außer Dschingis Khans, des Auserwählten des ewigen Himmels.

ZWEITER TEIL

II

Wie begann nun der Große Khan seinen Traum von der Eroberung der Welt zu verwirklichen? Er ging auf die Jagd. Doch seine Art zu jagen bestätigte mich in meinem Verdacht, daß er einen hochfliegenden Plan hatte.

Zu der Zeit waren meine Gedanken jedoch noch mit etwas anderem als Jagen und Erobern beschäftigt. Die Frau, die ich gekauft hatte, wollte nach Hause zurückkehren. Sie war bei einem Überfall der Mongolen auf ein Lager der Buriat gefangengenommen worden und sehnte sich nun nach dem kalten Norden, wo ihr Volk Rentiere vor Wagen spannte und das Fleisch von Schwarzbären aß. Da wir eine recht eintönige Zeit miteinander verbracht hatten, ließ ich sie gehen, ohne meine Geschenke zurückzuverlangen. Ein Mongole hätte sich alles zurückgeben lassen, doch als Gefangener war mir wohl der Sinn fürs Eigentum abhanden gekommen. Außerdem mochte ich das Mädchen, das unsere Jurte saubergehalten und ihr quälendes Heimweh ertragen hatte, ohne mich darunter leiden zu lassen.

Ich schickte sie also mit einem mit Schmuckstücken gefüllten Bündel nach Hause. Sie weinte ein bißchen – ungewöhnlich für eine Nomadin –, bestieg dann ihr Pony (ein Geschenk von mir) und machte sich ganz allein auf den Weg nach Norden zu ihrem fünfhundert Meilen entfernten Heimatort.

Eine Zeitlang genoß ich die Stille in meiner Jurte. Doch da es mir noch nie gelegen hatte, allein zu leben, ließ ich verlauten, daß ich nach einer neuen Frau Ausschau hielt.

Die Wirkung war entmutigend. Die mongolischen Frauen

wollten keinen seßhaften Chinesen, selbst wenn er die Kinder des Khans unterrichtete. Doch es standen jetzt noch andere Frauen zur Auswahl. Die Krieger besiegter Stämme, die dem mongolischen Heer beitraten, brachten ihre Familien mit, zu denen auch ungebundene Frauen gehörten. Vielleicht würde ich ja eine Kerey, Merkit oder Guchugur finden.

Bestürzt dachte ich beim Anblick der Mädchen aus dem Lager, die sich mir in meiner Jurte vorstellten, daß ich zu Hause in China solche düsteren, ungewaschenen Wesen niemals in Erwägung gezogen hätte. Alle stellten sie mir die gleiche Frage: Wieviel zahlt Ihr für mich?

Dann tauchte eines Tages eine Mongolin auf, stemmte die Hände in die Hüften und erklärte mit einer Stimme, die vom rauchigen Herdfeuer heiser war: »Ich bin Witwe. Er ist auf einem Pferd mit einem Pfeil im Hals gestorben, und ich brauche jetzt einen neuen Mann. Die Mongolen mögen keine Witwen, aber vielleicht ist euch Chinesen das ja egal. Ihr könnt mir glauben, daß ich mich in der Liebe auskenne.« Als ich zögerte, machte sie einen vernünftigen Vorschlag: »Probiert mich einmal aus, und wenn es Euch nicht gefällt, könnt Ihr mich wieder wegschicken.«

Soviel ich weiß, gefallen Mongolen große Brüste und Füße, wohingegen die Männer meines Landes kleine Brüste und Füße bevorzugen. Daher schreckte ich unwillkürlich einen Augenblick zurück, als sie ihr Kleid aufriß und die beiden großen, leicht hängenden Fleischkugeln hervorholte. Doch später dann, als ich mich, die eine Hand auf ihrer runden Hüfte, an ihren dicken Hintern schmiegte und mein Huang gua befriedigt war, begann ich mit nur ganz geringem Unbehagen Gefallen an den wogenden Kurven dieser Nomadenfrau zu finden, die den Beischlaf ebenso sehr wie ich, vielleicht sogar noch mehr genossen hatte.

»Sag mir«, flüsterte ich ihr ins Ohr, »was machst du sonst noch?«

»Du willst etwas anderes? Was denn?« Sie drehte sich mir halb zu.

»Nein, nein. Ich meine, was machst du, wenn du nicht im Bett bist?«

»Keiner stellt eine stabilere Murmeltierfalle auf oder macht einen wohlschmeckenderen Kumys. Ich kann ebenso schwere Sachen heben wie ein Mann und ebenso schnell wagenfahren. Ich schlage den feinsten Filz, und wenn es morgens kalt ist, breche ich dir das Eis in der Wasserschüssel.«

»Hältst du auch die Jurte sauber?«

»Wenn du das willst! Ich habe meinen letzten Mann glücklich gemacht und kann auch dich glücklich machen. Und dich zum Lachen bringen!«

Bei dem Gedanken daran stupste ich sie liebevoll: »Dann bist du die Richtige!«

»Du brauchst mich nicht zu kaufen«, meinte sie.

»Aber sicher! Ich will keine Frau haben, für die ich nicht bereit bin zu zahlen.«

Nun stupste sie mich und bewies mir noch einmal, wieviel sie von der Liebe verstand.

Später dann erklärte ich ihr die verschiedenen Positionen, die in China als achtbar galten: Hinter dem Hügel Feuer holen, Eine Kerze machen, indem man den Docht in Talg taucht, Das springende Wildpferd, Himmelwärts strebender Schmetterling, Die über die beiden Wogen streifende Möwe und Das-Wind-und-Mond-Spiel.

»Wie fühlt sich denn dein Venushügel jetzt? Gut?« murmelte ich, während ich ihre Hüfte streichelte. Sie lachte daraufhin schallend wie ein Mann. Diese Reaktion auf meine liebevolle Anteilnahme kränkte mich, und ich fragte sie, was daran so komisch sei.

»Venushügel ist komisch.«

»In China nicht. Wie nennst du es denn?« Mir fiel auf, daß ich das meine beiden früheren Frauen nie gefragt hatte – sicher ein Zeichen dafür, wie weit entfernt wir voneinander gewesen waren.

»Wir sprechen nur vom Loch«, sagte die Mongolin.

»Ja ... aber in der Liebe ... gibt es da nicht etwas ... Anschaulicheres? Wie würdest du es denn im Bett nennen?«

»Loch. Loch zum Pinkeln. Loch für deinen ... wie nennst du ihn?«

»Huang gua.«

»In meine Sprache übersetzt?«

»Gurke.«

»Loch, um deine Gurke reinzustecken.« Sie grinste breit. »Loch, das Wohlbehagen schenkt, wenn man es tut.«

»Wie oft ist deine Wolke geborsten?« fragte ich lebhaft.

»Was meinst du mit ›Wolke geborsten‹?«

Ich suchte nach einer Erklärung. »Wenn eine Wolke birst, wird es feucht.«

»Oh, ich pinkle doch nicht!« rief sie wieder in der den Mongolen eigenen Vulgarität.

»Das meine ich doch nicht. Ich meine das andere.«

»Welches andere?«

»Nun, da unten wird ja nicht nur gepinkelt«, sagte ich ungeduldig. »Ich meine das andere. Wenn wir, wenn du und ich ...«

»Ach so, das meinst du mit ›Wolke geborsten‹? Nun, laß mich überlegen – dreimal. Wolke geborsten!« Aus ihrem Kichern schloß ich, daß sie diesen Scherz ihren Freundinnen weitererzählen würde. »Du bist ein guter Mann. Du beißt nicht, versuchst nicht, mich zu zerreißen, und bewegst dich doch so, daß ich dich spüre. Ich halte dich für einen guten Mann, und es ist mir egal, daß ihr Gurken und anderes Gemüse in China habt, und es ist mir auch egal, daß du kein reitender Mongole bist. Von denen hatte ich sowieso genug.«

Ich kannte ihr Zeichen noch nicht, als ich mich bereit erklärte, sie zu kaufen. Es war das des Drachen – das nicht oft mit einem Hund wie mir harmonierte. Ein Hund kann schon mal zynisch sein und wenig Selbstbewußtsein haben, er ist jedoch ehrlich, hingebungsvoll und treu. Gewöhnlich – und das traf bestimmt auf mich zu – sind Hunde intelligenter als ihre prahlerischen Herren. Allerdings neigen Hunde zu Stimmungsschwankungen und bringen nicht immer alles zu einem guten Ende. Wegen dieser meiner Hundeeigenschaften muß ich aufpassen, daß ich es durchhalte, diesen Bericht zu schreiben. Ich muß beharrlich sein wie ein Pferd oder eine Ratte.

Siyurkuktiti jedenfalls war ein Drache, und diese neigen dazu, laut, tatkräftig und zärtlich zu sein. Und oft auch untreu. Es war wohl irgendein taoistisches Wunder, daß wir zwei so gut miteinander auskamen. Sie brachte mich tatsächlich zum Lachen, indem sie Grimassen schnitt und obszöne Witze über Pferde, Schafe und auch über Männer machte, die von starken Frauen wie ihr ausgetrickst wurden. Sie befreite alles vom äußeren Schein und kam rasch zum Kern einer Sache, den sie freudig herausholte, um ihn allen zu zeigen. Ich bewunderte ihre natürliche Offenheit, eine Eigenschaft, die ich unklugerweise nie bei Chinesinnen geschätzt hatte. Doch meine Siyurkuktiti hatte auch eine überraschende Schwäche. Wie die meisten Mongolinnen hatte sie schreckliche Angst vor Gewittern. Wenn eines im Anzug war und es zu donnern anfing, kam sie in unsere Jurte gerannt, zog sich eine Decke über den Kopf und verharrte so – zitternd, wimmernd und stöhnend –, bis es vorbei war. Ich strich ihr dann übers Haar, flüsterte ihr beruhigende Worte zu und streichelte ihre nach Moschus riechende Haut, die sie in der Verschwiegenheit unserer Jurte, nur um mir zu gefallen, oft wusch. Wenn ich mich recht erinnere, hat Han Yu einmal geschrieben: »Kehre zum Einfachen zurück und lerne die stille Straße kennen.«

Die Jahreszeiten kamen und gingen. Neue Gesichter tauchten plötzlich bei uns auf wie Steppengras, das im Frühjahr aus dem Boden schießt, da immer mehr eroberte Völker in die mongolische Gemeinschaft aufgenommen wurden. Wenn wir jetzt woanders ein neues Lager aufschlugen, war das, als würde eine Stadt wie Hangchow in Wagen und auf Pferderücken verladen und Stück für Stück zum neuen Ort gebracht. Siyurkuktiti hatte die Wahrheit gesagt: Sie konnte viel tragen, bestimmt mehr als ich, und einen Wagen wild, sicher und schnell über die Ebene fahren.

Ich sagte, die Jahreszeiten vergingen. Alle meine Schüler machten im Studium des Chinesischen gute Fortschritte, besonders Alaghai, die Tochter des Khan, die bemerkenswert begabt war. Ich brachte ihr bei, was eine Gedichtform alten und neuen Stils war. Wäre sie eine Chinesin gewesen, hätte sie vielleicht eine zweite Hsueh T'ao, jene große Dichterin der Tang, werden können.

Ihre Begabung zwang mich zu einer kleinen Kühnheit. Ich ging zu Borte Khatun, die recht kühl war, seitdem mich ihr Mann in sein Gefolge aufgenommen hatte, mich aber trotzdem noch gelegentlich zu einem in chinesischen Tassen servierten Tee einlud. Ihr schmales Gesicht war jetzt fast ausgezehrt, so daß ihre Augen noch intensiver wirkten. Ihr schmallippiger Mund machte einen hungrigen Eindruck, doch sie ließ niemanden wissen, wonach sie hungerte. Ich bat sie, Alaghai weiter Chinesisch lernen zu lassen.

»Niemand hindert sie daran«, sagte die Königin daraufhin scharf.

»Wenn sie aber weggeschickt wird, um zu heiraten ...«

»Was würde Euch dann fehlen?« Ihre Frage unterstellte recht ungehobelt, daß ich etwas mit dem Mädchen hatte.

»Sie ist sehr wißbegierig.«

»Und diese Begierde muß befriedigt werden?«

»In meinem Land würde sie es«, antwortete ich.

Dieser Vergleich verfehlte seine Wirkung auf die Königin nicht; ihre Stimme wurde sanfter: »Nun, Alaghai ist ein kluges

Mädchen. Aber dennoch ... Wenn der Khan will, daß sie heiratet, muß sie es.«

Ich nickte wortlos.

»Aber, nun ja, da sind ja noch die beiden anderen.« Die Königin hielt nachdenklich inne; ihre Gedanken schienen um die jüngeren, weniger klugen Prinzessinnen zu kreisen. »Er könnte statt dessen eine von ihnen auswählen.«

»Ja, vemutlich könnte er das. Besonders, da jeder weiß, wieviel er auf Eure Meinung gibt.« Ich probierte es auf gut Glück mit dieser Schmeichelei, und Borte Khatun lächelte.

»Ich könnte die Nächstältere vorschlagen. Was meint Ihr?«

Ich verbeugte mich leicht. »Das könntet Ihr.«

»Ja. Vielleicht. Schließlich ist Alaghai ein gutes und kluges Mädchen.« Die Königin musterte mich und sagte dann: »Soll sie dem, was ihr Herz begehrt, noch ein wenig länger nachstreben.«

Wollte sie damit andeuten, daß Alaghai mich begehrte? Die Mongolen verstanden sich bestimmt auf Lust – ob sie wohl Wißbegierde verwirrte? Im Umgang mit dieser Frau mit dem scharfgeschnittenen Gesicht merkte ich, wie wenig ich über Leute wie sie wußte. Und dabei konnte eine derartige Unwissenheit meinen Tod bedeuten.

»Ganz wie Ihr wünscht, Borte Khatun«, sagte ich unbestimmt mit einer übertrieben kunstvollen chinesischen Verbeugung, die sie die Augenbrauen hochziehen ließ, überrascht, aber auch, meinte ich jedenfalls, anerkennend.

Wieder war ein Sommer vergangen, und der Spätherbst näherte sich schon Litung, dem Beginn des chinesischen Winters, als Dschingis Khan beschloß, auf eine große Jagd als Übung für den Keshik, seine zehntausend Mann starke Reichsgarde, zu gehen. Diese Garde, die ständig unter Waffen stand, war die Seele seiner Armee und im Rang viel höher als das gemeine Soldatenvolk, das immer nur zeitweise diente.

Innerhalb des Keshik gab es die Spezialeinheit der »Tausend Helden«, die Bahadur Minghan, die den Khan überallhin begleitete. Tschaghatei, sein ernster und pflichtbewußter Sohn, war einer der Offiziere dieser Eliteeinheit. Er hatte den wachsamen Blick seiner Mutter und die Fähigkeit seines Vaters, sich ganz auf eine Idee zu konzentrieren, doch war unklar, woher er sein melancholisches Temperament hatte. Wenn wir uns begegneten, nahm er mich kaum zur Kenntnis, so als hätten die Unterrichtsstunden bei mir nie stattgefunden.

Ögödei diente tagsüber bei der Tunghaut-Garde, und nachts trank er mit ihr. Er war der bei weitem beliebteste der Prinzen, da die Männer seine ungezwungene Art und Trinkfestigkeit schätzten.

Tuli, der jetzt mit vierzehn Jahren alt genug für den Militärdienst war, gehörte zu den Kabtaut-Nachtwachen. Es war nie leicht gewesen, die stolzen mongolischen Thronfolger zu erziehen, doch bei Tuli, der jetzt im Vollgefühl seiner Männlichkeit umherstolzierte, war es fast ganz unmöglich, es sei denn, ich nahm Zuflucht zu den gefürchteten Worten: »Ich sage es Eurem Vater.« Irgendwie mochte ich ihn dennoch am liebsten, vielleicht wegen seines guten Aussehens, seiner raschen Auffassungsgabe und geistigen Unabhängigkeit. Allerdings war ich mir nie ganz sicher, ob ich ihm trauen konnte. Tuli konnte in dem einen Augenblick etwas versprechen und es im nächsten, wenn es ihm gerade so paßte, wieder vergessen.

Von den vier Brüdern kannte ich Jochi am schlechtesten, wahrscheinlich, weil er nie an meinem Unterricht teilgenommen hatte. Doch alle sahen in dem ältesten Prinzen das Muster eines Kriegers: diszipliniert, selbstsicher und entschlossen. Er galt auch als sehr leidenschaftlich. Kaum dreißig Jahre alt, hatte Jochi schon mehr als fünfzig Kinder mit einer Vielzahl von Frauen gezeugt. Ansonsten war das Soldatentum sein Lebensinhalt. Nachdem ihm sein Vater die Leitung der diesjährigen Jagd übertragen hatte, prahlte er, daß dies die größte aller Zeiten werden würde. Nun, soll er seine Jagd haben, dachte ich.

Ich hatte gehofft, dieser entgehen zu können, doch dann wurde ich zum Khan gerufen und über Tulis und Ögödeis Fortschritte im Chinesischen befragt. Natürlich lobte ich sie, obwohl ich dies viel lieber bei ihrer talentierten Schwester getan hätte. Dann fragte er: »Und wie macht sich der Orlok?«

Ich gestand ein, daß nur noch die Hälfte am Unterricht teilnahm.

»Und wer ist der beste?«

»Mukuli Noyan«, sagte ich ohne zu zögern.

Der Khan legte, wie häufig beim Nachdenken, die rechte Hand über das Kinn und den Mund. »Ja«, sinnierte er, »er ist der beste.«

Offenbar bezog sich das nicht nur auf den Sprachunterricht. Mir lief ein Schauer über den Rücken, was manchmal geschah, wenn ich mit jemandem zusammen war, dessen Gedanken ich nicht folgen konnte. Dann erteilte er mir den Auftrag, so oft wie möglich mit meinen Schülern auf der Jagd zu arbeiten.

Ich ging also mit, obwohl ich in meinem ganzen Leben noch nicht einmal ein Kaninchen geschlachtet hatte.

Schon bald zeigte sich, daß dies keine gewöhnliche Jagd werden würde. Jene Ankündigung Jochis, die ich für eine Prahlerei gehalten hatte, bewahrheitete sich wirklich. Erfahrene Jäger wurden ausgeschickt, um auf Hunderten von Meilen schneebedeckter Steppenebene und Wälder nach Wildansammlungen und natürlichen Grenzen in Form von steilen Felsen Ausschau zu halten. Als schließlich über das Jagdgebiet entschieden war, wartete der Khan, bis der schlimmste Winter vorbei war. Zur Zeit der »kleinen Kälte« ließ er dann den Keshik aufbrechen.

Ein paar Tage später kamen die zehntausend Jäger in ein weites Tal, wo sie sich in einer gebogenen, etwa achtzig Meilen langen Reihe aufstellten. Nun ritten sie unter langsamem, eintönigem Getrommel im Schrittempo weiter. Sie waren zwar bewaffnet, durften von ihren Waffen aber unter gar keinen Umständen Gebrauch machen, bevor der Khan das Signal dazu gegeben hatte. So wollte es das Gesetz. Ihre Aufgabe war es, alle in freier Wildbahn lebenden Tiere vor ihnen aufzuscheuchen, wobei kein einziges entkommen durfte, und sie auf eine mehr als hundert Meilen entfernte Felswand zuzutreiben.

Ich fragte einen der Offiziere: »Haben wir auch gefährliche Tiere vor uns?«

»Aber gewiß doch! Berglöwen, Wölfe und Bären.«

»Und wenn diese nun auszubrechen versuchen?«

»Dann halten wir sie auf.«

»Ohne Waffen? Wie soll das gehen?«

Er sagte es mir nicht, vielleicht weil er annahm, daß ich es noch von selbst herausfinden würde.

Einmal in Gang gesetzt, führte das Treiben durch Flüsse, Steppenlandschaft, durch Wälder und Schluchten und über Hügel. In der Nacht wurden von den Jägern in kurzen Abständen Lagerfeuer errichtet und Wachen aufgestellt, und Offiziere machten wie am Abend vor einer Schlacht ihre Rundgänge. Da die Tiere immer enger zusammengetrieben wurden, hörte man in der Dunkelheit ihr Knurren und Brüllen. Am Tage blieben die Jäger durch Signalflaggen und Boten in Verbindung. Wenn sie reißende Flüsse durchqueren mußten, banden sie ihre Pferde aneinander, um sie nicht durch eisige Stromschnellen zu verlieren. Das Ganze war sehr gefährlich, und ich weiß nicht, wie oft ich das Gefühl hatte, mich in einer Schlacht zu befinden.

Ich erfuhr, daß man Bären, die in eine Höhle geflohen waren, mit Stöcken gereizt und mit Seilen herausgezogen hatte; das hatte drei Männern das Leben gekostet. Anderswo hatte ein Keiler, als man ihn zurücktrieb, ein Pony samt Reiter auf die Hörner genommen. Weitere Reiter wurden verletzt, als sie, ohne ihre Waffen zum Einsatz zu bringen, fliehende Tiere verfolgten. Nach allem, was ich hörte, schien jedoch kein Wild entkommen zu sein.

Und so wurde mit jedem Tag das halbkreisförmig abgeschnittene Gebiet vor uns immer kleiner, als drücke eine Hand allmählich eine Kehle zu. Ständig wurde getrommelt, und das Lärmen und Schreien der aufgeregten wilden Tiere wurde immer stärker.

Vor der Felswand erstreckte sich schneebedecktes Weideland, das nun wie ein weißes Meer unter der Bewegung großer und kleiner, harmloser und wilder Tiere wogte. Nur darauf bedacht zu fliehen, kämpften diese nicht miteinander, sondern rannten auf der Suche nach einem Fluchtweg aus dem sich zusammenziehenden Bogen kreuz und quer herum. Ich sah aus der Ferne, wie die beiden Heeresflanken aufeinander zustrebten und damit das Gebiet vor der aufragenden Felswand abgrenzten. War irgendein Tier, größer als ein Insekt, entkommen? Ich bezweifelte es. Ein Mongole, dem ein so unehrenhafter Verlust vorgeworfen worden wäre, hätte sich wahrscheinlich selbst die Kehle durchgeschnitten.

Als wir näher an den Felsen herankamen, sah ich mit eigenen Augen, wie wirkungsvoll das Treiben gewesen war. Tausende von Tieren drängten sich vor der Steilwand, jeder Fluchtmöglichkeit durch das Halbrund bewaffneter Reiter beraubt.

Dschingis Khan ritt allein in die Mitte. Er trug einen glänzenden, mit neun Adlerfedern geschmückten Helm, einen Köcher, an dem ein Gepardenschwanz befestigt war, und einen blutroten, teilweise das funkelnde Kettenhemd bedeckenden Umhang. Ohne zu zögern, begann er selbst mit dem Töten. Es war das einzige Mal, daß ich den Führer der Mongolen seine Kriegstüchtigkeit öffentlich zur Schau stellen sah. Er zeigte unleugbar großes Können. Im Galopp schoß er einem Wolf einen Pfeil in die Brust, dann schlug er einer davoneilenden Antilope mit dem Schwert das Hinterbein ab.

Der Keshik brach in wilden Applaus aus, als er sein Pony zügelte, sich umdrehte und zurückritt. Als Zeichen, daß die Waffen gezogen werden durften, schwenkte er sein blutiges Schwert. Dann ritt er auf einem steilen Grat zur Felsspitze hinauf, wo er sich in einem offenen Zelt niederließ und der Jagd zusah.

Nun waren die hohen Offiziere an der Reihe. Zu meiner Überraschung stellte ich später fest, daß jeder von ihnen sich genau erinnerte, welche Tiere er erlegt hatte. Nach den Offizieren gaben die übrigen Keshik-Soldaten ihren Pferden die Sporen. Einige von ihnen – vielleicht waren sie von dem Blut, dem Lärm und dem Gefühl, sich bewähren zu müssen, verrückt geworden – versuchten die wilden Tiere nur mit einem Dolch zu erlegen. Drei solcher tollkühnen Kavalleristen wurden dabei von einem Rudel Wölfe in Stücke gerissen. Zwei Männer griffen einen Berglöwen mit Schwertern an und brachten das brüllende Tier zur Strecke. Auch die kleinen und harmlosen Tiere wurden nicht verschont. Die Jäger machten sich mit ihnen ihren Spaß, indem sie mit Lanzen nach hoppelnden Hasen und Wildziegen warfen oder mit Krummschwertern zwischen jungem, entsetzt zappelndem Wild um sich schlugen.

Wir waren mittags angekommen, und das Gemetzel war noch in Gang, als die Sonne langsam am Horizont verschwand. Als ich vom Felsen hinunterschaute, konnte ich nicht glauben, was ich da unten sah: Unzählige Tierkadaver lagen über die weite Ebene verstreut, Blutlachen glitzerten neben aufgewühlten Schneeflecken im goldenen Licht der untergehenden Sonne, und halbtote Tiere versuchten mühsam aufzustehen, als wären sie nur im Matsch steckengeblieben; ihre kläglichen Schreie hallten von der Felswand wider.

Dschingis Khan saß mit einem Weinpokal in der Hand in seinem Zelt und betrachtete die Szene, als wolle er sich ein Bild von der Wirksamkeit eines taktischen Manövers machen. Ich sah, wie der junge Tuli zu ihm hinging und sich verbeugte. Tuli war, wie schon gesagt, der stattlichste der Söhne des Khans. Nach alter Tradition konnte der jüngste Sohn des Führers darum ersuchen, die Jagd zu beenden und die noch lebenden Tiere laufen zu lassen. Nachdem Tuli förmlich darum ersucht hatte, erhob sich Dschingis Khan und trat an den Rand des Felsens. Er hob die Hände zum Zeichen, daß mit dem Trommeln aufgehört werden solle, und das wiederum beendete das Gemetzel.

Ein großer Bär rannte auf der Suche nach einem Höhlenspalt, in dem er sich verstecken konnte, den Felsen entlang; sein Schwanzstumpf wedelte wie bei einem Kaninchen. Eine Antilope warf ihre Hinterbeine aufgeregt in die Höhe, als sie über die Ebene preschte. Füchse schossen in geheime Wälder davon, und Ziegen rotteten sich zu blökenden Herden zusammen. Überglücklich, daß sie die Freiheit wiedererlangten, hätte ich fast gebrüllt: »Lauft! Lauft!«

Zum Glück unterließ ich das. Der Khan, der noch am Rande des Felsens stand, schwenkte die Arme und rief seinen Kriegern unten zu: »Essen! Essen! Essen! Essen!«, und sie grölten zustimmend zurück, wobei sie blutige Speere und Schwerter hochhielten: »Essen! Essen! Essen!«

Und das taten sie dann auch. Noch nie zuvor hatte ich eine solche Orgie gesehen. Überall in der schneebedeckten Ebene wurden Lagerfeuer errichtet, und der Geruch des gekochten Fleisches vermischte sich schon bald mit dem des Rauches und verbreitete sich meilenweit im Dunkel der hereinbrechenden Nacht. In meinen kalten Nasenlöchern hing der schwere Geruch von Blut, Innereien und Fell.

Am nächsten Morgen aßen die Krieger noch immer. Ich saß mit Tuli und Ögödei nicht weit vom Zelt ihres Vaters entfernt und sah ihnen bei ihrer Schwelgerei zu. Sie schlangen so viel Fleisch hinunter, wie sie nur konnten, wie Fahrende, die sich vor mageren Tagen fürchten. Ich glaube nicht, daß sie jemand dazu angehalten hatte. Sie taten es einfach instinktiv, wie Vögel fliegen lernen. Sie waren Nomaden, die mit unvorhergesehenen Wetteränderungen, unerklärlichem Wildmangel, mörderischer Kälte und Hungersnot rechnen mußten.

Ihre beiden älteren Brüder saßen inmitten ihrer eigenen Gefolgschaft ein wenig abseits. Jochi nahm als für die Jagd Verantwortlicher die Komplimente der Offiziere entgegen und sah Tschaghatai, der ihn vorgebeugt wie ein Falke beäugte, zufrieden lächelnd an.

Doch meine Hauptaufmerksamkeit galt dem Großen Khan, der zehntausend Männer auf einer Frontbreite von hundert Meilen so rasch geführt hatte. Von seinem eisernen Willen angetrieben, hatte die Horde von Kriegern für das gemeinsame Ziel Entbehrungen auf sich genommen und Erfolg gehabt. Was wohl Konfuzius davon gehalten hätte? Ich konnte mir in diesem Augenblick, in dem mein Blut noch von dem wilden Rhythmus der Jagd pulsierte, gut vorstellen, daß der Große Weise Dschingis Khan Bewunderung dafür gezollt hätte, daß er seinem Volk Entschlossenheit und einen harten, reinen Weg gezeigt hatte, sich seine Wünsche zu erfüllen.

Doch das war, bevor ich eine Unterhaltung zwischen dem Khan und dem Orlok während ihrer Schwelgerei oben auf dem Felsen hörte.

»Was ist die größte Freude im Leben?« fragte der Khan plötzlich, während er sich eine an einem langen Messer aufgespießte Scheibe Leber zum Mund führte. Er fragte jeden einzelnen General. Sie stimmten mehr oder weniger darin überein, daß es die größte Freude war, im Frühjahr mit einem Beutel Kumys am Sattel, einem guten Pferd unter sich und einem schnellen Falken auf dem Handgelenk auf die Jagd zu gehen. Als alle ihre Meinung gesagt hatten, schüttelte der Khan den Kopf. »Nein«, sagte er mit Nachdruck. »Die höchste Freude besteht darin, seine Feinde zu besiegen, sie zu verfolgen, sich ihrer Habe zu bemächtigen, ihre Familien in Tränen zu sehen, ihre Pferde zu reiten und ihre Töchter und Frauen zu besitzen.«

Ich trug diese Worte mit mir in die Nacht. Als ich im Zelt lag und draußen den Sturm heulen hörte, kam mir jedes einzelne wieder ins Gedächtnis. Der Khan hatte mich in Versuchung geführt, Macht und Entschlossenheit über Weisheit und Barmherzigkeit zu stellen – ein schwerer Irrtum für einen Konfuzianer. Doch was mich erschreckte, war der Gedanke, daß Dschingis Khan recht und Konfuzius unrecht haben könnte. Diese furchtbare Möglichkeit bestärkte mich in meinem Entschluß, den Mongolen Widerstand zu leisten. Schließlich stammte ich aus China. Unsere Kunst und Wissenschaft hat das Denken der Menschen wirkungsvoller gefangengenommen als es die Gewalttätigkeit der Mongolen je schaffen würde. Dieser trotzige Glaube wiegte mich in einen selbstzufriedenen Schlaf.

12

»Bitte rühr mir etwas Hirsemehl mit Tee an«, sagte ich bei meiner Rückkehr zu Siyurkuktiti. »Bloß kein Fleisch!« Ich warf ein Stück gepökeltes Ziegenfleisch hin. »Das ist für dich, meine schöne Lotusblume, mein saftiger Pfirsich, mein Leben.«

Sie sah mich fragend an. »Ist dein chinesisches Gemüse reif zum Ernten?« Um die richtige Antwort zu erhalten, nahm sie einen Beutel aus Pferdeleder von der Wand. Ich hatte fast vergessen, daß die Jagd bis zum Frühjahr, der Zeit des Kumys, gedauert hatte. Bald schon genoß ich den Mandelgeschmack und blickte fast lüstern, auf jeden Fall aber nachsichtig auf ihre üppigen Brüste. Im übrigen schätzte ich schon seit langem die Weichheit der langen Haare der Mongolinnen.

In meinem Land sitzen die Pärchen nach der Liebe unter einer Weide an einem Fluß, tauchen Blumen ins Wasser, trinken Wein und blicken sich in die Augen. Mongolen galoppieren dann über die Steppe, und da Siyurkuktiti ebenso gut reiten wie einen Wagen lenken konnte, sattelten wir nun, nachdem wir uns geliebt hatten, unsere Ponys und ritten gegen den steifen Wind auf die blauen Berge hinter der Ebene zu. Sie nahm ihre Pelzmütze ab und ließ ihr Haar wehen. Sie war noch sehr jung. Da sie mir gleich am Anfang von ihrer Witwenschaft erzählt hatte, hatte ich sie viel älter geschätzt, doch nun merkte ich, wie frisch und voller Energie sie war. Meine eigene, in meiner Natur liegende Zurückhaltung versetzte mich jetzt in Verlegenheit. Als ich sah, wie kraftvoll ihr Haar im Wind flatterte, wie sich ihre breiten Wangen an der frischen Luft röteten und ihre kräftigen Schenkel den Rücken des Ponys packten, bewunderte ich ihre Ausgelassenheit. Plötzlich drehte sie sich um und sah mich fest an, als hätte ich gerade etwas gesagt.

»Vergiß nie, daß du ein Chinese bist!« Sie trommelte sich mit den Fingern gegen den Kopf. »Du lebst mehr hier oben als wir. Doch das ist nichts Schlechtes. Mach dir deswegen keine Sorgen.« Verstand sie trotz ihrer Rauheit meine chinesische Sensibilität? Natürlich tat sie das. Ich hingegen verstand sie viel schlechter; ich war zerknirscht bei diesem Gedanken. Nachdem wir eine Weile weitergeritten waren, drehte sie sich wieder um. »In unserem Lager ist jetzt ein Mann wie du. Du mußt ihn kennenlernen.«

Und so traf ich durch sie Tatatunga, einen gebrechlichen, hochbetagten Gelehrten, der bei einem Überfall auf die Uiguren, einem Volk der westlichen Steppe, gefangengenommen worden war. Die Uiguren lebten entlang der Handelsstraße in Oasen, die von Karawanen besucht wurden, wodurch sie von den vorbeikommenden Händlern allerhand von der Welt hörten. Tatatunga hatte einen grauen Bart und blaue Augen und konnte mehrere Sprachen, darunter auch meine. Seit ich gefangengenommen worden war, hatte ich niemanden mit so großem Wissen getroffen, abgesehen vielleicht von dem Belagerungsingenieur. Es war ein Vergnügen, sich mit dem kleinen alten Uigur zu unterhalten – in China nannten wir solche Leute Türken –, selbst wenn es um Themen wie Religion ging, die mich nicht so sehr interessierte, für ihn aber äußerst wichtig zu sein schien.

Tatatunga gehörte einer westlichen Sekte an, die sich »Christen« nannte. Er war Anhänger von jemandem, der Nestorius hieß und vor ein paar Jahrhunderten diesen christlichen Glauben gepredigt hatte. Aus Respekt meinem neugewonnenen Freund gegenüber, stellte ich ihm Fragen über deren Lehre. Nach Tatatunga war die Welt ganz am Anfang rein gewesen, doch ein Mann namens Adam hatte sie verdorben. Ein Gott verzieh jedoch Adams Abkömmlingen, als sie sich seiner Gnade unterwarfen und seinen Geboten gehorchten. Ein zentrales Ereignis war die Kreuzigung von jemandem namens Jesus gewesen, der dann vom Tode wieder auferstanden war. Tatatunga verbrachte sehr viel Zeit damit, einen bestimmten Punkt zu erörtern. Er behauptete, Jesus wäre von einer Frau namens Maria geboren worden, die einige für göttlich hielten. Tatatunga gestikulierte lebhaft mit seinen dünnen Armen. »Aber sie war nicht die Mutter Gottes. Sie war ein menschliches Wesen. Es ist nicht möglich, daß Gott von einem menschlichen Wesen geboren worden ist. Das ist einfach nicht möglich!« ereiferte er sich.

Soviel ich verstand, hatte es unter den Priestern einen erbitterten Kampf über die Göttlichkeit dieser Frau gegeben. Offensichtlich besaß Jesus eine Doppelnatur – eine menschliche und eine göttliche –, doch ich konnte der Logik eines so verwirrenden Schlusses nicht folgen. Jedenfalls wurden Nestorius' Anhänger nach endlosen Beschuldigungen und Zusammenkünften aus der Sekte ausgeschlossen oder auf andere Weise unter Zensur gestellt. Im Grunde genommen fand ich die Kontroverse langweilig und recht unwichtig. Ich hätte gern gefragt: »Was haben denn die Menschen zu diesem Unsinn gesagt?«, doch da Tatatunga ein so netter Kerl war, wollte ich ihn nicht verärgern. Jedenfalls war seine Religion das, was mich an ihm am wenigsten beeindruckte.

Am meisten beeindruckte mich, daß er in der Lage war, mir seine Sprache beizubringen, die eine komische Sache ist, da in ihr aus zweiundzwanzig Zeichen alle Wörter abgeleitet werden. Wie meine Sprache, wird sie von rechts nach links gelesen, doch hin und her statt auf und ab. Aus der Anordnung der Zeichen leitet sich der Klang eines Wortes ab. Um anzugeben, wann etwas geschieht, werden die Wörter um weitere Zeichen ergänzt – als könnte man den Zeitgedanken nicht anders ausdrücken. So saßen wir vor der Jurte im böigen Wind: Ich hielt ein Stück Pergament fest, und er schrieb mit meinem Tuschepinsel darauf. Es war langweilig, die ständige Wiederholung dieser Kratzer zu sehen. Wenn ich in meiner eigenen Sprache schrieb, hatten die immer wieder neu erscheinenden Formen eine belebende Wirkung auf mich. Dafür konnte ich im Uigurischen den Klang eines Wortes begreifen, indem ich nur einen Blick darauf warf. In dieser Hinsicht fand ich es vernünftiger als das Chinesische, was ich ihm gegenüber auch zugab. Andererseits war die komplexe Kunst des Schreibens an spärliche zweiundzwanzig Zeichen vergeudet, doch das behielt ich für mich. Jedenfalls erklärte sich der großzügige alte Mann bereit, mich jeden Tag zu unterrichten. Wir mochten beide keinen Müßiggang.

Wie Siyurkuktiti richtig vermutet hatte, verbesserte das Studium mit ihm meine Laune. Ich fand unter den Kriegsgefangenen auch einen Kameltreiber, der bereit war, mir für frische Milch ein wenig Arabisch beizubringen, eine Sprache mit neunundzwanzig verschiedenen Zeichen, deren Schrift anmutig dahinfloß.

Eines Morgens, als ich mich aus den starken braunen Armen Siyurkuktitis erhob, stellte ich zu meinem Erstaunen fest, daß ich glücklich war. Wie hatte dieses Wunder geschehen können? Ich war nicht vielmehr als ein Sklave, ein Fremdling unter den rauhesten Menschen auf Erden, ohne Besitz und ohne eine nennenswerte Zukunft, und doch war ich glücklich. Ich lächelte in mich hinein. Federnden Schrittes verließ ich die Jurte und nickte freundlich den Nachbarn zu, als befände ich mich auf einem Spaziergang in Soochow.

Ich ging zu Tatatunga, der in einer Jurte für die Kriegsgefangenen lebte. Er hatte gerade dem Khan und ein paar mongolischen Schamanen wegen seiner Position als anerkannter Weiser unter den Uiguren Rede und Antwort gestanden. Als ich bei ihm eintrat, wollte ich ihm eigentlich von meinem seltsamen Glücksgefühl erzählen, doch Tatatungas nachdenkliche Stimmung hielt mich davon ab. Ich setzte mich still hin und wartete.

Nach einer Weile sagte er: »Ich habe gehört, daß die Mongolen auf einem ihrer Weisen herumgetrampelt sind. Warum haben sie das getan?«

»Wenn die Bäume zu groß werden, werden sie geschlagen«, zitierte ich einen Moralspruch aus Südchina. »Der Schamane hatte sich eingemischt.«

»Inwiefern?«

»Indem er einen der Söhne des Khans den anderen vorzog.«

Tatatunga sah mich aufmerksam an. »Der Khan möchte, daß ich ein Gesetzbuch schreibe.«

Mit einer schwungvollen Handbewegung rief ich aus: »Vermutlich, um den guten Ruf der Mongolen als Gelehrte auszubauen.«

»Seid vorsichtig mit dem, was Ihr sagt. Stellt Euch vor, der Khan würde Euch hören.«

»Er würde den Sarkasmus wahrscheinlich gar nicht verstehen.«

»Was er versteht und was er nicht versteht, ist ein Rätsel.«

Dem konnte ich nur zustimmen.

»Doch eines ist klar«, meinte Tatatunga. »Er will ein richtiger Monarch sein. Wenn seine Worte niedergeschrieben sind, wird er, selbst wenn er sie nicht lesen kann, über seine Zeit hinaus fortbestehen. Er denkt offenbar über dergleichen nach. Schließlich ist er nicht viel jünger als ich.« Tatatunga schürzte nachdenklich die Lippen. »Zumindest nicht *beträchtlich* jünger als ich. Jedenfalls habe ich zu ihm gesagt, daß Ihr das machen könnt. Und zwar in Uigurisch.«

»Ich? Ihr habt zu ihm gesagt, daß *ich* das machen kann? Und in Uigurisch?«

»Ich bin zu alt dafür, mir geht es nicht so gut, und ich sehe nicht ein, daß ich mich damit abmühen soll. Und Ihr werdet Euch damit unentbehrlich machen.«

»Doch ich fange gerade erst an, Uigurisch zu lernen.«

»Nur wenige Mongolen sprechen es, und keiner kann es lesen. Ihr werdet es bald können. Hier!« Er suchte an der Jurtenwand herum und holte zwei uigurische Bücher mit Pergament-Einbänden hervor, die in Filz eingeschlagen waren. »Nehmt diese hier. Stellt den Khan zufrieden, dann seid Ihr sicher.«

Nach kurzer Weigerung nahm ich die Bücher. Denn schließlich hatte ich nichts, was ich in meiner eigenen Sprache lesen konnte. Aber noch mehr zählte, was Tatatunga über meine Sicherheit gesagt hatte. Ich küßte ihn auf die alte, wettergegerbte Wange, wünschte ihm die Gnade seines Gottes und verließ ihn. Er hatte mich davon überzeugt, daß das Erlernen seiner Sprache für mich lebensrettend sein könnte.

Einige Zeit später ließ mich der Khan zu sich kommen und fragte mich, ob ich Gesetze in ein Buch schreiben könnte. Ich schwor es und sagte, ich könnte es sogar in einer Steppensprache. Meine Vorarbeiten wollte ich allerdings in Chinesisch machen. Mit dieser Bedingung erklärte er sich einverstanden, oder aber, was wahrscheinlicher war, er beachtete sie gar nicht. Also schrieb ich, was er diktierte. Er schenkte dieser Tätigkeit nie seine ganze Aufmerksamkeit, sondern tat es immer nebenbei: beim Weintrinken, bei Tanzdarbietungen oder in den Pausen von Besprechungen mit dem Orlok.

Die meisten seiner Gesetze befaßten sich mit der Todesstrafe. Diebstahl war mit dem Tod zu bestrafen. Ebenso Streit über die Verteilung der Beute. Das Verlassen eines Kameraden bedeutete den Tod. Ebenso, mit der Plünderung zu beginnen, bevor der Befehl dazu erteilt war. Fliehen in der Schlacht zog die Todesstrafe nach sich, und zwar nicht nur für den Mann, der floh, sondern auch für die neun anderen Männer seines Arbans. Doch es gab auch kleinere Strafen. Wenn sich jemand die Füße in frischem, fließendem Wasser wusch, wurde er wegen dieser Mißachtung geprügelt, denn Flüsse und Bäche galten als lebendig und mußten ordentlich behandelt werden.

Meine Aufgabe bestand darin, diese Regeln aus dem Chinesischen ins Uigurische zu übertragen und sie im »Yasa« oder

Blauen Buch, wie es Dschingis Khan, der Auserwählte des ewigen Himmels, genannt hatte, festzuhalten. Zum Glück fehlte ihm, der im Abfassen von Texten nicht bewandert war, der Drang des Gelehrten, das Projekt zu Ende zu bringen. Dadurch gewann ich Zeit zum Erlernen der Sprache mit Hilfe zweier Bücher und eines alten, kranken Mannes, der das fertige Werk vielleicht schon nicht mehr würde korrigieren können. Auch mußte ich befürchten, daß sich irgendein Uigur, der einmal das abgeschlossene Yasa lesen würde, Dschingis Khan gegenüber über die unbeholfene Ausdrucksweise be-klagte.

Doch diese Angst trat für eine Weile in den Hintergrund, weil sich Dschingis Khan entschloß, die nächste Phase seines Aufstiegs in Angriff zu nehmen, und darüber sein schriftliches Vermächtnis für die Nachwelt vergaß.

Es gab nicht viele, die es mit Dschingis Khan im Hinblick auf Vorsicht und Sorgfalt aufnehmen konnten. Er plante, ordnete und organisierte. Dann plante er noch einmal, prüfte, plante, ordnete und arrangierte alles neu, plante weiter, plante in einem Ausmaß, daß es die Geduld eines normalen Menschen bei weitem überschritten hätte, und dann erst unternahm er größere Anstrengungen. Zunächst einmal schöpfte er alle Möglichkeiten aus, an Informationen heranzukommen, hörte sich jeden einzelnen Späherbericht an, unterhielt sich mit einer großen Anzahl von Spionen, beriet sich mit einem Schwarm Astrologen, stand selbst im Morgengrauen und in der Abenddämmerung vor dem Ulugh Yurt, um das Wetter zu studieren, traf sich wöchentlich, täglich, dann stündlich mit dem Orlok, um zu klären, wie viele Truppen sie brauchte, inspizierte ein dutzendmal die Kavalleristen einschließlich der Nadel und des Fadens, die sie zum Reparieren ihrer Ausrüstung bei sich trugen, errechnete in Gedanken, welche Ausrüstungsmengen die Packpferde transportieren mußten, brütete wie ein alter Falke bis tief in die Nacht hinein, und erst, wenn er all das und noch viel mehr getan hatte, erst dann, und keinen Augenblick früher, setzte er sich in Bewegung. Dann jedoch mit brutaler Entschiedenheit und erstaunlicher Geschwindigkeit.

Und oft anders als erwartet. So griff er zum Beispiel nicht, wie ich befürchtet hatte, China an.

Zuerst kamen seine Verbündeten, die Tang, an die Reihe. Diese waren meist Hirten und Bauern und hatten ein großes Gebiet südwestlich der Wüste Gobi unter ihrer Herrschaft. Erst wenn er diese unterworfen und so Chinas Westflanke freigelegt hatte, würde er das Herz des chinesischen Kaiserreichs angreifen. So, hörte ich, hatte es Dschingis Khan geplant. Wie einfach, klar und praktisch. Das meinte jedenfalls Tatatunga.

Als wir eines Abends in meiner Jurte beim Tee saßen, berührte mich der alte Mann leicht am Handgelenk und sagte: »Ich will Euch sagen, was ich weiß.«

Er hatte sich offenbar mit einer Uiguren-Sklavin angefreundet, die auch an seinen christlichen Gott glaubte. Diese stand im Dienste der Hauptfrau Tschaghateis, die von ihren Sklaven wegen ihres Umfangs und ihrer dunklen Hautfarbe »Filzzelt« genannt wurde.

»Das Filzzelt stachelt ihren Mann ständig an«, sagte Tatatunga. »Sie möchte, daß er der nächste Khan wird.«

»Das kann noch Jahre dauern. Der Khan ist robust.«

»Das sehe ich auch so. Doch das Filzzelt bereitet ihren Mann auf das Unvermeidliche vor.«

»Tschaghatei steht nicht an erster Stelle der Thronfolge.«

Tatatunga blickte anerkennend auf meine am Herd stehende Frau. Vermutlich waren seine Gedanken in seiner Jugend mehr mit Lust als mit Gott beschäftigt gewesen. Mit einem Seufzer wandte er sich wieder mir zu und meinte: »Es gibt da eine Unklarheit im Hinblick auf den älteren Bruder.«

»Ja, das ist bekannt. Wer ist Jochis Vater? Der Khan oder ein Krieger der Merkit? Andererseits hat sich Jochi bewährt. Er ist ein guter Soldat – ein fast so guter wie der Khan.«

Der alte Mann berührte mich wieder am Handgelenk: »Haltet Euch da raus!«

»Was wollt Ihr damit sagen?«

»Jochi und Tschaghatei werden sich eines Tages die Nachfolge streitig machen. Und da sind dann auch noch die beiden anderen Prinzen. Bevorzugt niemanden, Li Shan. Schenkt ihnen allen ein Lächeln.«

»Ich werde Euren Rat im Gedächtnis behalten.«

»Ich will Euch noch sagen, wie ich Eure Situation sehe. Ihr habt etwas, was die Menschen hier brauchen. Dessen werden sie sich mit zunehmender Macht immer mehr bewußt. Außerdem wird sie diese Macht ängstlicher, schwächer und abhängiger machen.«

»Warum glaubt Ihr das?«

»Jetzt träumen sie von Pferden und Lammfleisch. Doch je mehr sie erobern, um so mehr werden sie von Städten und Frauen, die andere Sprachen sprechen, von wertvollen Kleidern, Gärten und Geschriebenem träumen. Dann brauchen sie Leute wie Euch, die ihnen helfen – so wie ich beim Gehen eine Hilfe brauche.« Er berührte den Holzstock neben sich. Als er seinen Tee getrunken hatte, schnalzte er wie ein alter Mann mit der Zunge. »Ihr habt die Chance, ein bedeutendes Leben zu führen.«

»Das ist eine merkwürdige Feststellung.«

»Wieso?«

»Das ist mir nie in den Sinn gekommen. Nicht einmal, als ich Zensor wurde.«

»Wonach stand Euch denn da der Sinn?«

»Nach einem guten Leben, Vergnügen und Bequemlichkeit.«

»Steht Euch immer noch der Sinn danach?«

»Ja, schon.«

Er öffnete seine faltigen Hände. »Dann nehmt es Euch. Ein bedeutendes Leben hat Raum für Vergnügen und Bequemlichkeit.« Er lächelte so breit, daß ich sehen konnte, daß er die

Hälfte seiner Zähne verloren hatte. »Ich habe noch nie jemanden getroffen, der so reif für ein solches Leben war wie Ihr.«

Ich erwiderte sein Lächeln. »Und was ist mit Euch?«

»Oh, ich habe einmal ein solches Leben geführt. Doch das ist jetzt vorbei.« Er schüttelte den Kopf. »Ich führe schon seit vielen Jahren das Leben eines Christen. Ich könnte nie wieder so sein wie Ihr.«

Sein wegwerfender Ton brachte mich zum Lachen. »Wäre es denn so schlimm?« fragte ich.

»Nein, doch ich gehe einen anderen Weg. Da gibt es keine Flüsse in der Nähe und keine Berge in der Ferne. Er ist lang, gerade und öde. Begebt Euch auf Euren eigenen Weg, und werdet glücklich damit. Doch blickt Euch immer gut um.«

Einen ähnlichen Rat hatte mir auch Siyurkuktiti erteilt. Beide ermahnten mich zur Vorsicht. Doch natürlich kannten sie beide die Chinesen mit ihrer Neigung zum Grübeln nicht richtig. Konfuzius hatte einmal gesagt: »Wenn sich ein Mensch nicht selbst fragt, was mache ich hiermit und was mache ich damit, dann kann ich nichts für ihn tun.« Ich wäre auch ohne ihren Rat vorsichtig und nachdenklich gewesen, doch ihre Anteilnahme wärmte mir das Herz.

Es gab noch etwas anderes, worüber ich mir Gedanken machen mußte. Beide spürten eine Gefahr, die so subtil war, daß sie weder erklärt, noch der Finger darauf gelegt werden konnte. Es hatte auch nichts mit Dschingis Khan oder seinen schrecklichen Kriegern zu tun, sondern mit den Ereignissen in den Filzzelten, wo die Leute im Dunkeln saßen und wisperten.

13

Der Khan verbrachte seine Zeit damit, seine Eroberungen in der Steppe zu konsolidieren und Bündnisse mit kleinen Völkern zu schließen, denen an Gesetz und Ordnung entlang der Handelsstraßen lag. Er war ein guter Diplomat. Sein roter Bart und seine Haare hatten jetzt reichlich graue Strähnen, was seine Autorität nur noch zu verstärken schien. In seinen ruhigen grünen Augen lag wie eh und je eine schlichte Zuversicht. Immer wieder erschienen Gesandte mit forschem Selbstvertrauen zu ihrem ersten Gespräch bei ihm und kamen verwirrt, unterwürfig und oft für immer treu ergeben wieder heraus.

Der Khan behielt Tuli an seiner Seite, sprach jedoch selten mit dem jungen Mann. Er erzog ihn, indem er ihm ein Beispiel gab, und nicht durch Erklärungen, wie wir in China. Mir machte Sorgen, daß Tuli sich nicht konzentrierte und nicht lernte. Wenn der Khan einen Gesandten zu Besuch hatte, hörte Tuli nur eine Weile zu, dann wanderten seine Blicke zu der Bank, wo die Frauen saßen, und ich wußte, was in ihm vorging. Sollte ich etwas zu ihm sagen? Sollte ich meinen alten Schüler anhalten, von einem Meister der Politik zu lernen? Natürlich nicht. Vorsicht!

Manchmal erschien am Hof Tschaghatei, ein argwöhnischer Mann, in Begleitung seiner Frau, des »Filzzeltes«, deren Versuche, ihn in den Vordergrund zu schieben, peinlich offensichtlich waren. Ich bezweifelte, daß Tschaghateis überragende militärische Fähigkeiten ein Ausgleich für sein düsteres Temperament sein konnten. Dennoch zeigte sich der Khan niemals von seinem Sohn enttäuscht. Überhaupt war ich immer wieder aufs neue überrascht, wie geduldig er mit allen Prinzen und deren Familien umging. Er machte wohl ab und zu einmal ein finsteres Gesicht, wurde ihnen gegenüber aber nie laut. Nur ein einziges Mal kritisierte er ein Familienmitglied in der Öffentlichkeit: Er forderte Ögödei ruhig auf, den Ulugh Yurt zu verlassen, als dieser dort so betrunken erschienen war, daß er sich nicht auf den Beinen halten konnte. Ich mußte mir eingestehen, daß Dschingis Khan ein Patriarch konfuzianischer Tradition war und dafür von den Chinesen einhellig bewundert worden wäre. Über seine Beziehung zu Jochi, der nur zu wichtigsten Besprechungen erschien und danach schnell wieder zu seiner Truppe zurückkehrte, konnte ich natürlich nicht viel sagen.

Eines Tages erschien ein Gesandter der Onggut am mongolischen Hof. Die Onggut hatten sich im Naiman-Konflikt mit Dschingis Khan verbündet und bemühten sich auch weiterhin um sein Wohlwollen. Da ihr Land zwischen den Tang und den Chinesen eingezwängt lag, brauchten sie Schutz. Der Khan wiederum wollte seine Tiere auf ihren Wiesen weiden, bevor er in China eindrang. In Anbetracht des beidseitigen Interesses vereinbarten der Khan und der Gesandte die Heirat von Alaghai mit einem Prinzen der Onggut.

Davor hatte ich mich gefürchtet, und es war sogar noch schlimmer als erwartet, weil ich von jemandem, der am Hof der Onggut gewesen war, erfuhr, daß der Prinz ein feiger Trinker war, der seine Konkubinen schlug.

Ein paar Tage vor ihrer Abreise nahm ich Alaghai nach dem Unterricht beiseite, um mich von ihr zu verabschieden. Wir unterhielten uns eine Weile über die verschiedenen chinesischen Reimtechniken. Ich konnte den Blick nicht von ihrem ernsten kleinen Gesicht und den blanken Augen wenden und redete ihr gut zu, ihre Studien auch alleine fortzusetzen, da ihr Talent es verdiene, gepflegt, erweitert und voll verwirklicht zu werden. Ich zitierte ein paar Verse, in denen Dichter ihre jungen Schülerinnen priesen.

Es dauerte lange, bis sie antwortete. Dann sagte sie erstaunlich bestimmt: »Meine Studienzeit ist hiermit zu Ende. Ich werde nie wieder ein Gedicht schreiben oder über eines nachdenken.«

»Aber natürlich! Zumindest darüber nachdenken.«

»Nein, ich werde nie wieder ein Gedicht schreiben oder über eines nachdenken«, wiederholte sie. Ich sah den eisernen Willen in ihren Augen. Darin erkannte ich das Erbe ihres Vaters und wußte nun, daß sie zurechtkommen würde. Gewiß, sie würde nie wieder ein Gedicht schreiben und sich auch nicht erlauben, über eines nachzudenken. Aber ein betrunkener Prinz würde sie auch nicht ungestraft schlagen.

Von dem alten Uigur lernte ich weiter seine Muttersprache, und von Siyurkuktiti lernte ich die Feinheiten des mongolischen Liebeslebens. »Laß es uns wie die Adligen machen«, sagte sie eines Abends. Sie setzte sich aufrecht hin, und ein Mondstrahl fiel durch die Öffnung in der Mitte der Jurte auf ihren Körper.

Lachend fragte ich, ob es die Adligen anders machen.

»Natürlich.« Sie erklärte, daß die adeligen Mongolinnen Mittel und Wege kannten, um sich zu vergnügen, wenn ihre Männer auf langen Feldzügen waren. »Sie dürfen kein Baby bekommen«, sagte sie. »Keinesfalls! Auch dann nicht, wenn ihre Männer ein oder zwei Jahre weg sind. Die Frau eines Prinzen wird keinen dicken Bauch haben, wenn er heimkehrt. Sie wird ihm auch dann kein Baby präsentieren, wenn er ein Jahr unterwegs war.«

»Das gilt nur für die Frauen von Adligen?«

Sie nickte. »Da geht es darum, wer den Schmuck und sonstige Besitztümer bekommt. Wen würde es sonst kümmern? Ein begüterter Mann muß das Gefühl haben, daß das Kind, das er in seiner Jurte vorfindet, sein eigenes ist.«

»Also gut. Sollten die Frauen dann nicht enthaltsam leben?«

Siyurkuktiti lachte. »Warum sollen sie warten? Sie werden

darüber nur älter. Du hast mir erzählt, wie ihr Chinesen das alles nennt. Jetzt erkläre ich dir zwei Sachen von uns. Manche adelige Frauen machen es mit ihren Liebhabern auf die ›Angreiferart‹.« Sie erklärte, daß dieser Name daher rührte, daß mongolische Krieger die Frauen verhaßter und verachteter Clans, um sie zu verletzen und ihnen wehzutun, von hinten nähmen.

»Willst du damit sagen«, fragte ich erstaunt, »daß sich das die Frauen von Adligen gefallen lassen?«

»Natürlich nicht. Sie lernen, es langsam zu machen, vorsichtig und sanft. Dann ist die Angreiferart besser als nichts.«

»Hast du das auch gelernt?«

»Nein, ich nicht. Ich bin keine Adlige. Wenn mein Mann bei seiner Rückkehr von einem Feldzug einen Balg vorgefunden hätte, der nicht von ihm stammte, hätte er ihn entweder verkauft oder aufgezogen, damit er sich um die Pferde kümmern kann. Vielleicht hätte er mir auch eine Ohrfeige gegeben oder mich ordentlich verhauen. Warum sollte ich also die Angreiferart lernen?«

»Also gut. Da du sie nicht gelernt hast, werde ich sie auch nie verwenden.«

»Danke.«

»Doch du hast gesagt, daß es zwei Arten gibt, um sich zu vergnügen.«

»Ja, es gibt noch die ›edle Art‹.«

»Das klingt buddhistisch.« Ich wußte genug über diese Religion, um mich noch an den »edlen, achtfachen Pfad« erinnern zu können.

»Buddhistisch?«

»Ach, lassen wir das. Wie geht es auf die ›edle Art‹?«

»Mit dem Mund.«

»Aha. Du meinst ... beide? Männer und Frauen?«

»Natürlich.«

»Und gilt das auch für zwei Frauen?«

Sie nickte.

Angesichts meiner Vergangenheit interessierte mich noch etwas anderes: »Und für zwei Männer?«

»Zwei Männer? Niemals!« Sie schüttelte heftig den Kopf »Wenn man sie dabei erwischen würde, müßten sie sterben.«

»Das ist gut zu wissen«, sagte ich. Der Khan hatte sich nicht die Mühe gemacht, es in das Yasa aufzunehmen. Vielleicht meinte er, daß man etwas so Selbstverständliches nicht erst aufschreiben müßte. Ich war stolz auf mich, daß ich bei diesen Leuten, die in mancher Hinsicht dermaßen naiv und beschränkt waren, so vorsichtig gewesen war.

Inzwischen hatten die Mongolen zumindest ihre Arglosigkeit beim Handeln verloren. Fremde Kaufleute, die sich der zunehmenden Macht der Mongolen bewußt waren, hatten in der Steppe einen neuen Markt für den Absatz teurer Waren gefunden. Anfangs hatten einige von ihnen versucht, die Mongolen zu betrügen, aber nachdem ihre Waren beschlagnahmt und ihre Karawanen zerstört worden waren, fingen sie an, faire Preise zu verlangen.

Der Khan selbst wurde nie müde, die Reisenden auszufragen, besonders diejenigen, die aus China kamen. Sie fühlten sich durch seine Beachtung geschmeichelt und erzählten ihm überschwengliche Geschichten vom Wohlstand der Chinesen und behaupteten, die chinesischen Städte wären so groß, daß das ganze Reich der Mongolen einschließlich der Pferde in den Mauern nur einer einzigen Platz hätte. Der Khan belohnte die phantasiereichen Geschichtenerzähler für ihre Offenheit mit reichen Geschenken. War er wirklich so naiv? Auf Grund dieser Befragungen hätte man es fast meinen können. Oder suchte er sich aus all den Übertreibungen und Lügen das winzige Körnchen Wahrheit heraus? Tatatunga hatte recht: Man wußte nie genau, was der Khan wirklich wußte.

Eines Abends – es war schon sehr spät, und das ganze Lager

schlief – rief er mich zum Ulugh Yurt, wo er auf einem Diwan ruhte und Kumys trank. Einen Augenblick musterte er mich, dann lehnte er sich vor und fragte mit gefährlich sanfter Stimme: »Was machen die Kaiser in China mit Männern wie Euch, wenn diese mit der Niederschrift der Gesetze fertig sind?«

Wozu war ein nutzloser Fremder gut? War das die Frage?

Zum Glück bin ich immer schnell im Denken gewesen. Nachdem ich mich ein paarmal geräuspert hatte, erinnerte ich mich an den alten Brauch, alles mitzuschreiben, was der Kaiser sagte. Solche kaiserlichen Bücher, erzählte ich dem Khan, waren dem Volk lieb und teuer, und Teile davon würden sogar in Stein gemeißelt. Das entsprach nicht ganz der Wahrheit. Sie wurden mit goldenen Einbänden versehen, zur Seite gelegt und vergessen. Ein Kaiser hatte einmal auch so banale Äußerungen aufschreiben lassen wie: »Ich habe heute zuviel Hähnchen mit Soße gegessen.«

Von diesem Unsinn erzählte ich dem Khan, der seinen Kumys schlürfte und mich kalt ansah, jedoch nichts. Vielleicht traf er ja eine grundlegende Entscheidung über mein Leben und meinen Tod.

Doch dann lächelte er zu meiner Erleichterung: »Wenn das die Kaiser tun, dann will ich es auch tun. Schreibt auf, was ich sage, aber nur, wenn ich sage, daß Ihr es aufschreiben sollt. Es gibt Dinge, von denen ich nicht möchte, daß sie aufgeschrieben werden.«

Das war eine vernünftige Feststellung, die es verdient hätte, aufgeschrieben zu werden. Jedenfalls ersparte er mir damit den Stumpfsinn, den ganzen Tag kritzeln zu müssen. Dann teilte er mir überraschend auch gleich seine erste Beobachtung mit, die es verdiente, aufgeschrieben zu werden, und machte mir damit weitere Hoffnung, daß sich noch einmal alles zum Guten wenden würde. »Ich habe im Keshik einen Offizier namens Yisun Beg«, sagte er. »Es gibt keinen größeren Helden als ihn. Er kennt weder Müdigkeit noch Furcht. Befähigt ihn das,

Truppen in den Krieg zu führen? Nein, das tut es nicht. Nur ein Mann, der fühlt, was andere fühlen, ist zum Befehlen geeignet.«

Aber traf das denn auf Dschingis Khan selbst zu? Fühlte er wirklich, was andere fühlten?

In Ergänzung seiner Theorie fügte er noch hinzu: »Die Mühsal der Kriegsführung darf das, was der schwächste Krieger ertragen kann, nicht übersteigen. Doch das gilt nur, wenn der schwächste Krieger seine volle Stärke erlangt hat.« Glaubte er das wirklich? Wohl kein Führer hatte je seine Truppen so angetrieben wie er. Doch vielleicht waren es ja auch die zähesten Soldaten, die es je gegeben hatte. Wenn man ihm gegenüberstand, hatte man das Gefühl, Treibsand unter den Füßen zu haben. Man wußte nicht, wo die Gefahr lag, wo der Boden nachgab und wo er fest war, und wäre daher gern weggelaufen. Das ging nicht nur mir so: Oft sah ich auch in anderen Gesichtern den Wunsch, sich vor ihm zurückzuziehen. Doch ich hatte keine andere Wahl. Jetzt mußte ich mich sogar jeden Tag zwischen den verborgenen Treibsandstellen bewegen.

Die Uiguren nannten ein Buch mit Aussprüchen »Bilik«. Da ich sie jetzt sammelte, verbrachte ich viel Zeit beim Khan. Er sagte zum Beispiel: »Was ein Mann weiß, sollte er wissen, ohne zu wissen, warum er es weiß.« Wenn dieser Ausspruch auch sein maßloses Selbstvertrauen bestätigte, so war es doch seltsam, so etwas von jemandem wie ihm zu hören, der nichts zu tun schien, ohne zu wissen, warum er es tat.

Einen anderen Ausspruch erhielt ich vom Khan nach einer Besprechung mit dem Orlok. Sie hatten den Bericht eines Spions über die chinesische Hauptstadt erörtert, die in »Peking« umgetauft worden war. Als Dschingis Khan mit den Generälen fertig war, wandte er sich mir zu, winkte mich heran und sagte: »Das ist für den Bilik: ›Ganz gleich, wie groß etwas ist, es paßt noch in etwas anderes hinein. Und ganz gleich, wie klein etwas ist, es kann noch weiter zerkleinert werden.‹ Was hatte ihn zu dieser Bemerkung veranlaßt? Vielleicht hatte er über Zahlen nachgedacht. Es hieß, der Kaiser von China könnte auf mehr als eine halbe Million Soldaten zurückgreifen. Und die Armee des Khans war höchstens ein Fünftel so stark.

Plötzlich entschlossen, wie es für ihn so typisch war, gab der Khan der mongolischen Armee den Befehl, sich auf die Durchquerung der Wüste Gobi im späten Frühjahr vorzubereiten.

Als sein offizieller Schreiber blieb mir nichts anderes übrig, als mitzugehen. Mukuli Noyan, der auf der Ebene vor unserem Lager einem Teil der Kavalleristen beim Manöver zusah, rief mich zu sich. »Jetzt ist es endlich China«, sagte er, ohne die Truppen aus den Augen zu lassen. »Wie ist Euch dabei zumute?«

Ich blickte den gedrungenen, muskulösen General an, der mich immer gut behandelt hatte. Daher sagte ich, obwohl ich schon im Begriff gewesen war zu lügen, die Wahrheit: »Ich fühle mich – unbehaglich. Schließlich ist China das Land meiner Vorfahren.« Nun mußte ich weitersprechen. »Doch das China, das Ihr meint, ist das Chin-Reich, das Land im Norden. Ich komme vom Süden.«

»Und was würdet Ihr tun, wenn wir den Süden angreifen würden?«

Nun log ich doch. »Nichts anderes als jetzt. Mitkommen, versuchen, mich nützlich zu erweisen.«

»Warum wollt Ihr mitkommen? Aus Neugier?«

Ich hätte ja sagen können. Doch aus Vorsicht sagte ich: »Nein. Ich spreche Eure Sprache, ich habe eine Mongolin zur Frau. Darum.«

Vielleicht aus Großzügigkeit glaubte er mir alles, was ich gesagt hatte, sowohl das Ehrliche als auch das Unehrliche. Es hieß, es gäbe keinen Rücksichtsloseren auf dem Feld als Mukuli Noyan, doch beim Sprachunterricht hatte er mich immer mit Respekt behandelt – ganz so, als wäre er ein chinesischer Student. Ich hatte keine Angst vor diesem Mann, obwohl er für unzählige, in der Sonne verrottende Knochen verantwortlich war. Auf ein Zeichen hin führte ein Adjutant ein feuriges Pony zu uns herüber. »Das ist für Euch, Li Shan«, sagte der General und reichte mir die Zügel. »Ich taufe es ›Hundert alte Namen‹.«

Wir lachten beide. »Hundert alte Namen« war der liebevolle chinesische Spitzname für einen einfachen Bauern.

»Ihr seid ein guter Lehrer gewesen«, meinte er.

Ich dankte ihm überschwenglich, ohne allerdings zu erwähnen, daß es ihm dank meines guten Unterrichts nun vielleicht noch besser gelingen werde, mein Volk zu unterjochen.

Siyurkuktiti half mir bei meinen Reisevorbereitungen. Sie verlangte, daß ich ein Schwert trug, auch wenn ich nicht damit umgehen konnte. »Ich möchte nicht, daß mein Mann nackt in den Krieg zieht.«

»Sei nicht töricht. Ein Schwert ist kein Kleidungsstück.«

»Unterschätze dein Schwert nicht. Du hast keine Gurke, sondern ein richtiges Schwert. Es hat mich geteilt und in meinem Innern einen Sohn abgelegt«, sagte sie und schlug sich mit der Hand auf den Bauch.

»Was meinst du?«

»Einen Sohn. Wenn du zurückkommst, wird dich dein Sohn erwarten.« Voller Begeisterung schlug sie sich nochmal kräftig auf den Bauch. »Tiger bekommen keine Hunde.«

Ich unterdrückte die Bemerkung, daß ich im Zeichen des Hundes geboren war. Statt dessen tätschelte ich liebevoll ihren straffen, noch nicht angeschwollenen Bauch. Ihr lieber Bauch. Mir gefiel der Gedanke, ein Kind gezeugt zu haben. Schließlich gehörte mir ja sonst nichts, außer ein paar Scheiben Trockenfleisch, die am Jurtengestänge hingen.

Bevor ich den Sari Ordu, das Lager, verließ, übersetzte ich

für Siyurkuktiti noch ein Gedicht von Wen Tingyun. Ich schilderte ihr allerdings nicht sein Leben: Er war ein fähiger Musiker und Dichter gewesen, der im Staatsdienst nur mäßige Leistungen erbracht hatte, jedoch in den Freudenhäusern um so erfolgreicher gewesen war. Ich sagte das Gedicht langsam in Mongolisch auf und wiederholte es dann geduldig, bis sie es auswendig konnte. Es war das erste Mal, daß sie ein Gedicht lernte, und der Stolz darüber trieb ihr Tränen in die Augen. Nach langem Nachdenken erklärte sie die folgenden beiden zu ihren Lieblingszeilen:

»Das Gefühl der Trennung – was läßt sich da sagen?
Nur, daß das Herz ein endloses Sternenmeer ist.«

Ich sah diese vollbusige Witwe an, diese rauhe Frau, diesen fröhlichen Menschen und guten Freund, und ich sagte mir, daß sie auch für mich die richtigen Zeilen ausgewählt hatte.

14

Mit am Sattelknopf befestigten Kumysbeuteln setzten sich im Frühjahr, in dem die Klima- und Wasserverhältnisse für die Durchquerung der Wüste am günstigsten sind, drei Armeen in Bewegung.

Da ich dieses Mal weniger Angst hatte, nahm ich beim Reiten mehr von meiner Umgebung wahr. So sah ich Ruinen im orangegelben Sand, ein Zeichen dafür, daß hier einmal vor langer Zeit, noch vor den Mongolen, ja vielleicht sogar noch bevor meine Vorfahren ihre ersten Gärten in Soochow anlegten, andere Völker gelebt hatten.

Meine Vorfahren. Die Han-Chinesen haben der Welt viele Kostbarkeiten des Geistes und der Seele geschenkt.

Dieser Gedanke entfernte mich innerlich von meinen Nomadenbegleitern mit ihren konischen Hüten, dicken Mänteln und bauschigen, in weiche Stiefel gesteckten Hosen. Auch wenn ich genauso angezogen war wie sie, ihre Sprache sprach und ihre Ponys ritt, würde ich nie einer von ihnen werden. Doch mein Kind? Würde mein Kind ein Mongole oder Chinese sein? Es waren wohl die Dämonen der Wüste, die mir diese Frage ins Ohr flüsterten.

Diese Dämonen hätten mich vielleicht durch die ganze Wüste verfolgt, wenn sie Ögödei nicht verscheucht hätte.

Wie aus dem Nichts tauchte er neben »Hundert alte Namen« auf. Das Pony hatte seine Aufmerksamkeit erregt.

»Lehrer«, sagte er, »woher habt Ihr dieses schöne Pferd?«
Ich erzählte es ihm.

Er nickte feierlich. Sein jüngerer Bruder Tuli sah zwar besser aus, doch der rothaarige Ögödei ähnelte seinem Vater am meisten. Er hatte auch den Mund des Khans, die grünen Augen (wenn auch nicht seinen intensiven Blick) und die rauhe Grazie seiner Bewegungen geerbt.

»Mukuli Noyan versteht etwas von Pferden«, sagte Ögödei. »Jebe Noyan ist zwar der bessere Reiter, doch Mukuli versteht mehr von Pferden. Er kennt sich überhaupt mit allem am besten aus.«

»Ist er wirklich der größte General?« Diese Frage hätte ich seinen Brüdern nicht stellen können.

»Vater meint es. Sagt es niemandem, Lehrer, aber meine Wahl würde auf Subetai Noyan fallen.«

»Warum?«

»Seine Ideen kommen ihm wie Blitzschläge. Er denkt nicht mehr, sondern handelt nur noch. Nichts kann ihn dann noch aufhalten. In einem Alptraum ist er einmal auf mich losgegangen, und ich bin schlotternd aufgewacht.«

Ich sah Ögödei an. Wenn er auch kein ausgesprochener Trunkenbold war, so trank er doch entschieden zu viel. Er schien aber besser als seine Brüder wahrzunehmen, was in seiner Umgebung vor sich ging. Er verstand die Menschen, ohne sie zu beurteilen. Zwar war er gelassen, hatte aber doch von seinem Vater so viel starken Willen geerbt, daß er eine Sache zu Ende brachte. Khatun Borte hatte einmal, als es um ihre jüngeren Söhne ging, gemeint, die Frauen würden Tuli lieben, doch der Khan würde sein Vertrauen Ögödei schenken. Da war es schon merkwürdig, daß der Khan nie mit Ögödei ritt, sondern diesen immer einem vom Orlok zuwies. Für mich konnte kein Zweifel daran bestehen, daß Tuli der Liebling des Khans war; er war auch meiner.

So dachte ich nun also über die Mongolen nach, statt auf die Stimmen der Dämonen zu lauschen. Die ausgezeichnete Planung der Mongolen rang mir Bewunderung ab. Der Zeitpunkt für den Treck war so gewählt worden, daß das Vieh bei der Durchquerung der Wüste Weideland vorfand, außerdem reisten die Tumen in so großen Abständen voneinander, daß sich die Wasservorräte immer wieder auffüllen konnten.

Wir betraten China an einer Stelle, wo die Große Mauer bröckelig und mit Disteln und wildem Thymian überwuchert war. Schon nach wenigen Tagen führte der Weg unsere Truppen an Persimonengärten, Aprikosenbäumen und Zwiebelbeeten vorbei. Ich war im Herbst aus China entführt worden, und nun kam ich zur selben Jahreszeit zurück. Die Bauern auf den Feldern, die weite Mäntel und Kopftücher trugen, schauten von der Arbeit auf, als sie uns bemerkten. Ein Mann, der in einem seichten Teich unter dürren kahlen Bäumen Wasserkastanien sammelte, blickte so gleichgültig auf unsere vorbeireitende Kolonne, als hätten wir keine größere Bedeutung als der gelbe Boden um ihn herum. Später sahen wir dann weiße Enten auf einem See, der von dem Nordwind, der uns vor sich her blies, aufgewühlt war. Das weckte die Erinnerung an jene Enten, die meine Entführer geschlachtet hatten, als wir gegen einen ebensolchen Nordwind ankämpften, und an den Überfall, bei dem ich meine beiden Liebhaber verloren hatte.

Jetzt war keine Zeit für Überfälle. Das Klipp-Klapp der Hufe auf dem harten, steinigen Boden glich dem Trommeln in einem endlosen Traum. Ich wurde mir meiner Situation bewußt. Ich begleitete Leute eines Volks, das mein Volk töten wollte. Nicht, daß die Chin wirklich mein Volk gewesen wären. Ich war nur in den Norden gegangen, um für die Leute dort zu arbeiten. Doch die meisten von ihnen hatten chinesische Namen und arbeiteten auf dem Feld, so wie »Hundert alte Namen« seit unzähligen Generationen. Wir waren alle unserer chinesischen Sprache nach und daher im Geiste Chinesen.

Ab und zu dachte ich daran zu fliehen. Vielleicht konnte ich im Schutze der Dunkelheit davonlaufen. Doch es war immer nur ein flüchtiger Gedanke, wie ein Blatt im Wind. Ich wollte die Mongolen nicht verlassen. In gewisser Hinsicht gehörte ich zu ihnen, so wie ich es Mukuli Noyan gesagt hatte, obwohl es nur die halbe Wahrheit gewesen war, und obwohl mich der Gedanke an einen Sieg der Mongolen in China schaudern ließ. Eines Tages, als wir gerade unser Nachtlager aufgeschlagen hatten und ich aufschaute, sah ich im Licht des Feuers ein vertrautes chinesisches Gesicht. Es war das des Militäringenieurs aus Tatung, den ich vor Jahren, während meiner ersten Tage in der Steppe, kennengelernt hatte.

»Ich habe Euch gefunden, indem ich nach dem Chinesen gefragt habe, der Bücher lesen kann«, rief er fröhlich und ließ sich am Feuer nieder. »Erinnert Ihr Euch noch an mich?«

»Ja. Wir aßen Antilopenfleisch, und ich wußte, daß Ihr ein Chinese wart, als Ihr zu Eurem Kameraden sagtet: ›Wenigstens ist Antilope nicht so fett wie Hammel.‹ Und Ihr sagtet zu mir: ›In den Bergen im Osten fressen die Tiger Menschen. In den Bergen im Westen tun sie es auch.‹«

»Wirklich? Daran kann ich mich nicht mehr erinnern.«

»Es war seinerzeit gut für mich zu lernen, daß ein Ort so gut wie der andere ist.« Ich reichte ihm einen Pferdelederbeutel mit Kumys.

Er nahm einen kräftigen Schluck und erzählte mir seine Geschichte. Er war von einem mongolischen Clan zum anderen gekommen, bis er schließlich im nordöstlichen Solang-Gebiet geblieben war, wo er eine Truppe Belagerungsingenieure ausbildete. Nun war er mit zwei Jaguns davon zu Dschingis Khan und der Zentralarmee abkommandiert worden. Er hieß Wu Wei.

Er hatte seit damals zugenommen. »Die Nomaden sehen nicht gern ein, daß sie nicht alles vom Pferderücken aus machen können«, erklärte er mit Befriedigung. »Doch nun wissen sie es. Wenn sie China wollen, müssen sie die Städte erobern, und das geht nur durch Belagerung. Ich habe sieben Jahre darauf gewartet, ihnen das beweisen zu können. Sie wollten mich nicht einsetzen. Sie hielten mich wie ein Haustier.

Inzwischen habe ich ein Korps so trainiert, daß es jedes Fort auf der Welt einnehmen kann«, brüstete er sich.

»Der Khan weiß nichts über Konfuzius, handelt aber dennoch nach dem Rat des Großen Weisen: ›Wenn du Fehler hast, fürchte dich nicht, sie abzulegen.‹«

Wu Wei nickte beifällig. »Das klingt, als wünschtet Ihr ihm den Sieg.«

»Natürlich nicht. Mein Herz gehört China.«

»Mein Herz gehört dahin, wo ich zufällig gerade bin«, meinte Wu Wei. »Wißt Ihr, die Mongolen haben mir zu einer neuen Einstellung verholfen. Es hat sieben Jahre gedauert, doch nun habe ich sie.«

Ich sah ihm zu, wie er einen kräftigen Schluck nahm. »Und – welche ist das?«

»Daß man etwas ganz tun muß.«

Ich sah Wu Wei, dessen Augen im Feuerschein glänzten, eine Weile nachdenklich an. »Ja«, sagte ich dann, »ich weiß, was Ihr meint. Doch ein bißchen Vorsicht ist von Zeit zu Zeit ganz angebracht.«

Als uns der Khan zu unserem ersten Kampf mit den Chin führte, heulten die Nordstürme. Sie brachten feinen, rötlichen, pudrigen Sand mit sich, der von schrecklichen Windböen hoch in die Luft gepeitscht wurde und sich auf allem niederließ. Die Augen tränten, und man spürte ihn auf der Zunge. Alles schien in gelbes Licht getaucht zu sein, und es war, als blicke man durch einen Schleier. Vor uns im Dunst erhoben sich rötliche Berge. Unzählige über die Ebene verteilte Ponys trabten zügig auf sie zu. Es war schwer vorstellbar, daß bald Tausende von Männern sterben würden.

Nach ein paar Tagen des Manövrierens und wiederholten Sichtens feindlicher Stellungen beschloß der Khan eines Morgens, nicht länger zu warten, sondern in die Offensive zu gehen. Er war von der Größe des chinesischen Heers keineswegs entmutigt und schickte seine Kavallerie im Galopp gegen die aus den Hügeln auftauchenden feindlichen Kolonnen. Die Chin, die auf den plötzlichen Angriff nicht vorbereitet waren, wurden in einen heftigen Kampf verwickelt. Um die Mittagszeit zogen sie sich in chaotischen Gruppen in die Berge zurück.

Überraschenderweise verfolgte sie der Khan nicht; sonst nützte er eine Panik immer aus. Statt dessen zog er sich auf Anraten seiner Berater zurück und wartete auf eine andere Auswirkung seines Sieges.

Und tatsächlich kamen nach wenigen Tagen viele Söldner, meist Kitan, die sich dem Chin-Kaiser gegenüber nicht zur Treue verpflichtet fühlten, ins Lager geritten und stellten sich in die Dienste des Khan. Dadurch verdoppelte sich das mongolische Heer innerhalb weniger Wochen. Ich wunderte mich, wie leicht sie sich in die mongolische Armee eingliederten. Offenbar wußten sie durch das einfache und rigorose System der Zehnergruppen schnell, wo sie hingehörten und wem sie zu gehorchen hatten.

»Ich habe die Kitan in den letzten Jahren kennengelernt«, sagte Wu Wei eines Abends zu mir. »Wißt Ihr viel von ihnen?«

Ich wußte, daß sie vor ein paar Jahrhunderten aus dem Nordosten gekommen waren und die Nation der Liao gegründet hatten. Bevor sie von den Chin überwältigt wurden, waren sie sehr mächtig gewesen. »Sie waren einst sehr mächtig«, sagte ich.

»Ist das alles, was Ihr wißt? Ihre Armee hat als erste Signalflaggen verwendet. Sie klemmten sich Holzstücke zwischen die Zähne, um bei der Schlacht keine Geräusche zu machen und den Feind durch diese Stille zu verwirren. Und sie trugen in der Schlacht seidene Unterwäsche.«

Unter Verwendung seiner Hände zur Veranschaulichung erklärte er mir, daß ein Pfeil, der die Rüstung durchbohrt hatte, die dicht gewebte Seide unbeschädigt in die Wunde hineinzog. Durch Hinundherdrehen der Seide konnte man dann den Pfeil lösen und herausziehen. »Solche Leute verdienen Respekt«, befand er.

Ich erfuhr, daß die Westarmee der Mongolen durch die Provinzstadt Shun-ping gekommen war, wo ich meine beiden Lieben und alles andere, was ich besaß, verloren hatte. Ich war froh, daß man mich nicht dieser Armee zugeteilt hatte, denn es wäre für mich schrecklich gewesen, Shun-ping wiederzusehen. Ein städtischer Beamter wollte nicht gleich aufgeben und verärgerte die Mongolen mit seinen Forderungen. Ich konnte mich noch an den kleinen, dicken, unbeherrschten Mann erinnern. Er hatte seine Dummheit, den Helden spielen zu wollen, zusammen mit zwei- oder dreitausend anderen Bürgern von Shun-ping mit Folterungen und dem Tod bezahlt.

Ich konnte mir gut vorstellen, wie die Äxte und Schwerter niedergingen. Ich wußte, wie unerbittlich und methodisch der mongolische Soldat vorgehen konnte. Bestimmt zählte er die Niedergemetzelten in Zehnergruppen.

Die Gesichter aus Shun-ping, die in meiner Erinnerung auftauchten, vermischten sich mit Gesichtern aus dem Süden, aus Soochow und Hangchow, meinen geliebten Städten mit ihren Teichen und Gärten, wo Musik in der warmen Abendluft lag.

Als man mir das über Shun-ping erzählte, wurde mir so übel, als hätte ich gerade ein fettiges Stück Hammelschwanz gegessen. Wie hatte nur jemand die Zerstörung einer solchen Stadt wie Shun-ping mit seinen schäbigen, kleinen Läden, verschlafenen Sträßchen und dem Dunggeruch, der über seinen Tempeln hing, anordnen können? Warum waren so harmlose Menschen getötet worden? Nur weil sich ein Dummkopf in Positur geworfen hatte?

Tschaghatai hatte den Befehl zum Töten gegeben. Als Kommandeur der Einheit, die durch Shun-ping gekommen war, hatte er seinen Leuten gesagt, sie sollten »Futter für die Pferde« suchen. Das war die mongolische Umschreibung für Notzucht, Plünderung und Niederbrennen.

Tschaghatei hatte diese Zerstörung angeordnet, weil es ein armseliger Beamter an Respekt hatte fehlen lassen. Doch wer glaubte Tschaghatei denn zu sein, daß er sich dazu berechtigt fühlte? Dieser ungeschickte, mißmutige Mann des »Filzzelts«! Dieser unwürdige Sohn eines großen Mannes! Dieser eifersüchtige, vielleicht sogar verräterische Bruder! Dieser Mann, der über das Studium des Chinesischen abschätzige Bemerkungen machte, nur weil es nicht von seinem Volk gesprochen wurde! Ich hatte Tschaghatei noch nie gemocht, doch jetzt haßte ich ihn. Er verdiente es am allerwenigsten von den vier Prinzen, Khan zu werden.

15

Ich war nicht bei Dschingis Khan, als der Chin-Kaiser den Widerstand aufgab, sich dem Mongolenführer unterwarf und versprach, einen immensen jährlichen Tribut zu zahlen.

Zu diesem Zeitpunkt war ich schon zum Sari Ordu unterwegs, um als Dolmetscher für drei chinesische Generäle zu fungieren, die zu den Mongolen übergelaufen waren. Der Khan hatte entschieden, daß diese Überläufer aus dem Schlachtgebiet gebracht werden sollten. Seine Gründe dafür waren, wie immer, vernünftig. Sie hätten ihre Meinung wieder ändern und Schaden anrichten können, bevor sie zu den Chin zurückliefen. Da war es besser, sie in eine ungewohnte Umgebung zu bringen, weit genug entfernt, damit sie nichts anstellen konnten. Ein Jagun Reiter begleitete sie zum Sari Ordu. Natürlich war ich froh, mitgehen zu können. Dann würde ich das Baby sehen, wenn es schon geboren war, oder zumindest mit Siyurkuktiti, die jetzt so dick wie ein Zelt herumstolzieren würde, lachen können.

Außerdem schloß sich uns noch ein buddhistischer Mönch mit geschorenem Kopf an, der mit einem gelben Gewand bekleidet war und eine Bettelschale bei sich trug. Er wollte in der Steppe seine Religion predigen, wobei er sich die Toleranz der Mongolen zunutze machte. Seit Temudschin der Große Khan geworden war, hatte er sein Volk immer wieder ermahnt, alle Religionen gleich zu behandeln. Er hieß Priester aller Glaubensrichtungen willkommen und befreite sie von Abgabenzahlungen. Ich glaube, er sah in den Religionen ein Mittel, die Fremden, die unter seine Herrschaft kamen, zu beeinflussen.

Nicht, daß er ohne eigenen Glauben war. Er bezweifelte nicht, daß der Urahn von ihnen allen der Blaue Wolf war.

So wurde ich also auf meinem Weg nach Norden durch die Wüste Gobi von einem religiösen Mann begleitet. Ein Ereignis auf dieser Reise brachte mir die Erinnerung an meinen geliebten Affen Sun Wu-k'ung zurück.

Ich ritt, wie gewöhnlich, neben dem buddhistischen Mönch, der nur selten einmal etwas äußerte. Um etwas zu sagen, meinte ich: »Das Ende meines Umherwanderns ist nicht abzusehen.‹ Das ist von Tu Fu. Habt Ihr es erkannt? Man kann in dem Gedicht entweder eine weinerliche Klage oder eine tiefgründige Äußerung über die Traurigkeit des Lebens sehen. Was meint Ihr?«

Ich bezweifle, daß er geantwortet hätte, selbst wenn wir nicht abgelenkt worden wären. Vor uns brach plötzlich ein mongolischer Reiter aus der Kolonne aus, preschte über den steinigen Wüstenboden, riß den Bogen aus der Lederhülle und schoß nach ein paar hastigen Vorbereitungen einen Pfeil ab. Daraufhin zügelte er sein Pferd und trabte in die Richtung, in die sein Pfeil geflogen war. Wir sahen ihn am Horizont absteigen. Später dann stieß er wieder lächelnd zu uns, am Sattelknopf einen blutigen Hasen.

»Habt Ihr das gesehen?« fragte ich den Mönch begeistert. »Er hat da drüben, in weiter, weiter Ferne, einen Hasen gesehen und ihn erlegt. Habt Ihr gesehen, wie er im vollen Galopp geschossen hat? Da glaubt man doch, seinen eigenen Augen nicht trauen zu dürfen!« Ich war schwatzhaft und wußte es. Doch es machte mir Freude, mit jemandem Chinesisch zu sprechen, der mir mit dem Akzent des Südens antworten konnte. »Mongolen erkennen einen Mann hinter einem Busch oder Felsen auf vier Meilen Entfernung. Das ist nicht erlogen. Bei klarer Sicht können sie auf fast zwanzig Meilen Entfernung eine Person von einem Tier unterscheiden. Manchmal frage ich mich, ob sie überhaupt Menschen sind.« Ich lachte meckernd, als wäre dies ein Witz.

Als ich später über den Bogenschützen nachdachte, der ein

Tier erschossen hatte, das ich nicht einmal wahrgenommen hatte, fiel mir wieder ein, wie plötzlich schattenhaft der Adler aufgetaucht war und wie mein armer Sun Wu-k'ung nach dem Angriff unter seinen schlagenden Flügeln gezappelt hatte. Ich sagte zu dem Mönch: »Ich hatte einmal einen Affen ...«, doch als ich sein ausdrucksloses Gesicht sah, hielt ich inne.

Trotzdem ließ ich diesen einsilbigen Mann auf unserem Ritt an allem möglichen teilnehmen, als ob er mein menschgewordener Affe wäre. Ich erzählte ihm, daß die Mongolen unwahrscheinlich stark wären, viel stärker, als alle wüßten, sich aber dennoch den Chinesen unterwerfen müßten. Diese überraschende Prophezeiung schien ihn nicht zu beeindrucken. »Am Ende«, sagte ich und hob den Zeigefinger, als wollte ich ihn belehren. »Jetzt noch nicht, noch lange nicht. Aber – am Ende! Um unseren Respekt zu gewinnen, werden sie versuchen, es uns, was Luxus und Bequemlichkeit angeht, gleichzutun. Und das wird zu Schwäche führen, weil sie nicht wissen, daß Luxus und Bequemlichkeit eigentlich Formen der Kunst und Schönheit sind. Sie werden Mißbrauch mit dem Schönen treiben, und dann werden wir stärker sein als sie und alles zurückbekommen.«

Er antwortete nicht.

Ich fuhr fort: »Mit ›wir‹ meine ich Leute wie uns, die Soochow gesehen haben. Ich meine die Han, nicht die Chin. Unter der Tünche sind die Chin auch Barbaren – nicht viel anders als die, mit denen wir reiten.« Ich holte tief Luft und erklärte: »Den Nomaden muß man verstehen. Der Nomade nimmt sich, was er braucht. Seiner Meinung nach sind wir Sklaven unseres Bodens. Er nimmt sich von uns, was er braucht, weil uns unser Besitz herunterzieht.«

Der Mönch antwortete auch jetzt nicht.

Auf den fünfhundert Meilen unserer Reise mit eiskalten Nächten und glühendheißen Tagen sagte er nicht mehr als: »Danke!«, »Wenn Ihr meint!« und »Das hätte ich nicht gedacht.« Seine Lippen bewegten sich lautlos beim Hersagen von Sutren,

und er ließ einen Kranz aus hundertacht Perlen durch seine
Finger gleiten. Bestimmt träumte er von einem Paradies, wo er
als Belohnung für seine Gebete in diesem schrecklichen Leben für immer mit schönen Frauen zusammensein würde.
Nun, ich träumte von meiner eigenen Frau, einer dicken und
weltlichen, die mein Kind trug. Oder stillte sie es schon mit
ihren großen Brüsten? Ich unterließ es schließlich, auf diesen
verdrießlichen kleinen Gottesmann einzureden. Sun Wu-
k'ung war ein viel besserer Begleiter gewesen.

Wir kamen in die unter einem wolkenverhangenen Himmel
liegende Grasebene und hatten in der folgenden Zeit öfters Gewitter. Beim Geruch der feuchten Wiese mit den sprießenden
Blumen mußte ich an ein Gedicht von Li Shangyin denken:

>»Ein Frühlingstag am Rande der Welt,
Am Rande der Welt neigt sich der Tag.«

Ein paar Tage später tauchte der Sari Ordu vor uns auf, be-
herrscht von dem Ulugh Yurt, das so groß und schwer war,
daß es nicht mehr zerlegt und auf einem Wagen verstaut werden konnte. Das galt auch für etwa zwanzig andere Jurten, in
denen die Königinnen, jüngeren Frauen des Khans und seine
Lieblingskonkubinen wohnten. Die Mongolen konnten zwar
immer noch von einem Augenblick zum andern aufbrechen,
doch sie mußten einen Teil ihres Lagers zurücklassen.

Zunächst einmal mußte ich mich um die Unterkunft der
hochmütigen Generäle kümmern. Nachdem ich dann noch
»Hundert alte Namen« abgesattelt und zum Weiden auf eine
Gemeinschaftswiese gebracht hatte, eilte ich durchs Lager zu
meiner eigenen kleinen Jurte. Ich würde davor stehenbleiben
und nach Siyurkuktiti rufen. Dann würde ihre massige Gestalt
in dem engen Eingang erscheinen, in der Hand vielleicht einen gerupften Vogel für mein Abendessen.

Doch als ich näherkam, sah ich an jeder Seite des Eingangs
eine alte Frau sitzen. Eine von ihnen rief, als sie mich sah:

»Sie ist beim Gewitter hingefallen. Das Gewitter ist schuld daran!«

»Es waren die Dämonen beim Gewitter! Die Dämonen beim Gewitter!« hörte ich die andere kreischen.

Sie machten einen betrunkenen Eindruck. Mir fiel ein, daß es die Zeit des ersten Kumys war.

Ich ging zu ihnen hinüber und versuchte ruhig zu bleiben, obwohl sie weiter auf mich einschrien. Schließlich verstand ich, daß Siyurkuktiti ein paar Tage zuvor auf dem Weg zur Jurte von einem Gewitter überrascht worden war. Sie rannte, fiel hin und verlor ihr Baby und viel Blut.

»Grämt Euch nicht zu sehr!« rief die vor mir stehende alte Frau, die ein wenig torkelte. »Es war ein Mädchen!«

»Wo ist Siyurkuktiti?« Als die Frau stumm auf den Eingang schaute, trat ich einen Schritt vor, doch sie hielt mich am Arm fest. Sie hob ihr runzliges Gesicht zu mir hoch und nuschelte: »Ihr könnt da nicht hineingehen. Die Witwe ist krank.«

»Doch, ich gehe da hinein.«

Ihre trüben Augen sahen an mir vorbei. »Wenn Ihr die Tür öffnet, laßt Ihr die bösen Geister und Winde hinein, die sie erwürgen.«

»Geht zur Seite!« Ich schüttelte ihre Hand ab.

»Ihr seid kein Mongole! Ihr laßt die Dämonen hinein!«

Nachdem ich ein wenig mit der überraschend starken, aber betrunkenen alten Frau gerungen und sie hingeschubst hatte, betrat ich die Jurte.

Mein großes, süßes Mädchen lag in dem nach kaltem Rauch, Urin und Blut riechenden Raum auf einer Matte. Ich erkannte sofort, daß sie im Sterben lag. Ihr Atem rasselte, sie hatte Schüttelfrost und hohes Fieber, und ein paar schreckliche Augenblicke lang war ich mir nicht einmal sicher, ob sie mich erkannte. Doch dann streckte sie schwach die Hand nach mir aus, und ich nahm ihre fünf brennenden Finger in meine. Ich sah mich nach Wasser um, doch es war keins da, nur ein an einem Stock hängender Beutel Kumys. Ich schüttete ihr zur Kühlung etwas davon über Gesicht, Brust und Arme, doch sie begann mich und diese Welt vor meinen Augen zu verlassen. Es war ein taoistisches Wunder, daß ich noch rechtzeitig gekommen war, um sie noch einmal zu sehen. Sie fing an, zu murmeln und sich in ihren Gedanken zu verlieren, sprach von Leuten und Orten, die ich nicht kannte. Dann sagte sie etwas von Gurken – dieser kleine Scherz hatte immer ihre Phantasie beschäftigt. Ich hörte ein paar zärtliche chinesische Worte, und sie wiederholte welche, die ich mit brüchiger Stimme zu ihr sagte. Als sie dann von unserem kräftigen kleinen Knaben sprach, war ihre Stimme so sanft und schwach wie die eines verschlafenen Kindes. Offenbar wußte sie nicht mehr, daß der Tod schon unser kleines Mädchen genommen hatte.

Es war eine schwierige Zeit für mich, und die Chin-Generäle, die Ansprüche stellten, als hätten sie, nicht der Khan, das Land erobert, machten alles nur noch schlimmer. Aber da sie mich so in Trab hielten, saß ich wenigstens nicht grübelnd in der dunklen Jurte. Das hätte auch Siyurkuktiti gar nicht gefallen. Wenn ich nicht gerade geeignete Diener, Pferde und Nahrung für die Generäle besorgte, war ich bei Tatatunga.

Mir machte seine Gebrechlichkeit Sorgen. Von einem Fieberanfall während meiner Abwesenheit hatte er einen trockenen Husten zurückbehalten. Doch wir waren froh, wenn wir zusammensein konnten. Wenn ich neben ihm Platz nahm und aus seiner zitternden, alten Hand eine Tasse Tee entgegennahm, wußte ich, daß Siyurkuktiti sich darüber auch gefreut hätte.

Er erzählte mir von seiner Begegnung mit dem buddhistischen Mönch, der mit uns gekommen war. »Der merkwürdige Kerl hat von mir nicht einmal eine Tasse Tee angenommen«, grollte Tatatunga. »Und zum Sprechen war er auch nicht zu bewegen. Wir saßen eine Stunde schweigend da, dann sprach er ein kurzes Gebet – ich nehme an, daß es eins war, ich verstand nichts –, stand auf und ging. Eine Gruppe Mongolen soll hinter ihm herlaufen, als sei er ein Gott.«

»Sie machen das so mit ihren Schamanen. Man gewöhnt sich daran.«

»Er hat eine eigene Jurte, Essen und Kleidung. Fehlt nur noch eine Frau«, sagte er lachend. Dann wurde er wieder ernst. »Denkt Ihr oft an sie?«

»Ja. Sie war eine gute Frau, gut zu mir.«

»Ich hatte auch einmal eine Frau wie sie. Nicht so groß und stark, aber ebenso lebhaft. Sie ist auch gestorben.«

Wir schwiegen eine Weile. Dann sagte er scheu: »Dürfte ich Euch etwas sehr Persönliches fragen?«

»Bitte!«

»Wie versteht Ihr den Tod?«

Ich wiederholte seine Frage. »Wie ich den Tod verstehe? Das ist eine ganz besondere Frage. Konfuzius wurde sie auch gestellt.«

»Und wie hat er geantwortet?«

»Mit einer Gegenfrage: ›Wie kann man den Tod verstehen, wenn man das Leben nicht versteht?‹«

Tatatunga schüttelte mißbilligend den Kopf. »Die Leute aus dem Osten verstehen nichts. Seht doch diesen närrischen Mönch an!«

»Nun, jede Religion hat ihre Narren.«

»Nein, es steckt mehr dahinter. Dieser Buddha hat sich geweigert, die Existenz Gottes anzuerkennen.«

»Vielleicht keine so schlechte Entscheidung.«

»Wohingegen die Leute am Ganges zehntausend Götter haben. Euer Konfuzius hat sich sogar geweigert, über Gott zu sprechen. Und die Taoisten wollen nichts als ein ewiges Leben.« Er feuchtete sich mit der Zunge die trockenen alten Lippen an. »Nur durch Jesus Christus kann man Gottes Gnade bekommen.«

»Nun ja«, sagte ich, »sprechen wir von Eurer Gesundheit! Wir müssen sehen, daß Ihr wieder zu Kräften kommt.«

Wieder schüttelte er den Kopf. »Dazu ist es zu spät. Wir haben jetzt nur noch Zeit, Euch den letzten Schliff zu geben.«

»Den letzten Schliff?« Wir sprachen jetzt Uigurisch, und ich war nicht sicher, ob ich ihn richtig verstanden hatte.

»Während Ihr weg wart, habe ich mir die chinesischen und uigurischen Notizen angesehen, die Ihr Euch für das Gesetzbuch gemacht habt. Ihr habt Uigurisch gut gelernt. Jetzt ist es Zeit für den letzten Schliff.« Und obwohl er so schwach war, gab er mir eine Grammatikstunde.

Am nächsten Morgen kam er in aller Frühe mit zwei ebenso altersschwachen Uiguren – Händler und seine Vettern, wie er erklärte – zu meiner Jurte. Sie waren offenbar in seiner Schuld, denn sie schworen ihm, daß sie mit meinem Sprachunterricht fortfahren würden, wenn ihm etwas zustoßen sollte.

Eine Woche später starb Tatatunga.

Nach altem mongolischem Brauch – dem auch bei Siyur-kuktiti gefolgt worden war – brachte man ihn nackt in die Steppe für die Wölfe und Geier. Ich kannte mein Mädchen und wußte, daß ihr das überhaupt nichts ausgemacht hätte. Aber Tatatunga hätte sich Sorgen wegen seiner christlichen Seele gemacht. Ich wartete, bis die Mongolen, die ihn zu Pferde hergebracht hatten, gegangen waren. Dann wartete ich noch, bis die Vettern ihre Gebete gemurmelt, ihre Zeichen mit den Händen gemacht hatten und auch verschwunden waren. Ich kannte zwar Tatatungas christliche Rituale nicht, doch beugte ich mich nun über ihn, sprach den Namen seines Gottes aus und bat ihn um Gnade, da dieser hervorragende alte Mann ja gemeint hatte, er würde sie bekommen.

Zu meiner Bestürzung starb einer von Tatatungas Vettern kurz darauf, und der andere wollte von seinem Versprechen, mir mit dem Uigurischen zu helfen, nichts mehr wissen.

So blieb ich mit drei Generälen, zwei Büchern und einem einsamen Leben zurück.

Doch im Leben findet man andere Leben. In meinem Fall fand ein anderes Leben mich.

16

Eines Tages wurde ich zu Kulan Begi gerufen, die unbestritten die Favoritin unter den Nebenfrauen des Khans war. Sie war zweifellos die hübscheste Nomadin, die ich je gesehen hatte. Um dieser Schönheit zu gefallen, hatte der Khan sie mit Geschenken überhäuft – mit Kästen voller Schmuck, Vieh- und Pferdeherden, der drittgrößten Jurte im Sari Ordu, einem Gefolge und Sklaven. Alle wußten, daß er ihr jeden Wunsch erfüllte, außer natürlich den, der ihr am wichtigsten gewesen war, ihrem Vater und seinem Clan ein Pardon zu gewähren, als diese ihr Leben durch einen Aufstand gegen ihn verwirkt hatten.

Wenn Kulans Jurte auch nicht so groß wie Borte Khatuns war und auch nicht so zentral lag, so benötigte sie doch immerhin schon Stützpfeiler. Ohne sich dessen bewußt zu sein, imitierten die Mongolen bei ihrem Jurtenbau die Chinesen, die gern mehrere Gebäude durch Gänge miteinander verbanden. So handelte es sich auch hier eigentlich um vier einzelne Jurten mit dazwischenliegenden Filzarkaden. Als ich die erste betrat, stieg mir der Duft eines schweren, süßlichen Parfüms in die Nase, einer jener ordinären Essenzen, die herumreisende Händler verkauften. Es brannte nur eine einzige Kerze im Raum, die einen schwachen Schein auf die runden, mürrischen Gesichter von einem halben Dutzend Mädchen warf, die nebeneinander an der Wand saßen. Sie sahen wie dunkle Vögel auf einem Baum aus.

Da es sich um das Haus einer Königin handelte, fiel ich respektvoll auf die Knie und ließ dabei meine Blicke umherwandern. Überall hingen grelle, rot-blaue Seidenwandbehänge, die mit Dutzenden von Perlen verziert waren. Ein niedriger Tisch war mit Elfenbeingegenständen aller Art, Holzkästchen und Schmuckstücken übersät, das meiste wohl chinesischen Ursprungs. Jemand kicherte, doch als ich zu den Mädchen hinüberblickte, sah ich nur ernste Gesichter.

Dann teilte sich ein Vorhang, und Kulan Begi kam aus dem angrenzenden Raum. Ihre bis zur Taille reichenden Zöpfe waren mit Gold- und Silberblumen geschmückt. Sie trug ein Kleid aus einem glänzenden Material, das selbst im Halbdunkel noch wie Wasser im Sonnenlicht schimmerte, und um die Stirn ein schmales Goldband, in dem Adlerfedern steckten.

Wäre sie nicht von Natur aus so atemberaubend schön gewesen, hätte man die Aufmachung der jungen Königin bestimmt für lächerlich übertrieben gehalten. Jedenfalls an einem chinesischen Hof.

In der Annahme, daß ihre auffällige Aufmachung nach pompösen Manieren verlangte, verbeugte ich mich so tief, daß meine Stirn den Boden berührte. Als ich wieder aufschaute, deutete sie auf ein Kissen neben sich und schickte die übrigen Anwesenden weg, was Mongolen ja nur selten taten. Als wir allein waren, deutete sie auf eine silberne Flasche und eine Tasse. Ich schenkte mir ein und stellte beim Probieren fest, daß es sich um ein scharfes alkoholisches Getränk handelte, das ich von Trinkfesten im Norden her kannte. So betrank man sich in China. Ich stellte die Tasse wieder hin.

»Ich möchte Euch um einen Gefallen bitten«, kam Kulan gleich zur Sache. »Bringt meinem Sohn Eure Sprache bei.«

»Ganz, wie Ihr wünscht, Kulan Begi.«

»Er wird nie Khan werden, deshalb braucht er andere Vorteile. Ich habe gehört, daß ihm Eure Sprache im Leben nützlich sein könnte.«

»Das ist durchaus möglich. Wenn Ihr wollt, unterrichte ich ihn darin.«

Dann saßen wir eine Weile schweigend da. Als ich mich gerade fragte, ob ich gehen sollte, fing sie wieder zu sprechen an. »Eure Frau ist gestorben.«

Es überraschte mich, daß sie das wußte. »Ja«, sagte ich, »vor kurzem.«

»Es heißt, daß sie glücklich mit Euch war.«

Wie kam es, daß eine mongolische Königin über mein Privatleben Bescheid wußte? Sie mußte mir mein Erstaunen angesehen haben, denn sie lächelte. »Es heißt, daß sie wild auf Euch war.« Offenbar nicht sicher, ob sie ihr Mongolisch richtig verstand, wiederholte sie es noch einmal mit anderen Worten:

»Es heißt, daß sie Euch lieber hatte als ihren mongolischen Mann.«

»Das heißt es?«

»Ja, und noch viel mehr.«

Diese Bemerkung enthielt eine leichte Spitze. Ich war normalerweise nicht auf den Mund gefallen, doch jetzt wußte ich nicht, was ich sagen sollte.

»Ja, noch viel mehr«, fuhr sie fort. »Es heißt, daß Ihr sie fast wahnsinnig vor Begierde gemacht habt. Sie hat es allen erzählt. Sie meinte, die Chinesen hätten ihren Ruf zu Recht.«

»Welchen Ruf, Kulan Begi?«

»Nun, den Ruf, ausgezeichnete Liebhaber zu sein.«

Ich schwieg erschrocken.

Die junge Königin klopfte mit den Fingern ungeduldig auf die silberne Tasse, die sie in der Hand hielt. »Nun, *stimmt* es? Seid ihr Chinesen so ausgezeichnete Liebhaber? Oder ist das nur Angeberei?«

Ihr spöttisches Lächeln forderte mich so heraus, daß ich es wagte, ehrlich zu antworten. »Wir im Süden sind dafür bekannt.«

»Ihr im Süden?«

Ich machte eine vage Handbewegung. »Im Norden gibt es

keinen einzigen guten Liebhaber. Aber im Süden ...« Ich wakkelte mit dem Zeige- und Mittelfinger: eine Geste, mit der man in Soochow seine Worte unterstrich. »Wir trinken Wein, spielen Laute, sehen uns Bilder an, schauen zum Mond, tragen Gedichte vor, blicken uns an ...« Ich hielt inne.

»Erzählt weiter.« Sie leckte sich die Lippen, so daß ich ihre rote Zungenspitze sah. Die Sinnlichkeit, die darin lag, machte mich ganz plötzlich schüchtern – ja, möglicherweise jagte sie mir sogar Angst ein. »Wir tragen Gedichte vor ...«, wiederholte ich und blickte zu Boden, um ihr zu verstehen zu geben, daß ich nichts mehr sagen würde.

»Nun denn, wir haben einen Pakt geschlossen. Ihr habt einen neuen Schüler«, sagte Kulan.

Als ich wieder aufschaute, sah ich sie strahlend lächeln.

Beim Verlassen der Jurte dachte ich: Da habe ich also nun einen neuen Schüler. Und dieser Gedanke trieb mir die Röte ins Gesicht, wie in meiner allerfrühesten Jugend nach einem Spaziergang mit einem klugen Mädchen, das mir flirtenderweise Dinge erzählt hatte, die ich nicht ganz begreifen konnte. Nein, das durfte ich nicht denken.

So begann ich also, ihren Sohn zu unterrichten. Sie hatte zwei kleine Töchter und diesen Sohn, der sechs Jahre alt war und die schwermütige Schönheit seiner Mutter geerbt hatte. Doch die offizielle Anerkennung seines Vaters war ihm vorenthalten geblieben. Was mochte Kulan dabei empfinden? Der Khan hatte ihr alles und doch nichts gegeben.

Ich unterrichtete den Knaben in Kulans Jurte, und zwar im hintersten Raum. Anschließend wurde er zu einer anderen Jurte gebracht, wo er der Obhut eines alten mongolischen Dienstmädchens anvertraut wurde. Auch in diesem Hinterzimmer wurden in einer Schale Duftstoffe verbrannt, es roch jedoch nicht ganz so stark danach wie in den anderen Räumen. Warum nur überflutete die Königin all ihre Wohnräume mit so

175

schweren Düften? Wenn ich unterrichtete, tauchte sie früher oder später immer auf, nahm in einer Ecke Platz und hörte zu. Sie kleidete sich jetzt schlicht und trug ihr dickes Haar unter einer Haube. Ich überlegte, wie es wohl offen aussehen würde.

Nach der dritten Stunde nahm sie mich mit in ihr Privatzimmer und fragte mich, was ich von dem Knaben hielte.

Er würde wahrscheinlich ein guter, aber kein großartiger Schüler werden, also log ich. »Er ist sehr talentiert.« Wir saßen nebeneinander auf Kissen; gegenüber auf einem Podest stand ein Bett im chinesischen Stil mit einem Überwurf aus Brokat und einer zusammengerollten Decke.

»Und Ihr?« fragte sie lächelnd. »Seid Ihr auch sehr talentiert?«

»Nun, ich war Bezirkszensor im Staatsdienst, also nehme ich an ...«

»Nein, nein!« Sie streckte die Hand aus und legte sie auf meine. Kulan roch ein wenig nach Sauermilch: Damit pflegten sich die Mongolinnen die Haut. Ihre Hand blieb auf meiner liegen. Ich traute mich nicht, mich zu bewegen oder sonst etwas zu tun.

»Ich meine talentiert auf die Art, von der wir gesprochen haben. Auf die chinesische Art.«

Ihre Augen hatten einen verschleierten, trägen Ausdruck, wie ich ihn von früher her kannte, als ich noch dem Vergnügen hinterhergejagt war. Ich entspannte mich, da ich plötzlich wußte, daß ich nichts von ihr zu befürchten hatte. »Ja«, sagte ich. »Ich bin ein Mann aus dem Süden. Das bedeutet vermutlich, daß ich auf dem Gebiet, von dem wir gesprochen haben, begabt bin.«

»Ihr macht mich neugierig.«

In mir stieg der heftige Wunsch auf, mich zu vergnügen, und verdrängte alles andere. »Ich könnte Euch zeigen, was ich mit talentiert meine.«

»Das würde mich freuen!«

Ich holte tief Luft und begann mein Gewand aufzuknöpfen. Sie tat das gleiche mit ihrem.

Doch plötzlich hielt sie inne. »Kennt Ihr unsere Regeln?«

»Wenn Ihr die ›edle Art‹ und die ›Angreiferart‹ meint, ja, die kenne ich.«

Sie fuhr fort, ihr Kleid aufzuknöpfen. »Und gefallen Euch beide Arten?« fragte sie mit einem Blick aus den Augenwinkeln.

»Warum nicht, wenn sie mich zu Euch führen.«

»So ...« Sie schien nicht recht weiterzuwissen, aber öffnete weiter ihre Knöpfe.

Als ihre vollen Brüste zum Vorschein kamen, fragte ich sie kühn: »Würdet Ihr mir einen Gefallen tun?«

»Jeden.«

»Laßt Euer Haar herunter.«

Sie nahm die Kappe ab, und nach ein paar geübten Handgriffen fiel ihr Haar lose herunter. »Ich freue mich, daß Ihr mich darum gebeten habt. Eure Frau hat recht gehabt.« Schon bald war Kulan Begi aus ihren Kleidern und herrlich nackt. Sie ging zu ihrem Bett hinüber und hob dort vom Boden eine Tonschale auf. Mir stieg der süßliche Duft eines schweren Parfüms in die Nase. Sie tauchte die Finger hinein und rieb sich die honigartige Essenz in die Haut, die im Kerzenlicht hellbraun schimmerte. Jetzt wußte ich, warum dieser schwere Duft in der Jurte hing. Kulan und ihre Liebhaber überschütteten sich vor der Liebe damit. Nun trat sie mit der Schale auf mich zu. Ihr glänzender Körper schien in ein Meer von Blumen getaucht zu sein. Ich wollte ihr, nun auch nackt, die Schale abnehmen, doch Kulan schüttelte den Kopf. »Nein, laßt mich das tun.«

So fing es also an.

Ich, der ich zu meiner Sicherheit sogar eine Sprache erlernt hatte, setzte nun für ein paar kurze Augenblicke der Ekstase bedenkenlos mein Leben aufs Spiel.

Zu meinem eigenen Erstaunen wurde ich der Liebhaber einer mongolischen Königin.

Das Erstaunen ging in Begeisterung, diese in Selbstvertrauen, und das wiederum in Verständnis über. Doch mit dem Verständnis kam auch Demut. Ich fing an zu begreifen, warum ein Fremder, der nicht einmal mit Pfeil und Bogen umgehen konnte, eine Frau glücklich machen konnte, die mit Dschingis Khan das Bett teilte.

Jeden Tag kam ich, angeblich um ihrem Sohn Chinesisch beizubringen. Und jeden Tag erlebte ich mit der schönen Kulan Liebesfreuden auf Art der Mongolen.

Es war in der zweiten Woche, als wir das dumpfe Geräusch vieler Hufe auf festem Boden hörten. In der nahen Ebene waren Kavallerieschwadronen im Manöver. Und ich, ein niedriger chinesischer Diener, lag mit der Frau des Khan im Bett, die Hände träge auf ihre weiche Brust gelegt. Vielleicht war es dieses Geräusch, das mich in die Wirklichkeit zurückbrachte. Ich mußte jedenfalls ein wenig aufgeschreckt sein, denn sie flüsterte mir ins Ohr: »Stimmt etwas nicht?«

»Und wenn er nun einen Verdacht hegt?« Wir nannten den Khan nie beim Namen, wenn wir von ihm sprachen.

»Das würde nichts machen.«

»Nein? Aber warum um Himmels willen nicht?«

»Weil das, was wir tun, keine Rolle spielt. Außer natürlich, wir machen ein Kind.«

»Und das tun wir ja nicht.«

»Wenn du in der Öffentlichkeit zu ihm hingehst und sagst: ›Ich habe Eure Frau Kulan besessen‹, dann stößt er dir einen Dolch ins Herz. Wenn du Glück hast. Sonst läßt er dich langsam foltern und ...«

»Schon gut!«

»Doch solange er kein Kind sieht und kein Geständnis hört, muß er nichts unternehmen. Was bedeutet einem Mongolen schon eine Frau? Er sieht in ihr eine Mutter, eine Hausfrau und jemanden, der zu seiner Befriedigung da ist. Er ist schnell und klug wie ein Wolf. Doch er hat absolut keine Lust, sich in das Privatleben seiner Königinnen einzumischen.«

»Auch dann nicht, wenn sie so begehrenswert sind wie du?«

Da ihr meine Frage gefiel, rieb sie ihre Nase an mir. »Er hat genug Frauen.«

»Das gefällt mir an den Mongolen. Solange man ihnen keine Schande macht, kann man tun, was man will. Das ist sehr zivilisiert.«

»Ihr Chinesen müßt noch viel lernen«, meinte sie steif.

»Das merke ich jeden Tag mehr.«

»Weißt du nun, warum wir Mongolinnen so hungrig sind? Das sind wir nämlich, weißt du. Wir hungern nach Liebe.«

»Aber eure Männer befriedigen euch doch bestimmt! Wenn man sieht, wie sie reiten und kämpfen!«

»Ja, sicher.«

»Und ihre Ausdauer!«

»Ja!« sagte sie müde.

»Sie müssen unglaublich potent sein.«

»Ja, das sind sie ganz bestimmt.«

»Aber woher kommt dann der Hunger?«

»Ist das so schwer zu verstehen? Sie lieben, als seien sie auf dem Schlachtfeld, wo sie ja auch mitzählen, wie viele sie getötet haben. Sie denken an Zahlen, wenn sie in unseren Armen liegen. Letzte Nacht habe ich viermal mit ihr geschlafen. Oder: Letzte Nacht hatte ich fünf Frauen. Ich hatte sie dreimal, die andere zweimal und die dritte einmal. Und dann schaut einem jemand wie du in die Augen und atmet so ruhig, als sei die Zeit stehengeblieben. Das ist es, wonach wir uns sehnen! Verstehst du das jetzt?«

»Ja, jetzt verstehe ich es.« Ich verstand es wirklich und empfand Demut, denn es bedurfte keines außergewöhnlichen chinesischen Liebhabers, um eine solche Frau glücklich zu machen. Es bedurfte nur eines Mannes, der sie wahrnahm.

Als ich eines Tages ihr privates Zimmer betrat, saß sie im flak-kernden Licht der einzigen brennenden Kerze angezogen auf einem Kissen, während auf dem Bett zwei nackte Sklavenmäd-chen, jeweils mit dem Kopf am Fuß der anderen, auf die »edle Art« miteinander beschäftigt waren. Eines der Mädchen hielt inne, und blickte mich aus den Augenwinkeln nachdenk-lich an.

Kulan winkte mich lachelnd heran. »Seht ihr Chinesen ger-ne zu?«

Ich nahm Platz und sagte: »Ich auf jeden Fall.«

Daraufhin klatschte sie in die Hände und sagte ziemlich brutal zu den Mädchen: »Macht woanders weiter!« Wortlos standen sie auf, sammelten ihre Kleider ein und eilten ins Ne-benzimmer.

Wir kannten uns jetzt so gut, daß ich sagen konnte: »Warum hast du das getan?«

»Es gefiel mir nicht, daß dir das Zusehen Freude machte.«

»Was habe ich getan, daß du mir eine so kleine Freude nicht gönnst?«

»Nichts«, murmelte sie mißmutig und nahm eine Tasse in die Hand. Es war dieses scharfe alkoholische Getränk: Sein Geruch stieg über den silbernen Tassenrand.

»Warum bist du so ärgerlich?« fragte ich.

Sie lachte rauh. »Warum ich ärgerlich bin? Weißt du nicht, daß ich immer ärgerlich bin? Er hat meinen Vater, meine Fa-milie, alle meine Verwandten und Freunde und deren Famili-en getötet, meinen ganzen Clan. Ich habe auf Knien um Gna-de für sie gefleht. Ich habe geschrien, geweint und ihm geschworen, ihn für immer zu lieben, doch er stand da wie ein roter Fels, stumm, bis ich fertig war, und dann sagte er ganz einfach: ›Nein.‹ Und da fragst du, warum ich ärgerlich bin? Und mein Sohn, so ein hübscher Knabe – und du hast selbst gesagt, daß er talentiert ist –, er wird nie Bedeutung erlangen und schon gar nicht Khan werden. Sie werden ihn unterdrükken. Er wird nie General oder ein hoher Beamter oder sonstwie wichtiger Mann werden, weil ich seine Mutter bin‹ und mich der Khan mehr als alle anderen wollte. Mein begabter Sohn wird niemals Armeen in den Krieg führen und Eroberungen machen. Und warum? Nur weil eine Frau, deren Name ›Wolf‹ bedeutet, zuerst mit Temudschin geschlafen hat und ihm die einzigen Söhne schenkte, die zählen. Wärst du da nicht ärgerlich?«

Ich nahm sie in die Arme und hielt sie lange umfangen. Ein wenig fragte ich mich, ob ich sie in gewisser Weise vielleicht wirklich liebte.

Später horchte ich sie nach dem Khan aus: »Erzähl mir etwas von ihm!«

»Er hungert nach mir«, prahlte sie.

»Ja, natürlich. Doch erzähl mir etwas von ihm.«

»Er ist ein sehr starker Mann. Es ist kaum vorstellbar. Wirklich!« sagte sie schaudernd.

Sie meinte offenbar im Bett. Mir war klar, daß ich, was die Körperkraft anging, nicht mit diesem Mann konkurrieren konnte, obwohl er dreißig Jahre älter war.

»Und sonst?«

»Er kann nicht schlafen. Man hat das Gefühl, mit einem gejagten Tier zusammenzusein. Er steht auf, läuft herum, legt sich wieder hin, steht auf, legt sich wieder hin und will mich noch einmal, obwohl ich kaum noch die Augen aufhalten kann. Manchmal hat er mich schon genommen, während ich schlief.«

»Warum kann er denn nicht schlafen?«

»Eines solltest du wissen. Er spricht nie über eine Schwäche von sich. Manchmal stelle ich mir vor, wie er als Knabe durch die Wälder lief, die Männer, die ihn töten wollten, immer auf den Fersen. Er konnte sich da keine Schwäche erlauben und wird es jetzt erst recht nicht.«

»Liebst du ihn?«

»Nein. Aber es gibt Frauen, die ihn lieben. Zum Beispiel Borte. Deshalb nimmt sie sich Knaben.«

»Wie?«

»Sie hungert nach jungen Sklaven. Knaben, die so alt sind, wie er damals, als sie sich zum ersten Male trafen. Sie liebt ihn maßlos. Die Knaben helfen ihr, ihre Gefühle von damals, als sie und Temudschin jung waren, wiederzuerwecken.«

Kulan mußte mir meine Skepsis angesehen haben, denn sie sagte: »Das ist wahr. Sie hat es ihren Frauen erzählt.«

»Das wäre in China undenkbar«, wagte ich zu sagen. »Eine Kaiserin würde so ein tiefes Gefühl für sich behalten.«

»Es sollte hier auch nicht sein, doch Borte kann den Mund nicht halten. Das ist eine Schwäche«, sagte Kulan zufrieden, »die einer Königin unwürdig ist.«

Bei anderen Gesprächen hörte ich ihre Meinung über weitere Angehörige des Königshauses. Tschaghatei hatte eine kleine Armee von Konkubinen, die ihn »wildes Pferd« nannten, weil er im Bett so brutal war. Dann trug sein Verhalten, dachte ich, vielleicht dazu bei, daß seine dicke und dumme Frau Ibagu, das Filzzelt, so unangenehm war. Diese hexte und erschreckte ihre Liebhaber mit der Drohung, ihre Künste an ihnen auszuprobieren. Mit ihrer Furzerei konnte sie eine ganze Jurte verstänkern. Kulan sprach auch verächtlich über die Barbarin Toragana, Ögödeis Hauptfrau, die ungemein ehrgeizig war. Niemand trug mehr Schmuck als diese hochmütige, nervöse und mißgünstige Schönheit, die vom rauhen Rentiervolk stammte und zornig wurde, wenn man sie daran erinnerte. Ögödei schien sich vor ihr zu fürchten – was bei Mongolen selten vorkam –, denn er hörte immer auf sie. Kulan hielt es jedoch für wahrscheinlicher, daß es ihr gelungen war, ihn davon zu überzeugen, daß sie die bessere Urteilskraft hatte.

Kulan mochte nur eine der Frauen der Oghule, und zwar Tulis, die denselben Namen trug wie meine arme Frau: Siyurkuktiti. Kulan meinte, diese könnte es im Lautespielen und Filzschlagen mit den besten Frauen im Lager aufnehmen. Als sich Tuli einmal mit seinem Vater auf einem Feldzug befand, war die vertrauensselige und naive Siyurkuktiti von Khasar, dem Bruder des Khan, zu den mongolischen Arten verführt worden. Da ihr jedoch Khasars Angeberei Furcht einflößte, beendete sie die Affäre. Khasar bat so schmachvoll um eine weitere Chance, daß er trotz seiner hohen Position nie wieder von einer hochgeborenen Frau erhört wurde. Nach dieser Jugendsünde blieb Siyurkuktiti ihrem Mann treu und hatte Tuli schon drei Knaben, lauter Anwärter auf den Thron des Khan, geschenkt.

So kam es, daß ich vieles über das Leben in den Filzzelten erfuhr, über die Frauen der Adligen und Generäle, über die Konkubinen und Töchter, über das Schattendasein der Mongolinnen. In den Jurten gab es nicht weniger Leidenschaft, Grausamkeit und Machtgier als in Dschingis Khans Armee. Wenigstens dachte ich das jetzt, sicher im Lager und weit weg vom Schlachtengetümmel. Doch ich sollte schon bald in diese andere Welt zurückkehren, in der es nicht nach Parfüm, sondern nach Blut roch. Dann würde ich noch oft an meine seltsame und übermütige Zeit mit Kulan zurückdenken und mich manchmal fragen, ob ich nicht alles nur geträumt hatte.

17

Der Khan ließ mich ins Onggut-Gebiet kommen, wohin er sich zurückgezogen hatte, um seine Pferde herauszufüttern.

Unsere Gruppe wurde von Kulan und ihrem Sohn begleitet. Wir wechselten kaum einmal ein Wort, aber natürlich beobachtete ich sie vorsichtig. Sie blickte sich aufmerksam und durchaus interessiert um, doch wenn ihr Blick einem anderen begegnete, wurde er völlig ausdruckslos. Ich war zufrieden. Sie wußte sich zu schützen, verstand zu überleben, und so würde auch ich überleben.

Bei dieser Reise durch die Wüste Gobi hatte ich keine Ablenkung durch eitle Generäle, für die ich dolmetschen mußte, oder einen mürrischen Mönch, auf den ich einreden konnte, und auch Tändeleien mit einer Königin kamen nicht in Frage. Daher spürte ich die Last der Wüstendämonen schwer auf meinen Schultern liegen. Sie brachten mir die schreckliche Vergangenheit zurück und verhöhnten mich damit. Meine beiden Lieben ermordet, der gute Zuhörer Sun Wu-k'ung in einem Adlernest umgebracht und, am allerschlimmsten, Frau und Kind, beide tot. Hätte ich ans Beten geglaubt, hätte ich es jetzt vielleicht versucht.

Zum Glück wurden die Dämonen der Gobi verscheucht, als wir im Sommerlager der Mongolen eintrafen und ich in eine Welt zurückkehrte, die ich kannte. Kulan und ihr Sohn wurden in einer eigenen Jurte untergebracht. Ich sah sie kaum, und wenn sich doch einmal unsere Blicke trafen, war ihr Gesicht undurchdringlich.

Dort traf ich auch Wu Wei. Sein Belagerungskorps war jetzt vier Jaguns stark, die meisten davon Überläufer der Kitan und Chinesen. Seine bisherigen Belagerungen waren alle fehlgeschlagen, was ihm so schwer zugesetzt hatte, daß er fast hager geworden war. Widerwillig bewunderte er die Abwehrmaßnahmen der Chinesen und die Idee, die von Katapulten hereingeschleuderten Felsen mit schrägen Palisaden abzulenken. Er sprach von den Chinesen immer als vom Feind. Es hatte keinen Zweck, ihn daran zu erinnern, daß er von unserem eigenen Volk sprach. »Es ist nicht so, daß wir nicht wissen, was wir tun sollen«, grollte er, »es sind einfach zu viele und zu große Städte.«

»Sicher«, erwiderte ich, »es gibt viele Chinesen.«

Er überhörte die leichte Ironie in meiner Stimme und schüttelte den Kopf, als widerfahre ihm ein großes Unrecht.

Tuli war der einzige Oghul im Lager. Jochi war, wie üblich, damit beschäftigt, rebellische Steppenstämme unter Kontrolle zu halten. Ögödei und Tschaghatei kommandierten weiter westlich gelegene Armeen. Mir fiel auf, daß der Kahn sie oft gemeinsam einsetzte. Vielleicht war der gutmütige Ögödei auch der einzige, der Tschaghateis ansteckenden Pessimismus ertragen konnte. Und vielleicht hatte Tschaghateis strenge Moral einen günstigen Einfluß auf Ögödeis Trinken. Ich konnte mir jedoch vorstellen, daß diese Harmonie eines Tages durch ihre beiden Hauptfrauen gestört werden würde: durch das Filzzelt, das den Leuten Hexcrei androhte, und durch die mit Schmuck behängte Toragana, die weihevoll wie eine Göttin redete.

Ich traf Tuli am ersten Abend im Lager. Er war auf dem Weg zu einer bunten Jurte, wie sie üblicherweise auf jedem Feldzug dabei war, um die Adligen mit Frauen zu versorgen. Als er mich erkannte, winkte er mir zu. »Habt Ihr noch Mukulis Pony?«

Ich nickte.

»Sagt Bescheid, wenn Ihr seiner überdrüssig werdet!« Er

winkte mir noch einmal zu, als wären wir gute Freunde, und nicht Schüler und Lehrer, und betrat dann zusammen mit zwei anderen Offizieren die Jurte. Er konnte sich wirklich glücklich schätzen, daß seine Frau Laute spielte und überall beliebt war. Damit war er seinen Brüdern gegenüber im Vorteil. Meine Einschätzung der Prinzen beschränkte sich jetzt nicht mehr nur auf das, was diese selbst taten. Hinter ihnen, im Dunkeln, standen ihre leidenschaftlichen und ehrgeizigen Frauen. Kulan hatte mir durch ihre Erzählungen, was in den Filzzelten vor sich ging, einen großen Dienst erwiesen. Dieses Wissen konnte sich einmal als ebenso wichtig erweisen wie das Erlernen der uigurischen Sprache. Tatatunga wäre sehr zufrieden gewesen.

An meinem zweiten Tag im Lager wurde ich zum Khan gerufen. Erst nach ein paar beunruhigenden Augenblicken konnte ich das Bild des schlaflosen Tiers, das Kulan von ihm entworfen hatte, von dem tatsächlichen Anblick des imposanten Mannes mit dem grauen Bart trennen, der vom Thron in der Kommandeursjurte auf mich herabsah.

»Ich habe von Eurem Konfuzius gehört«, sagte er. »Erzählt mir seine Geschichte!«

Er hatte mich also über eine Entfernung von fünfhundert Meilen heißer Wüste zu sich zitiert, damit ich ihm das Leben eines Mannes erzählte, von dem er glaubte, er könne ihm ebenbürtig sein. Nun, ich tat es. »Ein Grund dafür, daß Konfuzius zweitausend Jahre überdauert hat«, schloß ich, »ist seine klare Ausdrucksweise. Er sagte zum Beispiel: ›Wohlerzogene Menschen schämen sich, wenn sie mehr versprochen haben, als sie halten können.‹« Ich fand, daß dies auch auf den Khan zutraf: Er hielt bestimmt, was er versprochen hatte. Doch diese kleine schmeichelhafte Andeutung verfehlte ihre Wirkung. Er grübelte eine Weile, bevor er folgendes sagte, was auch in den Bilik aufgenommen werden sollte: »Konfuzius hatte unrecht. Warum soll man dem Feind gegenüber nicht prahlen? Ihn anlügen? Ihm etwas versprechen und es dann nicht halten? Euer Konfuzius hat nie eine Armee geführt, sonst hätte er gewußt, daß man sich nicht zu schämen braucht, wenn man im Krieg alles tut, um zu gewinnen. Da gilt nur: Sieg oder Niederlage.«

Ich glaube, es war am nächsten Tag – an den genauen Anlaß kann ich mich nicht mehr erinnern –, als ich ihm gegenüber den alten Spruch »Der Kluge versteht ein Nicken« erwähnte.

Er sah mich einen Augenblick an und brach dann in Lachen aus: »Das gefällt mir!« sagte er. »Nehmt es in den Bilik auf.«

Ich tat es, schrieb also die Worte »Der Kluge versteht ein Nicken« Dschingis Khan zu, dessen einziger Beitrag dazu gewesen war, sie gutzuheißen.

Ich erinnere mich noch genau an den Zeitpunkt der folgenden Bemerkung: »Mir gefällt die chinesische Art. Sie schicken Emissäre mit Geschenken, so daß ich weiß, was ich bekomme. Wenn wir ihre Städte plündern, weiß ich es nicht.«

Ich erinnere mich noch so gut daran, weil wir an diesem Abend kurz vor Einbruch der Dunkelheit die Nachricht erhielten, daß der Chin-Kaiser den Friedensvertrag abgelehnt hatte. Er weigerte sich, die mongolische Oberhoheit anzuerkennen und weiterhin Tribut in Form von Gold zu entrichten.

Dschingis Khan war sehr überrascht. Ich glaube, er verachtete die Chinesen so sehr, daß ihm gar nicht der Gedanke gekommen war, daß sie sich ihm widersetzen könnten.

Er begann sofort mit Kriegsvorbereitungen.

Zunächst einmal inspizierte er seine Streitkräfte. Sie wurden in Kampfaufstellung gebracht. Als er die Reihen entlangritt, trug er eine goldene Krone mit Rubinen, die vorn zu einer Stute mit einem Ochsenkopf geformt war. Die Kommandeure stiegen ab, als er auf seinem Roß mit dem Namen »Lebhaft wie der Wind« zu ihrer Einheit kam, und fielen ehrerbietig auf die Knie. Nach der Truppeninspektion verlieh er Auszeichnungen und sah den vorbeigaloppierenden Spezialeinheiten

zu, deren Schlachtrufe einem das Blut in den Adern gefrieren
ließen. Wie viele von ihnen, fragte ich mich, wohl zu Hause
Frauen hatten, die sich derweil auf die mongolische Art ver-
gnügten?

Die Offensive wurde in den ersten trockenen Herbsttagen
gestartet. Die verängstigten chinesischen Wachttruppen rissen
die Tore der Großen Mauer auf, und wir ritten wieder einmal
in mein Land, um den Tod zu bringen. Es ist mir nicht mehr
möglich, alles genau zu schildern, jene schnell aufeinanderfol-
genden Ereignisse, Gewaltmärsche, zahllosen Gefechte, ganz
zu schweigen von den offenen Schlachten, die die früheren
Zusammenstöße in der Steppe weit in den Schatten stellten.
Es war wie ein Alptraum, aus dem es kein Erwachen zu geben
schien. In Erinnerung geblieben sind mir Berge, wo der kalte
Wind pfiff, unbestellte Felder, wo Leichen verwesten, Geier
auf den Dächern menschenleerer Dörfer, dickbäuchige, durch
enge Gassen streifende Hunde, das Geräusch von klirrendem
Metall, das Klappern von Hufen auf gefrorenem Boden, Ver-
wundete, die kläglich im Gebüsch stöhnten, und ohne Unterlaß die Schlachtrufe, so laut wie Meerestosen, das Ächzen, das
den Stößen der Lanzen folgte und das Röcheln der Sterbenden.

Während wir so aufs Geratewohl wie ausgehungerte Hunde durch China tobten, hielt der Winter seinen Einzug.

Möglicherweise hätte der Khan die riesige Weite Nordchi-
nas erobert, wenn er nicht verwundet worden wäre. Es geschah
bei einer kurzen, aber hitzigen Schlacht in den Wäldern, die
der Khan, umgeben von seiner persönlichen Garde, wie üblich aus der Ferne, in diesem Falle von einem Hügel aus, beobachtete. Es war eigentlich ein taoistisches Wunder, daß ein
feindlicher Pfeil über den Ring seiner Beschützer hinwegflog
und ihn traf. Der Khan saß auf »Guter Läufer«, und der Pfeil
drang ihm tief in die rechte Schulter. Er schrie jedoch nicht
auf und verlor auch nicht den Halt auf seinem Pferd, sondern

entfernte nur rasch mit beiden Händen die Federn. Auch als der Pfeil später ganz durchgeschoben wurde, gab der Khan keinen Laut von sich. Von einem großen Führer konnte man das sicher erwarten, doch ich hätte geheult wie ein Dämon und darin Erleichterung gefunden.

Der Keshik-Offizier, der die Garde des Khan kommandiert hatte, befahl daraufhin seinem Adjutanten, ihn als Strafe für sein Versagen hinzurichten. Doch dieser kniete an seiner Stelle nieder und entblößte selbst den Nacken für das Schwert. Schon nach zwei Tagen war der Khan wieder aufrecht im Sattel, trotz seiner fast sechzig Jahre eine prachtvolle Erscheinung. Doch diese Verwundung war ein schlechtes Omen, so daß die abergläubischen Mongolen den Feldzug abbrachen. Sie zogen sich mit ihrer Beute wieder hinter die Große Mauer zurück und gönnten dort ihren Pferden eine Ruhepause.

Im Herbst des Jahres des Hahns machten sich die Mongolen in drei Kolonnen wieder auf den Weg nach China. Trotz meiner Abneigung gegen Armeen lernte ich immer mehr über sie, ähnlich einem Matrosen, der reiten lernt, wenn er in der Steppe leben muß.

So erfuhr ich zum Beispiel, daß die Mongolen eine drohende Niederlage in einen Sieg umwandelten, indem sie einen Scheinrückzug vortäuschten. Manchmal zog sich ein solcher Rückzug über mehrere Tage hin. Durch die Ersatzpferde konnten die Mongolen völlig unverhofft umkehren und die erschöpften Verfolger angreifen, die sich inzwischen in langen, ungeordneten Reihen über eine große Fläche verteilt hatten.

Das Prinzip der Mongolen war, lieber einen Schwachen als einen Starken anzugreifen. Einen mutigen Feind, der entschlossen schien, bis auf den letzten Mann zu kämpfen, kreisten sie niemals völlig ein, sondern ließen ihm immer einen Fluchtweg. Fliehende hatten kein Verteidigungskonzept: Die verstreuten Gruppen oder einzelnen Krieger konnten leicht niedergemacht werden. Dabei legten die Mongolen einen rücksichtslosen Jagdinstinkt an den Tag. Sie brachten es fertig, Hunderte von Meilen zurückzulegen, um nur ja keinen entkommen zu lassen.

Die Mongolen zogen List dem Frontalangriff vor. Sie hielten stets nach natürlichen Barrieren, wie Hügeln, Ausschau, aus deren Schutz heraus sie angreifen konnten, und näherten sich dem Feind in dichten Staubwolken, die sie erzeugten, indem sie den Pferden Grasbesen an die Schwänze banden.

Sie hielten auch nichts von Tollkühnheit in der Schlacht. Wenn ein Angriff abgewehrt wurde, kehrten sie einfach um, schossen ihre Pfeile im vollen Ritt nach hinten ab, und eine neue Einheit nahm ihren Platz ein.

Wenn der Feind Speere in den Boden steckte, um ihre Pferde aufzuspießen, zogen die Mongolen zwar ihre Haupteinheit zurück, ließen aber Bogenschützen an der Front. Wenn die Fußsoldaten, die hinter den Speeren standen, durch Hunger und Müdigkeit gezwungen waren, ihre Position aufzugeben und ihre Speere zurückzuholen, wurden sie von den Bogenschützen abgeschlachtet.

Obwohl die Armeen des Khan zahlenmäßig weit unterlegen waren, so hatten sie in jenem Herbst doch auf allen Schlachtfeldern die Oberhand. Die noch nicht vernichteten feindlichen Heere eilten verzweifelt in Richtung Hauptstadt.

Doch nun griff das Schicksal ein. Unzählige unserer Männer wurden krank. Es begann mit schwarzen Wunden unter den Achseln und in der Leistengegend. Dann schwoll die Zunge an, die Glieder wurden von Krämpfen geschüttelt und die Eingeweide brachen auf. Wir verloren Hunderte in unserem Feldlager, über das der eiskalte Wind pfiff. Doch der Khan war noch nicht bereit, nach Hause zurückzukehren, also blieben wir. Die Pest endete, als der Winter voll einsetzte. Obwohl unsere Armee von der Untätigkeit und Krankheit entkräftet war, brach sie auf, als der große Eroberer den Befehl dazu erteilte.

Er wollte Peking einnehmen.

Als wir diese riesige Stadt erreichten, war Wu Wei schon da. Er hatte die Stadtmauer ausgiebig studiert. Sie konnte von Befestigungstürmen aus, die in strategisch sinnvollen Abständen errichtet waren, überblickt werden, und auf deren Brüstung wimmelte es von Bogenschützen.

»Das schaffen wir noch nicht«, mußte Wu Wei dem Khan gegenüber zugeben.

Anstatt ihn wegen Feigheit und Untüchtigkeit zu rügen, wie es bestimmt so mancher Kommandeur getan hätte, ließ sich Dschingis Khan von ihm die Belagerungsmaschinerie zeigen. Wu Wei zeigte ihm die Schleudermaschinen, beweglichen Türme und Rammböcke, und der Khan hörte ihm geduldig zu, als er über Schußweiten, die Größe von Abrißkommandos und die Entwicklung von Brechvorrichtungen berichtete.

»Im Augenblick«, überlegte Wu Wei laut, als unterhalte er sich mit einem anderen Belagerungsingenieur, »ist mir die Standarmbrust lieber als das Katapult. Sie kann einen zehnpfündigen Speer mehr als vierhundert Yard weit schleudern – ich habe einmal gesehen, wie sie einen Mann in voller Rüstung an einen Baum nagelte. Außerdem ist sie viel leichter als ein Katapult und natürlich beweglich. Man kann damit in alle Richtungen zielen und ihren Neigungswinkel ändern, indem man den Schaft von ein paar Männern heben oder senken läßt. Das ist beim Katapult nicht möglich. Da braucht man zum Regulieren der Flugbahn der Steine eine Hebevorrichtung und Keile zum Unterlegen.«

Der Khan wartete geduldig, bis Wu Wei mit seiner langatmigen Erklärung fertig war, und wies ihn dann an, es mit neuen Katapult-Konstruktionen zu versuchen. Wu Wei erklärte stolz, daß er schon mit Seilen aus Hanf und Leder experimentieren würde. Leder schrumpfte bei Trockenheit, Hanf jedoch dehnte sich aus. Genau umgekehrt war es bei Feuchtigkeit, so daß sich die beiden Materialien in ihrer Wirkung ausglichen und dadurch bei jedem Wetter fest blieben. Als er anfing, sich über die Nachteile von Rammböcken gegenüber Schleudermaschinen auszulassen, entschuldigte sich der Khan. Der Khan entschuldigte sich!

Mit Leuten, die Visionen und die Energie hatten, sie umzusetzen, zeigte sich der Khan außerordentlich geduldig. So war es im Fall des Belagerungsingenieurs. Er erlaubte Wu Wei, noch größere und noch mehr Belagerungswaffen zu bauen, obwohl er in China so oft damit gescheitert war.

18

Als der Chin-Kaiser schließlich doch um Frieden bat, willigte der Khan ein. Er ließ ein Lager hinter der chinesischen Grenze aufschlagen, und zwar in einer Oase namens Dolon Nor. Er wollte erst in die Steppe zurückkehren, wenn es für die Durchquerung der Wüste kühler geworden war.

Der Khan verbrachte viel Zeit mit seiner schönsten Frau in der Jurte. Er konnte offenbar nicht genug von Kulan bekommen – sie hatte sich ja auch damit gebrüstet, daß er nach ihr »hungerte« –, fand aber trotzdem noch Zeit für seine jungen, durch Bündnisse hinzugekommenen Ehefrauen, seine Konkubinen und sogar für im Lager herumstreichende Frauen. Groß und breitschultrig, wie er war, sah er immer noch gut aus, und seine auffallend grünen Augen faszinierten bestimmt die Frauen, die das Bett mit ihm teilten. Wahrscheinlich fanden diese ihn sogar unwiderstehlich, außer vielleicht solche wie Kulan, die mehr von einem Mann wollten als Macht und Größe. Meine Achtung für Kulan stieg, je mehr die genaue Erinnerung an unsere gemeinsame Zeit verblaßte. Ihr köstlicher Körper war nicht mehr erreichbar, doch ihre Begeisterungsfähigkeit, geistige Unabhängigkeit und ihr Mut waren mir im Gedächtnis haftengeblieben. Seltsamerweise verblaßten die Erinnerungen an Siyurkuktiti nicht; alles war noch so lebendig, als wäre es gerade erst geschehen. Ich konnte mir ihr Lachen ins Gedächtnis zurückrufen, wann immer ich wollte.

Während der Khan in der Oase Dolon Nor festsaß, unterhielt er sich jeden Tag viele Stunden mit Leuten, die irgendwelche Spezialkenntnisse hatten. So wurden zitternde Gefangene mit Handwerksberufen zu ihm hingeschleppt, und ich übersetzte ihre Antworten auf seine Fragen über die Herstellung irgendwelcher Sachen. Besonderen Eindruck machten ihm Eisenarbeiten, weil die Öfen von Nordchina Platten für die Rüstungen seiner Krieger lieferten. Er befragte Goldschmiede, Seidenweber und Schiffsbauer. Er sah auch ein, daß es sinnvoller war, Geldstücke zu verwenden, die man mit sich herumtragen konnte, als zu tauschen. Die von den Chinesen verwendeten aufgereihten Kupfermünzen wurden zur gültigen Währung der Mongolen erklärt. Das kam in das Yasa. Doch hielt der Khan nie seine Leute an, selbst Münzen herzustellen. Das betrachtete er als Zeitverschwendung und überließ es lieber den seßhaften Abhängigen.

Ich spürte, daß er sich insgeheim langweilte. Da ich, im Zeichen des Hundes geboren, rastlos war und seit meiner Jugend Eintönigkeit fürchtete, konnte ich gut verstehen, daß er ständig Abwechslung brauchte.

Während dieser Zeit erschien mit großem Tamtam ein Besucher aus dem Süden – ein Gesandter der Song –, der um eine Audienz bat, um den Standpunkt seiner Regierung zu erläutern.

Der Khan saß in einem einfachen Gewand ohne Schmuck auf einem kleinen, von vielen Teppichen bedeckten Podest. Etwas tiefer, zu seiner Linken, waren mehrere Reihen Hofdamen (Kulan blickte durch mich hindurch) und zu seiner Rechten drei seiner legitimen Söhne, weitere männliche Abkömmlinge, der Orlok, ein paar Schamanen und Beamte sowie Könige von unterworfenen Stämmen. In der Nähe des Eingangs stand ein langer Tisch mit Platten von gekochtem Fleisch und Krügen mit Airhi. Von Zeit zu Zeit spielte ein chinesisches Orchester mit Lauten, Gongs und Trommeln auf.

Als Abgeordneter einer fremden Nation mußte der Gesandte zwischen zwei Feuern hindurchlaufen, um die bösen Geister, die er vielleicht mit sich führte, zu verbrennen. Die Geschenke der Song, Kleider aus Seide und Brokat, wurden im

Freien ausgebreitet, um sie von ihrer Macht zur Korruption zu befreien. Da durch diese ruinöse Praxis auch ihre zarten Farben ausblichen, bereitete mir dies Magenbeschwerden.

Nach altem mongolischen Brauch spielte das Orchester jedesmal lauter, wenn der Khan seinen Kelch hob, und alle standen auf und klatschten rhythmisch in die Hände, bis er getrunken und ihn wieder hingestellt hatte.

Der Gesandte pries erschöpfend das mongolische Volk, das fast ganz Nordchina von Unwürdigen befreit hätte. Der Günstling des Herrn im ewigblauen Himmel wäre vom Schicksal gesandt worden, um das Unrecht der Usurpatoren zu rächen. Der wahre Sohn des Himmels mit seinem Sitz in Hangchow danke Dschingis Khan zutiefst dafür, daß er den göttlichen Willen ausgeführt habe. Ich ließ beim Dolmetschen die meisten Vergleiche aus, die den Khan in ihrer Heuchelei nur verärgert hätten.

Der Gesandte brachte weiter vor, daß den illustren Sohn des Himmels und den großmütigen Khan der Khane das Bedürfnis eine, sich gegen künftige Übergriffe der Chin-Eindringlinge zu schützen. In dieser Hinsicht wäre eine Kooperation zwischen den beiden großen Führern äußerst vielversprechend.

Der Khan dachte über dieses umständliche Gesuch um ein Militärbündnis nach und sagte dann zu dem Gesandten: »Setzt Euch zu den Frauen und trinkt, soviel Ihr wollt.«

Es war das letzte, was Dschingis Khan an diesem Abend zu dem Song-Diplomaten sagte. Ich hätte ihm erklären können, daß der Khan auf diese Art jemanden zurechtwies, den er zu geckenhaft fand. Doch ich entschloß mich, den beleidigten Gesandten seine Wunden lecken zu lassen. Obwohl ich für ihn als Dolmetscher fungiert hatte, behandelte er mich mit höhnischer Verachtung, und zwar, nachdem ich ihm von meinem früheren Beruf als Bezirkszensor mit dem Dienstgrad sechs erzählt hatte. Er machte keinen Hehl daraus, was er von einem gebildeten Chinesen hielt, der an einem so barbarischen Hof lebte.

Ich ging bei meiner Dienstbarkeit für die Mongolen nicht so weit wie Wu Wei, der sogar für seine Fähigkeiten anerkannt werden wollte, wenn sie zur Vernichtung seines eigenen Volkes führten. Meine Schwäche war nicht Eitelkeit, sondern Neugier. Mich interessierte, was die Mongolen noch vorhatten.

Ein so frivoles Eingeständnis konnte ich natürlich dem Gesandten der Song nicht machen. Schließlich trug er eine pelzgefütterte Satinrobe – in Purpur, als Zeichen für den Dienstgrad vier – und einen mit Horn und Silber besetzten Dienstgürtel.

Es war leichter, diesem pompösen Menschen zu trotzen, als mein geliebtes Land im Süden verloren zu geben. Trotz seines Eigendünkels brachte der Gesandte die süßesten Erinnerungen an meine Kindheit zurück.

Es gelang dem Gesandten in den nächsten Tagen nicht, eine Audienz beim Khan zu erlangen. Was er erreichte, war ein Ausritt mit dem prächtigen Tuli. Und von Ögödei wurde er eines Abends so betrunken gemacht, daß er zu seinem Zelt zurückgetragen werden mußte. Ich weiß nicht, ob er auch Tschaghatei kennenlernte.

Inzwischen verließ der Chin-Kaiser die Hauptstadt Peking und verlegte seinen Hof nach Kaifeng. Dschingis Khan wußte, wann es besser war zu handeln und wann man besser wartete. Also trank er mit seinen Frauen und ging auf Falkenjagd. Als es dann herbstlich wurde, beschied er dem Song-Gesandten, daß ein Bündnis nicht möglich wäre. »Ihr könnt in dem Bewußtsein nach Hause gehen«, sagte er unverblümt, »daß ich meinen Vertrag mit den Chin nicht verletzen werde. Ich habe Frieden mit dem Kaiser und werde mich immer daran halten. Laßt ihn in Peking oder in Kaifeng sein oder wo er sonst will. Mir ist es

recht.« Der Diplomat der Song fand sichtlich entsetzt unter
vielen Verbeugungen seinen Weg nach draußen.

Ich konnte nicht umhin, über die arglistige Täuschung des
Khans zu lachen. Zwei Tage später ordnete er einen neuen
Angriff auf Peking an, nachdem er von Wu Wei erfahren hatte,
daß die Belagerungswaffen inzwischen fertig waren.

Doch der Khan führte die Mongolen nicht selber gegen die
Hauptstadt der Chin. Er hatte keine Lust mehr, durch das weite Ackerland Chinas zu ziehen und Städte zu zerstören, nur
damit diese wie Pilze ein Jahr später wieder aus dem Boden
schossen. Obwohl Tausende von Menschen von seinen Truppen abgeschlachtet worden waren, ließ das Gebiet, das er beherrschte, seinen Anspruch, sich »Großer Eroberer« zu nennen, zweifelhaft erscheinen. Doch ihm als Nomaden gefiel der
Gedanke nicht, sich ein Land verfügbar zu halten, indem man
sich auf ihm niederließ. Er war nicht bereit, die Rolle eines
sturen Bauern zu spielen. Außerdem gab es Gerüchte über
neue Unruhen bei den Stämmen im Nordwesten, was bedeutete, daß er woanders gebraucht wurde. Und dabei wollte er
nach fast vierjähriger Abwesenheit von zu Hause seine geliebte Steppe wiedersehen.

Also übertrug er anderen die lästige Aufgabe, China zu unterwerfen. Mukuli wurde zum Oberbefehlshaber aller Streitkräfte im Reich der Mitte ernannt. Dem treuen General wurden als Zeichen höchster Autorität eine Standarte mit fünf
Jakschwänzen und eine geweihte Nakkare-Trommel verliehen.
»Führt zu Ende, was ich angefangen habe«, sagte der Khan bei
der Abschiedszeremonie zu ihm. »Bringt den Norden unter
Kontrolle, und holt mir dann den Süden. Ich will alles.«

Das Leben mit den Mongolen war nie vorhersagbar. Anstatt
mit dem Khan in sein Reich zurückzukehren, sollte ich mit
Mukuli in China bleiben. Nicht, daß mich dieser zum Über-

setzen gebraucht hätte: Er hatte Chinesisch nur allzu gut gelernt. Doch andere Generäle, die es nicht sprachen und die chinesische Infanterie in ihre Schlachtpläne eingliederten, benötigten jemanden, der ihnen half, sich mit den Soldaten zu verständigen. Subetai und Jebe weigerten sich als alte Kavalleristen, Fußvolk einzusetzen, nicht aber Bogurchi, Nayaha, Khorchy und Tolun Cherbi. Junge Chin-Offiziere boten auf der Suche nach Beschäftigung den Mongolen ihre Dienste an, wobei die meisten von ihnen von ihrem früheren Feind nur seinen wilden Schlachtruf kannten.

Auf Befehl Mukulis hin (der Schüler unterwies jetzt den Lehrer) reiste ich mit einigen Mongolen quer durch Nordchina und besuchte eine Truppeneinheit nach der andern. Ich hatte dabei zwei Aufgaben: zum einen, sprachliche Mißverständnisse zwischen den Chinesen und den Offizieren der Mongolen auszubügeln, und zum andern, in ihren Reihen ein paar Dolmetscher zu finden.

Ich erinnere mich an einen Tag während dieser Zeit. Das Sonnenlicht war von metallischer Helligkeit und der Himmel wolkenlos. Der Boden glitzerte, als wäre er gefroren. Als wir in einen Wald kamen, freute ich mich über den Schatten, weil ich nicht mehr blinzeln mußte. Wir ritten hintereinander auf einer schmalen Spur, die anscheinend schon seit Hunderten von Jahren von Bauern benutzt wurde, meine Begleiter, wie üblich, vor mir. Ich war wohl unaufmerksam gewesen, jedenfalls hatte ich die anderen plötzlich aus den Augen verloren. Offenbar hatte ich an einer Gabelung den falschen Weg gewählt und war nun allein. Zum erstenmal, seit ich Shun-ping vor einem Dutzend Jahren verlassen hatte, fühlte ich mich einsam.

Ich war allein, wirklich ganz allein, und das erschreckte mich. Ich zügelte mein Pferd und hörte »Hundert alte Namen« schnauben; sein Atem dampfte in der kalten Luft. Ich lauschte, ob außer seinem Atem noch etwas anderes zu hören wäre, konnte aber nur noch meinen eigenen hören. Keine

Stimmen, nicht eine einzige. Dann hörte ich ein einsames Vogelzwitschern. Ein paar Zweige eines Baumes in meiner Nähe raschelten ein wenig, als der Wind hindurchblies. Jetzt fand ich, daß es ein wundervoller, wenn auch seltsamer Augenblick war. Meine Gedanken waren frei. Mir fiel ein, daß wir am Tag zuvor am Westufer des Fen entlanggeritten, also wahrscheinlich nicht mehr als fünfzig Meilen von Shun-ping entfernt waren. Ein Tagesritt für einen Mongolen.

Als Regierungsbeamter in Shun-ping war es mir gutgegangen.

Die Erinnerung an meine beiden ermordeten Lieben wurde in mir wach. Und noch andere Bilder tauchten vor meinem geistigen Auge auf: Drachen über den Dächern von Shun-ping, Bauern beim Verlesen von Bohnen, die Frau von nebenan mit der großen Geschwulst auf der Nase und der fröhliche Schirmmacher unten an der Straße. All dies stieg schimmernd, wie aus dem Wasser, in mir hoch.

Plötzlich endete der Wald.

Vor mir lag eine Wiese, und dahinter waren die dunklen Umrisse eines kleinen Dorfes zu erkennen. Seitlich befand sich ein zugefrorener Teich, der im Sommer leuchtendgrün von Pflanzen sein würde. Ich hatte schon so viele solcher Teiche gesehen! Was für ein wunderschönes Land! In den letzten Tagen waren wir an Birkenhainen und Gärten mit Maulbeerbäumen vorbeigekommen, doch hatte ich nie Zeit gehabt, mir alles genau anzusehen. Jetzt breitete sich Nebel wie eine sanfte Meereswelle über das Dorf und tauchte die braunen Wände in zartes Licht. Ohne jede Vorsicht oder Angst ritt ich auf das Dorf zu, als käme ich von einer langen Reise zurück. Als mich ein auf der Wiese spielender Knabe sah, rannte er davon und stieß einen gellenden Warnschrei aus.

»Komm, ›Hundert alte Namen‹«, sagte ich und tätschelte meinem Pony den Hals. »Machen wir einen Besuch. Bei uns beiden werden sie schon nichts dagegen haben.«

199

Die Hufe meines Ponys klapperten auf der gefurchten Dorfstraße. Auf beiden Seiten standen Häuser mit Wänden aus festem Lehm und Holztüren. Niemand war weit und breit, den ich hätte anlächeln können. Lediglich in der Ferne, am Ende der Straße, sah ich ein paar Gestalten in die Felder rennen. Ich konnte das gut verstehen. Diese Menschen hier lebten schon seit langer Zeit in Angst und Schrecken vor Leuten, die so aussahen wie ich. Daher rief ich: »Ich bin Chinese! Ich heiße Li Shan!« Mich umblickend, sah ich verwitterte alte Häuschen mit durchhängenden Eingängen und neben Hütten offene Ställe mit vom Frost glasierten Strohballen. Und noch immer keine Menschenseele!

Vor einem der Häuser stieg ich ab und rief nach kurzem Zögern: »Ich bin als Freund hier! Ich bin Chinese und heiße Li Shan! Ich stamme aus Soochow, habe aber hier in der Nähe, in Shun-ping, gelebt. Ich nehme an, ihr habt nichts dagegen, wenn ich dieses Haus jetzt betrete.« Mit diesen Worten stieß ich eine Tür auf, die quietschend in einen rauchigen Raum schwang. Neben dem Eingang stand ein großer irdener Topf, der fast bis zum Rand mit Korn gefüllt war, und auf einer Mahagonikiste befand sich der hölzerne Schrein einer Göttin mit Kerzen auf beiden Seiten, die allerdings nicht brannten. An der Wand darüber war mit Nägeln ein Papierstreifen befestigt, auf dem die Namen der Vorfahren der letzten vier oder fünf Generationen standen. Im Ofen brannte ein Feuer, und darüber war ein Eisentopf aufgehängt, in dem etwas vor sich hin brodelte. Ich schnupperte daran und stellte fest, daß es eine Suppe mit Pilzen, Kohl und scharfen Gewürzen war. Mir wurde ganz schwindlig von dem heftigen Wunsch, diese zu kosten. Als ich mich gerade nach einem Löffel umschaute, hörte ich hinter mir ein Geräusch. Um die Ecke der halboffenen Tür schauten zwei, dann drei Gesichter.

Ganz schnell wiederholte ich meine kleine Ansprache, um klarzustellen, wer ich war.

Ein Mann grinste. »Ihr scheint die Wahrheit zu sagen«, meinte er kühn, »denn keiner von diesen Dämonen spricht so wie Ihr.«

Bald darauf aß ich im Kreise einer chinesischen Familie eine köstliche Suppe. Es war wie ein Traum. Als ich erklärte, wie ich zu ihrem Dorf gekommen war, fühlte ich Tränen in meine Augen steigen.

Ein Knabe hörte sie als erster. Den Kopf leicht zur Seite geneigt, sagte er: »Sie kommen!«

»Wer kommt?« fragte ich, da ich noch nichts hören konnte.

Der Vater sagte grimmig: »Die Dämonen, die Euch schon einmal verschleppt haben.« Sie drängelten zu einer von einem Vorhang verborgenen Hintertür. »Kommt! Kommt mit uns!« flüsterte eine alte Frau und winkte mich heran. »Beeilt Euch, sonst kriegen sie Euch noch einmal.«

Sie wandte sich um und verschwand wie die anderen hinter dem Vorhang.

Ich hätte mit ihnen gehen und über die Felder in den Wald rennen können. Sie hatten sich bestimmt schon oft dort versteckt. Wenn die Dämonen das Dorf dann wieder verlassen hatten, kamen sie hervor, und das Leben ging weiter. Ich konnte mich auf den Weg nach Süden, nach Soochow, machen. Ich konnte heimkehren.

Jetzt hörte ich es auch ganz deutlich: das Geräusch der Hufe auf dem harten Boden. Ich zog meinen Mantel an, ging nach draußen und stellte mich neben »Hundert alte Namen«.

Schon bald tauchte ein Arban Reiter auf der Straße auf. Ich winkte ihnen zu und rief in Mongolisch: »Ich habe meine Kameraden aus dem Auge verloren! Kann ich mich euch anschließen, bis ich sie wiederfinde?«

Sie trabten heran und blickten auf meinen langen Mantel, die weite Hose und die konische Pelzkappe mit dem hochgeschlagenen Rand. Dann machte einer von ihnen eine knappe Handbewegung, ich solle mitkommen.

Als ich hinter ihnen herritt, blickte ich starr geradeaus. Ich hatte zwar noch den köstlichen Geschmack der chinesischen Suppe auf der Zunge, doch meine Augen waren auf die sich vor mir auf und ab bewegenden Mäntel der Mongolen gerichtet.

19

Ich kehrte wieder zu Mukulis Verband zurück und wurde dort
wie ein alter Kamerad willkommen geheißen. Tatatunga hatte
einmal zu mir gesagt: »Nur ein Narr ist absolut sicher, daß er
derjenige ist, der er zu sein glaubt.« War ich ein Mongole oder
ein Chinese? Sicher ein Chinese. Und doch, vielleicht konnte
sich nur ein Narr sicher sein.

Getrieben von dem Wunsch, sich als kommandierender
General auszuzeichnen, hatte Mukuli in einem halben Jahr
mehr als achthundert Dörfer und Städte eingenommen. Dafür hatte er die chinesische Infanterie eingesetzt. Es war mein
zweifelhaftes Verdienst, daß er ihnen vertraute, da durch unseren Unterricht alles Chinesische ein Teil von Mukulis Leben
geworden war. Nach meiner Rückkehr rief er mich oft spät in
der Nacht in sein Zelt. Dann leuchteten seine Augen zwar
noch von den Aufregungen des Tages, doch sein Gesicht war
müde und abgespannt. Er trank chinesischen Wein und wollte
alles mögliche von mir wissen. Er wurde von einer unermüdlichen Neugier getrieben. So blieb er nach einem Tag im Feld
noch bis zur Stunde der Schafe auf und stellte mir Fragen über
Fragen, die ich ihm auf Chinesisch beantworten mußte. Ich
erklärte ihm Dinge, von denen ich nie geglaubt hätte, daß sie
irgend jemanden interessieren könnten.

Er fragte mich nach alten Bettelschalen und den Ritualbe-
chern der Shang. Er wollte wissen, woraus die besten Tuschepinsel hergestellt wurden. Aus Kaninchenfell, Schweinebor-
sten und dem Barthaar von Mäusen, erwiderte ich. Und die
beste Tusche? Das ist jene, die aus Kiefernruß und einem Leim

aus Karpfenhaut hergestellt ist. Wer war der bedeutendste Tu-
schehersteller? Li T'ing-kuei. Dieser verwendete zwölf Zuta-
ten für seine Tuschen, darunter auch Rhinozeros-Horn und
zu Puder gemahlene Perlen. Mukuli mußte unbedingt alle
Geheimnisse über Jade kennen. Ich erzählte ihm, daß man seine Schönheit bewahrte, indem man ihn in einer mit Getreide
gefüllten Tasche mit sich herumtrug; die ständige Reibung
brachte seine Farben zum Leuchten.

Er fragte mich, ob es stimmte, daß das Wasser Löcher in die
großen Steine am Tai-Hu-See bohrte. Ich bestätigte das. Durch
die Bewegungen des Wassers rieben scharfe Kiesel an dem
weichen Kalkstein, und nach vielen Jahren der Erosion bildeten sich Aushöhlungen. Die Steine waren um so wertvoller, je
größer die Löcher waren.

Warum verwendeten die Chinesen Kopfstützen aus Holz
oder Ton? Ich erklärte, daß ein Kissen aus in ein weiches Tuch
gehüllten Blättern besonders beim Mann zu einem Verlust der
Vitalität führte.

Und so ging es weiter. Wir unterhielten uns über Gebäude.
Er zeigte Interesse an chinesischen Dächern, und ich wies auf
deren Widersprüchlichkeit hin. Die nach oben gekehrten Rän-
der erzeugten die Illusion des Schwebens, während die dicken,
überlappenden Ziegel mit dem Gewicht eines Berges auf den
Gebäuden zu ruhen schienen. Er bewunderte die Klugheit,
Brücken im Zickzack zu bauen, da dadurch jeder, der über sie
ging, vor bösen Geistern sicher war, da sich diese nur in einer
geraden Linie fortbewegen konnten. Ihm gefiel das sanfte Klingen der Pagodenglocken und der Klang der Pipa.

Und so ging es fort und fort.

Er fragte mich über das Leben der Maler aus, und ich erzählte ihm von Mi Fei, der sich unzählige Male am Tag wusch und
seinen Lieblingsstein »mein älterer Bruder« nannte. Es gab einen Maler, der in die eine Richtung blickte und in der anderen
malte, immer im Rhythmus der Musik eines Orchesters, das er

gedungen hatte, damit es während seiner Arbeit spielte. »Erzählt weiter!« drang Mukuli mit leuchtenden Augen in mich. Ich berichtete von einem Maler, der Tusche auf ein großes Seidentuch schüttete und ein Mädchen darauf hin und her führte. »Erzählt weiter!« Ein anderer malte mit dem langen Zopf seines eigenen Haars, den er in Tusche tauchte. Ich nannte ihm die Namen der großen Meister der Tang und der Fünf Dynastien: Chou Fang, Chang Tsao, Fan K'uan und Li Cheng. »Erzählt weiter!«

Ich erzählte ihm alles mögliche, oft Kleinigkeiten, über den Süden. Dort hatten die schwarzen Ferkel so lange, haarlose Ohren, daß diese den Boden berührten. Die gewebten Bambushüte waren besonders groß: Sie hatten einen Durchmesser von mindestens zwei Fuß. Ich sprach über friedliche Seen, felsige Schluchten und Waldland voller Blumen, von der göttlichen Fruchtbarkeit des Südens. Ich beschrieb all das Schöne im vollen Bewußtsein, daß mein mongolischer Zuhörer vielleicht eines Tages in der Lage sein würde, es für sein eigenes Volk in Besitz zu nehmen. Doch ich hatte gelernt, Mukuli Noyan zu trauen. Seine offensichtliche Freude an allem Chinesischen ließ mich so offen sein, wie ich es seit meiner Entführung nicht mehr gewesen war. Jene langen Gesprächsabende sind mir unvergeßlich. Es war, als hätte ich mich mit einem alten Schulfreund unterhalten.

Dann schickte Dschingis Khan seinem Oberbefehlshaber aus der Steppe eine Nachricht: Es hätte ja schon halbherzige Versuche, Peking einzunehmen, gegeben, doch die fortgesetzte Mißachtung des Kaisers könne nicht länger hingenommen werden. Der Khan wollte Peking haben.

Mukuli war zwar immer bemüht, ein Ziel zu erreichen, aber diesmal ganz besonders. Die Eroberung der früheren Hauptstadt würde seine Loyalität und Dankbarkeit beweisen. Er war wild entschlossen. Als wir vor Peking ankamen, hatte das Korps von Wu Weis Belagerungsingenieuren die Stadt bereits mit Katapulten und Rammgeräten umgeben. Wu Wei hatte sich seit unserer letzten Begegnung stark verändert. Zum einen hatte er zugenommen, zum andern war sein Selbstvertrauen gestiegen, und er hatte keine Zweifel mehr daran, daß er Peking einnehmen konnte.

Während wir uns an einem Feuer wärmten, hatten wir eine gute Aussicht auf die graue Stadt. »Ich wünschte, der Khan könnte unsere Vorbereitungen sehen«, seufzte Wu Wei. »Alles ist richtig. Morgen, mein Freund, haltet Euch in meiner Nähe auf. Dann werdet Ihr etwas zu sehen bekommen, das Ihr nie vergessen werdet.«

Das tat ich dann auch und habe es nie vergessen.

Es fing mit Chin-Gefangenen an, die von mongolischen Wachen zu Tausenden in Richtung Stadtmauer getrieben wurden. Sie trugen Hunderte von Leitern und mußten trotz des ständigen Pfeilhagels von den Brüstungen weitergehen. Über einen aufgefüllten Wassergraben erreichten sie die steile Mauer. Wer von ihnen einen Fluchtversuch unternahm, wurde von den hinter ihnen laufenden Mongolen niedergestreckt.

Ich hörte Wu Wei zufrieden grunzen. »Sie werden zwar nicht über die Mauer kommen, aber sie beschäftigen die Verteidiger. *Das da* wird dann schließlich den Ausschlag geben.« Er deutete auf ein Dutzend Belagerungstürme, die schwerfällig vorwärts bewegt wurden. Sie bestanden aus riesigen Baumstämmen und hatten genau die gleiche Höhe wie die Stadtmauer. Jeder Turm war oben mit einer beweglichen Brücke und unten mit einem Rammbock ausgestattet. Diese Türme wurden mit Hilfe eines Systems aus Seilen und Rollen fortbewegt. Ihre riesigen Holzräder rollten langsam über die Bretter, die über dem Graben lagen. Es hatte bestimmt vielen Gefangenen das Leben gekostet, diesen Graben mit Erde und Ästen aufzufüllen, während sie den Verteidigern gute Zielscheiben boten.

Dann wurden Hunderte von Leitern an die Mauer gestellt, und die chinesischen Gefangenen begannen hochzuklettern. Die meisten wurden schon auf halbem Wege von Steinen, heißem Pech oder Pfeilen getroffen. Da es jedoch so viele Menschen und so viele Leitern waren, mußten sich die Verteidiger auf die Abwehr konzentrieren. Der hoffnungslose Angriff dauerte den ganzen Morgen und den ganzen Nachmittag. Der Boden unter den Leitern war dann von Leichen, Verwundeten, zerbrochenen Pfeilen, erstarrtem Pech und großen Steinbrocken übersät.

Als die Sonne unterging, wurden die überlebenden Gefangenen zusammengetrieben und zum Lager zurückgebracht. Durch das Abschießen von Fackeln beleuchteten die Mongolen die ganze Nacht über die Stadtmauer, um die Verteidiger davon abzuhalten, die Belagerungstürme anzugreifen. An den Turmgerüsten waren zum Schutz Lederhäute angebracht, die in regelmäßigen Abständen mit Wasser besprizt wurden, um zu verhindern, daß sie von auf sie geschleuderten Fackeln in Brand gesetzt wurden.

Am nächsten Morgen wurde dann der hoffnungslose Angriff mit Leitern fortgesetzt, bis die heranrumpelnden Belagerungstürme schließlich die Mauer erreicht hatten. Nun wurden die beweglichen Brücken abgesenkt, und Scharen mongolischer Krieger, die hinten an den Türmen auf Seilleitern hochgeklettert waren, strömten darüber und schwärmten über die Mauer aus.

Nun setzte sich unter jedem Turm ein Rammbock in Bewegung. Die Männer, die ihn bedienten, wurden von einem stabilen, gepanzerten Holzdach abgeschirmt. Der an der Spitze eisenbewehrte Rammbock hing an Ketten vom Dach und wurde gleichmäßig so lange gegen das Mauerwerk geschwungen, bis es zerbröckelte und zusammenfiel.

Auf diese Weise wurde die Mauer an mehreren Stellen durchbrochen. Die Mongolen strömten mit ihrem gellenden Schlachtruf hinein. Ich war wegen der Wirksamkeit dieser Attacke wie vom Donner gerührt. Wu Weis Gesicht war von der kühlen Nachmittagsluft gerötet, als er sich jetzt umwandte und mich am Arm packte. »All die Jahre hat mich der Khan nicht ein einziges Mal eingesetzt. Er war immer voller Verachtung für Belagerungen. Doch ohne mich ist er nur ein Nomade unter vielen.«

Offensichtlich hatte Wu Wei vergessen, wie geduldig der Khan bei seinen Mißerfolgen gewesen war. Und ganz bestimmt hatte er sein eigenes Volk vergessen. Während Peking von der fremden Horde gestürmt wurde, lagen Tausende von Wu Weis Landsleuten da, wo sie hingezwungen worden waren, damit er siegen konnte.

Doch andererseits war der einzige Unterschied zwischen Wu Wei und mir sein Entschluß, alles zu geben.

Wu Wei teilte diese Hingabe an eine Sache mit Mukuli. In dem Mongolenführer erkannte ich kaum den Mann wieder, der spät in der Nacht mit mir Wein getrunken und über Haarschmuck aus Türkisen geplaudert hatte. Mukuli, der eine Lamellenrüstung trug, die so poliert war, daß sie in der Sonne funkelte, saß auf einem weißen Pferd, in der Hand einen schwarzen Streitkolben. Sein Gesicht zeigte die einstudierte Ausdruckslosigkeit, die, wie ich inzwischen wußte, Mongolen immer zeigten, wenn ihnen ein Gegner auf Gedeih und Verderb ausgeliefert war. Mir lief ein Schauer über den Rücken.

Mukuli ritt vor die wartenden Truppen und rief: »Futter für die Pferde im Osten der Stadt! Nur im Osten!«

Den Männern war also die Erlaubnis zum Vergewaltigen und Plündern erteilt worden, aber nur im Ostteil Pekings. Ein einstimmiges Gellen der Dankbarkeit, dann galoppierten die Soldaten auf die Tore zu, die von den Truppen der Vorhut von innen geöffnet worden waren. Ich folgte ihnen nicht, sondern trottete zum Lager zurück. Ich stieg ab und setzte mich mit gekreuzten Beinen neben meinem Zelt auf den kalten Boden. Die Sonne ging langsam unter, doch ihr Licht würde noch für die blutige Arbeit in der eroberten Stadt ausreichen.

Später erfuhr ich dann, daß Kavallerietrupps durch die Ost-
bezirke geritten und ganze Viertel in Schutt und Asche gelegt
hatten. Andere hatten die Bewohner antreten lassen und sie
erschlagen. Der Boden war von all dem Blut so glitschig gewesen, daß die Pferde ausrutschten.

Ich erfuhr auch, warum nur der östliche Teil der Stadt zerstört worden war. Es war der Bezirk, der vom gemeinen Volk
bewohnt wurde, während es im übrigen Peking kaiserliche
Schätze gab.

Die ganze Nacht über hörte ich die Angst- und Entsetzensschreie. Auf die Entfernung klang es, als schlage das Meer klagend gegen die Felsen. Gegen Morgen ebbte der Lärm ab, doch
nicht so sehr, daß ich schlafen konnte.

Am nächsten Tag, als die Flammen noch über der Stadt züngelten, tauchten in den Toren vollbeladene Wagen auf. In der
Ebene wurden die Schätze auf den Boden gekippt und von
Packern sortiert. Erst nach einer sorgfältigen Bestandsaufnah-
me (durch gefangene chinesische Schreiber) wurden sie wieder aufgeladen.

Da sich mein Arban ganz in der Nähe niedergelassen hatte,
konnte ich den Packern bei der Arbeit zusehen. Es waren bestimmt zweihundert, die mit den aus der Stadt eintreffenden
Wagen beschäftigt waren. Dreifarbige Tonwaren der Tang, Schalen mit Craquelé-Glasur der Song, Lackarbeiten, silberne Scha-
tullen, goldene Ringe in der Gestalt von Phönixen, strahlend
schöne Seidenbrokate, geschnitzte Stühle, Bronzemasken, Ja-
deanhänger, Gobelins – all dies und noch viel mehr ergoß sich
über die Ebene, als sei ein Fluß über seine Ufer getreten. Voller
Staunen blickte ich auf den im kaiserlichen China angesammel-
ten Reichtum, der jetzt im Staube lag. Beharrlich gingen die
mongolischen Packer zwischen den Schätzen hin und her und
versuchten, Ordnung in das Chaos zu bringen. Wie kleine In-
seln inmitten eines riesigen, bunten Sees, begannen sie Haufen
zu bilden – Jadesachen hier, Bronzesachen da.

Dann fiel mir etwas ins Auge: Zwischen silbernen Kelchen lag eine kleine Schriftrolle, die sich ein wenig geöffnet hatte. Ich ging näher heran und öffnete sie auf Armeslänge. Es war eine Tuschezeichnung, und ich erkannte sofort, daß sie von einem großen Meister war. Sie stammte aus dem Pinsel Li Chengs. Und wirklich: Ich fand sein Namenszeichen. Auch über ihn hätte ich Mukuli etwas erzählen können. Er war in eine Familie von Tang-Gelehrten hineingeboren worden, dann aber betrunken in einem Freudenhaus gestorben. Was für ein großer Künstler! Wie trostlos waren doch seine im Dunst liegenden Wälder, und wie traurig seine trüben Himmel. Er war dafür bekannt gewesen, daß er Tusche so sparsam verwendete, als wäre sie Gold. Die Formen schienen wie von selbst aufzutauchen, als hätte er mit dem Pinsel nur ein wenig nachhelfen müssen – diesen Eindruck machte sein Werk. Auf der Schriftrolle, die ich jetzt in der Hand hielt, waren ein paar schneebedeckte Berggipfel abgebildet. Hinter einem von hingetupften Bäumen eingerahmten Häuschen erhoben sich kahle Felsen in gespenstische Höhe. Die Szene war so einfach und unschuldig wie das Lächeln eines Kindes. Es war eine Tuschezeichnung auf doppeltgewebter Seide, wie sie während der Fünf Dynastien verwendet worden war.

Ich rollte die Zeichnung wieder zusammen und sagte zu den mongolischen Packern, daß ich diese sofort Mukuli Noyan bringen müßte. Sie sahen mich mißtrauisch an.

Nun stampfte ich mit dem Fuß auf und brüllte sie an: »Ich bringe das hier zu Mukuli Noyan! Wenn er erfährt, daß es hier war und er nicht darüber informiert worden ist, schneidet er euch allen die Kehle durch! Jetzt bringe mich jemand zum Kommandeur!«

Mein kühnes Beharren, Mukuli zu sehen, versetzte sie dermaßen in Erstaunen, daß sie mich gehen ließen. Ärgerlich verließ ich sie mit der Schriftrolle unter dem Arm. Erst viel später, nachdem ich mehr als einen Wutanfall bekommen und mehr als einen Offizier drangsaliert hatte, wurde ich zum Kommandeur vorgelassen. Er war offensichtlich über mein verrücktes Verhalten informiert worden, denn er lächelte mich fragend an.

»Setzt Euch!« sagte er und deutete auf ein Kissen. Neben ihm saßen drei Offiziere, die einen unbehaglichen Eindruck machten.

Ich hielt Mukuli die Schriftrolle hin und erzählte ihm alles, was ich über Li Cheng wußte, und verlieh meiner Meinung Ausdruck, daß dieses Bild von unschätzbarem Wert, ein erstklassiges Meisterwerk wäre. Als ich es aufrollen wollte, hielt er mich mit einer Handbewegung davon ab und sagte rasch: »Schluß jetzt! Gebt es dem zuständigen Packer!«

Nachdem ich einen Blick auf die strengen Offiziere und ihn geworfen hatte, verbeugte ich mich und murmelte: »Ja, Mukuli Noyan!«

»Wie könnt Ihr es wagen, Euch die Schriftrolle anzusehen«, sagte er mit leiser, unheilverkündender Stimme.

Ich hielt den Kopf gesenkt und schwieg.

»Das hier und alles andere gehört dem großen Khan. Es ist für seine Augen bestimmt, und nicht für Eure oder meine. Alles von Wert gehört ohne Ausnahme ihm, da es der Tribut des Kaisers ist. Verstanden?«

»Ja, Mukuli Noyan.«

»Dann geht jetzt!«

Ich hastete hinaus, froh, daß ich so gut davongekommen war. Und doch dachte ich, als ich zu den Packern zurückeilte, darüber nach, ob es nicht möglich wäre, die Schriftrolle zurückzubehalten. Schließlich war ich ein chinesischer Gelehrter – der geeignete Hüter für einen solchen Schatz. Bei den vielen tausend Dingen in der Karawane würde das Fehlen eines einzigen nicht auffallen. Und die Rolle war nicht groß. Ich konnte sie leicht in meinen eigenen Sachen verstecken. Sollte ich es riskieren?

Vorsicht!

Tatatunga wäre wütend gewesen.

Vorsicht!

Er hätte ärgerlich gesagt: »Wollt Ihr, daß Euch geschmolzenes Eisen die Kehle hinuntergegossen wird?«

Ich hätte schnurstracks zu den Packern zurückgehen müssen, doch statt dessen lief ich im Lager herum und sah den Soldaten zu, die aus dem Ostteil Pekings kamen. Sie suchten sich Stoffe aus oder wühlten in billigem Schmuck herum oder tranken chinesischen Wein. Erst bei Einbruch der Dunkelheit kehrte ich zu meinem eigenen Arban zurück. Die Packer waren nicht mehr da. Die halbbeladenen Wagen wurden von Soldaten bewacht, die nichts zu tun hatten, denn welcher Mongole, der klar im Kopf war, würde dem Großen Khan etwas stehlen?

In einer Schlafrolle hatte ich Kleidung eingewickelt, und da hinein paßte genau die Schriftrolle. Es war mir danach zwar nicht gerade leicht zumute, aber es ist durchaus möglich, daß ich so etwas wie heimlichen Triumph empfand.

Am nächsten Tag wurde das Packen und Inventarisieren beendet. Und einen weiteren Tag später verließ ein langer Wagenkonvoi Peking und trat die lange Heimreise an. Am Ende würde die Karawane im Sari Ordu ankommen, wo immer der sich jetzt befand, vielleicht an den Ufern des Kerulen oder des Orchon. Neben den Wagen liefen, eingespannt in große Holzkragen, fünfhundert Knaben und fünfhundert Mädchen, die als Sklaven für den Haushalt mitgenommen wurden.

Ebenfalls mitgetrieben wurden nützliche Männer wie Handwerker und Ingenieure. Einer von ihnen, der frei laufen durfte, war ein bedeutender junger Kitan. Mukuli hatte mir sagen lassen, daß ich für diesen Yelü Chucai persönlich verantwortlich wäre. Vielleicht war das die Strafe dafür, daß ich die Schönheit eines chinesischen Meisterwerks mit ihm hatte teilen wollen.

Jedenfalls mußte ich mich um den Kitan kümmern. Yelü

Chucai, ein Prinz aus der königlichen Liao-Familie, hatte dem Chin-Kaiser einige Jahre als Astronom gedient. Nun sollte er eine ähnliche Aufgabe bei dem Großen Khan übernehmen.

Also begannen wir die große Heimreise. Als ich zurückschaute und den Rauch sah, der über Peking aufstieg, fiel mir ein alter Spruch ein: »Er träumte von tausend neuen Wegen, doch als er erwachte, nahm er wieder den alten.« Vor uns lag die Wüste Gobi – inzwischen sicher ein alter Weg für mich.

20

Ich hätte nach China zurückkehren und dort in der Verwaltung eines mongolischen Bezirks arbeiten können, während Mukuli auf der Suche nach Städten und Dörfern zum Plündern weiter durch die Lande zog. Doch da ich nun einmal wieder im Sari Ordu war, beschloß der Khan, mich dazubehalten, damit ich seine Wörter aus der Luft holen und sicher im Bilik verankern konnte.

Außerdem hatte ich noch den Kitan in meiner Obhut. Er war recht jung – in den Zwanzigern – und gutaussehend. Wenn ich ihn sah, erinnerte ich mich an meinen jungen Liebhaber. Aber bei den Mongolen gab es keine Liebe zwischen Männern, und es ist mir nie ganz klar geworden, welche moralische Spitzfindigkeit hinter dem Verbot dieses doch recht alltäglichen Vergnügens stand. Es war jedoch ein ungünstiger Zeitpunkt, ihre Sitten in Frage zu stellen. Tschaghatei war inzwischen für die Einhaltung der Regeln des Yasa verantwortlich. Überall konnte man seinen Eifer spüren. Ein Soldat wurde schwer verprügelt, weil er einen Schritt über ein Feuer gemacht hatte, womit er die darin wohnenden Geister gestört hatte. Als ein Blitz in eine Jurte einschlug, schickte Tschaghatei deren Bewohner ins Exil, weil sie den Himmelsgott verärgert hatten.

Ein Burjäte praktizierte Jada, indem er einen weißen Stein von der Größe und Gestalt eines Fasaneneis anbetete. Er behauptete, dieser sei vom Himmel gefallen und er könne damit den Regen anlocken. Es war in einer Zeit der Dürre, doch statt ihn zu belohnen, als sich Wolken am Himmel zeigten und es zu regnen anfing, ließ ihn Tschaghatei zu Tode foltern, weil

214

er gegen die Yasa-Regel, die Magie untersagte, verstoßen hatte. Auf der Suche nach Gesetzesübertretern, die er bestrafen konnte, schnüffelte der Prinz überall herum.

Doch, um wieder auf die Frage nach Liebesbeziehungen zwischen Männern zurückzukommen: Verboten die Gesetze das Zusammensein von Männern, wenn der eine ein Kitan und der andere ein Chinese war? Auf diese Frage hielt das Yasa keine Antwort bereit. War es vielleicht gegen den Geist mongolischer Gesetze, wenn sich zwei Fremde so verhielten? Ich wagte es nicht, das herauszufinden.

Yelü Chucai schien für ein bißchen Spaß sowieso zu schade zu sein. Ich mußte zugeben, daß sein elegantes Chinesisch dem meinen kaum nachstand. Und als ich ihm erzählte, daß ich einmal Bezirkszensor gewesen war, verstand er ohne weitere Erklärung, daß ich ein Hüter des öffentlichen Gewissens gewesen war. Folglich zollte er mir so viel Respekt, daß meine Aufgabe, ihm Mongolisch beizubringen, nicht ganz unerfreulich war. Er wiederum fühlte sich nun bewogen, mir seinen eigenen Ehrgeiz zu offenbaren: Er würde den Mongolen gern eine Verwaltung aufbauen.

Yelü Chucai meinte, daß wir, wenn wir diesen Barbaren dienten, unsere Landsleute besser schützen konnten. Doch sein patriotischer Eifer war nicht sehr realistisch. Zunächst einmal war er Kitan und ich Chinese. Das bedeutete, daß keiner von uns ein Interesse daran haben konnte, die Chin zu schützen, die nicht wirklich unsere Landsleute waren. Zum anderen hätte er sich noch immer – ohne an die Mongolen auch nur einen Gedanken zu verschwenden – an Pflaumen und guter Musik ergötzen können, wenn er nicht im Chin-Palast gefangengenommen worden wäre. Außerdem hatte ich den Verdacht, daß sein Plan, allen zu helfen, letzten Endes nicht mich einschließen würde. Daher hielt ich es doch für besser, mich, abgesehen von unseren Unterrichtsstunden, nicht mit Yelü Chucai einzulassen.

Ich bekam neue Schüler. Kulan schickte mir in Begleitung eines Dieners ihren Sohn. Ich hatte die Hoffnung, meine Affäre mit ihr wiederaufleben lassen zu können, längst begraben. Das Risiko war jetzt so groß, daß es mein Begehren erstickt hätte.

Inzwischen zeichnete sich der Charakter ihres Sohnes deutlich ab: Er hatte keinen Hang zum Hochgeistigen. Er sah zwar gut, wenn auch etwas feminin aus, hatte sich aber schon die hochnäsige Großtuerei eines mongolischen Kriegers angewöhnt. Sein hartnäckiger Widerstand gegen das Lernen erinnerte mich an den jungen Tschaghatei.

Dann kam eines Tages ein stämmiger, sechzehnjähriger Knabe zum Unterricht. Er war von seinem Vater aus China heimgeschickt worden, um sich wieder an die mongolische Art zu gewöhnen, sollte aber auch weiter Chinesisch lernen. Es handelte sich um Boru, Mukulis Sohn, der sich als sprachlich fast ebenso begabt erwies wie Alaghai (die nun in einem Onggut-Palast mit ihrem Prasser-Prinzen dick und fett wurde). Obwohl Mukuli in Peking über mich wegen der Schriftrolle wütend gewesen war, wollte er, daß sein Sohn den Unterricht bei mir besuchte. Ich begrüßte die Gelegenheit, mich seines Sohnes anzunehmen. Hinzu kam noch die Freude festzustellen, daß Boru ähnlich resolut wie sein Vater war.

Als weiterer Schritt auf meinem Weg zu einem beständigeren Leben heuerte ich eine junge Bangu-Frau an. Ich erklärte mich bereit, ihrer Familie, die ihr Lager gewöhnlich am Baikal-See aufgeschlagen hatte, falls sie schwanger wurde, jährlich dreißig Schafe zu schicken. Das war ein angemessener Vertrag, wenn auch ein Mongole wegen ihres kleinen Leidens weniger angeboten hätte: Ein Auge sah zur Seite, während sie mit dem anderen geradeaus schaute. Jedenfalls barst ihre Wolke mit mir, und sie verstand es auch recht gut, meine zum Bersten zu bringen. Außerdem war sie bereit, sich jeden Tag zu waschen – was sie natürlich vor den Nachbarn geheimhalten mußte.

Ich hatte jedoch den Verdacht, daß sich inzwischen mehr wuschen, als es zugaben. Die Dinge im Sari Ordu änderten sich schnell. Das halbe Lager bestand nun aus grauen Ziegelhäusern, die man nicht mehr einfach auf Wagen laden konnte. Auch war so viel Beute aus China herausgeschleppt worden, daß nun auch die ärmste Mongolin goldene Ketten und Ohrringe tragen konnte. Selbst für die Pferde waren herrliche Zeiten angebrochen. Die der Adligen wurden nun in Holzställen untergebracht und von jeder Menge Fachleuten umhegt: von Einreitern, Stallburschen, Trainern, Hufschmieden, Sattlern und Eisenwarenhändlern. An jedem einzelnen Stellplatz dieser hohen Pferde hing ein Holzschild, auf dem in Chinesisch sein Name stand – »Goldener Berg«, »Guter Läufer« und »Blühender Frühling« –, ungeachtet dessen, daß deren Besitzer gar nicht lesen konnten.

Ja, ich wollte dabei sein, wenn die Mongolen vom chinesischen Komfort besiegt werden würden! Dieser geheime Wunsch war es wahrscheinlich, der mich an Li Pos wundervolles kleines Gedicht denken ließ:

»In Mondlicht eingetaucht, ist mein Bett
So weich und kühl,
Von Träumen bin ich angehaucht,
Und fühl' mich wie zu Haus'.«

Mit diesen Worten glitt ich ins Reich der Träume. Darin war mein Zelt im Norden voller balsamischer Düfte, und im Süden herrschte große Kälte. Alles schien vertauscht, durcheinander zu sein, was man von meinem Leben ja bestimmt sagen konnte.

Vielleicht hatte ich ja mit meiner Ansicht, daß der Khan großartige Ambitionen hatte, doch unrecht. Möglicherweise waren es immer nur die Umstände, und nicht ein großer Entwurf gewesen. War es etwa so, daß jedem Erfolg einfach neue ehrgeizige Pläne folgten, wie Küken ihrer Henne? Schließlich hatte der Khan in seiner Jugend keinen Lebensplan entwerfen können, weil alle seine Anstrengungen aufs Überleben gerichtet waren. Als Dschingis Khan mußte er dann gespürt haben, daß es ihm nicht möglich sein würde, in der Zeit, die ihm noch verblieb, die ganze Welt zu unterwerfen. Nicht, daß er bescheiden gewesen wäre. Dem Herzen und Erbe nach war er ein Aristokrat, und als solchem war ihm Bescheidenheit fremd. Wenn er auch wie alle Barbaren Pomp und Glanz liebte, so glaube ich doch nicht, daß die Macht selbst ihn betörte. Er wollte nichts als Dinge, reale Dinge, die er anfassen konnte. Und alles, was er bekam, gehörte am Ende den Seinen. Doch wenn sie sich über das, was er ihnen in die Hände legte, freuen sollten, mußten sie das Leben in der Steppe in Ehren halten, wie er es tat. Aus meinen Beobachtungen schloß ich, daß Dschingis Khans Handeln auf der Vorstellung beruhte, daß die Nomaden etwas Besseres und die Seßhaften nur dazu da waren, ihnen zu dienen.

Wenn seine Auffassung auch sehr barbarisch war, so war doch nichts gefährlicher, als sein instinktives Gefühl für Veränderungen zu unterschätzen. Dieser Mann sah in jedem Augenblick etwas Einzigartiges, keiner war für ihn wie der andere. Weil ihn die Vergangenheit nie belastete, war er besonders durchtrieben. Hier war jemand, der von klein auf nur wegen seiner Gerissenheit überlebt hatte. »Bei Festen«, hörte ich ihn sagen und mußte es in den Bilik aufnehmen, »soll man sich vergnügen wie ein Fohlen, doch in der Schlacht muß man fliegen wie ein Falke. Im hellen Tageslicht gehe man im Rudel wie alte Wölfe, doch in der Dunkelheit zeige man die Vorsicht eines einsamen Raben.«

Und im Lager, hätte er noch hinzufügen können, schlafe man mit so vielen Frauen wie möglich.

Jedenfalls tat er das. Seine ungeheure sexuelle Energie schien im Mittelpunkt des höfischen Lebens zu stehen. Von seinem

Thron aus blickte er auf mehrere Reihen Frauen, die an seinen täglichen Audienzen teilnahmen. Zwei seiner vier Hauptfrauen waren Tatarinnen. Die eine davon hatte sich nicht die Mühe gemacht, ordentlich Mongolisch sprechen zu lernen, so daß ihr starker Akzent die Menschen beleidigte, und die andere aß zu viel Hammelfett. Sie waren abgeschoben worden und wurden nur gelegentlich hervorgeholt, um zu zeigen, wie barmherzig der Khan mit früheren Stammesfeinden umging. Seine dritte Frau, Kulan, schwieg würdevoll und ließ ihre unverminderte Schönheit für sich sprechen. Nur Borte saß an der Seite des Khans und sah mit ihren scharfen Augen in die Menge.

Abgesehen von Kulan, besuchte der Khan seine Frauen nicht mehr, um sich von ihnen befriedigen zu lassen. Auch seine Konkubinen genügten ihm nicht mehr. Irgend jemand (nicht ich) hatte ihm erzählt, wie ein Tang-Kaiser seine Frauen auswählte, und das wollte er nun auch einmal ausprobieren. Seine Beauftragten suchten bei anderen Stämmen nach schönen Mädchen und beurteilten sie auf typisch mongolische Art: mit Hilfe eines Zahlensystems. Für jeden Körperteil wurden Punkte verliehen. Wenn eine Frau beispielsweise besonders hübsche Brüste hatte, bekam sie für jede fünf Punkte, die höchste Punktzahl für diesen Körperteil. Die dreißig am besten bewerteten Mädchen wurden zur weiteren Begutachtung zum Sari Ordu geschickt. Dort wurden sie in den Zelten der adeligen Frauen untergebracht, die sie genau beobachteten, um festzustellen, ob sie ruhig schliefen oder schnarchten, ob sie gut- oder schlechtgelaunt aufwachten. Nach dieser sorgfältigen Überprüfung kamen die zehn oder fünfzehn besten Mädchen entweder beim Khan an die Reihe oder bei einem General, der sich eine Belohnung verdient hatte, oder bei einem Gesandten, bei dem man sich einschmeicheln wollte.

Einmal gab der Khan eine junge Frau weg, die er durch eine Allianz mit den Karluk bekommen hatte. Die junge Frau wurde einem müden alten General namens Jurchy übergeben, der gerade aus dem Norden zurückgekommen war, wo er bei den Ghoy nach dem Rechten gesehen hatte. Der Khan behielt jedoch ihre Mitgift einschließlich einer guten Köchin.

Jeder, der Dschingis Khan nicht kannte, mußte meinen, daß dieser sich jetzt mit sechzig Jahren langsam darauf vorbereitete, sich aus seinem von Eroberungen geprägten Leben zurückzuziehen und seine unglaublichen Erfolge zu genießen. Doch alle, die mit seiner Art vertraut waren, wußten, daß er nichts dergleichen tat. Manche glaubten, er würde nur auf ein Zeichen vom Herrn im ewigblauen Himmel warten und sich dann mit all seinem Talent und seiner Energie wieder in den Dienst seines Gottes stellen. Wenn man es mehr von der praktischen Seite sah – die ihm wohl am meisten entsprach –, dann wartete er nur darauf, daß irgendein Dummkopf etwas Unüberlegtes tat, was er dann zum Anlaß nehmen konnte, sich auf ein neues Abenteuer einzulassen.

Tatatunga hatte mir geraten, mich aus allen Fragen, die die Nachfolge des Khans betrafen, herauszuhalten. Doch das Problem schien seinerzeit noch in so weiter Ferne zu liegen, daß ich es wieder vergessen hatte. Nun hing es wie eine dicke Gewitterwolke über den Jurten. Wer würde der Nachfolger Dschingis Khans werden? Die Frage wurde nicht offen gestellt. Sie äußerte sich verborgen. Wäre ich beispielsweise etwas aufmerksamer gewesen, hätte ich erkannt, daß sie hinter den Ereignissen stand, die einer bestimmten Militärorder folgten.

Bis zu jenem Zeitpunkt hatten sich die Boten die Befehle des Khans gemerkt und sie dann an die Hauptleute im Feld weitergegeben. Doch in diesem Falle wollte der Khan, daß die Anweisungen für einen Feldzug gegen die rebellischen Merkit aufgeschrieben wurden. Warum wich er von seinem üblichen Verfahren ab? Meinte er, ein schriftlicher Befehl entspräche mehr der Würde eines Führers?

Es mußte mehr dahinterstecken. Der Befehl (ich schrieb

ihn für ihn in Uigurisch) erging an die beiden Kommandeure, die diese Operation gemeinsam leiteten: Subetai Noyan und Prinz Jochi. Vermutlich würde er beiden von einem uigurischen Schreiber vorgelesen und dann aufbewahrt werden. Was der Eroberer mir diktierte, war folgendes:

»Schont eure Pferde beim Marsch. Ihr werdet unterwegs auf viel Wild treffen, doch jagt nicht, es sei denn, um eure Vorräte aufzufüllen. Ermüdet eure Pferde nicht, bevor ihr auf die Merkit trefft. Ihre Späher werden darauf achten. Wenn eure Pferde einen müden Eindruck machen, werden sie euch in einen Hinterhalt locken. Paßt mit den Schweißriemen und Trensen auf. Ich habe vor kurzem gehört, daß Pferde durch ihren falschen Gebrauch verletzt worden sind. Achtet darauf.«

Es war üblich bei Feldzügen, einen Prinzen mit einem erfahrenen General zusammenzutun. Doch es war nicht üblich, sie zusammen anzureden. Immer nur einer war für die Durchführung einer Order verantwortlich; so hatte es der Khan jedenfalls bisher gehalten.

Diese schriftliche Anweisung war auch noch aus drei anderen Gründen rätselhaft. Erstens war Subetai ein sehr erfahrener Krieger, dem man nicht sagen mußte, wie man mit Pferden umging. Zweitens liebte es Jochi zu jagen, nicht aber Subetai. Und drittens erteilte der Khan seine Order sonst immer so einfach wie möglich. Warum schrieb er also an beide Kommandeure, wenn die Warnung vor dem Jagen nur Jochi betraf? Dschingis Khan tat nichts ohne Berechnung. Er hatte die Anweisung an seinen Sohn gemildert, indem er auch Subetai einschloß.

Von so viel Takt war ich sehr beeindruckt. Das war nicht das Vorgehen eines Mannes, der sich früher seine Söhne durch Blicke unterworfen hatte. Seine diplomatische Art, Jochi zu behandeln, war in ihrer Finesse fast konfuzianisch, aber auch beunruhigend. Hatte der große General etwa Angst vor seinen Söhnen? Oder zumindest vor diesem? Jochi war bestimmt der unabhängigste, am wenigsten zugängliche von ihnen. Es war allgemein bekannt, daß Vater und Sohn nur selten miteinander sprachen, es sei denn über Militärisches.

Normalerweise stünde Jochi als ältester Sohn in der Nachfolge an erster Stelle, aber da gab es noch immer das Problem mit seiner Legitimität. Es war nun nicht mehr etwas Vages, das einmal in der Zukunft Bedeutung gewinnen konnte. Nun, da sich der Khan im Sari Ordu niedergelassen hatte, machte seine Inaktivität auf sein Alter aufmerksam, und dieses wiederum ganz natürlich auf seinen Nachfolger. Es war möglich, daß der Khan diesen nach alter Tradition selbst bestimmte, vielleicht tat er es aber auch nicht. Er war ein Mann, der durchaus in der Lage war, sich über die Vergangenheit hinwegzusetzen. Niemand hatte je seine Söhne besser im Kriegshandwerk unterrichtet als Dschingis Khan. Welche Fehler auch immer sie hatten – und sie hatten alle welche –, so waren doch alle vier ausgesprochen gute Soldaten. Daher würde die Militärbefähigung wahrscheinlich nicht über die Nachfolge entscheiden. Wie also würde die Wahl des großen Eroberers aussehen?

Ich war nicht der einzige, der sich diese Frage stellte. Auch in den schattigen, parfümierten Zelten des Sari Ordu lag sie in der Luft. Ich sollte schon bald merken, daß es nichts gab, was die Menschen dort mehr beschäftigte.

21

Nur wenige Tage, nachdem ich den Befehl an die beiden Kommandeure geschrieben hatte, wurde ich zu Tschaghateis Hauptfrau Ibagu zitiert. Das Filzzelt saß Wein trinkend in ihrer Jurte, in der es nach Ziegenfleisch roch. Ibagu hatte das dunkle, wettergegerbte Gesicht der Leute aus dem windgepeitschten Norden. Ihre dicken Beine steckten in weiten Hosen. Sie sah mich fröhlich lächelnd an und begann das Gespräch mit den Worten: »Wir haben uns lange nicht unterhalten.«

»Das Bedauern ist ganz auf meiner Seite, Ibagu Begi.«

Ihr Kichern darüber löste einen Rülpser aus. Wann würde es mit dem Furzen losgehen?

»Das Bedauern ist ganz auf meiner Seite«, wiederholte sie süffisant lächelnd. »Wie chinesisch! Ich weiß recht viel über Euch. Es heißt, daß Ihr es mit den Frauen gut versteht.«

»Das ist übertrieben, Ibagu Begi.«

»Wein? Der Große Khan hat uns drei Fässer aus dem Lager des Kaisers gegeben. Der Wein kommt den weiten Weg aus Peking.« Sie klatschte in die Hände, und ein junges Mädchen kam eilig hinter einem schwarzen Vorhang hervor. »Sie ist auch aus Peking.«

Ich dachte an die Knaben und Mädchen mit den Jochen. Bestimmt hatte keiner von ihnen den Sari Ordu ohne schreckliche Nackenwunden erreicht. Die Hand des Mädchens zitterte, als es mir den Weinkelch reichte. Sein Nacken war bedeckt, so daß ich die Narben, die ich dort vermutete, nicht sehen konnte. Der Wein war umgeschlagen, doch das konnte das Filzzelt natürlich nicht wissen. »Ein ausgezeichneter Wein«, sagte ich.

»Ja? Ich finde es ja auch, aber ihr Chinesen versteht ja mehr davon. Wir hier in der Jurte sind traditionelle Mongolen. Ich esse immer noch am liebsten Ziegenfleisch. Wir sind nicht so wie Ögödei und seine Frau mit ihrer chinesischen Lebensweise. Ihr habt das mit der Sänfte doch sicher gehört?«

»Nein«, erwiderte ich ehrlich. »Davon habe ich nichts gehört.«

»Toragana hat sich eine Sänfte bauen lassen. Eine chinesische Sänfte.« Sie sah mich so mißbilligend an, als hätte ich sie gebaut. »Sie wartet nur darauf, daß der Khan das Lager verläßt, um sich dann wie eine Kaiserin herumtragen zu lassen. Und Ogödei ist ja dauernd so voll, daß er sich nicht darum kümmern kann. Wenn nur mein Mann einsehen würde, daß sein Bruder zuviel trinkt, und ihn nicht immer noch in Schutz nehmen würde. Doch Tschaghatai ist einfach zu großzügig oder läßt sich, was noch schlimmer ist, viel zu leicht übertölpeln. Und all das muß ich ertragen.«

Daraufhin schwiegen wir eine Weile. »Man muß aber sagen«, fuhr sie dann fort, »daß er dem Khan mit Leib und Seele dient. Ihr habt das Yasa geschrieben, nicht wahr?«

»Ich habe niedergeschrieben, was mir der Khan gesagt hat.«

»Dann wißt Ihr, wie lang es ist – diese vielen Vorschriften! Doch Tschaghatai kennt jede einzelne. Er läßt sie sich jeden Morgen von einem Uiguren vorlesen, so daß er sie alle auswendig kennt. Kennt Ihr sie auch alle auswendig?«

»Leider nicht, Ibagu Begi.«

»Seht Ihr? Aber mein Mann!« sagte sie triumphierend und schenkte sich aus einem großen Silberkrug Wein ein. »Es gibt keinen loyaleren Sohn.«

Sie sah mich an, als erwarte sie eine Antwort, also beeilte ich mich zu sagen: »Jeder kennt seine außerordentliche Loyalität.«

Zufrieden legte das Filzzelt das Kinn in die Hände und sah mich an, als wollte sie mich verschlingen. »Erzählt mir von der Botschaft des Khan an Jochi«, verlangte sie plötzlich.

Woher wußte sie davon? Ich war überrascht.

»Was schaut Ihr so merkwürdig?« fragte sie. »Könnt Ihr mir nicht antworten?«

»Doch, natürlich. Es ging um Militärisches«, sagte ich vage.

»Was heißt das?«

»Ibagu Begi, ich verstehe oft nicht, was ich schreibe.«

»Ach nein!« spottete sie. »Ihr seid kein Dummkopf.«

»Aber auch kein Soldat.«

Beim Weintrinken mußte sie wieder rülpsen. »Arbeitet Ihr für Jochi? Seid Ihr sein Mann?«

»Natürlich nicht!«

»Natürlich nicht!« wiederholte sie sarkastisch. »Wollt Ihr mich zum Narren halten? Obwohl ich weiß, daß der Khan ihm durch Euch geheime Botschaften schickt?«

»Das sind keine geheimen Botschaften, Ibagu Begi. Es war nur eine unbedeutende militärische Angelegenheit. Ich würde Euch nie zum Narren halten! Ihr seid für mich die ehrenwerte Frau Prinz Tschaghateis.«

Das beruhigte sie für einen Augenblick. Ich hörte ein Geräusch. War das einer ihrer berühmten Furze, von denen mir Kulan erzählt hatte?

»Was ist denn da so komisch?« fragte das Filzzelt scharf.

»Nichts, Ibagu Begi.«

»Nun, Ihr lächelt aber.«

»Weil ich glücklich bin.«

Das brachte sie durcheinander. »Glücklich?« Eine Weile herrschte Schweigen. Dann sammelte sie sich und fragte: »Was wißt Ihr über diesen Hexenmeister von den Kitan?«

Einen Augenblick wußte ich nicht, wovon sie sprach. »Ach so! Meint Ihr Yelü Chucai? Den Kitan, der die Sterne studiert? Er ist kein Schamane.«

»Wie wollt Ihr das wissen? Ögödei hält ihn für einen, aber Ögödei glaubt ja alles.«

Also verfolgte der Kitan seine Ziele über Ögödei. Das war gut zu wissen.

225

»Wißt Ihr«, fuhr das Filzzelt seufzend fort, »mein Prinz tut, was er kann, um die Wünsche des Khan zu erfüllen. Er ist nicht so wie Tuli, der nur an sein Vergnügen denkt. Auch nicht wie Ögödei, der sich nicht um seine Frau kümmert. Und nicht wie dieser andere, dieser Jochi, der vorgibt, etwas zu sein, was er nicht ist. Wo ist er denn, wenn der Rat tagt? Irgendwo damit beschäftigt, seine Brut zu vermehren. Es heißt, daß er das ganze Mongolenreich mit kleinen Bastarden bevölkern will.« Sie goß sich wieder Wein ein. Schweiß lief ihr über das dunkle, breite Gesicht. »Der Khan hat vier Söhne, doch einer davon ist nicht legitim, der nächste ein Trunkenbold, und Tuli denkt nur an Tuli. Da bleibt nur noch mein guter Prinz.«

Ja, dachte ich, das »Wilde Pferd«, ein Tyrann und Mörder.

»Versteht Ihr mich?« fragte sie neugierig lächelnd.

»Nicht genau, Ibagu Begi.«

»Ich sage, daß der Khan sich nur auf einen Sohn verlassen kann, auf Tschaghatei. Leute wie Ihr sind keine stabile Basis. Es sei denn, Ihr wißt, welchem Pfad Ihr folgen sollt, nämlich dem, den mein Prinz einschlägt. Habt Ihr mich jetzt verstanden?«

»Aber ja, Ibagu Begi. Und ich bin Euch für Euren Rat so dankbar. Glaubt mir, ich werde ihn nicht vergessen. Ihr habt mir damit einen großen Dienst erwiesen.«

»Ich bin immer gern bereit, denen zu helfen, die es zu schätzen wissen.«

Als ich schließlich dort wegkam – ich bemühte mich um einen möglichst charmanten Abgang –, war deutlich zu erkennen, daß das Filzzelt glaubte, sie hätte mich auf ihre Seite gebracht. Tatatunga wäre stolz auf mich gewesen.

Noch am gleichen Abend rief mich der Khan zum Ulugh Yurt. Regen prasselte im gleichmäßigen Rhythmus auf das Filzdach. Nur ein halbes Dutzend schläfrige Keshik-Wachen waren anwesend. Der Khan saß mit gekreuzten Beinen inmitten von

Seidenkissen, was ungewöhnlich für ihn war. Normalerweise blickte er von seinem erhöhten Thron herab. Ohne Einleitung begann er etwas für den Bilik zu diktieren. Er hatte es sich offensichtlich schon vorher zurechtgelegt.

»Unsere Nachkommen werden goldene Kleider tragen, reichhaltig essen, gute Pferde reiten und unzählige schöne Frauen umarmen. Doch sie werden nicht zugeben, daß sie ihr Glück uns verdanken. Sie werden uns und unsere großen Siege vergessen.«

Gleich nachdem er sich dieser beunruhigenden Prophezeiung entledigt hatte, entließ er mich und gab sich wieder seinem Grübeln hin. Ich hatte keine Ahnung, was diese pessimistischen Gedanken über seine Nachkommen ausgelöst hatte. Vielleicht hatten ihn ja die Gerüchte aus den Zelten erreicht.

Diese Vermutung erhärtete sich am nächsten Tag, als mich Borte Khatun zu sich rief. Ihre Jurte hatte sich gegenüber früher kaum verändert, als wollte sie, daß ihr Leben blieb, wie es einmal gewesen war. Außer ihr war niemand anwesend, woraus ich schloß, daß es ein ernstes Gespräch werden würde. Doch es begann auf chinesische Art mit trivialen Fragen über die Gesundheit und das Wetter.

Ein kleiner Teil der Jurte war durch einen Vorhang abgetrennt, und dahinter schnarchte jemand laut. Die Königin mußte bemerkt haben, daß ich hinüberschaute, denn sie erklärte mir mit einem schwachen Lächeln, daß dort die Mutter des Khans schlief.

Hoghelun war noch am Leben? Irgendwie hatte ich geglaubt, sie wäre schon seit Jahren tot.

»Ich behalte sie bei mir«, sagte Borte, »weil sie mich, als ich jung war, immer gut behandelt hat. Wenn sich der Khan schlecht benahm, schimpfte sie mit ihm, und er hörte auf sie. Mir ist zu Ohren gekommen, daß Ihr Anweisungen für Jochis Überfall auf die Merkit geschrieben habt.«

»Ja, Borte Khatun, das stimmt.«

»Wann werden die Merkit endlich begreifen, daß ihr Verrat ihnen nur schadet? So ein selbstzerstörerisches, verräterisches Volk!«

Darauf erwiderte ich nichts. Für Borte Khatun galt, daß ihre Worte oft doppelsinnig waren. Wollte sie andeuten, daß Kulan, einst eine Prinzessin der Merkit, eine Verräterin war? Oder daß sie über meine frühere Beziehung zu Kulan Bescheid wußte? Vielleicht war ja eines von Kulans Sklavenmädchen in Bortes Dienst gewesen. Ich konnte mir gut vorstellen, wie sich ein junges Ohr an die Filzwand preßte ... Kälte stieg in mir auf, und ich versuchte meine Hände ruhig zu halten, da diese scharfen Augen bestimmt bemerkt hätten, wenn sie zitterten.

Doch die Angst vor Entdeckung hatte mich für die eigentliche Ursache des Ausbruchs der Königin blind gemacht. Sie nannte sie mir selbst.

»Jeder weiß, daß ich als junge Frau von den Merkit entführt worden bin«, sagte sie. »Dafür habe ich sie mein Leben lang gehaßt. Doch die Leute denken, es wäre anders. Sie glauben, ich halte aus einem verborgenen Grund zu Jochi. Wißt Ihr, was ich meine?«

Ich wollte ihr eine ausweichende Antwort geben, doch sie enthob mich dieser Notwendigkeit.

»Ihr seid immer ehrlich zu mir gewesen«, sagte Borte, »und deshalb will ich es auch Euch gegenüber sein. Sie glauben, ich hätte den Merkit, der mich entführt hatte, geliebt und Jochi wäre ein Kind dieser Liebe. Doch da irren sie sich. Ich habe nie einen Merkit geliebt. Jochi ist nicht während meiner Gefangenschaft gezeugt worden. Ich habe ihn vom Khan empfangen, und er kam zu früh auf die Welt, das ist alles. Jochi ist ein Sohn des Khan.« Sie wiederholte es: »Jochi ist ein Sohn des Khan.«

Ohne dazu aufgefordert zu sein, sagte ich: »Ich glaube Euch.« Und ich tat es wirklich.

Das Gesicht der Königin wurde ein wenig weicher: »Ihr glaubt mir?«

»Ich glaube Euch, daß Jochi wirklich der Sohn Dschingis Khans ist.«

Nach einem längeren Blick auf mich entspannte sich Borte und lehnte sich mit einem Seufzer zurück. »Ja, Ihr glaubt mir. Daher will ich Euch auch sagen, warum meine Gunst Jochi gehört. Er ist nicht nur ein großer Krieger, ganz so wie sein Vater, sondern auch der Älteste. Das gibt ihm das Recht zu herrschen. So ist es immer schon gewesen. Der Khan hat aus vielen Stämmen ein großes Reich aufgebaut, doch es wird zerfallen, wenn wir uns nicht mehr an die Tradition halten. Dann bekommen wir wieder die alten Probleme – die Fehden, Hinterhalte und Täuschungsmanöver, die wertlosen Bündnisse und ständigen Kriege. Dafür hat der Khan zu hart gearbeitet. Doch es gibt heutzutage so viele Feinde, und nicht alle tragen Schwerter.«

Als ich die Jurte der Königin verließ, hatte ich das Gefühl, daß wir gerade den heimlichen Pakt geschlossen hatten, Jochis Anspruch auf den Thron zu unterstützen. Ich kannte Jochi überhaupt nicht gut – vielleicht tat das niemand –, doch ich kannte und respektierte Borte Khatun, die in der Art, wie sie die Dinge sah, mehr konfuzianisch zu sein schien als alle anderen Mongolen, die ich kannte. Ihr lag das Wohl ihres Volkes am Herzen.

Der Khan ging in die Berge zur Falkenjagd. Wie gewöhnlich nahm er Tuli mit und ließ ein Lager zurück, in dem es so beschaulich wie in einem chinesischen Dorf zuging. Abgesehen von ein paar kleineren Feldzügen, mit denen aufflackernde Rebellionen niedergeschlagen wurden, war für die Mongolen nur noch das Geschehen in China von Belang. Doch dort hatte Mukuli alles in der Hand. Ich erlebte es jetzt zum erstenmal, daß der Sari Ordu eintönigem Müßiggang verfiel, der nur von Gerüchten über Intrigen unter den Adligen etwas belebt wurde. Auch ich gab mich wie ein zufriedener alter Hund dem

Gleichmaß des Alltags hin, wachte zwar jeden Morgen auf, um Kindern edler Abkunft Chinesisch und dem Astrologen der Kitan Uigurisch beizubringen, begann aber ansonsten, in dieser seltsamen Ruhe eine neue Lebensweise der Mongolen zu sehen.

Einen Tag, nachdem der Khan auf die Jagd gegangen war, schob meine Bangu-Frau ein junges Mädchen in die Jurte und murmelte: »Sie will mit Euch sprechen.«

»Was gibt's?« Ich hob den Kopf von meinem uigurischen Text.

»Ich will Euch nicht, ich ...« Das Mädchen war außer Atem und verwirrt, offensichtlich eine Sklavin. »Ich komme von der Kulan Begi. Sie will Euch sprechen. Sie will Euch sprechen.«

Ich stand auf und lief hinaus, ohne meiner Bangu-Frau noch einen Blick zu gönnen.

Bald darauf fand ich mich in der Jurte wieder, die ich nie wieder zu betreten geglaubt hatte. Sie hatte sich seit dem letztenmal sehr verändert. Der große Raum war voller neuer Dinge: Auf den Tischen stapelten sich Schätze aus dem in Schutt und Asche gelegten Peking. Der Khan hatte hier seine ganze Großzügigkeit walten lassen.

Mir kam ein bizarrer Gedanke. Ich könnte ihr auch ein Geschenk aus Peking machen. Ich könnte Li Chengs Zeichnung entrollen und sagen: »Diese schneebedeckten Berge sind vor zweihundert Jahren gemalt worden. Ich überreiche Euch dieses große Kunstwerk als Zeichen meiner tiefen Bewunderung für Eure Schönheit.«

Ich stellte mir diese romantische Szene gerade vor und bemerkte deshalb erst, daß Kulan im Raum war, als sie mich ansprach.

Es war, als hätte unser letztes Treffen gerade erst stattgefunden. Sie war einfach gekleidet und bot mir in angemessener Entfernung ein Kissen an. Ihr erstes Anliegen waren die Fortschritte ihres Sohnes im Chinesischen. Ich log, doch Kulan

schien mich zu durchschauen, denn sie wischte mein Lob mit
der Hand weg und murmelte: »Er wird sich wie ein wahrer
Mongole auf dem Schlachtfeld hervortun.« Dann sagte sie mit
Tränen in den Augen: »Wißt Ihr, ich habe die Hoffnung aufge-
geben. Er wird nie Khan werden. Ich habe mich daher entschlossen zuzusehen, wie die anderen darum kämpfen. Alle
Adligen und ihre Frauen nehmen Partei. Ich glaube, daß
Ogödei der Favorit ist, vielleicht weil er so ein guter Gastgeber
ist. Er würde auch einem Bettler seinen letzten Beutel Kumys
geben. Aber seine Frau? Was für eine geltungssüchtige Person!
Habt Ihr das von der Sänfte gehört? Aber natürlich! Ihr wißt
alles! Jeder weiß, daß Ihr eine geheime Botschaft des Khans an
Jochi geschrieben habt.« Sie hatte vor Erregung ganz glänzen-
de Augen bekommen. »Wie kann man Jochi nur ernst nehmen,
auch wenn er der Älteste ist? Bevor ich ihn traf, hatte ich
Tschaghatei für den mißmutigsten Menschen der Welt gehalten. Es muß schrecklich für Soldaten sein, einem Mann mit so
einem finsteren Blick dienen zu müssen. Ich würde lieber vom
Schwert eines Feindes erschlagen werden als mit Jochi reiten.
Er schlägt seine Frau ohne Grund. Er weiß nicht einmal, wie
seine Kinder heißen, aber vielleicht sind es ja auch zu viele.
Jochi hat etwas Schreckliches an sich. Meint Ihr nicht auch?«
Ihre weiße Haut hatte sich vor Aufregung gerötet. »Er ist sogar
noch schlimmer als Tschaghatei, der etwas ganz Merkwürdiges tut: Er schlägt sich jeden Morgen zehnmal mit einer Peitsche über den Rücken. Er hat schon überall offene Wunden,
die er sich von einem Sklaven mit Salz einreiben läßt. Was für
Söhne! Kein Wunder, daß der Khan nicht schlafen kann. Er
schläft jetzt noch weniger als früher. Ich glaube, daß er über sie
nachdenkt. Am meisten über Tuli. Ich fürchte mich vor Tuli,
selbst wenn er lächelt. Seine Augen sind ohne Gnade. Aber er
ist mir immer noch lieber als die anderen, weil seine Frau nicht
so schrecklich ist. Siyurkuktiti ist eine einfache, aber gute Frau.
Ich habe mir neulich ihr Baby, den kleinen Kublai, angesehen.

Wißt Ihr, daß das Kind mit einem Kopf voller schwarzer Haare auf die Welt gekommen ist?«

»Ihr wolltet mich sprechen«, erinnerte ich sie kühl.

»Und wißt Ihr warum?«

»Ihr habt eine Botschaft erwähnt, die ich geschrieben habe. Es ging dabei um den Überfall auf Euer Volk der Merkit, hauptsächlich um Pferde. Ist es das, was Ihr wissen wollt?«

»Die Merkit sind nicht mein Volk. Nicht mehr, seit mein Vater und sein Clan hingemordet worden sind. Ich habe mit den Merkit nichts zu tun. Ich wollte lediglich – Euch sehen.« Ihre Zunge glitt über ihre Lippen (wie vertraut mir das war!), und sie wandte sich gleichzeitig zurückhaltend ein wenig von mir ab. »Der Khan hat mich wieder schwanger gemacht.«

»Gut. Noch habt Ihr ja eine Chance bei der Nachfolge.« Das war eine herzlose Bemerkung, doch sie schien es nicht so aufzufassen.

»Ich hoffe auf eine solche Chance«, sagte sie ehrlich. Dann hielt sie einen Augenblick inne, als müsse sie sich zu etwas durchringen. »Wir hatten nie Gelegenheit, es so zu machen, wie man Babys bekommt. Wart Ihr nicht einmal neugierig darauf?«

»Doch, natürlich. Sehr neugierig.«

»Nun?« Als ich jetzt zögerte, sagte sie: »Mach dir keine Sorgen, mein Geliebter. Er ist auf der Falkenjagd, und ich trage ein Kind von ihm unter dem Herzen. Siehst du, wie sicher wir sind?«

Ich hätte sagen können, daß es keine Sicherheit gab, ganz gewiß nicht in diesem wachsamen Lager. Doch ich sagte nichts.

»Ich freue mich, daß du neugierig warst«, fuhr sie lächelnd fort. »Ich war es auch. Ich habe die ganze Zeit auf eine solche Gelegenheit gewartet.« Sie erhob sich und ging zu der Tür, die zu ihrem privaten Raum führte. Ich kannte das Bett da drinnen ja so gut: Ich wußte, wie groß es war, wie es roch und wie es sich anfühlte. Ich zögerte nun nicht mehr, sondern folgte ihr wortlos. Ich glaube, ich hätte in diesem Augenblick die ganze Keshik-Garde, sogar den Khan selbst zur Seite gestoßen, um dort hineinzugelangen.

Als ich später Kulan Begis Jurte verließ und ein wenig benommen und blinzelnd in das helle Sonnenlicht trat, schien sich die Erde zu drehen. War ich schon einmal so glücklich gewesen?

Doch dann überkam mich Furcht. Wie hatten wir so leichtsinnig sein können? Der Khan war nur einen Tagesritt entfernt auf der Jagd. Was, wenn er plötzlich zurückgekehrt wäre und uns gefunden hätte? Wer war in dieser trüben Welt unserer neuentdeckten Langeweile noch vor bösen Augen sicher? Der Müßiggang war eine Bedrohung für unser Leben in den Zelten geworden, und ich sah auf uns zukommen, was die Han, die Drei Reiche und die Tang ereilt hatte: den parfümierten Schrecken und den seidenweichen Tod.

Vielleicht konnte uns jetzt nur noch die mangelnde Urteilskraft eines Dummkopfes retten. Wenn er irgendwo einen Fehler begehen würde, würde dies den Khan wieder in Bewegung setzen. Das konnte sein Volk, wenigstens vorübergehend, vor Neid und Gier bewahren.

DRITTER TEIL

22

Das Jahr des Ochsen ließ sich trügerisch ruhig an. Die Goldene Horde zog von den zugefrorenen Flüssen ins Hügelland und dann, als das Eis schmolz, wieder zurück. Die Stuten begannen zu fohlen und leiteten damit die neue Kumyssaison ein. Und der Mandelgeschmack regte mich zur Liebe an. Mein Bangu-Mädchen mit dem eigensinnigen Auge warnte mich schelmisch: »Wenn du so weitermachst, mußt du meiner Familie noch jedes Jahr dreißig Schafe zahlen!« Doch da wollte sie mich wohl nur bei Laune halten, denn ich hörte, wie sie einer anderen Bangu-Frau gegenüber murrte: »Dieser alte Chinese glaubt, er könne mir ein Kind andrehen.« Ich war vierzig Jahre alt – zwanzig Jahre jünger als der Khan, der noch immer jede beliebige Frau schwängerte, die es ihm angetan hatte.

Im Sari Ordu trafen häufig Berichte von der chinesischen Front ein. Getrieben von dem Wunsch, über alles informiert zu sein, hatte Dschingis Khan das beste Nachrichtensystem geschaffen, das es je gab. Es bestand aus hervorragenden Reitern, die alle ein beachtliches Gedächtnis hatten, und unzähligen Poststationen. Dort standen frische Pferde bereit, von denen mindestens eines immer gesattelt war. Da diese Stationen an vielbereisten Routen lagen, erlaubten sie einem Kurier durch häufigen Pferdewechsel, Hunderte von Meilen mit halsbrecherischer Geschwindigkeit zurückzulegen. Diese Reiter, die »Pfeilboten« genannt wurden, galten als heilig. Sie hatten den Kopf und den Körper dick mit blauen Tüchern umwikkelt, zum einen zur Kennzeichnung, aber auch als Wetterschutz. Ihre Pferde trugen riesige Ketten mit Glocken um den Hals. Wenn Reisende im Gebiet der Mongolen das laute Läuten hörten, wußten sie, daß ein königlicher Kurier des Weges kam. Dann machten ihm die Wagen und Karawanen Platz, um ihn nicht aufzuhalten. Wenn sein Pferd verletzt oder erschöpft war, tauschte er es unterwegs gegen irgendein anderes aus, und niemand wagte, ihm das zu verweigern.

Einen dieser Pfeilboten wollte ich für meine eigenen Zwecke einsetzen. Ich hatte zwar wie sie ein gutes Gedächtnis, das mir half, einmal Gelerntes nicht so schnell zu vergessen, sehnte mich aber doch heftig danach, ein Buch in der Hand zu halten und etwas in meiner geliebten Sprache zu lesen.

Ich war auch bereit, dafür zu bezahlen. Etwas war ja an den Mongolen bewundernswert: Die Beute wurde gerecht aufgeteilt. Daher besaß ich eine kleine Truhe mit Goldstücken und Silberbarren. Als ich hörte, daß ein Pfeilbote sein Pferd sattelte, um nach China zu reiten, eilte ich zu ihm und bot ihm Gold für Bücher an. »Bringt mir irgend etwas«, bat ich ihn. »Es ist mir egal, was für Bücher es sind. Hauptsache, sie haben chinesische Schriftzeichen.« Ich sah ihm zu, wie er aufsaß und läutend über die Ebene davonritt.

Durch diese Reiter und Poststationen war es Dschingis Khan möglich, nicht nur die chinesische Front, sondern auch noch die Feldzüge an zwei weiteren Fronten zu überwachen.

Jochi und Subetai (der jetzt der »Eiserne Fuhrmann« genannt wurde, weil seine Versorgungswagen eiserne Radkränze hatten) verfolgten Rebellen der Merkit in ihr Gebiet im Nordwesten. Im Chu-Tal wurde der Widerstand der Merkit endgültig gebrochen; es gab keine Überlebenden. Als der Pfeilbote mit dieser Nachricht ins Lager kam, überreichte ihm der Khan persönlich zur Feier des Tages einen Krug Kumys.

Ich stellte mir Kulans Gesicht bei der Nachricht vor, daß ihr Volk völlig ausgelöscht war. Ihre Schönheit würde bei dem verzweifelten Versuch, Haltung zu bewahren, nur noch bezwingender sein. Und ich hatte recht. Das wütende Glitzern in ihren Augen stand ihr ungewöhnlich gut.

Doch ich hatte die Kühnheit unterschätzt, die aus ihrem leidenschaftlichen Kummer erwuchs. Bei einem Fest zu Ehren des abwesenden Jochi stand Kulan Begi plötzlich auf und fing an zu reden. Sie sprach niemanden Bestimmtes an, aber sie erhob ihre Stimme unbeirrt. Es war gerade getanzt worden, und jetzt wurde Kumys ausgeschenkt. »Mein Volk ist tot«, sagte Kulan laut, »das große Volk der Merkit ist tot. Alle sind tot. Und warum?« rief sie. In der Jurte herrschte Totenstille. »Warum bloß? Wißt ihr es? Ich weiß es, ja, ich weiß es. Sie wurden von einem der ihren umgebracht.« Sie machte eine Pause und atmete heftig. »Jochi hat es getan, um zu beweisen, daß er nicht von ihrem Blut ist.«

Wie gesagt, in der Jurte herrschte Totenstille. Kulan setzte sich hin. Schließlich brach der Khan selbst das Schweigen: »Mein Sohn Jochi hat sich verdient damit gemacht, diese Rebellen, die seit Jahren wie Wölfe um unser Lager geschlichen sind, auszurotten. Du bist meine Königin«, fügte er hinzu, »die einzige Merkit, die mein Volk duldet.« Er gab dem Orchester ein Zeichen: »Spielt jetzt!«

Offensichtlich liebte der Khan Kulan wirklich, sonst hätte sie es nicht überlebt, einen seiner Söhne in der Öffentlichkeit so anzugreifen. Vielleicht hätte Borte es sich noch erlauben können. Aber sonst gewiß niemand.

Der als nächstes eintreffende Kurier war mein Mann aus China. Wenig später drückte ich ein halbes Dutzend Bücher an die Brust, drei davon lesenswert und eins ein schönes Exemplar von Konfuzius' Analekten. Es machte nichts, daß er sie von Plünderern bekommen hatte, die eine chinesische Stadt zerstört hatten.

Im Ulugh Yurt fanden zu jener Zeit häufig große Feste statt, an denen ich meist teilnahm. Eines Abends gab es ein Bankett zu Ehren von ein paar moslemischen Händlern. Vor kurzem hatte der Khan diplomatische Beziehungen mit dem Schah von

Khwarizm aufgenommen, um den Handel zwischen den beiden Ländern zu eröffnen, woraufhin sich in beide Richtungen Karawanen mit königlichen Geschenken auf den Weg gemacht hatten. Als wir aßen und tranken, fiel mir ein Gedicht von Tu Fu ein, in dem es um die Feier von ein paar hochrangigen Höflingen geht:

>»Für den Nachtisch Orangen aus Tungting,
>Für den Fischsalat schuppige Fänge aus ...«

Ich weiß nicht mehr woher. Doch die letzten Zeilen des Gedichts wußte ich noch:

>»... angeregt vom Wein, die Stimmung steigt.
>Und südlich vom Jangtse ist eine Dürre,
>Dort fressen Menschen Menschen.«

Diese letzte Zeile ging mir nicht aus dem Kopf, und ich betrank mich dermaßen, daß sie mich zu meiner Jurte zurücktragen mußten, wo ich nur einmal kurz aufwachte, um mein Bangu-Mädchen über den »alten Narren« lachen zu hören.

Woanders wäre ich wahrscheinlich, wenn ich mich in aller Öffentlichkeit so betrunken hätte, für eine verantwortungsvolle Aufgabe nicht mehr geeignet erschienen. Doch ich war bei den Mongolen, und schließlich war Kumys-Zeit. Nur der Khan mäßigte sich beim Trinken – zumindest meistens –, und wie tolerant er anderen gegenüber war, zeigte sich an einem Abschnitt, den ich einmal in den Bilik aufnehmen mußte:

»Man kann einen Menschen nicht vom Trinken abhalten. Es soll ihm dreimal im Monat erlaubt sein. Mehr ist unehrenhaft. Zweimal im Monat ist besser als dreimal, und einmal ist noch besser. Am besten ist es natürlich, überhaupt nicht zu trinken, aber das kann man von niemandem verlangen.«

Jedenfalls verlangte er es nicht von seinen Söhnen, Frauen und Generälen. Es hatte aber auch keiner eine so natürliche

Würde oder einen so sicheren Instinkt für Vornehmheit wie er. Mongolen haben wenig Gefühl für die Feinheiten guten Benehmens. Wohl aber er. Wenn er einen Wutanfall hatte oder einen Gesandten beleidigte, dann war das immer berechnet und nicht das brutale Verhalten eines Menschen, der sich nicht unter Kontrolle hat. Ich möchte behaupten, daß es Dschingis Khan, was sein feines Gespür anging, mit dem taktvollsten chinesischen Minister aufnehmen konnte. Wäre er ein geborener Chinese gewesen, dann hätte er die Gürtel hoher Ämter mit Würde getragen.

Womit ich bei meinem eigenen Unglück bin. Gerade, als ich mich an das gleichmäßige Leben zu gewöhnen begann, das meinem Volk so gut gefällt, erhielt ich den Befehl, im Rahmen der neuen Handelsbeziehungen eine Karawane nach Khwarizm zu begleiten. »Warum gerade ich?« fragte ich den Offizier, der mir die Nachricht brachte.

»Weil der Khan Euch vertraut«, wurde mir beschieden. »Er schickt nur moslemische Uiguren, nicht einen einzigen Mongolen. Damit will er seine guten Absichten unter Beweis stellen. Er möchte aber auch, daß jemand dabei ist, der kein Moslem ist. Und da Chinesen als tüchtige Händler gelten, sollt Ihr mitgehen.«

Die zweite Erklärung entsprach wohl mehr der Wahrheit. Ich hätte nun vielleicht vorbringen können, daß zwar manche Chinesen gute Händler waren, nicht aber alle und ich jedenfalls nicht. Doch ich hatte ja sowieso keine andere Wahl, als zusammenzupacken und mein Bangu-Mädchen zu warnen, daß jemand anderes ihrer Familie besagte dreißig Schafe zahlen müßte, wenn sie während meiner Abwesenheit schwanger würde.

Was wußte ich über die Moslems? Ungefähr soviel wie über die Christen, und das war recht wenig. Die Moslems glaubten an ein Buch, das Koran hieß und von einem Propheten geschrieben worden war, nachdem sein Gott zu ihm gesprochen hatte. Sie beteten fünfmal am Tag und begannen jede wichtige

Ankündigung mit den Worten, die der Prophet zuerst gehört haben soll: »Im Namen Gottes, des Barmherzigen und Gütigen ...« Sie hatten eine große Vorliebe für Teppiche und übten die Kunst der Kalligraphie mit einem ähnlichen Eifer aus wie mein Volk.

Also machte ich mich nun auf eine Zwölfhundert-Meilen-Reise ins Herz des moslemischen Lebens, begleitet von fast vierhundert Männern, die diese Religion ausübten, und tausend schwerbeladenen Kamelen, mit denen zwar sie umgehen konnten, aber nicht ich. Diese massigen, übellaunigen Tiere, die jeweils mit dem Kopf an den Schwanz des vor ihnen laufenden angebunden waren und das Fünffache des Gewichts eines Mannes trugen, hatten zwei Höcker und für ihre Größe kurze Beine, außerdem einen üblen Geruch, der dem eines ungewaschenen Mongolen in keiner Weise nachstand. Doch vielleicht war ich ja durch mein neuerliches Wohlergehen schon ein wenig verwöhnt. Schließlich hatte es einmal eine Zeit gegeben, da ich in ständiger Angst lebte, ob und wann mich meine mongolischen Entführer auf unserem Weg durch die Wüste umbringen würden. Jetzt ging es nicht durch die sandige Gobi, sondern über eine Grasebene, und meine Begleiter waren lediglich lärmende Uiguren, die sich während der Rast gegenseitig beim Würfelspiel betrogen.

Dennoch fühlte ich mich nicht wohl. Vielleicht lag es an den Eulen, die unser Lager aufsuchten, wenn die Sonne unterging. Wir Chinesen glauben, daß ihr sanfter, geräuschloser Flug den Tod ankündigt und ihr klagendes Rufen das Geräusch des Grabaushebens. Wenn ich als Kind böse war, schalt mich mein Kindermädchen manchmal »kleine Eule«. Auf unserem Weg nach Westen waren wir nun jede Nacht von Eulen umgeben, die riefen und dicht über unsere Köpfe streiften. Häufig träumte ich auch von riesigen Einöden sowie Sand- und Wirbelstürmen. Am Morgen starrte ich dann auf die mit lüstern-schlaffen Lippen wiederkäuenden Kamele, die mich mit ihren

Augen mit den langen Wimpern hochmütig anschauten, als wäre ich noch nicht ganz aus einem Alptraum erwacht, in dem sie mich über eine Ebene gejagt hatten.

Ich machte die Bekanntschaft Mahmud Yalvachs, eines Händlers aus Gurganj, der diese Expedition für den Khan leitete.

Er hatte dicke Tränensäcke unter den Augen und üppige, herunterhängende Lippen, die mich an die Kamele erinnerten. Er war mir gegenüber jedoch aufmerksam und freundlich. »Ihr schlaft nicht gut«, bemerkte er, als wir auf der windgeschützten Seite eines grasbewachsenen Hügels Tee tranken.

»Vielleicht liegt es an den Kamelen. Ich verstehe sie nicht.«

»Natürlich versteht Ihr sie nicht. Wer versteht sie schon? Und die Beine tun einem weh. Man ist es ja nicht gewöhnt, auf so breiten Rippen zu sitzen.« Er lachte und schenkte aus einem Eisentopf Tee nach. »Scheußliche Tiere, die Kamele. Aber sie laufen noch, wenn ein Pferd keinen Schritt mehr tut. Seid Ihr schon mal von einem runtergefallen?«

Als ich den Kopf schüttelte, erzählte er mir, daß es nicht so schlimm wäre, solange man die Füße aus den Schlaufen bekäme. Er warnte mich davor, ein Kamel auf monotone Art zu schlagen. »Nehmen wir einmal an, Euer Kamel bricht nach links aus, weil da ein Vorratswagen ist, an dem es sich reiben will. Ihr versetzt ihm also einen Schlag, damit es sich wieder einordnet. Wenn Ihr das den ganzen Morgen macht, fängt es plötzlich zu zittern an, als gäbe es ein Erdbeben. Es schlottert so stark, daß das Zaumzeug reißt und Ihr runterfallt. Und es hört nicht auf zu zittern und stöhnt und ächzt und kippt vielleicht sogar um. So sind die Kamele. Schreckliche, dumme, rätselhafte Tiere. Doch in diesem Fall handelt das Kamel sogar vernünftig. Es gibt einem zu verstehen, daß man es nicht immer wieder auf die gleiche Art schlagen soll.«

»Wenn ich es mir recht überlege, sind es eigentlich nicht die Kamele, die mir Sorgen machen. Es ist der Auftrag selbst. Ich glaube nicht, daß die Mongolen gute Händler sind.«

»Um so wichtiger, daß wir es für sie erledigen. Ala al Din Mohammed ist ein weiser und begüterter Herrscher, der den Großen Khan respektiert und mongolische Waren, besonders Pelze will. Der Khan wird mit uns zufrieden sein.«

In der Ferne hörte ich Schakale heulen.

»Danke, daß Ihr mich beruhigt habt«, sagte ich zu Mahmud Yalvach, ohne es wirklich zu meinen. Meine Nachfragen bei den Uiguren in der Karawane hatten ein ganz anderes Bild vom Schah von Khwarizm und seiner Herrschaft ergeben.

Als letzter einer kriegerischen türkischen Dynastie hatte er das reiche persische Gebiet von Transoxanien einschließlich der prachtvollen Städte Samarkand und Buchara unter Kontrolle gebracht. Jetzt bedrohte er mit einer riesigen Armee, die hauptsächlich aus Kiptschak-Söldnern bestand, den ganzen Nahen Osten.

»Endlich verstehe ich«, sagte ich lächelnd zu einem der Uiguren, die mir Bericht erstattet hatten. »Der Schah ist ein bescheidener, hochgeistiger Mann. Vielleicht können wir ihm ja ein paar Elfenbein-Buddhas verkaufen.« Mein Sarkasmus rief nicht einmal ein schwaches Lächeln hervor.

Unsere Reise endete in Otrar, einer mitten in Sanddünen, auf Hügeln erbauten Stadt. Die Basare waren für ihre Lederwaren, Glasgegenstände, Sklaven, Metallrüstungen und Teppiche bekannt. Als unsere Karawane in der Nähe der überfüllten Verkaufsstände und lauten Marktschreier anhielt, tauchten unzählige neugierige Menschen auf.

Ich begleitete Mahmud Yalvachs Delegation zum Gouverneurspalast, der aus vielen niedrigen, weißen, durch Gänge miteinander verbundenen Gebäuden bestand und von einer alten Mauer mit mächtigen Wachtürmen umgeben war.

Wir wurden zum Gouverneur vorgelassen, wo ein Orchester mit Trommeln, Tamburinen und Glocken für uns aufspielte. Musik ist ein gutes Zeichen, dachte ich.

Der Gouverneur Inalchik trug eine weiße Seidenrobe und saß inmitten von Kissen. Seine in eine Decke gehüllten Füße streckte er über eine Vertiefung im Boden, in der ein winziger Holzkohleofen stand. Lauter gute Zeichen! Ein Mann, der weiße reine Seide trug und sich die Füße wärmte, war zivilisiert. Wir wurden zum Sitzen aufgefordert und bekamen Erfrischungen angeboten. Ich entspannte mich noch mehr, als ein Diener ein silbernes Tablett vor uns hinstellte, auf dem Tassen mit heißem, kräftig gewürztem Tee standen. Es gab Schalen mit Sahne und Honig und einen Haufen dünner, gebackener Kuchen. Jegliches ungute Gefühl hatte mich verlassen.

Der Gouverneur begann das Gespräch, indem er sich höflich nach unserer Reise erkundigte – nach ihrer Länge, ihren Schwierigkeiten und so weiter.

»Sind die Leute in Eurer Gruppe Mongolen?« kam er jetzt etwas mehr zur Sache.

Mahmud Yalvach erklärte, sie wären alle Moslems, außer einem chinesischen Schreiber. Der Große Khan habe sicherstellen wollen, daß seine erste Handelskarawane dem Schah behagte.

Der Gouverneur nickte gelassen. »Nun, es hat da Gerüchte gegeben.«

»Ja?« lächelte Mahmud Yalvach.

»Es heißt, der Khan schicke unter dem Deckmantel des Handels Spione in andere Länder.«

Mahmud Yalvach, der ein beleibter Mann war, ließ Kinn und Bauch in gezwungener Heiterkeit heftig wackeln. »Glaubt mir, glaubt mir doch! Nichts davon ist wahr! Der Große Khan ist voller Bewunderung für den großen, allmächtigen Sultan, für den Schatten Allahs auf Erden.« Er holte eine Pergamentrolle hervor, an der eine weiße Kordel befestigt war, brach das blaue Wachssiegel und begann vorzulesen:

»Grüße an den Herrscher des Westens vom Herrscher des Ostens. Wir werden bestimmt immer mehr gemeinsame Grenzen bekommen, so daß es nur von Vorteil sein kann, wenn sich unsere Händler frei zwischen unseren beiden Ländern bewegen können. Dies ist meine erste Gruppe, welche die Ehre Eurer Gastfreundschaft in Anspruch nimmt. Ich vertraue darauf, daß ihr Eure vielgepriesene Großzügigkeit zuteil wird, und werde Eure hochgeschätzten Händler ebenso behandeln, wenn sie in meines Volkes Mitte eintreffen.«

Obwohl ich es selbst geschrieben hatte, dachte ich jetzt, daß es doch recht gut formuliert war.

Statt auf dieses verhaltene, aber ehrliche Freundschaftsangebot einzugehen, meinte der Gouverneur zu Mahmud Yalvach: »Kommt, sagt mir die Wahrheit! Seid ehrlich wie ein echter Moslem. Sind die mongolischen Armeen so stark wie unsere?«

Um ihm zu schmeicheln, erklärte der vorsichtige Händler: »Das wäre unmöglich. Der Herrscher der Mongolen ist verglichen mit der strahlenden Sonne des Sultans nur ein düsteres Licht.«

Dieser phantasievolle Vergleich schien die Vermutung des Gouverneurs zu bestätigen, denn er lächelte uns nur noch kurz an, murmelte einen Gruß und entließ uns hastig. Wir wurden angewiesen, unsere Waren im Palasthof abzuladen und auf Anweisungen des Schahs zu warten.

Es gelang mir an diesem Nachmittag, den Basaren einen Besuch abzustatten, die mich mit ihrem Lärm und in ihrer Buntheit an die überfüllten chinesischen Märkte erinnerten. Ich entdeckte Buchara-Öl für die Haarwäsche, tibetanischen Moschus für Parfüm und indischen Bernstein für einen Ring. In der mongolischen Steppe hatte ich dieses pulsierende und elegante städtische Leben entbehrt. Ich lief durch die Basare, atmete den kräftigen Duft von Pfeffer, Ingwer und Muskatnuß ein und strich mit den Fingern über die unbeschreiblich weiche persische Seide. Obwohl ich mich durch die Unhöflichkeit des Gouverneurs ein wenig vor den Kopf gestoßen fühlte, spürte ich doch, daß ich hier in Otrar zur Zivilisation zurückgekehrt war, so daß alles gutgehen würde.

23

Als ich in der Abenddämmerung zum Palast zurückkam, wurde ich von einer Wache grob am Arm gepackt und mit einer Schar anderer aus unserer Karawane in ein fensterloses Steingebäude bei den Ställen getrieben. Im Lichte einer einzigen Fackel sah ich Hunderte meiner Weggefährten in einem winzigen Raum zusammengepfercht. Man konnte sich kaum hinsetzen, und die ganze lange Nacht über hörte ich ununterbrochen Gebete, in denen Allah, der Barmherzige, um Gnade angerufen wurde. Im allgemeinen Durcheinander entdeckte ich Mahmud Yalvach erst am nächsten Morgen. Auf meine Frage: »Warum sind wir Gefangene?« erwiderte er ruhig, daß der Gouverneur Vorsichtsmaßnahmen ergriffen hätte, die aufgehoben würden, sobald uns der Schah die Handelserlaubnis erteilt hätte.

»Vorsichtsmaßnahmen? Wogegen denn?« fragte ich erstaunt.

»Der Gouverneur fürchtet sich vor Spionen.«

Im schwachen Licht, das durch die Deckenlatten fiel, konnte ich seinen ausdruckslos-höflichen Gesichtsausdruck sehen. Vielleicht hatte ihn ja der Umgang mit Herrschern, die ihn einmal Handel treiben ließen und ein andermal ins Gefängnis warfen, an wunderliche Unannehmlichkeiten gewöhnt. Mir jedoch fehlte seine Geduld und Haltung! Es war Herbst und kalt draußen, doch uns war es durch die vielen Menschen in diesem abscheulichen Gefängnis warm. Dafür war der Gestank der Exkremente – wir konnten uns nur in einer übelriechenden Ecke erleichtern – fürchterlich. Unser Essen bestand aus ein paar Säcken gekochter Körner, die einmal am Tag in den Raum geworfen wurden. Das Raufen darum führte nur dazu, daß die Körner auf den Boden fielen und auf ihnen herumgetrampelt wurde. Flüche verdrängten die Gebete.

Ich hatte wohl nicht das richtige Temperament, um es lange an einem solchen Ort auszuhalten. Ich wollte nicht raufen, um schmutzige Körner zu bekommen, oder sie gar schwächeren Männern wegschnappen – wie es einige bereits taten. Ich entschloß mich daher, soviel wie möglich zu schlafen, denn Wang Anshih hatte ja so wundervoll gesagt: »In meinen Träumen kann ich mit meinen alten Freunden wandern.« Ich hatte einen Platz an der kalten Steinmauer, und es gelang mir zu schlafen. Doch ich träumte nicht vom Wandern mit alten Freunden, sondern von Dämonen und Schrecken. Ich taumelte am Abgrund meiner eigenen Furcht entlang.

Ich weiß nicht mehr, wie viele Tage so vergingen. Auf jeden Fall so viele, daß der Gouverneur inzwischen seine Anweisungen vom Schah erhalten haben mußte. Es hatte keinen Zweck, sich an Mahmud Yalvach zu wenden. Dieser ging mir aus dem Weg, vielleicht weil er ein stolzer Mann war und sich wegen seiner falschen Einschätzung des Schahs genierte. Viele der Händler, die Mahmud Yalvach die Schuld an ihrer mißlichen Lage gaben, drohten schon, ihn zu töten, und hätten es wahrscheinlich auch getan, wenn sie nicht geglaubt hätten, daß er ihnen vielleicht doch noch irgendwie zur Freiheit verhelfen konnte.

Dann schwang eines Tages völlig überraschend die schwere Tür auf, und wir wurden in die Sonne hinausgetrieben. Ich war überrascht zu sehen, wie viele von uns vor Schwäche taumelten. Darunter auch ich. Es ging am Tor des Palastes vorbei und zur Stadt hinaus. Anfangs hatten noch so manche von uns ein erleichtertes Lächeln auf den Lippen, doch das verging uns, als wir einzeln hintereinander auf der Straße weiter und immer weiter gehen mußten. Ich erinnere mich noch an eine Gänseschar, die über uns hinwegflog, eine Gänseschar, die nur eines im Sinn hatte: Dorthin zu fliegen, wo sie hinflog.

Wir wurden von einem Offizier hoch zu Pferde angeführt.
Über den Schultern trug er einen Zobelumhang mit Brokat-
besatz, und in seinem Gürtel blitzte in der Sonne ein Dolch
mit Silbergriff. Unser Zug wurde auf beiden Seiten von einer
schwerbewaffneten Reitereinheit gesäumt. Vor uns, da war etwas – ein Haufen hölzerner Gerätschaften und viele schwarz-
gekleidete Männer, die auf uns zu warten schienen.

Mahmud Yalvach wurde vorgerufen. Dieser wiederum rief
mich auf. Wir mußten uns neben den Offizier stellen, der vor
den Männern mit den schwarzen Röcken und Lendenschur-
zen aus Leder angehalten hatte. Ich konnte jetzt erkennen, um
was es sich dort auf dem Boden handelte: Es waren lange, dikke Stangen und Räder mit Speichen, jeweils etwa fünfzig.

Vor langer Zeit schon war ich zu der Überzeugung gekommen, daß die Mongolen die grausamsten Menschen auf Erden
sind. Doch da hatte ich wohl noch nicht viel über Unmensch-
liches gewußt. Jetzt sollte ich erkennen, daß es Grausamkeit in
allen Abstufungen gab, die selbst Konfuzius in moralischer
Hinsicht hätten neugierig machen können. Mir war bekannt,
wie Mongolen Gewalt ausübten: Sie schlachteten haufenweise
schnell und methodisch ab. Doch nun erlebte ich noch etwas
viel Schrecklicheres.

Ungefähr fünfzig Leute von uns wurden auf entsetzliche
Art und Weise gerädert. Einer nach dem andern. Es hatte keinen Zweck, um Gnade zu flehen oder zu fliehen zu versuchen. Es waren zu viele der Männer in schwarzem Leder. Der
Rest von uns wurde dann in den Kerker zurückgetrieben. Niemand schluchzte oder wimmerte noch. Wir ließen alles mit
uns geschehen. Als an diesem Abend die Kornsäcke hereinge-
worfen wurden, drängelten sich nur ein paar ganz Zähe um
sie. Ansonsten nutzten wir die frei gewordenen Plätze, um uns
auszustrecken, und warteten einfach auf den nächsten Tag. Ich
schlief sogar – den Schlaf äußerster Erschöpfung.

Als wir am nächsten Morgen wieder dorthingebracht wurden, waren noch nicht alle Opfer auf den Rädern tot. Das überraschte und entsetzte mich. Wie konnte man nur eine so entsetzliche Pein so lange aushalten?

Weitere fünfzig von uns wurden zwar nicht aufs Rad geflochten, dafür aber – zu ihrem Glück – schnell und fachmännisch enthauptet. Es mußte ihnen wie ein Geschenk vorkommen. Auch die Panik unter uns Wartenden ließ nach, und es senkte sich fast so etwas wie Ruhe über uns.

Am nächsten Tag wurden alle übrigen unserer Karawane, außer Mahmud, einem anderen Händler und mir, erhängt. Wenn in meinem Land ein Bauer zwischen Erdrosseln und Enthaupten wählen durfte, entschied er sich immer für Erdrosseln, weil er glaubte, daß seine Seele bei einer Abtrennung des Kopfes vom Körper wegfliegen würde. Ich persönlich hätte mich lieber enthaupten lassen.

Überall um uns herum krächzten Krähen. Wir drei Überlebenden wurden von dem Offizier und einer Fußtruppe in die Stadt zurückgeführt. »Der Gouverneur will euch sehen«, erklärte der Offizier. »Aber macht euch vorher sauber.«

Wir erhielten Eimer mit Wasser und frische Sachen und wuschen und kleideten uns in dem ansonsten leeren Raum. Dann setzten wir uns schweigend hin und warteten. Wir blickten einander nicht an, wir drei, die einzigen, die von vierhundert Männern übriggeblieben waren.

Der Gouverneur ruhte in seinen Seidenkissen und trank Tee. Mit einer höflichen Handbewegung ließ er uns Platz nehmen. Auch diesmal kam ein Diener und stellte ein silbernes Tablett mit Tassen vor uns hin.

Keiner von uns nahm eine.

Der Gouverneur lächelte, als er unser Widerstreben sah. »Meint ihr, daß es eine zu rauhe Behandlung war? Wenn ja, dann habt ihr offenbar noch nicht den Ernst unserer Politik erkannt.« Er steckte sich eine Dattel in den Mund; ich bemerkte ein Tröpfchen Tee auf seinem gepflegten Bart. »Was haltet ihr denn vom Rädern?« fragte er im leichten Plauderton.

»Schrecklich, nicht wahr? Es gehört zu den wenigen nützlichen Dingen, die uns der christliche Westen gebracht hat. Wer es einmal gesehen hat, überlegt es sich zweimal, ob er etwas tut, was dazu führen kann. Der Schatten Allahs auf Erden duldet keine Spione in seinem geliebten Königreich. Wenn sie erwischt werden, ereilt sie ein Schicksal, das ihr nun gut nachvollziehen könnt.«

»Ihr habt einen Fehler gemacht«, sagte Mahmud Yalvach kühl.

Seine nüchterne Kühnheit kam für den Gouverneur überraschend. Fast hätte er seinen Tee verschüttet. »Den Fehler«, erklärte er ärgerlich, »hat euer Khan gemacht. Dadurch, daß er uns Spione geschickt hat, ist er vertragsbrüchig geworden. Deshalb haben wir seine Waren beschlagnahmt. Euch drei haben wir am Leben gelassen, damit ihr zurückgehen und erzählen könnt, was geschehen ist. Vielleicht macht er dann nicht noch einmal so einen Fehler.«

»Sicher nicht.«

»Sicher nicht! Wie könnt Ihr, ein Moslem, nur einem solchen Wilden dienen?«

Anstatt auf diese Frage zu antworten, sagte unser praktischer Händler: »Um zurückzukommen, brauchen wir Pferde.«

»In Ordnung, die bekommt ihr.«

»Und warme Sachen.«

Der Gouverneur nickte.

»Essen und sonstige Vorräte.«

»Natürlich«, meinte der Gouverneur. »Wir wollen, daß ihr den Khan sicher erreicht, damit ihr ihm die Wahrheit sagen könnt.«

Auf meinen Vorschlag hin machten wir uns, mitten im Winter, nicht auf den Weg zum zwölfhundert Meilen entfernten Sari Ordu, sondern ritten fast direkt nach Norden zum viel näheren Chu-Tal, wo Jochi und Subetai überwinterten. Nach dem Sieg über die Merkit hatten sie durch Pfeilboten ihren Wunsch übermittelt, dort bis zum nächsten Frühjahr zu bleiben. Kurz vor unserer Abreise hatte ich noch davon und von der Zustimmung des Khan erfahren, so daß ich nun wußte, wo sie waren.

Auch mit Pferden und Vorräten war es noch eine sehr beschwerliche Reise. Wölfe hefteten sich uns an die Fersen, und wir mußten einen Schneesturm durchstehen. Unsere Pferde schleppten sich nur mühsam durch die verschneiten Lärchen- und Kiefernwälder, und die türkischen Mäntel waren, obwohl pelzgefüttert, nicht so warm wie die der Mongolen. Nur Mahmud und ich erreichten schließlich das Lager von Jochi und Subetai; der andere Händler war von einem vereisten Felsen gestürzt.

Schon eine Stunde später war ein Kurier mit der Nachricht in der Satteltasche unterwegs, wie wir in Otrar behandelt worden waren.

Und mir wurde plötzlich klar, daß die Angst und der Schrecken ein Ende hatten. Ich atmete allmählich ruhiger und erkannte den wieder, der mit meinen Augen in die Welt sah. Das Leben war so schrecklich gewesen, daß ich mir nicht erlaubt hatte, daran zu denken, wer es lebte. Nun hatte ich zuviel Zeit zum Nachdenken und Erinnern, da es nur wenig Zerstreuung gab. Die Mongolen gingen im Winter gern auf die Jagd, doch ich blieb lieber allein in meinem kleinen Zelt und fror vor mich hin.

Subetai lud mich ab und zu zum Essen ein, doch er war dabei unzugänglich und wortkarg. Er war ein großer, gebeugter und dünner Mann und schien viel älter zu sein als ich, obwohl wir gleichaltrig waren. Bei einem Feldzug war er verwundet worden und hatte davon einen verkümmerten, unbrauchbaren Arm zurückbehalten. Ögödei hatte mir einmal erzählt, daß Subetais Ideen wie Blitzschläge waren. Das mochte ja stimmen, doch nach den Mahlzeiten mit Subetai war ich jedesmal noch bedrückter als zuvor.

Jochi hingegen lebte so feudal, wie es an einem zugefrorenen Fluß in einer Ebene, über die der Wind pfiff, eben möglich war. Er hatte die Hälfte der zu seinem beachtlichen Hausstand gehörenden Menschen den weiten Weg vom Mongolenreich herkommen lassen, um Unterhaltung zu haben. Das bedeutete, daß er Musiker, Tänzerinnen und so viele Frauen hatte, daß er einen ganzen Monat immer mit einer neuen schlafen konnte. Wie ich hörte, hatte er seinen Vater nicht darüber informiert. Ein derartiger Umzug ohne die Erlaubnis des Khan war eine Trotzhandlung. Doch Jochis Widerspenstigkeit hatte keine negativen Auswirkungen auf die Ergebenheit seiner Gefolgsleute. Ähnlich seinem Vater, hatte er etwas Mitreißendes an sich, das die Menschen zu ihm hinzog.

Ich lernte Jochi in diesem Winter gut kennen. Er war launisch, argwöhnisch und unberechenbar. Sein umstrittenes Erbe schien sein Denken zu beherrschen. Dafür überstieg seine außergewöhnliche Energie vielleicht sogar noch die seines Vaters. Er konnte sich amüsieren wie kein zweiter, ganz gleich, ob er die Brust einer Frau streichelte, einen Becher Airhi schwang oder einen Ziegenknochen abnagte. Doch in der Stille eines einsamen Augenblicks konnte er auch sehr gequält wirken. Wie viele andere mochte und bemitleidete ich ihn zugleich, ein Phänomen, das sicher zu seiner Popularität beitrug.

Einmal bemerkte ich, wie er mich nachdenklich ansah. Lächelnd meinte er dann: »Für einen Chinesen seid Ihr fast ein Mongole, weil Ihr versteht, was einen Mongolen ausmacht. Ein Mongole weiß, daß er halb Mensch und halb Teufel ist. Und weil er das weiß, kann er den Teufel in sich verborgen halten, bis er ihn zu seinem Vorteil einsetzen kann. Stimmt's?«

»Ja, Ihr habt recht«, pflichtete ich ihm kühn bei. Etwas vorsichtiger fügte ich dann hinzu: »Ich sehe mich gerne als Mongole.«

Geradezu durch einen Schwarm von Pfeilboten erfuhren wir von der Reaktion des Khan auf das Schicksal der Otrar-Karawane.

Zwar konnte kein mündlicher Bericht das Miterleben eines der legendären Wutanfälle Dschingis Khans ersetzen, doch schlossen wir aus den weit aufgerissenen Augen und ehrfurchtsvollen Worten der Kuriere auf die Reaktion des großen Eroberers: auf seine maßlose Heftigkeit und schließlich seine eisige und beispiellose Beherrschung.

Inzwischen hatten drei Jaguns Späher das Reich der Mongolen verlassen, Herolde einer möglichen Invasion als Antwort auf die Otrar-Geschichte. Mit ihnen traf Boru bei uns ein, Mukulis Sohn, der jetzt ein breitschultriger, bärtiger junger Krieger war. Mit Zustimmung seines Vaters kam er mehr zum Lernen als zum Kämpfen. Damit erwies Mukuli uns beiden einen Dienst. Boru brachte Papier, einen Schleifstein, Tuschestifte und Pinsel mit, so daß wir alles zur Verfügung hatten, was wir für unsere Arbeit brauchten. Ich war begeistert. Endlich hatte ich etwas zu tun, um mich auf andere Gedanken zu bringen. Obwohl Boru zu einem Spähtrupp gehörte, der üben mußte, schaffe er es doch, jeden Tag mit mir zu studieren. Er interessierte sich besonders für die Kalligraphie, so daß wir uns darauf konzentrierten. Ein mongolischer Kalligraph! Was für schöne Aussichten! Wir gingen methodisch nach den drei klassischen Stilen der Han-Periode vor: dem Chen shu, Hsing shu und Ts'ao shu. Ich führte ihm alle vor, und er schaute genau zu. Boru hatte breite, kräftige Hände wie sein Vater, weshalb es eine gewisse Zeit brauchte, bis er den Pinsel richtig führte. Schließlich hielt er ihn jedoch so, daß er mit der hohlen Hand ein Ei hätte umfangen können. Ich lachte, wenn er sich über wunde Finger und überanstrengte Muskeln beklagte. Erst dann durfte er die acht Grundstriche ausführen, wobei ihm das Zeichen »yung« für Ewigkeit als Muster diente. Wenn er ungeduldig wurde, erzählte ich ihm von Wang Xizhi, dem größten Kal-

ligraphen aller Zeiten, der fünfzehn Jahre an der Vervoll-
kommnung der acht Striche von »Ewigkeit« gearbeitet hatte.
Wir sprachen auch über die Philosophie des Schreibens, wie
wichtig es zum Beispiel beim richtigen Li-Stil war, daß jedes
Zeichen zumindest mit einem Strich in Form eines Seiden-
raupenkopfes begann und mit einem endete, der einem
Schwalbenschwanz glich. Boru würde zwar kein erstklassiger
Kalligraph werden, hatte aber viel Gespür für diese Kunst.
Wenn er auch wie jeder andere Ponyreiter aus der Steppe aus-
sah, so dachte und fühlte er doch wie ein Chinese.

Ich hatte einmal ein paar sehr schöne alte Schriftrollen besessen; diese hätte ich jetzt gern Boru als Anerkennung für sein
ernsthaftes Lernen gegeben. Ich mußte oft an seinen Vater
Mukuli und den Treueeid beim Trinken schmutzigen Wassers
damals am Baljunasee denken, als achtzehn Männer ihr Leben
in die Hände des Rebellen Temudschin gelegt hatten. Boru war
genauso leidenschaftlich wie sein Vater und konnte sich, wie
dieser, ganz einer Sache hingeben. Manchmal ließ ich mich
von der Freude, einen solchen jungen Mann unterrichten zu
dürfen, hinreißen und erzählte ihm, was für einen Eindruck
gute Kalligraphie auf mich machte. Mi Feis Schrift sah so aus
wie kühle, feuchtschimmernde Lavendelblüten, die in einen
Teich hinunterschwebten, und Chih-yungs Zeichen erinnerten mich an Felder wächserner, sich im Wind wiegender Lotusblüten.

Während des Unterrichts pfiff der Wind durch die Zeltlö-
cher und brachte unsere Kerzenflamme zum Flackern.

Den Berichten aus dem Mongolenreich zufolge bereitete
sich der Khan auf den Krieg vor. Da ich seine penible Art kannte, war ich davon überzeugt, daß jetzt im Sari Ordu Tag und
Nacht Beratungen stattfanden. Er handelte nie unüberlegt.

Wir erfuhren, daß er ein gebieterisches Ersuchen an den
Schah von Khwarizm geschickt hatte, in dem er Wiedergutmachung und eine persönliche Entschuldigung verlangte.

Zwei der drei mongolischen Gesandten, die es überbrachten, wurden vom Schah sofort hingerichtet, der dritte wurde auf einem Kamel zurückgeschickt.

Seit jenen zusammen erlebten Schrecknissen empfanden Mahmud Yalvach und ich tiefen Respekt füreinander. Ich suchte ihn nun auf, um mit ihm über das beleidigende Verhalten des Schahs zu sprechen. Wir tranken in seinem Zelt Tee, während draußen der winterlich kalte Wind blies und schreiende Gänse über uns hinwegflogen.

»Jetzt macht er schon wieder einen großen Fehler«, meinte ich. »Hat denn der Schah diese Gesandten auch für Spione gehalten?«

»Ich glaube, das war ihm egal. Er wollte mit ihrer Ermordung nur seiner Verachtung für den Khan Ausdruck verleihen. Er ist einzig und allein daran interessiert, als geistiges Oberhaupt anerkannt zu werden.«

»Ich hatte keine Ahnung, daß er ein geistiges Oberhaupt ist.«

Mahmud meinte verächtlich: »Das ist er auch nicht. Er ist bloß eitel. Er möchte, daß sein Name bei den öffentlichen Gebeten angeführt wird. Ihm gefällt der Gedanke, daß ›Allah‹ und ›Ala al Din Mohammed‹ in einem Atemzug genannt werden.«

Ich lachte. »Man könnte meinen, Ihr kennt ihn durch und durch.«

»Das tue ich auch. Ebenso wie der Khan.«

»Wie ist das möglich?«

»Er hört über ihn von Spionen. Dschingis Khan setzt sie schon seit einigen Jahren ein.«

»Woher wißt Ihr das?« Es verletzte mich, daß so etwas geschah, ohne daß ich es erfuhr.

»Ich weiß es, weil ich sie selbst angeheuert habe«, erklärte Mahmud. »Ich bin anständig dafür bezahlt worden«, fügte er stolz hinzu.

»Dann stimmte es also? Wir hatten wirklich Spione in unserer Karawane?«

»Nein, nicht einen einzigen. Damit hätte ich die Mission nicht gefährdet. Ich vermute, daß der Gouverneur vorher einen Spion gefangengenommen hatte und nun annahm, daß wir auch welche wären. Doch das war ein sehr großer Fehler.« Er beugte sich vor und malte mit dem Finger eine Linie auf den Filzteppich. »Und ein dummer noch dazu. Seht hier. Das ist der Syr-darja im Osten. Und hier im Westen sind große Städte wie Samarkand und Buchara. Der Schah wird sie durch Garnisonsstädte entlang dem Syr-darja verteidigen. Selbst wenn eine Armee durchbricht und den Fluß überquert, kann er noch Soldaten von anderen Befestigungen abziehen, die dann von hinten angreifen, während Truppen aus den Städten von vorn kommen.«

»Und warum ist das so dumm? Das scheint doch ein guter Plan zu sein.«

»Es wäre sogar ein ausgezeichneter Plan, wenn der Khan nicht darüber Bescheid wüßte.«

»Nun«, sagte ich und pustete auf meinen dampfenden Tee, »eins weiß ich jedenfalls, und zwar, daß Dschingis Khan glücklich ist.«

Nun war Mahmud überrascht. »Wie könnt Ihr das wissen?«

»Dafür brauche ich keine Spione. Der Khan hat wieder einmal einen Grund, in den Krieg zu ziehen. Er kann mit seinem Reiterheer einen langen, blutigen Feldzug unternehmen. Was könnte ihn glücklicher machen?«

24

Durch Pfeilboten, die jetzt täglich eintrafen, erfuhren wir von den Fortschritten des Khan.

Im Sommer des Tigers übernahm er von Bogurchi, seinem Kommandeur im Westen, das Oberkommando über die Rechte Armee. Er überwinterte mit ihr am Fuße des Altai. Dann überquerte er an der Spitze von zehn Tumen den Arai-Paß. Durch Kuriere bestimmte er einen Stützpunkt im Talas-Tal, wo sich die verschiedenen Truppen aus dem Mongolenreich und unsere, die seit der Ausrottung der letzten Merkit untätig gewesen waren, treffen sollten.

Im Frühjahr des Kaninchens kamen wir am Talas an. Vom Flußufer aus blickte man auf eine weite Grassteppe voller Klatschmohn, wilder Tulpen und einer gelben Blume, die ich noch nie gesehen hatte. Überall stolperte man über Schildkröten. Sie liefen gemächlich im Gras herum, bis sie getötet und wegen ihres Wohlgeschmacks gekocht und verspeist wurden. Mein Volk nennt die Schildkröte »Schwarzer Krieger«, sie gilt neben dem Phönix, dem Einhorn und dem Drachen als mythische Figur. In jenem Frühjahr sorgte der Schwarze Krieger jedenfalls für eine gute Suppe, wenn er mir auch auf die Art, wie er in meiner Heimat zubereitet wird, besser schmeckte.

Überall in der Ebene gab es Pistazien, in deren flachen Kronen riesige Geier mit weißen Köpfen und schwarzen Schnäbeln nisteten und geduldig darauf warteten, daß kranke Gazellen oder alte Kulane zusammenbrachen und nach einigem Röcheln starben. Als ich an einem sonnigen Tag das Lager verließ, wäre ich beinahe über eine riesige Echse gestolpert, die nicht viel kleiner als ich war und sich an Vogeleiern gütlich tat. Sie verschlang gerade eines, und ich konnte es wie eine Welle ihren langen Hals hinunterrutschen sehen.

Unsere Kamele wurden wegen ihrer Gefräßigkeit zu einem Problem für uns. Der Geruch von Kresse und Senfpflanzen machte sie verrückt. Wenn wir sie zum Weiden freiließen, sprangen sie sabbernd über die Ebene.

Viele Mongolen jagten Kulane. Von diesen wilden Eseln, die an niedrigen Büschen knabberten, gab es überall übers Land verstreute Herden. Sie waren sandfarben und hatten weiße Flecken auf den Hinterbacken, kurze, braune Mähnen, pferdeähnliche Ohren und große, hübsche Augen. Ihre dicken weißen Bäuche boten gute Zielscheiben für die Pfeile der Mongolen. Ich zeigte nicht, wie zuwider mir ihr Abschlachten war, weil sie so stark bluteten.

Im Frühjahr traf der Khan mit seinem Heer ein und befand sich damit auf dem Boden des Schahs von Khwarizm. Darüber hinaus kam noch eine riesige Menge Söldner – Uiguren, Kitai und Kirgisen aus den Wäldern des Nordens –, durch die sich die Streitmacht der Mongolen verdoppelte. Außerdem hatte jeder mongolische Reiter mindestens vier oder fünf Ersatzpferde, so daß schon dadurch die Illusion einer viel größeren Armee entstand. Später stießen noch riesige Herden von Rindern, Schafen, Kamelen und Pferden dazu, außerdem mit Nahrungsmitteln und Belagerungswaffen beladene Wagen, mitziehende Frauen und ganze Offiziersfamilien. Durch die vielen Menschen und Tiere, die sich über die Ebene ergossen, sah es wie nach einer Überschwemmung in China aus.

Wenn ich den Khan nicht gekannt hätte, wäre mir all das vielleicht nur als ein lärmender, lästiger Haufen erschienen, der von disziplinierten Soldaten leicht niedergemacht werden konnte. Doch ich wußte, daß er all diese Einzelteile zu einer militärischen Ordnung zusammenfügen würde. Und ich wuß-

te auch, daß er, wenn er im Talas-Tal eine so riesige Menschen-
menge anwachsen ließ, daß man meinen konnte, es wäre eine
große Stadt, einen Feldzug immensen Ausmaßes und über
einen langen Zeitraum plante. Wohl aus einer gewissen Nostalgie heraus hatte er die Welt der Nomaden mitgenommen,
während sein Bruder Khasar, der im Mongolenreich zurückgeblieben war, eine richtige Stadt aufbaute. Ich erfuhr, daß diese sogar schon einen Namen hatte, nämlich Karakorum, und
am oberen Orchon lag.

Alle vier Prinzen nahmen an dem Feldzug teil. Jochi hatte
sein Lager, wie üblich, etwas abseits aufgeschlagen und war von
seinem eigenen Gefolge umgeben. Tuli begrüßte mich mit einem breiten Grinsen, Tschaghatei hingegen beachtete mich
überhaupt nicht. Ögödei kam zu mir herüber und erkundigte
sich nach meinem schönen Pony. Es beeindruckte mich, daß
er sich noch an »Hundert alte Namen« erinnerte. »Ich habe das
Pony im Sari Ordu zurückgelassen«, erzählte ich ihm. »Wenn
ich es nach Otrar mitgenommen hätte, wäre es jetzt in einem
moslemischen Stall.«

Der rothaarige Prinz hatte ähnlich leuchtende Augen wie sein
Vater. »Otrar lassen wir nicht auf sich beruhen«, sagte er ruhig.

Ich traf auch den jungen Astrologen Yelü Chucai wieder.
Wir machten einmal zusammen einen Spaziergang aus dem
Zeltdorf hinaus auf eine riesige Wiese, wo mongolische Hirten Vieh hüteten. Ich überließ ihm die Wahl des Weges, und
weil er uns so weit vom Lager wegführte, vermutete ich, daß
er mit mir reden wollte. Yelü begann das Gespräch damit, daß
er sich einer Unwahrheit bezichtigte. Als die Armee gerade
den Sari Ordu verlassen hatte, erzählte er, fing es plötzlich
mitten im Sommer zu schneien an. Zwei Tage lang kämpften
sie sich durch die Schneemassen. Da der Khan an Zeichen vom
Himmel glaubte, fragte er ihn, was das zu bedeuten hätte.
»Und ich erzählte ihm«, sagte Yelü, »daß es ein gutes Zeichen
wäre. Schnee zur falschen Jahreszeit würde bedeuten, daß der

Herr des Nordens den Sieg über den Herrn des Südens davontragen würde. Und er wäre im Norden und der Schah im Süden. Das gab ihm ein Gefühl der Sicherheit, und wir setzten unseren Feldzug fort.« Der Kitan blieb einen Augenblick stehen und sah blinzelnd zum Himmel hoch. »Doch für den Schnee waren ein kalter Wind und ein paar Wolken verantwortlich. Er hatte überhaupt nichts zu bedeuten.«

»Und warum gebt Ihr das mir gegenüber zu?« fragte ich argwöhnisch.

»Weil wir zusammenarbeiten müssen.«

»Zu welchem Zweck?«

»Um ihm bei seinen Eroberungen zu helfen. Und um die Welt zu retten.«

Ich blickte den jungen Mann erstaunt an. Mit seiner purpurfarbenen Seidenrobe und dem breiten Ledergürtel, der dem eines chinesischen Ministers sehr ähnlich war, sah er jedenfalls so aus, als stamme er aus einer königlichen Familie. Ich meinte scharf: »Wir müssen also zusammenarbeiten, um die Welt zu retten. Könnt Ihr mir sagen, was Ihr damit meint?«

»Dschingis Khan wird die Welt erobern.« Der Kitan schlenderte weiter. »Es muß aber verhindert werden, daß er sie auch zerstört. Zunächst einmal müssen wir den Uiguren Einhalt gebieten. Unser Weg hierher führte durch ihr Land, und Ihr macht Euch keinen Begriff, wie viele von ihnen sich bei ihm als Schreiber und Berater haben anstellen lassen.« Yelü blickte mich aus dem Augenwinkel heraus an. »Sie wollen Macht. Der uigurische Einfluß wird an die Stelle des chinesischen treten«, prophezeite er.

»Und was habe ich damit zu tun?«

»Ihr könnt zum Glück Uigurisch lesen und sprechen, während ich immer noch mit dem Mongolischen Probleme habe.«

»Mit anderen Worten, ich soll sie für Euch ausspionieren.«

Anstatt zu antworten, wechselte er das Thema. »Wir müssen auch den Söhnen helfen.«

»Den Söhnen?«

»Ja sicher! Einer von ihnen wird der neue Khan.« Nach längerem Schweigen sagte er nachdenklich wie im Selbstgespräch: »Doch welcher?«

»Vielleicht weiß das der Khan selbst noch nicht.« Ich war nicht bereit, offen mit Yelü zu sprechen. »Jochi ist jedenfalls der Älteste.«

Yelü lächelte wissend. »Wenn es nur so einfach wäre!«

»Und dann gibt es immer noch Tschaghatei.«

»Tschaghatei soll es also werden?«

Ich machte eine Geste der Hilflosigkeit. »Wer weiß? Vielleicht. Schließlich kennt er die Gesetze ganz genau. In China würde er einen guten Magistratsbeamten abgeben.«

»Oder vielleicht Ögödei?«

»Natürlich. Warum nicht?« Ich musterte ihn kurz. »Oder Tuli? Schließlich sieht er am besten aus.«

Doch der Kitan meinte es viel zu ernst, als daß er auf einen solchen Scherz eingegangen wäre. »Tuli ist – noch sehr jung«, sagte er steif.

»Vielleicht auch unzuverlässig?«

»Er ist nicht reif für die Khan-Nachfolge.«

»Dann also entweder Tschaghatei oder Ögödei. Vorausgesetzt, der Khan ist auch unserer Meinung.« Das sagte ich mit einem gezwungenen Lachen. Wir gingen schweigend zum Lager zurück.

Auch Wu Wei war da. Obwohl er jünger war als der Khan, sah er älter aus, vielleicht weil sein dünner Bart weißer war – inzwischen fast schneeweiß. Für seine Arbeit als Militäringenieur konnte er sich aber noch begeistern wie ein Knabe. Er nahm mich beim Arm und führte mich zu den Vorratswagen, wo er auf verschiedene Werkzeuge und Belagerungswaffenteile deutete – Stränge von gedrehter Kordel, Winden, Treibräder, Eisenplatten, Ringschrauben – und mir jedes einzelne liebevoll erklärte.

260

»Seht!« drängte er mich. »Seht Euch das an!« Er hob den Holzdeckel von einem Faß mit schwarzem Pulver. Seinem ekstatischen Lächeln nach hätte ich geglaubt, es wäre reines Gold. »Etwas Neues und ganz Wunderbares! Es explodiert mit einem lauten Knall, und danach bildet sich heller Rauch.« Ich muß wohl etwas verwirrt geschaut haben, denn er blinzelte mir zu und sagte: »Wartet's ab. Wartet's ab, dann werdet Ihr schon sehen, was es vermag!« Er erzählte mir von einem arabischen Söldner, der eine neue Technik für den Bau von Tunnels unter Mauern durch kannte. Dann hatte er noch einen Europäer kennengelernt, der ihm ein paar westliche Bezeichnungen für Belagerungswaffen beigebracht hatte. Das Katapult wurde »Wildesel« genannt, weil sich wilde Esel gegen Hunde, von denen sie gejagt wurden, wehrten, indem sie mit den Hinterbeinen Steine nach ihnen schleuderten. Die Wurfschleuder hieß dort »Vogelfalle«, aus welchem Grund auch immer. Er nannte Wörter wie Schießscharte, Schutzwehr und Tarngerät, und das waren für mich die ersten Wörter einer europäischen Sprache.

Es war immer schwierig, sich von Wu Wei loszureißen.

Der Khan hatte zwar ein Dutzend Tanzmädchen und zwei junge Konkubinen mitgebracht, von seinen Ehefrauen jedoch nur seine Lieblingsfrau Kulan. Ich sah sie oft, aber immer nur aus der Ferne. Sie war in Begleitung ihres Sohnes Kulkan. Sein verdrießlicher Blick erinnerte mich an Tschaghatai, der genauso ungern Chinesisch gelernt hatte. Ich wußte, daß es Kulans allergrößter Wunsch war, ihren Sohn eines Tages als Khan zu sehen. Doch das würde wegen seines Merkit-Blutes nie geschehen.

Eines Nachmittags ließ ich eine Stunde mit Boru ausfallen – etwas, was ich nur sehr selten tat – und lief ruhelos zwischen den Maikhans, den Wollzelten für den Feldzug, umher. Tausende von Männern bereiteten sich auf den Krieg vor. Sie fer-

tigten aus Holz, Sehnen und Schafshörnern kurze, wirkungs-
volle Bögen und verklebten sie mit Fischleim. Andere stellten
Ledertaschen für die Bögen her oder arbeiteten an Pfeilen aus
Schilfrohr, weil diese am geradesten flogen. Einige Männer
befestigten zum Signalisieren an Pfeilspitzen ganz leichte Pfei-
fen. Und vor vielen Zelten war man dabei, aus Weide Schilde
zu flechten oder aus Pferdehaarseilen Schlaufen, die Rüstungen aus gegerbtem Leder zu polieren oder die einschneidigen
Schwerter zu schärfen. Ich kannte ein paar der Männer, die
mich nun lächelnd grüßten oder mir wie einem alten Kameraden zuwinkten. Da überkam es mich plötzlich. Ich fühlte mich
zwar nicht ganz wohl dabei, ging aber dennoch raschen Schrittes zum Zelt des Khan.

Vor diesem war Seter an einem Pflock angebunden, dieser
weiße Hengst, den niemand, nicht einmal der Khan selbst, jemals ritt. Im Krieg kam auf ihm unsichtbar der Kriegsgott mit,
der Beschützer der Horde der Mongolen. Neben dem Pferd
stand der hohe Pfosten mit den neun Jakschwänzen. Die Mongolen glaubten, durch die Kraft der Magie würden Vögel, die
über die Tuk flogen, tot herunterfallen. Das Lieblingspferd des
Khan war an der anderen Seite des Eingangs festgemacht. Es
war cremefarben mit schwarzen Fesseln und schwarzem
Schwanz, ein Pony aus der Steppe, und ständig gesattelt.

Ich bat um eine Audienz beim Khan, setzte mich dann mit
gekreuzten Beinen in der Nähe des Zeltes hin und wartete.
Ich hatte mich auf ein langes Warten eingestellt, doch zu meiner Überraschung war die Sonne noch nicht einen Daumen
breit tiefer, als ich hineingerufen wurde.

Als ich das Zelt betrat, sah ich ihn auf einem mit Teppichen
bedeckten Podest sitzen. Zur Rechten spielte ein Mädchenor-
chester, zur Linken saßen die Frauen, unter ihnen Kulan. Aus
silbernen Karaffen wurde Kumys ausgeschenkt.

Ich wartete auf den Knien – meine Stirn berührte den Filzteppich – auf die Erlaubnis, vortreten zu dürfen.

Mir fiel ein, daß ich lange nicht mit ihm gesprochen hatte; das letzte Mal wohl, als ich etwas für den Bilik aufgeschrieben hatte. Er rief mich zu sich und sah mich so eindringlich an, als wäre ich ein hochgeborener Gefangener oder Bericht erstattender General. Dann gab er dem Orchester ein Zeichen, daß es mit dem Spielen aufhören sollte, und sagte etwas Sonderbares: »Ihr wart in Otrar.« Es klang mehr wie eine Frage als wie eine Feststellung. War es möglich, daß er vergessen hatte, daß ich einer der beiden Überlebenden der vierhundert Mann starken Karawane war?

»Ja, großer Khan.«

»Mahmud Yalvach meint, der Schah hat keine Angst vor uns. Meine uigurischen Berater sind anderer Meinung.«

»Ich würde Mahmud Yalvach glauben.«

»Und warum?«

»Weil ich weiß, wer er ist.«

»Der Schah glaubt, ich wäre hier, um das Massaker von Otrar zu rächen.« Der Khan strich sich über den Bart, der inzwischen weiß war und nur noch ein paar rote Strähnen hatte. »Natürlich muß er dafür büßen. Tausend Kamele, alle vollbeladen mit Jadefiguren und Porzellan aus China, mit Bronzespiegeln, auch aus Eurem Land; dazu noch Glücksstäbe aus Jasper und Felle vom schwarzen Fuchs und Biber aus meinem Land, mit Zobel gefütterte Seidenkleider und ein Goldklumpen so groß wie der Kopf eines Schafbocks im mittleren Wagen – all das, und nicht dafür bezahlt, sondern gestohlen.« Wütend hielt er inne, trank einen Schluck Kumys und hob seine beringte Hand, um dahinter ein Rülpsen zu verbergen. Er konnte sich besser als ich an die Karawanengüter erinnern. »Doch da irrt sich der Schah«, fuhr er fort. »Ich lasse mir den Handel mit dem Westen nicht kaputtmachen. Ich will nicht nur bestrafen. Es geht um viel mehr. Mahmud Yalvach sagt, daß viele der Truppen des Schahs aus Persern bestehen, denen die türkische Herrschaft nicht behagt. Meine uigurischen Berater meinen das auch.«

»Wenn Mahmud es sagt, glaube ich es.«

»Er sagt auch, der Schah würde mit solchen Truppen nicht das Risiko einer offenen Schlacht eingehen, weil dann die Gefahr besteht, daß sie fliehen.«

»Wenn Mahmud es sagt, glaube ich es.«

Der Khan beugte sich vor. »Was die Uiguren meinen, interessiert Euch nicht? Ihr lest und schreibt doch ihre Sprache!«

»Sie sind nicht die einzigen, die sie sprechen. Und alles, was sie wissen, wissen sie von anderen, die durch ihr Land kommen, während es Mahmud Yalvach aus eigener Erfahrung weiß.«

Der Khan gab einer Dienerin ein Zeichen, mir einen Kelch zu reichen. Während diese herüberkam, warf ich schnell einen Blick auf Kulan, deren Augen auf einen Punkt über dem Kopf des Khans ins Leere schauten.

Ich nahm den Kelch entgegen und trank einen Schluck des sprudelnden Getränks.

»Was wollt Ihr, Li Shan?«

»Ich möchte dabeisein, wenn die Prinzen Otrar belagern.«

»Warum?«

»Weil ich gesehen habe, wie sie unsere Männer getötet haben. Ich möchte sehen, wie unsere Männer die Männer von Otrar töten.«

Der Khan schlug sich aufs Knie. »Jetzt habt Ihr wie ein Mann aus den Filzzelten gesprochen. Das ist die Art der Mongolen! Habt Ihr mir noch irgend etwas Wichtiges über Otrar mitzuteilen? Etwas, was für die Einnahme von Nutzen sein könnte?«

»Nein, großer Khan, nichts«, gestand ich. »Ich muß leider zugeben, daß ich mich an die Stadt selbst nur sehr schlecht erinnern kann.«

»Das ist verständlich. Ein Mensch, der dem Tod ins Auge blickt, kann an kaum etwas anderes denken.«

Plötzlich lag eine tiefe Sympathie in den Augen des großen Mannes. Es war einer jener überraschenden Augenblicke, mit denen man bei Dschingis Khan rechnen mußte. Ich dankte ihm, kniete mich wieder hin und berührte mit der Stirn den Boden. Als ich mich erhob, schaute ich schnell noch einmal zu Kulan hinüber. Einen Augenblick lang trafen sich unsere Blicke, und ich spürte die Verbindung bis ins Herz hinein.

25

Im kühlen Herbst des Kaninchens schlug die vier Tumen starke Armee der Prinzen Tschaghatei und Ögödei ihr Lager unweit des Zusammenflusses des Arys und Syr-darja auf, nur einen Tagesritt von Otrar entfernt.

Nach mongolischem Brauch schickte Tschaghatei Spähereinheiten aus, die den Befehl hatten, den Feind anzugreifen, wenn sie auf ihn trafen. Ich wußte natürlich, daß die Mongolen den Krieg immer auf dem Feld begannen und sich erst dann den befestigten Städten zuwandten; auch die am stärksten verteidigten Orte ließen sie sich stets für den Schluß. Inzwischen überwachten Ögödei und der weißhaarige Wu Wei die Herstellung der Belagerungswaffen. Sie begannen mit dem Abholzen von Wäldern und Obstgärten, um Bauholz zu gewinnen.

Ich war noch nicht nahe an Otrar herangekommen. Als nun jedoch Ögödei und Wu Wei hinritten, um sich ein Bild von der Umgebung zu machen, begleitete ich sie. Auch Mahmud Yalvach kam mit, und wir ritten schweigend zusammen auf die Stadt zu. Auf beiden Seiten der Straße waren ein paar Räder zu sehen, in deren Speichen noch Knochen- und Stoffreste hingen. Keiner von uns sprach ein Wort, doch unsere Lippen zitterten.

Weil sich eine fremde Armee in der Nähe niedergelassen hatte, blieben die Bürger von Otrar in der Stadt. Wir wurden von einem Minghan schwerer Reiterschaft begleitet, für den Fall, daß sich die Tore öffneten und wir angegriffen würden. Wu Wei, der Ausbilder unzähliger Ingenieure, hatte nun einen Prinzen als Schüler. Ich hörte ihn diesem eine neue Technik für die Belagerung von Städten erklären. Zunächst einmal mußte man die Stadtmauer mit hölzernen Palisaden umgeben. Auf einer Plattform dahinter gingen Bogenschützen in Stellung und schossen alle ab, die zu entkommen versuchten. Eine etwas zurückgesetzte Schleudermaschine konnte dann die Stadt mit Steinen und Feuerpfeilen bombardieren, ohne Vergeltung befürchten zu müssen. Er erörterte die benötigten Reichweiten, um Steine unterschiedlicher Größe über die Mauer zu bringen und hinter der Verteidigungsanlage niedergehen zu lassen.

Ögödei war immer ein Militärreiter gewesen, doch das große Können und die Begeisterung des chinesischen Ingenieurs ließen ihn genau zuhören. Voller Lerneifer hörte ich ihn fragen: »Werden unsere Leute, wenn sie den Zaun bauen, in Reichweite des Feindes sein?«

»Natürlich«, sagte Wu Wei. »Aber wir schießen zurück, so daß unsere Gegner die meiste Zeit in Deckung gehen müssen. Trotzdem werden wir natürlich Verluste haben. Wir brauchen daher sehr viele Dorfbewohner.«

Tschaghatei war schon dabei, diese aus der Nachbarschaft zusammenzutreiben. Manchmal trug der Wind den sanften Ruf der Mullahs zum Gebet in unser Lager. Sie taten gut daran, tüchtig zu beten, dachte ich. Die Gefangenen waren Leute aus nahegelegenen Dörfern, die schnell zu Arbeitstrupps organisiert wurden. Die glücklicheren unter ihnen waren schon bald damit beschäftigt, Belagerungstürme, Schleudermaschinen und Rammböcke aufzubauen.

Die weniger glücklichen mußten sich Otrar nähern und, den Bogenschützen auf der Mauer ausgesetzt, einen Zaun aufstellen. Den ganzen Tag über pfiffen die Pfeile zwischen dem Zaun und der Mauer hin und her, so daß jeden Abend viele Dorfbewohner tot neben den Palisaden lagen.

Um sich ein wenig von all diesen Aktivitäten auszuruhen, feierten die Prinzen am Ufer des Syr-darja ein Fest. Sie luden dazu ihre Generäle, einen Schamanen und noch ein paar andere ein, darunter auch Yelü Chucai und ihren alten Chinesischlehrer. Es gab dicke Antilopenscheiben und einen scharfen türkischen Wein, den sie fast so gern wie Kumys tranken. Insgesamt waren wir etwa zwanzig, beschützt von einer schweigenden, zwei oder drei Jagun starken Garde. Wir saßen am Ufer des großen braunen Flusses und hörten die Gänse über uns klagend schreien. Es war so friedlich, daß ich meinte, an einem Kanal in der Nähe von Hangzhou zu sitzen und an einem leichten, ein wenig mit Aloe parfümierten Wein zu nippen.

Tschaghatei benahm sich, als hätte er allein das Kommando und nicht zusammen mit seinem Bruder. Er schlurfte mißtrauisch herum und war so pessimistisch und schwer zu durchschauen, wie viele im Zeichen der Ziege Geborene. In Anwesenheit der Gäste, die im Halbrund auf dem Boden saßen, ließ er seine Zweifel an dem Feldzug lautwerden. Der Schah konnte ja seine Taktik ändern und uns zwischen Truppen aus dem Osten und den Verteidigern aus Otrar einschließen. Unser Erfolg hing von Jochi ab, der von Norden kam und die Flanken des Schahs angreifen mußte. Das bereitete Tschaghatei Unbehagen. »Und wenn nun etwas passiert? Versteht ihr mich?« fragte er niemanden im besonderen, um sich dann an Ögödei zu wenden. »Bruder, was, glaubst du wohl, werden die Perser machen? Werden sie Partei für unseren Vater oder für den Schah ergreifen?«

»Für unseren Vater«, sagte Ögödei ruhig.

»Ach ja? Oder vielleicht doch für den Schah? Sind denn diese Perser so anders als diese diebischen Leute aus Khwarizm? Das würde ich mich an Vaters Stelle einmal fragen.«

»Du kannst deinem älteren Bruder schon trauen.«

Ögödei war die ganze Zeit damit beschäftigt, seinen Sattel mit Schafsfett einzureiben, um zu verhindern, daß er aufquoll, wenn es regnete. Wie ein gemeiner Soldat hatte er ihn mit zum

Fest gebracht, um daran zu arbeiten. Ögödei sah dem Khan ähnlich, aber er war zu ungezwungen und mild für einen Mongolen.

Als das Trinkgelage zu Ende ging und die Gäste davonschwankten, warf mir Yelü einen langen Blick zu, und ich fragte mich, ob ihm die Nachfolge des Khan auch nicht aus dem Kopf ging.

Mit Hunderten von Mangonels schleuderte Wu Wei große Steine auf Otrar. Diese zerschmetterten die Zinnen und Türme und das Gebälk der Häuser hinter den Mauern. Noch in einer Entfernung von vierhundert Yards konnten wir das Krachen und Schreien hören. Außerdem hatte Wu Wei die Idee, aus Maulbeerbäumen kurze Scheite zu hacken, diese in Wasser zu härten und auf Otrar zu werfen. Über zweitausend Standarmbrüste katapultierten diese Holzstücke in hohem Bogen über die Mauer. Man konnte hören, was für eine zerstörerische Wirkung sie hatten. Ein weiterer Einfall Wu Weis war, die Bürger in Angst und Schrecken zu versetzen – seit eh und je eine Vorliebe der Mongolen –, indem sie verwesende Leichname der Dorfbewohner mitten in die dichtbesiedelten Stadtteile von Otrar hineinschleuderten.

Wu Wei versuchte es auch mit einer Brandgranate im Katapult, doch das schwarze Pulver wurde von der verdrehten Zündschnur zu schnell entzündet und explodierte noch in der Halterung. Sowohl die Mannschaft als auch die Maschine wurden zerschmettert. Mit einer Sprenggranate, die aus schwarzem Pulver in einer Bambushülse bestand – der Bambus dafür kam aus China –, hatte er mehr Erfolg. Sie wurde mit einer Standarmbrust weggeschleudert und ging hinter der Mauer mit einem so schrecklichen Getöse in die Luft, daß selbst unsere Pferde noch vor Entsetzen wieherten. Wu Wei versuchte es immer wieder und mit steigendem Erfolg mit solchen Explosivgeschossen. Auch mit dem Inhalt experimentierte er: Mal nahm er kleine Steine, mal Metallstücke und ein andermal türkisches Glas. Dies wurde beim Aufprall wie tausend kleine Dolche ausgespien.

Das Fußvolk war so erfolgreich, daß Ögödei und Wu Wei die Rammböcke und Belagerungstürme aufstellen konnten. Die unbewaffneten Dorfbewohner wurden gezwungen, mindestens drei- oder viertausend Sturmleitern an die Mauer zu stellen. Diese mußten zuerst die Gefangenen erklimmen, die es nur selten bis zur Hälfte schafften. Die Verteidiger erschöpften sich durch das Beschießen ihrer eigenen Leute. Als dann die Mongolen den Angriff übernahmen, kamen viele bis oben und schwirrten auf der Mauer in alle Richtungen aus. Über die Belagerungstürme stießen die Einheiten zu ihnen, außerdem wurde das Mauerwerk durchbrochen. Um die Mittagszeit ergossen sich unsere schwerbewaffneten Truppen über und durch die Mauer auf Otrar. Innen begannen Rauchschwaden aufzusteigen. Der Schlachtruf der Angreifer vermischte sich mit den Schreckensschreien der Bürger.

Bald ist es vorbei, dachte ich. Als schließlich ein Stadttor aufschwang, hob Prinz Tschaghatai den Arm, um dem Generalstab das Zeichen zu geben, daß Otrar betreten werden konnte. Als wir auf das offene Tor zuritten, hatte ich die ganze Zeit Räder mit blutigen Überresten in den Speichen vor Augen.

Die meisten Bezirke ergaben sich sofort, lediglich die Hauptzitadelle kapitulierte erst nach einem dreitägigen Kampf. Wu Wei und Ögödei, die Hauptverantwortlichen der Belagerung, zogen sich nun zurück, um zusammen zu trinken, und überließen Otrars Schicksal Tschaghatai.

Ich erinnere mich noch, wie unsere Männer mit ihren schwarzen Helmen, deren Nackenschutze und Nasenstücke glänzten, durch die zerstörten Straßen ritten. Auch die Frauen und Kinder, die zitternd auf den flachen Dächern standen und sich aneinander festhielten, habe ich bis heute vor Augen. Doch am meisten im Gedächtnis geblieben sind mir die zottigen, gelben Hunde mit flachen Schnauzen, die in einiger Entfernung kauerten und die verschwitzten Mongolen ankläfften, deren stechender, neuer Geruch sie offenbar in Raserei versetzte.

Als sich die Verteidiger der Zitadelle ergaben, erteilte Prinz Tschaghatei seinen Truppen, wie bei den Mongolen üblich, die Erlaubnis: »Futter für die Pferde«. Und plötzlich fiel mir ein, daß es auch Tschaghatei gewesen war, der diesen Befehl in Shun-ping gegeben hatte. Trotzdem empfand ich jetzt bei dem Freudengeheul der Truppen eine mich von innen wärmende Befriedigung. Alles, was nun folgte, das Abschlachten und Vergewaltigen, war nichts im Vergleich zu einem einzigen Rad. Der Anblick des Räderns hatte sich unauslöschlich in mein Gedächtnis eingegraben.

Als ich hörte, daß Prinz Tschaghatei angeordnet hatte, daß die Hinrichtung des Gouverneurs in einem Palastzimmer stattfinden sollte, eilte ich hin, um nicht zu spät zu kommen. Der Gouverneur saß schluchzend, mit gekreuzten Beinen, auf dem Boden. Als er mich sah, rief er mir glücklich zu, als begrüße er einen alten Freund: »Da seid Ihr ja!« Er blickte zu den Männern, die ihn gefangengenommen hatten und sagte: »Ich kenne diesen Mann. Ich habe ihm das Leben gerettet. Ich habe ihm Pferde und Verpflegung gegeben, damit er nach Hause reiten konnte. Fragt ihn! Er wird sich für mich verwenden.«

Etwa dreißig Mongolen drängten sich in diesem privaten Gemach, darunter auch Tschaghatei, der mich kühl ansah.

»Ich verwende mich nicht für ihn«, sagte ich und blickte in die Runde. »Er hat das Abschlachten von vierhundert unserer Händler angeordnet und die Handelswaren unseres großen Khans gestohlen. Mich hat er nur laufenlassen, um dem Herrscher dieser Welt von der Schmähung zu berichten.«

Auf ein Zeichen Tschaghateis hin packten ein paar kräftige Mongolen den glücklosen Gouverneur und ließen ihm geschmolzenes Gold in die Kehle fließen. Er war sofort tot.

In gespielter Bestürzung hob Tschaghatei die Hände. »Warum nur wollen sie es nicht verstehen? Warum machen sie nicht einen Kniefall und erkennen an, daß mein Vater, Dschingis Khan, der Herrscher dieser Welt ist?«

Und alle Mongolen im Zimmer jubelten.

Der Schah von Khwarizm, der sich in Samarkand niedergelassen hatte, schien erkannt zu haben, daß es den Mongolen nicht nur um einen Vergeltungsschlag ging. Spione schätzten, daß er mindestens sechzigtausend Soldaten innerhalb der Mauern seiner Stadt hatte.

Anstatt nun diese schwerbefestigte Stadt anzugreifen, lief der Khan um ein paar Berge, durchquerte dreihundert Meilen Wüste – ein Unterfangen, das die Türken nicht für möglich gehalten hätten, worauf seine Truppen aber durch die häufigen Trecks durch die Wüste vorbereitet waren – und erschien überraschend im wesentlich schlechter verteidigten Buchara.

In den frühen Monaten des Drachen nahmen der Große Khan, Prinz Tuli und Subetai Noyan in nur drei Tagen Buchara ein. Die Ehrengarde des Khan, die nur ins Kampfgeschehen eingriff, wenn er selbst den Befehl dazu erteilte, begleitete Dschingis Khan dann zur bedeutendsten Moschee. Wir erfuhren später, daß er dort die Kanzel betreten und von der obersten Stufe, wo nur der Prophet Mohammed stehen und predigen durfte, verkündet hatte, daß er die Peitsche Gottes sei und den Auftrag habe, die Stadt für ihre vielen Verstöße, unter anderem den Diebstahl mongolischen Eigentums, zu bestrafen.

Samarkand griff der Khan dann von hinten an. Wir hörten, daß er, als er durch die Gegend fegte, keine Zeit darauf verschwendete, ein Lager aufzuschlagen, und lediglich die am Weg liegenden Städte verwüstete. Er schlief auf einem zusammengefalteten Stück Filz auf dem Boden, auf dem Kopf seine zobelgefütterte Mütze und bewacht von seinen vier Leibwachen. Am Tag bewegte sich die Armee mit großer Geschwindigkeit in dem für das kurzbeinige mongolische Pony so typischen Wolfsgang voran. Sie legte auf ihrem Weg durch das Zaraf-shan-Tal mehr als fünfzig Meilen am Tag zurück, bis ihre Vor-hut plötzlich vor Samarkand auftauchte. Der Schah war von dieser unglaublichen Mobilität so überrascht und einge-schüchtert, daß er mit reichlich der Hälfte seiner Hauptstreit-macht floh. Die mit ihren vielen Kanälen so hübsche Stadt überließ er der Gnade des Khan. Doch dieser hatte ja noch nie welche walten lassen, und jetzt war es weniger denn je von ihm zu erwarten. Da die Bürger von Samarkand sich fürchte-ten, ohne große Armee, die sie beschützte, in der Stadt zu blei-ben, eilten sie durch alle elf Tore hinaus. Die Bogenschützen des Khans erwarteten sie bereits. Die fliehenden Bürger wurden alle niedergeschossen, bis die ganze Gegend von Leichen übersät war und die Geier am Himmel kreisten. Es heißt, noch nach Jah-ren hätten abertausende Knochen in der Sonne gebleicht.

Wie ich den Khan kannte, wurde seine Wut noch dadurch verstärkt, daß ihm Ala al Din Mohammed nicht auf dem Schlachtfeld entgegentrat. Als seine Truppen dann in Samar-kand waren, ließ er die Elefanten und Pfauen des Schahs töten. Als unsere Armee von Otrar kommend in Samarkand eintraf, hatte der Khan sein Zelt am schattigen Ufer des Zarafshan, des »Goldenen Verteilers«, aufgeschlagen. Dieser Fluß wurde so genannt, weil er die Obst- und Gemüsegärten in der Umge-bung bewässerte. Für einen echten Nomaden wie Dschingis Khan kam eine Einquartierung im Palast des Schahs nicht in Frage, mochte dieser noch so schön sein.

An einem schönen Frühlingstag, als die Schwäne bis ans Ufer kamen, trafen aus dem Mongolenreich Kuriere ein, die Nachrichten mitbrachten, von denen eine das Leben des jun-gen Boru veränderte. Mukuli bat den Khan um Erlaubnis, sei-nen Sohn an der China-Front einzusetzen. Dies wurde geneh-migt, und Boru kam, um sich von seinem alten Lehrer zu verabschieden.

Jetzt fiel mir auf, daß ich meinen Studenten vor und nach der Belagerung vernachlässigt hatte, den Unterricht manchmal gleich zwei- oder dreimal hintereinander hatte ausfallen lassen, und das nicht nur, weil wir unterwegs waren. Dies stand eigentlich im Widerspruch zu meiner Hingabe an das Lehren, besonders, wenn es sich um so einen ausgezeichneten Schüler handelte. Ich schämte mich und entschuldigte mich vielmals dafür. Das schien ihn in Verlegenheit zu bringen. Wie chinesisch er doch in seinem Verhalten war! Er bedankte sich genauso inbrünstig bei mir und schwor, seine Studien der Kalligraphie in China fortzusetzen. Ich wußte natürlich, daß er zurückkehrte, um seine Karriere als junger Offizier in Mukulis Stab fortzusetzen.

Er hatte sich schon zum Gehen gewandt, als er sich plötzlich noch einmal umdrehte. Mit einem kleinen Lächeln deutete er auf das Schwert, das ich am Gürtel trug: »Verwendet Ihr das, Lehrer?«

Ich schüttelte den Kopf. »Ich habe es noch nie benutzt. Ich wüßte gar nicht, wie. Ich trage es wegen Otrar. Ich werde nicht zulassen, daß mich jemand rädert.«

»Ihr seid auf dem besten Wege, ein Mongole zu werden. Und ich ein Chinese. Aber trotzdem ...« Er hob den Finger, womit er mich unbewußt nachahmte, da ich so im Unterricht meinen Worten besonderen Nachdruck verlieh. »In Wahrheit bin ich der Mongole, und Ihr seid der Chinese.«

An jenem Abend wurde ich zu einem Fest des Khan zur Feier des Kumys und des Frühlings eingeladen. Alle seine Frauen nahmen daran teil, auch Kulan, die nach wie vor meinen Blick mied. Wir wurden mit Gesang und Tanz unterhalten, als wären wir im Sari Ordu. In dieser Nacht trank ich zuviel. Als ich die Jurte gleichzeitig mit einer Gruppe junger Offiziere verließ, begann ich, laut ein Gedicht zu zitieren. Ich tat es in Chinesisch, so daß mich nur Yelü Chucai, der auch dabei war, verstehen konnte.

»Wer hätte gedacht, daß ich, mit etwas Wein,
noch einen solchen Wirbel machen könnte?
Meine Kappe vom Kopf reißen,
auf Menschen zugehen, einen Zuruf parat?
Obwohl die wortbrüchigen Barbaren
noch immer nicht geschlagen sind
und mein Herz keinen Frieden findet?
Das einsame Schwert unter meinem Kissen
läßt seinen klirrenden Schrei vernehmen.«

Die Generäle lachten über mein betrunkenes, unverständliches Herumschreien.

Ich lief leicht torkelnd in der kühlen Abendluft zum Flußufer und sah im Mondlicht zu, wie sich das Wasser an der Oberfläche kräuselte. Yelü gesellte sich zu mir und lobte das Gedicht, das ich aufgesagt hatte. »Ich muß leider gestehen«, sagte er, »daß ich nicht weiß, wer es geschrieben hat.«

»Lu Yu.«

»Leider muß ich auch gestehen, daß ich über Lu Yu nichts weiß.«

»Sein Leben war tragisch, vielleicht sogar töricht. Seine Mutter zwang ihn, sich von seiner geliebten Frau scheiden zu lassen, worüber er nie hinweggekommen ist. Schließlich wurde er wegen seiner schlechten Leistungen aus dem Dienst entlassen. Er hat in fast siebzig Jahren mehr als zehntausend Gedichte geschrieben, und zwar unter dem Pseudonym Fang Weng: ›Der alte Mann, der tut, was ihm gefällt.‹«

Yelü lachte höflich.

Ich sah ihn neugierig an: »Und tut Ihr, was Euch gefällt?«

»Was meint Ihr damit?«

»Knaben, Mädchen, schöne Frauen? Was mögt Ihr? Wie tut Ihr es?« Es war der Kumys, der mich so kühn machte, diesem hübschen jungen Mann diese Frage zu stellen.

»Ihr solltet nicht so viel trinken, Li Shan«, meinte er mißbilligend. »Dies hier sind wachsame und schwierige Leute, die leicht in Zorn geraten. So etwas wie die Zeile in Eurem Gedicht: ›Obwohl die wortbrüchigen Barbaren noch immer nicht geschlagen sind‹, könnte sonst einmal tödlich für Euch enden.«

»Das wäre allerdings schlecht. Ihr braucht mich ja, um die Welt zu retten.«

Yelü runzelte die Stirn und wandte sich zum Gehen. »Das tue ich wirklich. Daher überlegt Euch lieber, mein Freund, was für Gedichte Ihr aufsagt.«

»Wie dem auch sei, es hieß nicht verräterisch, sondern wortbrüchig. Ich habe schon so manchen wortbrüchigen Mongolen getroffen, doch bisher noch keinen Verräter.« Mir kam plötzlich der Gedanke, daß Mukuli das Gedicht verstanden hätte. Vielleicht hätte er mich wegen der »wortbrüchigen Barbaren« töten lassen.

Als Yelü gegangen war, blieb ich noch eine Weile schwankend vom vielen Kumys am Ufer stehen. Die Wellen auf dem Zarafshan wurden vom Mondlicht gebrochen.

26

In jenem Sommer des Drachen schickte der Khan von Samarkand Armeen aus, um weitere Städte zu erobern, was nach der unglaublichen Reihe rascher Siege eine nur allzu leichte Aufgabe zu sein schien. Er vergaß auch den Schah nicht. Jebe und Subetai bildeten ein gemeinsames Verfolgungskommando. Sie jagten den Schah unerbittlich über Hunderte von Meilen. Sie hatten nur einen Auftrag: Ala al Din Mohammed zu finden, gefangenzunehmen und zurückzubringen. Dschingis Khan wollte sich an ihm rächen, indem er ihn demütigte, und hatte dazu die besten Generäle ausersehen.

In der Zwischenzeit ließ der Khan bei Samarkand auf friedliche nomadische Art seine Pferde grasen. Türkische Beamte, von denen man annehmen konnte, daß sie jetzt dem Eroberer aus der Steppe ergeben waren, mongolische Offiziere und uigurische Schreiber wurden in die eroberten Städte geschickt, um dort wenigstens einigermaßen für Ordnung zu sorgen. Sie stellten auch riesige Weizen-, Tuch-, Waffenlager und ähnliches für den späteren Transport ins Mongolenland zusammen. Das Volk baute die Mauern wieder auf, füllte die Wassergräben und richtete sich im übrigen nach den Launen der herumstolzierenden Mongolen, die aus Erfahrung wußten, wie man sich rasch Vergnügen verschaffen konnte, ehe man wieder ins Feld mußte.

Im Herbst dann, als schon eine gewisse Kühle in der Luft lag, reckte sich der Khan wie ein Tier, das aufwacht, und machte sich auf den Weg nach Süden, um ein paar Städte zu plündern. All das Blut und Entsetzen verschwimmt in meiner Erinnerung, doch ich weiß noch, daß der Khan in alle schwelenden Ruinen selbst hineinritt. Zuerst kam die Tuk mit den neun Jakschwänzen, die von einem mächtigen mongolischen Krieger getragen wurde. Dahinter lief, von zwei Reitern geführt, das ungesattelte weiße Pferd des Kriegsgottes. Als nächstes kam in schwarzer Rüstung und schwarzem Umhang der Khan, über der Schulter den Köcher. Sein cremefarbenes Pony hatte das Zaumzeug eines einfachen Soldaten.

Was mich betraf, so war es eine Zeit des Weitermachens. Ich wüßte nicht, wie ich mein damaliges Leben sonst beschreiben könnte. Mir ging es so wie allen Soldaten auf einem Feldzug: Das Lager wurde aufgebaut und wieder abgebrochen, dann der Anmarsch, die unerwartete oder vorhergesehene Konfrontation mit dem Gegner, der erneute Aufbau des Lagers, das ständige Gleichmaß der Tage mit feindlichen Gesichtern in einer fremden Landschaft.

Während Dschingis Khan auf dem Siegeszug durch die Städte im Süden war, sollten die Prinzen Tschaghatei und Ögödei Gurganj, die Hauptstadt, einnehmen. Auch Jochi, der sein Lager nun schon seit fast einem Jahr im Norden aufgeschlagen hatte und auf weitere Befehle wartete, schloß sich den beiden Prinzen an.

Während die Belagerungsmaschinen gebaut und rund um die von Palisaden umringte Stadt aufgestellt wurden, kämmten die mongolischen Truppen auf der Suche nach kräftigen Männern für den ersten Angriff die Umgebung ab. Wu Wei, der inzwischen gebeugt ging, war durch seinen Ideenreichtum und seine Hingabe an die Sache wohl weltweit der größte Experte auf dem Gebiet der Belagerungstechnik geworden. Unterstützt von Ögödei, machte er sich nun langsam und methodisch daran, die schwerverteidigte Stadt einzunehmen. Die Prinzen stellten sich auf eine längere Belagerung ein, und Ogödei, Tschaghatei und Jochi bezogen bei Tillala, nicht weit von Gurganj entfernt, einen Palast.

Ich hatte weder den Wunsch, die Stadt zu sehen, noch den

Palast. Die beste Zeit hatte ich mit den Mongolen immer verbracht, wenn sie ihre Pferde weideten. In den ersten Tagen des Jahres der Schlange ereilte mich jedoch das Schicksal, mit einer Abordnung nach Gurganj geschickt zu werden. Als ganz junger, neuer Soldat war auch Kulans geliebter Sohn Kulkan dabei. Ich bot unterwegs an, ihm weiter Chinesisch beizubringen, doch er wollte es nicht und schien sich sogar vor seinen Kameraden ein wenig zu genieren, weil er einen so merkwürdigen Fremden kannte. Er war auf dem Weg zu einem Reiterheer Jochis, worum er selbst ersucht hatte, weil dieser Jugan für sein hartes Reiten bekannt war.

Warum ich nach Gurganj geschickt wurde? Die Prinzen brauchten eine vertrauenswürdige Person, die Uigurisch sprach, und auch Wu Wei hatte mich gebeten, für die moslemischen Rekruten, die in die chinesischen Belagerungsbataillone eingegliedert wurden, zu dolmetschen.

Nach einem Ritt von zweihundert Meilen war ich nun in Tillala im Haus eines Emirs. Die herrschaftlichen Gebäude aus Ziegelsteinen waren in einem Park mit immergrünen Pflanzen um einen Hof mit einem großen Schwimmbecken angelegt. Es gab Ställe, Häuser für Dienstboten (wo die Uiguren und ich wohnten), Gästehäuser (wo die Generäle untergebracht waren), eine eigene Moschee (in die unsere türkischen Söldner gingen), Vorratsschuppen und einige Privathäuser (wo sich die Frauen der Prinzen aufhielten). Viele Häuser hatten gekachelte Frontpartien mit großflächigen Mustern. Ihre kleinen Erhöhungen hielten das Sonnenlicht fest, so daß die Bereiche drumherum in Schatten getaucht wurden. So strahlte abwechselnd eine Stelle weiß, und die andere war wie eine Höhle. Geblendet mußte ich zugeben, daß sich diese Leute hier viel besser auf die subtile Verwendung von Licht und Schatten verstanden als wir Chinesen.

Vom großen Saal mit dem gewölbten Dach aus hatte man einen herrlichen Blick auf einen prächtigen viereckigen Garten mit einem Säulenpavillon in der Mitte. »Das ist der Herzerquickende Garten«, erklärte mir ein alter Diener. Er war einer der wenigen, die beim Angriff der Mongolen nicht geflohen waren. Tillala war sein Heim; es hätte ihn wahrscheinlich sowieso umgebracht, wenn er es verlassen hätte, also war er geblieben und das Risiko eingegangen, umgebracht zu werden. Vermutlich hatten ihn die Mongolen sowohl wegen seiner Nützlichkeit als auch wegen seiner Entschlossenheit am Leben gelassen. Er führte mich herum und erklärte mir alles in gebrochenem Uigurisch. Er kam aus Bagdad und erzählte mir dutzende Male voller Stolz, daß er persischer Herkunft wäre. Alle Gärten seiner Heimat waren angeblich so wie dieser: eine Mischung aus geometrischer Anordnung und natürlichem Wachstum. Sie sollten das Paradies heraufbeschwören. Die immergrünen Zypressen galten als Symbol für das ewige Leben und die blühenden Bäume für die ständige Erneuerung. Er lenkte meine Aufmerksamkeit gebührend darauf. Nachdem ich so viele Monate in Schmutz und Schlamm gelebt hatte, kam ich mir jetzt wirklich wie im Paradies vor. Die Rachegelüste, denen ich mich in Otrar hingegeben hatte, verschwanden schlagartig, und ich verbrachte in diesem Garten viele »herzerquickende« Stunden. Dabei sah ich mir unzählige Male die reich mit Drachen geschmückten Terrakotta-Wände des Pavillons an. Unsere chinesischen Drachen waren verspielter und geheimnisvoller als diese, die fast einen bedrohlichen Eindruck machten, aber genauso vorzüglich geschnitzt waren. Sie entführten mich in die »Andere Welt«, wie ich immer heimlich einen Ort genannt hatte, den ich nicht sehen konnte, aber mit meinem Herzen und meiner Seele spürte. Besonders gefiel mir auch das von Terrasse zu Terrasse herunterplätschernde Wasser. In der Luft hing ein schwerer, süßer Duft nach gelben Magnolien, Jasmin und Pfirsichblüten. Ich erholte mich hier nicht nur vom Krieg und von meinen eigenen Rachegelüsten, sondern die Schönheit dieses Fleckchens Erde belebte auch wieder die Erinnerung an mein Zuhause. Auch in Soochow rankte sich der Wein wie hier um die Stämme der Maulbeerbäume.

Die Prinzen kamen jeden Abend im Pavillon mit einem Dutzend Generäle zusammen, die von dem kahlen Bogurchi, einem der ganz alten Getreuen Dschingis Khans, befehligt wurden. Sie sprachen dann über Taktiken, jedenfalls war das der Anlaß ihres Trinkens und Feierns. Die meiste Zeit stritten sie sich jedoch über das Schicksal der großen Stadt Gurganj. Sollten sie auf eine Einstellung der Kampfhandlungen dringen? Der Khan hatte vor Jahren auf einem Kuriltai verkündet, daß er, wenn er die Welt eroberte, seinem ältesten Sohn das Land westlich des Irtisk geben würde, »so weit ihn die Hufe eines mongolischen Ponys tragen«. Zu diesem Erbe würde auch Khurasan zwischen dem Aralsee und dem Kaspischen Meer gehören. Daher wollte Jochi die reichste Stadt dort unversehrt lassen. Doch Tschaghatai, der vor kurzem in einer feierlichen Zeremonie zum Meister für Bestrafung der kaiserlichen Armee ernannt worden war, sprach sich dafür aus, es zu rächen, wenn eine Stadt die Kühnheit besaß, sich der mongolischen Autorität zu widersetzen.

Die Existenz dieser belagerten und nur einen Morgenritt entfernten Stadt, in der mehr als hunderttausend Menschen lebten, wurde von zwei Brüdern bedroht, die im »Herzerquickenden Garten« von Tillala Wein tranken und sich stritten.

Wenn ich jetzt an Gurganj zurückdenke, dann kann ich lediglich sagen, daß ich den moslemischen Rekruten während meiner Zeit dort sagte, was sie wann tun sollten, und sie es dann taten. Und fast alle von ihnen sind auf grauenhafte Art im schmutzigen Krieg umgekommen.

Die meisten von ihnen starben beim Minenanlegen.

Als Meister der Waffen hatte Prinz Ögödei offiziell das Belagerungskommando, wenn er auch in Wirklichkeit Wu Wei zur Hand ging. Die beiden kamen gut miteinander aus. Sie unterhielten sich und lachten so locker wie zwei Gelehrte, die auf dem Weg zu einer Weinprobe am Ufer eines lieblichen Flusses sind. Sie hielten es für der Weisheit letzten Schluß, sich bei Gurganj auf das Graben von Minen zu konzentrieren, statt die Stadt mit Sturmleitern zu ersteigen und zu bombardieren. Der Grund dafür war, daß die Mauern zwar hoch und dick waren, aber aus einem lockeren, bröckeligen Mörtel bestanden.

Zunächst einmal wurde hinter der Palisade ein Graben ausgehoben, und von diesem aus buddelten die Minenarbeiter unter dem Zaun hindurch ein ganzes Netzwerk von Tunnels in Richtung Stadtmauer. Bei ihrer Arbeit wurden die Sappeure von einer großen, auf Rädern befestigten Eisenabdeckung geschützt. Nach Wu Wei, der europäische Bezeichnungen liebte, war dies eine Schutzwehr. Diese Tunnels wurden dann unter dem Graben und der Mauer weitergeführt, wobei die Wände mit pechüberzogenen Balken abgestützt wurden. Wenn diese dann mit dem brennbaren schwarzen Pulver in Brand gesetzt wurden, fiel das Gestein in sich zusammen.

So war die Theorie, und mit der Zeit gelang es auch in der Praxis. Doch die Verteidiger von Gurganj waren fast so schlau wie Wu Wei. Sie stellten an verschiedenen Stellen Trommeln auf den Boden und legten auf deren straffe Bespannungen Erbsen. Da diese vibrierten, wenn in der Tiefe gegraben wurde, wußten die Verteidiger, wo sie als Barrieren Pfähle in den Boden rammen mußten. Außerdem hatten sie die Möglichkeit, Rauchfackeln in die Tunnel zu werfen und die Sappeure zu ersticken oder eigene Krieger hinabzulassen, die den Angreifern dann einzeln entgegentraten.

Von alldem wurde bei der Verminung von Gurganj Gebrauch gemacht. Ich hatte oft Alpträume, in denen Männer in der übelriechenden Dunkelheit unter der Erde brüllend aufeinander einschlugen und ich mit ihnen durch Tunnel ohne Ende kroch.

Ich hatte die Erfahrung gemacht, daß Kriegsereignisse nicht gleichmäßig wie Wellen waren, sondern mehr abrupt wie launische Windstöße. Aber die Belagerung von Gurganj war anders, sie zog sich schwerfällig und unerbittlich dahin. Ihr Ausgang schien nie in Zweifel zu stehen, nur wie viele Leben sie kosten würde, schien offen zu sein.

Dann erfuhren wir, daß Ala al Din Mohammed auf einer kleinen Insel im Kaspischen Meer, wohin ihm Jebe und Subetai mit ihren Truppen gefolgt waren, gestorben war. Oft hatte er nur einen Tag Vorsprung gehabt. Dadurch in Angst und Schrecken versetzt, hatten ihn seine getreuen Gefolgsleute einer nach dem andern verlassen. Als der Schah die Insel erreichte, waren nur noch ganz wenige bei ihm, und als er in einer schäbigen Hütte starb, begruben sie ihn in seinen Lumpen.

An dem Abend, als wir diese Nachricht im Pavillon des Herzerquickenden Gartens erhielten, hätte es um ein Haar zwischen den beiden Brüdern Jochi und Tschaghatei einen Streit mit tödlichem Ausgang gegeben. Tschaghatei hatte seinen älteren Bruder »Merkit« genannt. Jochi sprang auf, bedrohte den kleineren Tschaghatei und forderte ihn zu einem Ringkampf heraus. »Wenn ich verliere«, rief Jochi, »lasse ich mir den Kopf einschlagen und bleibe im Matsch liegen! Dann stehe ich nie wieder auf! Also kämpfe mit mir!«

»Nein«, murmelte Tschaghatei. »Das ist gegen das Gesetz.«

Das stimmte. Der Khan wollte keine Kämpfe unter seinen eigenen Leuten.

»Wie wär's dann mit Bogenschießen?« ließ Jochi nicht locker. »Wenn ich verliere, schneide ich mir den Schießdaumen ab. Hörst du, was ich sage? Wenn du mich noch einmal Merkit nennst, schneide ich dir die Kehle durch! Deinem Lieblingspferd schneide ich die Achillessehne und dir die Kehle durch!«

Tschaghatei sagte nichts und blickte zu Boden. Er wußte nicht, was er jetzt tun sollte. Sein älterer Bruder lief wütend vor ihm auf und ab.

In diesem Augenblick stand der kahle alte General Bogurchi mühsam auf und äußerte etwas, was ich von meiner Un-
terrichtszeit her so gut kannte. Und zwar erklärte er den Brüdern mit scharfer Stimme: »Ich sage es eurem Vater! Schluß
jetzt! Ich möchte jetzt nichts mehr hören. Wir haben im Namen des Khan eine Stadt einzunehmen.«

Am nächsten Morgen bekam Kulkan, der in Jochis Angriffs-
truppe war, einen von der Gurganj-Festung abgeschossenen
Pfeil ins linke Auge. Nach einem dreitägigen Todeskampf starb
der halbwüchsige Knabe.

Eine knappe Woche später wurde ich wieder zum Haupt-
quartier des Khan in der Nähe von Samarkand zitiert.

Dschingis Khan empfing mich im privaten Bereich des Ulugh
Yurt. Das an sich war schon ungewöhnlich, da er, wie gesagt, fast
alle dienstlichen Angelegenheiten in der Öffentlichkeit abwik-
kelte; selbst seine tiefgründigsten Überlegungen über Strategie
und Taktik stellte er im Beisein anderer an. Er saß inmitten von
Kissen auf einem kleinen Podest und gebot meinen Bemühungen, mich förmlich zu verbeugen, mit einer knappen Handbewegung Einhalt.

»Erzählt mir, was geschehen ist!« verlangte er.

Ich wußte sofort, was er meinte. Und ich wußte auch, daß es
ihn nur ärgern würde, wenn ich so tat, als wüßte ich es nicht.
»Sie stritten über ihr weiteres Vorgehen mit der Stadt. Prinz
Jochi wollte sie durch Verhandlungen retten, und Prinz Tschaghatei wollte sie zerstören. Prinz Tschaghatei nannte den Prinzen
Jochi nicht ›Bruder‹, sondern ›du Merkit‹.« Ich hielt einen Augenblick inne, um die Reaktion des Khan abzuwarten. Als keine
kam, fuhr ich fort: »Prinz Jochi forderte ihn auf, sich mit ihm
im Hinblick auf Stärke und Geschicklichkeit zu messen.«

»Haben sie Hand aneinander gelegt?«

»Nein.«

»Gut! Fahrt fort!«

»Bogurchi Noyan brachte sie dazu, mit dem Streiten aufzuhören.«

»Mein alter Freund kann sehr überzeugend sein. Sprecht weiter!«

Ich machte wohl einen etwas verwirrten Eindruck, denn er fügte hinzu: »Ich sagte: Sprecht weiter! Sagt mir, für welchen von beiden Ihr Euch entscheiden würdet.«

»Bei diesem Streit?«

»Li Shan«, sagte der Khan, »was meint Ihr wohl, warum ich Euch hierhergeholt habe? Es gab noch ein Dutzend weiterer Zeugen. Aber ich frage Euch.«

»Ich nehme an, daß Ihr mich ausgewählt habt, weil ich kein Mongole bin.«

Er nickte. »Natürlich, und weil ich viel auf Eure Meinung gebe. Ihr habt mir lange genug gedient, um einen Mongolen zu verstehen, ohne Euch wie einer zu benehmen. Sagt mir, wer von jetzt an die Belagerung leiten sollte.«

»Prinz Jochi«, sagte ich ohne Zögern.

»Und warum?«

»Weil er der erfahrenste ist. Er ist ein großer General.« Dann fügte ich noch kühn hinzu: »Und weil er mehr von Euch hat als die anderen.«

»Ihr werdet nicht nach Gurganj zurückkehren.« Er strich sich über seinen nahezu weißen Bart. »Sagt niemandem etwas von diesem Gespräch. Ich möchte nicht, daß Euch jemand tötet, nur weil Ihr Eure Meinung gesagt habt.«

Ich war noch keine zwanzig Schritte von dem Ulugh Yurt entfernt, als mich eine junge Dienerin, in der ich eine von Kulan Begis erkannte, einholte und bat, ihr zu folgen.

Nur wenige Minuten später lag ich in einem weiteren königlichen Zelt auf den Knien. Als ich Kulans leise Stimme hörte, hob ich den Kopf. Sie saß mit verschränkten Armen und kalten Augen auf einem Filzteppich. Ohne mich zu begrüßen, sagte sie: »Ich möchte alles über meinen Jungen hören.«

Ich entschied mich, ihr offen zu antworten: »Er ist von einem Wachturm aus erschossen worden. Ein Jagun ritt die Mauer entlang. Sie hatten die Aufgabe, die Verteidiger von einer Schleudermaschine abzulenken, die wir heranrollten.«

»Ein Jagun Reiter. Wessen Jagun?«

»Die Gruppe wurde von Prinz Jochi befehligt.«

»Sagt das noch einmal! Wessen Jagun?«

»Der junge Kulkan diente in einer Truppe des Prinzen Jochi. Es war also einer seiner Jaguns.«

»Aha!« Ihre Lippen zitterten einen Augenblick. »Genau das habe ich gehört. Jochi war es. Der Merkit war verantwortlich. Er hat mein Volk immer gehaßt, weil er einer von uns ist.«

Ich wußte nicht, was ich dazu sagen sollte. Unter Verbeugungen schickte ich mich an zu gehen, blieb aber am Eingang noch einmal stehen und blickte die Frau, die zusammengekauert und schluchzend am anderen Ende des Zeltes saß, traurig an. »Ich habe Kulkan vor kurzem getroffen«, fing ich an. »Wir haben uns an einem Katapult begrüßt. So ein starker, hübscher Knabe. Er wollte sich nicht lange mit mir unterhalten, weil ich kein Krieger bin. Es war ihm etwas peinlich, versteht Ihr. Euer Sohn war ein echter Mongole, ein Krieger der Steppe, ein junger Mann von ...«

»Macht, daß Ihr rauskommt!« kreischte sie. »Raus! Raus!« Bebend vor Wut erhob sich die schönste Frau der Welt vom Filzteppich und schrie mich an: »Raus mit Euch! Raus! Raus!«

Am nächsten Tag erfuhr ich, daß Dschingis Khan dem Prinzen Ögödei das Oberkommando über den Gurganj-Einsatz gegeben hatte.

Es war eine gute Wahl, wenn es auch nicht die war, die ich getroffen hätte. Ögödei kam mit seinen Brüdern gut aus und hatte im Gegensatz zu ihnen Erfahrung mit Belagerungen.

Als wolle er weiteren Familienproblemen aus dem Weg gehen, wandte der Khan nun seine Aufmerksamkeit anderen

Dingen zu. Kurz entschlossen machte er sich mit drei Tumen auf einen Gewaltritt über hundertdreißig Meilen in zwei Tagen. Die Soldaten hielten nicht ein einziges Mal an; sie aßen sogar im Sattel. Soviel ich weiß, ist keiner der dreißigtausend Reiter zurückgeblieben. Vermutlich hatte noch nie jemand so viele Soldaten in so kurzer Zeit über eine so weite Strecke in den Krieg geführt. Aus heiterem Himmel tauchten sie schließlich vor Balkh auf und galoppierten in die Stadt, bevor die Stadttore geschlossen werden konnten. Innerhalb eines einzigen Tages nahmen sie die stolze, alte Stadt ein. Als wolle er sich privater Dämonen entledigen, machte der Khan kurzen Prozeß mit den Einwohnern und ließ die Stadt zerstört zurück.

Als er in die Nähe von Samarkand zurückkam, erwarteten ihn schlechte Nachrichten.

Zum einen hatte der Sohn des Schahs, Jalal al Din, öffentlich geschworen, sein Schwert erst wieder in die Scheide zu stecken, wenn kein Mongole mehr im Land war. In den afghanischen Bergen hatte er schon eine bescheidene Armee unter sein Kommando gestellt. Zum andern hatten die Mongolen in China nicht nur eine, sondern mehrere Niederlagen erlitten. Mukuli nahm die Schuld dafür auf sich, er habe den chinesischen Widerstand unterschätzt.

Anstatt auf diese Nachrichten, wie so oft, mit einem Zornesausbruch zu reagieren, ging der Khan in den Ulugh Yurt und brütete allein vor sich hin. Mir fiel auf, daß er sich auch von Kulan Begi fernhielt, die in ihrem eigenen Kummer ebenfalls niemanden in ihr Zelt ließ.

Wenn der Khan die Einsamkeit wählte, fürchtete ich, wie gesagt, immer die Folgen. Als er schließlich auftauchte, versammelte er seine Generäle und legte ihnen seine Überlegungen dar. »Von nun an«, erklärte er streng, »müssen wir diesen Jalal al Din mit Terror stoppen. Wenn die Moslems Widerstand leisten, müssen sie sterben. Alle. Männer, Frauen, Kinder und

Hunde. Wir müssen unsere Drohungen wahrmachen. Wenn wir das ein paarmal durchgeführt haben, werden sie auf uns hören. Durch Terror wird ein Mann seines Kampfeswillens beraubt.« Später erhielt ich die Anweisung, diese Worte in den Bilik aufzunehmen.

Vielleicht ärgerte sich der Khan über meine Gegenwart, weil sie ihn an den chinesischen Kampfeswillen erinnerte. Jedenfalls übergab er mich dem jungen Tuli, der vor kurzem einen Titel erhalten hatte, der ihn über seine älteren Brüder stellte. Er war jetzt der »Herr des Krieges«.

Damals wußte ich noch nicht, wie passend das war.

27

Tuli hatte eine zweifache Mission. Erstens sollte er das moslemische Volk terrorisieren und dadurch Aufstände im Keim ersticken und zweitens den gefährlichen Sohn des Schahs, Jalal al Din, ausfindig machen und gefangennehmen.

Warum beurteilt man junge Menschen nur so oft falsch? Als Schüler war Tuli zwar freimütig und intelligent gewesen, aber recht ruhig und faul, nicht bereit, sich längere Zeit zu konzentrieren. Ich hatte erwartet, daß aus dem hübschen, klugen und eigensinnigen Knaben eines Tages ein hübscher, liebenswürdiger und verantwortungsloser Mann werden würde. Doch abgesehen von seinem guten Aussehen, hatte der siebenundzwanzigjährige Tuli wenig Ähnlichkeit mit dem Schüler von einst. Lediglich den scharfen Verstand fand ich wieder. Und ich sollte schon bald feststellen, daß Tuli diesen mit dem kompromißlosen Eifer eines Menschen einsetzte, der grenzenlose Macht besaß.

Wenn ich jetzt an diesen höllischen Frühling und Sommer der Schlange zurückdenke, kann ich nur sagen: »Ja, kein Feldzug war je wieder so wie Tulis.«

Tuli machte keinen Hehl daraus, daß er zunächst Terror verbreiten und dann erst Jalal jagen wollte. Er fing mit irgendwelchen beliebigen Städten in Khurasan an, die am Wege lagen. Zunächst stellte er ein Ultimatum und erwartete eine schnelle Kapitulation. Viele Städte gaben sofort auf und wurden völlig verschont, nachdem sie Essen, Trinken und ein paar ihrer Schätze ausgehändigt hatten. Leistete eine Stadt jedoch Widerstand, wurde sie rasch niedergemacht. Tuli belohnte seine Truppen nicht einmal mit »Futter für die Pferde«. Unter seinem Kommando hieß es: Eine Stadt einnehmen, sie ausbeuten und wegwerfen.

Im Gegensatz zu anderen hochrangigen Offizieren gehörte Prinz Tuli zur Vorhut. Er war dabei, wenn sie in eine besiegte Stadt hineinritten, und setzte sich so dem Risiko aus, von einem der letzten Pfeile getroffen zu werden. Kühl und grimmig sah er sich alles an; nichts entging ihm. Gelassen beobachtete er, wie seine Reitertrupps die Holzhäuser mit ihren Strohdächern mit brennenden Pfeilen beschossen und damit ganze Viertel in Schutt und Asche legten. Männern, die mit einer Waffe angetroffen wurden, war der sofortige Tod sicher. Alte Frauen und Kinder wurden gewöhnlich nicht beachtet und die jungen Frauen unvermeidlich vergewaltigt. Tuli hatte eine Feldorder herausgegeben, die besagte, daß dies ein wichtiges Mittel der Demütigung und Terrorisierung war.

Die Frauen wurden unwahrscheinlich schnell und zielstrebig vergewaltigt, oft gleich da, wo sie die Soldaten in ihre Gewalt bekommen hatten, sogar in noch brennenden Ruinen. Das fand ich genauso entsetzlich wie das methodische Abschlachten; beides vermittelte durch die leidenschaftslose Disziplin den merkwürdigen Eindruck, es handle sich um eine monotone Arbeit.

Die Truppen Dschingis Khans dagegen richteten ihre Verwüstungen mit begeistertem Geheul und glänzenden, blutunterlaufenen Augen an. Sie schienen auf schreckliche Art vom Herrn im ewigen Himmel durchglüht zu sein. Ich muß gestehen, daß ich diesen entsetzlichen Überschwang in gewisser Weise menschlicher fand. Doch ein starker Führer prägt die Menschen nach seinem Bild. Das schweigende und rein sachliche Vorgehen von Tulis Truppen spiegelte die eisige Haltung ihres jungen Kommandeurs wider.

Wir kamen nach Merw, einer alten Stadt in einer großen Oase, die vom Murghab, dem »Fluß der Vögel«, bewässert wurde. Als wir eintrafen, zwitscherte jedoch kein Vogel. Wir wußten, daß in trockenen Sommern ein leichter Wind um Merw häufig Staub aufwirbelte, der das Atmen erschwerte. Doch jetzt war noch Winter und die Luft sauber und angenehm. Niemand ahnte, was noch kommen sollte.

Tuli belagerte die Stadt und stellte dann das übliche Ultimatum. Als er keine Antwort darauf erhielt, begann er die Belagerung wie gewöhnlich, jedoch mit einem Unterschied: Er ließ ein großes, luftiges Zelt aufstellen, rot-weiß gestreift mit einem Sonnendach – ein persisches, nicht ein mongolisches –, von dem aus er die Ereignisse überblicken konnte. Dort saß er nun jeden Tag in einem erbeuteten persischen Sessel, der einst im Besitz eines Emirs gewesen war, und nahm die Feldberichte der verschiedenen Einheiten entgegen, die vom Plündern der Dörfer zurückkamen. Die Verteidiger wehrten sich heftig gegen die beginnenden Attacken auf die Mauer.

Es handelte sich um Tulis erste größere Belagerung, so daß er einfach nicht versagen durfte. Ich muß allerdings sagen, daß er nie einen nervösen oder unsicheren Eindruck machte, sondern den Widerstand lediglich als eine kleine Unannehmlichkeit zu betrachten schien. Als er jedoch zu der Überzeugung kam, daß es eine lange und kostspielige Belagerung werden konnte, übermittelte er die Nachricht, daß er zu Verhandlungen bereit sei. Daraufhin verließ ein Imam mit einem großen, schneeweißen Turban die Stadt und machte sich zur Beratung auf den Weg zu dem gestreiften Zelt. Tuli lud das religiöse Oberhaupt zu einem mit Salz und Hammelfett gewürzten heißen Tee ein und überreichte ihm ein Jadehalsband. Nur ich erkannte an seinen verschlungenen Drachengliedern, daß es sich um die Arbeit eines Juweliers aus Shantung handelte.

Ich sah mit Genugtuung, wie kultiviert sich Tuli benahm. Vielleicht hatte er von mir ja mehr als die Sprache gelernt, denn schließlich waren bei den Chinesen Verhandlungen nicht nur in der Politik, sondern auch bei der Kriegsführung sehr wichtig.

Als nächstes tauchten in den Toren von Merw ein Dutzend Männer auf, denen Diener mit silbernen Kelchen und für die Gegend typischen Seidenroben folgten. Diese Delegation wurde vom Gouverneur angeführt, einem großen, gebeugten Mann namens Merlik. Tuli empfing ihn in dem üppig mit Teppichen ausgelegten Zelt mit soviel Pomp, daß er jeden Besucher beeindruckt hätte. Ich sah die Überraschung in Merliks Gesicht, der offenbar die ungeschlachte Umgebung eines Barbaren erwartet hatte.

Während die anderen draußen warteten, trank der Prinz mit Merlik Wein und versprach, ihn zu verschonen, ganz gleich, was geschehen würde. Als Dolmetscher übermittelte ich dem Gouverneur diese Nachricht. Als Reaktion darauf lag in seinem Blick zwar keine Erleichterung, aber immerhin Hoffnung.

Plötzlich wandte sich Tuli mir zu. »Erklärt ihm, daß Ihr ein Gelehrter aus China seid und man mir trauen kann.«

Ich sagte also zu dem Gouverneur: »Ich war früher ein Beamter in China und kenne den Prinzen Tuli schon seit vielen Jahren. Er steht im Ruf, äußerst vertrauenswürdig zu sein.«

Tuli hielt ihm seine offenen Handflächen hin. »Ihr und Eure Stadt braucht Euch keine Sorgen zu machen. Es ist nur eine Kleinigkeit erforderlich. Wir müssen eine Übereinkunft erzielen.«

Ich übersetzte diese Worte, worauf der Gouverneur antwortete: »Ich bin mir nicht sicher, was mit ›Übereinkunft‹ gemeint ist.«

Als Erklärung wies Tuli auf die Otrar-Sache hin, daß damit der Ehre der Mongolen großer Schaden zugefügt worden sei und sein Vater daher eine entsprechende Wiedergutmachung erwartete.

Merlik nickte ernst.

»Mit ›Übereinkunft‹ meine ich also, daß wir zu Gegenleistungen bereit sind, wenn Ihr im Rahmen der Wiedergutmachung gewisse Zahlungen leistet. Somit bedeutet ›Übereinkunft‹ von unserer Seite, daß wir Merw verschonen.«

Nach dieser gewundenen, doch sehr ernstzunehmenden Drohung murmelte der Gouverneur: »Ich verstehe.«

»Bitte holt jetzt Eure Leute herein«, sagte nun Tuli und trank dem Gouverneur zu, als hätten sie gerade eine beide Seiten zufriedenstellende Vereinbarung getroffen. Die vor dem Zelt wartenden Delegationsmitglieder wurden hereingebeten und bekamen Erfrischungen angeboten. Alle lächelten, am meisten aber Tuli. Ich fragte mich, ob er vielleicht den Chinesen ähnlicher war, als ich es bemerkt hatte.

Tuli ging nun näher auf seine Bedingungen ein und bat die Delegation zunächst einmal um eine Liste der sechshundert reichsten Männer von Merw. Diese sollten die erforderlichen Zahlungen leisten. Tuli benutzte wieder die Geste der nach oben gekehrten Handflächen. »So einfach ist das. Die genaue Höhe der Zahlungen besprechen wir dann mit diesen Bürgern.«

Was konnte Merlik anderes tun, als zustimmen? Seine Abordnung schrieb geschäftig die Namen auf. Als die Liste komplett war, nahm sie ein mongolischer Offizier entgegen und verließ das Zelt. Und dann stürzten etwa zwanzig Soldaten herein, packten alle Delegationsmitglieder außer Merlik und erwürgten sie an Ort und Stelle.

Einige versuchten zu fliehen oder sich zu wehren, manche jedoch gaben sofort auf, wie eine Maus, die von einer Katze gefangen wird. Prinz Tuli saß unbeweglich dabei, leicht nach vorn gebeugt, den Ellbogen auf der Armlehne, das Kinn auf die zur Faust geballte Hand gestützt. Merlik kauerte voller Entsetzen in einer Ecke, einen Arm schützend vors Gesicht gelegt.

Mit dem mongolischen Offizier war ein uigurischer Schreiber hinausgeeilt, und zwar Osman, ein kleiner Mann mit dunkler Haut und einem Schnauzbart, der damit angab, viele Sprachen zu können. Es war offensichtlich, daß Tuli auf ihn hörte, denn sie flüsterten oft miteinander und ließen dabei selbst Generäle warten.

Später erfuhr ich dann, daß Osman und der mongolische Offizier mit der Liste zum Stadttor gegangen waren und um das Herauskommen der sechshundert Bürger gebeten hatten. Osman hatte behauptet, sie wären vom Gouverneur geschickt. Angeblich würden die Mongolen immer so über die Freiheit einer Stadt verhandeln.

Merlik verhielt sich weder besonders weise noch besonders tapfer, sondern tat einfach das, was von ihm verlangt wurde. Während sich Osman noch mit den Stadtvätern auseinandersetzte, erschien er im Eingang des gestreiften Zeltes, lächelte, wie ihm befohlen war, und winkte den Männern auf der Stadtmauer als Zeichen seines Einverständnisses lebhaft zu.

Nach ein paar Stunden öffnete sich das Tor, und ein reicher Mann nach dem anderen erschien auf einem Pferd mit einer bunten, seidenen Satteldecke. Das war das Zeichen für ein Bataillon mongolischer Soldaten, heranzureiten und den Torwächtern im Namen des Gouverneurs den Befehl zu erteilen, zur Seite zu treten. Sie deuteten über die Schultern auf Merlik, der jetzt vor dem gestreiften persischen Zelt stand und ihnen aufmunternd zuwinkte.

Als die Torwächter zur Seite gegangen waren, ritt das Bataillon in die Stadt, um sie zu sichern. Die sechshundert Bürger kamen an den aufgestellten Belagerungsmaschinen vorbei, an den Rammböcken, Katapulten und Belagerungstürmen, die in dieser Verhandlungsphase alle nicht bemannt waren. Sie wußten nicht, daß Gouverneur Merlik, während sie noch auf das fröhlich gestreifte Zelt zuritten, schon von einem Reitertrupp in die nahegelegenen Berge gebracht wurde. Dort brachen ihm die Soldaten das Rückgrat (wegen seines hohen Rangs gab es kein Blutvergießen) und warfen ihn den Schakalen in einer Schlucht vor.

Tuli hatte sich bei alledem nicht gerührt, auch sein Gesichtsausdruck war unverändert geblieben. Ich sah ihn fasziniert an. Er hatte sich heute, als er Merw durch ein Täuschungsmanöver einnahm, als genauso gerissen erwiesen wie sein Vater, und doch fehlte ihm etwas Wesentliches. Ich wußte nicht, was es war, und sollte mich das in den nächsten Tagen noch öfters fragen.

Die Verteidiger der Stadt wurden nun entwaffnet und die Einwohner auf die gelbbraunen Felder gebracht.

Tuli ließ seinen Stuhl auf ein seidenbezogenes Podest unter das Sonnendach des gestreiften Zeltes stellen und sah zu, wie die Beamten und das Militär in Dreiergruppen enthauptet wurden. Genauso konzentriert, wie er zuschaute, beobachteten ihn viele in seiner Umgebung.

Prinz Tuli schickte Abordnungen mit einem besonderen Auftrag in die Stadt, der mich und die uigurischen Schreiber in seinem Gefolge entsetzte. Merw war einmal die Hauptstadt der Seldschuken-Dynastie und somit mehrere hundert Jahre das Zentrum islamischer Wissenschaft gewesen. Nun setzten Reiter die Bibliotheken mit brennenden Pfeilen in Brand und machten sie dem Erdboden gleich. Diese Entscheidung, die mir unbegreiflich erschien, hätte ich mir gern von jemandem erklären lassen. Ich hätte jedoch nie Prinz Tuli selbst danach gefragt. »Wie kann man nur«, dachte ich bei mir, »so etwas zerstören, wenn man den Verstand dazu hat, es zu begreifen?« Doch als ich darüber nachdachte, fand ich die Erklärung selbst. »Warum?« hätte Tuli geantwortet. »Weil ich die Macht dazu habe.«

Die sechshundert reichen Männer mußten dann ihre Schatzkammern übergeben. Wenn sie es sofort taten, wurden sie lediglich getötet. Wenn sie sich weigerten oder logen, wurden sie so lange auf schreckliche Art gefoltert, bis sie sagten, wo sie ihre Reichtümer aufbewahrten. Dann wurden auch sie getötet.

Tuli zerstörte den Damm, von dem der ganze Ackerbau im Umkreis von mehreren hundert Meilen abhing. Da der Fluß nun nicht länger aufgestaut wurde, versickerte das Wasser in der Wüste, als würde es von einem durstigen Kamel aufgeleckt. Merw und Umgebung würden zur Einöde werden.

Wir eilten weiter in Richtung Südwesten auf Nishapur zu, mußten eine Reihe zwar niedriger, aber unwegsamer Pässe überqueren und kamen in ein Tal, wo später im Jahr Korn und Baumwolle wachsen würden.

Als wir noch zwei Tagesritte von Nishapur entfernt waren, versammelte Prinz Tuli seine Offiziere und hielt eine Ansprache. Er war von gebieterischer Gestalt und hatte gegenüber seinem Vater noch den Vorteil, eine tiefe und klangvolle Stimme zu haben, die weithin zu hören war. Er gelobte, den Tod aller mongolischen Krieger zu rächen, die in diesem bösen Lande umgebracht worden waren. Deshalb sollte Nishapur dem Erdboden gleichgemacht werden.

Als wäre zur Ader lassen ein Familienwettbewerb, traf ein Kurier ein, der Neuigkeiten über die mörderischen Unternehmungen des Khan brachte. Bei der an einem Berg gelegenen, befestigten Stadt Bamian hatte der große Eroberer den Befehl gegeben, alle Lebewesen einschließlich der Katzen, Hunde und Hühner zu töten. Damit sollte der Tod seines Sohnes Kulkan gerächt werden. Die Mutter des jungen Kriegers war nach Bamian gebracht worden, damit sie beim Enthaupten zusehen konnte.

Ich versuchte mir vorzustellen, wie die schöne Kulan, ähnlich Tuli, in einem Stuhl saß und sich das grausame Geschehen anschaute. Ich wußte, daß sie dazu fähig war, doch sie tat es aus Liebe zu ihrem Kind. Ich, der kinderlose, alternde Gelehrte von ehedem, hätte das nicht gekonnt.

So übertrumpfte also der Vater Dschingis Khan seinen Sohn Tuli noch.

Damit läßt sich vielleicht teilweise erklären, was dann geschah. Nachdem Nishapur umstellt war, hielt sich der Prinz nicht mit Tunnelanlegen und Bombardierung durch Katapulte auf, sondern ließ gleich die Mauern mit Sturmleitern ersteigen. Auf seinem Ritt nach Süden hatte er mehr als zwanzigtausend Gefangene gemacht, die nun mit Lanzenstößen gezwungen wurden, auf die Stadtmauer zuzugehen. Es gelang ihnen in nur drei Tagen, an die fünftausend solcher Leitern aufzustellen, allerdings gab es Unmengen von Opfern. Die Gefangenen mußten auch als erste hinaufklettern. Es überlebte nur einer von hundert, doch die ihnen folgenden mongolischen Krieger kamen oben an, schwärmten aus und eilten direkt auf die Tore zu. Gleich nachdem die Tore mit den Eisenstäben geöffnet waren, galoppierte ein Jagun Reiterschaft nach dem anderen hinein. In einem knappen halben Tag war die Schlacht vorbei.

Ich überlegte, ob der Sohn wohl versuchen würde, seinen Vater mit seiner Rache noch zu übertreffen. Die Antwort erhielt ich schnell.

Tuli mußte es schon, bevor wir in Nishapur ankamen, geplant haben. Vielleicht hatte er es sich während des stundenlangen Zuschauens bei den Hinrichtungen zurechtgelegt.

Zunächst einmal wurden alle aus der Stadt getrieben, wo sie in Gruppen geteilt wurden, die von einem Jagun von hundert Mann bewältigt werden konnten. Aus diesen suchten dann Offiziere die hübschesten jungen Frauen sowie einige nette Kinder aus, die alt genug waren, um als Sklaven dienen zu können. Auch Frauen mit Babys im Arm wurden freigelassen, weil diese zu oft Scherereien machten. Natürlich wurde jeder, bei dem ein verstecktes Messer gefunden wurde, auf der Stelle getötet. Dann mußten alle vortreten, die Töpferwaren, für die Nishapur berühmt war, herstellen konnten. Und schließlich wurden die Juweliere aufgerufen, da Türkise, und zwar eine dunkle Art mit wachsartigem Glanz, ebenfalls eine Spezialität des Landes waren. Wir hatten schon einige aus den

Khurasan-Städten, und diese wurden wegen ihrer Farbe von den zum Herrn des ewigblauen Himmels Betenden sehr gepriesen. Allen, die angaben, Töpferwaren und Türkisschmuck herzustellen, wurde angedroht, bei lebendigem Leibe begraben zu werden, falls sie die Unwahrheit sagten.

Als diese Personen aussortiert und weggeführt worden waren, hatte jeder Jagun etwa tausend Gefangene, so daß auf jeden einzelnen Mongolen zehn kamen. Ihnen allen waren die Hände auf dem Rücken gefesselt. Es war inzwischen dunkel geworden, und berittene Wachen hielten während der langen, spannungsgeladenen Nacht Ordnung unter den Tausenden. Fackeln beleuchteten ihre hohläugigen Gesichter. Jeder, der zu fliehen versuchte, wurde niedergeritten und mit der Lanze erstochen.

Ob irgend jemand in dieser Nacht ein Auge zumachte?

Vermutlich Tuli.

Am nächsten Tag machte sich ein Arban nach dem andern auf den Weg ins freie Land; der jeweils zuständige Soldat hatte seine Leute an den Handgelenken zusammengebunden. Zu dieser Jahreszeit war das flache Land mit einem kurzen, stacheligen Gras bedeckt, immer wieder unterbrochen von Flekken schimmernden Salzes. Sobald ein Arban von Nishapur aus nicht mehr zu sehen war, machte sich der nächste auf den Weg ins grelle Licht. Bis zum Mittag wurde es sehr heiß, und die Hälfte der Gefangenen war am Horizont verschwunden. Das bedeutete, daß bereits eine Viertelmillion Menschen auf dem Weg in den Tod waren. Ich glaube nicht, daß diese anfangs wußten, was sie erwartete.

Die Mongolen bedrohten Gefangene nur selten, da dies bloß zu Unruhe führte, die manchmal schwer unter Kontrolle zu bringen war. Sie erzählten ihren Opfern, daß es sich nur um eine Verlegung handelte. Vermutlich erkannte ein Teil der Gefangenen die Wahrheit erst, als sie Nishapur nicht mehr sehen konnten. Es war Aufgabe eines jeden mongolischen Soldaten, zehn Enthauptungen durchzuführen.

Und auch ich sollte da draußen etwas begreifen.

Es wurde wieder Nacht. Die Truppen, die ihre Pflicht bereits erfüllt hatten, schlugen ihr Lager an einem Salzsumpf östlich von Nishapur auf. Die anderen bewachten die übriggebliebenen Gefangenen: Es waren noch etwa die Hälfte. Am nächsten Morgen ging es weiter.

Später am Vormittag versammelte Tuli seinen Stab um sich, um hinauszureiten und sich das Ergebnis anzusehen. Ich saß inmitten der Belagerungsingenieure vor der Stadtmauer. Tuli bemerkte mich beim Vorbeireiten und forderte mich mit einer Kopfbewegung zum Mitkommen auf. Widerstrebend bestieg ich mein Pony und gesellte mich den Offizieren zu. Wir trabten durch den warmen Morgen, bis die Stadt nicht mehr zu sehen war. Vor uns lag eine Grasebene und dahinter eine Bergkette. Als wir näher heranritten, erkannte ich, daß der Boden mit irgend etwas bedeckt war, und noch bevor wir herankamen, wußte ich, daß es Körper waren. Es war jedoch kaum vorstellbar, daß es sich um so viele handelte. Es erinnerte mich an eine riesige Herde ruhender Antilopen, die ich einmal vor langer Zeit gesehen hatte, nur die Farben waren anders: Die Toten hier hatten eine graue Haut und trugen schwarze Kleider mit roten Flecken.

Tuli hielt an, um sich das Ganze aus der Nähe anzuschauen. Er tat es mit dem Gleichmut eines Hirten, der seine Schafe zählt. Hinter uns trafen neue Gruppen ein, die anhielten, bevor sie uns erreichten. Wir konnten sehen, wie die Soldaten ihre zehn Leute zum Niederknien aufforderten.

Alle taten es und wurden enthauptet.

»Warum tragt Ihr es?« Ich war so in das Geschehen und meine Gedanken vertieft gewesen, daß ich nicht bemerkt hatte, daß Prinz Tuli herangeritten war und mit mir sprach.

Er schlug mit der Peitsche gegen mein in der Scheide stekkendes Schwert. »Sagt, Lehrer, benutzt Ihr das manchmal?«

Ich schüttelte den Kopf.

»Warum tragt Ihr es dann?«

»Ich dachte, ich sollte es.« Ich sagte jedoch nicht, daß ich nur von ihm Gebrauch machen würde, um dem Rädern zu entgehen.

»Früher habt Ihr immer zu mir gesagt, tut dies, tut das, weil Ihr mein Herr wart. Jetzt bin ich Euer Herr, und ich sage, ein Mann, der ein Schwert trägt, muß es auch benützen.«

Es lief mir eiskalt über den Rücken, als ich jetzt auf seinen Befehl wartete.

Er riß so stark am Zügel, daß der Kopf seines Ponys nach hinten geschleudert wurde. Das war eindeutig eine Geste der Verärgerung. »Steigt vom Pferd, Lehrer, und macht von Eurem Schwert Gebrauch.«

Ich stieg ab, blieb dann aber stehen und wartete auf weitere Anweisungen.

»Ich sagte, macht von Eurem Schwert Gebrauch.«

»Ja, Prinz Tuli. Aber wie?«

»Auf diesem Feld werden Tausende von Menschen sterben. Sucht Euch einen aus. Verwendet Euer Schwert wenigstens einmal. Ihr sollt den Mongolen keine Schande machen.«

Das war keine versteckte Drohung, sondern eine sehr deutliche. Ich verbeugte mich knapp und ging zu einer neu eingetroffenen Gruppe. Alle darin waren Zeugen der Szene geworden und hatten den Prinzen gehört. Der verantwortliche Soldat ließ sie niederknien. Dieses türkische Wort kannten alle Mongolen. Die Gefangenen fielen pflichtschuldigst in einer Reihe auf die Knie, die Gesichter von mir abgewandt. Ich warf keinen Blick zurück zum Prinzen.

Ich zog mein Schwert aus der Scheide und blickte auf die Männer. Der Soldat grinste und enthauptete den ersten.

»Jetzt Ihr!« Der Mongole nickte mir zu und blickte mir dann über die Schulter. Der Prinz schien mit seinem Pferd direkt hinter mir zu stehen. Ich trat zu dem Mann, der als nächster an der Reihe war. Hinter mir scharrte ein Pferd ungeduldig mit den Hufen. Bevor ich mein Schwert mit beiden Händen hob, versuchte ich mir zu vergegenwärtigen, was ich so viele Male gesehen hatte – wie ein Mann einen anderen enthauptete. Doch jetzt war es etwas völlig Neues, ein merkwürdiger, unbegreiflicher Vorgang. Um mein eigenes Leben zu retten, hob ich schließlich das Schwert und trat einen Schritt vor.

Mein erster Versuch mißlang: Ich verletzte den Mann nur. Hinter mir hörte ich Lachen. Ich fürchtete mich davor, mich umzudrehen, tat es dann aber doch. Der Prinz und sein Stab sahen mir amüsiert zu. Als ich den Mann dann schließlich nach mehreren Versuchen getötet hatte, hörte ich ihre Pferde davontraben. Ein Blick bestätigte mir, daß sie sich zwischen neuankommenden Gruppen ihren Weg zurück zur Stadt suchten.

In jenen zwei Tagen verloren mehr als eine halbe Million Einwohner von Nishapur ihr Leben, doch wohl keiner auf so ungeschickte und schmerzvolle Art wie jener, der als mein Opfer ausersehen worden war. Der Beobachter mongolischer Brutalität war nun zu einem ungeschickten Mitwirkenden geworden – zum Pech eines Mannes, der die Gnade eines schnellen Todes bevorzugt hätte.

Was ich begriff, war, daß ich kein Schwert tragen sollte. Ich warf es weg, bestieg mein Pony und ritt zum Lager zurück.

28

Zwei Tage nachdem wir Nishapur den Rücken gekehrt hatten, schickte der Prinz drei Minghan Reiter in die Stadt zurück. Als sie durch die Tore galoppierten, stießen sie auf ein paar hundert Überlebende, die inzwischen ihre Verstecke verlassen hatten. Offenbar entkam kein einziger.

Wir setzten unseren Feldzug fort. Nach der Plünderung der nächsten Stadt verfuhr Tuli ähnlich wie beim letzten Mal, nur daß er zum Töten der Gefangenen mit Nägeln versehene Streitkolben verwenden ließ. Er ordnete das ohne weitere Erklärungen an. Vielleicht hatte er das Gefühl, daß den Vollstreckern ein bißchen Abwechslung ganz guttun würde, wenngleich dies das erstemal gewesen wäre, daß er sich bei seinem Handeln um seine Truppen kümmerte.

In einer anderen Stadt überredete Tuli einen Mullah – ich weiß nicht wie –, die Moslems nach unserem Abzug von einer unzerstörten Moschee aus zum Gebet zu rufen. Als der Sprechgesang über die verlassene Stadt schallte, kamen die Überlebenden voller Freude aus ihren Verstecken und wurden ohne Ausnahme von den plötzlich zurückstürmenden mongolischen Reitern umgebracht.

Weil es dunkel wurde und stark zu regnen anfing, schlugen wir einmal unser Lager in der Nähe einer Stadt auf, der wir große Verluste beigebracht hatten. Wir blieben auch den nächsten Tag und die nächste Nacht, und dann noch einen Tag. Ein leichter Wind trug einen merkwürdigen Geruch zu uns herüber. Natürlich war es der von Verwesung. Neuerdings fiel mir auf, daß uns Schakale in Rudeln von jeweils vielleicht einem Dutzend begleiteten. Sie schlichen mit hängenden Zungen hinter unserem Zug her. Warum sie uns wohl folgten? Heute verstehe ich es. Wir ließen bequeme Mahlzeiten für sie zurück. Sie wurden so frech, daß sie ganz nah am Lager herumschlichen. Als ich in der zweiten Nacht einmal hinausging, sah ich am Rand unseres Zeltlagers einen Halbkreis runder, gelber Augen.

Während meines Studiums habe ich einmal eine Beschreibung der buddhistischen Hölle gelesen. Wenn ich mich recht erinnere, bestand sie aus acht Teilen, wovon jeder eine spezielle Bestrafung bereithielt. Einer war der Ort der Exkremente, wo der ausgehungerte Sünder Dung mit Maden essen mußte, im nächsten Elendsort regnete es glühendes Eisen auf ihn herab, dann gab es ein brodelndes Faß, in dem er wie Bohnen gekocht wurde, schließlich noch einen Teil mit vielen Qualen, von denen ich die Schrecklichsten zum Glück vergessen habe. Als treuergebener Konfuzianer hatte ich diese Qualen einer buddhistischen Hölle für die Phantasien eines verwirrten Geistes gehalten. Im Dienste des Prinzen Tuli jedoch hatte ich manchmal das Gefühl, daß die Hölle monströs und wirklich zugleich war, daß wir sie erlebten und träumten, daß wir hellwach durch die schlimmsten Alpträume ritten.

So schrecklich war der Feldzug mit Tuli.

Wer war nun Prinz Tuli wirklich? Ein gehorsamer Sohn, der die Wünsche seines Vaters erfüllte. Das mußte jeder als sehr konfuzianisch ansehen. Die Idee jedoch, Terror auszuüben, um die Menschen so zu zermürben, daß sie sich unterwarfen, war alles andere als konfuzianisch. Doch es steckte natürlich noch mehr dahinter. Zum einen verabscheuten die Mongolen das Stadtleben. Viele fanden es so abwegig, daß sie meinten, Menschen, die hinter Mauern lebten, müßten bestraft werden. Eng verknüpft mit ihrem Haß auf das Stadtleben war eine Abneigung gegen Belagerungskriege. Im Gegensatz zu meinem Landsmann Wu Wei, für den eine Belagerung fast etwas Religiöses hatte, betrachteten es manche Mongolen als so demütigend, als würden sie sich in einer Stadt niederlassen.

Tuli übertrumpfte mit seinem Feldzug noch seinen Vater, da er lähmendes Entsetzen verbreitete. Darüber machte im Lager eine Geschichte die Runde. Ein einsamer Mongole unter Tulis Kommando ritt durch eine verwüstete Stadt. Er entdeckte einen Mann, der auf Zehenspitzen eine Seitenstraße entlangschlich, sprang vom Pferd und packte ihn. Er befahl seinem Gefangenen, sich flach auf den Boden zu legen, merkte aber dann, daß sein Schwert noch am Sattelknopf eines Pferdes hing. Also sagte er zu dem Mann: »Bleibt, wo Ihr seid, bis ich mein Schwert geholt habe.« Er schlenderte hinüber, holte es und kehrte zu dem Gefangenen zurück, der noch immer auf dem Boden lag. »Schön, daß Ihr gehorcht habt«, sagte der Mongole und hob das Schwert. »Ich wäre sonst sehr ärgerlich gewesen.«

In jenen Monaten, als wir südwestwärts durch die moslemischen Lande zogen, hätte ich gern einmal mit jemandem über das Verhalten des Prinzen gesprochen. Doch mit wem? Wäre Yelü Chucai dagewesen, hätte ich es mit ihm getan, trotz meines Mißtrauens diesem so edlen und andersartigen Kitan gegenüber. Bei diesem Feldzug jedoch war ich immer nur mit Mongolen oder türkischen Söldnern zusammen, wobei mich letztere oft an wilde Hunde erinnerten, die ihre eigenen Verwundeten zerreißen. Wie konnte ich meine Gedanken ordnen, wenn sie wie Sand in einem Sturm dahinwirbelten? Doch meine Fähigkeit zu denken ermutigte mich, auch zu hoffen. Aber ich durfte mich natürlich niemandem anvertrauen, wenn ich nicht wegen meiner Gedanken getötet werden wollte. Vermutlich fühlten sich viele meiner Begleiter in der gleichen Falle. Wenn Dschingis Khan auch nur selten Erbarmen zeigte, so gab es doch, wenn er auf grausame Weise Städte bezwang, den Hoffnungsschimmer, daß der Herr im ewigblauen Himmel alles besser machen würde, wenn die Welt nur erst einmal den göttlichen Favoriten als ihren vorübergehenden Herrn anerkannt hatte. Aber bei Tuli gab es keine Hoffnung.

Tuli schickte der Stadt Herat ein Ultimatum, das sofort angenommen wurde, so daß die Stadt verschont blieb. Ich weiß noch, daß wir um die Mittagszeit an ihr vorbeizogen. Wir folgten einer Entenschar zu einem Fluß, an dessen Ufer Datteln und Tamarinden wuchsen. Ich war überrascht und peinlich berührt, als ich plötzlich merkte, daß mir Tränen die Wangen hinunterliefen. Am Abend dann, im Versammlungszelt, begannen meine Arme und Beine zu zittern, und zwar nicht, weil ich krank war oder Angst vor Tuli hatte. Das Zittern hielt längere Zeit an, bis ich erkannte, daß es von den schrecklichen Ereignissen des Feldzugs herrührte. Drei Nächte hintereinander konnte ich nicht schlafen. Dann übermannte mich die Erschöpfung, genauso wie mich in der Vergangenheit manchmal der Wunsch zu überleben übermannt hatte, und in der vierten Nacht und auch in den darauffolgenden Nächten schlief ich wieder.

Ich glaube, Prinz Tuli war davon überzeugt, daß ein derartiger Feldzug seine Chancen, Khan zu werden, vergrößerte. Keiner seiner Brüder hatte je so viele Menschen so schnell und wirkungsvoll umgebracht. Doch das Schicksal sollte dem ehrgeizigen jungen Eroberer einen Strich durch die Rechnung machen.

Kurze Zeit, nachdem sie sich ergeben hatten, rebellierten die Leute von Herat. Sie töteten einen mongolischen Offizier, den Tuli zum Gouverneur der Stadt ernannt hatte, und die in Garnison liegenden Soldaten, die der Prinz entgegen seiner sonstigen Art zur Überwachung der Stadt zurückgelassen hatte.

Als der Khan von dieser Beleidigung erfuhr, schickte er ein halbes Dutzend Generäle und drei Tumen Soldaten, um Herat zu vernichten. Zu seinen Generälen sagte er: »Da es schon vorgekommen ist, daß Tote wieder lebendig geworden sind, schlagt ihnen in dieser Stadt die Köpfe ab.« Man gehorchte ihm. Der Khan, der dafür bekannt war, daß er sich um sein eigenes Volk kümmerte, garnisonierte eine Stadt nur mit Söldnern, um bei einer Revolte keine Mongolen in Gefahr zu bringen. Der junge Prinz jedoch hatte einem Mann seines eigenen Stammes das Kommando übergeben und in Herat mongolische Truppen zurückgelassen, von denen kein einziger den Aufstand überlebt hatte.

Tuli hatte im Yasa festgelegte militärische Verhaltensregeln umgangen. Außerdem war es ihm nicht gelungen, die Moslems zu lähmen, obwohl er eine Million von ihnen ausgerottet hatte. Darüber hinaus war sein junger Gegenspieler, Jalal al Din, noch immer im Land – so lästig wie ein Hund unter Pferden. Tuli hatte als Herr des Krieges keine Ehre eingelegt, so daß ihn der Khan kurz und bündig und in Ungnade zurückrief.

So jedenfalls lautete die offizielle Version. Ich halte es aber für durchaus möglich, daß Dschingis Khan seinen Sohn noch aus einem anderen Grund zurückrief. Bei Tuli mußte er an die mongolische Geschichte denken, die eine monotone Folge von Familienfehden und Meuchelmorden war, von Dolchen in der Nacht und Pfeilen auf einsamen Wegen.

Ich brauche wohl nicht eigens zu erwähnen, daß mir Tulis Mißgeschick nicht allzuviel ausmachte. Damals, als dem Schamanen Gokchu wegen seiner Einmischung in die Familienangelegenheiten des Khan das Rückgrat gebrochen worden war, hatte ich an die knappe chinesische Maxime denken müssen: »Wenn die Bäume zu groß werden, werden sie geschlagen.« Was Tulis Schicksalswende betraf, so erinnerte ich mich an Mei Yaochen, einen bekannten Dichter und Konfuzianer, der vor zweihundert Jahren gelebt hatte. Er war unglücklich über das Übergreifen buddhistischen Gedankenguts auf das chinesische Leben gewesen. Ich stellte mir vor, daß ich mit Mei Yaochen

306

am Ufer eines Flusses einen Kelch Wein trank. Und als wir dann ein paar Blütenblätter vorbeitreiben sahen – ach, und Weiden wölbten sich über uns! –, erzählte ich ihm von Tulis Feldzug und dessen bitterem Ende. Mei hätte sich dann sicher zurückgelehnt und gelacht: »Ein wahrhaft konfuzianisches Schicksal! Ein konfuzianisches Schicksal für den Barbaren!«

Der Khan rief auch die anderen Prinzen zurück, die gerade ihre Aufgaben in Gurganj beendet hatten. Ögödei hatte den Befehl erhalten, die Stadt nicht nur zu belagern, sondern auch zu zerstören: »Ich verbiete dir, bei unseren Feinden Gnade walten zu lassen, wenn ich es nicht ausdrücklich angeordnet habe. Nur durch Strenge erzwingen wir Gehorsam. Ein Feind, der zwar erobert, aber nicht völlig unterworfen ist, haßt seinen neuen Herrn und wartet auf den Tag der Rache.«

Nachdem die Zitadelle erobert war, wurden die Bewohner aus der Stadt vertrieben. Danach gelang es Ögödei und Wu Wei, den Amu so umzuleiten, daß er direkt in die Stadt floß und diese überflutete. Alle Menschen, die sich in den Kellern versteckt hielten, ertranken. Nachdem der Fluß hindurchgeflossen war, gab es die Hauptstadt von Khwarizm nicht mehr. Es blieb nichts als Schlick zurück, in dem vereinzelt Leichen mit stinkenden Stoffetzen herumlagen.

Jochi erholte sich nie ganz davon, daß er nicht der Oberkommandeur der Gurganj-Operation geworden war. Gekränkt und mißmutig zog er mit seiner Armee zur Nordseite des Aralsees, angeblich, um eine Ruhepause einzulegen.

Als Tschaghatei seinem Vater Bericht erstatten wollte, mußte der streitsüchtige Prinz erst einmal einen halben Tag vor dem Hauptzelt knien, bevor er es betreten durfte. Als sich Tschaghatei dann vor ihm niederwarf und um Vergebung bat, verlangte der Khan von ihm ein bedingungsloses Gehorsamkeitsgelübde. Tschaghatei gab es ihm. Der Khan wiederholte seine Frage noch zweimal, und sein Sohn versprach immer wieder, daß er seinem Vater gegenüber niemals ungehorsam sein würde.

Ich war dabei und hörte es.

Daraufhin sagte der Khan ruhig: »Du hast es dreimal geschworen. Ich werde dich jetzt auf die Probe stellen. Ich will zu dem, was ich dir nun sage, keinen Kommentar hören, nicht ein einziges Wort. Bist du bereit zuzuhören?«

Tschaghatei nickte im vollen Vertrauen auf seine Fähigkeit zu gehorchen.

»Kulan Begi hat ihren Sohn an den Mauern von Gurganj verloren. Und nun ist einer deiner Söhne, der prächtige junge Moatugan, vor zwei Tagen bei der Einnahme einer Bergfestung gefallen. Hast du gehört? Dein Lieblingskind ist tot.«

Tschaghatei sagte nichts, doch ihm war alle Farbe aus dem Gesicht gewichen. Soviel ich weiß, hat der Prinz den Tod seines Sohnes nie öffentlich betrauert oder auch nur davon gesprochen, weder mit seinen Brüdern noch mit anderen Familienangehörigen, ja nicht einmal mit Moatugans Mutter. Von den Hauptsöhnen des Khan war Tschaghatei sicher der gehorsamste. Er war allerdings auch derjenige, den ich am meisten fürchtete, sogar noch mehr als den blutrünstigen Tuli. Tschaghatei haßte alle Fremden und sprach sich im Rat oft dagegen aus, von ihnen Ratschläge anzunehmen. Ich glaube auch nicht, daß er mir je verziehen hat, daß ich ihn mit langweiligem Chinesischunterricht traktiert habe, als er ein strammer junger Krieger war, der sich durch das Lernen in seiner Männlichkeit verletzt fühlte. Ich hatte keinen Zweifel über mein Schicksal, wenn er Khan werden würde.

Dschingis Khan wollte in dem fruchtbaren, wenn auch verwüsteten Land noch ein wenig bleiben, vielleicht, weil das Weideland gut war. Daher trafen fast täglich Menschen und Vorräte aus der Steppe ein, als beabsichtige der Khan, sein ganzes Königreich nach Westen zu verlagern. Auch die meisten seiner Frauen und Konkubinen kamen, sogar Borte Khatun, die nun recht fettleibig war und deren blasse, aufgequollene Haut wie eine überreife Frucht aussah. Schon bald nach ihrer Ankunft lud sie mich in ihr Zelt ein. Da sie wußte, daß ich zu den wenigen gehörte, die ein bißchen Mitgefühl zeigen würden, teilte sie mir mit, daß Hoghelun, die Mutter Dschingis Khans, gestorben war. »Sie wog nicht einmal mehr so viel wie ein Pferdesattel«, erzählte Borte. »Eben noch saß sie mit einer Tasse Tee in der Hand da – geistig war sie schon lange gestorben, doch ihr Blick war klar wie der eines Kindes –, und plötzlich schloß sie die Augen und machte sie nicht mehr auf. Und wißt Ihr, sie hat nicht einmal die Tasse fallen lassen.« Borte lachte fast lautlos. Wir lächelten uns an wie alte Freunde. Sicher empfing sie keine Knaben mehr, die sie an den galanten jungen Temudschin erinnerten. Und sie hielt auch keinen Hof mehr. Die meiste Zeit verbrachte sie damit, chinesische Musik zu hören, obwohl ich das Gefühl habe, daß wir hierin weit weniger Vollkommenheit erreicht haben als in allen anderen Künsten.

Auch die Frauen und Kinder der Prinzen, Generäle und anderen Offiziere trafen ein. Sklaven kamen mit einem bis oben hin mit Filz beladenen Wagen an. Dieser war über Bergpässe und durch Wüsten geschleppt worden, um daraus Jurten zu bauen, die an die Stelle der Militärzelte treten sollten. Schon bald standen diese Zelte den festen Jurten, die an den Ufern des Kerulen zurückgeblieben waren, in ihrer Größe kaum noch nach.

Vertraute Gesichter tauchten auf. Tschaghateis Frau Ibagu Begi, das Filzzelt, furzte und trank noch immer, und auch ihr Konsum von gekochtem Ziegenfleisch hatte nicht nachgelassen. Nicht dabei war Ögödeis hochmütige Toragana mit ihrer angeberischen Sänfte. Sie war an einem Fieber gestorben. Seine zweite Frau Doregene Begi erwies sich als eine viel geeignetere Königin: Groß, kühl und mit angeborener Würde, war sie meiner Meinung nach die erste Mongolin mit dem Gebaren einer chinesischen Kaiserin.

Tuli hatte seine sympathische Frau Siyurkuktiti kommen lassen. Zwei ihrer Zelte beanspruchten ihre Söhne. Möngke und Hülägü, die fast alt genug für den Militärdienst waren. Den Knaben Kublai behielt sie in ihrer Nähe. Dieser war jetzt sieben Jahre alt und hatte schon den Spitznamen »Kublai Sechen« – Kublai, der Weise –, weil er für sein Alter überaus nachdenklich war. Ich hätte ihm gern Chinesischunterricht erteilt, doch angesichts der Art und Weise, wie mich sein Vater in letzter Zeit behandelte, wagte ich nicht, um das Privileg zu bitten.

Dschingis Khan ließ jedoch nicht nur Familien, Beutel mit Kumys und Schafherden kommen, sondern auch wertvolle Stücke von seinen Raubzügen in China. Das Glanzstück war wohl ein aus Rosenholz geschnitzter, vergoldeter Thron aus dem Chin-Palast in Peking, dessen Rückseite die Form zweier ineinander verschlungener, mit einer Perle spielender Drachen hatte und dessen Armlehnen in zwei wütende Tigerköpfe übergingen.

Bei Empfängen saßen auf Perserteppichen unterhalb des Throns die Gesandten und hohen Beamten. Zwischen ihnen eilten Diener mit einem chinesischen »Feuerwein« umher, der aus eingelegten Wassermelonenkernen und exotischen Früchten hergestellt wurde, die man mit Pferden aus dem Süden gebracht hatte. Hinter einem Seidenvorhang wurde rhythmische türkische Musik gespielt. Dazu tanzten muskulöse junge Männer in Leopardenfellen, die Mädchen mit Gazellenhörnern verfolgten.

Ich kannte den Khan gut genug, um zu wissen, daß ihn die farbenprächtigen Darbietungen in keiner Weise interessierten. Sie sollten lediglich zum Wohlbehagen und zur Entspannung seiner Besucher beitragen, damit diese nachgiebiger wurden. Man schloß jedoch daraus und aus anderen Anzeichen, daß er sich vielleicht geändert hätte. Er verbrachte sehr viel Zeit mit

Uiguren und Türken, um herauszufinden – halbherzig, wie diesen schien –, wie er seine weiten neuen Länder im Westen am besten verwaltete. Auch moslemische Philosophen und geistige Führer erschienen, um ihm ihre Ehrerbietung zu erweisen. Er hörte ihren Ausführungen über das Leben aufmerksam zu, und seine Fähigkeit, sich auf eine Sache zu konzentrieren, erweckte in diesen den Eindruck – zu Unrecht, natürlich –, daß sie aus diesem brutalen Eroberer noch einen erleuchteten islamischen Herrscher machen könnten. Mir jedoch war klar, daß all das abgehobene Gerede für ihn keine Rolle spielte. Er wollte viel besitzen, ja sicher, und er wollte viel wissen, auch das war klar, doch am Ende zählte nur die Jagd.

Das Aussehen des Khan hatte sich allerdings verändert. Er war in den letzten Jahren stark gealtert. Er sah jetzt recht müde aus, hatte ein volles Gesicht, und seine blaue Seidenrobe spannte über dem Bauch. Er hatte jedoch noch immer seinen Falkenblick. Aus seinen grünen Augen versuchte ich abzulesen, wie der Mann wirklich war.

Und natürlich war der Khan sofort auf den Füßen, als er die Nachricht erhielt, daß Jalal al Din ein großes mongolisches Heer in der Nähe einer Stadt namens Parvan vernichtend geschlagen hatte. Er war augenblicklich jagdbereit.

29

Doch noch bevor der Khan ein Expeditionskorps zusammenstellen konnte, galoppierte sein Adoptivsohn Shigi Kutuku, der die Mongolen in der Schlacht von Parvan befehligt hatte, ins Lager.

Als jüngstes Mitglied des Orlok hatte er sich schon in der Schlacht ausgezeichnet, bevor er zwanzig war. Er erwies sich als listig und wagemutig, beides Eigenschaften, die der Eroberer sehr schätzte. Dschingis Khan hatte unter den Generälen drei Adoptivsöhne gehabt, von denen jedoch zwei im Krieg gefallen waren, so daß ihm jetzt nur noch Shigi Kutuku Ehre bringen konnte.

Noch schmutzig von der Reise, fiel der junge General im Beisein einer Versammlung vor dem Khan auf die Knie und bezichtigte sich, die Schlacht von Parvan verloren zu haben. Seine Truppen hätten zwar tapfer gekämpft, doch sein Fehlurteil hätte zum Sieg Jalal al Dins geführt. Er sei nun so schnell wie möglich hergeeilt, wobei er ein halbes Dutzend Pferde erschöpft habe, um sich von dieser Last zu befreien und die Bestrafung seines Vaters, wie immer diese aussehen würde, entgegenzunehmen.

Dicht gedrängt im Zelt waren etwa hundert Leute, doch sein Geständnis rief absolute Stille im Raum hervor. Dschingis Khan beugte sich auf seinem chinesischen Thron vor, deutete mit dem Finger auf den jungen General und sagte mit seiner hohen Stimme: »Shigi Kutuku war an den Erfolg gewöhnt. Es wurde Zeit, daß er auch die Bitterkeit der Niederlage kennenlernte.« Mit diesen Worten wandte sich der Khan ab und rief nach einer seiner hübschesten Konkubinen. »Geh zu Shigi

Kutuku«, sagte der Khan zu ihr. »Tröste ihn und bleibe bei ihm. Von jetzt an gehörst du ihm.«

Dem Khan war zwar jede List auf dem Schlachtfeld und jede Falschheit in der Diplomatie recht, doch bei seinen eigenen Leuten schätzte er Ehrlichkeit und Freimütigkeit. Er ließ sich von seinem Adoptivsohn begleiten, als er Jalal al Din durch die Berge und Täler des Landes der Afghanen verfolgte. Shigi Kutuku ritt rechts von ihm und die Prinzen Ögödei, Tschaghatei und Tuli hinter ihm.

Zum Glück wurde ich im Wirbel der Vorbereitungen vergessen, so daß ich, als sich die vier Tumen Reiter auf den Weg machten, im Lager bei Kish zurückblieb. Ich fand es angenehm, da zu schlafen, wo ich die Nacht zuvor geschlafen hatte, und am Morgen in der Ferne die gleichen Berge zu sehen, die ich zwei Tage zuvor gesehen hatte. Zu meiner Verwunderung war ich ständig von einer heftigen Müdigkeit ergriffen. Die langen Kriegsmonate hatten in mir eine gewisse Melancholie und unklare Furcht zurückgelassen. Wie war es Menschen nur möglich, zu Tausenden so weit und so lange vorwärtszudringen? Vielleicht war diese Fähigkeit des Khan, einen Feldzug nach dem andern durchzuführen, von denen eigentlich jeder einzelne den Schwung und das Durchhaltevermögen eines halb so alten Mannes verlangt hätte, ja sogar seine herausstechendste.

Meines eigenen Alters wurde ich mir bewußt, als ich eines Morgens aufwachte und in meinem Mund etwas Merkwürdiges spürte. Als ich hineinfaßte, hatte ich einen losen Zahn in der Hand. In meinem Besitz befand sich ein persischer Spiegel, Beutegut aus Otrar. Ich starrte auf seine unebene Oberfläche, verzog mein Gesicht zu einem Grinsen und betrachtete die irritierende Lücke. Ich wurde alt. Es machte mir den ganzen Tag zu schaffen, bis ich mich um die Mittagszeit an ein Gedicht Han Yus erinnerte. Ich rief es mir, so gut ich konnte, ins Gedächtnis zurück:

»Es heißt, wenn die Zähne ausfallen,
ist das Ende nah.
Doch mir scheint, es muß
in jedem Leben Grenzen geben.
Du stirbst, wenn du stirbst,
mit oder ohne Zähne.«

Es versetzte mich in eine Stimmung stolzen Trotzes und machte mich so kühn, auf noch etwas völlig Neues in meinem Leben zu hoffen.

Ich war also bereit, mich zu beweisen, als ich eine Einladung Mahmud Yalvachs erhielt. Dieser war in letzter Zeit ein
Vertrauter Prinz Tschaghateis geworden, ein nur allzu verständliches Bündnis, weil sich beide gern mit Gesetzen und
Vorschriften befaßten.

Mahmud Yalvach hatte das Fest für ein paar hochrangige,
nichtmongolische Angehörige des Stabs, die sich noch im Lager befanden, arrangiert. Es sollte der göttliche Sieg des Herrn
im ewigblauen Himmel durch seinen auserwählten Vertreter
auf Erden, Dschingis Khan, gefeiert werden. Bei dieser über-
triebenen und unaufrichtigen kleinen Ankündigung konnte
ich nur mit Mühe ein Lächeln unterdrücken. Ich nahm die
Einladung im Namen des chinesischen Volkes an, von dem
auch einige das Privileg hätten, dem großen Khan zu dienen.
Wir verbeugten uns überschwenglich voreinander. Mahmud
deutete noch an, daß es wahrscheinlich auch Frauen bei dem
Fest geben würde. Ich wollte daher so gut wie möglich aussehen. Da ich kein Schwert mehr trug, schmückte ich mich mit
goldenem und silbernem Tand, jedoch geschmackvollerem als
dem bunten Zeug, das die uigurischen Schreiber und türkischen Kaufleute um den Hals und am Handgelenk hängen
hatten.

Ein Dutzend von uns versammelte sich unter einem schat-
tenspendenden Baum vor dem Lager. Es war ein heißer Som-

mernachmittag, und die untergehende Sonne stand wie ein rotglühender Ball am Himmel. Osman, der Uigur, der die Täuschung von Merw in die Wege geleitet hatte, war darunter, ebenso Wu Wei und zu meiner großen Überraschung der aristokratische Kitan Yelü Chucai.

Mahmud übernahm die Führung und kannte auch die Parole, die uns sicher an den mongolischen Garden vorbeiließ. Nach einem einstündigen Ritt kamen wir zu einem jener üppigen grünen Parks, die so typisch für die Landschaft von Khwarizm sind. Ein wenig zurückgesetzt von der Straße stand am Ende eines gewundenen Pfades ein von einer Mauer und dichtem Laubwerk umgebenes Herrenhaus. Mahmud zog die Zügel an und erklärte, daß es sich ein ortsansässiger Emir zur Ehre gereichen ließe, an diesem Abend für unsere Unterhaltung zu sorgen, weil er hoffe, wir würden ihn dann dem großen Khan empfehlen, was wiederum zu seiner Sicherheit beitragen würde. Außerdem wollte er damit seiner tiefen Verbundenheit mit der mongolischen Sache Ausdruck verleihen, die sein geliebtes Land von der Unterdrückung der khwarizmischen Besetzer befreit hatte. Nachdem Mahmud unser zustimmendes Nicken und Lächeln auf seine erbauliche Ansprache entgegengenommen hatte, führte er uns weiter zu einem Tor, wo uns der Emir in Empfang nahm. Dieser hatte einen dichten Schnauzbart und trug einen bauschigen weißen Turban, eine bunte Damastrobe sowie spitze, purpurne Sandalen. Verbeugungen auf allen Seiten. Bevor wir auch nur absteigen konnten, bot uns eine Dienerschar auf silbernen Tabletts Kelche mit Wein an.

»Mein Freund«, sagte ich zu Mahmud, als wir das Anwesen betraten, »Ihr scheint ja alles sehr gut eingefädelt zu haben. Jedenfalls verspricht es hier viel besser zu werden als im Kerker von Otrar.«

Es waren wirklich Frauen da, und auch Musiker und Tänzer, die wie launische Windstöße um uns herumwirbelten. Doch

bevor ich von ihnen spreche, möchte ich kurz erwähnen, wie
sehr ich dieses moslemische Haus bewunderte. Ich hatte in
den letzten zwei Jahren unzählige solcher Häuser in Flammen
aufgehen sehen und hatte noch die in Panik aus den engen
Gängen herausrennenden Menschen vor Augen sowie die Toten auf den gefliesten Höfen neben längst geleerten Schwimmbecken, weil das Wasser während der Belagerung getrunken
worden war.

Jetzt konnte ich auf einem solchen Anwesen herumspazie-
ren, wie es vermutlich auch die moslemischen Besitzer zu ihrer Erholung taten. Mir gefielen die fließenden Übergänge
zwischen drinnen und draußen, Garten und Haus, Natürlichem und Geordnetem. Die Moslems schienen nicht an Ge-
mälden interessiert zu sein, die man mitnehmen konnte, sondern dauerhafte Wandgemälde auf Kacheln zu bevorzugen. Die
Gebäude machten einen erstaunlich weiträumigen Eindruck.
Abgesehen von Teppichen, Kissen und Vasen in den Ecken,
gab es fast keine Einrichtungsgegenstände. Das fiel mir besonders auf, weil es bei uns in China üblich war, einen Raum mit
großen Stühlen und wuchtigen Tischen mit großen Lampen
vollzustellen. Außerdem hängten wir viele Gemälde auf und
unterteilten den Raum mit schweren, hölzernen Trennwän-
den. Plötzlich empfand ich Heimweh nach China.

Für solche Gefühle war jedoch keine Zeit. Eine Schar Diener im Schlepptau, die uns Wein nachschenkten, wurden wir
zum Badehaus geführt, einem großen, rechteckigen Raum mit
Bogensäulen, gewölbtem Dach und mehreren Becken. Im ersten war das Wasser kalt, im zweiten warm, im dritten heiß
und im letzten dampfte es. Die Wände waren gekachelt und
mit Blumenmustern verziert. Von unseren staubigen Kleidern
befreit, gaben wir uns dem Badegenuß hin und tranken dabei
die ganze Zeit Wein.

Während ich mich im letzten Becken räkelte, ließ ich den
Blick über meine Kameraden schweifen und träumte von mei-

nem Zuhause im Süden, wo Freunde zwar nicht zusammen im heißen Wasser schwitzten, dafür aber friedlich an einem Flußufer zusammensaßen. Beides jedoch bedeutete Erfrischung, lange Gespräche und ein träges Verrinnenlassen der Zeit. So ist das Leben erstrebenswert, dachte ich zufrieden.

Während wir badeten, knieten Diener neben uns und boten uns kleine Köstlichkeiten an. Ich bediente mich und sagte zu meinen Kameraden: »In einer Hinsicht kann ich die Mongolen ja nicht verstehen. Auf einem Feldzug essen sie alles, sogar Ratten und ungekochte Getreidekörner, doch Auberginen würden sie nie anrühren.«

Ein Türke meinte, daß er das nicht gewußt hätte.

»Und dann«, fuhr ich fort, »mögen sie keine Fledermäuse. Wenn sie eine sehen – nehmen wir einmal an, auf einem Feldzug, wenn die Sonne untergeht –, wehren sie diese mit den Händen ab und ducken sich wie verstörte Frauen. In meinem Land jedoch bedeutet eine Fledermaus Glück. ›Fu‹ hat die doppelte Bedeutung ›Fledermaus‹ und ›Glück‹.«

Ihre Blicke hielten mich von weiteren Ausführungen ab. Wieder kamen Diener und boten uns auf den Knien Melonenscheiben, braune Jujuben, Walnüsse, Mangos und Feigen an.

Ich hätte fast erklärt, wie wundervoll es doch war, nicht ein fettes Stück Hammelfleisch vorgesetzt zu bekommen, doch ich hatte schon genug meiner Ansichten zum besten gegeben. Es war ja durchaus möglich, daß einer unter uns, vielleicht ein Türke, ein Spion war.

»Wir haben heute Neuigkeiten vom Feldzug erhalten«, meinte nun Yelü, der Kitan, als wollte er herausstellen, daß er über alles informiert war. »Der Khan ist an Kabul und Ghazni vorbeigeritten, ohne auch nur einmal zum Pinkeln anzuhalten.«

»Das kann ich mir bei ihm gut vorstellen«, sagte ich und billigte damit die unfeine Bemerkung – die allerdings bei einem so gehemmten Adligen überraschte.

317

»Jalal al Din hat ein gutes Heer aufgestellt«, äußerte einer der Türken. »Wie ich höre, haben sich ihm die Malikiten von Kabul, Herat und Peshawar angeschlossen.«

»Ist denn der Malikit von Herat nicht getötet worden, als Tuli die Stadt einnahm?« fragte Mahmud.

»Nein. Er konnte fliehen und erreichte Jalal. Gestern kam ein Afghane auf der Suche nach Arbeit in unser Lager. Er sagte, daß sich auch noch weitere Kriegsherren Jalal angeschlossen hätten.«

»Nun, sie werden bestimmt in Streit geraten«, meinte ein anderer Türke. »Spätestens, wenn sie über die Beute streiten, die sie noch gar nicht haben, werden alle Vorteile des Zusammenschlusses zunichte gemacht.«

»Sie werden auch gar nichts erbeuten«, meinte nun Wu Wei, der bis dahin einen eher schläfrigen Eindruck gemacht hatte.

»Meint Ihr?«

»Dschingis Khan ist noch nie besiegt worden. Und wird es auch nicht«, knurrte Wu Wei. »Und außerdem ist der Khan niemals bösartig grausam. Er läßt keine Menschen zu seinem Vergnügen foltern. Und tötet auch nicht ohne Grund.«

»Wie manch anderer«, sagte der Türke.

Wir schwiegen eine Weile. Uns allen war klar, daß damit Tuli gemeint war.

Um das Thema zu wechseln, sprach Yelü nun von der mongolischen Stadt Karakorum, die der Bruder des Khan erbaute. Er schüttelte den hübschen Kopf, als wäre die Rede von etwas Verrücktem. »Soviel ich weiß, gibt es eine Lehmmauer und einen Ulugh Yurt aus Holz. Ansonsten ist es auch nur wieder eine Zeltstadt.«

Da keine Mongolen unter uns waren, kicherten wir alle, erst mit einem gewissen Unbehagen, doch dann lachten wir lauthals. Das ermutigte mich, mehr zu sagen. »Der Khan mag ja in Karakorum ein Kuriltai abhalten, doch wird er die Nacht nicht in der Stadt verbringen, es sei denn, der Ulugh Yurt ist aus

Filz. In einem Holzgebäude schläft er nicht. Ganz gewiß nicht«, erklärte ich.

»Es heißt«, meinte nun Osman, der Uigur, »daß sich Prinz Tschaghatei mit einer Peitsche schlägt und sich dann die Wunden von einem Sklaven mit Salz einreiben läßt.«

»Das hat er einmal getan«, erwiderte Mahmud Yalvach. »Er hat jedoch schon vor langer Zeit damit aufgehört.«

»Aber er fing wieder damit an, als ihn der Khan zurechtgewiesen hat. Ist es nicht so?«

Wir alle wußten, daß Mahmud das Vertrauen des Prinzen genoß: Verlegen meinte er: »Nun ja, er schlägt sich hin und wieder. Aber jedes Mal nur zwei Schläge.«

Wir alle lächelten, hoben unsere Kelche über die dampfenden Bäder und tranken auf das Wohl des so asketischen Prinzen.

»Wartet ab, was geschieht, wenn der Khan erfährt, was in China vor sich geht«, sagte Yelü nun mit dreister Schadenfreude und vom Wein glänzenden Augen. »Ich habe mit dem Poststationsreiter gesprochen, der gestern eintraf. Er sagte, im letzten Jahr hätte Mukuli ebenso viele Schlachten verloren wie gewonnen.«

»Nichts gegen Mukuli Noyan! Er hat nur ein paar Tumen zu seiner Verfügung«, ergriff nun Wu Wei das Wort, um den alten Kameraden aus den China-Feldzügen in Schutz zu nehmen.

»Das stimmt!« räumte Yelü ein. »Und Mukuli soll ja der größte mongolische General sein. Ich will das auch gar nicht bezweifeln. Das ändert aber nichts daran, daß er jetzt verliert. Ich habe eine Liste der Städte gesehen, die von den Chin in letzter Zeit zurückerobert worden sind. Ich bin gespannt, was der Khan dazu sagt.«

»Ich hoffe«, sagte ich, »daß es ihn dazu bringen wird, diesen schrecklichen Ort hier zu verlassen und wieder in den Osten zu gehen.«

Mahmud Yalvach, der von hier stammte, warf mir einen finsteren Blick zu, und Osman, der Uigur, ein Verfechter moslemischer Lebensweise, wollte wissen, warum es denn hier so schrecklich wäre.

»Früher war es das sicher nicht«, erklärte ich, »doch jetzt ist es hier schrecklich, weil es so viele Ruinen gibt. Überall kreisen die Geier, und ich weiß nicht, wie es euch geht, aber ich kann nun mal das knackende Geräusch nicht hören, wenn Schakale Knochen zerbeißen.«

Osman nahm eine der angebotenen Feigen und meinte: »Was Ihr sagt, ist traurig, aber wahr.«

»Ja, Li Shan, Ihr habt vollkommen recht. Unser Land ist ein schrecklicher Ort, eine Ruine.« Jetzt hatte Mahmud das Wort ergriffen. Dieser sonst so zurückhaltende Mann fing nun unter der Wirkung des Alkohols zu schluchzen an. »Habt Ihr gewußt, daß meine Mutter, Schwester und zwei Onkel mit ihren Familien in Gurganj gelebt haben? Ist irgend jemandem hier bekannt, daß sie alle gestorben sind? Ich bin in die Stadt geritten und habe sie gesucht. Meine Schwester habe ich gefunden, ihr Kleid war zerfetzt, man hatte ihr schreckliche Gewalt angetan. Meinem Onkel war der Schädel eingeschlagen worden. Und vorher hatte man ihn noch furchtbar gefoltert.« Er hielt inne und starrte auf den Boden. »Wenigstens meine Frau war woanders.« Er hob abwehrend die Hand. »Fragt nicht, wo! Ich werde es nicht sagen, auch nicht, wenn ich gefoltert werde.« Er sah sich um, und plötzlich schien seine Stimmung umzuschlagen, und er blinzelte uns schlau zu. »Bin ich nicht ein Narr? Meine Frau ist sicher, so Allah es will. Wir Leute aus Gurganj sind doch keine Narren. Seht mich an: Bin ich nicht am Leben, geht es mir nicht wunderbar? Ich habe Otrar überstanden. Erzählt es ihnen, Li Shan. Und jetzt bin ich ein Berater des großen Khan.«

Wir blieben noch eine ganze Weile im heißen Bad sitzen, als wären wir stille und wachsame Krähen nebeneinander in einem Baum. Unsere Blicke schweiften umher, als fiele uns plötzlich auf, wie offen wir gesprochen und welche Blöße wir uns dadurch gegeben hatten. Daher wandten wir uns nun unverfänglichen Themen zu: Wir lobten das Essen und den Wein, die Muster auf den Kacheln und die kunstvollen Tabletts, die von den Dienern gebracht und wieder weggetragen wurden.

Dann wurde der Klang von Tamburinen, Lauten und Trommeln über die blaue Wasseroberfläche zu uns getragen, und ich hörte den melancholischen Klang einer Rohrflöte heraus. Ich hatte dieses Instrument oft Flüchtlinge aus zerstörten Städten am Straßenrand spielen sehen.

Nun erschien in einer weißen Seidenrobe der Emir und rief uns fröhlich zum Festessen. Auf sein Drängen hin rieben wir uns noch mit einem erfrischenden Balsam ein, der aus einem im Salzmarsch wachsenden Gras hergestellt wurde.

»Wir haben draußen Frauen! Sie freuen sich auf die Gesellschaft so hoher Gäste«, schmeichelte er uns.

»Laßt mich vorher schnell noch eine chinesische Geschichte über Frauen erzählen«, sagte ich. »Eine berühmte Kurtisane verweigerte sich einem jungen Mann auch dann noch, als dieser hunderttausend Unzen für die Nacht versprach. Am nächsten Tag ging er wieder zu ihr und erzählte ihr, daß er geträumt habe, sie hätten miteinander geschlafen. Da verlangte sie die hunderttausend Unzen, die er ihr versprochen hatte.«

»Das ist eine typisch chinesische Geschichte!« rief Osman verächtlich. »Wir Moslems sind nicht so zynisch. Für uns hat die Schönheit eine überragende Bedeutung, und es steht geschrieben, daß es nichts Schöneres gibt als eine schöne Frau.« Er war dann auch der erste, der das Bad verließ.

Mahmud hatte sich wieder unter Kontrolle und folgte ihm mit seinem dicken, wabbeligen Bauch und dunklem Haar, das wie Seegras verwirrt war.

Ich verließ das Bad als letzter, noch immer zufrieden mit meinem chinesischen Zynismus.

Mir ist von diesem pompösen Essen wenig in Erinnerung geblieben, außer einer Bemerkung, die Yelü in beschwipstem Zustand machte. Wir saßen um einen niedrigen Tisch, vor uns eine Unmenge Silberschalen, als Yelü unsere Aufmerksamkeit mit den Worten auf sich zog: »Wißt ihr, was ich zum Khan gesagt habe?« Als wir ihn alle anschauten, fuhr er fort: »Ich habe zu ihm gesagt: ›Ihr könnt die Welt zwar vom Sattel aus erobern, sie aber nicht von dort aus regieren‹.«

Ein kluger Ausspruch, das muß ich schon zugeben, auch wenn er nicht von ihm stammte. Diese Worte waren Allgemeingut unter chinesischen Gelehrten. Doch er zeigte mir auch, wer Yelü Chucai in Wirklichkeit war. Auch wenn er aus dem Königsgeschlecht der Liao, der früheren Herrscher der Kitan, stammte, war er doch im Grunde seines Herzens ein Nomade. Kein Wunder, daß er Dschingis Khan, Ögödei und vielen anderen Mongolen so zusagte. Hinter seinem eleganten Äußern, das chinesischem Vorbild entsprach, war er ein Mann der Filzzelte. Im Vergleich zu einem Han-Chinesen wie mir hatte er keinen besonderen Rang. Ich brauchte mich ihm gegenüber in keinerlei Weise minderwertig zu fühlen. Ich war plötzlich streitlustig und wollte schon aufstehen, um ihn irgendwie herauszufordern, als ich gerade noch rechtzeitig merkte, daß ich zuviel getrunken hatte, und mich zusammenriß.

Jedenfalls hatte ich eine junge Schönheit neben mir, und irgend jemand hatte mir ins Ohr geflüstert, wo ich ein eigenes Häuschen für die Nacht finden würde.

Der übers ganze Gesicht strahlende Emir gesellte sich zu uns Ehrengästen und unterhielt uns weiter in dem mit Fackeln beleuchteten Hof. Derwische tanzten für uns. Er erzählte uns, daß diese Art zu tanzen einen religiösen Hintergrund hatte. Ich sah ein Dutzend Männer in langen weißen Kleidern, die so wild herumwirbelten, daß sie fast horizontal in der Luft lagen. Sie bildeten einen Ring um unsere menschliche Existenz, erklärte der Emir stolz. Wenn sie in die Luft sprangen – und sie sprangen unglaublich hoch –, erhoben sie sich auf eine göttliche Bewußtseinsebene.

Die Türken und Uiguren schienen seine hochtrabende Erklärung zu akzeptieren. Wenigstens benahmen sich die Tänzer nicht wie jene entsetzlichen Derwische, von denen ich gehört hatte, die sich ins Fleisch schnitten, Glas aßen und mit rotglühendem Eisen jonglierten. Ein solcher Unsinn war mir als Chinese so fremd, daß ich schon diesen Tänzern leicht amüsiert zusah, so wie ich vielleicht in Bäumen herumkletternde Affen beobachtet hätte.

Schließlich wandte ich mich meiner jungen Schönheit zu – sie war wirklich sehr hübsch – und schlug vor zu gehen. Als sie zögerte, fragte ich, ob etwas nicht stimmte.

»Wollt Ihr nur mich oder mich und ein anderes Mädchen oder mich und einen Knaben?«

»Einen Knaben?«

»Ich kann schnell einen holen.«

»Euch und einen Knaben! Ja, das wäre schön.«

Während sie ihn holen ging, sah ich dem Ende des Tanzes zu. Wu Wei hatte das Fest schon verlassen – ohne eine Frau –, und auch Mahmud war von zwei Dienern und einem Mädchen – er war bestimmt zu betrunken, um es anzurühren – zu seinem Häuschen gebracht worden. Es wurde ungemütlich und langweilig, so daß auch ich aufbrach. Auf den Wegen hinter dem Paradiesgarten in der Mitte duftete es nach Jasmin, und als ich auf die ein wenig abseits gelegenen kleinen, weißgetünchten Gästehäuser zuging, nach Muskat und Ingwer.

Ich blieb stehen und blickte zum Mond hinauf. Die Kronen der Birnbäume waren als Silhouetten vor seiner blassen Oberfläche zu erkennen, und die Äste waren flehend nach oben gestreckt. Wie oft hatte ich das in den vergangenen Monaten gesehen: Hände, die vergeblich um Gnade flehten! Vielleicht kehrten die Toten ja, wie die Mongolen glaubten, wieder zum

Himmel zurück. Man konnte es sich nicht vorstellen, aber dennoch sah ich es jetzt vor mir: Leichname, die vom Himmel aufgesogen wurden wie Regentropfen, die zu ihrer Quelle zurückkehrten. Vielleicht war der Herr im ewigblauen Himmel ja wirklich gegen die Feinde seines Günstlings eingestellt. Falls Dschingis Khan göttliche Hilfe überhaupt benötigte. Es war etwas an ihm, das die Männer dazu brachte, für ihn zu sterben, ohne zu murren. Die Frauen liebten ihn noch, wenn er schon ihren Namen vergessen hatte. Der alte Wu Wei, der an nichts anderes als Katapulte glaubte, hatte sich an diesem Abend als absolut treuer Anhänger des Khan zu erkennen gegeben. Dennoch stieg an diesem Abend die melancholische Frage in mir auf: Könnten wir, wenn sich der Khan als unbesiegbar erweisen würde, in seiner Welt überhaupt leben?

In der Ferne hörte ich Musik, das Geräusch des Lebens. Die meisten auf dem Fest haßten Dschingis Khan fast genauso, wie sie ihn fürchteten. Doch Rebellion wäre zwecklos. Eigentlich hatten wir bei unserem Bad heute nacht doch nur miteinander gelacht. Schließlich wollten wir am Leben bleiben. Von einem Augenblick zum anderen fühlte ich mich wieder so lebendig und trotzig glücklich wie schon seit langem nicht mehr. Ich hatte zwar einen Zahn verloren, aber nicht meinen Mut. Ein chinesisches Volkslied vor mich hinsummend, hüpfte ich fast den kopfsteingepflasterten Weg entlang und fand das Häuschen, wo mein doppeltes Vergnügen auf mich wartete.

Beide trugen die gleichen cremefarbenen Gewänder. Sie waren ungefähr gleich alt, vielleicht fünfzehn oder sechzehn, und von dunkler Schönheit. Auf einem Tisch neben dem großen, mit einem weißen Laken bedeckten Bett standen ein Weinkrug und Kelche. Ich erwies meinen jungen Freunden Ehre, indem ich ihnen Wein einschenkte. »Erzählt mir von euch«, sagte ich, da ich noch nicht wußte, daß der Knabe taubstumm war – jedenfalls nach Angaben des Mädchens. Sie sprach jedoch genug für beide. Sie stammten aus einem Dorf in der Nähe, das unter dem Schutz des Emirs stand. Schon bevor die Mongolen gekommen waren, hatte er dem Khan einen endlosen Strom kostbarer Geschenke geschickt, um sich sein Wohlwollen zu sichern.

»Den Emir hat der Himmel gesandt«, erklärte das Mädchen. »Er hat uns das Leben gerettet. Wir tun alles für ihn.«

»Dazu gehört auch euer Hiersein?«

»Ja.«

Ich zuckte mit den Schultern. »Das ist ja schön. Treue ist etwas sehr Bewundernswertes. Nun denn!« Ich streckte ihnen einladend die Hände entgegen. »Wollen wir spielen?« Ich sah die beiden an und fragte mich, ob sie mich verstanden hatten. Doch dann entspannte ich mich, denn sie warfen beide ihre losen Gewänder ab, und das Mädchen berührte zuerst den Knaben und dann mich auffordernd mit den Lippen.

Irgendwann einmal in letzter Zeit hatte ich eine Beschwörung gelernt, mit der die Moslems etwas Wichtiges begannen. Diese sagte ich jetzt, als sie sich auszogen, umarmten und darauf warteten, daß ich zu ihnen kam: »Bism Allah al-Rahman al-Rahim.« Diese Art des Vergnügens hatte ich nicht mehr gehabt, seit die Mongolen in Shun-ping eingaloppierten und meine beiden Lieben ermordeten.

Zwischen Wachen und Träumen gibt es oft seltsame Augenblicke. Als Konfuzianer habe ich nie allzusehr an die mystische Einheit geglaubt, der Taoisten wie Chuang Tzu anhingen, doch ich habe mich immer über den berühmten Traum amüsiert, der diesen so verwirrte. Darin war er ein Schmetterling, und ihm war nichts anderes bewußt. Als er aufwachte, hielt er sich für einen Mann. Wer war er nun? Ein Schmetterling, der träumte, ein Mann zu sein, oder ein Mann, der träumte, ein Schmetterling zu sein?

Als ich jetzt so in diesem merkwürdigen Zustand zwischen Wachen und Träumen lag, fiel mir eine Geschichte ein, die mir einmal ein gefangener persischer Schreiber erzählt hatte. Ein schönes Mädchen wurde von zwei Männern umworben. Einer ihrer Verehrer erhielt die schreckliche Aufgabe, sich den Weg zu ihr durch einen Berg hindurch zu bahnen. Er ging freudig und beharrlich ans Werk. Als er es fast geschafft hatte, erhielt er von dem anderen Verehrer die unwahre Nachricht, daß das Mädchen gestorben sei. Er war untröstlich und nahm sich das Leben. Indem er so dem Leben entsagte, erhielt er ihre Liebe, während der andere zwar das Mädchen in Person bekam, aber ihr Herz verlor. Ich hatte nie viel von so pauschalen Paradoxen wie »Gewinnen durch Verlieren« oder »Verlieren durch Gewinnen« und so weiter gehalten. Ich verstehe zwar, daß der moslemische Prophet mit seinen Worten: »Stirb, bevor du stirbst!« meint, daß man sich durch einen vorweggenommenen geistigen Tod retten soll, bevor man physisch stirbt, habe aber so kluge Gegenüberstellungen schon immer sehr ermüdend gefunden.

Wie ich auf all diese Widersprüchlichkeiten komme? Ich war in Gedanken damit beschäftigt, als ich schließlich die Augen öffnete und feststellte, daß meine jungen Gespielen der vergangenen Nacht meine Armbänder und Ketten gestohlen hatten. Vielleicht hatte es an meiner Müdigkeit oder meinem fortschreitenden Alter gelegen, daß es ihnen gelungen war, mir diese abzunehmen, ohne daß ich es merkte.

Wütend sprang ich auf, stieß die Tür des Häuschens weit auf und trat in das sanfte Morgenlicht. Vor mir lag ein Blumengarten mit einem Brunnen in der Mitte, und dahinter ein dichtbewaldetes Gebiet. Nachdem ich eine Weile so nackt dagestanden und auf die Zypressen, Weiden und Limonenbäume geblickt hatte, beruhigte ich mich wieder. Es war mir jetzt klar, warum das Mädchen noch jemanden dabeihaben wollte. Sie hätte so Hilfe gehabt, wenn ich aufgewacht wäre und Schwierigkeiten gemacht hätte. Klug gedacht. Ich wünschte, ich hätte ihr das sagen können. Ich hatte rasende Kopfschmerzen. Mein Mund war so trocken, als würde ich die Wüste Gobi durchqueren. Und wen sah ich da aus dem nächsten Häuschen kommen? Yelü Chucai taumelte, ein Kleidungsstück vor den nackten Körper haltend, ins Morgenlicht. Ihm folgten ein junger Mann und eine junge Frau, die beide angezogen waren.

»Paßt auf, daß sie Euren Schmuck nicht stehlen!« warnte ich ihn.

Er lächelte mich müde an. »Ich habe sie schon dabei erwischt.« Er zeigte mir ein Messer: Offenbar hatte er sie damit bedroht. Wir gingen aufeinander zu und blieben voreinander stehen. Die beiden jungen Leute schlichen fort. Der Kitan war etwa von meiner Größe, aber kräftig gebaut und breitschultriger als ich. Kein Wunder, daß ihn die Mongolen von Anfang an respektiert hatten. Er war ein eindrucksvoller Mann, wenn man so vor ihm stand.

Als wir seinen Liebhabern vom Vorabend nachschauten, fiel unser Blick auf einen Minaretturm, der hinter den fächerförmigen Umrissen der Büsche und Bäume emporragte.

»Gut zu wissen«, sagte ich lächelnd, »daß wir, was das Vergnügen angeht, offenbar den gleichen Geschmack haben.«

30

Zum erstenmal in all den Jahren des Krieges war die Armee des Khan stärker als die seines Feindes. Seine Truppen waren so schnell über die Berge und durch die Täler Afghanistans geritten, daß keine befestigte oder garnisonierte Stadt Zeit gefunden hatte, eine Verteidigung zu organisieren, weshalb sie nun alles überrannten. Inzwischen waren die Verbündeten Jalals, wie vorhergesagt, in Streit geraten und beleidigt abgefallen, so daß der junge Schah mit einer verkleinerten Streitmacht zurückblieb. Er versuchte, mit seinen Truppen über den Indus zu fliehen. Die Armee des Khan, die selbst für Mongolen außerordentlich schnell vorangekommen war, erreichte das Gebiet zu dieser Zeit und umstellte durch eine Reihe von Manövern Jalals Streitmacht. Dem respektgebietenden Schah gelang es mit ein paar mutigen Gefolgsleuten, sich durch die mongolische Angriffslinie hindurchzukämpfen und das Flußufer zu erreichen.

Auf seinem Pferd sitzend, sprang Jalal mit dem Banner in der Hand von einem hohen Felsen in den Fluß und schwamm auf die andere Seite. Dschingis Khan, der das von oben beobachtete, hatte seinen Männern befohlen, nicht zu schießen. Voller Begeisterung sah er zu, wie Jalal am anderen Ufer hochkletterte, aufstieg und davonritt. Er wandte sich seinem Stab zu und rief aus: »Der Vater eines solchen Sohnes kann sich glücklich schätzen!«

Der Vater jenes Sohnes jedoch war von eben dem Mann, der diese Worte sprach, zu Tode gejagt worden; aber lassen wir das! Viel später erfuhren wir, daß Jalal al Din Delhi in Indien erreicht hatte. Irgendwie brachte er den dortigen Herrscher nicht nur dazu, ihm Zuflucht zu gewähren, sondern ihm auch eine seiner Töchter zur Frau zu geben. Ich habe mich oft gefragt, wie Dschingis Khan und Jalal al Din einander behandelt hätten, wenn sie sich persönlich kennengelernt hätten – vermutlich mit der Höflichkeit gebürtiger Aristokraten. Vielleicht wären sie sogar noch weitergegangen und hätten echte Freundschaft geschlossen. Aber diese hätte dann auch so enden können, daß sie mit gespanntem Bogen aufeinander zugeritten wären.

Auf jeden Fall hielt die Achtung, die der Khan dem tapferen jungen Schah entgegenbrachte, ihn nicht davon ab, das Indus-Tal zu verwüsten. Es war am Ende nicht Mitleid oder Erschöpfung, was den Siegeszug des großen Eroberers durch das Land der Afghanen zum Stillstand brachte, sondern die Hitze. Dschingis Khan, ein Sohn der kalten Steppe, konnte von seinen Truppen nicht verlangen, daß sie unter einer gleißenden Sonne kämpften, die so heiß war wie in der Wüste Gobi. Er zog sich in das kühle Bergland um Baghlan zurück, wo er sein Heim aufschlug, vorübergehend, wie eigentlich immer, wenn man es recht bedachte.

Dort war es, daß Chang Chun in sein und unser Leben trat.

Der Khan nahm zu, bekam einen Husten und klagte über Müdigkeit. Genaugenommen hatte er schon seit Jahren Probleme mit der Gesundheit. Wie er immer wieder öffentlich versicherte, war sein Wunsch, lange zu leben, darauf zurückzuführen, daß er dem Herrn im ewigblauen Himmel möglichst lange dienen wollte. Aus diesen edlen Beweggründen heraus hörte er jedem eifrig zu, der eine Möglichkeit sah, das Leben zu verlängern.

Und da Yelü Chucai dem Khan einen Dienst erweisen wollte, hatte er vor längerer Zeit auch einen Vorschlag unterbreitet. Vor fast zwei Jahren hatte er im Namen des Khan einen Brief an einen berühmten alten Weisen in Peking geschrieben. Yelü zeigte mir eine Kopie davon. Vom Khan diktiert, war er ein langer und weitschweifiger Bericht über das, was er geleistet hatte – von der Art, wie ihn vielleicht ein Knabe schreibt, der einen Älteren beeindrucken möchte. Der Khan brüstete sich damit, daß er nur einen einzigen guten Mantel hätte, Luxus hassen und auch Wein nur mäßig trinken würde. Er schrieb, daß er alle Menschen als seine Kinder betrachtete und sich kraft der Autorität, die ihm vom Herrn im ewigblauen Himmel verliehen worden war, um sie kümmern wollte. Er behauptete, seine einzige herausragende Eigenschaft wäre seine Fähigkeit, die Menschen wie seine Brüder zu lieben. Dann lud er den Weisen zu sich ein. Er versprach, den großen Mönch ohne Vorbehalte zu ehren und mit äußerster Demut zu seinen Füßen zu studieren. Yelü und ich mußten bei diesem letzten Versprechen kichern. Boten hatten den Brief Mukuli Noyan überbracht, der ihn nach Peking weitergeleitet hatte.

Der alte taoistische Weise hatte die Einladung angenommen. Er wollte sich von einem Mongolisch sprechenden Mönch begleiten lassen und unterwegs gleich die »Sprache der Zelte« lernen.

Zwei Jahre später kam Chang Chun am Syr-darja an. Der Khan schickte Bogurchi, den ranghöchsten General im Lager, dorthin, um den alten Mann abzuholen.

»Alles, was ich von diesem Mönch weiß«, gestand mir Yelü, »basiert auf Gerüchten. Ich nehme an, daß er magische Tränke oder dergleichen hat.«

»Als Taoist wird er das wohl«, sagte ich voller Verachtung. Obwohl ich schon so viele Jahre mit den abergläubischen Mongolen zusammenlebte, war ich in meinem Herzen doch noch immer ein rationaler Konfuzianer.

»Ich gebe ja zu«, sagte Yelü, »daß ich mich mit der Idee, ihn einzuladen, hervortun wollte.«

»Nur allzu menschlich.«

»Doch nun ist er da.«

»Vielleicht tut er ja etwas Lohnendes«, meinte ich höflich.

»Sicher – wie dem Khan das ewige Leben schenken.«

Chang Chun wurde mit großem Zeremoniell empfangen, und zu unserer Überraschung beeindruckte sein ungewöhnliches Benehmen nicht nur den Khan und alle anderen, sondern auch uns. Bei einem Staatsbankett weigerte er sich, Fleisch zu essen und Kumys zu trinken, und nahm nur etwas Reis und Wasser. Am nächsten Tag ließ der Khan, der seinen Gast zufriedenstellen wollte, durch Kuriere aus einem weit entfernten Gebiet Gemüse und Obst holen.

Als der Khan einmal auf die Unsterblichkeit zu sprechen kam, meinte der alte Mann nur verächtlich: »Eßt und trinkt nicht soviel Falsches, dann werdet Ihr auch länger leben. Mehr kann ich dazu nicht sagen.« Dann wollte er das Lager verlassen und woanders wohnen, weil ihn das Schnauben der Kriegspferde und Klappern der Schwerter in seiner Gedankenruhe störte. Der Khan schickte ihn daraufhin mit einer Tausend-Mann-Eskorte zu einem Sommerpalast in der Nähe von Samarkand. Dort weigerte sich Chang Chun, in den prächtigen Räumen zu wohnen und blieb in der Hütte eines Gärtners, in die er keine Frau, nicht einmal eine Dienerin ließ.

Ich nahm an einem Gespräch des Eroberers mit dem Mönch teil. Dschingis Khan fragte, wie er eine Dynastie für viele Generationen gründen könne. Chang Chun lachte nur geringschätzig: »Nicht einmal der Himmel kann Dauerhaftigkeit erreichen. Wie soll es da der Mensch können? Was Ihr hier habt, ist kaum der Rede wert.«

Der große Eroberer ignorierte die Beleidigung und wollte wissen, was einen guten Herrscher ausmache.

»Daß er gut zu seinen Untertanen ist. Was sonst?«

»Bleibt hier und erklärt mir, was man dafür tun muß. Seid mein Berater!«

Der alte Mann schüttelte den Kopf. »Ich gehe nach China zurück. Mir gefällt es hier nicht. Ich kann hier nicht denken.«

»Ich möchte, daß Ihr bleibt«, sagte Dschingis Khan. Wir waren vielleicht zwanzig Leute in der Hütte, und bei der unheilverkündenden Kälte in seiner hohen Stimme hielten wir alle den Atem an.

Mit deutlicher Ungeduld wiederholte Chang Chun seinen Entschluß: »Ich gehe nach China zurück.«

Der Khan preßte die Lippen zusammen. »Ich möchte, daß Ihr bleibt!«

»Wie kann ich bleiben, wenn mich das Tao zu gehen heißt? Es hat mir gesagt, ich solle hierherkommen, und jetzt, ich solle gehen. Ich habe Tausende von Meilen zurückgelegt, nur weil es meinte: ›Warum nicht?‹ Und nun, da ich an die Rückreise denke, sagt das Tao wieder: ›Warum nicht?‹«

In dem nun folgenden, langen Schweigen zupfte der Khan an seinem weißen Bart. »Also gut«, erklärte er schließlich. »Doch dafür, daß Ihr einen so weiten Weg zurückgelegt habt, um mich mit Eurer Anwesenheit zu beehren, sollt Ihr ein besonderes Abschiedsgeschenk erhalten. Was hättet Ihr denn gern?«

»Nichts. Ich will kein Geschenk.«

»Nun ja, dann vielleicht einen Titel? Oder eine andere Gunst?«

»Nichts. Wenn man etwas bekommt, läuft man Gefahr, es wieder zu verlieren. Und wenn man etwas verliert, fühlt man sich schlecht. Und ich fühle mich nicht gerne schlecht.«

»Ich muß Euch unbedingt etwas schenken! Gibt es etwas, was für Eure Lehre förderlich ist?«

»Wenn ich dazu die Hilfe der Könige bräuchte, wäre sie sowieso wertlos. Als ob ich eine Lehre hätte! Seht Ihr, ich habe keine. Ich habe nur einen Glauben. Ich glaube an das Tao, und das bedeutet, daß nichts kompliziert, sondern alles ganz einfach ist. Tu alles so einfach wie möglich, sei natürlich! Was es da sonst noch gibt? Man kann über das Tao eigentlich nicht sprechen, weil es vor allem anderen kommt und leer und frei ist. Laßt die Menschen ihre eigenen Wege gehen! Ich jedenfalls gehe meinen, auch wenn das Unkraut überall um mich herum in die Höhe schießt.«

Der Khan sagte nichts mehr, ließ den mürrischen Alten jedoch mit großer Eskorte nach China zurückführen. Und gewissermaßen hatte er dann doch das letzte Wort. Er schickte Mukuli einen Brief, in dem er den mongolischen Kommandeur anwies, einen Teil des Kaiserlichen Palastes in Peking einem taoistischen Kloster zu vermachen. Doch das sollte erst nach dem Tod Chang Chuns geschehen, damit der reizbare Weise es nicht verhindern konnte.

Bei einer Tasse Tee sagte ich zu Yelü: »Der Khan mag ja das letzte Wort gehabt haben, aber er hat immerhin zum erstenmal bei einer Meinungsverschiedenheit den kürzeren gezogen.«

»Und wahrscheinlich auch zum letztenmal«, sagte der Kitan lächelnd. »Was ist los mit Euch, Li Shan?«

»Wieso?«

»Ihr macht einen so traurigen Eindruck.«

»Ja, ich bin auch traurig. Und zwar, weil der Khan allmählich alt wird. Noch vor fünf Jahren hätte er dem unverschämten alten Mönch die Kehle durchgeschnitten. Es ist traurig zu sehen, wie ein so kraftvoller und mächtiger Mensch auf einmal freundlich und nachgiebig wird.« Doch ich hatte noch mehr zu sagen. »Doch am meisten macht mir das ungeschliffene Benehmen Chang Chuns zu schaffen. Schließlich ist er Chinese. Er hat mit seiner rüpelhaften, wichtigtuerischen Art mein Volk entehrt. Ich bin nicht traurig«, geriet ich immer mehr in Hitze, »sondern wütend und beschämt.«

Während einige mongolische Generäle Afghanistans Städte verwüsteten, bewegte sich das Lager des Khan gemächlich und träge in Richtung Norden zum Amu und überquerte diesen gegen Ende des Sommers. Der Gedanke, in die Steppe zurückzukehren und die Lehmmauer der mongolischen Stadt Karakorum zu sehen, erfüllte mich mit Furcht und Schrecken. Warum ich mich so aufregte? Mir gingen meine Zähne aus und ich hatte Wichtigeres zu tun, als Gebiete, die ich schon kannte, zu durchqueren, um zu einem Zelt aus angegrautem Filz zu kommen. Auch ich wurde alt. Ich ging zu Yelü und fragte ihn, ob er die Dichtung Tu Fus kannte.

Der Kitan saß in seinem Zelt und hatte ein großes Blatt Pergamentpapier vor sich, auf dem chinesische Zahlen standen. Es handelte sich um eine Astrologiekarte. »Ich habe nur wenig von Tu Fu gelesen«, gestand er.

»Vielleicht kennt Ihr diese Zeilen:

›Ich schwebe, ich schwebe, was bin ich?
Eine einsame Möwe zwischen Himmel und Erde.‹«

»Quälende Zeilen. Doch sie gelten ja wohl kaum für Euch, der Ihr inmitten von Tausenden von Menschen lebt.«

»Auch das ist Tu Fu: ›Ich bin leer, hier am Rande des Himmels‹.«

»Ich würde sagen, Tu Fu war unglücklich. Aber Ihr, seid Ihr es denn auch?«

»Nein, ich bin – ruhelos.«

»Vielleicht kann uns Mahmud wieder einmal ein Fest arrangieren«, meinte er lächelnd.

»Es ist eine Ruhelosigkeit, bei der kein Fest hilft.«

Der junge Mann sah mich eine Weile an und sagte dann: »Ich habe gar nicht gewußt, daß Chinesen unter Ruhelosigkeit leiden. Jedenfalls bin ich dieser nie begegnet, als ich in ihrem Dienst stand. Rastlos sind die Nomaden. Ich habe Nomadenblut in mir, weiß also, wovon ich rede. Wenn Ihr Euch wirklich ruhelos fühlt, tut etwas dagegen. Sonst frißt es Euch bei lebendigem Leibe auf.«

»Ich werde Euren Rat befolgen.«

Es war klar, daß ich ein Abenteuer brauchte, und ich wußte auch schon, wo ich es finden konnte. Die beiden Generäle Jebe und Subetai waren mit Zustimmung des Khan nach Westen gezogen. Genaugenommen hatte er ihnen erlaubt, auf eigene Faust ins Feld zu ziehen, damit sie üben, ihre Neugier befriedigen und sich vergnügen konnten. Doch sie wollten noch weiter nach Westen vordringen und hatten nun den Khan dafür um Erlaubnis gebeten. Jetzt lagen sie bei Hamadan unweit des Südufers des Kaspischen Meers und warteten auf eine Antwort.

Auch ich mußte erst die Zustimmung des Khan einholen, um mich ihnen anschließen zu können. Im Augenblick lagerte er am linken Ufer des Syr-darja in der Nähe einer alten Stadt, die sich von einer mongolischen Plünderung von vor zwei Jahren noch nicht ganz erholt hatte. Über einen Paß konnte man ein Tal erreichen, wo es viele Weingärten und Baumwollfelder gab. Die teils felsigen und teils bewaldeten Berge ringsum eigneten sich gut zum Jagen wilder Ziegen, Füchse und Leoparden. Ich schloß mich einem Zug von Vorratswagen zum Lager des Khan an, in der Hoffnung, sofort eine Audienz bei ihm zu bekommen. Ich konnte es einfach nicht mehr erwarten, daß etwas geschah, und harrte daher einen halben Tag lang vor seinem Zelt aus, bis er endlich mit blutigen Füchsen am Sattelknopf ins Lager ritt. Ich hütete mich, auf ihn zuzustürzen, da ich wußte, daß seine Wachen angewiesen waren, jeden niederzustechen, der sich ihm zu schnell näherte. Ich verbeugte mich jedoch und rief: »Großer Khan!«

Offensichtlich von meiner Kühnheit überrascht, brachte er sein Pferd vor mir zum Stehen. »Gibt es einen Notfall, Li Shan?«

»Ja, großer Khan! Ich bin ruhelos!«

»Ruhelos?« Er lächelte fragend.

»Ich möchte auf einen Feldzug gehen.«

»Auf was für einen Feldzug?«

»Jebe und Subetai sind so weit nach Westen gezogen, wie noch nie jemand zuvor, und wollen noch weiter gehen ...«

»Ruhelos? Ihr kommt zu meinem Zelt und schreit herum, daß Ihr ruhelos seid?«

»Ja, großer Khan, so ist es.«

Ich konnte die Anspannung in seinem Gesicht sehen, während er überlegte, ob er sich ärgern oder es mit Humor nehmen sollte. »Ihr kommt einfach so her, ohne Berechtigung und Erlaubnis, um mir etwas von Ruhelosigkeit zu erzählen? Ihr wollt Euch also den Generälen anschließen?«

»Ja, großer Khan, deshalb bin ich hier.«

Er band die Füchse los, warf sie einem Helfer zu und stieg ab. Er kam zu mir herüber und sah mich streng an. Doch dann brach er in schallendes Gelächter aus. »Manchmal habe ich den Eindruck, daß wir einen Mongolen aus Euch gemacht haben.«

Ich lächelte ihn an. »Das ist durchaus möglich.«

»Nun ja, Ihr kommt gerade zur rechten Zeit, um mir als Kurier zu dienen.«

Wir gingen in sein Zelt, wo er mir folgendes für seine Generäle diktierte:

»Ihr dürft, wie Ihr es wünscht, weiter nach Westen ziehen. Erobert im Namen des Herrn im ewigblauen Himmel. Erbeutete Schätze schickt direkt an meinen Bruder in Karakorum. Lernt, was es dort zu lernen gibt, und kommt heim, wenn Eure Pferde wieder einmal geweidet werden müssen.«

Da ich eine Botschaft des Khan bei mir hatte, trugen die Soldaten der zwei Jagun starken Armee, die mich begleiteten an ihren Helmen Adlerfedern. Nach einem Ritt von einer Woche fanden wir die Truppen in der Nähe des Kaspischen Meers.

Die beiden Generäle freuten sich, uns zu sehen, denn auch sie wurden von Ruhelosigkeit geplagt. Und diese wurde noch dadurch verschlimmert, daß sie sich, wie allgemein bekannt war, nicht besonders gut leiden konnten. Sie kamen nur zusammen, um Strategien zu besprechen; sonst hielten sie sich voneinander fern.

Wie hätten sie auch Freunde sein können? Sie waren einfach zu verschieden. Subetai war groß, hatte runde Schultern und eine fahle Gesichtsfarbe, und sein verkrüppelter Arm baumelte herunter. Er war ein ausgesprochen lakonischer, argwöhnischer und mißmutiger Mann.

Jede hingegen redete ständig, bewegte seinen muskulösen Körper mit katzenhafter Geschmeidigkeit, und ich habe nie einen besseren Reiter unter den Mongolen gesehen. Außerdem brachte er es einfach nicht fertig, einmal einem Vorschlag ohne Widerspruch zuzustimmen.

Wie dem auch sei, die gemeinsamen Feldzüge der gegensätzlichen Generäle waren schon seit Jahren unwahrscheinlich erfolgreich. Nur damals hatten sie einen Fehlschlag erlitten, als Ala al Din Mohammed, der Schah von Khwarizm, schmachvoll in einer Hütte auf einer Insel gestorben war, bevor sie seiner habhaft hatten werden können. Dieses eine Mißgeschick hatte in ihnen die wilde Bereitschaft junger Männer erweckt, sich zu beweisen. Wochenlang belagerten sie die Bergfestung von Ilak und brachten am Ende eine große Anzahl von Schatztruhen und das ganze Serail des Schahs in ihren Besitz. Höhnisch teilten sie den Harem auf ihre Offiziere auf. Später brachten sie die gedemütigten Frauen zum Ufer des Sees und überließen sie dort ihrem Schicksal. Diese machten sich zwischen Nachtreihern und glänzenden Ibissen auf den Weg und wurden schließlich von einem persischen Händler aufgegriffen, der sie nach Bagdad brachte, wo er mit ihnen gute Preise erzielte.

Aber nun glaubt nicht, ich hätte all das von einem Mongolen erfahren. Ich hörte es vielmehr von einem widerlichen kleinen Angeber aus Georgien, der seine Dienste als Dolmetscher für die zwischen dem Schwarzen und dem Kaspischen Meer gesprochenen Sprachen angeboten hatte. Wir unterhielten uns in Uigurisch. Es schien ihm Freude zu bereiten, über Niederlagen und Schmähungen seiner Nachbarn zu sprechen.

Auch als er in allen Einzelheiten das schreckliche Los der Haremsfrauen schilderte, schlug er sich lachend auf die Schenkel, so daß ich nicht sicher war, ob die Geschichte stimmte oder seiner wilden Phantasie entsprang. Am Ende unseres Gesprächs sagte ich: »Wir Chinesen können uns glücklich schätzen, daß wir an unseren Grenzen keine solchen Schildkröten wie Euch haben.« In Wirklichkeit waren unsere Nachbarn bestimmt oft genauso schlimm, doch ich fand ihn einfach so widerwärtig, daß ich ihn »Schildkröte« nannte – was das schlimmste chinesische Schimpfwort ist.

Die Armee Jebes und Subetais war in den letzten Monaten ziellos herumgestreift, wobei sie befestigte Städte gemieden und nur am Wege liegende Dörfer geplündert hatte. Mir kam sie wie ein großer Braunbär vor, der zwar satt, aber immer noch sehr zornig ist, und nun durch die Wälder trottet, Bäume ausreißt und alles tötet, was ihm in die Quere kommt.

Nun stand ich also in diesem Herbst des Pferdes vor den beiden großen Generälen und brachte ihnen die Freiheit zu tun, wie ihnen beliebte.

Sogar Subetai brachte ein Lächeln zustande, und Jebe rief nach etwas zu trinken. »Es geht los! Wir ziehen hinaus!« rief er am Zelteingang den Soldaten zu. »Es geht los! Wir ziehen hinaus! Wir ziehen ins Feld! Hinaus! Hinaus! Hinaus!«

Ich werde nie die Aufregung dieses Augenblicks vergessen, als das ganze Lager in Jubel ausbrach.

»Und das Ende meines Wanderns ist nicht in Sicht«, hatte Tu Fu geschrieben, der in seinem Leben mehr unterwegs gewesen war, als ihm lieb war. Und ich hatte mich nun aus freien Stücken entschlossen, mich auf eine neue Reise zu begeben. Und diese sollte ganz anders werden als alle, die ich bisher erlebt hatte.

VIERTER TEIL

31

Wir Chinesen halten viel von Erziehung und respektieren unsere Lehrer nicht weniger als hohe Amtsträger. Daher war ich hoch erfreut, daß Subetai und Jebe mir fast ebensoviel Anerkennung zollten (wenn man bedenkt, daß sie Mongolen waren), indem sie mich ihrem gemeinsamen Generalstab zuordneten.

»Wo wollt Ihr reiten?« fragte mich Jebe höflich.

»In der Mitte.«

»Ihr wißt natürlich, daß der Feind versuchen wird, die Mitte anzugreifen.«

»Natürlich.«

»Ihr könnt auch bei dem Versorgungszug oder den Reservepferden bleiben.«

»Vielen Dank, aber ich möchte in der Mitte reiten.«

»Lehrer«, sagte Jebe plötzlich mit leiser Stimme, »ich erinnere mich an vieles, was Ihr uns erzählt habt. Und ich erinnere mich auch an dies –«, und er zitierte in perfektem Chinesisch:

>»Wellen schlagen an das Boot,
>Doch im Schlafe ist es still.«

»Ja«, erwiderte ich. »Yang Wanli. Ein Dichter aus meiner Heimat im Süden. Er hat einmal tausend Gedichte verbrannt, weil sie ihm nicht gefielen.«

»Ich kann mich daran erinnern, weil ich nie besonders gut schlafe.« Jebe zuckte mit den Schultern und schlug sich leicht mit der Reitpeitsche auf den Schenkel. »Wenn Ihr wie ein

Mongole reiten wollt, dann reitet wie ein Mongole. Ihr kommt zum Stab in die Mitte.«

Genau das wollte ich – es überraschte und belustigte mich selbst. Li Shan mitten in der Schlacht. Doch als die unglaubliche Entscheidung erst einmal gefallen war, vergaß ich meinen verlorenen Zahn und fühlte mich gleich viel jünger.

Die beiden Armeen zogen einzeln, aber in Sichtweite voneinander in den Kampf. Ich ritt mit Subetai, weil er still und berechenbar war, wenigstens beim Feldzug. Jebe hingegen umgab sich mit rauhen Offizieren, die zuviel tranken und sich am Abend gegenseitig mit gewagten Wettkämpfen, wie Pferderennen und Bogenschießereien, auszustechen versuchten.

Nun, da die Generäle die Erlaubnis des Khan zum Vormarsch hatten, taten sie es mit atemberaubender Geschwindigkeit. Wir ritten durch von Flüssen durchzogene Täler, erklommen felsige Bergpässe und kamen atemlos (wenigstens ich) wieder unten an, wo sich Wälder mit mir unbekannten Bäumen erstreckten, in denen junge Adler mit den Flügeln schlugen und ihre ersten Flugversuche unternahmen.

Jeder Tag brachte uns dem Reichtum Persiens näher. Bei Tiflis besiegten wir eine beachtliche, von georgischen Königen angeführte Armee. Daraufhin ritten wir ein paar hundert Meilen zurück, nahmen den Weg am Kaspischen Meer entlang und belagerten Derbent, eine schöne Hafenstadt, die schon nach wenigen Tagen kapitulierte. Nur die Stadtwachen wurden hingerichtet. Subetai und Jebe schienen beide nicht daran interessiert zu sein zu plündern. Ich sah in ihren leuchtenden schmalen Augen nur den Wunsch weiterzuziehen, weiter, weiter und immer weiter.

Nachdem wir Derbent eingenommen hatten, legten wir am Kaspischen Meer eine kurze Rast ein. Noch nie zuvor hatte ich so viele Vögel auf einem Fleck gesehen. Geschmeidige Reiher flogen durch den Herbstnebel, Gänse formierten sich am Himmel, es gab Schnepfenschwärme, Krickenten, außerdem eine Gattung purpurroter Enten, die von frühmorgens bis spätabends schnatterten. Jeden Abend aßen wir Stör, einen großen, häßlichen Fisch, der ganz ausgezeichnet schmeckte und mich an die Meeresfische meiner Heimat erinnerte. Bis zum heutigen Tag sind mir auch die Libellen in Erinnerung geblieben, von denen so viele herumschwirrten, daß man an die Schleier moslemischer Frauen erinnert wurde. Am Ufer spielten Süßwasser-Seehunde, und wir hörten das Quaken der Wasserfrösche. Überall gab es Mückenschwärme, die uns beim Schlafen störten. Auch sich windende Schlangen im Sumpfland hinter dem schwarzen Strand sind mir im Gedächtnis geblieben.

Als wir dann geradewegs in Richtung Norden ritten, hatten wir zu unserer Linken eine Bergkette, die von den großen, dunkelhäutigen Menschen dieser Gegend »Kaukasus« genannt wurde. Als schließlich das Kaspische Meer nicht mehr auf unserer rechten Seite war, kamen wir in eine sich bis zum Horizont erstreckende Grasebene. Wir überquerten sie in großem Tempo. Subetai und Jebe, die mit ihren Truppen immer noch getrennt in Richtung Norden preschten, erreichten gleichzeitig den Kuma, wo wir ein paar Tage lagerten. Was die voranstürmenden Männer plötzlich zu einer Ruhepause bewogen hatte? Ganz einfach: der erste Schnee, den sie genießen wollten. Lachend wie kleine Kinder wälzten sich die Soldaten im Schnee. Selbst ich, der ich nicht aus dem Norden stamme, wurde von ihrer Begeisterung angesteckt. Doch für sie bedeutete der Winter nicht nur Schönheit. Für sie war es auch die beste Zeit zum Kriegführen. Während die Gegner durch ihn außer Gefecht gesetzt wurden, brachte er den Mongolen nur Vorteile. Ihre Ponys kamen mit der Kälte besser zurecht als mit der Hitze des Sommers. Sie fraßen dann Baumrinde und das Gras unter dem Schnee, während andere Pferde hilflos und hungrig wieherten. Die Mongolen freuten sich auch, wenn die Flüsse zufroren, weil das Eis dann eine natürliche Brücke bildete. Über gefrorene Straßen erreichten sie ungehindert, schnell und todbringend die feindlichen Städte. Mit dem Winter auf ihrer Seite schossen Jebe und Subetai über das Gebiet der Kiptschak, als wären sie mit Erdöl gefüllte, von Katapulten geschleuderte Kanonenkugeln. Überall fielen die Städte und Dörfer. Widerstand war zwecklos. Das auf den Lippen der Leichname gefrorene Blut sah wie persisches Glas aus.

Wir ritten mit einem schrecklichen Tempo weiter. Es hätte nicht viel gefehlt, und wir hätten unsere Pferde ruiniert, obwohl wir sie jeden Tag austauschten, so daß sie nur alle vier oder fünf Tage an der Reihe waren.

Dann bekam Subetai plötzlich hohes Fieber. Da Mongolen ihren Führern tiefen Respekt zollen, hielten wir sofort an und schlugen unser Lager in der windgepeitschten Steppe auf. Plündernde Trupps trieben Schafe mit lockiger Wolle und Rinder mit langen Hörnern zusammen. Auch ein paar hundert Frauen mit spitzen Filzkappen wurden in Zelte gescheucht, wo sie wie eine Herde Wildpferde gehalten wurden. Andere kämmten die Umgebung nach Getreidevorräten ab, die dort unterirdisch in steinernen Gebäuden aufbewahrt wurden. Wir aßen gut und warteten darauf, daß der kranke General wieder zu Kräften kam. Jebe behandelte Subetai, obwohl sie so verschieden waren, jetzt wie einen geliebten Bruder und besuchte ihn zweimal täglich. Erst im Frühjahr ging es diesem wieder so gut, daß er ein Pferd besteigen konnte.

Eines sonnigen Nachmittags wurden die Frauen auf einer Wiese voller Blumen wieder freigelassen. Sie rieben sich blinzelnd die Augen, als sie nach den langen Monaten in dunklen Zelten unordentlich und schmutzig wieder ans Tageslicht kamen. Dann stolperten sie zu einem eisigen See in der Nähe, warfen die Kleider ab und wuschen sich trotz der betäubenden Kälte sehr gründlich. Die Mongolen sahen ihnen träge zu; das, was sie so viele Male in der stinkenden Dunkelheit gehabt hatten, konnte sie nicht mehr erregen.

342

Da nun Subetai wieder im Sattel saß, machten wir uns auf den Weg zum Don und erreichten ihn nach einer Woche. Unsere georgischen Spione erwiesen sich wieder einmal als nützlich. Sie entdeckten, daß vier Königreiche der Russen durch das mildere Wetter dazu bewogen worden waren, Kriegsvorbereitungen zu treffen. Die Könige von Galizien, Wolhynien, Kiew und Cernigov hatten ein Bündnis geschlossen, um die mongolischen Eindringlinge zu vertreiben.

Als wir hörten, daß die Russen einen Ort namens Zarube am Dnjepr erreicht hatten, schrieb ich einen Brief an sie, in dem ich behauptete, wir hätten vor, friedlich durch ihr Land zu reisen. Als Beweis führte unser Gesandter, außer dem hundert Mann starken Begleitschutz, fünfzig mit Geschenken beladene Pferde mit.

Wir erhielten nichts zurück – keine Antwort, keinen Gesandten, keine Pferde, keine Begleittruppe, abgesehen von einem einzigen Mann, der auf einem Esel angeritten kam. Sie hatten ihn am Leben gelassen, damit er uns mitteilen konnte, daß sich die Russen über unsere Geschenke sehr gefreut hätten.

Am nächsten Tag jedoch kam noch etwas anderes von den Russen. Und zwar brachten ein paar Bauern zu Fuß ein Dutzend unserer aneinandergebundenen Pferde ins Lager. Jedes trug auf dem Rücken einen großen, in Ochsenhaut eingenähten Gegenstand. Als die Naht des ersten Bündels aufgetrennt wurde, entwich ein starker Dunggeruch, und dann kam zunächst der besudelte Kopf unseres Gesandten zum Vorschein, dann seine Schultern. Er war in einem Sack voller Exkremente erstickt worden. Wir konnten davon ausgehen, daß es noch hundert weitere solcher Säcke gab.

Die dummen Bauern, die dafür, daß sie die Pferde zu uns geführt hatten, sicher bezahlt worden waren, wurden nun gezwungen, die Leichen zu beerdigen. Unsere Mongolen wünschten das, weil sie inzwischen von den Moslems gelernt hatten, daß man einem Toten durch Beerdigen eine Ehre erwies. Dann wurden die Bauern ausgezogen, getötet und in den Bergen den Geiern überlassen.

Die wütenden Generäle wiesen mich an, den Russen zu schreiben. So faßte ich als Antwort ab:

»Könige von Galizien, Wolhynien, Kiew und Cernigov! Wir boten Frieden an, und ihr habt mit Blutvergießen geantwortet. So sei es denn. Die Strafe für euer unredliches Verhalten wird schnell und schrecklich sein.«

Georgische Spione, die sich immer um unsere Gunst bemühten, warnten uns vor einem direkten Kampf mit den Kriegern der Russen. Diesen furchterregenden Rittern von Angesicht zu Angesicht gegenüberzutreten, würde unsere sichere Niederlage bedeuten. Wenn die Georgier die Mongolen besser gekannt hätten, dann hätten sie gewußt, daß es für diese nichts Interessanteres als eine solche Herausforderung gab. Subetai lächelte. Jebe lachte.

Wir brachen unser Lager ab und wandten uns nach Westen. Unsere Späher verfolgten die Russen, die den Dnjepr überquerten und mit dem prahlerischen Selbstvertrauen einer siegessicheren Armee ausschwärmten, um uns zu suchen. Wir ritten absichtlich so nah heran, daß die russischen Späher gewarnt wurden, drehten dann um und flohen scheinbar. Nachdem wir sie eine Woche lang hierhin und dorthin geführt hatten, zogen wir uns für eine Weile zurück und kamen an einen Fluß, der Kalka hieß, wie wir später erfuhren. Die Generäle hatten bereits eine Vorhut dorthin geschickt, um das Gebiet zu erkunden. An beiden Ufern waren Wiesen, hinter denen sich parallel zum Flußlauf eine Hügelkette erstreckte. Durch eine Dürreperiode war das Gras braun und der Kalka ein paar Meilen weiter aufwärts so niedrig geworden, daß er leicht durchquert werden konnte. Stromab war der Fluß zwar immer noch tief, aber auch zu durchwaten. Das einzig hervorstechende Merkmal in der Landschaft war ein großer Felsen an einer Biegung am Westufer. Über alles blies ein heißer, trockener Wind.

344

Da das Ostufer des Kalka ein besonders ausgedehntes Gebiet für die vom mongolischen Reiterheer bevorzugten Manöver bot, bestimmten es die Generäle zum Schlachtfeld – natürlich ohne die Russen vorher nach ihrer Meinung zu fragen. Wir versteckten uns hinter den Osthügeln, und ein Reitertrupp machte sich auf den Weg, um den Feind zum Kalka zu locken.

Als die Russen am nächsten Tag eintrafen, machten sie einen folgenschweren Fehler. Vielleicht lag es daran, daß sie so voller Verachtung für ihren Gegner waren – ihre Späher hatten ihnen bestimmt schon längst berichtet, daß sie doppelt so viele wie wir waren. Die Wolhynianer und Galizier kamen über den Fluß auf unsere Seite, während die Könige von Kiew und Cernigov ihre Truppen am Westufer ließen. Ohne sich auch nur die Mühe zu machen festzustellen, wo wir eigentlich waren, teilten sie ihre Armee, um weniger dichtgedrängt und angenehmer lagern zu können. Kaum hatten die Generäle den taktischen Fehler ihres Feindes erkannt, als Jebe auch schon zum Angriff überging. Subetai blieb in der Reserve.

Jebe Noyan, der selbst ausgesprochen arrogant war, ritt so langsam mit seiner Armee um den Berg herum, daß er die Chance eines Überraschungsangriffs absichtlich vereitelte. Er ließ sogar die Nakkare-Trommeln laut schlagen und gab dadurch dem Feind viel Zeit, sich auf den Kampf einzustellen. Nie zuvor hatte ich es erlebt, daß Mongolen einen sich einmal verschafften Vorteil nicht voll ausnützten. Ob der große Khan auch nur einen Fingerbreit davon für solch ein stolzes Schauspiel geopfert hätte? Ich bezweifle es. Aber Jebe benahm sich, als würde er ein privates Duell kämpfen. Von meinem günstigen, nicht einmal eine Meile entfernten Aussichtspunkt aus konnte ich die Kettenpanzer der Ritter glitzern sehen.

Viel später, als ich dabei war, als Mongolen eine russische Leiche auszogen, erfuhr ich, daß ein Ritter zwei einfache Leinenunterhemden und ein gefüttertes anhatte, und darüber einen langen Kettenpanzer – einen Harnisch, wie ich später lernen sollte –, der den halben Oberschenkel bedeckte. Unter einem Rock trug er eine dicke Wollhose und metallene Beinröhren, die bis zum Schritt hinauf geschnürt waren. Sein Kopf war von zwei Hauben, einer aus Leinen und einer aus massivem Kettenmaterial bedeckt, und darüber hatte er einen eierförmigen Helm mit Augenschlitzen etwa von der Größe meines kleinen Fingers. Zu dieser schweren Rüstung kamen außerdem ein breites Schwert, eine Lanze und ein Schild, was alles in allem noch mal so viel wog, wie der Ritter selbst.

Vor der Schlacht jedoch sah ich Lebewesen in Hülsen, die in der Sonne glitzerten. Diener halfen den mit steifen Beinen laufenden Rittern auf die Pferde, die auf dem Rücken Rüstungsplatten und bunte Decken trugen. Hinter ihnen befand sich ein lärmender Haufen, das Fußvolk, und überall in den Gliedern gab es leuchtende Fahnen, so daß es wie auf einem Gemälde aussah, wenn auch ein chinesischer Künstler etwas gedämpftere Farben verwendet hätte.

Ihre Reihen nahmen am Ufer entlang, mit Blick auf die Ebene, Aufstellung. Wenn sie sich zurückziehen mußten, würden sie im Fluß landen. Ob die Ritter mit all dem Metall schwimmen konnten? Doch sie waren so siegesgewiß, daß sie sich darüber wahrscheinlich keine Gedanken machten.

Sie konnten natürlich nicht ahnen, was für einen geschickten Gegner sie hatten. Jebe Noyan war in der Lage, auf meisterhafte Art auch einen komplizierten Angriff zeitlich so genau zu planen, daß er nicht weniger natürlich als der Wind zu sein schien. Aus der Aufstellung, in die sein Tumen jetzt ging, schloß ich, daß er sich für »Tulughma« entschieden hatte. Dabei wurden die Flanken der gegnerischen Armee eingeschlossen und die Mitte angegriffen.

Als Jebes erstes Reiterglied gemessenen Schrittes über die Ebene trabte, hoben die russischen Ritter ihre langen Lanzen, so daß es aussah wie ein dichter Wald. Selbst auf die Entfernung noch konnten wir das ungeduldige Schnaufen ihrer Pfer-

346

de hören. Dann senkten sie die Lanzen, um zum Sturmangriff überzugehen.

Das war für Jebe das Zeichen zum eigenen Angriff. Schwarzweiße Signalflaggen wurden geschwenkt, und die Nakkare-Trommeln wirbelten. Die nächsten beiden Glieder des schwerbewaffneten Reiterheers setzten sich in Bewegung. Das dritte, leichtbewaffnete löste sich in einzelne Reihen auf, die sich in die Lücken zwischen den vorderen Gliedern einfädelten, dann auf eine etwas schnellere Gangart beschleunigten und vor der schweren Kavallerie in Aufstellung gingen. Und plötzlich galoppierten die Reiter in so hohem Tempo auf den Feind zu, daß sie fast flach auf ihren Ponys zu liegen kamen. Sie spannten die Bögen und schossen einen dichten Schwarm breiter Pfeile ab. Daraufhin schwenkten sie nach rechts, einer wie der andere, und brachten sich durch die Lücken in Sicherheit. Das wiederholte sich ebenso rasch mit dem vierten und fünften Glied leichtbewaffneter Reiter. Gleichzeitig packten zwei Flügel mit Bogenschützen die Flanken des Feindes wie die Scheren eines Krebses. Die vielen tausend schwirrenden Pfeile schienen die Luft zum Vibrieren zu bringen.

Jeder, der wußte, wie die Mongolen ans Werk gingen, hätte den Ausgang voraussagen können. Der Feind war von dem gleichzeitigen Angriff auf die Mitte und die Flanken so verwirrt, daß er nicht wußte, wo er zuerst zum Gegenangriff übergehen sollte. Laut dröhnten die von Kamelen getragenen, mit schweren Holzschlegeln geschlagenen, riesigen Nakkare-Trommeln, und die schwerbewaffneten Reiter, die jetzt die ersten aufgelösten Reihen der Ritter fast erreicht hatten, stießen ein furchterregendes Geheul aus. Der Trommelwirbel stieg an, und die mongolischen Reiter gaben ihren Pferden die Sporen zum Endgalopp. Sie hielten die Schwerter und Streitäxte dabei so tief, als wollten sie Weizen schneiden.

Diese Manöver waren ein schöner Anblick. Kann ich denn noch behaupten, ein zivilisierter Mann aus dem China der Han zu sein, wenn ich behaupte, daß es schön war, wie sich so viele Männer in einen gewalttätigen Kampf stürzten? Doch genau das war es. Schön. So merkwürdig das klingen mag.

Angesichts dieses Angriffs, bei dem Widerstand zwecklos war, fielen zuerst die Wolhynier ab, und zwar alle. Auf ihrer hoffnungslosen Flucht stürzten sie in die Reihen ihrer eigenen Verbündeten, wo sie ein derartiges Chaos hervorriefen, daß die ganze Aufstellung durcheinandergeriet und teilweise wie Unkraut in einem Sturm niedergemäht wurde. Überall stiegen die Ritter entweder freiwillig von ihren in Panik geratenen Pferden, oder sie wurden abgeworfen oder aber verwundet. Wenn sie dann am Boden lagen, kämpften sie sich zwar tapfer wieder hoch und griffen nach jeder erreichbaren Waffe, doch viele Mongolen trieben ein böses Spiel mit den federgeschmückten Rittern. Grinsend beugten sie sich von ihren Ponys und schlugen ihnen die Hände ab, so daß sie hilflos taumelnde Krüppel zurückließen.

Während Jebes Reiter den Stolz der russischen Männlichkeit zerschmetterten, kam Subetai zu dem Schluß, daß er lange genug in der Reserve gewartet hatte. Daher führte er seine Armee ein paar Meilen stromaufwärts, nördlich des Schlachtfeldes, über den Kalka, dort, wo der Fluß felsig und flach war. Wir kamen dann auf der anderen Seite herunter, wo die beiden kleineren russischen Armeen die Schlappe ihrer Verbündeten mitansahen, von denen sich viele zum Fluß zurückgezogen und ins Wasser geworfen hatten, wo sie nun haufenweise in ihren Metallrüstungen ertranken.

Jetzt verstand ich Prinz Ögödeis Bemerkung, daß Subetais Gedanken Blitzschlägen glichen. Ich selbst wurde nun Zeuge davon. Eben noch ritt der dünne, gebeugte General ruhig in der Vorhut, und im nächsten Augenblick zog er mit einem Ruck seiner guten Hand die Zügel an und blieb stehen. Die Hauptleute ließen ihre Truppen auch anhalten. Mit vorgeschobenem Kinn – ich mußte dabei an eine schnüffelnde Ratte denken – sah Subetai Noyan zu den Armeen aus Kiew und Cernigov hinüber, von denen ihn jetzt nur noch etwa eine Meile trennte. Die feindlichen Soldaten schienen ziellos herumzulaufen. Vielleicht hatte sie das Debakel auf der anderen Seite so fassungslos gemacht, daß sie nicht wußten, was sie tun sollten. Subetai rief ein halbes Dutzend seiner Berater zu sich. Ich konnte sehen, wie er mit seinem guten Arm wild zu den Hügeln zu seiner Rechten hinüberwinkte. Dann galoppierten seine Berater davon, und Subetai ließ sich scheinbar gelangweilt zurückfallen, die aktive Hand auf dem Sattelknopf.

Schon kurze Zeit später rannten unzählige, vom Pferd gestiegene Mongolen über die Grasebene, in der Hand Reisigbündel, die sie an den Kohlebecken der Vorratswagen angezündet hatten. Dort wurde immer etwas Glut für das Lagerfeuer am Abend gehalten, eine Technik, die die Mongolen von den Afghanen gelernt hatten. Mit diesen Fackeln zündeten sie nun das trockene, verdorrte Gras an. Es knisterte und rauchte, und dann war ein lautes Brausen zu hören. Ein Feuerband raste über die Ebene, bis diese in ihrer ganzen Breite in Flammen stand. Subetai hatte die Windrichtung einkalkuliert, so daß die Rauchschwaden jetzt von uns weg zum Feind getragen wurden. Als sich die Streitkräfte nicht mehr sehen konnten, führten uns unsere Offiziere schnell weg. Der Rauch war so schwarz und dick, daß der General die ganze Armee unbemerkt über eine Schlucht in den Bergen wegbringen konnte.

Ich kann mich noch genau an mein eigenes Keuchen, das Hufgeklapper, die Aufregung über die Täuschung und das Gefühl des bevorstehenden Sieges erinnern. Wir galoppierten vielleicht eine Meile parallel zu dem Kamm dahin und schlugen vor dessen Ende einen Bogen, so daß wir auf der Grasebene hinter den Feind kamen. Die Russen blickten noch blinzelnd und tränenden Auges zu einem Feind hinüber, als dieser schon gar nicht mehr da war.

Ob ich bei dem darauffolgenden Angriff jemanden niedergemetzelt habe? Nein. Nicht einen einzigen. Nur mit den Zügeln in der Hand, ritt ich wild brüllend auf den Feind zu. Hätte ich in jenen Augenblicken des Überschwangs eine Axt gehabt, dann hätte ich sie nach links und rechts geschwungen und meinen Teil zum Töten beigetragen. Das denke ich jedenfalls.

Viele der Russen, die nun kein Pferd mehr hatten und umzingelt waren, machten kehrt und rannten am Ufer entlang zum Felsen. Sie krochen den Geröllhang hinauf und brachten so den Angriff unseres Reiterheers zum Erliegen. Der Angriff auf die in der Falle sitzenden Russen den Berg hinauf hätte uns teuer zu stehen kommen können. Das war eine Situation, der die Mongolen gewöhnlich aus dem Weg gingen. Oft schon hatte ich miterlebt, daß sie dem Feind absichtlich einen Fluchtweg ließen, ihm dann wie ein Rudel Wölfe folgten und am Ende einen nach dem anderen der erschöpften Flüchtlinge aufstöberten.

Subetai entschloß sich also, den Fels nicht zu stürmen, sondern durch Verhandlungen eine Kampfpause zu erreichen. Er überzeugte einen Offizier der Kiptschak, der seit einiger Zeit in unserer Mitte war, zu erklären, daß wir mit unseren Gefangenen anständig umgingen. Als Kiptschak gelang es ihm, die Könige von Kiew und Cernigov von unseren ehrenwerten Absichten zu überzeugen.

Die Adligen nahmen ihre eimerartigen Helme ab, warfen ihre Schwerter zur Seite und rutschten, gefolgt von ihren unbewaffneten Truppen, den steinigen Abhang hinunter. Als sie unten ankamen, tauchten mongolische Bogenschützen um den Felsen herum auf und metzelten sie alle nieder.

Tausende von Russen lagen auf beiden Seiten des Kalka verstreut.

Das war vor vielen Jahren. Jetzt habe ich von Reisenden gehört, daß eine Geschichte über die Schlacht von Kalka die Runde macht. Danach seien die Könige nicht getötet, sondern gefangengenommen worden. Dann wären sie schmachvoll unter einem Tisch erstickt worden, den die feiernden Sieger für ein Bankett über ihnen aufgestellt hätten. Doch das entspricht nicht der Wahrheit. Sie wurden auf dem Schlachtfeld getötet und somit nach mongolischem Rechtsempfinden ehrenvoll behandelt. Ein guter Konfuzianer würde dieses Täuschungsmanöver jedoch nicht so nennen.

Sicher liegen an den Ufern des Kalka noch heute haufenweise die verblichenen Schädel, Knochen abgeschlagener Hände, verrosteten Schilder und zerbrochenen Kettenrüstungen vieler tapferer Ritter, die an jenem Tag umgekommen sind. Das war der Tag, an dem die Völker Europas die wilde Kraft, Gerissenheit und Entschlossenheit der kleinen Asiaten erkannten.

Noch oft habe ich mich an meine eigene Begeisterung während der Schlacht erinnert.

32

Kein anderes mongolisches Unterfangen hatte je eine solche Wirkung auf mich wie die Schlacht am Kalka. Wenn ich jetzt so zurückdenke, wundere ich mich über meinen dummen Leichtsinn: unbewaffnet in eine Schlacht zu galoppieren, gänzlich unfähig, mich zu verteidigen, aber dennoch schreiend wie der Wildeste der Barbaren. Ich wurde jedoch für mein unbegreiflich unsinniges Verhalten belohnt, indem ich in mir eine Wiederbelebung meiner jugendlichen Energie verspürte. Diese neue Lebensfreude brachte mich fast in Versuchung, einem weiteren närrischen Impuls nachzugeben: Beinahe hätte ich mir wieder ein Schwert umgelegt. Meine Verwunderung über meine Teilnahme an dem Kampf von Kalka hielt noch lange an und wärmte mich wie Kohlen, die in einem kalten Zelt glühen. Plötzlich verstand ich, warum der große Khan so gerne Feldzüge unternahm. Er fühlte sich dabei jung. Vielleicht hielten sie sogar die dunklen Schatten, die ihn in seinen Träumen jagten, zurück.

Gestärkt von diesem großen Sieg, ritten die Generäle weiter in Richtung Westen. Wir erreichten den Dnjepr mit dem Ziel, uns von dort aus nach Norden zu wenden und die große Stadt Kiew einzunehmen. Vor dieser Offensive zogen jedoch Plündertrupps aus, um unsere Vorräte zu ergänzen. Und dann geschah etwas, was die ganze Expedition zum Stillstand brachte.

Jebe Noyan starb.

Bei einem Überfall verfing sich sein Pony mit dem rechten Vorderhuf in der Höhle eines Nagetiers, fiel vornüber und stürzte. Ein Fuß des Generals blieb irgendwie im Steigbügel

hängen, so daß das Pony über ihn hinwegrollte und ihm den
Knochen eines Beins zersplitterte. Dieses schwoll an und be-
gann zu eitern, so daß sein Schenkel so braun und verquollen
wurde wie ein Baumstamm im Sumpf. Er roch schließlich so
übel, daß sich ihm niemand mehr nähern konnte, ohne das
Gesicht zu verziehen. Mit seinem letzten Atemzug bat Jebe
Noyan sein Pferd um Vergebung. Ich selbst hörte seine letzten
Worte: »Ich hätte ausweichen sollen ...«

Subetai hielt den Tod seines Kameraden für ein Zeichen,
daß der Feldzug abgebrochen werden mußte. Er schickte einen Kurier nach Samarkand zurück, um den Khan zu suchen
und ihm von dem unheilträchtigen Ereignis zu berichten. In
der Absicht, die Antwort abzuwarten, schlug der General am
Dnjepr sein Lager auf. Er hielt es jedoch nicht lange an einem
Ort aus und machte sich schon einmal auf den Rückweg nach
Osten. Von Neugier getrieben – eine ach so mongolische Eigenschaft! –, zog er dann einen großen Fluß, den Atil, hinauf
und kam in ein Steppengebiet, das mit seinen kalten Flüssen,
Lärchenwäldern und beckenartigen Tälern, wo Pferde weiden
konnten, seiner Heimat recht ähnlich war.

Das soll aber nicht heißen, daß die Mongolen sich so sehr
ihrer Nostalgie hingaben, daß sie zu plündern vergaßen. Schon
auf ihrem ganzen Weg durch das Atil-Tal hatten sie Städte und
Dörfer überfallen. Subetai teilte nun die beiden Tumen in
Minghans, die sich über das Land verteilten und getrennt auf
Raubzüge gingen. Alle paar Wochen stellten sie fest, wo sich
ihr General befand, und erstatteten ihm Bericht, bevor sie erneut ausschwärmten. Unser Vorratszug, der inzwischen durch
erbeutete Wagen noch länger geworden war, erstreckte sich
über mindestens eine Meile entlang der Wege, die jetzt herbstliche Farben annahmen. In meinem neuen Geist jugendlicher
Unabhängigkeit bat ich um Erlaubnis – die mir auch gewährt
wurde –, mich einem Jagun leichtbewaffneter Reiter anzuschließen. Er hatte während des Feldzugs zur Vorhut gehört,

353

die den Feind in Fallen locken sollte. Ich sah mein mutwilliges Abenteuer noch nicht als beendet an. Daher schien mir diese Truppe genau richtig zu sein.

Von den Gefangenen erfuhren wir, daß arabische und christliche Händler den ganzen Weg von Konstantinopel über das Schwarze und Asowsche Meer kamen, um ins Atil-Tal zu gelangen, von wo aus sie stromaufwärts in das Städtchen Bolgary reisten, einem Handelshafen für Bienenwachs, Honig, schöne Felle und geräucherten Fisch.

Subetai, der den Tod seines Kameraden noch nicht ganz verwunden hatte, stieß nach Norden vor, wo er, um sich abzulenken und zu beschäftigen, Bolgary plündern wollte. Ein Tumen stellte er unter seinen Befehl, das andere unter den Balas, des nächsthöheren Generals. Bala führte seine zehntausend Reiter stromabwärts, um sein Lager im Deltagebiet des Atil am Kaspischen Meer aufzuschlagen, und wir zogen Richtung Norden.

Für jeden Nichtmongolen wäre dieser Treck ein größeres Unterfangen gewesen. Es war später Herbst, so daß es schon die ersten Schneegestöber gab, und der Fluß wäre sicher an seinen Rändern zugefroren gewesen, wenn er nicht so breit, tief und gewaltig gewesen wäre. Um unsere Kräfte für Bolgary aufzusparen, ließ der General die am Wege liegenden Städte in Ruhe. Wir ritten durch viele Straßen, ohne groß beachtet zu werden. Die Russen trugen unförmige Schlapphüte, Leinenkasacks über weiten Hosen, mit Schnur umwickelte Lumpen um die Beine und hohe, röhrenförmige Lederstiefel. Wenn sie unsere Kolonne sahen, blickten sie wohl kurz von dem, was sie gerade taten, auf, widmeten sich dann aber wieder ganz ihrer Tätigkeit.

Ab und zu machte sich ein Jagun selbständig und verbrachte mal einen Tag in einer der Städte. Diese bestanden normalerweise aus ein paar hundert Häusern. Wenn unsere Reiter abstiegen, waren die Stadtbewohner mehr daran interessiert, Nahrungsmittel zu verkaufen, als in Deckung zu gehen. Sie hatten keine Ahnung, daß diese kleinen Männer auf ihren verwahrlosten Ponys am Ende vielleicht noch die ganze Welt erobern würden. Und die Mongolen gaben ihnen keinen Anlaß zur Sorge, denn sie mordeten und vergewaltigten nicht. Anfangs war ich über soviel Nachsicht erstaunt, besonders aber darüber, daß die Mongolen sogar das, was sie wollten, bezahlten. Dann erkannte ich, warum sie sich so verhielten. Es bestand kein Grund zur Gewalt – dafür würden wir uns bald woandershin wenden –, außerdem hatten sie mehr Gold und Silber, als sie brauchten.

Ich muß schon sagen, daß mir der Handel besser als der Krieg gefiel. Schließlich hatte ich noch nie in einer Schlacht gekämpft oder eine Vergewaltigung versucht. Aber es war natürlich auch so, daß ich mich nie für besonders männlich gehalten oder je das Bedürfnis gehabt hätte, mich mit einer vor Angst gelähmten Frau zu befriedigen. Meine konfuzianische Erziehung hatte mich gelehrt, daß es irrig war, Freude aus Schmerz zu ziehen, den man anderen zufügte. Durch meinen langen Umgang mit den Mongolen war jedoch in mir die Überzeugung gereift, daß Vergnügen und Schmerz mit ihren Vorstellungen über Vergewaltigungen wenig zu tun hatten. Sie sahen darin einen notwendigen Terror, um einem Volk Respekt vor seinen neuen Herren einzuflößen. Da Subetais Truppen durch das Atil-Tal nur hindurchzogen, fühlten sie sich nicht verpflichtet, den Menschen dort Furcht und Demut beizubringen. Anstatt Entsetzen zu verbreiten, warfen sie den Frauen Silberstücke und Essen zu. Wie erwartet, ließ dies festliche Stimmung aufkommen. Ganze Dörfer feierten mit den kleinen Männern aus dem Osten. Die Russen hatten ein kräftiges Getränk, das sie Kwaß nannten und aus vergorenem Brot herstellten, sowie ein dickes, öliges Bier, das in mir einen Würgereiz auslöste. Wenn schon nicht beim Kämpfen, so konnten die Russen es zumindest beim Trinken durchaus mit den Männern aus den Filzzelten aufnehmen. Außerdem sangen sie aus voller Kehle und bewegten sich beim Tanzen mit dem rauhen, tapsigen Charme von Bären.

Manchmal luden sie uns auch zu sich in ihre Häuser ein, die aus mit Moos abgedichteten Baumstämmen gebaut waren. Es gab keine Schornsteine; die Russen ließen den Rauch durch ihre mit Läden ausgestatteten Fenster abziehen. Zu unseren Füßen gackerten die Hühner, und man konnte unsichtbare Mäuse quieken hören. Es hing ein übler Geruch in diesen Häusern, den ich nicht genau einordnen konnte. Ich glaube aber, daß er auf Schweiß, Urin, Zwiebeln und unter Strohhaufen Verrottendes zurückzuführen war. Kein Wunder, daß die Russen ihre Vorräte hoch über dem Boden aufhängten.

Nach dem traurigen Anblick dieser Häuser machte ich mir wenig Hoffnung, in der Stadt Bolgary bessere vorzufinden.

Ich sollte dort jedoch überhaupt keine zu sehen bekommen.

Was wir dort vorfanden, als wir ankamen und unsere Truppen aufstellten, war äußerst entmutigend. Unsere Reiter sahen sich dort einem Wassergraben gegenüber, außerdem Zugbrücken, einer hohen Palisade mit Baumstämmen voller Nägel und Türmen, aus deren Schießscharten eine Unmenge Pfeile ragten. Als ich diese befestigte, auf einem Felsvorsprung über dem Fluß gelegene Stadt sah, dachte ich bei mir: Wu Wei, alter Kamerad, hier gäbe es Arbeit für Euch und Eure Belagerungsingenieure.

Vielleicht ging Subetai das gleiche durch den Kopf. Er blickte lange nachdenklich auf Bolgary, machte dann kehrt und führte seine Truppen weg. Unser Lager schlugen wir dann ein paar Meilen entfernt am Rande eines Waldes auf. Subetai tat bestimmt gut daran, eine solche Festung nicht mit einem Reiterheer anzugreifen, doch glaube ich, daß er in seinem Stolz als Mongole verletzt war. Jedenfalls teilte er die Armee wieder einmal in Plünderungskommandos, denen er befahl, die Außenbezirke von Bolgary zu überfallen. »Sollen sich die Russen doch hinter all dem Holz vergnügen. Aber sie sollen wenigstens wissen, wer wir sind«, sagte er zu seinen Hauptleuten. »Futter für die Pferde!«

Als unser Jagun und zwei weitere dieses Mal zusammen aufbrachen, machte ich mich auf Vergewaltigungen, Mord und Plünderungen gefaßt. Und zu Recht. Unsere erste Stadt machte einen recht hübschen Eindruck, obwohl niemand draußen war, um uns zu begrüßen oder auch nur die O-beinigen Männer auf ihren kleinen Pferden anzustarren. Niemand holte sich Wasser aus dem Brunnen mit dem langen Schwengel. Niemand mit Reisigbündeln auf dem Rücken ließ sich blicken. Nicht einmal ein Hund schlich durch die Straßen. Entweder versteckten sich alle Lebewesen, oder sie waren nicht mehr da. Jedenfalls hatten sie offenbar gewußt, daß wir in der Nähe waren. Als wir durch die Stadt ritten, schaute ich mir die hübschen Häuser an. Sie waren aus ganzen, durch Kerben miteinander verzahnten Baumstämmen gebaut. Ich fand sie sehr schön und hatte plötzlich den Wunsch, sie mir ganz genau anzusehen. Sie hatten bogenförmige Giebel und gezackte Dachvorsprünge, die von so eleganter Handwerkskunst zeugten, wie ich sie schon in meiner Heimat immer bewundert hatte. Es gab auch eine christliche Kirche, die ich an ihrem Zwiebelturm mit dem Kreuz auf der Spitze erkannte. Über der Tür hing ein großes Holzkreuz mit einer geschnitzten Figur von Tatatungas ausgezehrtem Jesus. Die Kirche sah so hübsch und sauber aus, doch dann wurde sie wie alle anderen Gebäude abgebrannt, und die Frauen, die in ihren Verstecken aufgestöbert und vergewaltigt worden waren, flohen schluchzend in die Wälder, und die Männer lagen inmitten der abgeschlachteten Tiere in ihrem eigenen Blut.

Wir zogen am Fluß entlang weiter und erreichten schon am Nachmittag die nächste Stadt. Dort waren im Dock zwei große Flußschiffe festgemacht, beide mit bemalten Schnitzereien am Bug – die eine ein Löwe und die andere ein Vogel mit dem Gesicht einer Frau. Die Leute am Atil waren offenbar meisterhafte Holzschnitzer. Wir stiegen in der Hauptstraße ab, und ich folgte einem Dutzend Männern zu einer Holzrampe, die in ein großes, aber schmales, dreistöckiges Haus führte.

Das Erdgeschoß wurde als Stall für fünf Pferde und drei Kühe benützt. Die Kühe wurden getötet und die Pferde weggeführt. Als die eine Kuh im Todeskampf um sich trat, mußte ich an die umgekippten russischen Ritter denken. Oben hielten sich bestimmt Frauen versteckt. Ich hatte keine Lust, wieder einmal mitansehen zu müssen, wie sie vor Angst heulten, wenn ihnen die Kleider vom Leib gerissen wurden.

»Ich warte hier unten«, erklärte ich daher meinen Begleitern.

Sie drehten sich um und sahen mich an. »Wenn Ihr mit unserem Jagun reitet«, sagte einer rauh, »dann plündert Ihr auch mit uns.«

»Also gut, ich komme mit.«

Jetzt meldete sich ein anderer zu Wort. »Ihr tragt nicht einmal ein Schwert. Warum nehmt Ihr nicht eine Frau?« Als ich nicht antwortete, fragte er: »Habt Ihr dafür etwa auch keine Waffe?«

»Ich komme mit.« Es war klar, daß sie mich auf die Probe stellten, doch sie respektierten auch meine guten Beziehungen zu ihren Vorgesetzten. Sonst – wer weiß? Sonst hätten sie mir vielleicht aus Verachtung irgendwo neben einem Graben die Achillessehne durchgeschnitten. Doch unabhängig von meinem Status hatten sie, wenn ich feige war, als Mongolen das Recht zu verhindern, daß ich ihnen Schande machte. Du wolltest ein Abenteuer, sagte ich mir, nun hast du es.

Ein Soldat entriegelte die Hintertür und ging hinaus, um die Küchenhütte und den Latrinenschuppen zu durchsuchen. Als wir uns anschickten, eine grob behauene Treppe hinaufzugehen, hörten wir draußen einen Schrei. Dort war offenbar jemand versteckt gewesen. Und von oben, wohin ein paar von uns schon vorausgegangen waren, hörten wir ein Krachen und ein Knarren des Bodens wie bei einem Handgemenge. Als wir am Treppenabsatz ankamen, lag dort ein Mann in seinem Blut. Er war bärtig und kräftig gebaut, ungefähr so alt wie ich. Als ich über ihn gestiegen war, sah ich mich im Raum einem schmächtigen Knaben mit einem Messer in der Hand gegenüber, der erfolglos versuchte, einen Schwertschlag abzuwehren. Als er zu Boden ging, erblickte ich hinter ihm zwei kleine Mädchen, die zu weinen anfingen. Sie waren noch zu jung, um vergewaltigt werden zu dürfen. Ich hatte die Worte des Khan hierzu in das Yasa geschrieben und kannte sie noch auswendig: »Notzucht an Kindern flößt Abscheu ein, der zu Haß wird, und nicht Furcht, die zu Gehorsam wird.« Doch im Yasa hieß es auch: »Es ist erlaubt, sich der Kinder zu entledigen, wenn sie Ärger bereiten, im Weg sind, oder wenn die Situation die Ausrottung des Feindes erforderlich macht.« Ich wünschte, die Mädchen würden mit dem Geschrei aufhören.

In diesem Stockwerk gab es mehrere kleine Räume: zum Essen, Zusammensitzen und Schlafen. Zwei alte Frauen, ein stämmiger Kerl – vielleicht ein Diener – und ein weißbärtiger Mann, die an verschiedenen Stellen kauerten, wurden in einen der Schlafräume getrieben und dort zusammen getötet. Unsere Gruppe begann herumzustöbern. Auf einem rechteckigen Holztisch sah ich einen bemalten Krug mit einem durch ein Scharnier befestigten Deckel, der wahrscheinlich für Honig oder ihr schreckliches Bier benutzt wurde. Auf einem dicken Holzbrett lag ein großer, durchgeschnittener Brotlaib. Einer der Mongolen brach sich ein Stück davon ab und biß hinein. Er sah mich so lange an, bis ich es ihm nachmachte und meine Zähne in die lehmige Masse grub, die von der Art war, wie wir Chinesen sie nie wirklich mögen werden. Der Soldat jedoch lächelte beim Kauen glücklich. Das Plündern war das Beste an seinem Beruf. Die Suche wurde in den sechs oder acht anderen kleinen Räumen in diesem Stockwerk fortgesetzt. Hier schien alles aus Pappelholz gemacht zu sein: die Deckenbalken, Wände, Wassereimer, Abfallfässer und Regale. Das ursprünglich hellbraune Holz war zu einem Blaßgrau verblichen. Es sah so trocken und fahl wie Treibholz aus und wäre von meinem Volk verschmäht worden, das dunkles, glattes, sinnenfrohes Mahagoni liebte. Einer der Mongolen starrte neugierig auf ein Bett mit schweren Füßen und einer Steppdecke und trat dann gegen eine Anrichte, um zu sehen, ob sie beweglich war, wie alles in der Welt der Zelte. Als er merkte, wie stabil sie war, spuckte er voller Abscheu auf die Decke.

Plötzlich hörten wir über uns Lärm. Dort waren Soldaten hingegangen, und aus dem Jammern konnte ich schließen, daß sie Frauen entdeckt hatten. Ich wäre geblieben, wo ich war, wenn mich nicht ein Mongole angeschrien hätte, ich solle mitkommen.

In dem Raum wurden gerade nebeneinander zwei Frauen in mittleren Jahren vergewaltigt. In einem daneben lag eine tote alte Frau, und in noch einem anderen, einem Lagerraum, der mit Fässern unterschiedlicher Größe vollgestopft war, saßen drei Knaben mit Fellmützen und bauschigen schwarzen Pelzmänteln an der Wand. Einer der Soldaten musterte sie argwöhnisch und riß dann einem von ihnen die Mütze vom Kopf. Zum Vorschein kam ein Kopf mit kurzgeschnittenen Haaren. »Steht auf!« brüllte der Mongole. Doch sie verstanden ihn nicht. Nun packte der Soldat den kleinsten Knaben am Arm, zog ihn hoch und riß ihm mit einem heftigen Ruck den Mantel weg. Er griff nach dem losen Hemd, lachte und rief: »Was für ein Knabe!« Ein anderer zerrte den zweiten hoch und fuhr mit seiner schmutzigen Hand über sein Gewand, woraufhin man das Wimmern einer weichen Frauenstimme hörte. Ich hatte die ganze Zeit das älteste der drei Mädchen, das vielleicht zwanzig war, angeschaut. Sein Kopf war kahlgeschoren, doch es hatte ein so weiches, blasses, weibliches Gesicht. Das war mein Mädchen. Ich wollte es.

»Wohin gehen wir mit ihnen?« fragte der Soldat, der das jüngste Mädchen gepackt hatte.

»Einen Augenblick«, sagte ich. »Nicht dieses hier.« Ich hatte das älteste am Arm gepackt und auf die Füße gezogen.

»Nun, Ihr habt die Frau, also nehmt sie als erster.«

»Nein, ich nehme sie mit.«

»Ihr wollt sie mitnehmen?«

»Ja, ich will sie für mich behalten.«

Er spottete: »Aber warum? Schaut sie doch an! Ohne Haare sieht sie wie ein Junge aus.«

»Ich nehme sie mit«, beharrte ich.

Der Soldat brach in schallendes Gelächter aus. »Und was, wenn ich sie hier und jetzt will, was dann?«

»Nein«, erklärte ich, »sie geht mit mir.«

Ein anderer Mongole kam dazu, legte seinen Kopf zur Seite und tat so, als musterte er mich sorgfältig. »Wer ist denn dieser chinesisch aussehende Kerl?«

»Ja, wer ist das denn? Eine Gurke?« Sie schienen sich einen Spaß zu machen, also lächelte ich, worüber sie aber die Stirn runzelten. Doch dann grinste der Soldat, der mich Gurke genannt hatte, und fing wieder damit an: »Kommt, Gurke, sagt es uns. Warum seid Ihr bloß eine solche Gurke?«

Mir wurden die Knie weich. Sein Sarkasmus über meine heroische Stärke war eine Warnung. Aber ich blickte ihm dennoch in die Augen und sagte noch einmal: »Ich nehme sie mit.« Dann fügte ich hinzu: »Es ist mein gutes Recht. Ich reite im Generalsstab.«

»Das stimmt!« murmelte ein dritter Mongole. Die drei betrachteten mich einen Augenblick so nachdenklich, als müßten sie über Leben und Tod entscheiden. Dann grunzte der Mongole, der mich »Gurke« genannt hatte, und zerrte sein Mädchen mit sich. »Ich nehme sie da drinnen auf dem Bett.«

Diese merkwürdige Idee brachte seine Kameraden zum Lachen, die beide nach dem anderen Mädchen griffen.

Das Mädchen, dessen Arm ich hielt, zitterte. Vielleicht waren die beiden anderen ja ihre Schwestern. Wenn sie jetzt mitansehen mußte, wie sie fortgeschleppt wurden, fing sie womöglich zu schreien an. Schon mehr als einmal hatte ich es erlebt, daß es eine Frau das Leben gekostet hatte, wenn sie außer sich geraten war. Da ich wußte, daß viele Russen durch den Kontakt mit den Kiptschak Türkisch sprachen, sagte ich in dieser Sprache zu ihr: »Verhaltet Euch ganz ruhig und tut, was ich Euch sage. Den beiden wird nichts passieren. Kommt jetzt mit, ich tue Euch nichts.« Ich blickte ihr in die großen dunklen Augen, in die jetzt Tränen stiegen. »Versteht Ihr mich?«

Als sie nickte, packte ich sie am Handgelenk und führte sie die Treppe hinunter. Sie keuchte, als wir zu dem toten Mann auf dem Treppenabsatz kamen, und als ich mit einem großen Schritt über ihn stieg und ihr sagte, sie solle es genauso machen, gehorchte sie zwar, fing aber unterdrückt zu schluchzen an. »Still! Tut, was ich Euch sage, tut einfach, was ich Euch sage«, wies ich sie scharf an, während wir hinuntergingen. An der Holzrampe vor dem Haus warteten unsere Pferde. Ich ritt ein Stück von dem Seilknäuel in der Satteltasche meines Pferdes ab und band damit ihre Handgelenke in einem Abstand von ungefähr einem Zoll aneinander. Dann stieg ich auf und zog sie hinter mir hoch – sie war überraschend leicht. Ich zeigte ihr, was ich von ihr erwartete: Sie sollte mir ihre zusammengebundenen Hände über den Kopf heben, so daß ihre Arme um meine Brust zu liegen kamen. Das war die mongolische Art, Gefangene sicher auf dem Pferderücken mitzunehmen. Vom Haus her drangen immer wieder Schreie zu uns, so daß ich sie wegbringen wollte. Ich ritt die Straße hinunter; aus den hohen, schmalen Fenstern vieler Häuser stieg schon Rauch auf, und mit zufriedenem Lächeln traten Soldaten heraus. Überall waren durchdringende Schreie zu hören. »Schaut nicht zurück!« warnte ich das Mädchen, doch ich merkte, daß sie sich umzudrehen versuchte, um ihr Haus noch einmal zu sehen.

Ich ließ mein Pferd traben, bis wir zu einer am Rande der Stadt gelegenen engen, schlammigen Straße kamen. Dort drehte ich um, zog die Zügel an und wartete. Der abgehackte Atem des Mädchens in meinem Nacken wurde allmählich gleichmäßiger und ruhiger. Ich wußte natürlich, was in einer Stadt geschah, die herausgegriffen worden war, um den Leuten zu zeigen, mit wem sie es zu tun hatten. Nun, da sie mit den Frauen fertig waren, setzten die Soldaten alle Häuser in Brand, auch das ihre. Wenn irgend jemand überlebte, dann nur durch Zufall.

»Mein Vater«, murmelte das Mädchen an meinem Ohr. Ich wußte, daß sie den Mann auf dem Treppenabsatz meinte. »Mein Bruder war auch da. Habt Ihr meinen Bruder gesehen?«

Ich hatte ihn bestimmt gesehen – vielleicht war es der Knabe mit dem Messer gewesen –, doch ich sagte nichts.

»Was ist aus meiner Mutter, meiner Tante und meinen kleinen Schwestern geworden? Sie waren im zweiten Stockwerk. Habt Ihr sie auch gesehen? Und meinen Bruder? Ein schmaler Junge?«

»Sie sind sicher am Leben«, versicherte ich ihr barsch.

Das Krachen des brennenden Holzes übertönte die letzten menschlichen Geräusche in den Häusern. Das Mädchen sagte etwas in Russisch und fing wieder zu zittern an.

»Ich kann Euch nicht verstehen«, meinte ich zu ihr.

Diesmal sprach sie Türkisch an meinem Ohr. »Ich weiß, ich weiß. Sie sind alle tot.«

Als ich meinen Jagun die Hauptstraße entlangkommen sah, gab ich meinem Pferd die Sporen. Als ich herankam, winkten mir ein paar Soldaten zu, und einer rief fröhlich: »Da ist ja die Gurke mit der Königin!«

33

Warum hatte ich mich wegen einer russischen Frau mit kurzge-
schorenem Kopf so in Gefahr begeben? Außer bei der Schlacht
am Kalka hatte ich noch nie zuvor derart mein Leben riskiert. Im
Gegensatz zu den Mongolen mit ihrer raschen, kaninchenarti-
gen Lust, brauchte ich zu meinem Glück nicht unbedingt eine
Frau. Es gefiel mir zwar, wenn ich eine hatte – oder einen Mann,
was das betraf –, ja man konnte sogar sagen, daß ich dankbar dafür war, doch kam ich auch ganz gut ohne sie zurecht.

So jedenfalls war es vor der russischen Frau gewesen. Bei
dieser nun hätte ich alles getan, um sie für mich zu haben.
Von jenem Augenblick an, als ich sie zum erstenmal in ihrem
übergroßen Mantel, kurzhaarig wie ein Knabe, an der Wand
kauern sah, verhielt ich mich nicht mehr so, wie es nach Konfuzius logisch gewesen wäre. Wenn mir meine Kameraden
diese Frau weggerissen und mir gedroht hätten, mich umzu-
bringen, wenn ich weiter darauf bestand, sie für mich haben
zu wollen, dann hätte ich es trotzdem getan, ja, ich wäre sogar
glücklich und einfältig in den Tod gegangen, da sie mir mehr
bedeutete als mein eigenes Leben. Warum? Ich weiß es wirklich nicht. Vielleicht war es etwas Träumerisches in ihrem Gesicht oder die Art, wie sie den Kopf neigte oder zur Seite
schaute oder die Lippen anfeuchtete. Können solche Kleinigkeiten so viel ausmachen? Ich wußte es damals nicht, ich weiß
es heute nicht und werde es bestimmt niemals wissen. Doch
als wir die brennende Stadt hinter uns ließen und ich spürte,
wie sie verzweifelt ihre warmen Arme um mich schlang, wußte ich jedenfalls eines: Sie war mein. Nichts konnte daran

noch etwas ändern. Sogar nach mongolischem Gesetz war sie mein.

Wenn auch ein Kommandeur bei einer schwierigen und ausgedehnten Plünderungsexpedition immer versuchte, seine Offiziere davon abzubringen, Frauen mitzunehmen, so konnten doch alle vom Hauptmann aufwärts eine Frau behalten, wenn sie eine Buße dafür zahlten. Dann wurde von ihrem Anteil an der Beute ein Drittel für das Essen, die Unterbringung und das Pferd der Frau abgezogen. Vom gemeinen Soldaten wurde erwartet, daß er sich an Ort und Stelle vergnügte und dann auf die nächste Stadtplünderung wartete.

Ich schätze, daß von den zwanzigtausend Männern unter Subetais Kommando nur etwa dreißig oder vierzig Offiziere bereit waren, einen so hohen Preis für eine ständige Begleiterin zu bezahlen. Nachdem mein Name in ein Handbuch eingetragen worden war, erhielt ich ein kleines Zelt für zwei und für die junge Russin ein gesatteltes Pony.

Am Anfang sagte sie nichts, wenn wir unser Lager aufschlugen und ins Zelt krochen. Es herrschte absolute Stille in der Dunkelheit. Ich fragte mich, ob ihr das Entsetzen darüber, daß sie ihre ganze Familie verloren hatte, die Sprache verschlagen hatte. Oft schon hatte ich es als Folge von Verwüstungen erlebt, daß Menschen die Straße entlangschlurften oder über die Felder trotteten und nicht sagen konnten, wer sie waren und wohin sie gingen. Ich konnte also nur warten und hoffen.

Als wir wieder zu Subetai stießen, sagte sie mittlerweile ja, nein, ich habe Durst, ich habe Hunger, doch ihr Gesicht blieb so kalt, starr und unbewegt, als wäre es aus Stein. Und als schließlich alle Einheiten zusammen waren und wir nach Süden ritten, um Bala ausfindig zu machen, schluchzte sie in der Nacht und nahm am Tage ihre Umgebung wieder wahr.

Wir fanden Bala am Rande des Flußdeltas am Kaspischen Meer, wo sich ein Gewirr von Verzweigungen zwischen Schilfbetten hindurchwand. Es gab dort so viele Lotusblüten, daß es wie ein Schneefeld aussah. Ich sah sie mit dem Ansatz eines Lächelns daraufblicken.

Bei Bala gab es Neuigkeiten, weil bei ihm ein Kurier des Khan gewesen war. Der große Eroberer hatte sein Sommerlager in der Nähe von Samarkand verlassen und war in den Norden gezogen, um gastlicheres Wetter zu haben. Mahmud Yalvach, der seinen Wert für den Khan unter Beweis gestellt hatte, war als Vizekönig der Südhälfte von Khwarizm zurückgelassen worden. Da ich den Händler von Gurganj als einen weltlichen und praktischen Mann kannte, der selbst den allerschlimmsten Machtmißbrauch miterlebt hatte, hielt ich ihn für durchaus fähig, ein Millionenvolk zu regieren.

Es gab auch Tote zu beklagen.

Mukuli Noyan, mit dem ich wohl unter den hochrangigen Mongolen am engsten verbunden war, war auf einem Feldzug in China gestorben. Es gelang mir nicht, nähere Einzelheiten zu erfahren, was ja eigentlich kein Wunder war, da die Nachricht von seinem Tod über Tausende von Meilen durch unzählige Kuriere weitergetragen worden war.

Borte Khatun hatte sich eines Abends schlafen gelegt und war nicht mehr aufgewacht. Ihr Tod war offenbar so sanft wie der ihrer alten Schwiegermutter gewesen, um die sie sich so viele Jahre auf rühmenswerte Weise gekümmert hatte. Ich erinnere mich noch daran, wie sie mir von jenem merkwürdigen und dramatischen Ereignis erzählte, als sie neun und der Khan zehn war und er um ihre Hand anhielt, ohne auch nur vorher ihren Vater um Erlaubnis gebeten zu haben, überhaupt sprechen zu dürfen. Wie stolz sie gelächelt hatte, als sie mir das erzählte!

Außerdem war noch Tokuchar Noyan bei einem Gefecht gestorben; er hatte eine Lanze in den Hals bekommen. Die Art seines Todes befleckte ein wenig den Ruf dieses Generals, der sich auf dem Feld durch besonderen Wagemut ausgezeichnet hatte, da es ein gemeiner Fußsoldat gewesen war, der ihm den tödlichen Stich versetzt hatte.

Auch ein halbes Dutzend andere Bekannte, die ich in diesem Bericht nicht eigens erwähnt habe, waren auf die unterschiedlichste Art gestorben. Als ich bedrückt von diesen Nachrichten zu meinem Zelt zurückkam, sah mich die junge Russin an und fragte: »Stimmt etwas nicht?«

Überrascht, daß sie mir eine so persönliche Frage stellte, sagte ich: »Danke, daß du mich danach fragst.« Da ich jedoch nicht vom Tod sprechen wollte, fügte ich hinzu, daß alles in Ordnung sei, wenn sie so mit mir spräche. Wir versanken wieder in Schweigen, doch es war jetzt ein anderes, da ich wußte, daß es durchbrochen werden konnte, wenn es einer von uns beiden wollte.

Und das geschah dann auch. Es fing damit an, daß sie mir erzählte, daß sie nach einer alten russischen Heldin Olga genannt worden war. Jene Olga, die Frau eines Prinzen aus Kiew, hatte den Mord an ihrem Mann gerächt, indem sie einige seiner Feinde bei lebendigem Leibe zusammen mit ihrem Schiff untergehen und weitere in einem Badehaus verbrennen ließ.

Meine Olga kam aus einer Familie wohlhabender Händler, wohlhabend jedenfalls für russische Verhältnisse. Olga hatte keine Ahnung von den reichen Frauen in China, die sich parfümierten und mit Sonnenschirmen spielten. Jene dunklen, kleinen Holzräume in den engen russischen Häusern hatten sie glücklicherweise auf ein Leben ohne großen Komfort in der Steppe vorbereitet. Ich ließ ihr die Illusion, wohlhabend und verwöhnt gewesen zu sein, ja, hatte sogar gewisse Schuldgefühle, daß sie durch mich nun das rauhe Leben der Mongolen führen mußte.

In der nächsten Nacht lagen wir nebeneinander in der Dunkelheit – bis dahin hatte ich mich an die eine Seite des Zeltes gedrückt, sie sich an die andere –, und sie erzählte mir von sich. Als Kind hatte sie im Königreich Kiew gelebt, das, wie sie mir voller Stolz berichtete, hunderttausend Einwohner hatte. In meinem Land, hätte ich daraufhin prahlen können, hatte eine ganz gewöhnliche Stadt oft schon so viele Menschen.

Einem Aspekt ihres Lebens in Kiew, den sie mir beschrieb, konnte ich allerdings nichts entgegensetzen. Als Wladimir, Herrscher von Kiew, vor ein paar hundert Jahren zum Christentum übertrat, verlangte er von seinen Untertanen, daß diese ihm folgten. Und so war es geblieben. Jesus Christus war ihr Erlöser. Tatatungas Mann. Ich sah ihn vor mir, wie er mit Dornen im Kopf an einem Kreuz hing.

Ich liebte nun also eine Frau, die an einen Gott glaubte, der so schwach war, daß er sich von Menschen foltern ließ. Nicht, daß mir das etwas ausmachte, obwohl ihr an meiner Meinung zu liegen schien. Olga erzählte, daß sich die Händler aus Konstantinopel über den christlichen Gott lustig machten. Ich sagte zu ihr: »Konfuzius meinte, man solle Gott im Himmel lassen. Und das finde ich auch. Du kannst glauben, was du willst, doch laß mich aus dem Spiel!« Vielleicht war das zu unverblümt gewesen, jedenfalls sah sie recht bekümmert aus. Ich suchte daher nach etwas, womit ich ihr die Echtheit meiner Gefühle beweisen konnte, griff nach ihrer Hand und flüsterte: »Mein Phönix, wenn ich dich so nennen darf, ich möchte etwas mit dir teilen. Du weißt dann, daß ich dir mein Leben anvertraue.« Und dann erzählte ich ihr, wie ich nach der Belagerung Pekings etwas sehr Wertvolles weggesteckt hatte. Entschlossen, nicht noch mehr zu gestehen, rief ich aus: »Nun kennst du es also, mein Geheimnis!« Doch dann merkte ich, wie viel Information ich ihr vorenthielt, wie widerwillig ich mit der Wahrheit herausrückte. Sollte Olga deswegen einmal Rede und Antwort stehen müssen, konnte sie der Folter nur entgehen, wenn sie mit Tatsachen aufwarten konnte. Sie mußte alles wissen. Also erklärte ich ihr, daß ich ein Gemälde aus dem Pinsel Li Chengs, eines großen Künstlers der Tang-Periode, gestohlen hatte, und daß es sich dabei um eine Tuschezeichnung auf doppeltgewebter Seide handelte, wie sie während der Fünf Dynastien verwendet worden war. Weiter erzählte ich ihr, daß auf diesem Bild ein paar Berggipfel nach

368

einem Schneefall zu sehen waren und daß ich es zusammen mit anderen Dingen von mir in einem unauffälligen Bündel aufbewahrte, das im Sari Ordu ein alter uigurischer Schreiber für mich aufhob, der nichts davon wußte, dem es aber auch, wenn er es wüßte, egal wäre. Die Schriftrolle würde noch immer im Sari Ordu sein, wenn der Uigur nicht in den letzten Jahren gestorben war und jemand seine Sachen weggeworfen hatte. Und eines Tages sollte die Schriftrolle ihr gehören.

Olga sah mich lange an, dann schüttelte sie mißbilligend den Kopf. »Du solltest so etwas nicht erzählen, nicht einmal mir.« Ich mußte wohl niedergeschlagen ausgesehen haben, denn sie drückte mir die Hand und fügte hinzu: »Ich freue mich aber, daß du mir dein Leben anvertraut hast!«

Als sie am nächsten Morgen das Zelt verlassen hatte, holte ich einen persischen Handspiegel hervor und betrachtete mich. Ich blickte in ein Gesicht, das dem eines Mongolen beunruhigend ähnlich war: dunkel verwittert und viel zu faltig. Ich sah aber nicht so streng aus wie diese und hatte langes Haar, und oben auf dem Kopf war bei mir kein Pferdehuf herausrasiert. Ein älterer Knabe – oder war es ein junges Mädchen gewesen – hatte einmal zu mir gesagt, daß sich mein Haar angenehm anfühlte. Durch das viele Reiten war mein Körper kantiger geworden, so wie bei einem chinesischen Bauern, der jeden Tag Reisig bündelt. Was wohl Olga von meinem Aussehen hielt? Ich hatte ihr noch nicht erzählt, daß ich früher ein chinesischer Gelehrter und Beamter gewesen war. Ob man eine Russin mit so etwas beeindrucken konnte?

Ich blickte noch immer brütend in den Spiegel, als sie unbemerkt ins Zelt schlüpfte.

»Was siehst du im Spiegel?«

Ich wirbelte herum und sah sie lächeln.

Ich ließ den Spiegel sinken und sagte: »Ich sehe einen Mann, der viel älter ist als du.«

»Und ich sehe einen Mann, der mein Leben gerettet hat.«
Sie kam einen Schritt näher. »Stört es dich, daß meine Haare
so kurz sind? Sie werden bald wieder länger sein.«

»Nein, das stört mich nicht«, sagte ich ziemlich steif.

»Früher oder später wirst du mich nehmen«, sagte sie. »Ist
es nicht so?«

»Vermutlich.«

»Nun, warum dann nicht jetzt?«

»Heißt das, daß du willst, daß ich dich nehme?«

Sie streckte die Hand aus und berührte meine, die den Spiegel hielt, und sagte: »Wenn es sowieso sein wird, dann laß es
jetzt sein.«

Ich sollte noch lernen, daß diese Offenheit typisch für sie
war. Olga betrachtete ihre Gefangennahme und die Besitzer-
greifung durch mich vernünftiger als ich jemals mein eigenes
Schicksal. Sie war froh, daß sie am Leben war, und da sie dieses
Glück mir verdankte, wollte sie wiederum mich glücklich
machen.

Mochte ihre Liebe gewollt sein, meine jedenfalls war unbe-
zwingbar. Ich verlor jedes Gefühl für die Wirklichkeit und lebte mit ihr in einem Wachtraum, den ich mir selbst schuf. Ich
wurde verrückt nach ihrem Körper. Manchmal stieß sie mich
dann müde und keuchend von sich und fragte mich wieder
einmal, wie alt ich denn wäre. Ob ich vielleicht ein verkleide-
ter, sehr junger Mann wäre? Wie ließe sich sonst meine Uner-
müdlichkeit erklären? Ein andermal tat sie so, als wollte sie
gerne wissen, ob ich überhaupt schon einmal mit einer Frau
zusammengewesen wäre oder aber viele Jahre der Enthaltsam-
keit ausgleichen müßte. Sie stellte diese Fragen nicht spöttisch,
sondern mit einem Blick aus den Augenwinkeln und einem so
koketten Lächeln, daß meine Leidenschaft oft gleich wieder
erwachte, was sie lachend hinnahm.

Sie zeigte in der Liebe keine Scheu. In dieser Hinsicht erinnerte sie mich an Siyurkuktiti. Manchmal dankte ich meiner

toten mongolischen Geliebten in Gedanken dafür, daß sie mir so viel über eine irdisch-sinnliche Frau beigebracht hatte. Ich hatte keine Hemmungen, Olgas volle Brüste in die Hände zu nehmen, da ich von Siyurkuktiti gelernt hatte, dieses Merkmal des weiblichen Körpers als schön und aufregend anzusehen. Das bewies, daß ein chinesischer Gelehrter durchaus außerhalb der Grenzen seines illustren Landes etwas von Wert erfahren konnte.

Olga reichte mir bis zur Schulter. Sie hatte eine ausgesprochen helle Haut, deren Blässe mich an trüben Jade erinnerte. Ihre Nase war recht markant, jedenfalls für chinesische Verhältnisse, und ihr Mund sehr üppig. Daher konnte man Olga natürlich nicht mit den eleganten Frauen von Soochow vergleichen. Doch dafür hatte sie die ausdrucksvollsten Augen, die ich je gesehen habe, groß und rund, haselnußbraun mit grauen Pünktchen, und so strahlend, daß sich meine eigenen bei ihrem Anblick oft verschleierten. In der klaren Tiefe ihrer Augen schien das ganze Geheimnis und die ganze Süße und Verzweiflung des Lebens zu liegen.

Ihr nachwachsendes Haar war ein Wunder: schwarz und seidig. Es fühlte sich so lebendig an, daß ich immer wieder gern darüberstrich. Als es so lang war, wie sie es sich wünschte, pflückte ich eine blaue Steppenblume und reichte sie ihr, wobei ich ein Gedicht von Wen Tingyun zitierte, das ich, so gut ich konnte, übersetzte:

»Zwei Schmetterlinge im Flug schmücken
auf blaugoldner Nadel ihr Haar.
Doch die geheimen Wünsche ihres Herzens
ahnen nur die Blüten und der Mond.«

Einmal sagte ich zu ihr: »Bestiehl mich nicht. Das ist nicht notwendig. Was ich zu verschenken habe, schenke ich dir.«

»Was du mir gibst, nehme ich, aber mehr auch nicht. Du behandelst mich gut. Siehst du nicht, daß ich zufrieden bin?

Ich weiß, daß du Schätze hergeben mußtest, um mich behalten zu dürfen. Ich möchte nicht, daß du dieses Opfer bereust.«

Sie war im Zeichen des Kaninchens geboren, was ich bei einem Partner für gut hielt. Das Kaninchen vermeidet Streit, ist geschickt beim Handeln, großzügig, aber auch vorsichtig, und optimistisch. Da sie in der bedeutenden Stadt Kiew aufgewachsen war und in der Nähe des großen Flußhafens Bolgary gelebt hatte, konnte sie Russisch, Türkisch und ein wenig Arabisch, und außerdem ein paar Worte einer Sprache, die sich Italienisch nannte und, wie sie mir erklärte, von Händlern aus Genua gesprochen wurde, die im Norden Pelze einkauften.

Mein erstes Problem mit Olga war, daß ich mich entscheiden mußte, welche Sprache ich ihr zuerst beibringen sollte: Mongolisch oder Chinesisch. Natürlich bevorzugte ich meine eigene alte und edle Sprache, doch mit Mongolisch würde sie in den Filzzelten besser zurechtkommen. Die praktischen Erwägungen trugen letztlich den Sieg davon. Olga hörte mir eifrig zu und lernte Mongolisch bemerkenswert schnell.

Subetai erhielt neue Befehle des Khan. Er und Bala sollten um das Kaspische Meer herumreiten und Prinz Jochi an der Nordspitze des Aralsees aufspüren. Der Auftrag war seltsam: Subetai sollte den Prinzen fragen, ob er den Khan später im Jahr am Irtysch treffen wollte. Das war so seltsam, weil der Khan normalerweise befahl und nicht anfragte. Doch so lautete unser Auftrag.

Wir fanden Jochi und seine Horde in der vom Khan bezeichneten Gegend. Dort war gutes Weideland, so daß die Ponys, das Vieh und die Schafe geschmeidig und wohlgenährt waren. Das Lager vermittelte einen Eindruck von Seßhaftigkeit und Selbstgefälligkeit. Die Leute schlenderten herum und schienen das milde Winterwetter zu genießen. Musik zog über die Zelte, und Männer mit am Sattel hängenden Kaninchen kehrten von der Jagd zurück. Die Mongolen, mit denen ich mich ein wenig unterhielt, während wir darauf warteten, zum Prinzen vorgelassen zu werden, hatten die selbstzufriedenen Mienen chinesischer Bauern, deren Vorfahren schon seit Generationen auf ein- und demselben Stück Land leben.

· Zunächst unterhielt sich Subetai allein mit dem Prinzen. Dann erschien Jochi vor seiner Horde und Subetais Truppen und hielt eine Rede, in der er unseren langen, vehementen und erfolgreichen Plünderungsfeldzug pries. Es hätte einmal drei unvergleichliche Generäle gegeben, doch nach Jebes und Mukulis Tod wäre nur noch Subetai übriggeblieben. Jochi nannte ihn »Yeke Bahadur«, den Großen Ritter, ein Titel, den, soviel ich wußte, nur der Khan selbst verleihen konnte. Doch uns allen zeigte diese Rede, wie kühn und großzügig doch der Prinz war. Wir erfuhren allerdings auch, daß er seinen Vater nicht am Irtysch treffen wollte. Seine Entschuldigung? Schlechte Gesundheit.

Prinz Jochi hatte das hochmütige Gehabe eines moslemischen Potentaten angenommen. Er trug blutrote marokkanische Fese, weiße, Ton in Ton gestickte, mantelartige Überwürfe aus Persien, Samte aus Buchara, Seide von den kaiserlichen Webstühlen in Konstantinopel und die bemalten, auffällig spitzen Ledersandalen, für die Herat bekannt war. Doch auch in seiner pompösen Aufmachung war Jochi noch der Prinz, der von seinen Untergebenen respektiert wurde. Mit seinem gebieterischen Auftreten und seiner stattlichen Erscheinung besaß er die Gabe seines Vaters, in anderen Männern eine fanatische Treue hervorzurufen.

Er war aber immer noch verbittert darüber, daß er bei der Eroberung von Gurganj nicht das Oberkommando bekommen hatte. Vermutlich hatte er vergessen, daß Kulans Sohn unter ihm getötet worden war. Wer weiß, ob das nicht zur Entscheidung des Khan beigetragen hatte, Ögödei die oberste Befehlsgewalt zu geben? Ich glaube nicht, daß Jochi etwas von Intrigen verstand. Schließlich war er im Zeichen des Hahns geboren, und das bedeutete, daß er wenig Verhandlungsgeschick besaß und sich zu sehr einsamen Träumereien hingab.

Auf jeden Fall stand ich hoch in der Gunst des Prinzen. Irgendwie, vielleicht durch die Art Klatsch, die er zu hassen vorgab, hatte Jochi erfahren, daß ich ihn für den Posten des Oberbefehlshabers für die Gurganj-Operation vorgeschlagen hatte. Wenn sich der Khan auch nicht danach gerichtet hatte – wer weiß, wie wichtig ihm meine Meinung überhaupt gewesen war –, so sah Jochi in mir doch einen treuen Anhänger. Das kam mir sehr zustatten, denn ich wollte Olga nach mongolischem Recht zu meiner Frau machen. Alles, was Fremde dazu brauchten, war die Erlaubnis eines Prinzen. Ich wollte ihr aus diesem Anlaß ein Pferd schenken und im nächsten Frühjahr einen Beutel Kumys.

Ich wurde zu einer persönlichen Audienz vorgelassen. Jochi saß auf einem schweren, vergoldeten Stuhl, und ein Diener wedelte mit einem riesigen Fächer aus Pfauenfedern über seinem Kopf, obwohl draußen ein kalter Wind blies. Als ich meine Bitte vorgebracht hatte, winkte Jochi wegwerfend mit der Hand: »Wenn Ihr sie zur Frau wollt, nehmt sie. Aber warum wollt Ihr das denn tun? Wartet, bis Ihr wieder im Sari Ordu seid, und sucht Euch dann ein mongolisches Mädchen, das weiß, wie man in Zelten lebt.«

»Ich möchte aber dieses Mädchen«, sagte ich unverblümt.

»Dann nehmt sie. Mein Vater war noch ein Knabe, als er um die Hand meiner Mutter angehalten hat. Wenige Männer haben den Mut, ihrem Herzen zu folgen.«

Schon seit Jahren gab es Gerüchte (wahrscheinlich von Tschaghatai in die Welt gesetzt), daß der älteste Sohn ein Komplott zur Ermordung Dschingis Khans schmiedete. Ich hatte das nie geglaubt. Jochi ließ meist, wenn ich mich mit ihm unterhielt, etwas über seinen Vater einfließen, irgendeine Bemerkung über seine Weisheit, seinen Mut oder seine Stärke. Diese instinktive Bewunderung eines Sohnes für seinen Vater schien die Reibereien zwischen ihnen wettzumachen. Ich hätte einem ähnlichen Klatsch, daß der Khan gegen den Prinzen intrigierte, eher Glauben geschenkt. Doch eigentlich hatte ich den Eindruck, daß sie eine tiefe, unerschütterliche Achtung füreinander empfanden. Trotz ihrer angespannten Beziehung hatte der Khan seinem ältesten Sohn schon mehr als die Hälfte von Khwarizm gegeben. Es war allgemein bekannt, daß Jochi der einzige der Oghule war, der sich mit ihm messen konnte.

Ich konnte das Spannungsverhältnis zwischen Vater und Sohn gut nachvollziehen, weil ich es in der Beziehung zu meinem Vater auch erlebt hatte. Manchmal frage ich mich, ob Familienbande nicht durch räumliche Entfernung gestärkt werden. Jahrelang dachte ich an meinen Vater voller Wertschätzung, während ich, wenn ich mit ihm zusammen war, die Hände zu Fäusten ballte.

Während dieses Aufenthalts in Jochis Lager begegnete ich auch Batu, dem begabtesten seiner Söhne. Er war so groß wie sein Vater, hatte kräftige Schultern, ein eckiges Gesicht, kühle, wache Augen, hohe Backenknochen und einen schmallippigen, strengen Mund. Er sah nicht besonders gut aus, besaß aber die eiserne Energie seines Großvaters und eine mitleidlose Intelligenz, so daß ich, wenn mich jemand gefragt hätte – was aber niemand tat –, wer wohl einmal der mächtigste Mongole sein würde, ohne zu zögern »Jochis Sohn Batu« gesagt hätte.

34

Der Khan zog am Ostufer des Irtysch das Talas-Tal hinauf, und im späten Frühjahr stießen wir zu ihm.

Während meiner ersten Stunden dort im Lager wurde mir über Wu Wei, meinen alten Bekannten, berichtet. Ich kann ihn auch jetzt in der Erinnerung nicht »meinen alten Freund« nennen. Wir waren wie zwei Berge, die alles sahen, was unten im Tal geschah, doch uns nicht nahe genug kommen konnten, um darüber zu sprechen. Er war nach kurzer Krankheit gestorben. Man erzählte mir, er hätte Blut gehustet und chinesische Worte gemurmelt, die niemand um ihn herum verstehen konnte. Es war eine Ironie des Schicksals, daß er am Ende allein war, und stimmte mich traurig, da die von ihm ausgebildeten chinesischen Ingenieure so viel zum mongolischen Erfolg beigetragen hatten. Man sagte, Wu Wei wäre mit einem Lächeln auf den Lippen gestorben, doch das bezweifle ich. Ich hatte ihn nur lächeln sehen, wenn eine gesprengte Mauer in sich zusammenfiel, ein Katapult wunschgemäß funktionierte oder brennendes Öl seinen Weg über eine Mauer fand und dort einen ganzen Stadtteil in Brand setzte.

Subetai überbrachte Dschingis Khan Jochis Botschaft. Als dieser hörte, daß Jochi aus Gesundheitsgründen nicht mit ihm am Irtysch zusammentreffen konnte, machte er ein böses Gesicht. Ich glaube auch nicht, daß irgend jemand sonst die Entschuldigung überzeugend fand. Zu Subetai sagte er dann: »Der Prinz sollte sich bei Euch dafür bedanken, daß Ihr den Westen erkundet. Immerhin wird er ihm eines Tages gehören. Hat er sich bei Euch bedankt?«

»Nein, großer Khan«, log der General, als ob ihn Jochi nicht zum Großen Ritter ernannt hätte. »Euer Sohn dankt *Euch*.« Und Subetai überreichte dem Khan im Namen des Prinzen hundert prächtige Pferde, lauter Apfelschimmel.

Noch nie zuvor hatte ich gesehen, daß sich der Khan so freute. Da es spät im Frühjahr war, hatten Wagen frische Kumys-Vorräte ins Lager gebracht. An jenem Abend nun betrank sich der Khan fürchterlich: der Vater, der es mit seinen Söhnen Ögödei und Tuli aufnehmen wollte. Tschaghatei hielt sich wie üblich zurück.

Während dieser Trinkerei rief mich der Khan zu sich und sagte: »Wie ich höre, habt Ihr eine Frau aus Bolgary geheiratet. Sind Euch unsere Frauen nicht gut genug?«

»Ich hatte einmal eine mongolische Frau, doch sie ist gestorben.«

»Ach ja, ich erinnere mich. Nun, ist denn diese Russin eine gute Frau?«

»Ich bin zufrieden.«

Der Khan lachte. »Ihr seid zufrieden. Dann seid Ihr besser dran als manche Männer, die ich kenne. Aber ich wundere mich doch, daß Ihr eine Russin gewählt habt. Wir haben hier so treffliche Frauen. Was haltet Ihr eigentlich von uns?« fragte er mit einem Stirnrunzeln.

»Ich weiß nicht, was Ihr meint, großer Khan.«

»Von uns!« Er deutete auf sich, dann auf die Reihe von Generälen zu seiner Rechten. »Von uns Mongolen! Was haltet Ihr von den Mongolen, nachdem Ihr so lange bei uns seid?«

Meine Antwort kam ohne zu zögern: »Ihr seid sehr mächtig.« Später dann, als mir das alles durch den Kopf ging, dachte ich, ich hätte noch hinzufügen können (was ich aber niemals getan hätte): und grausam, selbstsüchtig, merkwürdig kindlich und unwahrscheinlich loyal, verrückt tapfer und wundervoll lebendig.

»Lebt Ihr gern bei uns?« fragte der Khan weiter.

377

»Ja, das tue ich.« Und ich meinte es wirklich. Vielleicht stimmte ja mit mir etwas nicht, aber mir gefiel das Leben mit diesen merkwürdigen Leuten.

»Aber Ihr seht in Euch immer noch einen Chinesen?«

Wahrscheinlich wollte er, daß ich dies verneinte, doch das brachte ich irgendwie nicht fertig. Vielleicht lag es an meinem Geburtszeichen, daß ich diese Lüge nicht über die Lippen brachte. Menschen, die unter dem Zeichen des Hundes geboren sind, können zu den unmöglichsten Zeiten Schwierigkeiten mit größeren Lügen haben. Anstatt zu antworten, lächelte ich daher einfach, und er erwiderte mein Lächeln, und dann lachten wir ein paar kostbare Augenblicke lang miteinander, als wären wir Freunde, die an einem Ufer zusammensitzen, Wein trinken und sich Geheimnisse anvertrauen. Doch natürlich wandte sich seine Aufmerksamkeit wieder anderen Dingen zu. Ein paar Leute in seiner Umgebung schüttelten sich über einen in angeheitertem Zustand erzählten Witz vor Lachen aus, und die allgemeine Belustigung ging weiter.

Kublai, Tulis Sohn von seiner Lieblingsfrau, die Siyurkuktiti wie meine liebe Verstorbene hieß, war jetzt zehn Jahre alt. Nach alter prinzlicher Tradition wurde nun auch er von mir unterrichtet. Er war zwar nicht sprachbegabt, aber ähnlich stark an allem Chinesischen interessiert wie einige andere gute Schüler, die ich vor ihm gehabt hatte, allerdings nicht so wie Mukulis Sohn Boru und die Khantochter Alaghai, die jetzt ihr Talent im felsigen Gebiet der Onggut vergeudete. Ich hatte das Gefühl, Kublai werde später mehr Wert auf seinen Verstand als auf sein Gedächtnis legen, was der Geisteshaltung der Konfuzianer entsprach. Wenn es je so etwas gegeben hat. Er hatte zwar eine ruhige, ja sogar sanfte Art, doch etwas in seinen Augen hielt den Beobachter davon ab, ihn für freundlich und passiv zu halten. Als ich Kublai schon ein paar Monate unterrichtete, wurde er von seinem Großvater, dem Khan, auf der Jagd auf mongolische

Weise zum Mann gemacht, indem dieser seinen Daumen und zwar den, der die Bogensehne zurückzog – in die klaffende Wunde eines Wilds tauchte, das Kublai gerade erlegt hatte. Dieses Ritual sollte dem Knaben die Kraft eines Tieres und die Weisheit eines Mannes verleihen. Kublai ließ diese Prozedur mit leuchtenden, neugierigen Augen über sich ergehen. Die nachdenkliche Art, mit der er dann seinen blutverschmierten Daumen betrachtete, war so eindrucksvoll, daß der Khan sich an die Umstehenden wandte und voller Stolz ausrief: »Wenn ihr einmal über etwas unsicher seid, fragt diesen Knaben!«

Wir blieben an dem Fluß, bis im nächsten Frühjahr das Eis schmolz. Dann machte sich ein langer, langsamer und schwerfälliger Treck auf die Rückreise ins Mongolenreich. Die Armee war jetzt viel größer als jene, die vor fünf Jahren losgezogen war. Inzwischen war sie um Hilfstruppen, Handwerker aus vielen Völkern, Sklaven und ganze Familien, die von zu Hause nachgekommen waren, angewachsen.

Wer unsere riesige Karawane sah, wurde bestimmt von Ehrfurcht ergriffen angesichts ihrer Größe und besonders der riesigen, auf Wagen transportierten Jurten. Diese waren jetzt für die Dauer gebaut und hatten Holzböden und einen Vorbau. Manche besaßen sogar ein »K'ang«, ein Backsteinbett, das von unten durch ein Feuer angewärmt wurde und in meinem Land so beliebt war. Die riesigen Jurten wurden transportiert, indem man sie auf mit Platten ausgestattete Wagen mit acht Rädern stellte, die von zwanzig Ochsen gezogen wurden. Im Zelteingang stand ein Fahrer, der den Ochsen mit einer langen Peitsche über die Rücken schlug. Aus der Ferne mußten diese Filzzelte, die strahlend weiß waren, weil sie mit Knochenpulver überzogen waren, wie Wolken aussehen, die tief über der Ebene dahinzogen. Auf kleineren Wagen wurde das ganze Drum und Dran von Nomaden transportiert: Filze, Kästen, Truhen, Decken, Töpfe, Teppiche und Kohlenbecken. Als ich Olga fragte, was sie von all dem hielt, bekam sie große Augen:

»Es ist so, als ziehe ein ganzes Land um.« Ich war auf diese Reaktion von ihr vorbereitet gewesen. Sie hatte mir schon erzählt, daß Russen lieber an einem Ort blieben als herumreisten. Das galt auch für Chinesen.

Und doch ist mir diese langsame und endlose Reise in sehr guter Erinnerung geblieben, weil Olga und ich Seite an Seite ritten, all unser Gut auf ein paar aneinandergebundenen Ponys, jeden Morgen die Augen zur Sonne und jeden Abend unsere Körper einander zugewandt.

Während der langen Stunden unserer Expedition erzählte ich ihr Geschichten über die mongolischen Soldaten. Einmal diese: In Afghanistan waren zwei Jagun Reiter von einem Bergvolk überlistet worden, das ihnen ihre ganzen Pferde stahl. Als das dem Khan zu Ohren kam, befahl er den zweihundert Reitern, den Weg nach Hause ins Mongolenreich zu Fuß zurückzulegen und sich dort neue Pferde zu suchen. Nachdem sie seinen Befehl ausgeführt hatten, eilten sie, ohne sich auch nur einen Tag auszuruhen, zum Schlachtfeld zurück. Alles in allem legten sie zweitausend Meilen zurück, die Hälfte davon zu Fuß.

Dann gab es noch diese Geschichte: Als einer mongolischen Abordnung einmal bei einer Belagerung die Lebensmittelvorräte ausgingen, töteten sie, nachdem sie Lose gezogen hatten, jeden zehnten Mann und aßen ihn. Ich konnte mir jedoch selbst nicht vorstellen, daß Mongolen so etwas taten, sondern höchstens Soldaten der Hilfstruppen, die für sie arbeiteten. Ich erzählte die Geschichte mit einem zynischen Lachen, doch dann sah ich Olgas schockierten Gesichtsausdruck. Da merkte ich, daß die vielen Jahre bei den Mongolen meine Gefühle im Hinblick auf den Tod abgestumpft hatten. Ich sagte ihr das und bat sie um Verzeihung.

Mehr als die Hälfte der Karawane zog gleich in die neue Hauptstadt, doch der Khan eilte zum alten Sari Ordu. Wir trafen im Spätsommer ein, als die Filzwände der Jurten zur Kühlung ein paar Fuß hochgerollt waren. Ich erklärte Olga, nach welchem Ritual ein Mongolenlager in der Heimat ausgelegt war, daß beispielsweise keine Zelte direkt vor oder hinter dem Ulugh Yurt des Khan aufgestellt werden durften. Und weil die Tür des Großen Hauses (das immer in Richtung Süden lag) auf der Westseite war, durften auch dort keine Zelte stehen. Bedeutende Frauen hatten mehrere Jurten, unter anderem Küchen, Latrinen und Gästezelte. Die Hauptfrau des Khan hatte ihre am äußersten westlichen Ende, daran schlossen sich dem Rang nach die adligen Frauen an, so daß am äußersten östlichen Ende seine letzte Frau war. Die Zelte der einzelnen Frauen des Khan lagen so weit auseinander, wie man einen gro-ßen Stein werfen konnte. Der Thron des Khan stand in seiner Jurte immer am Nordende, und die Frauen saßen stets auf der Ostseite, also zur Linken ihres Herrn, wenn er in Richtung Eingang blickte. Die Männer blieben dann auf der rechten Sei-te. Als ich Olga dieses Protokoll erklärte, rollte sie in gespielter Verzweiflung mit den Augen. »Ich hätte nie geglaubt, daß sich so kriegerische Leute wie alte Frauen benehmen könnten.«

Nach unserer Ankunft versuchte ich als erstes, den alten uigurischen Schreiber ausfindig zu machen, der meine Sachen aufbewahrte. Ich erfuhr jedoch, daß er nach Karakorum ge-gangen war. Dann hielt ich nach meinem Pferd Hundert alte Namen Ausschau und fand es in einer halbwilden Herde. Ein mongolischer Reiter ritt es noch einmal für mich ein. Hundert alte Namen war während meiner Abwesenheit ebenfalls geal-tert, und ich strich ihm voller Zuneigung über seine zottige Mähne. Ich gliederte es in unsere Ponygruppe ein und gab ihm als Begleitung eine junge Stute, so daß wir auch in dieser Hin-sicht gleich waren.

Olga und ich ließen uns nicht im Sari Ordu nieder, weil ich die erste richtige mongolische Stadt sehen und den alten Mann suchen wollte, der meine Schriftrolle aufbewahrte. Ich erfuhr, daß Karakorum hauptsächlich von Chinesen erbaut wurde, da

nur wenige Mongolen Lust hatten, mehr als einfache Tischler-
arbeiten auszuführen und ihren Rang als Krieger zu gefähr-
den. Die chinesischen Arbeitskräfte aber mußten in ihrer eigenen Sprache angewiesen werden, was einen guten Grund für
meinen Wunsch lieferte, dort hinzugehen. Wir schlossen uns
einer königlichen, vom Khan selbst geführten Gruppe an. Sein
Bruder Khasar hatte ihn schließlich doch überredet, der
Hauptstadt einen Besuch abzustatten.

Karakorum lag am Oberlauf des Orchon und befand sich
jetzt im dritten Baujahr. Ein unvoreingenommener Reisender
sah darin vielleicht nur eine niedrige Lehmmauer, die ein paar
Gebäude aus roh behauenem Stein umschloß, doch für den
Khan konnte diese Stadt eine beunruhigende Infragestellung
seiner Lebensweise bedeuten. Vor der Mauer befand sich die
eigentliche Stadt: geradezu ein Jurtenwald. Dort wurde auch
der Ulugh Yurt des Khan aufgestellt. Nachdem Olga und ich
unser Zelt errichtet hatten, machten wir einen Spaziergang.
Im Lager herrschte geschäftiges Treiben. Einige Frauen stellten Filz her, indem sie auf Wolle einschlugen und diese dann
in Lagen von Rohrkolben einrollten, um die Fasern miteinan
der zu verbinden. Ein paar Männer waren dabei, aus verdreh-
tem Ponyschwanzhaar ein Seil herzustellen, das »Jele« hieß.
»Diese Leute werden sich nie an Häuser gewöhnen«, sagte ich
zu Olga. Mir fiel selbst auf, daß Stolz in meiner Stimme
schwang.

Auf jeden Fall war ich stolz darauf, wie sich meine Olga in
ihre neue Welt schickte. Die Mongolen spürten ihre Bereitschaft, eine der Ihren zu werden. Ich trat zur Seite, als ihr ein
paar Frauen zeigten, wie man Leder gerbt. Schon bald rieb sie
ein eingeweichtes Stück mit einem milden, sauren Käse ein.
Ich ließ sie dort und machte mich auf die Suche nach dem
alten uigurischen Schreiber.

Ich fand ihn in der Stadt in einem tiefen, schmalen Haus,
wo er dabei war, im Schein einer Lampe auf Pergamentpapier

zu schreiben. Da er sich über mein Kommen nicht zu freuen schien, machte ich mir gleich Sorgen um die Schriftrolle. Doch ich hatte ganz einfach vergessen, daß sich dieser Mann nie freute, wenn er jemanden sah. »Ihr seid also zurück!« meinte er.

»Und Ihr seid hier!«

»Glaubtet Ihr etwa, ich würde tot sein? Nun, macht Euch darüber mal keine Sorgen. Ich habe dafür gesorgt, daß die Sachen für Euch aufgehoben werden, falls ich sterbe.«

Ich kniete neben ihm nieder und legte auf ein viereckiges Stück persischen Samt eine goldene Kette und ein silbernes Armband, beides mit kostbaren eingelegten Steinen. Er nickte unbeeindruckt, wickelte den Schmuck in den Samt und band sich das Bündel an den Gürtel. Ich glaube nicht, daß sein Wert für ihn von großer Bedeutung war. Er erwartete nur eine Bezahlung für seinen Dienst. »Wollt Ihr jetzt Eure Sachen?«

»Ja, die hätte ich gern.«

»Wie lange ist es her?«

»Ungefähr sechs Jahre.«

Der alte Uigur stand langsam auf, zuckte mit den Schultern und legte sich den Zeigefinger an die dicken Lippen, als denke er über etwas nach. »Tatatunga – wie lange ist er jetzt schon tot?«

»Darüber müßte ich erst einmal nachdenken.«

»Schon gut!« sagte er mit einem Seufzer und gab mir einen Wink, daß ich ihm folgen sollte.

»Gefällt Euch Karakorum?« fragte ich höflich.

Doch die Frage schien ihn zu ärgern. Er drehte sich um und schnitt eine Grimasse. »Wenn Ihr mich fragen würdet, ob mir Städte gefallen, würde ich ja sagen. Aber das hier –« er breitete hilflos die Arme aus, »ist keine Stadt.«

Olga war höflich, was die Schriftrolle anging, doch ich glaube, sie schaute sie zu sehr mit russischen Augen an, um sie wirklich schätzen zu können. Ein von einem Schnitzer der Kizhiinsel gefertigtes Holzkreuz hätte sie mehr bewundert. Mit glänzenden Augen erzählte sie mir, daß die Schnitzer von Kizhi sich nie ein Haus bauten, sondern es sich hauten, und das mit einer ganz gewöhnlichen Axt, und daß ihre hölzernen, vergoldeten Ikonen direkt vom Himmel zu kommen schienen.

Das macht nichts, sagte ich mir, die Rolle ist etwas von dauernder Schönheit. Mit der Zeit würde Olga sie auch so lieben wie ich, denn sie hatte einen neugierigen und empfänglichen Verstand.

Der Khan fühlte sich in Karakorum nicht wohl. Ich glaube, daß ihn die Lehmmauer einschüchterte, auch wenn sie nur halb so hoch und dick war wie die meisten der Mauern, die seine Truppen erstürmt hatten. Vermutlich befürchtete er, daß die Städte am Ende sein Volk vernichten würden. Jedenfalls war offensichtlich, daß er die Hauptstadt des Mongolenreiches haßte wie ein Luchs das Feuer. Wir alle wußten, daß er sie bei nächster Gelegenheit wieder verlassen würde.

Diese Gelegenheit kam, als Mukulis Sohn Boru eintraf, der das Kampfgeschehen in China verlassen hatte, um dem Khan Bericht zu erstatten. Ich konnte nur ein paar Worte mit ihm wechseln. Von dem brillanten jungen Sprachbegabten, der sich mit den Stilen alter Kalligraphen beschäftigt hatte, war nichts mehr zu spüren. Das Schlachtfeld hatte ihn geprägt. Sein Lächeln war jetzt steif und formell. Kaum hatte Boru seinen alten Lehrer wiedergesehen, mit dem er den unvergänglichsten Werken menschlichen Denkens und Fühlens auf der Spur gewesen war, als er sich auch schon wieder abwandte. Unter vielen Verbeugungen zog ich mich zu den anderen zurück, die dabei sein sollten, wenn er dem Khan berichtete.

Nach Boru hatte der Tod seines Vaters die Chin ermutigt, ihren Widerstand gegen die mongolische Herrschaft zu verdoppeln. Die Tang würden sich zwar zum Bündnis mit den Mongolen bekennen, sich aber in Wirklichkeit auf einen Kampf gegen sie auf seiten der Chin vorbereiten.

Der Khan schien sich über diesen offensichtlichen Verrat zu freuen. Sofort beschloß er, die Tang zu vernichten und anschließend ganz China zu erobern. Den ersten Angriff wollte der Khan selbst befehligen. Jeden Morgen kam ein Diener an sein Bett, um zu vermelden, daß es das Volk der Tang noch gab.

Die Vorbereitungen für den neuen Feldzug waren langwierig, peinlich genau und sorgfältig. Dschingis Khan hielt ihn für nicht weniger wichtig als alle früheren. Auch von seinem hartnäckigen Husten und seiner Neigung, beim Gehen zu stolpern, ließ er sich nicht entmutigen. Irgendwie riß er sich zusammen und zog dann so energiegeladen und schwungvoll nach China aus, wie man es eher von einem jungen Krieger, der sich noch selbst beweisen mußte, erwartet hätte als von einem kränkelnden, siebzigjährigen König.

Schon bald erhielten wir Berichte von seinem erstaunlichen Feldzug im Königreich Hsia. Das Blutbad von Khwarizm wurde wiederholt oder vielleicht sogar noch übertroffen. Außerdem hörten wir, daß er eine wunderschöne neue Frau hatte, eine Prinzessin der Liao, die er als Geschenk der königlichen Verwandten von Yelü Chucai erhalten hatte. Wenn der Khan nicht gerade kämpfte, verbrachte er seine Zeit zurückgezogen mit der jungen Schönheit. Obwohl der Kurier, der uns darüber informierte, diskret war, so verstanden wir doch die Botschaft: Der Khan benahm sich so, als wäre er fünfzig Jahre jünger.

Als ich das Olga erzählte, lachte sie: »Warum runzelst du darüber die Stirn?«

»Nun«, sagte ich steif, »ich meine, er sollte etwas zurückstecken.«

»So? Das meinst du? Gerade du?« Sie lachte fröhlich.

»Wir sind keine fünfzig Jahre auseinander!«

»Nur dreißig«, erwiderte sie. »Vielleicht liegt es an der mongolischen Luft, daß die Männer so in Schwung bleiben. Es kümmert mich nicht, daß der Khan zwanzig Jahre älter ist als du. Wenn er dir nur ein bißchen ähnlich ist, dann macht er es einfach gut.«

Ich setzte eine spöttische Miene auf, doch ich mußte zugeben, daß diese Frau es verstand, mir zu schmeicheln.

Die nächste Nachricht kam aus dem Westen.

Auf einer Jagd in der kasachischen Steppe war Prinz Jochi bei der Verfolgung einer Gazelle von seinen Leibwächtern getrennt worden. An sich war das nichts Ungewöhnliches, da er, wenn er hinter einem Wild her war, oft davonspurtete. Als er jedoch am Abend noch immer nicht bei der Jagdgesellschaft eingetroffen war, machte man sich auf die Suche nach ihm. Es war schon fast dunkel, als sein Pferd entdeckt wurde, das am Rande eines Wäldchens weidete. Der Prinz lag mit gebrochenem Rückgrat an einem Baum. Er lebte noch, konnte aber nicht sprechen. In der Nacht starb er dann. Es hieß, er wäre vom Pferd gefallen, doch hielt man es auch für möglich, daß er auf die unblutige, Personen aus dem Königshaus vorbehaltene Art umgebracht worden war. Die Mörder, wenn es welche gab, wurden nie gefunden.

In der Hauptstadt gab es viele Gerüchte. Ob Tschaghatai dahintersteckte? Oder der Khan, der sich vor seinem rebellischen Sohn fürchtete? Auch ich stellte im Gespräch mit dem alten Uigur, auf dessen Verschwiegenheit ich mich verlassen konnte, solche Vermutungen an. Da ich wußte, daß er keine eigene Meinung hatte, rückte ich geradewegs mit meiner heraus. »Tschaghatai hat es getan! Jeder wußte von ihrer Fehde. Er nannte Jochi einen Merkit, und Jochi forderte ihn zum Kampf auf.«

Der alte Uigur kicherte: »Wählt ihr Chinesen denn immer den einfachsten Weg?«

Gekränkt erwiderte ich: »Nein, aber den sichersten.«

Kaum eine Woche später wurde ich überraschend zu Kulan

386

Begi zitiert, deren Jurte innerhalb der Stadtmauer errichtet worden war. Vor dem Zelt steckte ein Speer schräg, mit der Spitze voran, im Boden. Das bedeutete, daß jemand krank war und man sich fernhalten sollte, denn die Mongolen besuchten keine Kranken, es sei denn, sie wurden ausdrücklich darum gebeten. Da ich Kulan Begi seit meiner Ankunft in Karakorum noch nicht gesehen hatte, war ich nicht darauf vorbereitet, sie so ausgezehrt und zerbrechlich vorzufinden. Sie lag auf Kissen in ihrem Bett, ihre Augen glänzten fiebrig, und ihr verhärmtes, fleckiges Gesicht sah wie eine leicht angefaulte Frucht aus. Ihre ganze Schönheit war dahin, und doch erkannte ich in ihr noch die Frau, für die ich einmal so viel Leidenschaft empfunden hatte. Mir tat das Herz weh, weil ich sofort wußte, daß sie im Sterben lag. Ich verbeugte mich tief vor ihr.

Kulan brachte ein Lächeln zustande, als sie mich heranwinkte. »Kommt näher«, murmelte sie und winkte so lange, bis ich ganz nahe vor ihrem Bett stand. »Ich habe gehört, daß Ihr eine Christin aus dem Westen geheiratet habt. Wird sie Euch Kinder schenken?«

»Chinesen wünschen sich das immer.«

»Obwohl ich esse, werde ich ständig dünner«, sagte Kulan heiser. »Jede Nacht habe ich Schmerzen, als bekäme ich ein Baby.« Sie klopfte auf die Decke über ihrem Unterleib. »Ich habe nicht mehr viel Zeit, deshalb muß ich es Euch jetzt erzählen.«

Da sie auf eine Reaktion von mir zu warten schien, fragte ich freundlich: »Was müßt Ihr mir erzählen?«

»Über den Dämon.«

Sie schwieg wieder, und ich fragte sanft: »Über den Dämon?«

»Was ist los mit Euch, Li Shan? Seid Ihr auch krank?« Ärger gab ihrer Stimme plötzlich Kraft. Sie hob den Kopf und starrte mich an. »Jochi! Der Dämon! Der falsche Sohn! Der Sohn einer Hure!« Sie ließ sich zurückfallen und atmete heftig. Neben ihrem Bett stand eine Schüssel mit Wasser, und daneben lag ein Stück Stoff. Ich machte es naß und legte es ihr auf die Stirn.

»Jemand muß es wissen«, sagte sie leise. »Ich kann nicht sterben, ohne daß es jemand weiß. Jemand muß es wissen, aber geheimhalten. Ich habe an Euch gedacht.«

»Es ehrt mich, daß Ihr mir traut«, antwortete ich warm.

»Ich habe fünf Männer losgeschickt, um ihn zu töten. Es hat viele Wochen gedauert, bis Ort und Zeitpunkt stimmten. Ich habe meinen Sohn gerächt. Versteht Ihr mich?«

»Ja, ich verstehe Euch.« Jetzt war mir alles klar.

»Er hat meinen Sohn in einen Pfeilschwarm reiten lassen«, fuhr sie fort. »Er hielt es nicht einmal für nötig, mich um Vergebung zu bitten, sondern war nur daran interessiert, Khan zu werden. Manchmal denke ich, ich hätte auch seinen Sohn töten sollen. Es heißt, daß Batu nach Karakorum kommt.«

»Ja, ich glaube, das stimmt.« Ich fügte nicht hinzu, daß Khasar den jungen Mann zu seinem Schutz herholte.

»Kennt Ihr Batu?« fragte sie.

»Ja, ich bin ihm einmal begegnet.«

Kulan hob den Kopf und sah mich hart an. »Es heißt, er wird ein so großer Mann werden wie sein Großvater. Stimmt das?«

Das konnte durchaus sein, doch ich sagte: »Nein, sicher nicht.«

»Und warum nicht?«

»Ich meine einfach, das schon nach einer Begegnung sagen zu können.«

»Erzählt mir darüber!«

»Nun, er hat nicht den Blick. Ihr wißt, was ich mit dem Blick des Khan meine? Die grüne Kraft«, fügte ich hinzu.

»Natürlich weiß ich das.«

»Batu hat ihn nicht. Und er hat auch keine roten Haare.«

»Das habe ich gehört. Fahrt fort!«

Ich zählte eine Reihe Unwahrheiten auf: daß der junge Mann faul, langsam, leicht zu täuschen und unentschlossen war. »Er wird nie wie sein Großvater sein«, schloß ich.

Mit einem Seufzer der Erleichterung lehnte sie sich zurück. »Danke, Li Shan. Ich denke noch oft an unsere gemeinsame Zeit.«

35

Khasar, der Bruder des Khan, war früher einmal der angeberische Liebhaber Siyurkuktitis, Prinz Tulis Frau, gewesen, dessen sie sich entledigt hatte. In den letzten Jahren hatte er den Bau der ersten mongolischen Stadt beaufsichtigt und dabei, wie ich erfuhr, einen Teil seiner Prahlerei abgelegt. Von diesen Berichten ermutigt, beschloß ich, ihn um Erlaubnis zu bitten, in Karakorum eine Sprachenschule zu eröffnen. Glücklich verheiratet, reich an Gütern durch die vielen Feldzüge, fühlte ich eine konfuzianische Verpflichtung, einen Teil meines Glückes weiterzugeben.

Ich durfte zu Khasar kommen und war froh, einen ruhigen, nachdenklichen und fleißigen Mann vorzufinden, der mich an die Beamten meines eigenen Landes erinnerte. Doch leider brachte es sein neuerworbenes Pflichtgefühl mit sich, daß er nach Mitteln und Wegen suchte, andere Leute für seine Zwecke einzusetzen. Schon während ich meinen Antrag erläuterte, schwante mir, da er mich so genau musterte, nichts Gutes. Als ich fertig war, erteilte er mir die Erlaubnis zu der Schule, doch sollte ich vorher noch etwas anderes erledigen.

»Mein Bruder möchte seine Enkel sehen«, sagte er. »Jochis Tod hat ihn krank am Herzen zurückgelassen, so daß es vielleicht hilft, wenn er Orda und Batu sieht.« Diese ganzen Erklärungen dienten als Auftakt zu einem Vorschlag, der einem Befehl gleichkam. Khasar würde sich freuen, wenn ich sie zum Lager des Khan im Königreich Hsia begleiten würde. Er hatte gehört, daß ich Erfahrung im Durchqueren der Wüste Gobi hatte. Auf dem Weg könnte ich den jungen Männern gleich etwas Chinesisch beibringen.

Ich war also ein Experte im Durchqueren der Wüste geworden! Dunkel erinnerte ich mich daran, daß mal jemand während meiner Studienzeit zu mir gesagt hatte: »Li Shan, sucht nie die Arbeit, laßt sie auf Euch zukommen.« Warum nur hatte ich nicht daran gedacht, bevor ich Khasar aufsuchte? Vielleicht, weil es ein taoistischer Ratschlag war. Ich hatte loyal und verantwortungsbewußt wie ein Konfuzianer gehandelt, und so war ich in eine Falle geraten.

Als ich das letzte Mal eine Frau zurückgelassen und die Wüste Gobi durchquert hatte, lag sie bei meiner Rückkehr im Sterben. Nun ließ ich viele Jahre später wieder eine zurück, die fast ebenso verletzlich war. Sie war zwar nicht schwanger, aber noch nicht richtig mit der mongolischen Art vertraut. Olga muß wohl meine Furcht gespürt haben, denn als wir in unserer letzten Nacht im Dunkeln zusammenlagen, nahm sie meinen Kopf zwischen ihre Brüste und sprach so sanft mit mir, als wäre ich ein Kind: »Mach dir keine Sorgen um deinen Phönix. Ich habe schon Freunde hier. Sie haben mir beigebracht, wie man Leder gerbt, und nun lerne ich, wie man aus Wolle Filz macht. Wenn du nach Hause kommst, werde ich Kumys bereithalten.«

»Gefällt es dir hier wirklich?«

»Ja, mir gefällt es. Mir gefallen diese Leute.«

»Sie gefallen dir? Warum?«

»Gefallen sie dir denn nicht?«

»Doch, ja, aber ich lebe schon zwanzig Jahre unter ihnen.«

»Ich bewundere ihre Loyalität und Stärke«, sagte Olga.

»Und was ist mit ihrer Wildheit?«

Sie küßte mich auf den Kopf und murmelte: »Wenn sie eines Tages Christus finden, werden sie nicht mehr wild sein.«

Ich unternahm keinen Versuch, ihr diese phantastische Vorstellung auszureden, denn schließlich gab sie ihr Trost. Und solange mein Phönix zufrieden war, war ich es auch.

So war ich also wieder einmal in der Wüste, wo die Kwei in Gestalt von Sandfontänen und schwarzen Adlern spukten. Ich konnte die Wüste Gobi nie betreten, ohne an Sun Wu-k'ung mit seinen roten Hinterbacken, dem graubraunem Fell und den verschmitzten Augen zu denken. Doch da ich nicht mehr so ganz an die dämonischen Stimmen und falschen Visionen glaubte, hatte ich meine Furcht vor der Wüste verloren. Das Sandmeer bedeutete für mich nur noch Monotonie und Unbequemlichkeit. Orda erging es ähnlich wie mir, doch der erstaunliche junge Batu hätte genausogut durch einen chinesischen Garten schlendern können – mehr Wirkung schien die Wüste nicht auf ihn zu haben.

Zu meiner Überraschung fragte er mich die ganze Zeit voller Neugier über meine Reisen in den Westen aus. »Ich möchte das wissen«, erklärte er, »weil ich eines Tages den Atil überqueren und mir das, was mir gehört, holen werde.«

»Was gehört Euch denn?« fragte ich.

»Rußland, Europa. Alles westlich des Atil.«

»So viel?«

Er sah mich an und runzelte die Stirn, als hätte ich eine sehr dumme Frage gestellt. »Der ganze Westen wird einmal mir gehören. Das hat mein Vater gesagt.«

»Batu, sagt das nicht dem Khan.«

Er nickte düster. »Natürlich nicht. Ich bin doch kein Dummkopf.«

Jochi hatte in diesem jungen Mann also den Wunsch erweckt, sich wie Dschingis Khan hervorzutun. Wer kann sagen, wann der Ehrgeiz eines Mannes sein Urteilsvermögen ausschaltet? Aber vielleicht würde es Batu ja gelingen, beides im Gleichgewicht zu halten.

Als wir im Lager des Khan ankamen, genehmigte dieser die Aufteilung von Jochis Horde auf seine beiden Enkel. Er schenkte jedoch Batu mehr Aufmerksamkeit. »In dir sehe ich mich!« meinte er angetan.

Im großen Lager wimmelte es von alten Bekannten. Subetai war da, außerdem Tolun Cherbi, Bala und der alte Bogurchi – der Gefährte aus den Anfängen des Khan – Nayaha, Dodai und Mukulis Sohn Boru, der wegen seiner frühen Erfolge als Kommandeur schon mit seinem Vater verglichen wurde.

Die Mongolen hatten ein riesiges Heer aufgestellt. Die Armee der Tang, die aus eigenen Leuten und Chinesen bestand, belief sich, wie Späher berichteten, auf eine halbe Million Soldaten. Kurz nach meiner Ankunft kam es zur Schlacht am Gelben Fluß. Sie fand auf der gefrorenen Wasseroberfläche statt. Die mongolischen Bogenschützen stiegen ab und schlugen das Reiterheer der Tang, dessen Pferde auf dem Eis herumschlitterten. Danach stiegen die Mongolen wieder auf und griffen die vorstoßenden Fußtruppen der Tang an, die sich durch Schneeverwehungen hindurchkämpfen mußten. Nach der Schlacht stellte Dodai Noyan drei große Pfähle auf und hing an jeden von ihnen mit dem Kopf nach unten einen toten Tang-Krieger. Auf diese Weise teilte er den Tod von dreihunderttausend Feinden mit.

Ich war skeptisch, als ich das hörte, doch die aus der Schlacht zurückkehrenden Offiziere behaupteten, daß es in der Tat so viele Tote gegeben habe. Nach dieser schweren Niederlage schienen die Tang verständlicherweise den Mut zu verlieren. Nur wenige Städte waren nicht in Brand gesteckt worden. Viele Menschen hatten sich in Höhlen versteckt, doch es hieß, daß nur einer von hundert Tang überlebt hatte.

Während des Feldzugs tauchte auch Yelü Chucai im Lager auf. Er bat um die Erlaubnis, vor der Zerstörung von Städten Bücher in Sicherheit zu bringen. Außerdem tat mein kitanischer Freund noch etwas so Bemerkenswertes, daß ich selbst im Rückblick noch darüber erstaunt bin. Ein paar der Generäle hatten sich über den Mangel an gutem Weideland im Königreich Hsia beklagt. Sie schlugen nun vor, das ganze Landvolk auszurotten, um so wieder Weideland zu bekommen. Als Yelü hörte, daß Tuli und andere diese Maßnahme befürworteten, eilte er zum Khan und legte ihm folgendes dar: »Ihr könnt diese Leute töten, großer Khan, aber bedenkt dies. Eure Armee muß weiterhin versorgt werden. Im Augenblick erhalten wir Salz, Eisen, Seide und Korn aus Hsia. Hinzu kommt, daß diese Leute, wenn Ihr von dem Land Besitz ergreift, Eure Untertanen werden. Das bedeutet, daß alles, was sie hervorbringen, Euch gehört. Warum wollt Ihr solche Leute vernichten? Sie sind das Beste, was Ihr hier habt.« Der Khan war davon so beeindruckt, daß er den Befehl erteilte, die Bevölkerung bei der Eroberung der Städte zu verschonen. Auf diese Weise hatte Yelü mit einem Schlag das Leben vieler tausend Menschen gerettet.

Yelü drang auch in das Privatleben des Khan ein. Jeder wußte, daß der große Eroberer selbst erobert worden war, und zwar von seiner jüngsten Braut. Sie war eine hübsche Kitan, die aus Lin Huang am Liao stammte, wo es, wie Yelü behauptete, die schönsten Frauen der Welt gab. Das war natürlich Ansichtssache. Eigentlich erinnerte mich das Mädchen mit seinem schmalen, nachdenklichen, gespenstisch weißen Gesicht an Kulan auf dem Höhepunkt ihrer Schönheit. Yelü beunruhigte es, daß der Khan dieses Mädchen so maßlos begehrte. Er behauptete, die Schönen aus Kitan könnten selbst einen jungen und kräftigen Mann verrückt machen oder ins Grab bringen. Es wäre jedenfalls ein Fehler seiner Verwandten gewesen, dem alternden Khan ein so gefährliches Geschenk zu überreichen. »Ich fühle mich dafür verantwortlich, dieses Problem zu lösen«, erklärte er.

Und tatsächlich verließ die junge Braut im späten Herbst das Lager und trat mit einer schwerbewaffneten Eskorte von zwei Minghan Reitern eine lange Reise nach Nordosten an. Als sie weg war, fragte ich meinen kitanischen Freund, wie er es geschafft hätte, sie von dem verliebten Khan zu entfernen.

Yelü hob einen Finger an die Lippen und lächelte nachdenk-

394

lich. »Ich habe ihm erzählt, daß der Bruder des Mädchens in Lin Huang heiraten würde. Die meisten aus dem Königshause der Liao würden anwesend sein, und sie müßte daher zu Ehren ihres Bruders auch heimkehren und an der Hochzeit teilnehmen.«

»Warum war der Khan damit einverstanden?«

»Weil er ihre Familie beeindrucken will. Er mag ja der meistgefürchtete Mann der Welt sein, aber er ist auch ein Mann, der sich verliebt hat.«

»Sagt mir, ist es wahr? War er wirklich die *ganze* Zeit hinter ihr her?«

Yelü seufzte. »O ja. Die Leute behaupten, er wollte damit seine Männlichkeit unter Beweis stellen, doch ich glaube, es war ganz einfach Lust. Es hätte nicht viel gefehlt, und er hätte sich damit umgebracht.« Er fügte noch hinzu: »Das hat das Mädchen auch gemeint.«

Mitten im Krieg entschloß sich Dschingis Khan, auf die Jagd zu gehen. Das hatte er auch früher schon oft getan, selbst auf Feldzügen, meist zusammen mit seiner persönlichen Garde der tausend Helden. Eine solche Entscheidung kam immer aus heiterem Himmel, und für ein paar Tage wurde der Krieg hintangestellt. Es gab wohl kaum jemanden, der lieber jagte als der Khan. Er ritt also auf der Suche nach Ziegen und Wild in die Berge der Tang. Am zweiten Tag sprang vor ihm ein Reh über den Weg, so daß sein Pony scheute und ihn abwarf. Der alte Mann kam taumelnd wieder auf die Füße, brach dann aber zusammen. Er wurde auf einem Wagen zum Lager zurückgebracht und rang ein paar Tage mit dem Tod. Als er das Bewußtsein wiedererlangte, versammelte sich der gesamte Orlok um sein Bett und schlug vor, den Krieg abzubrechen und in die Steppe zurückzukehren. Doch Dschingis Khan lehnte das nicht nur ab, sondern er tobte sogar: »Ich will nicht von hier weggehen und die Tang denken lassen, daß sie gewonnen haben. Ich will nicht!«

Wir verbrachten den Winter, der so streng war, daß sogar unsere Pferde in Filz gewickelt werden mußten, in den Bergen der Tang. Im Frühjahr war der Khan noch immer nicht genesen. Sein Zustand verschlechterte sich sogar, so daß er schließlich nicht mehr ohne Hilfe gehen konnte.

Eines Tages kam Yelü mit Tränen in den Augen zu mir. »Heute ist etwas geschehen«, sagte er. »Ich hatte ja erwartet, daß er nach seiner Braut fragen würde. Schließlich hat die Hochzeit in Lin Huang schon vor Monaten stattgefunden. Nun hat er also von ihr gesprochen. Aber nicht, um zu verlangen, daß sie zurückkommt. Er sagte bloß: ›Wenn Ihr ihr das nächste Mal eine Nachricht schickt, sagt ihr, daß ihr der Khan alles Gute wünscht.‹«

Wir saßen eine Weile schweigend da, dann klopfte ich Yelü auf die Schulter. »Ihr scheint mit ihm gut auszukommen. Wie wäre es, wenn Ihr ihn davon überzeugt, daß es an der Zeit ist, seine Angelegenheiten in Ordnung zu bringen?«

Yelü lächelte: »Wie chinesisch!«

Bald darauf wurde ein Kuriltai einberufen. Ich erhielt den Auftrag, das Protokoll zu führen. Die Versammlung begann wie erwartet. Der Verlauf des Krieges mit den Tang wurde besprochen. Selbst der Khan, der sonst immer sehr kritisch war, hatte das Gefühl, daß er gut verlief. Dann hielt er vor dem versammelten Orlok einen Vortrag über die langfristige Strategie gegen China. Nach all den Kriegsjahren konnten die Chin immer noch Widerstand leisten, weil sie so viele Menschen hervorbrachten und ihr bergiges Land ihnen Schutz gewährte. Verletzlich waren sie nur in dem flachen Korridor im Südosten. Der Zugang in diese Gegend erforderte jedoch die Erlaubnis der Song, der Machthaber im Süden. Warum sollte es so schwierig sein, diese zu erhalten? Die Song standen schon seit mehr als hundert Jahren im Krieg mit den Chin und waren daher sicher reif für eine Zusammenarbeit. Ein solches Bündnis mußte unter allen Umständen angestrebt werden. Um es zu erlangen, war keine Bestechung, kein Geschenk oder Versprechen zu groß. Wenn die Song dann den Zugang zum Gebiet der Chin gewähren würden, könnte eine mongolische Invasion nicht fehlschlagen. »Wenn ihr die Chin besiegt habt«, erklärte er der Versammlung, »wendet euch den Song zu und schlagt auch sie. Was die Tang angeht, sie müssen vom Erdboden verschwinden.« Trotz seiner Krankheit strahlte Dschingis Khan eine furchteinflößende Zielstrebigkeit aus.

Dann, ohne Warnung, verkündete der Khan, welches Lehen er jedem einzelnen Prinzen zuerkannte. Tschaghatai bekam Karakitan, das Land der Uiguren, und das Kaiserreich Khwarizm. Ögödei sollte, wenn es erst einmal erobert war, das Königreich Hsia und ganz China bekommen. Nach altem Brauch ging das Heimatland immer an den jüngsten Sohn. Daher wurden Tuli das Reich der Mongolen und die benachbarten Steppenländer zugesprochen.

»Das sind eure einzelnen Anteile«, sagte er zu den Prinzen, die vorne saßen. Und im gleichen Atemzug fügte er eine Entscheidung hinzu, die seit Jahren erwartet worden war: »Ich habe einen von euch als den nächsten Groß-Khan ausgewählt.« Im Ton eines Marschbefehls für eine Truppe erklärte er: »Es wird Prinz Ögödei sein.« Damit war die Versammlung beendet.

Keiner diskutierte die Entscheidung des Khan offen, aber jeder Mongole dachte über sie nach. Einige Nächte später kam Yelü zu meinem Zelt. Er hatte mit dem Khan und einigen Mitgliedern des Orlok getrunken. »Es war wie in alten Zeiten.«

»Hat der Khan die Wahl seines Nachfolgers gefeiert?«

»Er hat sie eher erklärt. Er war erschreckend offen. Von Anfang an, sagte er, habe er nie an Tuli gedacht.«

»Das kann ich mir vorstellen, nach Tulis Feldzug.«

»Doch der Khan hat zugegeben, ihn tief zu lieben. ›Ich habe es immer gemocht, den Jungen um mich zu haben‹, hat er gesagt. Aber er fürchtet, daß Tuli die Mongolen in die Erschöpfung treiben wird, indem er unnötige Kriege führt, nur aus Vergnügen.« Nachdem Yelü einen Schluck Wein getrunken hatte, fuhr er fort. »Tuli war immer der Liebling des Khan, aber seine erste Wahl für seinen Nachfolger war Jochi. Nicht weil Jochi der älteste war, sondern der stärkste.«

»Hat er das gesagt?«

»Er war wie ein Mensch, der beschlossen hat, Ordnung zu schaffen. Er legte uns alles genau dar. Seine zweite Wahl war Tschaghatei.«

»Das überrascht mich.«

»Mich auch. Aber der Khan hat es uns so erklärt: Tschaghatei sei der beständigste seiner Söhne. Er respektiere die Tradition mehr als die anderen. Konsequenz sei seine Haupttugend.«

»Warum hat er dann nicht Tschaghatei ausgewählt?« Der bloße Gedanke schüttelte mich.

»Das ist ein großes Geheimnis, Li Shan. Eines, das Ihr nie lüften dürft. Der Khan denkt, daß Tschaghatei die Ermordung Jochis angeordnet hat.«

Für einen Augenblick sah ich Kulans verfallenes Gesicht vor mir. Ich würde sie nicht verraten. »Das klingt einleuchtend«, erwiderte ich ruhig.

»Da stimme ich zu.« Nach einer langen Pause sagte Yelü: »Natürlich ist meine Wahl immer Ögödei gewesen.«

»Die des Khan auch, nachdem kein anderer übrigbleibt.«

Yelü zuckte die Schultern. »Trotz seines Trinkens ist Ögödei der beste von ihnen. Er ist großzügig. Das ist selten unter Mongolen.«

Ich schenkte ihm Wein nach und sagte: »Jochi wäre sicher der beste Khan gewesen. Tuli würde nur in großem Stil morden. Und was Tschaghatei betrifft ...« Ich machte eine Pause, um meinen Haß ihm gegenüber zu verbergen. »Seine Herrschaft wäre düster und beklemmend. Ja, ich stimme zu, Ögödei wird der Welt am wenigsten Schaden zufügen.«

Yelü war nicht in mein Zelt gekommen, weil er meine Meinung wissen wollte, sondern um seine mitzuteilen. In der folgenden Nacht wollte aber Dschingis Khan zu meiner Überraschung meine Meinung wissen. Als ich zu seinem Zelt gerufen wurde, fand ich ihn, bis auf einen Diener, allein vor. Hager und gebeugt saß er lange Zeit da und brütete vor sich hin, bevor er zu sprechen anfing. Mit seiner hohen Stimme, die im Alter und durch seine Krankheit noch höher geworden war, stellte er mir eine überraschende Frage: »Was machen Eure chinesischen Herrscher, wenn sie alt werden, mit Frauen?«

Unter den gegebenen Umständen war das eine Frage, die ich lieber nicht beantworten wollte. Aber ich konnte diesen grünen Augen nicht entkommen. So sagte ich brav, wie ein im Zeichen des Hundes Geborener: »Sie machen weiter, so gut sie können.«

»Ich rede von den Pflichten eines Mannes.«

»Ja, ich weiß. Selbst wenn sie nicht können, versuchen sie es doch. Man erwartet es von ihnen.« Als er die Stirn runzelte, fragte ich mich, ob ich zu weit gegangen war. Aber ich sagte nichts weiter und wartete.

»Man erwartet es von ihnen«, wiederholte er ruhig.

»Selbst wenn sie nicht können.«

»Ich habe gute Ehefrauen und andere Frauen gehabt«, sagte der Khan gedankenvoll. »Borte war eine gute Mutter. Kulan war sehr schön. Fandet Ihr sie nicht auch sehr schön, Li Shan?«

Diese Frage ließ mir vor Angst den Mund trocken werden. Ich konnte kaum antworten. »Natürlich, großer Khan, sie war wunderschön.«

»Sie ist jetzt krank. Wußtet Ihr das?«

»Ich habe es gehört.«

Er schüttelte den Kopf. »Ich hatte auch diese junge Frau, die jetzt im Land der Kitan ist. Sollte ich es nochmal mit ihr versuchen?«

»Das kann ich nicht sagen, großer Khan.«

»Aber Eure Herrscher würden es versuchen?«

»Nun, manche würden es.«

»Ihr sagtet, man würde es von ihnen erwarten.«

»So ist es Tradition.«

»Und was denkt das Volk von ihnen, wenn sie versagen?«

»Indem sie es versuchen, haben sie ihre Pflicht getan.«

Plötzlich lachte der Khan laut auf, wie er es häufig tat, wenn ihn etwas amüsierte, was die anderen nicht verstanden. Er entließ mich und blieb brütend zwischen seinen Kissen sitzen, ein alter Mann, bleich und faltig.

Ich ging schweißgebadet davon, glücklich, der Befragung auf Leben und Tod entkommen zu sein. Nach ein paar Tagen kam es mir wie ein weiterer Beweis für das ungewisse Leben unter den Mongolen vor. Dann dachte ich nicht mehr daran. Deshalb war ich überrascht, als ich erfuhr, daß die junge Kitan mit halsbrecherischer Geschwindigkeit ins Lager zurückgebracht worden war. Sie wurde direkt zum Khan geführt, der zwei Tage mit ihr allein blieb, ohne sein Zelt auch nur einmal zu verlassen.

Yelü kam verzweifelt zu mir. »Sie wird ihn umbringen«, stöhnte er. Ich erzählte ihm nichts über meinen Anteil an dem ganzen Abenteuer. »Man kann sich hundert Schritte vom Zelt entfernt hinstellen«, fuhr Yelü fort, »und hört den Khan immer noch stöhnen und das arme Mädchen schreien.«

»Vor Schmerz oder vor Vergnügen?«

»Vielleicht beides. Ich weiß es nicht. Sie muß inzwischen halb tot sein.«

Als der Khan am dritten Tag im Zelteingang erschien, soll er, wie ich gehört habe, glücklich und jünger ausgesehen haben. Das Mädchen blieb im Zelt und ließ sich noch eine Woche nicht blicken. Eine Woche, die der große Eroberer wieder hauptsächlich mit ihr verbrachte. Es war mit Sicherheit eine gewaltige Anstrengung. Vermutlich fühlte der Khan sich verpflichtet, die chinesischen Herrscher noch zu übertreffen. So wie ich ihn und seine Willenskraft kannte, war ich sicher, daß ihm das auch gelang. Aber um welchen Preis! In der zweiten Woche nach der Rückkehr der jungen Kitan erlitt der große Khan einen Zusammenbruch. Er faßte sich an die Brust und war kaum noch in der Lage zu atmen. Schon nach wenigen Tagen ging es, Gerüchten zufolge, rasch mit ihm zu Ende.

»Sein Werk ist getan«, sagte Yelü zu mir. »Sowohl als Eroberer als auch als Mann.«

Alle Fremden im Lager waren besorgt, weil es hieß, daß die Mongolen nach dem Tod eines großen Oberhauptes seltsame Rituale hätten.

Vor dem Zelt des Khan war ein Speer mit der Spitze in den Boden gestoßen worden. Tschaghatei, der immer alles organisierte, zitierte die herbei, die das Privileg hatten, dem Khan einen letzten Besuch abzustatten. Ich war überrascht, daß ich auch dazu gehörte, bis ich erfuhr, daß der Khan selbst über seine Besucher entschied. Dschingis Khan hatte ein erstaunliches Gedächtnis, sogar noch, als er im Sterben lag. Er ließ Leute zu sich rufen, die alle anderen schon längst vergessen hatten: einen Soldaten, der bei einer bestimmten Schlacht die Zügel seines Pferdes gehalten hatte, einen anderen, der mit seinem Arm einen für ihn bestimmten Pfeil abgefangen hatte, einen tüchtigen Falkner und einen flegelhaften Krieger, der singen konnte.

Der Khan lag auf neun zusammengefalteten Filztüchern – neun, wegen der magischen Bedeutung dieser Zahl für die Mongolen –, und über ihn war eine Zobeldecke gebreitet. Als ich zu ihm hinüberging und vor seinem Bett niederkniete, empfand ich eine seltsame Traurigkeit. Er sah unter dem dicken Zobel so zerbrechlich aus. Ich werde nie verstehen, welcher Teufel mich in diesem Augenblick ritt, denn was ich dann tat, war unverzeihlich gefährlich.

Ich stellte dem sterbenden Mann eine Frage.

Ich beugte mich vor und flüsterte nahe an seinem Ohr:

»Sagt mir, großer Khan, was denkt Ihr jetzt, in diesem Augenblick?«

Er hätte sich abwenden und einem Diener ein Zeichen geben können, daß man mir meinen dummen Kopf abschlagen
sollte, doch er blinzelte mich statt dessen milde an und schloß
dann die Augen. Ich dachte, er würde einschlafen oder hätte
zumindest meine Anwesenheit – und damit auch meine drei-
ste Frage – vollkommen vergessen, als er die Augen wieder öffnete und so leise, daß ich mich noch mehr zu ihm hinüber-
beugen mußte, sagte: »Ich denke – an Kaninchen.« Es war sehr
schwierig, seine Worte von seinem Keuchen zu unterscheiden,
aber ich hörte »vorne« und dann »Schnee« und so etwas wie,
glaube ich jedenfalls, »daß auf einen Schlag alles vorbei sein
wird«. Dann klang es wie »zurückziehen« und »loslassen« und
»das Rot auf dem Braunen in dem Weißen« und »das Rote, das
Weiße und das Braune, alles bewegt sich, und dann ist es still«.
Ich beugte mich noch weiter vor und hörte: »... sein Blut rie-
chen, sein Fleisch«.

Da war mir alles klar. Der alte Mann war auf der Jagd. Er
war in einem verschneiten Wald auf ein Kaninchen gestoßen
und hatte es erschossen. Dieses Jagen da draußen, allein in den
schneebedeckten Wäldern, hatte etwas so Knabenhaft-Un-
schuldiges, daß mir Tränen in die Augen stiegen.

Vielleicht tat ich mir damit unbewußt selbst einen Gefallen,
denn als der Khan jetzt wieder die Augen schloß und einschlief
und ich mich erhob, um zu gehen, sah ich, wie seine Vertrau-
ten mich musterten. Die Tränen auf meinen Wangen schienen
ihnen zu beweisen, daß ich dem Khan angemessenen Respekt
gezollt hatte.

Seiner Anordnung entsprechend, wurde der Tod des Khan ge-
heimgehalten. Er sollte irgendwo auf einem östlichen Ausläufer des Kentei-Gebirges, vielleicht auf dem Berg der Macht,
dem Burkhan Kaldun, begraben werden.

Tschaghatei, der für das Begräbnis verantwortlich war, wartete, bis der Schnee schmolz. Der Khan wurde in voller Rüstung und mit seinem Lieblingshelm aus blankpoliertem Stahl in den Eichensarg gelegt, der, wie es der Tote noch zu Lebzeiten angeordnet hatte, schlicht und ohne Goldauskleidung war. Jeder, der auf dem Begräbnisweg zufällig den Sarg sah, wurde erschlagen. Dabei wurden immer die rituellen Worte gesprochen: »Gehet dahin und dienet dem Herrscher dieser Welt im ewigblauen Himmel.« Es läßt sich nicht abschätzen, wie viele starben. Vielleicht ein paar hundert. Oder gar ein paar tausend?

Als wir das Kentei-Gebirge erreichten, ging nur noch eine kleine Ehrengarde, die von Tschaghatei angeführt wurde, mit dem Sarg weiter. Was ich jetzt erzähle, weiß ich daher nur vom Hörensagen. Zunächst einmal wurde ein Grab ausgehoben, das so groß war, daß eine ordentliche Jurte hineingepaßt hätte. Der Khan wurde aufrecht auf einem vergoldeten Thron in das Grab gesetzt – den Thron aus Peking wollte er seinem Nachfolger hinterlassen. Neben ihn wurden sein bester Bogen, ein Köcher mit Pfeilen, ein Dolch, Feuersteine und eine Tasse gelegt. Seine sechs besten Ponys wurden getötet und ebenfalls hineingetan. Außerdem kamen noch, wie ich hörte, ein Dutzend junge Frauen, die auf dem Weg gefangengenommen und erwürgt worden waren, ins Grab, weil der Khan auf seiner Reise weibliche Gesellschaft brauchte. Der Begräbniswagen wurde zerkleinert und verbrannt, und die Totengräber wurden getötet. Dann wurde das Grab von vielen Pferden festgetrampelt und mit Bäumen bepflanzt. Wachen würden dortbleiben, bis die jungen Bäume so groß waren, daß es keinen Hinweis mehr auf die letzte Ruhestätte des Khan gab.

Tschaghatei hatte damit seinem Vater den Respekt eines Sohnes erwiesen. Wenn mir auch das viele Töten nicht gefiel, so muß ich doch gestehen, daß ich diese konfuzianische Achtung vor der Zeremonie bewunderte.

Das Todesjahr des großen Khan war das Jahr des Keilers. Im

gleichen Jahr starb auch der taoistische Meister Chang Chun. Sollte es wirklich einen Ort geben, wo die Seelen hingehen, werden sich die ihren bestimmt getroffen haben.

Ich kehrte niedergeschlagen und müde nach Karakorum zurück. Während meiner Abwesenheit war der alte uigurische Schreiber gestorben und sein Körper in der Ebene den Hunden und Geiern preisgegeben worden. Auch Kulan Begi war dahingeschieden und begraben worden, wie es einer Königin gebührt.

Überall begegnete ich dem Tod. Als jedoch Olga den ersten Kumys zubereitete und wir ihn gemeinsam probierten, fühlte ich neue Hoffnung in mir aufsteigen. Von nun an hing in unserer Jurte ein Lederbeutel mit Kumys. Und nach wenigen Monaten war Olga schwanger.

EPILOG

Obwohl der Khan Ögödei zu seinem Nachfolger bestimmt hatte, fand das offizielle Kuriltai erst zwei Jahre später statt, weil viele der Würdenträger lieber Tschaghatei oder Tuli in diesem Amt gesehen hätten. Yelü unterstützte jedoch Ögödei und verlieh dem Nachdruck, indem er auf die Gehorsamspflicht gegenüber dem Khan hinwies. Dies überzeugte wohl Tschaghatei. Solange Jochi nicht den Thron bekommen hatte, schien Tschaghatei jeder recht zu sein. Sogar Tuli hatte Bedenken, sich über die moralische Frage hinwegzusetzen und stellte sich auf Ögödeis Seite. Vielleicht hatte er auch das Gefühl, daß die Stellung des Khan zuviel Arbeit mit sich brächte.

Ögödei war nicht sehr brillant und trank zuviel. Er galt jedoch als tolerant und vernünftig, zwei Tugenden, die nach wie vor allgemein geschätzt werden. Trotz seiner offensichtlichen Mängel regierte er so gut, daß er die Einheit des Mongolenreiches bewahren konnte.

Der neue Khan ernannte Yelü Chucai zu seinem Generalverwalter. Mit meiner Hilfe (wirklich, keine Angeberei!) führte Yelü für die Einstellung von Beamten eine Prüfung nach chinesischem Vorbild ein. Außerdem rief er ein Finanz- und Besteuerungssystem ins Leben, das die königlichen Säcke besser füllte als alle Eroberungen. Ich war voller Bewunderung für ihn. Yelü, ein Mathematiker und Buchbewahrer, dachte konfuzianisch, was bedeutete, daß er der Verantwortung einen hohen Stellenwert beimaß. Allerdings verscherzte er sich durch seine Steuerpläne die Gunst vieler Adliger, so daß er schließlich an Einfluß verlor. Es hat jedoch wohl kaum jemanden, außer dem Khan selbst und ein paar Kommandeuren wie Jebe, Subetai und Mukuli, gegeben, der so zum Erfolg der Mongolen beitrug wie er. Yelü ist nun vor ein paar Jahren gestorben. Ich habe meinem alten Freund in seiner letzten Stunde die Hand gehalten, genauso wie meiner Olga, als es mit ihr zu Ende ging.

Ögödei folgte dem letzten Rat seines Vaters und eroberte ein für allemal die Chin nach dem mehr als zwanzig Jahre währenden Krieg. Dann wandte er sich, wie befohlen, gegen die verbündeten Song, und diese Auseinandersetzungen dauern bis zum heutigen Tage an.

Batu zog getreu seinem Vorsatz in Rußland ein, eroberte Kiew, zerstörte Polen und drang dann weiter in Gebiete vor, die Böhmen, Ungarn und Österreich hießen. Zum Glück für den Westen brach Ögödei unter seinem übermäßigen Trinken zusammen und starb, bevor Batu einen Angriff auf das Deutsche Reich starten konnte, der vielleicht zur Unterwerfung von ganz Europa geführt hätte. Statt dessen machten die Mongolen kehrt und eilten, wie es der Brauch war, in die Heimat zurück, um einen neuen Khan zu wählen. In der Zwischenzeit herrschte Ögödeis Frau Doregene als Königin, etwas, wonach sie sich schon jahrelang gesehnt hatte. Sie stellte sich als fähig und durchsetzungsstark heraus und hatte beinahe das königliche Auftreten eines Dschingis Khan. Ihre Herrschaft endete nach vier Jahren, als ihr Sohn Guyuk schließlich nach einer Reihe von Kuriltais zum Khan gewählt wurde.

Nach dem Tod seines Bruders gab Tschaghatai seine Rolle als kaiserlicher Wachhund auf und kümmerte sich um sein eigenes Lehen. Er befreite sich von Mahmud Yalvach, dessen Machenschaften als Vizekönig man inzwischen bestenfalls zwielichtig nennen konnte. Wenigstens ließ Tschaghatai den gerissenen alten Händler aus Gurganj, der seinen Lebensabend in einem persischen Palast verbringt, nicht hinrichten, und wir haben uns zweimal geschrieben.

Über Tschaghatei gibt es noch eine letzte Geschichte zu berichten. Er und der Khan Ögödei setzten einmal bei einem Pferderennen, und Tschaghatei gewann. Er befürchtete nun, den großen Khan gedemütigt zu haben, und warf sich daher vor dessen Thron auf die Knie und bat um Bestrafung für seine Dreistigkeit. Ögödei lachte nur darüber. Unbeirrt bot ihm Tschaghatei daraufhin als Buße neunmal neun Rennpferde an und schwor, daß er sich sein Leben lang jeden Morgen mit einem Riemen aus Pferdeleder auspeitschen würde. Damals glaubte ich, Tschaghatei hätte seine Talente verloren, doch da irrte ich mich. Seine Lehen regierte er weise und gut.

Tuli starb fünf Jahre nach seinem Vater auf einem Feldzug in China. Die Todesursache war nicht eine Verwundung oder ein Fieber, sondern unmäßiges Trinken, dieses alte mongolische Leiden. Außer reichlich Blutvergießen hat Tuli nicht viel zur mongolischen Sache beigetragen, aber er hat wenigstens zwei Herrscher hervorgebracht, seine Söhne Möngke und Kublai.

Und nun komme ich zu mir.

Während ich dies hier schreibe, bin ich für chinesische Verhältnisse ein alter Mann und in den Augen der Menschen anderer Völker, die nicht so wie wir an ein langes Leben gewöhnt sind, vielleicht sogar ein sehr alter. Dschingis Khan ist nun schon seit dreiunddreißig Jahren tot. Niemand, der seinen Sarg zum Berg der Macht begleitet hat, kann genau sagen, wo er begraben liegt, oder aber er will es nicht sagen. In diesem Jahr, dem Jahr des Affen, hat sein Enkel Kublai den Thron des Auserwählten des ewigen Himmels bestiegen.

Wie kommt es, daß sich die Mongolen so von anderen Völkern unterscheiden? Ich glaube, es liegt daran, daß sie durch ihr Leben in der Steppe gezwungen sind, Veränderungen hinzunehmen. Ihnen bleibt keine Zeit zum Zögern, wenn ein Schneesturm aufkommt oder das Gras plötzlich verdorrt. In dem einen Fall heißt es, schnellstens einen Unterschlupf zu suchen, im anderen, die Herde rasch woandershin zu bringen.

Zunächst einmal gilt es zu überleben, erst dann können sie Wein auf den Herrn im ewigblauen Himmel trinken und besprechen, ob ihre Entscheidungen richtig oder falsch gewesen sind. Darin unterscheiden sie sich von uns Chinesen. Wir verlassen uns zu sehr auf unseren Grund und Boden und die dicken Mauern um unsere Städte. Und wir verlassen uns auch zu sehr darauf, daß wir erst nachdenken können, bevor wir handeln müssen.

Manchmal frage ich mich, ob der Khan heutzutage noch das Verhalten seines Volkes billigen würde. Zu viele machen es sich hinter starren Mauern bequem. Ihn würde es verwirren, daß es in den Holzhäusern einer Stadt so still bleibt, wenn ein Sturm hindurchpeitscht. In den Zelten schlugen die Filzwände bei einem heftigen Windstoß immer so wild wie die Flügel eines Vogels, auf den sich ein Falke stürzt. Auch die Vermischung mit seßhaften Menschen hätte ihm Sorgen bereitet. Und wo würden seine Urenkel auch nur einen einzigen Mann finden, ganz zu schweigen von einer ganzen Armee, der mit einem einzigen Pony in neun Tagen sechshundert Meilen zurückzulegen in der Lage wäre? Wer könnte sich mit dem großen Khan in Afghanistan messen, wo seine Armee hundertdreißig Meilen in zwei Tagen zurücklegte, ohne auch nur ein einziges Mal anzuhalten, um sich auszuruhen oder etwas zu essen? Und wer würde es noch schaffen, seinem Gegner einen solchen Schrecken einzujagen, wie Subetai einmal, als er seine Armee in drei Tagen hundertachtzig Meilen durch den Schnee trieb? Der Khan meinte, daß solche Heldentaten die Tüchtigkeit, Stärke und das Durchhaltevermögen eines Mannes aus der Steppe erforderten. Das glaube ich auch.

Olga schien die Mongolen von Anfang an geliebt zu haben. Viel länger dauerte es, bis sie die Schriftrolle von Li Cheng liebte, doch schließlich stand sie mit Tränen in den Augen davor. Sie ist vor ein paar Jahren an einer Auszehrung gestorben, ohne meine Heimat je gesehen zu haben.

Keines meiner drei Kinder hat den Wunsch verspürt, China zu besuchen. Sie sprechen aber Chinesisch, weil es heutzutage im Handel und in der Verwaltung gebraucht wird. Meine älteste Tochter ist jetzt, während ich dies hier schreibe, dreißig Jahre alt, die zweite sechsundzwanzig. Beide haben mir Enkel geschenkt. Als meine geliebte Olga diese Welt verließ, ging die Li-Cheng-Schriftrolle an unsere Älteste über, eine Witwe, die so praktisch veranlagt ist wie ihre Mutter und eine Vertraute der Lieblingsfrau des Khan ist. Unsere zweite Tochter, eine Schönheit, wenn ich das mal so sagen darf, hat einen sehr wohlhabenden General geheiratet. Unser jüngstes Kind, ein Sohn, ist Soldat und hat sich bisher noch nicht besonders ausgezeichnet. Dabei muß ich an den Sung-Dichter Su Shi denken, der in seiner stürmischen politischen Karriere zwölfmal verbannt wurde und einst schrieb:

»Die meisten Menschen wollen kluge Söhne,
doch mein Leben wurde durch Klugheit ruiniert.
Ich wünsche mir einen nicht so gescheiten Sohn,
dem der steinige Weg nach oben erspart bleibt.«

Dem kann ich mich nur anschließen.

Ich habe diesen Bericht nicht nur für meine Kinder, sondern auch für meine Enkel geschrieben, unter denen auch zwei Knaben sind. Ihr Vater war ein mongolischer Offizier, der in einer Schlacht an irgendeinem unaussprechlichen polnischen Fluß gefallen ist.

Ich bin jetzt aus freien Stücken allein. Im Gegensatz zu den meisten älteren Chinesen möchte ich nicht bei meinen Kindern leben. Als Olga aus dem Leben schied, habe ich mich einfach in die Welt meiner Erinnerungen zurückgezogen. Wenn ich allein bin, kann ich mich laut mit ihr unterhalten, als wäre sie im Zimmer.

In meinem Alter stehe ich nicht mehr mitten im Leben. Ich

erfahre jedoch vieles, indem ich den Leuten auf dem Markt zuhöre. Sie erzählen, daß Kublai Khan den Regierungssitz lieber in Peking als in Karakorum haben möchte und dort eine große neue Stadt erbauen will. Dann wäre ich meiner Heimat näher, womit ich die Gärten und Seen von Soochow meine.

Vielleicht sollte ich noch erwähnen, daß Karakorum jetzt eine starke Stadtmauer und einen Palast hat, der von vierundsechzig auf Granit stehenden Holzpfeilern getragen wird. Eines Tages werden die mongolischen Paläste sicher Marmortreppenhäuser, goldverkleidete Räume und Festsäle haben, die wie Kristall glitzern. Jetzt schon gibt es ein Dutzend Gebetsstätten der Schamanen, drei buddhistische Tempel, die Olga immer als heidnisch bezeichnete, zwei Moscheen und eine christliche Kirche, wo sie und unsere Kinder beteten.

Ich wohne jetzt in einem alten Holzhaus, zusammen mit einem tatarischen Diener, der sich noch an das große Kuriltai erinnern kann, bei dem Temudschin zum Dschingis Khan wurde. Um die Wahrheit zu sagen: Ich sehne mich noch oft nach der Zeit in der vom Wind gerüttelten Jurte.

Die Menschen, über die Kublai herrscht, können sich glücklich schätzen, daß er den Thron erst in mittleren Jahren und nicht schon in seiner Jugend bestiegen hat. Da ich ihn heranwachsen und sich entwickeln gesehen habe, glaube ich sagen zu können, daß er ein starker, weiser Herrscher sein wird. Es ist durchaus möglich, daß er die Song noch endgültig unterwirft und ganz China unter seine Herrschaft stellt. Dann könnten Leute wie ich in den Süden reisen. Je älter ich werde, um so mehr Möglichkeiten scheint das Leben bereitzuhalten, so daß ich mich jetzt an die Hoffnung klammere, daß Kublai Khan genauso tüchtig wird wie sein Großvater, aber weniger grausam. Ob ich seinen Ruhm noch miterleben und auskosten kann? Sollte mir das jetzt nicht gleichgültig sein? Vielleicht doch nicht. Es ist die Neugier, die uns immer wieder einen neuen Tag erleben läßt, ganz gleich, wie alt wir sind.

Trotzdem sind mir die Worte Tu Fus stets im Gedächtnis geblieben. Sie waren immer bei mir, von dem Augenblick an, in dem ich die dämonischen Mongolen auf so schreckliche Weise kennenlernte, als sie meine beiden Lieben ermordeten und mich, die brennende Stadt im Rücken, in Dunkelheit und Kälte verschleppten:

> »In diesen schwierigen Zeiten
> bin ich hierhin und dorthin getrieben worden.
> Es ist mehr ein Zufall, daß ich lebend nach Hause
> gekommen bin.«

Doch wer weiß? Es ist immer noch möglich, daß ich inmitten meines eigenen Volkes sterbe, im sanften, lieblichen Südchina, dem Land meiner Vorfahren.

»Der ferne Spiegel«
Mittelalter-Romane im dtv

Umberto Eco
Der Name der Rose
Roman · dtv 10551
Eine furiose Kriminalge-
schichte aus dem 14. Jahrhundert, in der die Ästhe-
tik des Mittelalters mit der
Philosophie der Antike
und dem Realismus der
Neuzeit eine geniale Ver-
bindung eingeht.

Wolf von Niebelschütz
Die Kinder der Finsternis
Roman · dtv 12030
Ritterturniere, Minne-
dienst, Liebe und Politik:
Mitten in der höfischen
Zeit der Provence im
12. Jahrhundert steigt der
rätselhafte Schäfer Barral,
dem man magische Kräfte
nachsagt, bis zum König
auf.

Georgette Heyer
Der Eroberer
Roman · dtv 20051
Wilhelm, der Bastard, der
Krieger, der Eroberer:
Ihm ist es beschieden, die
Normandie zu beherr-
schen, die ungestüme Ma-
thilde von Flandern zu er-
obern – und England zu
unterwerfen.

Moy McCrory
Der Schrein
Roman · dtv 12141
Ein uraltes Gemälde wird
im Kloster Fortitudo wie-
derentdeckt. Darauf abge-
bildet sind neben einem
Turm ein Mönch, eine
Nonne – und ein Kind.
Stellen sie eine vergessene
Legende dar? Oder ver-
körpern sie eine Ge-
schichte, die unendlich
viel schwärzer ist als die
dunkelste Sage?

Waldtraut Lewin
Federico
Roman · dtv 11946
Die Machtkämpfe des
Hochmittelalters bestim-
men das Leben des Staufer-
kaisers, aber auch Liebes-
fähigkeit, hohe Intelligenz
und pralle Sinnenfreude.

Italo A. Chiusano
**Konradin, der letzte
Staufer**
Roman · dtv 12170
Konradin, der Enkel des
großen Friedrich II., tritt
an, das Reich der Hohen-
staufen zu vollenden.
Doch er wird tragisch
scheitern…

Historische Romane
im dtv

Elizabeth
Marshall Thomas
Die Frau des Jägers
Roman · dtv 12004
»Ein Roman aus der Stein-
zeit von seltener Tiefe und
Schönheit.« (New York
Times Book Review)

Robert von Ranke Graves
**Ich, Claudius,
Kaiser und Gott**
Roman · dtv 1300
Augustus, Livia, Caligula,
Nero: eine Chronique
scandaleuse, in der die
ganze dekadente Welt des
römischen Imperiums le-
bendig wird.

Marguerite Yourcenar
Ich zähmte die Wölfin
Die Erinnerungen des
Kaisers Hadrian
dtv 1394
Ein historischer Roman
von außergewöhnlicher
Feinheit und melancholi-
scher Schönheit. Margue-
rite Yourcenar zeichnet
mit ihrem Hadrian einen
nachdenklichen, leiden-
schaftlichen und tatkräfti-
gen Mann, den man am
Ende des Buches betrauert
wie einen Freund.

Halldór Laxness
Die glücklichen Krieger
Roman · dtv 12184
Island vor tausend Jahren.
Zwei junge Männer haben
einen Traum: Heldentum.
Sie folgen macht- und
raubgierigen Eroberern in
ihre Schlachten: nach England, Frankreich, Norwe-
gen...

Frans G. Bengtsson
**Die Abenteuer des
Röde Orm**
Roman · dtv 20055
Orm, Mutters Jüngster,
verzärtelt und hypochon-
drisch, wird von plün-
dernden Nachbarwikin-
gern verschleppt. Doch
das Schiff, auf dem die
Nordmänner zu ihrem all-
jährlichen Raubzug gen
Spanien fahren, kapern die
Mauren...

Diana Norman
Die Piratenkönigin
Roman · dtv 12298
Irland im 16. Jahrhundert.
Inmitten von politischen
Intrigen, Freiheitskampf
und Krieg erlebt Barbary
die Schönheit und Tragik
Irlands – und ihre große
Liebe.

Historische Romane
im dtv

Rosemarie Marschner
Der Sohn der Italienerin
Roman um Prinz Eugen
dtv 12160
»Prinz Eugen, der edle
Ritter...«
Rosemarie Marschner er-
zählt das Schicksal eines
der berühmtesten Helden
der Neuzeit auf spannende
und psychologisch raffi-
nierte Weise.

Jochen Klepper
Der Vater
Roman eines Königs
dtv 11478
Die »äußere und innere
Geschichte« Friedrich
Wilhelms I. von Preußen –
viel mehr als nur ein
historischer Roman.

Robert Neumann
Der Favorit der Königin
Roman · dtv 12209
Ein faszinierendes und
tragisches Kapitel der
dänischen Geschichte, in
dessen Mittelpunkt der
einfache Arzt Friedrich
Struensee steht, der im 18.
Jahrhundert zum heimli-
chen Regenten und
»Favoriten der Königin«
aufsteigt.

Eveline Hasler
Anna Göldin.
Letzte Hexe
Roman · dtv 10457
1780. Die schöne, eigen-
willige Dienstmagd Anna
Göldin wird des Kinds-
mords und der Zauberei
angeklagt. Die Geschichte
des letzten Hexenprozes-
ses in Europa.

Jean Giono
Der Husar auf dem Dach
Roman · dtv 12072
1838. Die Cholera wütet
in der Provence. Aber
Angelo, der flüchtige
italienische Husar mit
dem Engelsgesicht, bleibt
guter Dinge. Immer zu
mutigen Taten bereit,
begegnet er – mitten in all
den Schrecken – der
Liebe.

Riccardo Bacchelli
Die Mühle am Po
Roman · dtv 11959
Das Schicksal der Mühl-
herren von San Michele:
Das unruhige Jahrhundert
der italienischen Einigung
drückt auch der Familie
Scacerni seinen Stempel
auf.